Isabella Connor
Annies Geheimnis

Zu diesem Buch:
Jack Stewart glaubte, die Vergangenheit hinter sich gelassen zu haben. Auf den ersten Blick scheint er alles zu haben, was ein Mann sich nur wünschen kann: beruflichen Erfolg, Vermögen, ein repräsentatives Zuhause und immer eine hübsche Frau an seiner Seite. Doch ein tragischer Autounfall bringt seine vermeintlich heile Welt ins Wanken. Denn das Opfer ist seine Frau Annie, die ihn vor zwanzig Jahren verließ und nun in Irland einen Sohn hinterlässt, von dessen Existenz Jack nichts wusste. Luke wuchs mit seiner alleinerziehenden Mutter in schwierigen Verhältnissen auf und hasst seinen Vater, war er doch jahrelang überzeugt davon, dass er es war, der die Familie im Stich ließ. Als dieser ihn mit nach England zu seiner Familie nimmt, reißen alte Wunden auf und bringen Lügen und dunkle Familiengeheimnisse ans Licht. Kraft finden beide Männer in der Liebe zweier Frauen, die sich von der Vergangenheit nicht ihr Leben zerstören lassen wollen. Aber kann eine neue Liebe alte Wunden heilen oder bleiben manche Narben für immer?

Über die Autorin:
Isabella Connor ist das gemeinsame Pseudonym der englischen Autorin Liv Thomas und der schottischen Autorin Val Olteanu. Liv arbeitet für den National Health Service, während Val viel herumgereist ist, um schließlich nach Kanada zu ziehen und dort als Lehrerin in der Erwachsenbildung zu arbeiten. Mit *Annies Geheimnis* geben sie ihr Debüt als Romanautorinnen. Weitere Informationen unter: www.blog.isabellaconnor.com.

ISABELLA CONNOR

Annies Geheimnis

Roman

Ins Deutsche übertragen von
Stefanie Zeller

LYX
EGMONT

Die Originalausgabe erschien 2013 unter dem Titel
Beneath an Irish Sky bei Choc Lit Limited

William Butler Yeats, Die Gedichte
Die Rechte an der deutschen Übersetzung des Yeats-Zitats
auf Seite 251 liegen beim Luchterhand Literaturverlag, München,
in der Verlagsgruppe Random House GmbH
Deutschsprachige Erstausgabe Februar 2016 bei LYX
verlegt durch EGMONT Verlagsgesellschaften mbH,
Gertrudenstraße 30–36, 50667 Köln

1. Auflage
Redaktion: Ralf Schmitz
Umschlaggestaltung: Guter Punkt, München | www.guter-punkt.de
Umschlagmotiv: © Julia Jonas, Guter Punkt,
unter Verwendung eines Motivs von ingimage
Satz: KCS GmbH, Stelle | www.schriftsetzerei.de
Printed in Germany (670421)
ISBN 978-3-7363-0031-6

www.egmont-lyx.de

FSC MIX Papier FSC® C083411

Für Joe McFadden,
mit dem alles begann …

1

»Ich bin hier, um die Leiche von Annie Kiernan zu identifizieren.« Es war so lange her, dass Jack ihren Namen laut ausgesprochen hatte, dass ihm die Worte fast im Halse stecken blieben.

»Und Sie sind …?«

Der Wachmann kaute auf einem Mundvoll Sandwich. Durch den Spalt im Sicherheitsglas drang schwacher Zwiebelgeruch an Jacks Nase, und sein Magen revoltierte. Er warf seinen Pass in das Fach und sah zu, wie der Officer darin blätterte.

»Sind Sie ein Angehöriger?«

»Der Ehemann«, erwiderte Jack mangels einer passenderen Bezeichnung.

»Oh, mein Beileid. Füllen Sie bitte dieses Formular aus.«

Ein Blatt und ein Stift wurden in das Fach geschoben. Der Stift funktionierte nicht, deshalb holte Jack den Montblanc aus seiner Innentasche. Nachdem er jahrelang Verträge in dreifacher Ausführung unterschrieben hatte, drückte er beim Schreiben fest auf. Er gab das ausgefüllte Formular zurück. »Wo finde ich die Leichenhalle?«

Der Mann schüttelte den Kopf. »Die ist in einem anderen Gebäude – gleich nebenan, aber ein Wachmann muss Sie begleiten, der die Identifizierung feststellt.«

Verdammte Bürokratie. Jack wäre lieber allein gewesen, wenn er Annie sah. Er wäre zu allem fähig. Zu weinen. Sogar sie ins Gesicht zu schlagen. Er hätte bei so einem Kontrollverlust lieber keine Zeugen dabeigehabt.

»Sind Sie aus England gekommen?«, fragte der Wachmann.

»Ja.«

»Aber Ihre Frau lebte in Irland?«

»Wir waren getrennt.«

War das ein Anflug von Interesse? Oder Mitleid? Was schlimmer wäre. Niemand hatte Mitleid mit Jack Stewart, erst recht nicht irgendein diensthabender Polizist in einem schäbigen Dubliner Revier. Er warf einen Blick auf seine Rolex. »Mein Rückflug geht um zwei.«

»Gut. Nehmen Sie Platz. Es kommt gleich jemand.«

Jack schlenderte zu dem auffallend heruntergekommenen Wartebereich mit den Reihen grüner Plastikstühle, auf denen schon so viele Mühselige und Beladene vor ihm gesessen hatten.

»Gleich« bedeutete dann fast dreißig Minuten.

»Jack Stewart?« Ein Polizeibeamter blickte sich suchend im Wartebereich um.

»Ja.«

»Ich bin Sergeant Flynn.«

Ein Handschlag, als wäre Jack von Bedeutung. Herrgott, seit wann war er so zynisch? Doch er kannte die Antwort auf diese Frage: seitdem sie ihn verlassen hatte.

»Mein Beileid.«

Wieder diese Plattitüde. Als hätten diese Leute irgendeine Ahnung, was ihn und Annie verbunden hatte, was sie verloren hatten. Was er wegen ihr durchlitten hatte.

»Wenn Sie bitte mit mir mitkommen wollen. Wir versuchen, so schnell wie möglich zu machen.«

Schnell. So wie ihr Tod. Eben noch lebendig, am Steuer ihres Wagens, mit den Gedanken bei der Arbeit oder beim Einkaufen oder was immer sie dieser Tage so tat, und dann: Schluss, aus, Ende. Ausradiert aus dem Buch der Lebenden. Mehr wusste er nicht. Das war alles, was die Polizei in Manchester wusste. Als sie gestern Abend in seinem Büro erschienen waren, um ihm mitzuteilen, es habe einen Unfall gegeben, hatte er als Erstes voller Schrecken an seinen Sohn Matt gedacht, der gerade zu einem Junggesellenabschied in Amsterdam war. Die vor Mitleid triefende Polizeibeamtin hatte nicht gewusst, dass Jack sich vor Erleichterung, nicht aus Trauer in seinen Stuhl zurücksinken ließ. Zunächst hatte er gar nicht nach Dublin fliegen wollen – Annie war längst Vergangenheit für ihn –, doch die Beamten hatten ihn darauf hingewiesen, dass er offiziell immer noch ihr nächster Angehöriger war. Der Schock traf ihn erst später.

Flynn führte Jack aus dem Revier und in die Leichenhalle gleich nebenan. Dort wurden sie zu einem Schauraum am Ende des Flurs geschickt, doch bevor sie eintraten, sagte Flynn: »Ich weiß von dem Kollegen am Empfang, dass Sie und Mrs Stewart getrennt lebten. Wann haben Sie sie zum letzten Mal gesehen?«

Verdammter Mist. War das alles nicht schon schlimm genug, ohne dass Jack jedem, den er traf, erklären musste, was für ein Versager er als Ehemann gewesen war? »Zum letzten Mal vor über zwanzig Jahren«, antwortete er, leise zwar, doch die Worte schienen durch den langen leeren Flur zu hallen.

Flynn hob eine Augenbraue. »Dann besteht also die Möglichkeit, dass Sie sie nicht erkennen?«

Jack dachte nach. Annie hatte sich sicher verändert. Sie war nicht mehr das junge Mädchen, das er geheiratet hatte. Vierzig Jahre alt. Ein paar Falten, graue Haare. Vielleicht war es sogar besser so. Als würde er eine Fremde sehen. »Ich erkenne sie wieder«, sagte er, mit mehr Gewissheit, als er empfand. »Bringen wir es hinter uns.«

Die lange Neonleuchte im Schauraum schien grell, ihr erbarmungsloses blauweißes Licht drang in sämtliche Ecken. Eine Wanduhr zeigte fast Mittag an. Die Leiche lag in der Mitte des Raumes, unter einem Laken. Jacks Nacken kribbelte, obwohl er schon mal eine Leiche gesehen hatte. Nur einmal. Seine erste Frau war mit erst vierundzwanzig Jahren an einem Asthmaanfall gestorben. Jack hatte Caroline in den Armen gehalten, als könnte er ihr durch reine Willenskraft etwas von seiner eigenen Wärme einflößen. Ihr Gesicht, ihr Haar war nass von seinen Tränen gewesen, die Trauer hatte sich wie ein Messer in seine Eingeweide gebohrt. Und nun hatte ihn auch seine zweite Frau verlassen, auch wenn sie schon vor Jahren gegangen war.

»Bereit?«, fragte Flynn.

Jack nickte. So bereit, wie er nur sein konnte. Das Laken wurde zurückgeschlagen, und er sah ein herzförmiges Gesicht. Auf der kalkweißen Haut zeichneten sich deutlich sichtbar Wunden ab. Dunkles, seidiges Haar, vielleicht das Einzige an ihr, das noch lebendig schien. Er hatte einmal gelesen, man habe nach dem Öffnen eines Sarges festgestellt, dass die Haare der Leiche weiter gewachsen waren. Auch Annie lag bald in einem Sarg. In der dunklen Erde. Gott, er musste sich übergeben.

Flynn war neben ihm. »Ist das …?«

Jack schluckte schwer, versuchte normal zu klingen. »Das ist sie.«

»Ich gehe kurz raus.«

Die Tür schloss sich, und Jack war mit Annie allein. Zumindest mit Annies Hülle. Er berührte sie nicht. Sie würde sich wie Eis anfühlen, nicht warm, so wie er sie in Erinnerung hatte. Sah sie ihm jetzt gerade zu? Flog ihr Geist hier umher, blickte auf ihn herunter und fragte sich, warum er da war? Nun würde er niemals erfahren, warum sie ihn verlassen hatte. Die Toten redeten nicht.

»Warum?« Seine Stimme überraschte ihn. Er dachte laut. »Warum, Annie?«

Die Lampe summte, der große Zeiger der Wanduhr bewegte sich. Weiter geschah nichts. Keine wundersame Offenbarung, nichts, das ihm helfen könnte, abzuschließen. Jack zog das Laken über das Gesicht, das ihm immer noch so vertraut war wie sein eigenes, und ging.

Im Zimmer nebenan wartete Flynn mit Tee. Jack trank mit großen Schlucken und spürte, wie die heiße, süße Flüssigkeit ihn ein wenig belebte. Sobald er hier fertig war, ging es zurück nach Baronsmere, zurück zur Normalität.

»Einfach hier unterschreiben. Da steht, dass Sie die Leiche offiziell identifiziert haben.«

Jack kritzelte seinen Namen, ohne sich die Mühe zu machen, das Formular durchzulesen.

»Brauchen Sie den Namen eines Bestatters?«, fragte Flynn.

»Wie bitte?«

»Ich habe eine Liste der hiesigen Bestattungsunternehmen.«

»Warum sollte ich die benötigen?«

»Nun, für die Beerdigung. Wir geben den Leichnam an Sie frei.«

»Darum kann ich mich nicht kümmern! Ich kam nur her, um sie zu identifizieren. Ich muss zurück nach Manchester.«

»Der Leichnam kann nicht hierbleiben, Mr Stewart.« Flynn sprach langsam, als würde er einem Kind etwas erklären.

»Aber was soll ich denn mit ihr machen?«

»Der Bestatter kann sie erst einmal in sein Institut bringen. Es gibt einen ganz in der Nähe des Krankenhauses – McBride's –, das wäre praktisch. Dort hilft man Ihnen auch mit der Organisation der Beerdigung.«

Entscheidungen. Papierkram. Telefonate. Bürokratie. Lächerlich. Und warum war ein Unternehmen in der Nähe des Krankenhauses »praktisch«?

»Sie hat eine Familie«, protestierte Jack. »Was ist mit denen?« War er etwa der einzige Angehörige, der gekommen war? Das erschien ihm doch als sehr seltsam in Anbetracht der starken familiären Bindungen bei den Travellern.

Flynn konsultierte seine Unterlagen, schüttelte aber bedauernd den Kopf. »Der Wagen war auf Joseph Kiernan zugelassen, aber es sieht so aus, als wüsste niemand, wo er sich gerade aufhält. Er und sein Bruder arbeiten anscheinend oft auswärtig.«

Nutzlose Mistkerle, das waren sie ohnehin, ihre Brüder. Nichtskönner, die Annie nie verziehen hatten, dass sie einen Außenstehenden geheiratet hatte. »Und es gibt niemand?«, fragte Jack, ohne die Antwort darauf hören zu wollen. Selbst jetzt noch wollte er sich Annie lieber nicht in einer anderen Beziehung vorstellen.

»Den Nachbarn zufolge ist ihr Vater tot. Ihr Sohn könnte Ihnen vielleicht sagen, wo es noch andere Verwandte gibt.«

Woher zum Teufel sollte Matt das wissen? Wie inkompetent waren diese Leute? »Wovon reden Sie? Mein Sohn hat Annie zuletzt gesehen, als er vier war.«

»Ihr Sohn Luke befand sich zum Zeitpunkt des Unfalls mit Ihrer Frau im Auto. Er liegt im St. Aidan's Hospital.«

Eigentlich hätte Jack nicht überrascht sein sollen, doch es tat immer noch weh, dass Annie ihr Glück mit jemand anderem gefunden hatte – eine Familie gegründet, sogar den Namen benutzt hatte, den sie für ihren gemeinsamen Sohn ausgesucht hatten. Die Hand in seinem Schoß ballte sich zur Faust. »Niemand hat mir gesagt, dass sie einen Sohn hatte«, sagte er mit harter Stimme. »Warum haben Sie nicht den Vater kontaktiert, ihren … Partner?« Den Traveller. Den, mit dem sie zusammengezogen war, nachdem sie ihn verlassen hatte und zu ihren eigenen Leuten zurückgekehrt war. »Er stünde hier doch eher in der Verantwortung.«

»So weit wir wissen, gibt es keinen Partner«, sagte Flynn. »Laut Geburtsurkunde heißt ihr Sohn Luke Stewart, obwohl er anscheinend den Namen Kiernan verwendet, und Sie werden als sein Vater genannt. Es tut mir leid, ich dachte, die Polizei in Manchester hätte Sie darüber informiert.«

»Wie alt ist er?«, fragte Jack.

»Zwanzig.«

Die Wände des Raumes schienen näher zu rücken und nahmen ihm den Atem. Jack schloss die Augen. Ein Sohn, von dem er nichts gewusst hatte? Unmöglich! Warum sollte Annie so etwas tun? Das war furchtbar. Grausam. Wenn sie nicht schon tot gewesen wäre, hätte er sie jetzt umgebracht.

»Alles in Ordnung?« Flynn goss Tee nach, aber Jack konnte ihn nicht mehr anrühren.

»Er ist nicht mein Sohn.«

»Aber in der Geburtsurkunde …«

»Das stimmt nicht.«

Flynn nickte. »Na ja, vielleicht sollten Sie trotzdem mit ihm reden. Vielleicht kann er Ihnen sagen, wer sich um die Beerdigung kümmern kann. Wir müssen ihn wegen des Unfalls befragen, aber er liegt noch auf der Intensivstation.« Er streckte Jack ein Blatt Papier hin. »Hier ist die Liste mit den Bestattungsunternehmen. Dort weiß man, was zu tun ist.«

Das war gut, denn Jack wusste es nicht. Seine Gedanken kreisten um das eben Gehörte. Ein zwanzig Jahre alter Sohn, von dem er nichts gewusst hatte.

»Kommen Sie klar? Möchten Sie, dass ich Sie irgendwo hinfahre?«

Wieder dieser mitleidige Blick. Jack verspürte einen Anflug von Ärger. Er war kein hilfloses Opfer. Er war der Leiter Neue Geschäftsfelder bei Stewart Enterprises. Ein erfolgreicher Mann, der für jedes Problem eine Lösung fand. Er würde das hier durchstehen. Irgendwie. »Ich finde den Weg allein, danke.«

Das Taxi setzte Jack vor dem Eingang zum St. Aidan's Hospital ab. Neben einer Gruppe heimlicher Raucher blieb er stehen. Sollte er reingehen oder einfach verschwinden? Er könnte einem der hiesigen Bestatter eine saftige Summe bezahlen, damit er die Abwicklung übernahm. Wozu sonst war Geld gut, wenn nicht dazu, einem das Leben zu erleichtern?

Jemand hielt ihm ein Päckchen Zigaretten unter die Nase. Als er den Blick senkte, entdeckte er eine ältere Frau, die von der Last ihres Witwenbuckels niedergedrückt wurde. »Nein … danke.«

»Das hilft, mein Sohn.«

Dann sah er offenbar so aus, wie er sich fühlte. Fix und fertig.

Die alte Dame tätschelte seinen Arm. »Gott kümmert sich um alles, wissen Sie.«

»Sie haben nicht zufällig seine Nummer, oder?«

Die Frau schnalzte missbilligend mit der Zunge und entfernte sich. Er war in einem der katholischsten Länder Europas. Hier nahm man Gotteslästerungen persönlich. Doch Jack glaubte nicht an himmlische Hilfe oder Wunder. Er war auf sich gestellt. Deshalb konnte er genauso gut mit dem jungen Mann reden, der angeblich sein Sohn war. Vielleicht bekam er von ihm Antworten.

»Guten Tag, Mr Kiernan.«

»Mein Name ist Stewart. Meine Frau und ich waren getrennt.« Wie oft musste Jack das noch wiederholen?

Der Arzt, O'Meara, wirkte peinlich berührt und blickte auf seine Notizen. Wahrscheinlich zog er defekte Körper defekten Familien vor. »Tut mir leid – mein Fehler. In Lukes Führerschein steht Kiernan.«

»Und auf seiner Geburtsurkunde Stewart. Bitte sagen Sie mir einfach, wie es meinem … Sohn geht.« Dies war nicht der Ort, um Zweifel an seiner Vaterschaft anzumelden. Das Personal könnte sich querstellen, wenn er kein Angehöriger war, und damit wäre seine Chance dahin, den Jungen zu befragen.

»Luke hat eine Gehirnerschütterung, geprellte Rippen und Bänderrisse am Knie.«

»Aber es geht ihm gut, ja?« Das war alles, was er wissen musste. Warum konnten Ärzte nie zum Punkt kommen?

»Mr Stewart, Luke hatte am Unfallort einen Herzstillstand. Glücklicherweise wusste ein Fahrer, der zu Hilfe kam, wie man Wiederbelebungsmaßnahmen durchführt. Luke muss immer noch überwacht werden, falls es Komplikationen gibt, aber er ist stabil. Wir haben ihn heute Morgen von der Intensivstation verlegt.«

»Weiß er es? Das mit seiner Mutter?«

Zu Jacks Bestürzung schüttelte der Arzt den Kopf. »Er bekommt Morphin, verliert also immer wieder das Bewusstsein. Er ist nicht in der Verfassung, mit jemandem zu reden.«

Na toll. Jack würde sich ein Hotelzimmer nehmen müssen. Das konnte Tage dauern.

»Es wird ein paar Wochen dauern, bis sein Bein verheilt ist. Dasselbe gilt für die Rippen. Er wird eine Weile an Krücken gehen.«

Jack hatte nicht vor, ein paar Wochen zu bleiben. Hoffentlich tauchten bald die Kiernans auf und übernahmen. »Wann kann ich ihn sehen?«

»Eine Schwester kann Sie jetzt gleich hinbringen.«

Jack erhob sich.

»Eines noch, Mr Stewart … Luke hat Prellungen im Gesicht und am Körper, die nicht von dem Unfall stammen. Die Färbung lässt darauf schließen, dass er sie sich ein paar Tage zuvor zugezogen hat.«

Warum sagte er ihm das? Füchtete man, er könnte wegen eines Behandlungsfehlers klagen?

»Wissen Sie etwas über diese Prellungen?«

Herrgott, O'Meara dachte, er hätte den Jungen geschlagen. Offenbar hatte er ihn schon als schlechten Vater abgestempelt. »Ich war seit Jahren nicht mehr in Lukes Nähe«, sagte er. Was die Wahrheit war, wenn auch nicht die ganze.

»Nun, ich würde annehmen, dass er vor nicht allzu langer Zeit schlimm verprügelt wurde. Er braucht Frieden und Ruhe – und Hilfe –, um sich zu erholen. Die letzten Wochen waren offensichtlich sehr traumatisch für ihn.«

Dann war Luke also jemand, der in Schlägereien geriet. Eigentlich nicht überraschend, mit Onkeln wie Joe und Liam Kiernan. Wäre Luke in Baronsmere aufgewachsen, lägen die

Dinge sicher ganz anders. *Aber er ist nicht mein Sohn.* Es beunruhigte Jack, dass er das vergessen hatte. Er wollte keine Gefühle entwickeln.

Zum Glück lag Luke in einem Einzelzimmer. Keine neugierigen Mitpatienten oder Besucher, um die man sich Gedanken machen musste. Jack sah von der Tür aus zu, wie die Schwester den Tropf überprüfte.

»Warum setzen Sie sich nicht eine Weile zu ihm?«, schlug sie vor. »Ich mache Ihnen eine Tasse Tee.«

»Danke.«

Jack ließ sich auf einen Stuhl fallen und hoffte, der Junge würde nicht gerade jetzt aufwachen, denn er hatte keinen blassen Schimmer, was er zu ihm sagen sollte. In diesem Krankenhausbett wirkte er so klein und jung, eher wie siebzehn, höchstens achtzehn. Leider sagte die Geburtsurkunde etwas anderes. Er musterte Lukes Gesicht, die Schnitte und blauen Flecke, konnte aber keine Ähnlichkeit mit den Stewarts entdecken, beim besten Willen nicht. Luke war ganz der Sohn seiner Mutter. Mit den dunklen Wimpern und dem schwarzen Haar sah er Annie so ähnlich, dass es wehtat. Jack hatte gedacht, er hätte den Schmerz verwunden, doch nun wurden die alten Wunden wieder aufgerissen.

Was mochte Annie ihrem Sohn erzählt haben? Luke hatte doch sicher seine Geburtsurkunde gesehen, trotzdem hatte er nie versucht, Kontakt mit ihm aufzunehmen, was seltsam war, vor allem, da die Stewarts so wohlhabend waren. Und falls Annie nichts mehr mit ihm zu tun haben, nicht mal finanzielle Hilfe wollte, warum hatte sie Jack dann überhaupt in die Geburtsurkunde eintragen lassen? Das ergab alles keinen Sinn.

Als ein Monitor piepte, blickte er schnell wieder zu Luke. Er hatte die Augen geöffnet und sah verwirrt aus. Jack wünschte, er wäre doch sofort in ein Hotel gegangen, denn nun würde er irgendetwas Beruhigendes sagen, sich wahrscheinlich zu erkennen geben müssen. Er stand auf und trat an die Bettkante. »Luke? Du bist im Krankenhaus, aber keine Sorge, du wirst wieder gesund.« Er war verlegen und klang auch so. »Du kennst mich nicht, aber …«

»Ich weiß, wer du bist. Ich habe ein Foto von dir gesehen. Du bist mein Vater, du Mistkerl.«

Jack erstarrte, während sein Verstand die Worte wiederholte.

»Du hast meine Mutter rausgeschmissen, weil … Wie war das noch? Weil du kein *Zigeunerkind* wolltest!«

Luke durchbohrte ihn mit Blicken. Offenbar hatte Annie ihm erzählt, Jack hätte *sie* verstoßen und nicht andersherum. »Wovon zum Teufel redest du? Bis heute wusste ich nicht einmal, dass du existierst.«

»Lügner!« Luke schrie so laut, dass seine Stimme vor Anstrengung brach. Er wollte sich aufsetzen, zuckte zusammen und sank in die Kissen zurück. Obwohl er erschöpft wirkte, fand er irgendwie die Kraft, einen Krug Wasser von dem Schränkchen neben ihm auf Jack zu schleudern. Er verfehlte ihn um wenige Zentimeter, klapperte gegen die Wand, und der Inhalt ergoss sich über den Boden.

Eine Schwester kam ins Zimmer gerannt. Sie redete sanft, aber erfolglos auf Luke ein. Es war offensichtlich, dass er aufgewühlt war und Schmerzen hatte. Ein Pfleger erschien und bedachte Jack mit einem Stirnrunzeln. »Wenn Sie nichts dagegen haben, Sir, würden wir den Patienten gern beruhigen.«

Eine feste Hand schob Jack zur Tür. Als wäre es seine

Schuld. Die Ungerechtigkeit ließ ihn erröten. Das war's. Nichts wie weg hier. Noch heute Nachmittag flog er zurück nach Manchester.

»Wo ist meine Mutter? Ich will meine Mutter sehen!«

Jack warf einen Blick zurück. Die Verzweiflung in Lukes Gesicht sagte ihm, dass er es ahnte. Einerseits war er dankbar, dass er nicht derjenige war, der dem Jungen beibringen musste, dass seine Mutter tot war. Andererseits fühlte er sich wie der letzte Dreck. Aber was konnte er tun? Es war nicht sein Problem. Das alles war sehr traurig, betraf ihn jedoch nicht. Wenn er jetzt nicht ging, verpasste er seinen Flug. Luke war nicht sein Sohn, sagte ihm sein Kopf, doch sein Herz etwas anderes. Er konnte sich nicht einfach abwenden und diese schrecklichen Anschuldigungen unwidersprochen lassen. »Ich warte im Angehörigenzimmer«, sagte er zu der Schwester.

Emer Sullivan trank einen starken schwarzen Kaffee und wünschte, sie würde noch rauchen. Fünf Jahre ohne eine einzige Zigarette, und sie wartete immer noch darauf, dass dieses gelegentliche Verlangen aufhörte. Es überkam sie immer dann, wenn ihr Eingangskorb überquoll. Die Arbeit als Therapeutin am Krankenhaus gefiel ihr, aber der viele Papierkram ließ ihr kaum Zeit für die Gespräche mit den Patienten. Eine der kleinen Ironien des Lebens.

Sie öffnete den Ordner auf ihrem Schreibtisch. Ein neuer Fall hatte sich gerade zu einer Krise entwickelt. Viel war nicht bekannt: Eine Frau war bei einem Autounfall ums Leben gekommen, ihr Sohn hatte sich schwere Verletzungen zugezogen. Als der Vater – wohl erst kürzlich – auf der Bildfläche erschienen war, war es zum Streit gekommen. Und nun sollte Emer dem Sohn, Luke Kiernan, mitteilen, dass seine Mutter tot war. Sie warf einen Blick auf ihre Armbanduhr. Eine Stunde war seit dem Vorfall vergangen. Die Wirkung der Beruhigungsmittel ließ vermutlich gerade nach, doch er sollte noch ausreichend ruhiggestellt sein, um ein Gespräch mit ihm führen zu können.

Emer erreichte Lukes Einzelzimmer, als die Schwester gerade mit dem Blutdruckmessen fertig war. Sein Blick war starr zur Decke gerichtet.

»Luke?«, fragte Emer, nachdem die Schwester gegangen war.

Keine Antwort.

»Luke, mein Name ist Emer. Ich bin Traumatherapeutin. Ich bin hier, um mit Ihnen über Ihre Mutter zu sprechen.«

»Sie ist tot, oder?«

Er musste es erraten haben, als niemand ihm eine klare Antwort hatte geben wollen, obwohl er gerade die im Moment benötigte. »Ja, Luke, ich fürchte, so ist es. Es tut mir leid.« Wie oft Emer diese Nachricht auch überbringen musste, es wurde nicht einfacher.

Luke wandte sich ihr zu. Der Schmerz in seinen traurigen Augen war unübersehbar. »Was ist passiert? Ich kann mich nicht erinnern.«

Er hatte ein Recht darauf, die Fakten zu erfahren. Sobald er sie akzeptiert hatte, konnte er mit der Trauerarbeit beginnen. Sie zog den Polizeibericht hervor. »Ein entgegenkommender Lastwagen kollidierte auf der Fahrerseite mit Ihrem Wagen, sodass er sich überschlug und gegen einen Baum prallte. Ein anderer Fahrer hat Sie herausgeholt. Ihre Mutter wurde später von den Rettungskräften befreit.« Aus dem Metallhaufen herausgeschnitten, doch das musste er nicht wissen. »Ein Priester aus dem nahe gelegenen Dorf war während ihrer letzten Momente bei ihr.«

»Danke«, murmelte Luke und wandte den Kopf ab.

Er wollte sie loswerden, und Emer konnte es ihm nicht verdenken. Er brauchte Zeit allein, um das Gehörte zu verdauen und damit anzufangen, um seine Mutter zu trauern. Sie stand auf. »Wenn Sie reden möchten, fragen Sie einfach nach mir. Ich sehe morgen wieder nach Ihnen.«

Er zeigte keine Reaktion. Im Moment konnte sie nichts mehr für ihn tun. Jetzt musste sie den Vater finden.

Jack saß allein, in Gedanken immer noch bei Lukes harten, ungerechten Worten, vor einer Tasse kaltem Kaffee an einem Tisch im Angehörigenzimmer.

»Mr Stewart?«

Jack hob den Kopf und erblickte eine rothaarige Frau in Jeans und einem Sweatshirt des Trinity College.

»Mein Name ist Emer Sullivan. Ich bin Therapeutin. Ich habe gerade mit Ihrem Sohn Luke gesprochen.«

Jake richtete den Blick wieder auf den Kaffee vor ihm. Er war nicht in der Stimmung, mit jemandem zu reden, erst recht nicht mit einer Therapeutin. Wenn er nicht antwortete, würde die Frau den Wink vielleicht verstehen und wieder gehen.

»Ungefähr so hat Luke auch reagiert«, sagte sie und setzte sich ihm gegenüber.

Als Jack zu ihr hinsah, war er gefesselt von der Intensität ihres Blicks. Sie hatte grün-gelbe Augen, wie eine Katze.

»Menschen reagieren sehr unterschiedlich auf Trauer«, fuhr Emer fort. »Manche müssen sich ständig beschäftigen. Eine Witwe, die ich kenne, putzt den ganzen Tag. Zur Freude der Reinigungsmittelhersteller. Andere beginnen sofort ein neues Leben, verkaufen alles, lassen alte Bindungen hinter sich. Oder sie verschließen sich, ziehen sich in ihre Trauer zurück und lassen niemanden an sich heran.«

»Und wieder andere, wie Luke, werfen mit Dingen«, sagte Jack. »Warum soll ich mir das gefallen lassen?«

»Sie haben beide einen furchtbaren Schock erlitten. Sie haben Ihre Frau verloren. Luke seine Mutter. Die nächsten Tage werden entscheidend sein. Sie müssen einen Weg finden, miteinander zu reden. Ich kann Ihnen dabei helfen.«

Sie lag völlig daneben. Obwohl sie so viel wusste. »Hören Sie, Oprah …«

»Emer.«

»Hören Sie, Emer, ich habe meine Frau vor über zwanzig Jahren verloren. Sie hat mir nie gesagt, dass ich einen Sohn habe. Ich bin ja nicht mal sicher, dass er von mir ist.«

Sie sah nicht schockiert aus, nur nachdenklich. »Aber Sie sind immer noch hier«, sagte sie. »Sie hätten auch sagen können, dass Sie damit nichts zu tun haben wollen. Doch das haben Sie nicht. Warum?«

»Um mich zu vergewissern, dass es ihm gut geht. Um zu sehen, ob … ob er etwas braucht. Ich bin nicht der Mistkerl, für den er mich hält.« Aber vielleicht war er das doch. Weil er nicht aus Mitleid hier war. Er hatte seine eigenen Gründe, warum er hergekommen war – er wollte einen Schlussstrich ziehen. Ein leichter Anflug von Schuldbewusstsein überkam ihn. Als er aus dem Fenster blickte, bermerkte er, dass es bereits dämmerte. Hier drinnen verlor er jegliches Zeitgefühl. Das Gefühl für sich selbst.

»Luke ist verletzt, und er trauert. Und vermutlich hat er große Angst«, sagte Emer. »Im Moment versteckt er sich hinter der Wut, doch diese Wut wird nicht lange anhalten. Wenn sie vergeht, wird er nichts mehr haben.«

Das mochte alles sein, doch Jack sah immer wieder Lukes Gesicht vor seinem geistigen Auge. Die Feindseligkeit und den Hass. Wie sollte er dagegen ankommen? Er wusste nicht, wo er anfangen sollte. Es fehlte ihm an Geduld.

»Ich bin mir sicher, dass Sie beide Fragen an den andern haben«, sagte Emer. »Ich gehe morgen noch mal zu ihm und versuche ihn zu überzeugen, mit Ihnen zu reden.«

»Viel Glück«, murmelte Jack, ohne die Bitterkeit aus seiner Stimme verbannen zu können.

»Mr Stewart, sehen Sie mich an.«

Er blickte in ihr entschlossenes Gesicht.

»Ich weiß, wie schwer das für Sie ist, aber wenn Sie jetzt abreisen, bekommen Sie keine Antworten, und das wird Sie den Rest ihres Lebens quälen. Ich weiß es. Ich habe gesehen, was Reue mit Menschen macht. Bleiben Sie noch. Geben Sie Luke nicht auf. Er braucht Sie, auch wenn er sich dessen nicht bewusst ist.«

Ihr Gesichtsausdruck war freundlich. Sie verurteilte ihn nicht, sondern versuchte nur, ihm zu helfen. Vielleicht konnte sie ja ein Wunder bewirken. »Kennen Sie ein gutes Hotel?«, fragte er, und sie lächelte. Das allein war schon Belohnung genug.

2

Als Emer am nächsten Tag Lukes Zimmer betrat, saß er aufrecht im Bett, gestützt von einem Berg aus Kissen, und schob Pudding auf einem Teller hin und her. Sie zeigte darauf. »Rühren Sie diese Vanillesoße bloß nicht an. Die ist lebensgefährlich. Sie werden sich wünschen, Sie würden noch am Tropf hängen.«

Er antwortete mit einem halbherzigen Lächeln.

»Ich bin Emer.« Sie zog sich einen Stuhl heran und setzte sich. »Ich war gestern schon mal hier. Erinnern Sie sich?«

»Klar. Sie sind der Kopfdoktor. Sie wollen wissen, ob ich verrückt bin oder nicht.«

Er gab sich witzig. Errichtete Mauern, genau wie sein Vater. »Eigentlich will ich wissen, wie es Ihnen geht.«

»Mir? Gut. Danke der Nachfrage.« Luke sah zum Fenster, über das der Regen rann. Emer folgte seinem Blick. Die meisten Menschen ertrugen langes Schweigen nur schwer, und ihr Unbehagen zwang sie schon bald, es zu brechen. Bei Luke dauerte es ein wenig länger als gewöhnlich, aber schließlich drehte er ihr doch das Gesicht zu. »Zeigen Sie mir keine Tintenkleckse?«, fragte er.

»Warum sollte ich das tun?«

»Machen das Psychiater nicht?«

»Ich bin keine Psychiaterin. Ich bin Traumatherapeutin. Das ist ein bisschen was anderes. Ich versuche zu helfen, wenn …«

»Ich brauche keine Hilfe«, blaffte er, nahm den Löffel und begann, wieder in der Soße herumzurühren.

»Ich glaube doch, Luke. Soll ich Ihnen sagen, warum?« Der Löffel wurde langsamer. Er hörte zu. »Sie wurden schwer verletzt. Sie haben Ihre Mutter verloren. Sie könnten unter Schlaflosigkeit, Albträumen, Flashbacks, Schuldgefühlen oder Panikattacken leiden. Und nicht zu vergessen, dass Ihr Vater zum allerersten Mal aufkreuzt und Sie deswegen wütend sind.«

»Verdammt richtig, ich bin wütend!« Der Löffel klapperte auf das Tablett. »Wären Sie das nicht?«

»Ich weiß nicht. Mir ist das nicht passiert. Warum sind Sie wütend?«

Er riss frustriert die Hände in die Höhe. »Mein Gott, ist das nicht offensichtlich? Der Mistkerl wollte mich nicht, als ich geboren wurde, da wird er mich jetzt erst recht nicht wollen.«

»Warum ist er dann hier?«

»Keine Ahnung! Schuldbewusstsein? Vielleicht will er, dass man sieht, dass er das Richtige tut? Warum fragen Sie ihn das nicht?«

»Warum fragen *Sie* ihn nicht?«

»Weil ich nicht mit ihm reden will. Ich will ihn nicht mal sehen – nie wieder.«

»Das ist schade, denn dann werden Sie es nie erfahren.«

»Was erfahren?«

»Warum er den ganzen Weg hergereist ist, warum er an Ihrem Bett gesessen und gewartet hat, dass Sie aufwachen. Nötig wäre das nicht gewesen, warum also hatte er es getan?«

»Ich sagte bereits, ich weiß es nicht, und es ist mir egal.«

Er klang müde, doch sie ließ nicht locker. »Luke, Sie haben jetzt die Möglichkeit, ihn zu fragen, warum er nicht für Sie da gewesen ist. Möglicherweise gefällt Ihnen seine Antwort nicht, und Sie wollen ihn nicht in Ihrem Leben haben. Das ist Ihre Entscheidung. Aber ich glaube, es ist ein Fehler, gar nicht erst mit ihm zu reden.«

Emer musterte ihn aufmerksam. Er wirkte hin- und hergerissen, vielleicht zwischen Neugier und dem Verlangen nach Rache. Letzteres würde ihn eine Weile zufriedenstellen, doch dann würde er niemals Klarheit haben, niemals wirklich damit abschließen können. Sie hoffte, er ging das Risiko ein.

»Ich kann nicht«, sagte er und rieb sich die Augen. »Schon wenn ich an ihn denke, werde ich wieder stinksauer. Ich würde ihm nur eine verpassen, das weiß ich genau.«

»Na ja, ich kann bei Ihnen bleiben, wenn Sie möchten«, bot sie an. »Ich war früher Schiedsrichterin im Mädchenfußball. Ich weiß, wann man die rote Karte ziehen muss.«

Er zeigte ein schiefes Lächeln. »Mädchen können nicht Fußball spielen. Die haben zu viel Angst, sich die Nägel abzubrechen.«

»Frecher Lümmel. Zeigen Sie mir einen Haufen Männer in einer Freistoßmauer, und ich zeige ich Ihnen, was Angst ist.«

»Ich bin gut im Fußball.«

Wieder wich er ihr aus, doch sie ließ es ihm durchgehen.

»Früher habe ich davon geträumt, für Manchester United zu spielen. Und für Irland. Millionen zu verdienen. Dass die Leute meinen Namen singen, und von Trikots mit Kiernan auf dem Rücken.«

Das konnte sie nachvollziehen. »Ich habe davon geträumt, Backgroundsängerin bei Take That zu werden. Ich habe ihre Songs mit einer Haarbürste als Mikrofon nachgesungen. Ich war am Boden zerstört, als sie sich trennten, bevor sie mich entdecken konnten.«

Als er lächelte, war Emer versucht, nicht weiter zu bohren, doch dann erinnerte sie sich an das Versprechen, dass sie Jack gegeben hatte. »Kommen Sie, Luke, was haben Sie zu verlieren? Hören Sie sich einfach an, was Ihr Vater zu sagen hat.«

Er schwieg so lange, dass Emer schon glaubte, sie hätte verloren, doch er überraschte sie. »Okay, aber nur, wenn Sie dabei sind, so wie Sie gesagt haben.«

Das hatte sie sich ohnehin vorgenommen. Luke und sein Vater brauchten einen Schiedsrichter. »Versprochen.«

Er nickte. »Ich schulde es Mam. Er darf nicht so einfach damit durchkommen.«

Die Schärfe seiner Stimme ließ Emer keinen Zweifel, dass Luke Kiernan sehr viel zäher war, als er aussah.

Als Jack die Hotellobby durchquerte, verkrampften sich seine Nackenmuskeln erneut. Die Massage im Hotel-Spa hätte er sich sparen können. Außerdem hatte er zwanzig Bahnen im Pool geschafft und war auf dem Laufband gewesen. Um die Dämonen auszutreiben. Fast hätte er laut gelacht, aber schlechte Wortspiele täuschten nicht über die Tatsache hinweg, dass der Exorzismus nicht funktioniert hatte. Die Erinnerung an Lukes Worte kam immer wieder zurück. Und die Erinnerung an Annie.

Emer hatte ein Treffen um drei Uhr arrangiert. Sie würde auf Lukes Bitte hin ebenfalls anwesend sein. Hatte er Angst davor, mit seinem bösen Vater allein zu sein? Wie unfair.

Er kam fünfzehn Minuten früher im Krankenhaus an und ging in den Kiosk im Foyer, um Schokolade und Früchte zu kaufen, ohne wirklich zu wissen, warum. Weil man das so machte vermutlich.

»Ich hoffe, der Patient fühlt sich bald besser«, sagte die Verkäuferin lächelnd.

»Ich auch«, sagte Jack und meinte es so. Er hatte einen Job und ein Leben, das auf ihn wartete. Wenn er jetzt nur noch ein paar Antworten bekam …

Luke wiederzusehen war ein Schock. Jack hatte zu vergessen versucht, wie sehr er Annie ähnelte. Die langen Wimpern, die Haarfarbe, die viel zu kritisch dreinblickenden blauen Augen. Es brachte ihn aus der Fassung. Luke sah ihm finster entgegen, das Kinn herausfordernd vorgestreckt. Emer, die auf der anderen Seite des Bettes saß, lächelte ihm aufmunternd zu. Guter Cop, böser Cop.

Jack legte die Früchte auf den Nachttisch. »Vitamine«, sagte er. Dann hielt er die Schokolade in die Höhe. »Das kann auch nicht schaden.«

Luke sagte nichts. Wahrscheinlich hielt er seine Bemühungen für Schau.

Jack setzte sich und rutschte ein wenig mit dem Stuhl zurück, nachdem er die Entfernung zwischen sich und dem Wasserkrug abgeschätzt hatte. Er räusperte sich. »Eins vorweg, es tut mir leid wegen deiner Mutter, Luke, wirklich leid.«

»Na klar.«

»Was soll das heißen?« Jack hatte es aufrichtig gemeint, trotzdem machte sich der kleine Schwachkopf über ihn lustig.

»Natürlich tut es dir leid«, erwiderte Luke. »Weil du Angst hast, du könntest mich jetzt an der Backe haben.«

Da war etwas Wahres dran. Tief im Innern hoffte Jack, dass er dem Jungen einfach Geld geben und irgendwo einen Job verschaffen konnte. Ohne ihn regelmäßig sehen zu müssen.

Oder besser noch gar nicht, denn Luke war Annie so sehr aus dem Gesicht geschnitten, dass die Ähnlichkeit schmerzhaft war. »Glaubst du das?«, fragte er, um Zeit zu gewinnen.

»Ich weiß es«, war die Antwort. »Du hast mich nie gewollt, also tu jetzt nicht so.«

Da war er wieder, dieser Vorwurf. »Ich habe dir bereits gesagt, dass ich bis gestern nicht einmal wusste, dass du existierst.«

»Der ist gut«, gab Luke lachend zurück. »Da habe ich aber was anderes gehört.«

»Dann hast du was Falsches gehört!«

Lukes Augen blitzten, und Jack war erneut erschrocken über die Feindseligkeit, die er ihm entgegenbrachte. »Sag nicht, dass meine Mutter lügt!«

Emer legte beschwichtigend die Hand auf Lukes Arm und warf Jack einen warnenden Blick zu.

Es war hoffnungslos. Er macht es nur noch schlimmer. »Es tut mir leid, Luke. Du willst ganz offensichtlich nichts mit mir zu tun haben. Weißt du, wo deine Onkel sind? Ich kann sie anrufen.«

Luke schüttelte mit weit aufgerissenen Augen den Kopf. »Nein! Ich will sie nicht hier haben.«

Er wirkte panisch, sein Atem ging schnell. Doch das war nicht nur Panik. Er hatte Angst.

»Beruhige dich«, sagte Jack. »Ich rufe sie *nicht* an. Ich weiß nicht mal, wo sie sind. Entspann dich einfach, okay?«

»Ich denke, das reicht für heute«, sagte Emer, aber Jack war noch nicht fertig. Er war zu Unrecht beschuldigt worden, das konnte er nicht so einfach auf sich sitzen lassen. Vielleicht hatte Luke sich so verausgabt, dass er endlich eine Chance hatte, zu Wort zu kommen.

»Luke, du musst mir glauben, ich habe nicht gewusst, dass Annie ein Kind hatte.« Luke seufzte und schloss die Augen. Aber seine Ohren konnte er nicht verschließen. Er würde sich wohl oder übel anhören müssen, was Jack zu sagen hatte. »Ich weiß nicht, warum deine Mutter dir etwas anderes erzählt hat. Sicher hat sie ihre Gründe gehabt. Aber was soll ich tun? Dich weiter glauben lassen, ich hätte sie rausgeschmissen? Da gab es offensichtlich ein Missverständnis. Ich habe viel gearbeitet, möglicherweise zu viel. Vielleicht hat sie mir gesagt, was ihr auf der Seele lag, und ich habe nicht verstanden, was sie mir sagen wollte.«

Etwas Besseres fiel ihm nicht, doch so konnte es gewesen sein. Vermutlich würde er es nie erfahren. Luke zeigte keine Reaktion. Das Treffen war Zeitverschwendung. Bitter enttäuscht ging Jack.

Bis gestern wusste ich nicht, dass du existierst. Ja, klar. Der Mann musste Luke für total verblödet halten. Als hätte man ihm nicht gesagt, was für ein Dreckskerl sein Vater war. Er hatte Jack Stewart seit dem Tag, an dem er erfahren hatte, dass sein Leben eine Lüge war, zur Rede stellen wollen …

Warum hörte er nicht auf? Obwohl er sich die Ohren zuhielt, konnte Luke seinen Onkel immer noch schreien hören. Annie weinte, doch das machte Joe nur noch wütender. Es war nur eine Frage der Zeit, bis er zuschlug. Aber Luke war jetzt elf. Groß genug, um ihr zu helfen. »Lass sie in Ruhe, du Scheißkerl!« Annie würde es nicht gefallen, dass er fluchte, aber Männer taten das eben. »Wenn mein Da noch leben würde, würde er es dir schon zeigen …«

Joe wandte sich von Annie ab und begann zu lachen. »Wenn dein Da noch leben würde …«

»Joe, nicht, bitte.« Annie zog ihren Bruder am Arm, doch er schüttelte sie ab, immer noch lachend.

Was war so lustig?

»Dein Da lebt, du blöder, kleiner Bastard. Und er ist kein Traveller. Er ist nicht mal Ire. Du bist halb Brite, und dein kostbarer Vater wollte dich nicht. Und sie auch nicht. Es war ihm zu peinlich, einen wie uns in der Familie zu haben. Und weißt du, was das Beste ist? Er wollte, dass sie dich wegmacht.«

Das war schlimmer als der Schlag, mit dem er gerechnet hatte. »Du bist ein Lügner! Mammy, er lügt doch, oder?« Doch der Ausdruck auf Annies Gesicht und das Zögern, bevor sie antwortete »Ja … ja, natürlich«, sagten Luke, dass sein Onkel nicht log. Sein Herz hämmerte, und er bekam keine Luft. Vage nahm er wahr, wie sich der Arm seiner Mutter um seine Schultern legte, dann stand plötzlich Joe vor ihm und wedelte mit einem Blatt Papier. »Hier, lies das, dann siehst du, wer der Lügner ist.«

»Liam!«, schrie Annie. »Wie konntest du? Den Brief habe ich dir im Vertrauen gezeigt! Ich dachte, du hättest ihn vernichtet, nicht Joe gegeben!«

Trotz aller Versuche seiner Mutter, es zu verhindern, gelang es Luke, die Worte zu lesen, die er nie wieder vergessen würde. Später erzählte Annie ihm von ihrem Ehemann, zeigte Luke sein Bild, sagte, am Anfang wären sie glücklich gewesen. Hatten ein Baby gewollt. Doch der Schaden war angerichtet. Jack Stewart würde eines Tages dafür bezahlen.

»Warum hätte sie Luke erzählen sollen, dass ich ihn nicht wollte?«, fragte Jack Emer, als sie bei einer Tasse Tee in ihrem Büro saßen. »Die Annie, die ich kannte, war niemals grausam.

Warum sollte sie ihr eigenes Kind glauben machen, dass es abgelehnt wurde?« Normalerweise besprach er keine Familienangelegenheiten mit Außenstehenden, doch es gab niemanden, mit dem er sonst über diesen Wahnsinn hätte reden können. Als Therapeutin war Emer an Vertraulichkeit gebunden, und ihre fachmännische Meinung mochte hilfreich sein.

»Die Antwort darauf erfahren Sie möglicherweise nie, denn dazu müssten Sie wissen, warum sie Sie verlassen hat«, erwiderte Emer.

Ihre Worte trafen ihn. *Warum sie Sie verlassen hat*. »Als wenn ich das nicht gern wissen würde!«, fuhr Jack auf. »Ich kam von einem Meeting in Brüssel zurück, und sie war einfach weg. Sie hat ihre Koffer gepackt, ihr Bankkonto geleert und ist verschwunden. Ohne eine Nachricht. Als wäre ich ein Niemand. Ein Fehler, den sie ausradiert hat. Wissen Sie, wie sich das anfühlt?«

»Das hat Sie bestimmt schwer getroffen. Haben Sie nach ihr gesucht?«

»Ich hatte … so etwas wie einen Nervenzusammenbruch.« Es fiel ihm schwer, es zuzugeben, selbst einer so mitfühlenden Person wie Emer gegenüber. Jack dachte nicht gern daran zurück, wie schlecht es ihm damals ging. Er hatte nicht gearbeitet, nicht gegessen, nicht geschlafen. Stattdessen hatte er Alkohol in sich hineingeschüttet. In seinen Augen war sein damaliges Verhalten die schlimmste Art von Schwäche. »Meine Mutter hat einen Detektiv engagiert. Der hat Annie auch gefunden, aber sie weigerte sich, zu mir zurückzukommen. Und sie war mit einem Mann zusammen. Einem Traveller, wie sie.«

Emer war Irin, wusste also über die Traveller Bescheid. Irlands Geächtete. Die meisten zogen umher, so wie es ihr traditioneller nomadischer Lebensstil verlangte, doch manche hatten auch einen festen Wohnsitz. Von Annie hatte er viel über die Probleme ihres Volkes erfahren.

»Haben Sie sie nie selbst zur Rede stellen wollen?«, fragte Emer.

»Als wir die Neuigkeiten von dem Detektiv hörten, war ich am Boden zerstört. Ich konnte es einfach nicht.« Das alte Schuldgefühl kam wieder hoch. Hatte er es ihr zu leicht gemacht? Seine Mutter hatte getobt, weil Annie ihn verlassen hatte. Hatte gesagt, sie sei undankbar und wie beleidigend es sei, dass jemand wie sie keine Stewart sein wollte, obwohl sie ihr alles gegeben hatten. Ständig ritt sie darauf herum, dass Jack eine Pflicht gegenüber dem Geschäft und der Familie hatte. Lady Grace Stewart hatte den Zorn und den Schmerz weiter angestachelt, die sein Herz verhärtet hatten, und ihn schließlich davon überzeugt, dass der Versuch, Annie zurückzuholen, Zeitverschwendung wäre. Dass sie nur wieder weglaufen würde und dass es Matt gegenüber unfair wäre. Das hatte den Ausschlag gegeben. »Ich habe es akzeptiert. Habe mich zusammengerissen und mich um meinen Sohn Matt gekümmert, der damals erst vier war. Seine Mutter, meine erste Frau, starb, als er zwei war. Und dann war auf einmal auch seine neue Mutter weg.«

»Gab es irgendwelche Anzeichen, dass Annie irgendetwas bedrückte?«, fragte Emer.

Jack schüttelte den Kopf. »Das lässt mir keine Ruhe. Dass es so unerwartet kam. Menschen haben Affären, und Ehen gehen in die Brüche. Aber es geschah praktisch über Nacht. Wir waren so glücklich, und im nächsten Moment war sie fort. Ich habe nie verstanden, warum alles so schnell ging.«

»Vielleicht konnte sie sich einfach nicht an ein sesshaftes

Leben gewöhnen?«, schlug Emer vor. »Hat es Annie gefallen, da, wo Sie leben? Wo ist das?«

»Baronsmere. Ein Dorf in Cheshire. Ungefähr achthundert Einwohner. Für Zugezogene kann es manchmal schwer sein, aber Annie hatte dort Freunde. Sie arbeitete eine Weile in einer Bar im Dorf. Dort habe ich sie kennengelernt. Sie war erst seit ein paar Wochen in England, mit ihrem Vater und ihren Brüdern und einigen anderen Traveller-Familien. Arbeit war in Irland knapp, deswegen versuchten sie ihr Glück in England.«

»Wie lange kannten Sie Annie, bevor Sie geheiratet haben?«

Jack lächelte. »Drei Monate. Es war eine stürmische Romanze. Es kam uns sinnlos vor, noch länger zu warten. Für mich war es Liebe auf den ersten Blick.«

Er war mit seinen Kumpels durch die Pubs des Dorfes gezogen. Außer Jack hatten sie alle mit der neuen Barfrau im *The Fox and Feathers* geflirtet. Irgendetwas an Annie hatte ihn von Anfang an gefangen genommen. Er hatte aufmerksam sein wollen, respektvoll. Seine Kumpel hatten ihn aufgezogen, doch das war ihm egal gewesen. Zum ersten Mal seit Carolines Tod gab es eine Frau, die ihn wieder etwas fühlen ließ.

»Was hielten Ihre Eltern von Ihrer Heirat mit Annie?«

Daran zurückzudenken tat immer noch weh. Seine Mutter hatte ihn angeschrien. Ihn selbstsüchtig genannt. Sein Vater, Sir Nicholas Stewart, ein Ritter des Königreiches und Frömmler erster Güte, hatte tagelang versucht, ihn davon abzubringen. *Diese Schande*, hatte er gesagt. *Eine Zigeunerin in der Familie*. »Begeistert waren sie nicht gerade. Sie sind nicht mal zur Hochzeit gekommen.«

Aber es war auch ohne sie schön gewesen. Annies zartes

Gesicht, eingerahmt von einem weißen Tüllschleier; Matt als süßer, kleiner Brautjunge; Dave, sein Trauzeuge, der ihn einen Glückspilz nannte; Maggie, seine Haushälterin, die heulte wie ein Schlosshund. Es war ein wunderbarer Tag gewesen.

»Und Annies Familie? Sind sie zur Hochzeit gekommen?«

»Nein. Da waren sie schon zurück in Irland.«

Annie hatte ihren Vater angefleht zu kommen. Während des Telefonats war sie in Tränen aufgelöst gewesen. Doch umsonst. Jack hatte immer ihren Bruder Joe dafür verantwortlich gemacht. Wahrscheinlich hatte er die Kiernans dazu gebracht, sie zu verstoßen, weil sie sich weigerte, sich ihrer Vorstellung davon zu fügen, wie sie zu leben hatte – als Ganztagshausmädchen für die Familie, bis sie einen anderen Traveller heiratete. Aber Annie war ein Freigeist. Sie hatte keine Angst, wie so viele andere Traveller-Mädchen zur damaligen Zeit, dass sie keinen mehr abbekam, falls sie nicht bis zu ihrem achtzehnten Geburtstag unter der Haube war. Sie wollte sich ihren Lebensunterhalt selbst verdienen und erst heiraten, wenn sie den Richtigen fand. Am Ende hatte Tony Hayes, der Besitzer des Pubs, in dem sie arbeitete, sie zum Altar geführt.

»Hatte Annie Kontakt zu Ihren Eltern, nachdem Sie verheiratet waren?«

»Eigentlich nicht«, sagte Jack. »Aber sie konnten sich natürlich nicht immer aus dem Weg gehen.« Er dachte an die steife Atmosphäre bei diesen Gelegenheiten. Keine angenehmen Erinnerungen. Wie damals, als seine Mutter zu Matts Geburtstag eine kunstvolle Torte gekauft hatte. Aber Matt hatte die, die er mit Annie zusammen gebacken hatte, lieber gemocht – *Schokoladenkuddelmuddel* hatten sie es genannt.

Daraufhin herrschte so dicke Luft, dass man sie wie die Torte mit einem Messer hätte schneiden können.

»Aber es gab auch Menschen, die Annie geliebt haben«, fuhr er fort. »Für meine Haushälterin war sie die Tochter, die sie nie hatte. Für meine Schwester Claire gehörte sie zur Familie. Und für Matt war sie einfach seine Mutter. *Ich* habe Annie geliebt. Ich hätte alles für sie getan. Und bevor Sie fragen, wir wollten beide Kinder. Wir hatten sogar schon den Namen für unser erstes Kind ausgesucht. Rebecca, wenn es ein Mädchen wäre, und Luke für einen Jungen. Wir hatten ja schon Matthew und machten Witze darüber, dass wir irgendwann auch Mark und John haben würden. Ich hätte Annie *niemals* rausgeworfen. Oder unser Kind. *Sie* hat *mich* verlassen!« Gott, ihm kamen die Tränen. All diese Erinnerungen. Erlebnisse, an die er seit Jahren nicht mehr gedacht hatte. Es war zu viel für ihn. Emer musste es vermutet haben, denn sie goss ihm Tee nach. Die Antwort auf alles.

»Ich glaube Ihnen«, sagte sie. »Und es muss schrecklich sein, wenn einem etwas vorgeworfen wird, das man gar nicht getan hat.«

Das kam unerwartet. Er hatte gedacht, Therapeuten blieben stets neutral.

Und so war es auch.

»Aber ich glaube auch Luke, nun ja, ich glaube, dass er seinen eigenen Worten glaubt. Ihm wurde erzählt, Sie hätten ihn und seine Mutter verstoßen. Sie haben ihm nie das Gegenteil bewiesen. Warum sollte er also Ihnen, einem Fremden, mehr vertrauen als den Leuten, die sich sein ganzes Leben lang um ihn gekümmert haben? Können Sie das verstehen, Jack?«

Das konnte er, doch ändern konnte er daran nichts.

»So seltsam es sich anhört, aber vielleicht könnte der Unfall hilfreich sein«, sagte Emer. »Luke kann im Moment nicht die Flucht ergreifen, also haben Sie Zeit, ihn davon zu überzeugen, dass Ihnen etwas an ihm liegt.«

»Ich weiß aber nicht, ob … ob mir etwas an ihm liegt.« Jetzt hatte er es ausgesprochen. Die Ängste zum Ausdruck gebracht, die er hatte, seitdem er von Lukes Existenz erfahren hatte. Er blickte Emer in der Erwartung an, Empörung zu entdecken.

»Sie haben einen furchtbaren Schock erlitten«, war alles, was sie sagte. »Nicht nur durch den Tod Ihrer Frau, sondern auch durch die Neuigkeit, dass Sie einen erwachsenen Sohn haben. Und Sie kennen Luke nicht. Er ist nicht wie ein Kind, das Sie von Geburt an aufgezogen haben. Sie können nicht erwarten, dass Sie ihn sofort lieben.«

»Ich empfinde nicht einmal *Zuneigung*. Und wenn er gar nicht von mir ist? Dieser Traveller, mit dem sie dem Detektiv zufolge zusammen war, könnte doch der leibliche Vater sein.« Dass er sich wünschte, es wäre so, weil er damit aus dem Schneider wäre, sagte er ihr nicht.

Emer überflog ein Formular auf ihrem Schreibtisch. »Luke wurde am 28. Oktober geboren. Wann ist Annie verschwunden?«

»Ende Februar. Dann war Annie also schwanger, bevor sie Baronsmere verließ – es sei denn, Luke war eine Frühgeburt. Aber …«

»Aber was?«, hakte Emer nach.

»Aber vielleicht hat sie den Traveller in England kennengelernt. Eine Affäre wäre immerhin ein Grund gewesen, mich zu verlassen.« Und gäbe es dafür einen besseren Zeitpunkt als Jacks einwöchige Auslandsreise? Kein Streit, kein Drama. Doch wenn das der Fall gewesen war, dann hatte er sich völlig in Annies Charakter geirrt. Und ihre schauspielerische Leistung wäre einen Oscar wert.

»Die Gewissheit, ob Sie der Vater sind, bekommen Sie nur durch einen DNA-Test.«

Jack nickte langsam. Doch wollte er den unumstößlichen Beweis dafür, dass Annie ihm untreu gewesen war? Warum sollte er sich das antun? Luke hasste ihn und würde mit den Stewarts nichts mehr zu tun haben wollen, sobald er aus dem Krankenhaus entlassen wurde.

»Doch Luke nähme eine Bitte um einen Test möglicherweise schlecht auf«, gab Emer zu bedenken. »Er könnte es als eine neue Zurückweisung erleben. Falls er wirklich Ihr Sohn ist, könnten Sie ihn deswegen ganz verlieren. Vielleicht sollten Sie besser warten, bis er sich von dem Unfall erholt hat.«

Jack runzelte die Stirn. »Dann wird er wieder bei seiner Familie sein. Und vermutlich keinen Kontakt mehr mit mir wollen.«

Emer schüttelte den Kopf. »Das glaube ich nicht. Erinnern Sie sich, was passiert ist, als Sie nach seinen Onkeln gefragt haben?«

Richtig. Luke hatte völlig verängstigt gewirkt. »Jeder geistig gesunde Mensch würde so reagieren.«

»Waren sie gewalttätig?«

»Liam Kiernan war nicht übel. Annie sagte mir, sie hätten sich nahegestanden, bis er sich auf der Baustelle eine Kopfverletzung zuzog. Danach hatte er psychische Probleme, die durch Alkohol noch verschlimmert wurden. Joe Kiernan war ziemlich cholerisch. Während er in Baronsmere war, hat er mehr als eine Pubschlägerei angezettelt.« Jack lachte trocken. »Eine davon mit mir.«

»Glauben Sie, Lukes Prellungen stammen von Joe?«

Jack rutschte auf seinem Stuhl herum. Er erinnerte sich an die Worte des Arztes: *Er braucht Frieden und Ruhe … und Hilfe … um sich zu erholen*. Aber Luke war erwachsen. Er konnte seine eigenen Entscheidungen treffen. »Möglich wäre es. Oder von einer Prügelei, wer weiß? Das müssen Sie Luke fragen.«

»Sie wissen, dass er und Annie Irland verlassen wollten«, sagte Emer. »Luke hat mir erzählt, sie waren auf dem Weg nach Wales.«

»Nein, das wusste ich nicht.«

»Was aber komisch ist«, sagte Emer, »denn sie hatten nur einen einzigen Koffer dabei. Das Krankenhauspersonal hat ihn geöffnet, um nach Informationen zu suchen. Darin waren ein paar persönliche Gegenstände, aber nicht viel mehr.«

»Und?«

»Es sieht aus, als wären sie in aller Eile aufgebrochen. Sie haben nicht mal Kleider eingepackt. Ich frage mich, warum.«

Jack seufzte. »Sie wollen, dass ich die Motive einer Frau errate, die ich seit über zwanzig Jahren nicht gesehen habe. Nun, das kann ich nicht. Luke ist derjenige, der die Antworten kennt, aber er redet nicht.«

»Noch nicht.«

Und vermutlich würde er es auch nie.

»Laut Luke gab es keinen Plan. Keinen Job, keine Wohnung.«

»Ich werde ihm Geld geben«, sagte Jack. »Ich sorge dafür, dass er nicht obdachlos wird.«

»Ich verstehe.« In Emers Stimme lag unüberhörbar Missbilligung.

»Was ist falsch daran?«, fragte er. »Das ist wahrscheinlich mehr, als irgendjemand sonst für ihn tun würde.«

»Ja, da bin ich mir sicher«, stimmte Emer ihm zu. »Aber Geld ist nicht immer die Antwort.«

Nach Jacks Erfahrung gewöhnlich schon. Es erkaufte einem Bequemlichkeit, Sicherheit, Möglichkeiten. Was wollte man mehr?

»Emer, selbst wenn er mein Sohn ist, er hasst mich. Ich werde für ihn tun, was ich kann, aber ich kann keine Wunder wirken. Ich kann die Vergangenheit nicht ändern.«

»Sie könnten ihn mit zu sich nach Hause nehmen. Wenigstens für ein paar Wochen, bis er wieder ganz gesund ist. Es wird schwer für ihn sein, so allein auf sich gestellt.«

Er wünschte, sie hätte das nicht vorgeschlagen. Es war so weitab von jeder Realität. Luke ertrug es ja nicht einmal, im selben Zimmer mit ihm zu sein. Es gab nichts, auf das man aufbauen konnte. Keinerlei Aussicht, dass sie sich irgendwann mögen oder sogar lieben würden wie Vater und Sohn. »Wie soll ich denn zu Hause erklären, wer er ist? Soll ich sagen, er ist *vielleicht* mein Sohn?«

»Ich bin mir sicher, Sie finden eine Lösung.«

Jack schwieg und dachte darüber nach.

»Schämen Sie sich für ihn?«, fragte Emer.

»Nein!« Er war gekränkt, dass sie ihn das fragte. »Ich bin nicht intolerant. Ich habe eine Traveller geheiratet, oder nicht? Es ist nur … Luke ist so wütend. Und hart. Ich weiß nicht einmal, ob ich etwas für ihn empfinden kann. Es wäre nicht fair, ihm Hoffnung zu machen.«

»Dass er hart ist, bezweifle ich. Nehmen Sie doch erst einmal das Beste an. Versuchen Sie, ihn kennenzulernen, und lassen Sie zu, dass er sie kennenlernt. Zeigen Sie, dass Sie sich bemühen. Sie brauchen immer noch Antworten. Wenn Sie Lukes Vertrauen gewinnen, seine innere Mauer einreißen, sagt er Ihnen möglicherweise alles, was Annie ihm erzählt hat.«

»Vielleicht …«

Das Telefon klingelte, und Emer nahm ab. »Okay, ich bin gleich da.« Sie legte den Hörer wieder auf. »Tut mir leid, Jack. Ich muss zu einem Patienten.«

»Haben Sie später Zeit für einen Drink?«, fragte Jack. »Mit Ihnen zu reden hilft wirklich.« Die Aussicht auf einen weiteren Abend allein in seinem Hotelzimmer war deprimierend. Er würde nur Trübsal blasen und in der Vergangenheit wühlen.

Sie hielt einen Ablagekorb in die Höhe. »Leider Gottes muss ich den Abend mit diesem Papierkram zubringen.«

»Mittagessen morgen?« Herrje, wie verzweifelt er klang.

»Gewöhnlich esse ich so um ein Uhr schnell ein Sandwich in der Krankenhauskantine.«

Jack lächelte. »Dann sehe ich Sie vielleicht dort.«

An der Tür warf er einen Blick zurück und betrachtete Emer, dieses Mal als Frau und nicht als Therapeutin. Was er sah, gefiel ihm, vor allem die langen roten Locken. Jetzt bemerkte er auch die hellen Sommersprossen auf der Nase und die verführerisch volle Unterlippe. Und zum Glück war sie nicht dürr; das blaue Kleid, das sie trug, zeigte an den richtigen Stellen Kurven – und genug von ihren langen Beinen, um der Fantasie eines Mannes einzuheizen.

Nein, nicht vielleicht, ganz sicher würde Jack morgen in der Krankenhauskantine aufschlagen.

Emer lehnte sich gegen den Küchentresen und sah zu, wie der Thunfischauflauf seinen kreisförmigen Solotanz in der Mikrowelle begann.

Es war ein Geschenk des Himmels, dass ihre Schwester ganz in der Nähe wohnte. Maeve versorgte sie zuverlässig mit all ihren Lieblingsgerichten, denn sie war der Überzeugung, dass einer alleinstehenden Frau, die für das Gesundheitswesen arbeitete, keine Zeit mehr blieb, um selbst einzukaufen oder zu kochen. So ganz falsch lag sie damit nicht. Die Arbeitszeiten eines Therapeuten konnten mörderisch sein, und die Unregelmäßigkeit machte das Privatleben schwierig.

Emer warf einen Blick zum Kühlschrank, auf das Foto von ihr und Colm letztes Jahr im Urlaub in Rom. Sie sollte es wirklich abnehmen. Ihre fünfjährige Beziehung war endgültig vorbei. Den ganzen Herbst und Winter über hatte sie sich gezwungen, es anzusehen, und jeden Tag ließ der Schmerz ein ganz kleines bisschen mehr nach. Nun wurde sie bei Colms Anblick zwar immer noch traurig, verspürte aber nicht mehr den Drang, ihren Kummer in Rotwein zu ertränken. Emer war zu Ohren gekommen, dass er jetzt mit der Frau, mit der er sie betrogen hatte, verlobt war. Sie wünschte ihr viel Glück. Einmal untreu, immer untreu …

Das Essen war fertig. Emer bugsierte es auf einen Teller und verdrängte das schlechte Gewissen, weil sie keinen Salat dazu aß. Für eine gesunde Ernährung brauchte man Zeit und Energie, und beides hatte sie heute Abend nicht. Außerdem musste sie etwas erledigen.

Im Wohnzimmer stellte sie den Teller mit dem brodelnden Essen auf den Tisch und ließ sich vor ihrem Laptop nieder. Sobald sich das Fenster der Suchmaschine öffnete, tippte sie *Jack Stewart, Baronsmere* ein.

Offenbar hatte sie die Qual der Wahl. Im Internet wimmelte es nur so von Informationen über den Mann, den Emer heute zum ersten Mal getroffen hatte. Porträts in Wirtschaftsmagazinen wetteiferten mit kurzen Bekanntmachungen in Börsenblättern. Lokale Webseiten in Cheshire konzentrierten sich auf Jacks wohltätiges Engagement für Alphabetisierungsprogramme und ein von ihm initiiertes Projekt, Teenagern, die noch die Schule besuchten, einen Einblick in die Arbeitswelt zu ermöglichen.

In vielen der Artikel fand sich dasselbe Foto. Emer vergrößerte es. Vermutlich war es vor ein paar Jahren aufgenommen worden, denn in seinem Haar war noch kein Grau. Nicht der Hauch eines Lächelns, aber in seinen Augen lag die Wachsamkeit eines Mannes, der wusste, wie er bekam, was er wollte.

Und nun hatte ihn wie aus heiterem Himmel die Sache mit Annie und Luke getroffen. Der Jack, den sie vorhin in ihrem Büro gesehen hatte, unterschied sich sehr von dem Mann, den die Internetartikel als cleveren Geschäftsmann beschrieben, der stets Herr der Lage war. Heute war er wütend, verwirrt und verletzlich gewesen. War das der Grund, warum sie seine Einladung zu einem Drink nicht angenommen hatte? Sicher nicht aus berufsethischen Gründen, schließlich war nicht er der Patient. Sie hätte sich mit reinem Gewissen mit ihm in einem Pub treffen können. Aber Jacks Leben war im Moment kompliziert, und sie wusste nicht, ob sie damit zurechtkommen würde. Ihr Handy klingelte. Sie warf einen Blick auf das Display.

Maeve.

»Sag mir nicht, dass du schon alle Kinder im Bett hast«, sagte Emer als Begrüßung. Ihre drei Neffen waren Nachteulen. »Das muss ein Rekord sein.«

»Ganz sicher«, lachte Maeve am anderen Ende der Leitung. »Beschrei es nicht. Ich sitze hier, habe die Füße hochgelegt, ein Glas Wein in der Hand, und im Fernsehen gibt es nichts Gutes. Was machst du so?«

Emer speicherte Jacks Foto mit einem Klick auf ihrem Computer.

»Oh, nicht viel. Nur ein bisschen Recherche.«

»Arbeit allein macht nicht glücklich …«

Emer lächelte. Maeve hatte recht. Vielleicht war es ein Zeichen. Aber für was? Emer beschloss, der analytischen Seite ihres Gehirns heute Abend freizugeben. Und auch auf die Alarmglocken würde sie nicht hören.

Sie ging in die Küche, nahm das Foto von Colm vom Kühlschrank und warf es in den Mülleimer.

»Und Tschüss«, murmelte sie.

Jack fuhr aus dem Schlaf hoch. Wo zum Teufel war er? Das Fenster war am falschen Platz. Und was machte dieser Kleiderschrank neben der Tür? Dann fiel es ihm wieder ein. Dies war das Beaumont Hotel in Dublin. Er hatte neuerdings einen Sohn und einen Leichnam, um den er sich kümmern musste. Er warf einen Blick auf den Wecker. Nach neun. Draußen war es dunkel geworden. Er hatte zwei Stunden geschlafen, um den Erinnerungen an Annie, die auf ihn einstürmten, wenigstens kurz zu entkommen.

Er ging ins Badezimmer und spritzte sich Wasser ins Gesicht. Das machte ihn ein wenig munterer. Während er sich die Hände abtrocknete, musterte er sich kritisch im Spiegel. Sechsundvierzig, aber immer noch gut aussehend. Ein paar graue Strähnen im hellen Haar, aber seine Mutter sagte, damit wirke er distinguiert. Schütter wurde da nichts, Gott sei Dank. Ein paar Falten auf der Stirn und um die Augen, doch im richtigen Licht konnte er immer noch für vierzig durchgehen. Er klopfte sich auf den Bauch. Kein Speck. Er trainierte jeden Tag im Fitnessraum der Firma.

Wie alt war Emer? Mitte dreißig? Kein Ehering. Zugegeben, heutzutage trugen die Frauen nicht immer einen. Sie war attraktiv. Und scharfsinnig. Ein bisschen Bettgeflüster wäre schön. Er verspürte einen Anflug von schlechtem Gewissen. Eine tote Frau und ein verletzter Sohn, und er überlegte, wie er die Trauertherapeutin flachlegen konnte.

Zurück im Schlafzimmer stellte er sich vor das Fenster und sah zu, wie die Gottesdienstbesucher aus der Kirche auf der gegenüberliegenden Straßenseite strömten. Der Sonntag neigte sich dem Ende zu. Wie hätte er den Tag in Baronsmere verbracht? Ein bisschen Sport, Zeitunglesen, Mittagessen mit der Familie in Edenbridge, Nachmittagsspaziergang mit den Hunden, am Abend ein Drink oder zwei mit Freunden. Keine Romanze, auch wenn das Flämmchen der Hoffnung, dass er doch noch jemand Besonderes fand, noch nicht erloschen war. Es war seine Entscheidung gewesen, die Sache mit Sarah vor zwei Monaten zu beenden, deshalb hatte er kein Recht, sich über Einsamkeit zu beklagen. Über die Jahre hatten sie sich so oft getrennt, dass die Dorfbewohner vermutlich schon Wetten abschlossen, wie lange es diesmal dauerte, bevor sie wieder zusammenkamen. Doch dieses Mal war es endgültig. Sie hatte keinen großen Aufstand gemacht, als er es ihr gesagt hatte, und keine Versuche unternommen, ihn zurückzugewinnen, auch wenn sie in der letzten Zeit recht still gewesen war – es war schwer zu sagen, was sie wirklich dachte.

Doch was seine Eltern denken würden, wenn er mit Luke in Baronsmere auftauchte, war nicht schwer zu erraten. Sein

Möchtegernsohn, der Dorn im Auge. Sie würden denken, Jack hätte den Verstand verloren.

Emer hatte keine Ahnung, was sie von ihm verlangte. Verflucht sei sie. Verflucht sei Annie. Und verflucht sei Luke. Es hatte lange gedauert, bis Jack über den Schock, dass Annie ihn verlassen hatte, hinweggekommen war, doch er hatte es geschafft und sein Leben wieder in den Griff bekommen. Das Letzte, was er jetzt brauchte, war eine ständige Erinnerung an dieses Trauma in Gestalt eines Zwanzigjährigen mit großer Klappe. Und was sollte das Gerede darüber, er wäre nicht gewollt, weil er ein *Zigeuner* war? Dieses Schimpfwort hatte Jack in seinem ganzen Leben nicht benutzt, und er und Annie hatten immer ein gemeinsames Kind gewollt, einen Bruder oder eine Schwester für Matt.

Matt! Er musste es ihm schonend beibringen, für den Fall, dass Luke auf die Idee kam, irgendwann später einmal anzurufen – oder, schlimmer noch, einfach vor der Tür zu stehen. Dann gäbe es Einiges zu erklären. Jack holte sein Handy hervor und wählte die Nummer seines Sohnes.

»Dad!« Es tat gut, Matts Stimme zu hören. »Was ist los? Maggie sagte, du bist in Irland.«

Er hatte seiner Haushälterin nur das Nötigste gesagt. Um Heulanfälle zu vermeiden.

»Matt, ich bin wegen Annie hier.«

»Annie? *Unsere* Annie?«

»Es hat einen Unfall gegeben …«

»Scheiße! Geht es ihr gut? Wo hat sie die ganze Zeit gesteckt?«

Jack hatte mit Wut oder Gleichgültigkeit gerechnet. Wie konnte Matt so besorgt klingen, nachdem Annie ihn sitzen gelassen hatte?

»Dad?«

»Matt, es tut mir leid … sie ist tot. Ein Autounfall. Ich musste sie identifizieren.«

»Oh mein Gott! Warum hast du mir nichts gesagt? Ich wäre mitgekommen.«

»Du hattest den Junggesellenabschied.«

»Scheiß drauf! Das ist doch wichtiger als ein Besäufnis. Hör zu, ich komme rüber …«

»Nein!« Das war das Letzte, was Jack wollte. Es war schon alles kompliziert genug.

»Aber was ist mit der Beerdigung. Ich sollte dabei sein. Und Maggie. Wir …«

»Hör auf damit! Da ist noch etwas anderes. Sie hatte einen Sohn. Er war mit ihr in dem Auto.«

»Ist er auch tot?«

»Nein, aber er wurde verletzt. Er liegt im Krankenhaus.«

»Der arme Kerl«, sagte Matt. »Dann ist seine Familie da, oder? Das muss hart für dich sein.«

Jack war versucht, es dabei zu belassen. Zu sagen, dass Annies Familie sich um alles kümmerte. Aber was, wenn die Wahrheit später herauskam? Matt würde wissen, dass er gelogen hatte. »Na ja, das ist das Problem, Matt. Luke glaubt offenbar, *wir* wären seine Familie.«

»Wie bitte?«

»Luke ist zwanzig. Seiner Geburtsurkunde zufolge ist er mein Sohn.«

Es behagte Jack gar nicht, Matt diese Neuigkeit per Telefon zu übermitteln. Er wünschte, er könnte Matts Reaktion sehen. »Matt? Bist du noch da?«

»Ja.«

»Was denkst du?«

»Zunächst einmal, warum zum Teufel hat Annie es dir nicht gesagt?«

Nun würde er anfangen, Fragen zu stellen. Das konnte er jetzt gar nicht gebrauchen. »Es ist kompliziert. Zu viel, um jetzt darauf einzugehen. Ich kann es selbst noch nicht richtig begreifen.«

»Das kann ich mir vorstellen. Wie ist er so?«

Feindselig, stur, unversöhnlich, wirft mit Gegenständen. Das fasste es wohl zusammen. Aber dazu hatte er jetzt nicht die Kraft. »Er sieht aus wie Annie.«

»Ich möchte ihn sehen.«

Jack kannte diesen Ton. Matt war fest entschlossen, seinen Willen durchzusetzen. »Das ist keine gute Idee. Er ist noch nicht kräftig genug …«

»Ein Grund mehr. Er ist mein Bruder, und es hört sich so an, als würde er uns brauchen.«

Matts Ärger brachte nun auch Jack auf. »Du weißt nicht, ob er dein Bruder ist! Das könnte der Grund sein, warum Annie gegangen ist.«

Das war ihm rausgerutscht. Sofort bereute er es. Dass Annie mit einem anderen Mann zusammen war, hatte er Matt nie erzählt.

»Das kannst du doch nicht glauben, Dad! Nicht Annie! Auf keinen Fall!«

Matt klang aufgewühlt. Jack hatte es verbockt. »Ich weiß nicht, was ich glauben soll. Diese ganze Sache war ein Albtraum, und ich bin am Ende meiner Kräfte. Bitte, lass mir einfach noch ein wenig Zeit, um mit Luke zu reden. Um in Erfahrung zu bringen, was er jetzt tun will.«

»Aber du bringst ihn doch mit nach Hause?«

Jetzt schlug Matt es sogar vor! Und jeder Versuch, es als

schlechte Idee abzutun, könnte Matt mit dem nächsten Flieger herbringen. Würde Luke überhaupt mit nach Baronsmere kommen wollen? Vielleicht weigerte er sich, dann könnte Jack ihm Startgeld für seinen Umzug nach Wales anbieten. Matt konnte ihn besuchen, wenn er wollte. Eine Win-Win-Situation.

»Okay, Matt, ich frage ihn, aber mach dir nicht allzu große Hoffnungen.«

3

Am nächsten Morgen regnete es. Jack knipste alle Lampen in seiner Suite an, um das Halbdunkel zu vertreiben, und verbrachte eine Stunde damit, E-Mails zu beantworten. Die machten niemals Pause, nicht mal wegen einer Familienkrise. Dann rief er seine Sekretärin an, um ihr zu sagen, dass ihn Geschäfte in Irland aufhielten und sie ihm Nachrichten auf der Mailbox hinterlassen konnte.

»Und wenn Sir Nicholas Sie sprechen muss?«, hatte sie gefragt.

»Das geht nicht. Wenigstens nicht heute. Ich bin beschäftigt.« Was sicher gar nicht gut ankommen würde. Wenn er nach Hause kam, würde er sich deswegen einiges anhören müssen, im Moment jedoch hatte er andere Prioritäten.

Nach Kaffee und einem süßen Teilchen legte Jack die kurze Strecke zum Krankenhaus zu Fuß zurück. Mit seinen Läden und Bürogebäuden sah Dublin aus wie jede andere große Stadt, doch die unzähligen Regenschirme gaben den grauen Straßen ein wenig Farbe. Der Verkehr staute sich Stoßstange an Stoßstange, so schlimm wie in Manchester. Als er an einem Gebäude vorbeiging, erkannte er das Bestattungsinstitut, in dem Annie sich jetzt befand. Er versuchte das schlechte Gewissen zu ignorieren, weil er nicht dabei gewesen war, als sie hierher gebracht worden war.

Er stieß die Schwingtüren des Krankenhauses auf und wurde von dem scharfen Geruch von Desinfektionsmitteln getroffen. Warum konnte man keine Reinigungsmittel verwenden, die nach Blumen rochen? Das würde die Stimmung gewiss heben, und im St. Aidan's sahen alle so aus, als könnten sie so etwas gut gebrauchen.

Als er Lukes Zimmer betrat, fand er nur eine Krankenschwester vor, die die Bettwäsche wechselte. »Wo ist Luke? Ist was passiert?« Vielleicht hatte er sich selbst entlassen? Problem gelöst.

Die Schwester lächelte. »Er macht einen Spaziergang zum Aufenthaltsraum, um seine Krücken auszuprobieren.«

Jack unterdrückte einen Anflug von Enttäuschung und fragte nach dem Weg.

Luke mühte sich gerade den Flur hinunter, eine Schwester ging neben ihm. Jack fühlte sich an Matts erste zögernde Schritte vor vielen Jahren erinnert. Lukes erste Gehversuche hatte er verpasst. Und so viele andere erste Male. *Aber er ist nicht mein Sohn*. Das hatte er schon wieder vergessen. Hatte offenbar akzeptiert, dass der Junge sein Sohn war, eingelullt von seinem und Annies Wunsch nach einem gemeinsamen Kind, einem Wunsch, an den er sich noch immer erinnerte, als wäre es gestern gewesen.

Als sie den Aufenthaltsraum erreichten, hielt Jack ihm die Tür auf. Luke warf ihm einen kurzen Blick zu, bevor die Schwester ihm in einen Sessel half.

»Gut gemacht, Luke«, sagte sie. »Sie machen große Fortschritte. Es dauert sicher nicht mehr lange, dann können Sie wieder tanzen gehen. Ruhen Sie sich einfach ein bisschen hier aus. Ich hole einen Rollstuhl, um Sie zum CT zu bringen.«

Sie eilte hinaus und ließ Vater und Sohn allein zurück, die sich wie Fremde in einem Wartezimmer anschwiegen.

Jack ließ sich in dem Sessel neben Luke nieder, den Blick auf die Wand gerichtet. »CT?«

»Vom Kopf.«

Immerhin eine Antwort. Und sogar fast eine höfliche. »Wie geht es mit den Krücken?«

»Okay. Die Rippen stören, aber wenigstens komme ich so bald hier raus.«

Noch ein Satz ohne Kraftausdrücke. Ganz eindeutig ein Fortschritt. »Wo willst du dann hin?«

Luke seufzte. »Warum interessiert dich das?«

»Ich nehme an, dass du nicht zurück zu deinen Onkeln willst. Gibt es irgendjemand anderen …«

»Herrgott!« Luke schlug mit den Händen auf die Armlehnen des Sessels. »Was kümmert dich das?«

Das war eher der Luke, den er kennengelernt hatte. Er musste seine Worte sorgfältig wählen. »Luke, was immer du glaubst, es ist mir *nicht* egal, was mit dir passiert. Wir sollten versuchen, einander ein bisschen besser kennenzulernen.« Er zögerte, weil er wusste, dass er gleich etwas sagen würde, das sein Leben und das all jener, die ihm wichtig waren, verändern konnte. »Komm mit mir nach Hause.«

Nun war es raus. Konnte nicht mehr zurückgenommen werden.

Aus den Augenwinkeln sah er, wie sich Lukes Kopf zu ihm herumdrehte.

»Warum sollte ich das wollen?«

»Ich gehe nicht davon aus, dass du es *willst*«, erwiderte Jack, Augenkontakt vermeidend. »Aber was ist die Alternative? Du brauchst jemanden, der sich um dich kümmert. Du kommst noch nicht allein klar.« Er ließ es wie eine Art Geschäftsvorschlag klingen: Unterschreiben Sie hier. Stimmen Sie unseren Allgemeinen Geschäftsbedingungen zu.

»Du willst mich doch gar nicht.«

Das stimmte, doch Jack würde es niemals laut aussprechen. Denn er wusste, wie es sich anfühlte, abgelehnt zu werden, und wie groß die Versuchung auch sein musste, er würde Annies Sohn nicht benutzen, um sie zu bestrafen. »Bist du wieder gesund bist«, sagte er. »Danach kannst du tun, was du willst.« Schlag ein oder lass es bleiben. Letztes Angebot.

»Ganz sicher nicht.«

Nun, er hatte es versucht. Oder nicht?

Er ist mein Bruder! Er hörte Matts Stimme in seinem Kopf wie einen Vorwurf. Er würde genau wissen wollen, was Jack gesagt hatte. Würde ihn vermutlich kritisieren, weil er so kalt geklungen hatte. Er musste es weiter versuchen. Für Matt. Jack nahm ein Foto aus seiner Brieftasche und hielt es Luke hin.

»Matt«, sagte er. »Dein Halbbruder. Er ist fünfundzwanzig. Deine Mutter hat ihn überallhin mit genommen – hat ihm irische Geschichten erzählt, irische Lieder beigebracht, die er heute noch betrunken am St Patrick's Day singt. Er hat Annie geliebt. Sie war seine Mutter für ein Jahr. Die einzige, an die er sich erinnert. Er will dich kennenlernen.«

Bevor Luke antworten konnte, war die Krankenschwester mit einem Rollstuhl zurück. »Zeit für Ihr CT, Luke.«

Jack wollte ihm aufhelfen, doch als sich Lukes Körper versteifte, überließ er es lieber der Schwester. Er hielt die Tür auf, während sie den Stuhl hinausrollte. »Denk einfach drüber nach«, sagte er, doch Luke verließ den Raum, ohne ihn anzusehen.

Emers Handyalarm piepte fünf Minuten vor eins. Zeit fürs Mittagessen. Und möglicherweise für Jack Stewart. Vielleicht hatte er in der Zwischenzeit vergessen, dass sie in der Krankenhauscafeteria sein würde, doch sie würde hingehen, nur für den Fall. Gestern Abend hatte sie sich eingestanden, dass sie Jack attraktiv fand. *Belüg nicht deine Hormone*. Das war einer von Maeves Lieblingssprüchen.

Wie immer quollen die Aufzüge über von Krankenschwestern, Ärzten und Angehörigen. Es war so schlimm wie auf der Grafton Street an einem Samstagabend. Als der dritte Aufzug kam und wieder proppenvoll war, gab Emer auf und nahm die Treppe. Während sie hinunter ins Erdgeschoss rannte, warf sie einen Blick auf ihre Armbanduhr. Fast zehn nach. Ihrer Erfahrung nach blieben Männer nicht lange, wenn sie glaubten, man hätte sie versetzt. Aber sie würde Jack ja auch noch irgendwann anders sehen können, bei Luke …

»Emer!«

Sie lächelte, als sie Jack entdeckte, der draußen vor der Cafeteria stand. Ein Pluspunkt für ihn, weil er gewartet hatte. Warum hatte sie nur nicht daran gedacht, sich das Haar zu bürsten? Selbst aus einem Pferdeschwanz rutschten ihre widerspenstigen Locken immer wieder heraus und standen ihr vom Kopf ab wie ein flaumiger roter Heiligenschein. Aber vielleicht würden ihn ja die Bernsteintropfenohrringe für besondere Gelegenheiten ablenken, nach denen sie heute Morgen fünf Minuten lang gesucht hatte.

Sie begrüßte ihn mit einem Lächeln und sagte: »Gehen wir rein. Ich komme um vor Hunger.« Außerdem könnte sie in der Scheibe der Essenstheke ihre Frisur überprüfen.

Jack zögerte mit unsicherer Miene. Emer verspürte einen leichten Stich der Enttäuschung. Vielleicht war sie zu voreilig gewesen, und er blieb doch nicht zum Mittagessen. Sie müsste es mittlerweile besser wissen und keine Luftschlösser bauen …

»Da drinnen ist es ziemlich voll. Können wir irgendwo essen, wo es ruhiger ist?«, fragte Jack, und die Schlösser und die Wolken schwebten zurück in Emers Blickfeld.

In ihr Büro konnten sie nicht. Dort gab es nicht eine Minute Ruhe. Draußen war es zu kalt und feucht, selbst wenn man bereit war, sich den Tabakrauchwolken der Besucher und Patienten auszusetzen, die ihrer Nikotinsucht frönten.

»Da gibt es etwas«, sagte sie zu ihm. »Sie haben doch keine Höhenangst, oder?«

Jack blinzelte nervös. »Nein, eigentlich nicht. Warum, was haben Sie vor?«

»Das wird eine Überraschung. Kommen Sie, holen wir uns ein paar Sandwiches.«

Er hielt eine Tüte in die Höhe. »Die habe ich schon.«

Noch ein Pluspunkt für ihn, nur … »Ich esse kein Fleisch. Haben Sie auch etwas für Vegetarier? Fisch ist auch okay.«

»Ich habe eins von jeder Sorte gekauft«, sagte er ernst und schien daran nichts Ungewöhnliches zu finden.

»Oh.« Emer verkniff sich ein Lachen, weil sie seine Gefühle nicht verletzen wollte. »Wie umsichtig. Nach rechts, geradeaus und dann nach oben. Folgen Sie mir.«

Einige der Schwestern bedachten Jack mit anerkennenden Blicken, als er plaudernd neben Emer im Aufzug stand. Auch wenn es nicht stimmte, es tat gut, dass man dachte, sie wäre wieder Teil eines Paares.

Als Emer die Tür aufdrückte, spürte Jack, wie ein kühler Lufthauch an seinem Haar und seiner Jacke zupfte. Vor ihnen lag das Dach. Nun verstand er auch ihre Frage nach der Höhenangst. Er hatte mehr Privatsphäre gewollt, und die bekam er jetzt, denn hierher kamen ganz sicher nur die Verzweifelten und die Mutigen. Der Krankenhauslärm hinter ihm verklang und wurde von den Geräuschen des Stadtverkehrs abgelöst. Glücklicherweise hatte es zu regnen aufgehört.

»Tja, vielen Dank, Emer, nun bekomme ich die Sehenswürdigkeiten der Stadt doch noch zu sehen …«, scherzte er und spähte über den Rand. Von hier aus, sechs Stockwerke hoch, hatte man eine gute Aussicht über Dublin. Links von ihnen erstreckte sich ein Park, und der Fluss zog sich stahlgrau glitzernd durch das Herz der Stadt. In der Ferne schien eine gigantische Nähnadel in den Himmel zu stechen. »Was ist das für ein großes spitzes Ding?«, fragte er Emer, die sich neben ihn gestellt hatte.

»Das ist der Millennium Spire«, erklärte sie. »Aber die Anwohner haben ihm unanständigere Namen gegeben. Vier Millionen Euro, um es zu bauen, und eine Million bisher, um es sauber zu halten. Niemand weiß, was es darstellen soll, aber es ist ein guter Treffpunkt.«

»Wie dieses Dach hier. Kommen Sie oft hier rauf?«

»Früher ja, als ich noch geraucht habe, aber jetzt führe ich einen untadeligen Lebenswandel.« Emer zwinkerte ihm lächelnd zu, und der Anblick ihrer Grübchen ließ ihn ihr Lächeln erwidern. »Kommen Sie hier herüber, aus dem Wind heraus.«

Jack folgte ihr zu einem Steinblock im Schutz eines großen Abluftschachts, wo sie sich Seite an Seite niederließen. Er wühlte in der Plastiktüte und zog ein Sandwich hervor. »Käse und saure Gurken?«

»Großartig«, sagte sie und nahm das Sandwich und eine Flasche Apfelsaft entgegen.

Da es womöglich keine gute Idee war, vor ihren Augen auf Rindfleisch herumzukauen, wählte er ein halbes Baguette mit

Avocado und Garnelen aus. Er wollte es gerade auspacken, da bemerkte er, dass Emer leicht zitterte. Er stand auf, zog seine Jacke aus und legte sie ihr über die Schultern.

Sie machte ein überraschtes Gesicht und murmelte: »Ein echter Gentleman.«

Das Sandwich schmeckte nach nichts, sodass Jack es bald wieder in seine Plastikverpackung zurücklegte. Emer aß tapfer weiter. Jack hatte sich darauf gefreut, sie wiederzusehen, doch es war schwer, eine Unterhaltung zu führen, wenn man Seite an Seite auf einem windigen Dach saß und kaute. Aber Emers Mittagspause dauerte weniger als eine Stunde, also sollte er die Sache besser bald in die Hand nehmen. Am besten fing er mit etwas an, von dem er wusste, dass es ihren Gefallen fand.

»Ich habe Luke heute Morgen gesehen. Ich habe ihn gebeten, mit mir nach Hause zu kommen.«

»Mmm.« Emer schluckte eilig und wandte sich ihm halb zu. »Was hat er gesagt?«

»Er schien es nicht für eine gute Idee zu halten.«

Die Untertreibung des Jahres. Weil Emer enttäuscht wirkte, fügte er hinzu: »Ich habe ihm ein Foto von Matt gezeigt, meinem Sohn, und ihm gesagt, dass er ihn gerne kennenlernen würde, was auch stimmt. Ich habe gestern Abend mit Matt telefoniert. Luke hat nicht gesagt, dass er mitkommt, aber er hat auch nicht Nein gesagt.«

Wenn er das Angebot, das er Luke gemacht hatte, in einem besseren Licht darstellte, sammelte er damit vielleicht Pluspunkte bei ihr. Gut, dass sie bei dem Gespräch nicht dabei gewesen war.

»Er braucht wohl ein wenig Zeit, um darüber nachzudenken«, folgerte Emer. »Aber es ist gut, dass Sie gefragt haben.«

Jack war überrascht, wie sehr er dieses kleine Zeichen der Anerkennung brauchte. Er fühlte sich so einsam hier in Dublin, so orientierungslos.

Sie plauderten weiter – über Luke, über Emers Job, über Irland. Als sie ihr Sandwich fast aufgegessen hatte und die Zeit knapp wurde, wagte Jack eine persönliche Frage. »Haben Sie Kinder, Emer?« Keine besonders subtile Art herauszufinden, ob jemand verheiratet war oder nicht, aber etwas Besseres war ihm nicht eingefallen.

»Nein, ich bin nicht verheiratet. Ich war verlobt, doch es hat nicht gehalten.«

Sie klang traurig, und er wünschte, er hätte nicht gefragt. Wenn irgendwo ein Fettnäpfchen stand, konnte er sicher sein, dass er hineintrat.

»Was ist mit Ihnen, Jack? Gibt es jemand Besonderen in Ihrem Leben?«

Als er Emer einen Blick zuwarf, sah er Interesse in ihren Augen aufblitzen. Er hörte schon seine Mutter sagen, dass er schon einmal mit einer Irin hereingefallen war und es nicht sehr klug war, dieses Risiko erneut einzugehen. Den Gedanken beiseiteschiebend überraschte er sich selbst, indem er Emer wahrheitsgemäß antwortete. »Ich hatte eine Beziehung mit einer Hotelbesitzerin bei uns zu Hause, Sarah, doch das habe ich vor ein paar Monaten beendet. Es war schon länger nicht mehr das Wahre für mich, und ich glaube, für sie auch nicht. Ich denke, wir haben beide einfach weitergemacht, weil es bequem und praktisch war.« Aber leer. Für Sarah hatte er nie Gefühle entwickelt wie für Caroline oder Annie. Und wenn Annie schon aus ihrer perfekten Beziehung geflohen war, was gab es dann noch für Hoffnung? Vielleicht war das der Grund, warum er sich nie wegen böswilligen Verlassens hatte scheiden lassen – weil es eine Entschuldigung dafür war, sich nicht noch einmal auf die zahlreichen Risiken einer Heirat einzulassen.

»Sarah und ich sind befreundet, seit wir Kinder waren«, fuhr Jack fort. »Vielleicht war es deshalb so schön einfach. Man musste sich keine Mühe geben, den andern kennenzulernen – und es gab nicht den ersten Rausch des Verliebtseins, nach dem man sich, wenn es schiefgeht, nur leer fühlt.«

Er blickte auf seine Hände und fühlte sich nach diesem Geständnis verlegen und verletzlich. Wirkte er mitleiderregend?

Emer sagte leise: »Meine letzte Beziehung war eine Katastrophe. Er hat mich betrogen. Offenbar wussten es alle außer mir. Danach fällt es schwer, nicht an sich selbst zu zweifeln. Seitdem habe ich Angst, es noch mal zu versuchen.«

So hatte Jack sich gefühlt, nachdem Annie ihn verlassen hatte. Alle guten Erinnerungen schmeckten auf einmal bitter, und es blieb einem nichts außer einem gebrochenen Herzen. »Er muss blind sein. Oder dumm. Oder beides«, sagte er. »Sie können froh sein, dass Sie ihn los sind.«

War das eine leichte Röte auf ihrem Gesicht? Als sie sich ein paar entwischte Locken hinters Ohr schob, stieß sie einen Schmerzensschrei aus. Ihr Ohrring hatte sich in einer Haarsträhne verfangen. »Lassen Sie mich …«

Vorsichtig befreite er den Ohrring. Als er ihn sanft wieder richtete, strichen seine Finger hauchzart über ihre Haut. Sie schien zu zittern, vielleicht war ihr auch immer noch kalt.

»Danke, Jack. Ich bin so eine Idiotin«, sagte Emer, während sie das Einwickelpapier ihres Sandwiches wieder und wieder faltete. »Bei diesen Haaren sollte ich keine langen Ohrringe tragen. Wer hätte gedacht, dass Locken so gefährlich sein können, was?«

»Ich liebe Locken.« Die Worte waren heraus, bevor er sie zurückhalten konnte. Offensichtlicher ging es nicht. Matt würde sich vor Verlegenheit winden, wenn er seinen Vater jetzt hören könnte. »Wie war das Sandwich?«, fragte er. Jedes Thema war recht, um sie schnell abzulenken.

»Es hat seinen Zweck gut erfüllt. Wenn Sie möchten, lege ich die übrigen Sandwiches in den Angehörigenraum.«

»Gute Idee.« Er gab ihr die Tüte.

Regen begann auf das Dach zu prasseln. Sie standen auf.

»Tja, immerhin hat es zwanzig Minuten lang nicht geregnet«, sagte Emer. »Ein Wunder.«

Auf dem Weg zur Tür fragte Jack: »Könnten wir uns morgen wieder treffen? Natürlich nur, wenn Sie keine anderen Pläne haben. Sie erwähnten, dass Sie einen halben Tag frei haben.«

»Werden Sie denn nicht bei Luke sein?«

Ein Wink mit dem Zaunpfahl. Um ihm seine Verpflichtungen vor Augen zu führen. »Ich besuche ihn morgens, am Nachmittag wird er sich sicher ausruhen wollen.«

Als sie das Dach hinter sich ließen, brandete der Lärm des Krankenhauslebens wieder auf, aber Jack nahm seine Umgebung kaum war, während er und Emer Pläne für den nächsten Tag schmiedeten.

Eins – Pause. Zwei – Pause. Luke zog sich über den Krankenhausflur, erst die Krücken, dann die schmerzenden Beine. Ein scharfer, von seinen Rippen ausgehender Stich begleitete jede Bewegung. Sein Herz hämmerte. Eine halbe Stunde bis hierhin. Bei dieser Geschwindigkeit würde es den ganzen Nachmittag dauern. Bei jeder Tür, an der er vorbeikam, warf er einen Blick auf das Schild. Endlich fand er, was er gesucht hatte. Wenn sie nicht da war, würde er hier draußen zusammenbrechen und warten müssen. Er brachte ein ungelenkes Klopfen zustande.

»Herein.«

Konnte sie ihm das Leben nicht ein bisschen leichter machen und ihm die Tür aufmachen? Er fingerte am Griff herum, an den er wegen der Krücken nur mit Mühe herankam. Doch er schaffte es nicht, ihn herunterzudrücken. Er klopfte erneut.

»Übertreiben Sie es nicht mit der Höflichkeit …« Emer öffnete die Tür. »Luke! Sagen Sie mir nicht, Sie haben den ganzen Weg auf Krücken zurückgelegt?«

»Es kam mir ganz einfach vor, als ich losgegangen bin … vor zwei Tagen«, scherzte er.

»Ich komme auch aufs Zimmer, wissen Sie.«

»Ich brauchte Bewegung.«

»Kommen Sie herein«, sagte sie. »Setzen Sie sich. Ich habe gerade Tee gemacht.«

Luke ließ sich auf das Sofa fallen und die Krücken zu Boden klappern. Seine Rippen taten höllisch weh. Vielleicht war er doch noch nicht fit genug für diesen Ausflug.

»Ich habe Ihnen zu Ehren die Ingwerkekse ausgepackt«, sagte Emer einen Moment später und reichte ihm eine Tasse Tee mit zwei Plätzchen auf der Untertasse. Sie lehnte seine Krücken gegen die Wand, bevor sie sich an ihren Schreibtisch setzte.

Ihr Büro gefiel ihm. Spielzeug in einer Ecke. Überall Bücher. Fotos an der Wand – ihre Familie vielleicht. Viele Pflanzen.

»Also, wie geht's so?«, fragte sie und nippte an ihrem Tee.

Schrecklich. Furchtbar. Schlaflose Nächte voller Schmerzen und Erinnerungen. Aber davon sagte er besser nichts. Er wollte nicht wie ein Jammerlappen klingen. »Jack Stewart hat mich gefragt, ob ich mit zu ihm nach Hause kommen will.«

»Und, wollen Sie?«

»Er will mich doch gar nicht wirklich bei sich haben. Er hat nur gefragt, weil er sich schuldig fühlt.« Der Mann hatte ihn nicht mal angesehen, als er ihm den Vorschlag gemacht hatte. Mit seiner Mam nach Wales zu ziehen war eine Sache. So gut wie allein nach England zu gehen eine andere.

»Ich glaube, Sie kennen Jack nicht gut genug, um seine Motive richtig einschätzen zu können.«

»Ich habe viel von ihm gehört. Ich weiß, was er ist und was er getan hat.« Luke ärgerte sich, dass er so wütend klang. So bitter und kindisch. Aber es war nicht sein Fehler.

Emer stellte ihre Tasse ab. »Das ist nur Hörensagen. Dinge, die andere Leute Ihnen erzählt haben.«

»Meine Mutter ist nicht ›andere Leute‹.«

»Natürlich nicht. Das meinte ich auch nicht, aber Sie sollten sich Jacks Seite anhören, bevor Sie entscheiden, was Sie als Nächstes tun. Bevor sie irgendwelche Türen zuschlagen.«

Sie verstand nicht. Es waren die Stewarts, die Türen zugeschlagen hatten. Vor vielen Jahren. Vor der Nase seiner Mutter. Er hatte den Beweis mit eigenen Augen gesehen.

»Ich will nur helfen, Luke. Ich möchte Sie zu nichts drängen.«

Dabei wünschte er, sie würde es tun. Es wäre einfacher, wenn ihm jemand alle Entscheidungen abnähme. »Sie *können* mir helfen«, sagte er. »Deswegen bin ich hier. Kommen Sie mit zu meiner Mam?«

Sie schwieg. Er betete, dass sie ihn nicht hängen ließ. Alleine würde er es nicht schaffen.

»Finden Sie nicht, dass Jack Sie begleiten sollte?«

»Auf keinen Fall! Den würde ich niemals um etwas bitten.« Und wieder wurde er laut. Allein der Gedanke an Jack Stewart ließ ihn die Beherrschung verlieren.

»Ich muss das zuerst mit Ihrem Arzt besprechen.«

Er blieb sitzen, während Emer die notwendigen Anrufe machte. Es war ein schwerer Gang für ihn. Ein Teil von ihm wollte seine Mutter, so wie sie war, in Erinnerung behalten, doch er würde es sicher bereuen, wenn er sie nicht noch ein letztes Mal sah. Dies war seine einzige Chance, Abschied zu nehmen. Es war das Richtige, und er war froh, dass Emer bei ihm sein würde.

»Wenn Sie bitte hier entlangkommen, Mr Kiernan.« Es dauerte einen Moment, bis Luke begriff, dass die Dame an der Anmeldung mit ihm sprach. »Mr Kiernan«, das waren sein Großvater oder seine Onkel, nicht er.

»Ich warte hier, Luke«, sagte Emer und ließ sich in einem Sessel im Empfangsbereich nieder. »Lassen Sie sich Zeit.«

Nun, da er tatsächlich im Begräbnisinstitut McBride war, verließ Luke der Mut. Was, wenn der Anblick schlimm war? Was, wenn das Gesicht seiner Mutter durch den Unfall entstellt wäre? Als Joes Freund mit seinem Motorrad gegen einen Baum gefahren war, hatte ihn bei der Totenwache niemand erkannt. Und das wäre dann das letzte Bild, das man von einem geliebten Menschen hatte.

»Drücken Sie einfach den Knopf neben der Tür, wenn Sie etwas brauchen, Sir.«

Die Empfangsdame ließ Luke in einen Raum mit cremefarbenen Wänden und hohen Fenstern. Der offene Sarg befand sich an der gegenüberliegenden Seite, an beiden Enden standen künstliche Kerzen. Blumen bedeckten die Bahre. Luke näherte sich ihm langsam, den Blick auf das Kruzifix an der Wand gerichtet. Wie war es nur dazu gekommen? Ihr Leben war auf einer blöden Landstraße geendet. Was für eine Verschwendung. So unfair. Er blieb vor dem Sarg stehen, holte tief Luft und senkte den Blick.

»Oh, Mam!« Es sah aus, als würde sie schlafen, nur der Schnitt über eine Seite ihres Gesichts machte diesen Eindruck zunichte. *Bitte Gott, lass sie die Augen öffnen. Bring sie zurück. Bring sie einfach zurück. Lass nicht zu, dass ich ohne sie leben muss. Bitte.* Der Schmerz über den Verlust war schlimmer als alle seine Verletzungen. Und die Schuld ebenfalls. Wegen ihm hatten sie Ennis verlassen müssen. Er hatte einen Fehler gemacht, und sie hatte dafür bezahlt. Er spürte einen Kloß im Hals, doch Tränen kamen keine. Seit Jahren schon hatte er nicht mehr geweint. Er hatte es sich abgewöhnen müssen.

Jemand hatte einen Rosenkranz durch Annies Finger gezogen. Nicht ihren Rosenkranz, den kleinen silbernen. Der war immer noch in ihrem Koffer. Er sollte jetzt ein Gebet für sie sprechen. Ihrer Seele hinauf in den Himmel helfen. »Ewige Ruhe schenke ihr, oh Herr«, flüsterte er. »Und lasse sie … Und lasse sie …« Er konnte es nicht beenden. Er kannte die Worte gut genug, doch er brachte sie nicht heraus. Was stimmte nicht mit ihm? Er versuchte es noch einmal, mit einem anderen Gebet.

»Sei gegrüßt, oh Königin, Mutter der Barmherzigkeit,
unser Leben, unsere Wonne und unsere Hoffnung, sei gegrüßt!
Zu dir rufen wir verbannte Kinder Evas …«

Verbannt. Seine Mutter war von den Stewarts verbannt worden. Abgelehnt. Nicht gut genug für sie. Tiefe Verbitterung machte sich in ihm breit, doch er kämpfte dagegen an. Dies war weder die Zeit noch der Ort. Dies waren die letzten kostbaren Momente mit seiner Mutter. Er musste sich auf sie konzentrieren. Irgendwie schaffte er es, sich hinunterzubeugen und sie auf die kalte Wange zu küssen. »Bye, Mam. Ich liebe dich.«

Er würde sie jeden einzelnen Tag seines Lebens vermissen, doch sie war nach Jahren des Leidens endlich zur Ruhe gekommen. Ein kleiner Trost. Nun wollte er Rache. Er wollte Chaos. Verwüstung. Und er würde nicht ruhen, bis die Türme der Familie Stewart einstürzten.

»Jack Stewart, bitte.«

Emer ließ den Wein in ihrem Glas kreisen, während sie darauf wartete, dass die Rezeptionistin des Hotels sie zu Jacks Zimmer durchstellte. Es war nach neun – hoffentlich schlief er noch nicht. Sie war sich nicht einmal sicher, ob es richtig war, ihn anzurufen, aber Lukes Gesichtsausdruck, als er aus diesem Zimmer in dem Bestattungsunternehmen gekommen war, hatte sie beunruhigt. Es war, als hätte das Trauma des Unfalls ihn erneut mit voller Kraft getroffen. Sein Gesicht war blass gewesen und seine Augen hohl. Gequält.

»Hallo?« Jacks Stimme drang durch die Leitung.

»Hallo, Jack … ich bin es, Emer.«

»Emer! Ich hoffe, Sie wollen nicht für morgen absagen.«

Unwillkürlich lächelte sie in sich hinein. Es war schon ein Weilchen her, dass ihr jemand das Gefühl gegeben hatte, gewollt zu werden. »Nein, die Verabredung steht«, sagte sie. »Ich wollte Ihnen nur berichten, was es Neues von Luke gibt.«

»Oh.«

Emer wünschte, er würde nicht so enttäuscht klingen. Seine negative Einstellung Luke gegenüber war bisher das Einzige, das ihr nicht an ihm gefiel.

»Ich habe ihn heute Nachmittag zum Bestatter begleitet. Er bat mich darum, damit er sich von seiner Mutter verabschieden kann.«

Am anderen Ende der Leitung herrschte Schweigen.

»Jack … sind Sie noch da?«

Es folgte ein langer Seufzer. »Ich wünschte, er wäre nicht hingegangen. Das ist nicht gut für ihn. Hätten Sie ihn nicht hinhalten können, bis ich die Chance hatte, mit ihm zu reden?«

Das hätte sie. Und vielleicht wäre es auch besser gewesen, aber Luke war erwachsen und hatte das Recht, seine eigenen Entscheidungen zu treffen. »Ich glaube, er wäre sowieso gegangen. Ich wollte da sein, falls er mich braucht.«

Wieder Schweigen. Emer nippte an ihrem Wein und wartete.

»Ich nehme an, das hat ihn ziemlich mitgenommen«, sagte Jack schließlich. »Jetzt hasst er mich sicher noch mehr.«

Emer wurde zornig. »Es ging dabei nicht um Sie, Jack. Es ging um Luke und seine Mutter. Und ja, er war mitgenommen. Er war sehr blass, als er herauskam. Und sehr still. Keine Tränen, aber er war erschüttert. Ich bat die Schwester, ihn im Auge zu behalten.«

Gut möglich, dass ihr scharfer Ton Jack kränkte. Das wäre zwar bedauerlich, aber sie machte nur ihre Arbeit. Luke war ein junger Mann, der litt, und sie würde alles tun, was sie konnte, um ihm zu helfen.

»Danke«, sagte Jack, aber in seiner Stimme verriet immer noch Enttäuschung.

»Wissen Sie«, sagte Emer, »ich glaube, hinter der harten Fassade sehnt Luke sich nach Zuneigung – von jemandem, dem etwas an ihm liegt.«

Jack gab ein ironisches Lachen von sich. »Das muss mir irgendwie entgangen sein, während er mit Dingen nach mir geworfen und mich einen Mistkerl genannt hat.«

Emer hätte am liebsten geschrien: *Nehmen Sie sich nicht so wichtig!*, doch sie verkniff es sich.

»Luke hat offenbar eine Abwehrmauer um sich herum errichtet. Können Sie das verstehen? Jedes Mal, wenn es zu einer Konfrontation zwischen Ihnen beiden kommt, baut er die Mauer höher. Geben Sie ihm Zeit. Unterstützen Sie ihn, wo Sie können. Und, um Himmels willen, kritisieren Sie ihn nicht, weil er seiner Mutter die letzte Ehre erwiesen hat. Versprechen Sie mir, dass Sie das morgen nicht tun werden.«

»Natürlich nicht!«, rief Jack aus. »Für wen halten Sie mich?«

Offenbar waren Vater und Sohn gleich aufbrausend. Emer genauso – ihr Vater hatte sie immer Hitzkopf genannt, wenn sie sich über eine angebliche Ungerechtigkeit empörte. Doch es war an der Zeit, einen Gang zurückzuschalten, denn so kamen sie alle nicht weiter. »Ich halte Sie für einen großzügigen Menschen. Einen liebenswürdigen Menschen. Und ich möchte, dass Luke diese Seite von Ihnen sieht. Wie ich schon sagte, haben Sie Geduld. Sie müssen beide die Beerdigung durchstehen – dazu werden Sie all Ihre Kraft brauchen.«

»Die Beerdigung.« Plötzlich war die Heftigkeit aus Jacks Stimme verschwunden. »Darüber habe ich noch gar nicht nachgedacht. Ich werde Luke morgen fragen, ob sie in Ennis oder hier in Dublin stattfinden soll.«

»Traveller möchten gern an einem Ort bestattet werden,

den sie kennen. Sie könnten … nein, ich denke nicht …« Sie fiel sich selbst ins Wort. Es war ein verrückter Vorschlag.

»Was wollten Sie sagen? Emer?«

»Na ja, wenn Luke mit Ihnen zurück nach England kommt, könnten Sie Annie dort begraben.«

Schweigen. Wahrscheinlich war sie zu weit gegangen. Eigentlich ging es sie ja auch nichts an.

»Luke wird die Idee vermutlich ablehnen, aber ich biete es ihm trotzdem an«, lenkte Jack ein.

Er bemühte sich immerhin, das merkte Emer ihm an. Auch Jacks Leben war auf den Kopf gestellt worden, als ihn die Vergangenheit auf so entsetzliche Weise eingeholt hatte. Vielleicht sollte sie nicht so streng mit ihm sein.

»Und, wollen Sie sich immer noch morgen mit mir treffen?«, fragte sie. »Oder haben Sie genug von meiner Rechthaberei?«

»Ich werde da sein«, versprach er. »Aber ich trage vielleicht eine kugelsichere Weste.«

Emer lachte, erleichtert, dass sie ihn nicht verschreckt hatte. Nicht jeder konnte mit einer Frau umgehen, die ihre Meinung sagte. Trotzdem nahm sie sich vor, sich in Zukunft ein wenig zurückzuhalten.

4

Dienstagmorgen. Drei Tage war Jack nun in Dublin. Es kam ihm länger vor. Er frühstückte gerade, als sein Handy klingelte: Emer.

»Jack, können Sie ins Krankenhaus kommen?«

Er hörte die Dringlichkeit in ihrer Stimme. »Ist was mit Luke?«

»Nein, ihm geht es gut«, beruhigte sie ihn. »Aber die Garda ist da, um ihn zu befragen. Sie sind im Wartezimmer, während er ein paar Tests macht. Ich habe Ihnen ja erzählt, wie durcheinander er gestern war. Ich glaube, er braucht jemanden an seiner Seite, ein Familienmitglied … Es ist wichtig, Jack.«

Gott, sie würden alles noch einmal durchgehen wollen. Den ganzen Autounfall, von A bis Z. Ob er das schaffte? »Könnten Sie …«

Emer legte auf, ohne sich zu verabschieden. Offensichtlich sauer auf ihn. Toll.

Jack schob sein Frühstück zur Seite und schnappte sich seinen Mantel. Er hatte lediglich fragen wollen: *Könnten Sie ihnen nicht sagen, dass es heute nicht geht*? Doch Emer hatte wohl angenommen, er wolle vorschlagen, dass sie an Jacks Stelle an der polizeilichen Befragung teilnahm. Nun würde ihnen das den Nachmittag vermiesen.

Nicht zum ersten Mal verfluchte er Luke Kiernan.

Luke musterte die beiden Polizeibeamten, die in seinem Krankenzimmer standen. Wie immer gab es sie nur im Zweierpack. Hatten sich vorgestellt, als würde sie das zu Individuen machen, aber sie schienen wie alle anderen Gardas zu sein, die er kannte. Im Allgemeinen verachteten sie Traveller. Gingen davon aus, dass sie alle Gauner und Unruhestifter waren. Kümmerten sich einen Dreck um die Anständigen. Nur die normalen Leute wurden respektiert und geschützt.

Wie an diesem einen Abend, ungefähr vor zehn Jahren, als sein Onkel Joe Annie verprügelt hatte. Wieder einmal. Die Garda war erst am nächsten Tag aufgetaucht und auch nur mit einem Durchsuchungsbeschluss, um das Haus nach Diebesgut zu durchwühlen. Jeder Vorwand war ihnen recht. Irgendwann hatten sie sich dann auch die blauen Flecke seiner Mutter angesehen und gefragt, ob sie Anzeige erstatten wollte, aber natürlich hatte sie das abgelehnt. Dann hatten sie noch erwähnt, dass ihr Sohn sich Sorgen machen würde und Joe damit mit hineingezogen. Joe war ausgerastet, weil er die Polizei gerufen hatte, und hatte Lukes Kopf so heftig gegen eine Wand geschlagen, dass ihm das Blut aus dem Ohr gelaufen war. Eine Woche lang hatte er nicht aufstehen können, ohne dass ihm schwindelig wurde.

Das war eine Lektion gewesen. Die Behörden standen von da an auf Lukes immer länger werdenden Liste von Personen, denen nicht zu trauen war. Niemand würde ihm oder seiner Mutter helfen. Sie waren auf sich allein gestellt, und es war an ihm, auf sie aufzupassen. Was er ja wirklich gut hinbekommen hatte.

Der ältere der Gardas, Sergeant Connolly, ergriff das Wort. »Wir haben ein paar Fragen zu dem Unfall, Luke.«

»Mr Kiernan«, murmelte er. Typisch. Sie fragten nicht einmal, ob sie ihn mit dem Vornamen ansprechen durften. Und auch keinerlei mitfühlende Worte über seine Mutter. Sein Kiefer straffte sich.

»Natürlich nur, wenn Sie sich dazu in der Lage fühlen«, sagte Byrne, der zweite Beamte. Er zog sich einen Stuhl heran und holte ein Notizbuch und einen Stift heraus.

Luke hätte fast laut gelacht. Als wenn es sie scherte, ob er dazu in der Lage war.

Byrne blätterte ein paar Seiten um, fand die, die er gesucht hatte, und las laut vor: »Luke Kiernan aus Ennis? Alter zwanzig, geboren am 28. Oktober …?«

Luke sagte nichts. Sollte der Mistkerl sich ruhig ein wenig anstrengen.

»Ist das richtig?«, hakte Connolly nach.

»Ja. Dann bekomme ich wohl eine Karte, was?« Keine Antwort. Denen hatten sie ganz offensichtlich jeden Sinn für Humor wegoperiert.

»Adresse?«

»Ach, schon gut, ich brauche keine Karte.« Sein Onkel sagte immer, sein vorlautes Mundwerk würde ihm Ärger einbringen, aber diese herablassenden Volltrottel hatten es nicht anders verdient. Ach, was sollte es, falls sie ihn schlugen, war er hier schon genau am richtigen Ort.

»Bestätigen Sie bitte Ihre Adresse, junger Mann«, sagte Connolly langsam, als wäre Luke ein bisschen schwer von Begriff.

»Ich bin gerade dabei umzuziehen.«

»Wirklich?«, sagte Byrne. »Laut unserer Daten lautet Ihre Adresse 42 Carnlough Street, Ennis.«

»Warum fragen Sie mich dann? Aber wie ich schon sagte, ich ziehe um. Ich wohne nicht mehr in Ennis.«

»Kein fester Wohnsitz also.« Byrne war offensichtlich zufrieden, dass er etwas zum Notieren hatte. »Wohin waren Sie und Ihre Mutter unterwegs?«

»Das geht Sie nichts an!«, blaffte Luke. »Wir hatten einen Unfall. Meine Mutter ist tot. Ende der Geschichte.«

»Nicht ganz«, widersprach Connolly. »Wir müssen die Unfallursache feststellen. An was erinnern Sie sich?«

»An nichts.« Und das stimmte. Dr. O'Meara hatte ihm erklärt, dass er sich möglicherweise niemals an diese letzten Minuten im Leben seiner Mutter erinnern würde. Irgendetwas über Gedächtnisverlust, der von einem Trauma ausgelöst wurde. Vielleicht war es so am besten. Vielleicht wäre es schlimmer, sich zu erinnern.

Byrne wurde wieder lebendig und las aus seinem kleinen schwarzen Buch vor. »Der Fahrer des Lastwagens, mit dem Sie zusammenstießen, sagte aus, Ihre Mutter wäre mit überhöhter Geschwindigkeit gefahren.«

Vielleicht. Luke rief sich die Fahrt zurück in Erinnerung. Dunkelheit. Stille im Wagen, abgesehen von dem Schleifen der defekten Scheibenwischer. War es Annies Schuld gewesen? Der Regen hatte ihre Sicht beeinträchtigt, und sie war wirklich zu schnell gefahren, weil sie Zeit im Stau verloren hatten. Sie mussten die letzte Fähre nach Wales erreichen. Stundenlang auf die nächste zu warten war zu riskant. Falls Joe und Liam ihnen gefolgt waren …

»Hatte sie getrunken?«

»Scheiße, nein! Sie hat nie getrunken. Wagen Sie ja nicht, das über meine Mutter zu sagen, oder …«

»Luke! Reg dich nicht auf.«

Das hatte ihm gerade noch gefehlt. Dass Jack Stewart seine Nase in die Sache steckte. Andererseits war er gerade kurz davor gewesen, diesen Polizeibeamten zu schlagen, was nicht sehr clever gewesen wäre.

»Ein guter Rat«, sagte Connolly, »denn Ihr Temperament hat Sie schon einmal in Schwierigkeiten gebracht, nicht wahr, Luke?«

Das hatte nicht lange gedauert. Doch Jack schien die Bemerkung zu ignorieren und kam herein, um sich neben seinen Sessel zu stellen. Vermutlich hatte er damit gerechnet.

»Die Bluttests meiner Frau haben keine Spuren von Alkohol nachgewiesen. Was Sie, davon gehe ich aus, bereits wissen.«

»Ihre Frau?«, sagte Connolly.

Der überraschte Ausdruck auf dem Gesicht des Garda war zu köstlich.

»Ja. Ich bin Jack Stewart. Annie war meine Frau, und Luke ist mein Sohn.«

Luke zuckte zusammen, als sich Jacks Hand auf seine Schulter legte, aber weil es eine tolle Vorstellung war, ließ er es zu.

»Wir sind beide zutiefst erschüttert durch das, was passiert ist, was Sie sicher verstehen werden. Luke hat Ihnen alles gesagt, was er weiß. Er braucht jetzt Ruhe.«

Jack ging zur Tür und hielt sie auf. Die Polizeibeamten sahen sich an und gingen dann hinaus, doch Connolly warf noch einen letzten Blick zurück. »Eine Sache noch. Das Auto, das Ihre Mutter fuhr, war auf einen Joseph Kiernan an derselben Adresse zugelassen. Ein Verwandter, nehme ich an?«

»Ihnen entgeht wohl nichts, was?« Luke hoffte, sein sarkastischer Ton verbarg seine wachsende Panik.

Connolly machte ein finsteres Gesicht. »Wir haben ihm eine Nachricht hinterlassen, damit er sich mit uns in Verbindung setzt. Er hat mehrere Geldstrafen für unerlaubtes Parken nicht beglichen. Warum helfen Sie seinem Gedächtnis nicht auf die Sprünge?«

Es war nicht der selbstzufriedene Ausdruck auf dem Gesicht des Mannes, der Luke Übelkeit verursachte, sondern das Wissen, dass die Polizei versucht hatte, Joe zu finden. Es war unwahrscheinlich, dass die Traveller der Garda verrieten, wo sich sein Onkel aufhielt, aber falls sich die Sache mit dem Unfall irgendwie zu ihnen herumsprach, würde Joe möglicherweise hier im St. Aidan's auftauchen. Stinkwütend und die Fäuste schwingend. Dann hätte Luke sehr viel mehr, um das er sich Sorgen machen müsste, als ein verletztes Knie und ein paar geprellte Rippen.

Nachdem die Tür hinter den beiden Polizeibeamten zugefallen war, wandte sich Luke an Jack. »Wann können wir los? Morgen?« Es verletzte seinen Stolz, dass er auf Jacks Idee eingehen musste, aber er brauchte eine Fluchtmöglichkeit.

»Du willst mit nach England kommen?« Jack sah überrascht aus. »Bist du sicher?«

»Willst du es mir ausreden? Keine Sorge, nur so lange, bis ich allein klarkomme.«

»Ich muss erst den Arzt fragen, ob du reisefähig bist«, sagte Jack.

»Wenn du mich nicht bald hier rausholst, entlasse ich mich selbst.« Luke meint es ernst, auch wenn es nicht einfach werden würde, so ganz allein. Aber wenn es sich nicht vermeiden ließ, würde er es tun.

Jack nickte. »Ich buche uns den frühestmöglichen Flug nach Hause.«

Nach Hause. Wo war jetzt sein Zuhause? Ennis war es nur gewesen, weil seine Mutter dort war und sie ihn brauchte.

Die meiste Zeit hatte es sich wie ein Gefängnis angefühlt. Jetzt gehörte er nirgendwohin. Er würde mit Jack Stewart nach England fliegen, doch dort gehörte er auch nicht hin, zu diesen Leuten, die seiner Mutter das Gefühl gegeben hatten, sie sei wertlos. Trotzdem, ein Teil von ihm wollte auch die anderen Stewarts kennenlernen. Um den Schock auf ihren Gesichtern zu sehen, die Panik in ihren Augen, wenn sie dachten, er würde bleiben wollen. Allein das war es wert.

»Luke?«

Was denn jetzt schon wieder? Konnte der Mann ihn nicht einfach mal in Ruhe lassen?

»Wir müssen über die Beerdigung reden.«

Daran hatte er auch schon gedacht. Er ging davon aus, dass Annie in Dublin bestattet wurde, denn er würde um nichts auf der Welt nach Ennis zurückkehren. Travellers wollten in Gegenden begraben werden, die ihnen vertraut waren, und Annie hatte Dublin nicht sehr gut gekannt, doch er konnte es nicht ändern. Sie hatte das ganze Programm verdient, umgeben von Freunden und Familie, nicht eine schnelle Zeremonie in irgendeiner fremden Kirche, nur betrauert von ihrem Sohn und ihrem nichtsnutzigen Ehemann, der nur anwesend war, um den Schein zu wahren.

»Ich mache dir einen Vorschlag«, sagte Jack. »Wir nehmen Annie mit und setzen sie im Familiengrab bei.«

Jesses, er meinte es ernst. »England? Wo sie wie Dreck behandelt wurde.«

»Vielleicht wurde sie das … von einigen. Aber was ist die Alternative?«, fragte Jack. »Sie hier beerdigen und dann zurücklassen? Ich weiß, dass Matt ihr die letzte Ehre erweisen will, und Maggie, meine Haushälterin, auch. So bekäme Annie einen anständigen Abschied.«

Luke war überfordert. Eine Beerdigung hatte er noch nie organisiert. Wo sollte er anfangen?

»Deine Mutter ist immer in unsere katholische Kirche gegangen«, sagte Jack. »Wir könnten die Trauerfeier dort abhalten.«

Luke dachte einen Moment darüber nach. Wenigstens gäbe es dort mehr als zwei Trauergäste. Es war vermutlich die beste Lösung. Er nickte widerstrebend.

»Was ist mit dem Rest der Familie? Und Freunden?«, fragte Jack. »Möchtest du irgendjemandem Bescheid geben?«

»Nein. Es gibt niemanden.« Eigentlich gab es viele, insbesondere Jessie. Aber das Risiko durfte er nicht eingehen, denn es gab zwei, die er auf keinen Fall dabeihaben wollte.

All das Gerede über Beerdigungen war zu viel für ihn. Es erinnerte Luke daran, dass seine Mutter wirklich tot war. Er fühlte sich müde, an Körper und Geist, nicht länger unabhängig, sondern einsam und bedürftig.

»Ich habe mich gestern von ihr verabschiedet«, flüsterte er. »Von Mam.«

»Ich weiß. Ich kann verstehen, dass du das willst, aber ich bin mir nicht sicher, dass du schon stark genug bist, um mit so etwas fertigzuwerden.«

War das Sorge? So sehr es ihm auch widerstrebte, Luke sehnte sich nach Trost und Schutz. Wenn Jack ihn jetzt umarmt hätte, ihm sichere, väterliche Arme angeboten hätte, er hätte sich nicht gewehrt. Doch das geschah nicht. Jack warf einen Blick auf seine Armbanduhr.

Luke biss sich auf die Lippe. Vielleicht hatte Jack keine Lust, wieder abgewiesen zu werden, immerhin hatte er ihn in nicht im Geringsten ermuntert. Wahrscheinlicher war allerdings, dass er ihm egal war. In einem Moment der Schwäche hatte Luke sich aus der Reserve locken lassen. Das würde nicht noch einmal passieren. Die bittere Wahrheit war, dass er, soweit es die Stewarts anging, nicht willkommen war. Er sah seinen Vater an und versuchte sein Bestes, den Groll wachzurufen, den er stets für ihn empfunden hatte. Damit wusste er, woran er war. Er gab ihm ein wenig Normalität zurück. Er hatte den Mann seiner Mutter immer gehasst, aber es war einfacher gewesen, bevor er real geworden war.

»Wir begraben sie in England«, sagte er zu Jack, »aber auf dem Friedhof, nicht im Grab deiner Familie. Ich will nicht, dass sie auf dem Land der Stewarts liegt.«

Er wandte die Augen ab und starrte auf den Fernseher. Das Gespräch war beendet. Den leeren Blick auf den Bildschirm gerichtet, lauschte er auf das Zufallen der Tür.

Emer hatte das *La Mer* für ihr Mittagessen mit Jack ausgewählt, ein Bistro mit Weinbar auf einem Boot, das im Grand Canal lag, ganz in der Nähe des Stadtzentrums. Hier fanden die Büroarbeiter für eine Weile Abstand von der Hektik und konnten aufs Wasser blicken.

Drinnen war es gemütlich, mit blauen Plüschkissen, lackiertem Holz und Bullaugen. Angenehme Jazzmusik spielte leise, als Emer und Jack sich an ihrem Tisch niederließen. Nun blieb nur zu hoffen, dass die heitere Atmosphäre auch eine entspannende Wirkung auf ihn hatte. Seitdem sie das Krankenhaus verlassen hatten, stand er unter Strom. Als Erstes hatte er das Missverständnis zwischen ihnen heute Morgen am Telefon aufgeklärt, und Emer hatte sich entschuldigt, weil sie voreilige Schlüsse gezogen hatte. Es war sicherlich nicht einfach für ihn gewesen, es mit Luke und der Polizei gleichzeitig aufzunehmen, ganz zu schweigen davon, dass er erneut alles von Annie und dem Unfall hatte anhören müssen. Darum war sie nicht überrascht, als er ihr nun sagte, dass er nicht sehr hungrig sei. Stress verdarb den Appetit.

Als der Kellner kam, um ihre Bestellung aufzunehmen, entschied sich Emer für überbackene Miesmuscheln als Vorspeise, und Jack bestellte ohne viel Enthusiasmus eine Minestrone.

»Jack, Sie müssen nicht auf Fleisch verzichten, nur weil ich es nicht esse«, sagte Emer, als der Kellner gegangen war. »Es stört mich nicht … wirklich.«

Er lächelte. »Okay.«

Bis die Getränke kamen, redeten sie über das Wetter und das Restaurant. Jack stürzte die Hälfte seines Biers auf einmal hinunter, wie ein Mann, der wochenlang durch die Wüste geirrt war.

Mit leicht beschämtem Gesichtsausdruck stellte er das Glas ab. »Tut mir leid, aber das habe ich jetzt gebraucht.«

»War es schlimm … Luke und die Garda, meine ich?«

Jack warf einen Blick auf die Mittagsgäste neben ihnen. Sie waren alle in ihre eigenen Gespräche vertieft, doch Jack senkte trotzdem die Stimme. »Sie haben unterstellt, Annie hätte getrunken. Luke wäre fast ausgerastet. Glücklicherweise war ich da.«

»Vielleicht braucht er einen Anwalt«, sagte Emer besorgt.

Jack schüttelte den Kopf. »Das war nur ein Schuss ins Blaue. Hoffen wir mal, dass sie Luke nicht noch mal brauchen. Sie wissen nicht, dass er Irland verlässt.«

»Dann kommt er also mit?« Emer drückte im Geiste die Daumen.

»Ja, zumindest für ein paar Wochen, aber nur weil er nicht viele andere Möglichkeiten hat, nicht weil er gesteigerten Wert auf meine Gesellschaft legt.«

»Das ist egal, Jack. Hauptsache ist, Sie beide können Zeit miteinander verbringen. Sie können ein bisschen mehr über ihn herausfinden …«

»Und vielleicht, warum Annie gegangen ist.«

Emer nickte. Das war der Hauptgrund, warum er Luke zu sich nach Hause eingeladen hatte, das wusste sie. Jack ging die Sache von der falschen Seite an, aber zumindest machte er einen Anfang.

»Außerdem hat Luke zugestimmt, dass ich die Trauerfeier organisiere. Sie wird in der katholischen Kirche unseres Ortes stattfinden, die Annie immer besucht hat.«

Offenbar konnte Jack sehr überzeugend sein. Sonst wäre er wohl nicht zu dem erfolgreichen Geschäftsmann geworden, von dem sie gelesen hatte. »Da gibt es viel vorzubereiten. Wenn Sie gleich nach dem Essen zurück ins Hotel müssen …«

»Nein.« Er schüttelte heftig den Kopf. »Ich brauche ein wenig Abstand. Ich will alles über *Sie* hören – Ihre Familie, Ihren Beruf, warum Sie kein Fleisch essen, was Sie über die Ozonschicht denken – alles Mögliche.«

Emer lachte. »In diesem Fall wird es ein kurzes Mittagessen. Ich bin wirklich sehr uninteressant.«

»Oh, das bezweifle ich.«

Das Kompliment und sein direkter Blick ließen Emer erröten, was ihr seit der Schulzeit nicht mehr oft passiert war. Im Stillen pries sie den Kellner, der gerade in diesem Moment mit ihrem Essen erschien.

Langsam wich die Anspannung aus Jacks Nacken und seinen Schultern. Dieses gemütliche Mittagessen in einem hübschen Restaurant mit einer attraktiven Frau war genau das, was er brauchte. Emer hatte ihm von ihrer Kindheit in einer Kleinstadt im County Mayo an der Westküste Irlands erzählt, wo ihr Vater immer noch niedergelassener Arzt war. Ihre Geschichten von der Klosterschule, dem Unterricht in irischen Tänzen und langen, sorgenfreien Sommern auf Achill Island beruhigten ihn, weil sie so fernab von Jacks eigener Jugend waren, die er zwischen dem strengen Internat und dem Familienanwesen in Edenbridge verbracht hatte, wo Spaß nie an der Tagesordnung gewesen war.

»Wie viele Brüder und Schwestern haben Sie?«, fragte Jack, während er Pfeffer auf seine gebratenen Toulouser Würstchen mahlte. Nun war er doch hungrig.

»Drei«, sagte Emer. »Meine ältere Schwester Maeve wohnt hier in Dublin. Sie ist verheiratet und hat drei Söhne. Meine andere Schwester lebt in Amerika, und mein Bruder arbeitet als Buchhalter in England. Wir sind zwar in alle Winde verstreut, versuchen aber wenigstens einmal im Jahr den ganzen Sullivan-Clan zusammenzubekommen – Tanten, Onkel und Cousins eingeschlossen.«

»Die Sullivans«, sinnierte Jack. »War das nicht eine Fernsehserie?«

»Ja, richtig! Aber ich bin mir sicher, darin passierte mehr, als dass sich ein paar Rotschöpfe ständig ins Wort fallen. Die echten Sullivans hätten keine guten Quoten.«

Ein Regenschauer prasselte gegen das Bullauge. Ausnahmsweise kam Jack das trostlose Wetter gelegen. Es war ein guter Grund, das Essen in die Länge zu ziehen, behaglich im Trockenen, sodass er die Chance hatte, mehr über Emers Leben zu hören. »Und warum sind Sie Therapeutin geworden?«, fragte er.

Emers Messer und Gabel wurden langsamer, und sie runzelte die Stirn. Vielleicht hätte er die Wahl der Themen ihr überlassen sollen, aber der Beruf war doch eigentlich immer unverfänglich. Jack goss ihnen beiden Wasser nach, um ihr Zeit zu geben, sich eine Antwort zurechtzulegen.

»Eigentlich ist die Geschichte ein bisschen traurig. Vielleicht sollten wir sie besser für eine andere Gelegenheit aufheben. Ich will die Stimmung nicht verderben.«

»Ich würde sie gerne hören«, sagte Jack sanft. »Wenn Sie möchten.«

Emer nickte und nahm einen Schluck von ihrem Drink. »Ich lernte Michael an der Universität kennen. Wir haben beide Psychologie studiert. Es war, als würden wir uns schon ewig kennen. Wir wollten uns verloben, sobald wir unseren Abschluss hatten …«

»Wollten?«, fragte Jack.

»Stattdessen haben wir ihn beerdigt. So eine Verschwendung. Ein Strandparty in Kerry, zu viel getrunken … dann ist er ertrunken, der arme Blödmann.«

»Emer, es tut mir so leid.«

»Mir auch«, murmelte sie und blickte hinaus in den Regen. »Mit seinem Tod ist für mich ein Licht erloschen.«

Jack wusste genau, was sie meinte. So hatte er gefühlt, als er Caroline verloren hatte, und dann Annie. Nichts hatte mehr Sinn ergeben, nichts war mehr von Bedeutung gewesen. Als er schließlich sprach, war es von einem Hinterbliebenen zum anderen. »Wie haben Sie das durchgestanden?«

»Ich habe mich in die Arbeit gestürzt«, bekannte Emer, was Jack ebenfalls bekannt vorkam. Der Erfolg des Familienunternehmens war für Jack damals beinahe zu einer Besessenheit geworden. »Ich habe Tag und Nacht fürs Studium gelernt«, fuhr sie fort. »Klassische Verschiebung – den Schmerz verdrängen, um weiterleben zu können. Meine Freunde und meine Familie waren sehr besorgt. Sie überredeten mich, eine Therapie zu machen. Ich war nicht gerade eine einfache Patientin, aber irgendetwas ließ mich immer wieder hingehen, und es wirkte. Es ging mir besser.«

»Das war also der Grund, warum Sie Therapeutin geworden sind?«

»Eigentlich hatte ich gerade mit meiner Doktorarbeit über Stress bei Rettungskräften begonnen, aber je mehr Zeit ich in Krankenhäusern verbrachte, desto mehr fühlte ich mich zu den Patienten hingezogen. Ich habe das Thema meiner Doktorarbeit geändert und ein Praktikum in der Traumatherapie gemacht.«

Klug, *schön* und mitfühlend. Was für eine unwiderstehliche Kombination.

»Habe ich Essen im Gesicht?«, fragte Emer und wischte sich über das Kinn.

Er hatte sie angestarrt. »Nein, Sie sind einfach perfekt«, sagte er und meinte es so.

Sie lächelte und ergriff ihr Glas, um es an ihre Wange zu halten. »Und was machen Sie so?«

Obwohl Jack eigentlich keine Lust hatte, über sich zu reden, tat er ihr den Gefallen. »Es ist ein Familienunternehmen. Stewart Enterprises, Freizeit- und Immobilienkonzepte. Mein Vater hat es aus dem Nichts aufgebaut. Er hat klein angefangen, eisern gespart, ein paar glückliche Investitionen getätigt, expandiert und seine erste Million im Alter von fünfundzwanzig gemacht.«

»Vom Tellerwäscher zum Millionär sozusagen.«

Es klang beeindruckend. Jack hatte seinen Vater als Junge stets bewundert. Der Mann, der alles konnte. Und obendrein der Ritterstand mit fünfundsechzig. Er bezweifelte, dass er das je würde toppen können.

»Und was ist mit Ihrer Mutter? Hat sie gearbeitet?«

Seine Mutter. Lady Grace. Nicht viele Leute in Baronsmere konnten einen so makellosen Stammbaum vorweisen. »Nein, sie hat nie gearbeitet. Alles, was sie wollte, war eine gute Partie machen«, sagte er. »Sie kam aus einer angesehenen Familie aus Cheshire, aber während der Depression war das Familienvermögen beträchtlich geschrumpft. Sie hatte die richtigen Beziehungen, mein Vater hatte das Geld, also haben sie geheiratet.«

»Das hört sich an, als wären sie wie füreinander geschaffen gewesen«, sagte Emer.

»Wohl kaum«, murmelte Jack, doch er wollte nicht weiter auf all das eingehen. Seine Eltern schienen bereits so viel in seinem Leben zu kontrollieren. Heute wollte er frei von ihnen sein.

Auf diese Bemerkung folgte ein verlegenes Schweigen. Jack überlegte, wie er die Unterhaltung wieder in ungefährlichere Bahnen lenken konnte.

Doch dann übernahm Emer diesen Part für ihn, als der Dessertwagen an ihnen vorbeigeschoben wurde und sie mit dem Finger darauf zeigte. »Sehen Sie sich diese Profiteroles an. Nehmen wir doch ein paar davon zum Nachtisch. Pure Dekadenz, aber ich glaube, das verdienen wir, finden Sie nicht?«

Die Aussicht darauf, einen Schokoladenfleck aus Emers Mundwinkel wischen zu können, hob Jacks Stimmung außerordentlich.

»Also was ist, hast du ihn geküsst?« Maeves Essstäbchen schwebten über der Imbissschachtel mit Riesengarnelen und Pilzen.

»Maeve!« Emer setzte ihre beste schockierte Miene auf. »Ich kenne Jack doch kaum!«

»Du hast zweimal mit ihm zu Mittag gegessen. Und beide Male hat er bezahlt. Heutzutage ist das fast ein Heiratsantrag.«

Emer lächelte und wickelte ein paar Nudeln um ihre Gabel. Mit Stäbchen konnte sie immer noch nicht umgehen, obwohl chinesisches Fastfood bei ihr zu Hause seit Jahren ein monatliches Ritual der Schwestern war. »Nach dem Essen waren wir noch im Green spazieren und sind zum Trinity hochgelaufen.«

Maeve wedelte mit einem Stäbchen in Emers Richtung. »Du gehst mit einem heißen Mann aus und zeigst ihm deine alte Universität. Hast du nie *Blind Date* gesehen? Du brauchst eindeutig ein paar Tipps.«

Emer lachte. »Er wollte die Sehenswürdigkeiten besuchen. Wir hatten einen wirklich schönen Nachmittag.«

»Um ehrlich zu sein, glaube ich nicht, dass Männer wie er auf der Suche nach etwas ›Schönem‹ sind.«

Emer runzelte die Stirn. *»Männer wie er?«*

Maeve nahm die Computerausdrucke über Jack in die Hand, die Emer ihr vorhin gezeigt hatte. »Anscheinend ist er ein reicher Mann. Er könnte jede Frau haben, die er will. Das ist keiner, den du zappeln lassen kannst.«

»Und was hätte ich tun sollen, Maeve? Mich ihm in den altehrwürdigen Kreuzgängen des Trinity College an den Hals werfen?«

»Na ja, damit hättest du ihm wenigstens ein Zeichen gegeben.«

»Ein Zeichen wofür? Dass ich ein Flittchen bin?«

Ihre Schwester ließ die Schachtel fallen und stieß einen gespielten Schrei aus. »Emer Sullivan, wasch dir den Mund mit Seife aus!«

Wie immer lieferte Maeve eine perfekte Imitation ihrer Mutter ab, und beide Frauen brachen in Gelächter aus. Emer betrachtete ihre Schwester voller Zuneigung. Sie hatte lange hin und her überlegt, ob sie Maeve von Jack erzählen sollte – damit wurden er und die Anfänge dessen, was vielleicht zwischen ihnen war, irgendwie realer.

»Siehst du ihn wieder?«, fragte Maeve und wischte sich die Lachtränen aus den Augen.

»Morgen. Er hat mich zum Dinner ins Beaumont eingeladen.«

»Ooh, nobel. Dann hast du Gelegenheit, dich schick anzuziehen. Lass uns mal nachsehen, ob in deinem Schrank noch etwas ist, was einem Mann gefallen könnte. Oder hast du alles entsorgt, nachdem Colm, der Idiot, den größten Fehler seines Lebens gemacht hat?«

Sie gingen ins Schlafzimmer, wo Maeve mit kritischem Blick die Kleider in ihrem Schrank durchging. Emer war hin- und hergerissen, was Jack anging. Ja, sie fühlte sich zu ihm hingezogen, doch es gab noch so viele Unbekannte. Und ob er sich dessen bewusst war oder nicht, er trauerte um seine tote Frau. Nicht nur das, auch das Trauma, von ihr verlassen worden zu sein, war wieder neu erstanden. Es war nicht der beste Zeitpunkt für ihn, sich auf eine andere Frau einzulassen. Wenn es schiefging, wäre Emer Ende dreißig und stünde vor den Scherben einer weiteren gescheiterten Beziehung. Ein ernüchternder Gedanke, den auch Maeves Aufregung nicht vertreiben konnte, als sie, wie sie es nannte, den perfekten Verführungsfummel hervorzog.

Das Lagerfeuer brannte hell, das Holz knisterte und knackte. Die Flammen verliehen den Gesichtern einen goldenen Schimmer. Luke betrachtete sie alle, Eltern und Kinder, aneinandergedrängt, wie sie versuchten, das Nahen der Nacht mit ihrem Gelächter aufzuhalten. Kartoffeln garten auf dem Feuer, und sein Freund Padraig schnippte in dem Versuch, sie verschwinden zu lassen, eine Münze durch seine Finger. Das war den ganzen Sommer ihr Lieblingsspiel gewesen, seitdem sie es bei einem Straßenzauberer gesehen hatten. Im Hintergrund sang einer der Männer seiner kleinen Tochter ein Schlaflied vor.

Dies war sein Volk. Dies war sein Leben. Und es war gut so. Er bemitleidete Menschen, die immer in Häusern leben mussten. Sie sahen nicht, wie die Sonne morgens langsam höher stieg, und sie schliefen nie unter den Sternen ein oder standen während eines Regenschauers im Wald, um den erdigen Duft zu riechen, wenn die Pflanzen sich satt tranken. Sie verpassten so viel.

»Nun denn, junger Luke, sehen wir mal, was die Zukunft für dich bereithält.«

Jessie hatte seine Hand genommen, die Handfläche glatt gestrichen und spähte nun im trüben Licht angestrengt darauf. Niemand glaubte wirklich, dass sie hellsichtig war. Es war nur Spaß. Einige der Männer lachten sie aus und sagten, manche Dinge würden eben allen passieren und wären daher einfach vorherzusagen. Luke wusste nur, dass er Jessie mit ihrem strubbeligen grau-weißen Haar und dem unbeschwerten Lächeln liebte, und dass er nichts tun würde, das sie kränken könnte. Er lauschte aufmerksam, während sie redete.

»Du wirst einmal ein hübscher Mann …«, begann Jessie. Prustendes Gelächter ertönte, und Padraigs Da sagte: »Klar, man muss sich nur Annie ansehen, dann weiß man das!«

»Und deine erste Liebe wird deine letzte sein«, fuhr Jessie fort. »Und es gibt Entscheidungen zu treffen. Geld wird genug da sein, aber der Preis ist hoch.«

Seine Mutter neben ihm rührte sich. »Das reicht für heute Abend, Jessie«, sagte sie. In ihrer Stimme lag etwas, das er nicht einordnen konnte.

»Wie wär's mit einem Lied, Annie?«, fragte jemand.

»Das weckt die Kleinen auf«, sagte Annie.

»Würden nicht die Engel gerne aufgeweckt werden, um deine Stimme zu hören? Luke braucht ein Ständchen an seinem Geburtstag.«

Der Abend endete mit Musik, und die Stimme seiner Mutter klang lieblich und klar durch die Dunkelheit in Galway. Die Worte des Liedes brannten sich in Lukes Gedächtnis ein, zusammen mit dem Geruch von verbranntem Holz und dem Schein des Feuers in den Augen derer, die er liebte …

Die Erinnerung an seinen achten Geburtstag war so klar, dass Luke meinte, die Hand ausstrecken und sie berühren zu können. Aber diese Menschen und dieses Gefühl von Sicherheit verschwanden, als er und Annie aus Jessies engem, aber heimeligem Wohnwagen auszogen, um bei seinem Großvater zu wohnen. Von da an waren seine Onkel ständig irgendwo in der Nähe; die guten Zeiten endeten, und die Tage plätscherten trostlos dahin wie endloser Regen. Und nun würde er seine Mutter nie wiedersehen, sie nie wieder lachen oder singen hören.

Im Moment gab es niemanden, auf den Luke nicht wütend war: Annie, weil sie ihn verlassen hatte; Joe, weil er Annie wie ein Hausmädchen behandelt und sie geschlagen hatte, wenn ihm danach war; Liam, weil er nicht eingeschritten war. Auf seinen Großvater, der ein guter Mann war, aber schwach.

Und Luke war wütend auf Jack, weil er Jack war. Ein Vater, der zwanzig Jahre lang keinen Gedanken an ihn verschwendet hatte und nun über ihn bestimmen wollte. Der Luke dazu bewegen wollte, alles anzuzweifeln, was man ihm erzählt hatte. Nun, falls seine Mutter wirklich gelogen hatte, hatte sie bestimmt einen guten Grund dafür. Jack Stewart würde ihr Andenken nicht beschmutzen. Luke war sehr gut ohne den Mann, der ihn gezeugt hatte, zurechtgekommen. Es wurmte ihn, dass er jetzt seine Hilfe annehmen musste, aber es war ja nur für ein paar Wochen, Gott sei Dank.

Gott war noch jemand, gegen den er einen Groll hegte, und das hatte Luke auch Vater Brennan, dem älteren Priester aus der Krankenhauskapelle, gesagt, der vorhin hier aufkreuzt war. Das milde Lächeln des Mannes hatte Luke sofort aufgebracht. Das Letzte, was er jetzt wollte, war etwas über Gottes Willen zu hören.

»Wenigstens ist Ihre Mutter nun bei Gott«, hatte der Priester gesagt, nachdem er Luke erklärt hatte, wie normal seine Reaktion war.

»Mit vierzig Jahren totgefahren zu werden ist also was, für das man dankbar sein muss«, hatte Luke ihn angeblafft. »Na ja, ich hoffe, sie sagt ihm, was sie davon hält, dass er sie so belohnt, nachdem sie immer eine gute Katholikin gewesen ist. Ihr ganzes Leben hat sie nichts gehabt.«

»Sie hatte Sie.«

Der Priester meinte es gut, aber tatsächlich hatte Annie in dem Moment aufgehört zu leben, als Luke geboren wurde, und nun hatte er sie endgültig umgebracht.

»Ich bete für Sie, Luke«, hatte Vater Brennan gesagt, als er gegangen war. Herrgott, Priester lebten wirklich auf einem anderen Planeten.

Jack erwachte aus einem Albtraum von Annie. Man wollte sie ins Grab hinablassen, dabei wusste er, dass sie gar nicht tot war. Doch niemand wollte auf seine Proteste hören.

Langsam befreite er sich von den Bettlaken, die sich, als er während des Traums um sich geschlagen und getreten hatte, verheddert hatten. Der Wecker sagte ihm, dass es drei Uhr morgens war, doch er musste aufstehen und umhergehen, um den letzten Schrecken abzuschütteln.

Als Jack sich ein Bier aus dem Kühlschrank holte, sprang summend die grelle Neonlampe in der Küche der Suite an. Er ließ sich gegen den Tresen sinken und hielt sich die kühle Dose an die Wange. Er vermisste Matt. Und Maggie. Und Claire, seine Schwester, die immer auf seiner Seite war, was auch passierte. Er hatte sie gleich am nächsten Tag angerufen, nachdem er mit Matt gesprochen hatte, und ihr von Annie und Luke erzählt, aber sie gebeten, es für sich zu behalten, bis er zurück war. Das Letzte, was er jetzt gebrauchen konnte, war, dass sein Vater herflog und ihn mit Fragen nervte.

Solange er hier in Dublin war, fühlte Jack sich seltsam sicher. Als wäre die Zeit vorübergehend stehen geblieben, was ja in gewisser Weise auch stimmte. Der wahre Albtraum würde erst beginnen, sobald er wieder in Baronsmere war. Dann gäbe es Streit und Spannungen und Verwirrung, und nichts davon würde er klären können, solange er sich nicht sicher war, dass Luke sein Sohn war. Er war gezwungen, sich weit aus dem Fenster zu lehnen.

Jack öffnete die Dose und nahm einen großen Schluck in der Hoffnung, dass der Alkohol seine Gedanken zur Ruhe brachte. Als er das Handy auf der Arbeitsplatte sah, stellte er es an und scrollte durch die Fotos, auf der Suche nach dem, das heute von einem Fremden in St. Stephen's Green aufgenommen worden war. Da war es: Jack und Emer, Arm in Arm, im wässrigen Sonnenschein. Mit einem Fingertippen zoomte er auf Emer. Sie war keine Hollywood-Schönheit, aber sie hatte ein hübsches Gesicht. Klare Haut, ebenmäßige Züge. Ihre großen grünen Augen waren so lebendig, so verschmitzt.

Was er aber am meisten an Emer mochte, war, dass sie offen ihre Meinung sagte. Nicht so wie sein Vater es tat, mit der Absicht, jemanden unterzubuttern; nicht mal wie Maggie, wenn sie sich wieder mal darüber ärgerte, dass alle anderen außer ihr nichts zuwegebrachten. Wenn Emer einem die Wahrheit sagte, egal, wie weh sie tat, wusste man irgendwie, dass man ihr zuhören musste. Dass sie nur das Beste für einen im Sinn hatte.

Er würde Dublin bald verlassen. Emer verlassen. Und auf einmal war er traurig deswegen. Er musste herausfinden, ob sie etwas für ihn empfand, ob es zwischen ihnen irgendetwas gab, auf das man aufbauen konnte. Und er musste es bald tun. Das Dinner morgen Abend war vielleicht seine letzte Chance. Er hatte vor, alle Register zu ziehen. Sie zu beeindrucken. Zu umwerben. Ihr den Jack Stewart zu zeigen, der er gewesen war, bevor Annie Kiernan ihm das Herz gebrochen hatte.

Lukes Wut hielt bis in die Nacht hinein an. Träume voller Gewalt weckten ihn. Fäuste und Stiefel, die ihm wehtaten. Annie, die schrie. Sie hatte ihn oft genug gewarnt, keine Reaktion zu zeigen, aber er wusste es besser. So wie immer. Und wo waren seine Onkel jetzt? Vielleicht kehrten sie gerade in das leere Haus zurück und stellten fest, dass der Wagen weg war. Nach England zu gehen war die richtige Entscheidung. Joe und Liam würden niemals annehmen, dass er bei Jack war. Das wäre in ihren Augen, als würde er sich mit dem Teufel verbrüdern. Doch hier in Dublin war er nicht sicher. Er musste so schnell wie möglich aus diesem Krankenhaus herauskommen. Aus lauter Verzweiflung flehte Luke den Arzt am nächsten Morgen an, ihn zu entlassen.

»Wenn Ihre Testresultate in Ordnung sind, Luke, dann lassen wir Sie morgen gehen, aber Sie müssen von Ihrem Hausarzt weiterbehandelt werden. Ein Schädel-Hirn-Trauma muss sorgfältig überwacht werden.«

Der Arzt hatte ja keine Ahnung, dass Lukes Gesundheit gefährdeter wäre, wenn er hier bliebe.

5

Luke kämpfte sich auf seinen Krücken voran, eine langsame Runde im Erdgeschoss, um Kraft aufzubauen. Sechs Tage seit dem Unfall, und die Schmerzen wurden nicht besser. Geprellte Rippen waren nicht so schlimm wie gebrochene, hatte der Arzt gesagt. Dann musste Luke ihm das wohl glauben.

Er hatte sich ausgeruht, so gut er konnte, aber heute wurde es ihm hier zu eng. Er hasste es, eingesperrt zu sein. Als sie in das Haus in Ennis gezogen waren, hatte er sich wie in einem Käfig gefühlt.

»Zehn zu eins, würde ich sagen.«

Als Luke aufblickte, sah er am Eingang zur Cafeteria eine lächelnde Emer stehen. »Schließen Sie Wetten auf mich ab?«, fragte er, auf seine Krücken gelehnt.

»Na ja, Sie werden schneller … Ich dachte, Sie wären im Training.«

Er lachte, obwohl ihm dabei die Rippen wehtaten. »Wenn ich ein Pferd wäre, wäre ich wohl ein Außenseiter. Sie sollten besser nicht auf mich setzen.«

»Oh, ich glaube, das Risiko gehe ich ein. Außenseiter sind immer für eine Überraschung gut. Also, wetten Sie gerne, Luke?«

»Nein«, sagte er. »Ich mag Pferde. Ich habe oft geholfen, sie für die Märkte vorzubereiten.«

»Darüber würde ich gerne mehr hören. Lässt Ihnen Ihr

Trainingsplan Zeit für eine Pause? Wollen wir etwas zusammen trinken?«

»Das wäre toll«, erwiderte Luke. Sie hielt ihm die Tür auf und trug ihm auf, einen Tisch zu suchen. Er fand einen Platz am Fenster, abseits der Gruppen von plaudernden Besuchern, und beobachtete, wie Emer sich in die Schlange vor der Kasse anstellte. Ihr rotes Haar war offen und lockte sich um ihr Gesicht. Sie sah hübsch aus. Er hätte es ihr gern gesagt, aber er war zu schüchtern. Es würde sich ganz falsch anhören, so als stünde er auf sie. Na ja, ein bisschen tat er das ja auch, aber seine Chancen waren gleich null. Er war nur ein kleiner Traveller und nicht sehr erfahren im Umgang mit Frauen. Frauen wie Emer interessierten sich nicht für ihn. Besser, er machte sich nicht zum Idioten, indem er einen Annäherungsversuch startete. Es genügte ihm, dass sie seine Gesellschaft zu mögen schien. Als sie an den Tisch zurückkam, hatte sie zwei Flaschen Apfelsaft und einen glasierten Donut dabei. »Hafer war aus, deshalb habe ich das hier mitgebracht.«

Er nahm es dankbar entgegen. Der Spaziergang hatte seinen Appetit geweckt.

»Dann erzählen Sie mir von sich und den Pferden«, sagte Emer.

»Pferde sind wichtig für uns Traveller«, erklärte er ihr. »Ich habe nie eins besessen, durfte aber mal ein Vollblut reiten, das später für ein Vermögen verkauft wurde. Windtalker, so hieß er. Bin mit ihm am Strand in Doolin ausgeritten, wenn die Flut reinkam. Und niemand sonst da war. Für mich hätte es ewig dauern können …« Er brach ab, verloren in der Erinnerung an eine Zeit, als er wahrhaft glücklich gewesen war.

»Es hört sich wundervoll an«, sagte Emer. »Würden Sie gerne mit Pferden arbeiten?«

Luke seufzte. »Klar, aber niemand würde einen Traveller in die Nähe seiner Ställe lassen. Als ich noch klein war, haben welche, die nicht ganz so intolerant waren, mich manchmal helfen lassen, das änderte sich aber, als ich älter wurde. Hatten wohl Angst, dass ich mich heimlich mit ihren Pferden davonmachen würde. Kann man ihnen nicht mal verübeln. Ich würde nie klauen, aber die, die es tun, versauen uns den Ruf.«

»Ich habe Jack getroffen. Er sagte mir, Sie würden mit ihm kommen. Vielleicht finden Sie ja dort etwas mit Pferden.«

Das war ein netter Gedanke, aber er hatte gelernt, seine Hoffnungen nicht allzu hochzuschrauben. So sparte man sich Enttäuschungen. »Ja … na ja, mal sehen.«

»Wie finden Sie England denn, Luke?«

»Es ist ein Ort, wo ich hinkann. Fürs Erste.«

»Es könnte sehr viel mehr sein als das«, sagte Emer. »Eine Chance, Ihren Bruder kennenzulernen, und auch den Rest der Familie. Das könnte doch gut werden.«

Oder es könnte ein Desaster werden, doch das sagte er nicht. Emer versuchte, optimistisch zu sein, das wollte er nicht verderben. Er trank seinen Saft aus und begann an dem Etikett zu knibbeln. »Egal, ich habe auf jeden Fall keine großen Erwartungen.«

»Vielleicht ist es das Beste … keine vorgefasste Meinung zu haben.«

»Aber es wird komisch sein. Ich war noch nie aus Irland weg. Einen Pass habe ich schon seit zwei Jahren, da hatte ich zusammen mit ein paar Kumpels beschlossen, was von der Welt zu sehen. Mam fand die Idee super, aber als es dann so weit war, wollte ich sie lieber doch nicht allein lassen.«

»Aber Sie und Ihre Mutter wollten weg. Warum?«

Er zögerte mit der Antwort. Er wollte nicht darüber reden.

Nicht daran denken. »Um einen Neuanfang zu machen. Als Traveller findet man nur schwer Arbeit. Wir dachten, in Wales wäre es vielleicht besser.«

»Haben Sie je daran gedacht, nach England zu fahren? Zu Ihrem Vater, um ihn zur Rede zu stellen?«

»Manchmal, aber immer wenn ich es angesprochen habe, hat Mam sich aufgeregt.« Eigentlich hatte er oft davon geträumt, nach England zu fahren und Jack Stewart diesen Brief in den Hals zu stopfen. Zu schade, dass er ihn zurückgelassen hatte. Mit allem anderen. Aber er würde Jack noch irgendwann darauf ansprechen. Wenn er sich stärker fühlte und sein Aufenthalt in England dem Ende entgegenging.

»Was ist ihr passiert, Luke – oder Ihnen beiden –, nachdem sie England verlassen hatte?«

Vieles, über das er nicht sprechen wollte. Doch er würde Emer nicht anlügen – es nur einfach auslassen. »Wir haben mit einer Gruppe Traveller zusammengelebt. Mein Großvater und meine Onkel waren auch unterwegs, aber nicht immer mit uns. Wir haben uns einen Wohnwagen mit einer alten Frau namens Jessie geteilt, die Mam aufnahm, als ich zwei war. Großvater sahen wir nur gelegentlich, bis er seinen ersten Schlaganfall hatte. Dann sind Mam und ich bei ihm eingezogen, um uns um ihn zu kümmern. Er wollte nicht ins Krankenhaus, weil meine Gran in einem gestorben war. Irgendwas lief schief, als sie meine Mam bekam. Irgendwann haben wir dann durch das Projekt der Sesshaftmachung ein Haus in Ennis bekommen. Jessie blieb in unserer Nähe, auf einem Dauerstellplatz. Für sie war Mam wie eine Tochter.«

»Sie reden nicht viel über Ihre Onkel und wollen nicht, dass sie wissen, wo Sie sind. Warum, Luke? Finden Sie nicht, dass sie bei der Beerdigung dabei sein sollten?«

»Die wäre ihnen doch scheißegal!« Er ärgerte sich, weil er laut geworden war, und errötete vor Verlegenheit, als das Geplauder um ihn herum kurz abebbte. »Die arbeiten sowieso gerade irgendwo anders und könnten wahrscheinlich gar nicht kommen. Außerdem wird meine Mam in England beerdigt. Das war die Idee ihres treusorgenden Ehemannes.«

Wenn Emer die Verachtung in seiner Stimme, sobald er von Jack sprach, hörte, ließ sie es sich nicht anmerken. Sie fasste in ihre Hosentasche und gab ihm eine Karte. »Meine Handynummer. Rufen Sie an, wenn Sie Hilfe oder einen Rat brauchen, okay? Oder einfach nur jemanden zum Reden. Die Beerdigung Ihrer Mutter ist keine Kleinigkeit. Glauben Sie daher nicht, Sie müssten stark sein. Sie können mich anrufen und sich alles von der Seele reden.«

»Danke.« Er nahm die Karte und starrte sie an. Ob sie die an alle verteilte? Vielleicht tat er ihr ja nur leid.

»Alles in Ordnung, Luke?«

»Ja«, log er. »Ich habe nur nachgedacht. Ich würde gerne auf der Trauerfeier sprechen, aber ich weiß nicht, was ich sagen soll. Ich habe noch nie eine Rede gehalten. Wie kann man einen Menschen – ein ganzes Leben – mit ein paar Worten und Musikstücken beschreiben?« Er schüttelte den Kopf. »Mam war ein ganz besonderer Mensch, aber das konnten die Stewarts nicht sehen. Für die war sie nicht genug. Sie haben ihr das Gefühl gegeben, sie wär nichts wert.«

»Lassen Sie es einfach aus dem Herzen kommen, Luke, damit können Sie niemals falschliegen. Sagen Sie ihnen, wie besonders sie war.«

Er nickte. »Schade, dass Sie meine Mam nicht gekannt haben«, sagte er. »Ich glaube, sie hätten sich gemocht.«

Emer lächelte. »Da bin ich mir sicher. Und danke. Ich nehme das als großes Kompliment. Wissen Sie, ich hoffe, dass Sie nach der Beerdigung in der Lage sein werden, all die Dinge zu tun, die Sie tun wollen. Vielleicht nutzen Sie den neuen Pass, um zu reisen. Im Moment kommt es Ihnen unvorstellbar vor, Spaß zu haben, aber irgendwann wird es so weit sein. Dann sollten Sie sich nicht schuldig fühlen. Das müssen Sie wissen.«

»Vielleicht. Mam würde das auch so sagen. Sie hat sich immer Sorgen gemacht, weil ich nicht dieselben Sachen gemacht habe wie die anderen Jungs, eine Freundin haben und so.« Warum hat er das gesagt? Zu viel Information. Jetzt wurde er rot. Emer hielt ihn jetzt sicher für einen Freak. Vielleicht war es so am besten. Seine begrenzte Erfahrung mit dem anderen Geschlecht war etwas, an das er sich lieber nicht erinnern oder worüber er reden wollte.

»Dann gibt es also niemand Besonderen in Ihrem Leben?«

»Nein, es war nicht gerade einfach. Da, wo wir lebten, gab es keine Traveller-Mädchen in meinem Alter. Und die Sesshaften kamen nicht infrage.« Er erwähnte nicht, dass er nie ein Mädchen mit nach Hause nehmen wollte, damit sie die Misshandlungen durch seine Onkel nicht mitbekamen.

»Keine Sorge«, sagte Emer mit einem Lächeln. »Die Mädchen in England stehen auf den irischen Akzent, und bei Wimpern wie Ihren werden sie Schlange stehen.«

Er grinste. »Hört sich an, als würde ich meinen eigenen Beichtstuhl brauchen.«

Als sie sein Lächeln zurückgab, wünschte Luke, sie würde dort sein, in England. Bei ihr fühlte er sich besonders. »Verabschieden Sie sich morgen von mir, Emer?«

»Worauf Sie sich verlassen können«, erwiderte sie, und er spürte das ihm fremde warme Gefühl innerer Befriedigung.

Die Liste der Menschen, denen er vertraute, war sehr kurz. Es wäre schön, noch einen Namen hinfügen zu können.

»Ihr Drink, Sir.« Der Kellner des Hotelrestaurants servierte ein Glas mit einundzwanzig Jahre altem Single Malt, Jacks Belohnung dafür, dass er sich den ganzen Tag mit Bürokratie herumgeschlagen hatte. Der Papierkram, der nötig war, um einen Leichnam von einem Land in ein anderes zu transportieren, war unglaublich. Annie nach Ennis zu bringen wäre sehr viel einfacher gewesen.

»Möchten Sie bestellen, Sir?«

»Noch nicht. Ich warte noch auf meinen Gast.«

Jack hatte sich mächtig ins Zeug gelegt, um Emer zu beeindrucken, so wie er es gestern Nacht während seines posttraumatischen Trinkgelages beschlossen hatte. Er hatte sich heute die Zeit genommen, einen anthrazitfarbenen Armani-Anzug und silberne Onyx-Manschettenknöpfe zu erstehen, und dank eines saftigen Trinkgeldes hatte der Oberkellner ihm so kurzfristig noch einen Fenstertisch gegeben. Von hier aus war der Blick über das nächtliche Dublin atemberaubend.

Über ihm erhob sich eine Gewölbedecke, und ein Mozart spielendes Quartett trug zum noblen Ambiente bei. Dies war Jacks Welt. Umgeben von Luxus und gutem Geschmack, beides für Geld zu haben, fühlte er sich wohl. Seiner Erfahrung nach schätzten Frauen Männer, die ihnen die schönen Dinge des Lebens bieten konnten. Zumindest schien das bei der Blondine am Tisch nebenan der Fall zu sein, die, seitdem er Platz genommen hatte, neckisch versuchte, Augenkontakt aufzunehmen.

»Ich glaube, sie ist schon vergeben. Der Mann an der Bar da wirft Ihnen böse Blicke zu.«

Emer glitt auf den Stuhl ihm gegenüber, und Jack hätte fast seinen Drink verschüttet. Sie hatte ihn ertappt, wie er einer anderen Frau schöne Augen machte – ein toller Start in den Abend. Wenn er das wiedergutmachen wollte, musste er sich von nun an besonders aufmerksam zeigen.

Aber das dürfte ihm nicht schwerfallen, denn Emer sah umwerfend aus. Das silberschwarze Kleid bot einen verlockenden Ausblick auf ihr Dekolleté, ihre wunderbaren rotbraunen Locken hatte sie mit zahlreichen Strasskämmen hochgesteckt. Ein paar Haarsträhnen hatten sich gelöst, und der Drang, die Hand auszustrecken und sie wieder hineinzuschieben, war beinahe übermächtig.

»Wundern Sie sich, weil ich so schick bin?«, fragte sie.

Er hatte sie zu lange angestarrt, doch ihr Ton war scherzhaft. »Auf jeden Fall mal was anderes als Jeans«, sagte Jack und goss ihr ein Glas Wasser ein.

»Das stimmt. Krankenhäuser und hohe Absätze passen einfach nicht zusammen, aber ich ziehe mich gerne hübsch an, wenn ich die Gelegenheit dazu habe. Danke für die Einladung. Ich bin zum ersten Mal hier.«

»Nein, ich danke *Ihnen*, Emer. Ich weiß nicht, wie ich diese Woche ohne Sie durchgestanden hätte.« Er sonnte sich im Schein ihres Lächelns. »Sie waren mir eine solche Hilfe – ein Dinner genügt bei Weitem nicht, um mich zu bedanken.«

»Es ist mehr als genug, glauben Sie mir, vor allem bei diesen Preisen. Ich hätte mich auch mit einem Essen im Pub begnügt.«

Es fühlte sich an, als hätte sie ihm seinen Reichtum zurück ins Gesicht geworfen. »Nun, noch ist Zeit«, sagte er mit einer leichten Schärfe in der Stimme. »Wir könnten wieder unsere Jeans anziehen und in den Pub an der Ecke gehen.«

»Wovon reden Sie?« Emer war offensichtlich erschrocken. »Ich bleibe schön hier. So eine Chance bekomme ich vielleicht nie wieder.«

Jack hatte überreagiert. Sie verdiente seinen Sarkasmus nicht. »Tut mir leid. Es ist nur … ich wollte, dass dieser Abend besonders wird.«

»Er *ist* besonders«, sagte sie. Ihre Augen waren freundlich. »Und mir gefällt es hier sehr. Ich bin nur nicht daran gewöhnt, das ist alles. Tut mir leid, wenn ich ins Fettnäpfchen getreten bin.«

Jack schüttelte den Kopf. »Das sind Sie nicht. Es ist meine Schuld. Ich war überempfindlich. Wenn man ein bisschen Geld hat, wird man oft kritisiert, egal, was man damit macht. Die Firma meiner Familie schafft Arbeitsplätze und spendet viel für wohltätige Zwecke, aber manche Menschen wollen einem ein schönes Auto, einen Auslandsurlaub oder ein Essen in einem guten Restaurant einfach nicht gönnen.«

Emer hörte zu, blieb aber still. Er machte es nur noch schlimmer. »Ich höre mich an wie ein privilegierter Jammerlappen«, sagte er. »Am besten ich halte jetzt die Klappe, nicht wahr?«

Sie lächelte. »Jack, ich beurteile Menschen nicht danach, ob sie Geld haben oder nicht. Geld kann in dieser Welt viel Gutes bewirken, aber ich interessiere mich mehr dafür, wer jemand ist und woran er glaubt, als dafür, was er besitzt.«

Sie blickte ihm tief in die Augen, und ihr Gesichtsausdruck zeigte ihm, dass sie die Wahrheit sagte. Sie akzeptierte seine Großzügigkeit, würde sich aber nicht dafür verbiegen. Der Unterschied zwischen Emer und Sarah war frappierend. Sarah kannte von allem den Preis und musste stets von allem das Allerbeste haben, das man für Geld kaufen konnte. Annie war das genaue Gegenteil gewesen, zu viel Reichtum hatte sie nervös gemacht. Emer dagegen konnte in einem schicken Restaurant dinieren oder sich auf einem Dach ein Sandwich teilen – beides war in Ordnung für sie.

Der Kellner kam herangestürzt, einen Notizblock in der Hand.

»Backen Sie hier auch kleine Brötchen?«, fragte Jack.

»Äh …«

Es tat gut, Emer lachen zu hören. Der Abend war gerettet.

»Ich glaube, ich bin im Himmel«, sagte Emer, nachdem sie den letzten Bissen ihrer Himbeertarte mit weißer und dunkler Schokolade vertilgt hatte. »Fan-tas-tisch.«

Jack grinste. Er war als Erster mit seiner Zitronentarte fertig gewesen, sodass er ihr nun dabei zusehen konnte, wie sie ihr Dessert hingebungsvoll genoss. »Und ich dachte, das wäre ein Mythos«, sagte er. »Was man über Frauen und Schokolade sagt.«

»Kein Mythos. Frauen und Schokolade sind die besten Freunde. Mr Cadbury hat mich bisher noch nie enttäuscht.«

»Vielleicht hätte ich das hier in Schokolade einpacken sollen.« Jack zog etwas aus seiner Hosentasche und legte es auf den Tisch neben Emers Glas.

Es war eine Schachtel in Tiffany-Blau mit einem weißen Geschenkband. Etwas, das sie bisher nur aus Filmen kannte. Ihr Herz setzte einen Schlag aus.

»Öffnen Sie es«, forderte Jack sie auf. »Das ist der zweite Teil meines Dankeschöns.«

Sie gehorchte sprachlos, indem sie an dem Band zupfte und den Deckel der Schachtel anhob. Darin war ein Bernsteinanhänger, der perfekt zu den Ohrringen passte, die sie neulich getragen hatte. Ein Mann, der auf Details achtete.

Ihre Finger strichen leicht über den glatten Stein. »Oh, Jack, das ist wunderschön. Vielen, vielen Dank.«

Sein erfreutes Lächeln war echt, keine Spur selbstgefällig. »Bernstein wird auch der Glückstein genannt, wissen Sie.« Er räusperte sich. »Ich würde dich wirklich gerne wiedersehen, Emer … ich meine, wenn ich wieder zurück in England bin … würdest du das auch wollen?«

Mehr als das teure Geschenk waren es das Zögern und die Unsicherheit in seiner Stimme, die den Ausschlag für Emer gaben. »Wenn die Beerdigung vorbei ist und Luke sich stärker fühlt, würde ich dich gerne wiedersehen. Sehr gern.«

Weiß der Himmel, wie sie eine Beziehung führen sollten, wenn sie auf zwei verschiedenen Inseln lebten. Doch Maeve würde sich freuen. Zweifellos würde sie den Erfolg dieses Abends ihren guten Ratschlägen und der Wahl des Kleides zuschreiben.

Es sah so aus, als würde ein neues Kapitel in Emers Leben beginnen. Das war eine gute Sache. Ein Grund zur Freude, natürlich, und doch meldete sich ganz leise ihr Herz, das fürchtete, erneut verletzt zu werden.

Donnerstag, Mittagszeit. Und wieder regnete es. Luke lehnte am Fenster seines Zimmers und sah zu, wie die Leute nass wurden. Wenigstens waren sie in der Lage zu rennen. Niemals wieder würde er das für selbstverständlich halten. Es kam ihm zwar sehr viel länger vor, aber er war jetzt erst eine Woche hier. Heute Morgen hatte der Arzt endlich seiner Entlassung zugestimmt. Luke hatte eine Schwester gebeten, Jack davon zu informieren. Er brachte es nicht über sich, den Mann, den er seit seiner frühesten Jugend verachtete, um einen Gefallen zu bitten.

»Luke?«

Gott, da war er. Jack Stewart, dem die Haare am Kopf klebten. Was für ein Vollidiot. All das Geld, und er konnte nicht mal für einen Schirm blechen.

»Ich habe die guten Neuigkeiten gehört«, sagte Jack. »Der Papierkram wird gerade vorbereitet.«

Vielleicht konnte Luke sich noch umentscheiden. Nach Wales gehen. Sich irgendwo ein paar Wochen in einem Bed-and-Breakfast verkriechen, bis er wieder fit war. Das wäre ziemlich öde, aber wenigstens wäre er sein eigener Herr.

Jack warf mehrere Tüten aufs Bett. »Ich habe dir ein paar Klamotten gekauft. Du willst doch sicher nicht in dem Jogginganzug vom Krankenhaus in England ankommen.«

»Ich will nichts geschenkt.« Jack machte ein genervtes Gesicht, aber Luke hatte fast sein ganzes Leben von Almosen gelebt, und das Letzte, was er wollte, war, sich einem Stewart verpflichtet fühlen zu müssen.

»Dann kannst du es mir später zurückzahlen. Aber ich weiß, dass du keine Kleider hast. Die, die du anhattest, als du hergebracht wurdest, hat man runterschneiden müssen. Und in deinem Koffer waren keine.«

Lukes Herz tat einen Sprung. »Woher weißt du das? Warum hast du meine Sachen durchwühlt?«

»Ich habe deine Sachen nicht angefasst. Es war das Krankenhauspersonal, weil sie dich identifizieren mussten. Ich hoffe, die Sachen passen dir.« Jack breitete die Kleidungsstücke auf dem Bett aus: ein Irland-Rugbyshirt, Jeans, eine Jogginghose, die Shirts, ein Rollkragenpullover, Socken, Unterwäsche und ein paar Turnschuhe. Und eine einfache, aber stylishe schwarze Lederjacke.

Die meisten von Lukes Sachen waren gebraucht und

stammten aus Kleiderkammern, wie der von St. Vincent de Paul. Oder, wenn er Glück hatte, von Dunnes. Das hier war wie mehrere Weihnachten und Geburtstage in einem. Den Etiketten nach zu urteilen hatte Jack ein kleines Vermögen ausgegeben. Aber er konnte es sich auch leisten. Wahrscheinlich haute er fast genauso viel bei einem Besuch in einem der piekfeinen Restaurants auf den Kopf. Er wollte sich nur freikaufen. Weil er sich schuldig fühlte. Oder vielleicht wollte er sich nur nicht für seinen Zigeunersohn schämen müssen. »Bis ich dir das zurückgezahlt habe, kann es dauern«, murmelte Luke, die lästige innere Stimme ignorierend, die ihm leise sagte, dass er unvernünftig war.

»Nimm dir so viel Zeit, wie du willst. Nur mach kein Problem daraus. Du brauchtest Klamotten, ich habe sie gekauft.«

»Um wie viel Uhr geht unser Flug?«, fragte Luke, erleichtert, das Thema wechseln zu können. Normalerweise konnte er beim Streiten ebenso gut austeilen wie einstecken, aber momentan war er müde und ängstlich. Später wäre noch reichlich Zeit, um Jack zu erklären, was er mit seinem Geld tun konnte.

»Unser Flug geht morgen«, antwortete Jack. »Das war der früheste, der … der einen Sarg transportieren konnte. Diese Nacht verbringen wir in meinem Hotel.«

Noch mehr Verzögerungen. Und schlimmer noch, er saß mit dem Vater des Jahres in einem Hotelzimmer fest.

»Da gibt es Fernsehen und einen Computer. Du wirst dich nicht langweilen. Luke? Stimmt was nicht?«

»Was soll denn nicht stimmen? Meine Mutter ist tot, ich kann nicht ohne Krücken gehen, und ich verlasse das Land, um bei Fremden zu leben. Kann es kaum erwarten.«

Jack starrte ihn an. Luke streckte das Kinn vor und wappnete sich für die unausweichliche wütende Reaktion. Doch die kam nicht. »Mach dich fertig, Luke. Ich erledige nur schnell ein paar geschäftliche Anrufe.«

Dieser Ausdruck in Jacks Augen. Den Blick kannte Luke von Sozialarbeitern, Lehrern, Ärzten. Mitleid, das war es. Normalerweise machte es ihn wütend. Jetzt fühlte er sich nur klein und unbedeutend, und er wollte nicht nach England, wo er keinen kannte und auffallen würde wie ein bunter Hund.

Jack und Luke saßen stumm, ohne sich anzusehen, Seite an Seite in der Krankenhauscafeteria. Emer beobachtete sie einen Moment – Vater und Sohn, die eine Reise antraten, die sehr viel bedeutender war, als nur die Irische See zu überqueren. Äußerlich waren sie sich überhaupt nicht ähnlich. Jack war größer und muskulöser, Luke war dunkel- und Jack hellhaarig. Jacks selbstbewusstes Auftreten und seine tadellose Kleidung standen ebenfalls in scharfem Kontrast zu dem verunsicherten Gesichtsausdruck seines Sohnes und seiner eine Nummer zu großen Lederjacke. Emer fühlte mit Luke mit. Er hatte so viel zu bieten, und sie hoffte, dass Jack und seine Familie ihm helfen würden, sein Potenzial auszuschöpfen.

Noch nie hatte sie so starke Gefühle für einen Patienten entwickelt – oder einen Angehörigen. Gestern Abend hatte sie noch lange an das Abendessen mit Jack gedacht. Das wunderschöne Restaurant, das köstliche Essen – und an ihren Gutenachtkuss vor dem Hotel. Zunächst zart und sanft, dann leidenschaftlich, bis sie sich voneinander lösten, als hätten sie beide gespürt, dass es eine Grenze gab, die weder er noch sie zu überschreiten bereit waren.

Und vielleicht hatte diese Grenze für Emer etwas mit Luke zu tun. Wie würde er es finden, wenn sie eine Beziehung mit seinem Vater begann? Er ging davon aus, dass sie auf seiner Seite war, wenn es um die Stewarts ging – die einzige Alliierte, die er seiner Meinung nach hatte. Es gab keinen Grund, ihm diese Illusion zu nehmen, solange ihm der Albtraum der Bestattung seiner Mutter bevorstand. Das wäre grausam. Außerdem war es wichtig zu sehen, wie Jack mit seinem neuen Sohn umging. Natürlich war er traurig wegen Annie, doch der Mann, mit dem Emer zusammen sein wollte, musste ein großes Herz haben und die Familie an die erste Stelle stellen.

Jack entdeckte sie im Türrahmen und lächelte. Emer setzte sich in Bewegung. Es war Zeit, auf Wiedersehen zu sagen.

Als er durch den Eingang des Beaumont Hotels trat, wäre Luke am liebsten gleich wieder umgedreht und gegangen. Dies war kein Hotel, es war ein Palast. Überall Marmorsäulen, eine riesige Treppe und ein Scheißkronleuchter. So lebte die andere Hälfte. In Jacks Suite ging es genauso weiter. Dicker Teppichboden, Wandteppiche, überall Marmor. Luke war nicht beeindruckt. »Die vielen hungernden Menschen wären begeistert.«

»Soll heißen?«, fragte Jack.

»Na ja, du wohnst allein hier. Gibst du Geld einfach nur aus Spaß an der Freude aus?«

»Vielleicht hätte ich mich im YMCA einbuchen und an Oxfam spenden sollen.«

Jacks Sarkasmus ärgerte ihn. Der Mann hatte keine Ahnung, wie unsensibel es war, mit seinem Reichtum zu protzen. Luke zu zeigen, was er verpasst hatte. »Warum nicht?«, konterte er.

»Luke, ich habe Geld!«, fuhr Jack ihn an. »Akzeptier es einfach, okay?«

Wie hatte sich seine Mutter je in diesen unausstehlichen Arsch verlieben können? Während er in Saus und Braus lebte, war Annie glücklich gewesen, wenn ihr Marmeladenglas voll mit Kleingeld war. »Hast du *je einen* Gedanken daran verschwendet, wie wir haben kämpfen müssen?«

Jack warf die Hände hoch und kam auf ihn zu. »Um Gottes Willen, ich *wusste* nicht von dir. Wie oft muss ich das noch sagen?«

Luke stolperte zurück und wartete auf den Schlag. Er stieß gegen die Ecke der Tischplatte, und ein scharfer Schmerz in der Brust ließ ihn aufschreien. Sofort war Jack bei ihm und half ihm in einen Armsessel, ohne auf seine schwachen Versuche, ihn abzuschütteln, zu achten.

»Scheißkerl!«, zischte Luke, als er wieder zu Atem kam.

Jack musterte ihn mit gerunzelter Stirn. »Du dachtest, ich wollte dich schlagen, nicht wahr?«

Luke antwortete nicht, hielt aber Jacks Blick fest.

»Das würde ich nie tun!«, sagte Jack kopfschüttelnd.

»*Natürlich* nicht«, sagte Luke. Jack war auch nicht anders als Joe. Er war nur besser angezogen.

Jack ließ sich am Fußende des Bettes nieder und starrte seine Hände an, während er sagte: »Luke, du machst mich wütend und du frustrierst mich, aber ich würde dich niemals schlagen.« Er blickte auf. »Von wem hast du diese blauen Flecke? Die auf deinem Gesicht, deinen Armen … am ganzen Körper.«

»Ich hatte einen Autounfall!«, blaffte Luke. »Hast du das nicht mitgekriegt?«

»Nein, die blauen Flecken sind älter. Jemand hat dich geschlagen.«

»Was interessiert dich das?« Einem Jack Stewart würde er

sicher nicht seine Lebensgeschichte erzählen. Der hier so selbstgerecht dasaß, als wäre er nicht die Ursache aller Probleme. Seine Gedanken wurden von einem Klopfen an der Tür unterbrochen. »Wer ist das?«, flüsterte er. Wer wusste, dass sie hier waren? Könnte das Krankenhaus es irgendjemandem gesagt haben?

»Wahrscheinlich der Zimmerservice«, sagte Jack. Er hatte die Tür geöffnet, bevor Luke sich in dem anderen Zimmer verstecken konnte. Ein Kellner kam mit einem Servierwagen voller Teller und Flaschen herein. Jack gab ihm ein Trinkgeld, dann waren sie wieder allein. »Ich dachte, es ist besser, wenn wir hier essen.«

»Schämst du dich für mich?«, wollte Luke wissen. »Ich kann mit Messer und Gabel umgehen.«

Jack verdrehte die Augen. »Wer hätte das gedacht. Ich fand nur, es wäre besser für dich, wenn du das Bein schonst, statt dich ins Restaurant zu quälen.«

»Warum lässt du mich das nicht selbst entscheiden?« Luke sah, wie Jacks Mundwinkel zuckten. Der Dreckskerl lachte ihn aus. »Was ist so lustig?«

»Ich habe geglaubt, du kommst nach deiner Mutter«, sagte Jack. »Aber ich habe mich geirrt. Du bist stur und patzig. Du könntest mir mehr ähneln, als ich gedacht habe.«

»Na toll«, murmelte Luke. Das hatte ihm noch gefehlt.

»Gibt es sonst noch etwas, was ich wissen sollte, Mr Stewart?«

Jack nippte an seinem Kaffee. Frisch gemahlene kolumbianische Bohnen. Es gab nichts Besseres, um den Tag zu beginnen. Ins Telefon sagte er: »Ja. Nehmen Sie sich vor den Kiernans in Acht, vor allem vor Joe. Das ist ein harter Mistkerl. Schnell mit den Fäusten.«

»Keine Sorge, ich kann auf mich aufpassen.« Und das konnte der Mann vermutlich wirklich – Doyle, ehemaliger Polizist und jetzt Privatermittler. Empfohlen von Flynn. »Wie soll ich Sie kontaktieren?«

»Auf dieser Nummer – meinem Handy«, antwortete Jack. »Rufen Sie mich nie im Büro an. Und hinterlassen Sie nichts Schriftliches.«

»Verstanden. Ich werde Montag in Ennis sein. Geben Sie mir ein bisschen Zeit, damit ich mich umhören kann. Mal sehen, was ich herausfinde.«

Als Jack den Hörer auflegte, verspürte er einen Anflug von schlechtem Gewissen. Durfte er wirklich seine Nase in Lukes Leben stecken? Andererseits hatte er doch sicher das Recht – und die Pflicht – zu wissen, auf was er sich einließ. Zunächst einmal waren da diese blauen Flecke. Und die Polizeibeamten im Krankenhaus hatten erwähnt, dass es Ärger gegeben hatte. Als die Sprache auf seinen Koffer gekommen war, hatte Luke sich sehr verdächtig benommen. Er musste an Matts Sicherheit denken. Und Maggies. Doch Luke durfte niemals herausfinden, dass er einen Detektiv engagiert hatte.

Jack butterte ein Croissant und warf einen Blick auf die Flugdaten. Es war so weit. Zurück nach Baronsmere, zusammen mit Luke und Annies Leichnam. Jetzt ging es erst richtig los. Einige schwere Wochen lagen vor ihm. Und auch diese Woche war die reine Folter gewesen. Na ja, abgesehen von Emer. Sie war das einzige Highlight.

Nicht zu fassen, dass er sie nicht gebeten hatte, die Nacht mit ihm zu verbringen. Doch etwas hatte ihn zurückgehalten, vielleicht die Furcht vor einer Zurückweisung. Sie war nicht wie die Frauen, die er sonst kannte, von denen die meisten ihm zu Füßen lagen. Würde sie ihn nun einfach vergessen?

Aus den Augen, aus dem Sinn? Es gab einen Weg, das zu verhindern. Er nahm das Telefon in die Hand und rief den Empfang an. »Ich möchte dreißig langstielige Rosen zu Emer Sullivan im St. Aidan's Krankenhaus schicken …«

»Möchten Sie noch Orangensaft, Sir?«

Luke war noch nie in seinem Leben »Sir« genannt worden. Er lehnte höflich ab, und die Flugbegleiterin entfernte sich. Jack war in die *Financial Times* vertieft. Sie hatten kaum ein Wort miteinander gewechselt, was Luke nur recht war. Er wollte seine Ruhe. Der Anblick, wie Annies Sarg in den Frachtraum verladen wurde, hatte ihm allen Kampfgeist geraubt, und im Moment hatte er nicht den Eindruck, als würde er ihn je zurückgewinnen. Warum hatte man ihn nicht am Straßenrand sterben lassen, zusammen mit seiner Mutter? Wie viel anders wäre alles gekommen, wenn sie nur ein paar Minuten später oder früher diese Straße entlanggefahren wären? Dann wären sie jetzt in Wales und könnten ein neues Leben beginnen.

Luke blickte aus dem Fenster auf die grünen Felder unter ihnen. Es sah aus wie Irland. Nur dass es das nicht war, sondern ein fremdes Land. Er verspürte eine Anwandlung von Heimweh. Würde er jemals zurückkehren können? Hatte er die richtige Entscheidung getroffen? Es gab keine Garantien, dass er in England in Sicherheit war. Joe war ein Schläger, aber er war nicht dumm. Falls Connolly oder Byrne Joe zu fassen bekamen, würden sie ihm dann sagen, dass sie Lukes Vater getroffen hatten? Wenn ja, konnte Joe zwei und zwei zusammenzählen und bald vor Jacks Tür stehen. Lukes einzige Hoffnung war, dass seine Onkel der Polizei entwischten, so wie immer.

»Sir, bringen Sie bitte Ihren Sitz in eine aufrechte Position und schließen Sie Ihren Gurt. Wir landen in Kürze.«

Er gehorchte und verzog das Gesicht, als er einen Schmerz in den Rippen spürte. Alles war mühevoll.

»Alles in Ordnung?«, fragte Jack.

Luke nickte.

»Wenn wir aus dem Terminal erst mal raus sind, müssten wir in einer Stunde zu Hause sein«, erklärte ihm Jack.

Der war gut. Sehr lustig. Die Stewarts würden sich bei seinem Anblick an ihrem Kaviar verschlucken. Er passte da nicht rein und wollte es auch gar nicht. Sie bedeuteten ihm nichts, und doch wünschte er, es wäre anders. Er hasste es, sich so allein zu fühlen.

Als das Flugzeug zur Landung ansetzte, schloss Luke die Augen und fragte sich, wann er wieder unter irischem Himmel schlafen würde.

6

»Schätzchen, ich bin zu Hause!«

Jack war in seinem Arbeitszimmer, als er Matt heimkommen und ausrufen hörte, was mittlerweile zu einem Familienwitz geworden war, gefolgt von dem Geräusch von Krallen, die über den Holzboden kratzten, als Honey, die goldene Labradorhündin, die von allen auch liebevoll »Schätzchen« genannt wurde, losraste, um ihr Herrchen zu begrüßen. Ein tröstliches Gefühl. Jack brauchte solche Momente der Geborgenheit jetzt mehr denn je.

»Hier versucht jemand zu schlafen«, schimpfte Maggie. Ihre Stimmen wurden leiser, weil Matt vermutlich der Haushälterin in ihr Reich, die Küche, folgte. Der Duft von Rinderbraten wehte durch den Flur in Jacks Arbeitszimmer, doch er hatte keinen großen Appetit.

Als sie vor ein paar Stunden vom Flughafen angekommen waren, hatte Maggie Luke sofort in die Arme geschlossen, ihn gedrückt und ihm gesagt, wie leid es ihr wegen Annie tat. Luke, den diese überbordende Zuneigung verschreckt hatte, hatte sich schon bald in sein Schlafzimmer in der Gästesuite im Erdgeschoss zurückgezogen, die eigentlich eine separate Wohnung und sehr nützlich war, wenn Jack potenzielle Geschäftskunden beherbergte – oder wie jetzt einen hitzigen Invaliden. Er wäre sehr müde, so Luke, und wolle lieber in seinem Zimmer zu Abend essen und dann gleich schlafen gehen.

»Er sieht seiner armen Mutter so ähnlich«, hatte Maggie gesagt. »Dasselbe dunkle Haar und diese blauen Augen. Ich hätte ihn überall sofort erkannt.« Und das war das Problem. Luke ähnelte Annie zu sehr, und ihn hier in diesem Haus zu sehen ließ den Schmerz, den ihr Weggang verursacht hatte, wieder neu aufleben.

Emers ruhige Stimme zu hören könnte ihm jetzt helfen. Jack hatte vorhin versucht, sie anzurufen, doch es war sofort die Mailbox angesprungen. Sich hier im Arbeitszimmer zu verstecken hatte keinen Zweck – besser, er ging zu Matt, um sich zu vergewissern, dass er immer noch mit an Bord war. Und vielleicht noch ein letztes Mal ein Vater-Sohn-Gespräch zu führen, bevor aus dem Duo ein Trio wurde.

In der Küche nahm Matt sich von den Erdbeeren, die für den Pudding beiseitegelegt worden waren. »Aua!«, schrie er auf, als Maggie ihm mit einem Holzlöffel einen Klaps auf die Knöchel gab. »Das ist Kindesmisshandlung, nichts anderes.«

Jack lächelte. Es war gut, wieder zu Hause bei Matt und Maggie zu sein.

»Hallo, Dad, schön, dich zu sehen«, sagte Matt und stibitzte eine weitere Erdbeere, kaum dass Maggie ihm den Rücken zudrehte. »Tut mir leid, dass ich nicht hier war, als ihr ankamt. Ich hatte ein Meeting wegen der Pläne für den Nachtclub. Ich bin schon so gespannt auf Luke. Maggie sagt, ich darf ihm nicht Hallo sagen, weil er schläft.«

Die Fähigkeit junger Leute, sich an radikale Veränderungen anzupassen, erstaunte Jack immer wieder aufs Neue. Matt war tatsächlich voller Enthusiasmus bei der Aussicht, seinen Bruder kennenzulernen, von dem er bisher nichts gewusst hatte. Keine Wolke an seinem Horizont.

»Erwarte nicht zu viel«, riet ihm Jack. »Er trauert noch. Wahrscheinlich steht er immer noch unter Schock. Maggie, meine Eltern haben beschlossen, zum Abendessen zu kommen. Tut mir leid, dass es so kurzfristig ist.«

»Kacke! Wenn das kein schlechtes Timing ist!«

»Hier zu Hause will ich solche Pubausdrücke nicht hören, Matthew«, sagte Maggie warnend, die Hände in den Hüften. »So wurdest du nicht erzogen.«

»Ich weiß nicht, ob es dir schon aufgefallen ist, Maggie, aber ich bin fünfundzwanzig Jahre alt. Ich kann tun, was ich will.«

»Nicht in meiner Küche.«

»Und was hast du fürs Abendessen geplant, Maggie? Ein gemästetes Kalb?«, scherzte Matt.

»Zieh dich besser um«, sagte sie mit dem Holzlöffel fuchtelnd. »Deine Großmutter ist bestimmt fein herausgeputzt. Wenn du in Jeans erscheinst, werden wir uns das bis zum Sankt-Nimmerleins-Tag anhören müssen. Ich bin froh, dass Luke beschlossen hat, in seinem Zimmer zu essen. So wird er nicht ihre Tiraden über Cocktailpartys und Hüte für Ascot über sich ergehen lassen müssen.«

Jack grinste Matt an. Maggie und Grace Stewart lagen seit Jahren miteinander im Clinch. Ihre Zankereien waren Dorflegenden. Wie schön, dass sich manche Dinge niemals änderten.

Jack zog an einer Cohiba-Zigarre, während er im Salon auf die Ankunft seiner Eltern wartete. Er rauchte nicht oft – nur wenn er gestresst war. Er durfte nicht vergessen, seine Vorräte aufzustocken. Wie brachte er Lukes Existenz seinen Eltern am besten bei? Es wäre so viel einfacher, wenn er selbst zu hundert Prozent dahinterstünde, doch er war sich ganz und gar nicht sicher, ob es richtig gewesen war, Luke mit nach Hause zu bringen. Matt und Maggie freuten sich, aber Nicholas und Grace würden gänzlich anders reagieren. In der Geschäftswelt ging Jack Konfrontationen nicht aus dem Weg, zu Hause war es anders.

»Tante Claire hat angerufen, als du unter der Dusche warst.« Matt kam in den Salon, bekleidet mit einer grauen Flanellhose und einem weißen Hemd. »Sie möchte Lukes Bekanntschaft machen. Vielleicht könnten wir Montag alle zusammen nach Manchester fahren.«

»Okay.« Claire und Annie hatten sich immer gut verstanden. Mit seiner Schwester konnte er schon mal in seinem und Matts Lager rechnen.

Matt setzte sich auf das Sofa vor dem Kamin. Er nahm eine Zeitschrift vom Couchtisch, blätterte sie durch und warf sie dann zur Seite. Sein Fuß tippte ungeduldig. Er bedachte Jack mit einem schnellen Blick. »Fühlst du dich wirklich bereit dazu, Dad? Du siehst geschafft aus. Wenn du möchtest, rufe ich an und sage ab.«

Das wäre sicher das Beste. Ein ruhiges Abendessen, und dann ins Bett, die große Enthüllung auf morgen verschieben. Doch das würde das Unvermeidliche nur hinauszögern. »Danke, Matt, aber dazu ist es jetzt zu spät. Wie dem auch sei, es wird nie den richtigen Zeitpunkt geben. Es wird ein großer Schock für sie sein.«

Matt runzelte die Stirn. »Ja klar, zuerst, aber Luke ist ihr Enkel. Ein Stewart. Es wird alles gut gehen.«

Wenn es nur so einfach wäre. »Ich glaube nicht, Matt. In der Vergangenheit ist viel passiert, von dem du nichts weißt.«

Matt tat das mit einem Winken ab. »Ich weiß, dass Gran

und Annie nicht miteinander ausgekommen sind, aber dafür kann Luke doch nichts. Er gehört zur Familie, und Familien halten zusammen. Hast du mir das nicht immer gesagt?«

Nichts war schlimmer, als wenn Kinder einem die eigenen klugen Ratschläge vorhielten, vor allem, wenn sie sich nicht bewahrheitet hatten. »So einfach wird das nicht, Matt. Luke will nicht hier sein, und ich glaube, er macht mich für alles verantwortlich. Annies Tod eingeschlossen. Im Krankenhaus hat er kaum mit mir gesprochen. Und seitdem wir Dublin verlassen haben, ist er sogar noch verschlossener. Dass er gesehen hat, wie der Sarg seiner Mutter ins Flugzeug verladen wurde, war auch nicht gerade förderlich.«

»Sarg?« Matt machte ein entsetztes Gesicht.

Jack rieb sich die Stirn. »Ich kann nicht glauben, dass ich vergessen habe, das zu erwähnen. Ich muss doch müder sein, als ich gedacht habe. Luke und ich haben beschlossen, Annie hier in St. John's bestatten zu lassen.«

Matts Miene war anerkennend. Jack dankte Emer im Stillen für ihren Vorschlag, was die Beerdigung anging. Im Moment hatte er alle Bonuspunkte nötig, die er kriegen konnte.

Die Türklingel ertönte.

»Ich stimme sie schon mal milde«, bot Matt an, stand auf und ging in den Flur, wo Maggie bereits mit klackernden Schritten zur Haustür eilte.

Matt war der Augapfel seiner Großmutter. Allein sein Anblick würde glückliche Tagträume von einer großen Hochzeit mit der Tochter irgendeines Angehörigen der königlichen Familie wecken. Und die Wahrscheinlichkeit, dass sie sich anständig benahm, stieg, solange er dabei war. Die Fassade bewahren. *Noblesse oblige*.

»Matt! Wo hast du dich den ganzen letzten Monat versteckt? Bist wohl zu beschäftigt für den Sonntagslunch, was?«

Sir Nicholas Stewart hatte das Haus betreten. Die Leute sagten, man könne seine Stimme noch über zwei Felder hinweg hören. In jungen Jahren hatte er den ganzen Tag Befehle über Baustellen gebrüllt und sich die dazu erforderliche Lautstärke seitdem nicht wieder abgewöhnt. Vom Salon aus konnte Jack sehen, wie sein Vater seine Armbanduhr mit der Standuhr im Flur verglich. Wahrscheinlich machte er sich Sorgen, dass sich ein paar Minuten davonstehlen könnten. Zeit ist Geld, das war seine Philosophie.

Grace rauschte heran und hielt Maggie ihren Mantel hin, ohne die Hausangestellte eines Blickes zu würdigen, die sie respektlos fand. Jack lächelte, als Maggie hinter ihrem Rücken einen übertriebenen Knicks vollführte.

»Matt, mein Schatz!« Grace küsste Matt auf die Wange und zupfte seinen Kragen zurecht. »Wir haben heute über dich gesprochen, Victoria MacLean und ich. Ihre Nichte, die ehrenwerte Rosalind Delaney, macht diesen Sommer ihren Abschluss in Malborough.«

Das ging sogar schneller, als Jack erwartet hatte. Grace würde erst zufrieden sein, wenn sie Matt verheiratet hatte. Solange es jemand ihrer Wahl war. Jemand der wusste, welche Sauce man zu Ente servierte, aber vermutlich nicht viel mehr.

»Sie möchte am Courtauld studieren.« Grace ließ nicht locker. »Ein sehr intelligentes Mädchen. Und eine äußerst gute Reiterin.«

Glücklicherweise konnte Matt sich zurückhalten, Letzteres zu kommentieren. »Schön für sie«, sagte er. »Ich bin mir sicher, sie wird jemandem eine wunderbare Ehefrau. Also, wie wäre es mit einem Aperitif vor dem Abendessen? Gehen wir doch zu Dad in den Salon.«

Das war Jacks Stichwort. Er erhob sich, um seine Eltern zu begrüßen. Grace bewegte sich wie auf Rollen über den türkischen Teppich. Sie gab ihm einen Kuss auf die Wange, wobei ihn ihr schwerer blumiger Duft einhüllte, und drapierte sich dann elegant auf das Louis-Quinze-Sofa.

»Also, Jack, worum ging es bei dieser Geheimmission?« Nicholas war bei seinem Lieblingsarmsessel angelangt. »In Irland gibt es viele Golfplätze. Oder ein Hotelprojekt, vielleicht?«

Jack hatte sein Vater nicht ein einziges Mal aus Irland angerufen, obwohl Nicholas ihm mehrere Nachrichten mit der Bitte hinterlassen hatte, ihn auf dem Laufenden zu halten. Per E-Mail hatte er versprochen, alles zu erklären, sobald er zurück war. Lukes Ankunft wollte er ihnen lieber von Angesicht zu Angesicht mitteilen. Obwohl er in diesem Moment wünschte, er könnte es auf unbestimmte Zeit aufschieben.

Matt reichte die Drinks herum. Jack bekam wie immer einen Whiskey, den er in einem Zug hinunterstürzte, in der Hoffnung, er würde ihn für das nun Kommende gelassener stimmen. Als er das Glas senkte, sah er, dass alle Augen auf ihn gerichtet waren, was ihn höchst verlegen machte. Er wünschte sich, alle würden verschwinden und ihn in Ruhe lassen. Luke eingeschlossen.

»Geht es dir gut, Jack?«, fragte seine Mutter.

»Ich bin müde«, antwortete er.

Grace' Miene drückte Missbilligung aus. »Wenn das so ist, bleiben wir nicht lange, Schatz.«

So höflich wie eh und je, doch das Wort »Schatz« tropfte so leicht von ihrem Mund wie Wasser aus einem Hahn und war genauso durchsichtig.

»Erzähl uns von Irland«, sagte Nicholas. »Ich hoffe doch, es hatte etwas mit dem Macallan-Konsortium zu tun.«

Jack holte tief Luft. »Ich war nicht geschäftlich in Irland.«

Nicholas schien ausnahmsweise einmal verwirrt. »Warum hast du mir nicht gesagt, dass du Urlaub genommen hast? Die Verhandlungen mit Canalside Leisure befinden sich in einem kritischen Stadium. Es ist nicht ratsam, sie warten zu lassen …«

Jack hob die Hand, um die Kritik im Keim zu ersticken. Er konzentrierte sich auf die Uhr aus Goldbronze und Marmor im Empire-Stil auf dem Kaminsims. Mehrere Sekunden lang hörte man nur ihr lautes Ticken. *Also los, bringen wir es hinter uns*. »Ich habe gerade herausgefunden, dass ich einen Sohn habe. Ich habe ihn mitgebracht.«

Er beobachtete seine Eltern, während der Schock einsetzte. Er fühlte mit ihnen. Schließlich war es ihm genauso ergangen.

»Was sagst du da?«, fragte Grace. »Dass du eine Affäre hattest, aus der ein Kind hervorgegangen ist?«

»Nein, nein, er ist …«

»Um Himmels willen, Jack!«, unterbrach ihn Nicholas. »Was bist du für ein Dummkopf? Ein Mann in deiner Position muss Vorkehrungen treffen, sonst wirst du zur leichten Beute für irgendeine Goldgräberin, die auf ein hübsches kleines Einkommen aus ist – ganz zu schweigen davon, dass du achtzehn Jahre lang einen Klotz am Bein haben wirst.«

Sie hatten es falsch verstanden und nahmen an, er würde von einem Baby reden, einem Kleinkind. Stattdessen würden sie sich einem streitlustigen, verbitterten jungen Mann gegenübersehen, der der Frau, die sie abgelehnt hatten, wie aus dem Gesicht geschnitten war.

»Also, wer ist diese Frau?«, fragte Grace. »Nicht noch eine – *diddakoi* – hoffe ich doch?«

»Nein, dieselbe«, sagte eine ruhige Stimme hinter ihnen.

Mist! Luke stand in der Tür, ungelenk auf seinen Krücken balancierend. Die Tür zum Salon war aus alter Eiche und schwer und blieb für gewöhnlich offen stehen. Jack hätte sich ohrfeigen können, weil er nicht daran gedacht hatte, sie zu schließen.

Es war Matt, der das unbehagliche Schweigen brach. »Hi, Luke, ich bin Matt. Schön dich kennenzulernen.« Luke reagierte nicht auf seine Begrüßung, stattdessen starrte er Grace an, nein, funkelte sie böse an.

Auf einmal war sich Jack schmerzlich bewusst, wie fehl am Platze Luke in dieser formellen Umgebung war – salopp gekleidet, das Haar vom Schlaf zerzaust, die Schnitte und Prellungen auf seinem blassen Gesicht unübersehbar. *Schämen Sie sich für ihn?* Er dachte an Emers Worte und fühlte sich unbehaglich.

»Komm und setz dich, Luke.« Matt war der Einzige, der sich bemühte, doch er erntete immer noch keine Reaktion. Jack sah, wie Grace Nicholas einen Blick zuwarf. Er verspürte Mitleid mit seinen Eltern. Er hatte immerhin ein wenig Zeit gehabt, um die Neuigkeit zu verdauen, sie dagegen erfuhren davon in der Gegenwart ihres »neuen« Enkels, der ihre Bösartigkeiten mitangehört hatte. Warum war Luke nicht einfach in seinem Zimmer geblieben? Warum musste er immer alles so schwierig machen?

»Er ist … Annies Sohn?«, fragte Grace.

Jack nickte.

Nicholas erhob sich und baute sich mit verschränkten Armen vor dem Kamin auf, Zoll für Zoll ein Gutsherr. »Nun, es tut mir leid, aber es fällt mir ein wenig schwer, das zu schlucken. Jahrelang hören wir nichts, und auf einmal taucht ein Fremder auf, der behauptet, er wäre ein Verwandter. Lass uns realistisch sein – wir können ihm das doch nicht einfach so glauben. Wir sind wohlhabend, wir sind angesehen. Wir sind eine Zielscheibe, für die Medien, für Erpresser, für Hochstapler …«

»Haltet ihr mich dafür?«, unterbrach ihn Luke.

»Willst du Geld?«

Gut gemacht, Dad. Jack schloss die Augen und wartete auf Lukes Ausbruch, der überraschenderweise nicht folgte. Stattdessen kam er von Matt.

»Luke ist hier, weil Dad und ich ihn hierhaben wollen.« Matts Ton war scharf, seine Miene wütend. »Er ist mein Bruder. Dein Enkel. Dabei schäme ich mich gerade dafür, ein Stewart zu sein.«

Nicholas beachtete ihn nicht, sondern fuhr mit Lukes Befragung fort. »Warum jetzt? Nach so langer Zeit? Wie alt bist du überhaupt? Achtzehn? Neunzehn?«

»Tut mir leid, dass ich dich enttäuschen muss. Ich bin zwanzig.«

»Trotzdem eine lange Zeit, um nicht *einmal* Kontakt aufzunehmen«, sagte Nicholas.

»Nicht lang genug.«

Nun schien sich Lukes Temperament doch zu zeigen. Jack sah sich vorsichtig nach Zerbrechlichem in seiner Reichweite um.

»Wie lange hast du davon gewusst, Jack?« Grace' Stimme war purer Stahl.

»Bis vor einer Woche wusste ich nichts von Lukes Existenz.«

»Und ist *sie* auch hier? Ist sie mit ihm zusammen gekommen?«

Ihre Verachtung war nicht angenehm, aber möglicherweise verständlich. Annie hatte Jack verlassen und seine Mutter hatte erleben müssen, wie er beinahe einen Nervenzusammenbruch erlitten hatte.

»Meine Mutter ist tot!«, fauchte Luke. »Sie wurde bei einem Autounfall getötet. Tut mir leid, dass ich euch nicht auch den Gefallen getan habe, aber das hier ist das Beste, was ich hinbekommen habe.« Er zeigte auf seine Krücken. Es folgte eine kurze Pause, bevor er fortfuhr: »Danke, dass ihr keine Heuchler seid und sagt, es täte euch leid. Sie hat mir erzählt, dass ihr sie immer loswerden wolltet.«

Luke drehte sich um und verließ das Zimmer. Niemand sagte etwas. Jack sah Matt an, der Grace ansah, die wiederum Nicholas ansah. Es war wie eine Bühnenfarce. Und die ganze Zeit war das Ticken der verdammten Uhr zu hören.

»Entschuldigt mich«, sagte Matt und lief Luke nach.

Irgendwann ergriff Jack das Wort. »Dad, wie konntest du das sagen – dass Luke ein Hochstapler sein könnte und Geld will?« Er würde ihn nicht damit davonkommen lassen. Es war grausam und unnötig gewesen. Doch eine leise Stimme sagte ihm, dass er Nicholas zur Rede hätte stellen sollen, als Luke noch im Zimmer gewesen war.

Bevor Nicholas antworten konnte, stand Grace auf. Flecken brannten auf ihren Wangen. »Weil das der älteste aller Tricks ist, und du fällst darauf herein! Annie hat dich für einen anderen Mann verlassen, der wahrscheinlich der Vater ist, und jetzt will der Junge ein bisschen Geld herausschlagen. Wie kannst du nur so naiv sein?«

Nun war Jack dankbar, dass Luke schon gegangen war.

Grace' unsensible Attacke war peinlich. Er schämte sich. »Er hat mich nicht um einen Penny gebeten«, sagte er.

»Noch nicht.«

Es fiel ihm nicht leicht, ruhig zu bleiben. »Annie ist im Februar gegangen. Luke wurde Ende Oktober geboren. Er könnte mein Sohn sein, deswegen kann ich nicht so tun, als wäre nichts geschehen. Ich habe eine Verantwortung. Das versteht ihr doch sicher?«

»Wirst du einen DNA-Test machen lassen?«, fragte sein Vater.

»Ich bezweifle, dass Luke dem zustimmen würde«, sagte Jack. »Dann würde er sich noch mehr abgelehnt fühlen als ohnehin schon. Ich will nichts tun, was ich später bereuen würde.«

»Nun, das ist vielleicht das Beste.«

Das war eine Überraschung. Jack hätte gedacht, dass Nicholas einen Beweis verlangte.

»Wir wollen keinen Skandal riskieren«, fuhr Nicholas fort. »Die Verhandlungen einiger unserer Projekte befinden sich in einer heiklen Phase. Ein Vaterschaftstest könnte uns unangenehme Publicity bringen. Diese Zigeuner-Geschichte wäre ein gefundenes Fressen für die Presse. Falls sich tatsächlich herausstellt, wie du ja zu erwarten scheinst, dass er dein Sohn ist, wird es heißen, die Stewarts lassen die eigene Familie wegen ihrer Kultur fallen – man würde uns Bigotterie, Rassismus und Gott weiß was noch alles vorwerfen. Das ist wohl kaum das Risiko wert.«

Ah, das erklärte es. Das Geschäft kam an erster Stelle, wie immer.

»Bitte, sag mir, dass du ihn nicht hierbehalten willst, Jack«, sagte Grace.

»Er bleibt so lange, bis er sich erholt hat. Dann geht er möglicherweise wieder. Matt möchte die Chance haben, ihn besser kennenzulernen. Die kann ich ihm nicht verwehren. Sie könnten Brüder sein.«

»Und wie willst du seine Anwesenheit erklären?«, wollte Grace wissen. »Wirst du allen sagen, dass er dein Sohn ist? Wir werden zum Gespött der Leute. Sie werden denken, dass du zum zweiten Mal deiner Tinker-Frau in die Falle gegangen bist.«

Die Beleidigung brannte sich ihren Weg in Jacks Verstand. Wie oft hatte Annie sie über sich ergehen lassen müssen? Sie hatte ihm erzählt, wie schwer es ihr gefallen war, solche Hänseleien in ihrer Jugend zu ignorieren. »Sie war keine Tinker!«, sagte er scharf. »Und auch keine Zigeunerin. Sie war eine Traveller. Und so werdet ihr Luke von nun an auch nennen.«

»Das sind Haarspaltereien«, schnaubte Grace.

Jacks Blick traf den seiner Mutter. Er verzog keine Miene. Vielleicht war Luke nicht sein Sohn – vielleicht aber doch. Und was wäre er für ein Vater, wenn er solche Verachtung unwidersprochen ließe? »Solange Luke unter diesem Dach lebt, will ich nicht noch einmal hören, dass er beleidigt wird. Er hat gerade seine Mutter verloren, um Himmels willen. Könnt ihr beide nicht versuchen, ein wenig Mitgefühl zu zeigen?«

»Deine Mutter hat nur dein Wohl im Sinn, Jack«, sagte Nicholas. »Du warst ein gebrochener Mann, als Annie dich verließ. Das möchten wir nicht noch einmal erleben.«

»Die Vergangenheit ist vorbei. Was spielt das jetzt noch für eine Rolle?«

»Die Vergangenheit ist nie vorbei«, sagte sein Vater. »Wenn der heutige Tag eines bewiesen hat, dann das.«

»Dann versucht, die Vergangenheit wiedergutzumachen. Vor allem, dass ihr Lukes Mutter nie wirklich akzeptiert habt.«

»Du weißt, dass Annie inakzeptabel war«, sagte Grace spitz. »Du hast dich bloß von einem hübschen Gesicht blenden lassen … und dem Reiz des Neuen. Das verstehe ich. Du hast um Caroline getrauert und das hat dein Urteilsvermögen beeinträchtigt. Aber glaubst du wirklich, eure … Beziehung hätte Bestand gehabt, wenn Annie dich nicht verlassen hätte? Ihr kamt aus völlig unterschiedlichen Welten, und das wird auch Luke irgendwann begreifen. Ob er dein Sohn ist oder nicht, ist irrelevant. Er gehört nicht hierher, und es war falsch von dir, ihn glauben zu lassen, dass es je so sein könnte.«

Seine Eltern glaubten offenbar nicht daran, dass eine Verwandtschaft bestehen könnte. Sie würden Luke nicht einmal akzeptieren, wenn ein DNA-Test es bewies. Wie hatte Jack je etwas anderes glauben können? Tja, wer A sagte, musste auch B sagen … »Ich werde Annie hier bestatten lassen. Ich habe sie ebenfalls mitgebracht.«

Grace erhob sich und strich die Falten in ihrem Seidenkleid glatt. Sie mied Jacks Blick, als sie sagte: »Ich hoffe, du hast nicht das Familiengrab im Sinn, denn das wird nur über *meine* Leiche geschehen!«

»Du bist ein Snob, Mutter, durch und durch.« So. Er hatte es endlich gesagt, und es war eine Erleichterung, auch wenn der Vorwurf nun zwischen ihnen stand und die Atmosphäre noch weiter vergiftete.

»Wir bleiben nicht zum Dinner. Nicholas, bring mich nach Hause.«

In einer seltenen Bekundung möglicher väterlicher Sorge stand Nicholas auf und kam zu Jack, um ihm die Hand auf die Schulter zu legen. »Ich rate dir, dass du mit dem Jungen irgendeine Art von finanzieller Übereinkunft triffst und ihn irgendwohin gehen lässt, wo wir alle glücklicher mit ihm sind – er eingeschlossen. Ich bin mir sicher, dass ein beträchtlicher Scheck das Problem zu aller Zufriedenheit lösen wird.«

Jack stand nicht auf, um seine Eltern zur Tür zu bringen. Nun war es ausgesprochen, konnte nicht wieder ungesagt gemacht werden. Und nichts war gelöst.

Als es still geworden war, ging Jack in die Küche. Matt saß allein am Tisch, die Sportseiten der Zeitung vor sich ausgebreitet, und verschlang eine Portion Filet Wellington.

Er blickte hoch zu Jack und sagte: »Ich rate dir, was davon zu essen. Maggie ist stinksauer, dass sie alles umsonst zubereitet hat.«

Jack schloss vorsichtig die Tür. Auf eine Wiederholung des Auftritts von eben konnte er verzichten. »Wo ist Luke?«, fragte er, als er sich setzte.

Matt stieß die Gabel in Richtung Tür. »Ist auf sein Zimmer gegangen. Ich kann's ihm nicht übel nehmen. Ich habe mich für dich entschuldigt.«

Offenbar warf er Jack vor, dass er keinen dramatischen Abgang hingelegt hatte, um nach Luke zu sehen, so wie Matt. Nun war Feingefühl nötig. Er musste ihn wieder auf seine Seite ziehen. »Matt, das, was heute Abend gesagt wurde, tut mir leid.«

»Mir auch«, sagte Matt mit gerunzelter Stirn. »Was für ein Empfang.«

»Na ja, dass es nicht einfach wird, haben wir gewusst.«

»Einfach! Dad, das war unverzeihlich!«

Möglicherweise war es das – aber war es auch unvermeidlich? Matt wollte Luke hierhaben, doch er hatte keine Ahnung, was das alles nach sich zog. »Vielleicht war es ein Fehler, ihn herzubringen.«

»Warum?«, fragte Matt. »Was vor Jahren passiert ist, ist nicht sein Fehler.«

»Ich sagte dir bereits: Es ist kompliziert …« Matt stand eine große Enttäuschung bevor. Jack musste ihn warnen. »Pass auf, dass du dich nicht zu sehr mit ihm anfreundest.«

Matt ließ Messer und Gabel auf den Teller klappern. »Was meinst du damit? Wie kann ich mich denn *nicht* mit ihm anfreunden? Luke ist mein Bruder, und ich werde ihm sagen, dass er sich wenigstens auf *mich* verlassen kann.«

Na toll. Matt hatte sich die Rolle des heldenhaften Beschützers ausgesucht. Jack warf einen Blick zurück zur Tür. Obwohl sie immer noch zu war, senkte er die Stimme. »Luke hat sich einverstanden erklärt, zu bleiben, bis es ihm wieder besser geht, aber er hat angedeutet, dass er dann wieder abreist.«

Matt biss nicht an. »Na klar. Weil er sich nicht willkommen fühlt. Es ist an uns, ihn davon zu überzeugen, zu bleiben. Ich habe es heute Abend versucht, aber er war nicht in der Stimmung.«

Jack seufzte. »Das ist er nie. Warum glaubst du, dass er morgen anders ist?«

»Vielleicht ist er das nicht, aber *ich* gebe ihn nicht auf.«

Hatte Jack Luke aufgegeben? Er hatte ihn mit nach Hause gebracht. Was konnte man vernünftigerweise noch von ihm erwarten? »Okay, dann rede du mit ihm«, sagte er. »Aber vielleicht mache ich mich morgen besser rar. Er hat mich nicht gerade in sein Herz geschlossen.«

Matt schob seinen Teller beiseite. »Wir müssen einen Termin für die Beerdigung festlegen.«

Jack nickte. »Ich rufe Vater Quinn drüben in Baronswood an. Und bringe in Erfahrung, was zu tun ist.« Noch ein Albtraum, der ihnen bevorstand. Die Beerdigung.

»Hey«, grinste Matt. »Wenn es schwierig wird mit Vater Quinn, erzähl ihm diesen Witz: Der Teufel schlug ein Fußballspiel zwischen dem Himmel und der Hölle vor. Gott sagte: ›Aber weißt du denn nicht, dass alle guten Spieler hier bei uns sind?‹ Und der Teufel sagte …«

»›Ja, aber wir haben alle guten Schiedsrichter.‹«

Matt lächelte. »Siehst du, Dad … wir sind immer noch ein Team.«

Er war wieder auf Jacks Seite. Fürs Erste zumindest.

7

Luke lehnte sich erschöpft gegen den Rahmen der offenen Badezimmertür. Dampfwolken waberten an ihm vorbei ins Schlafzimmer. Er warf einen Blick auf den Wecker. Fast eine Stunde hatte er mit der Dusche gekämpft und versucht, auf seinem verletzten Bein zu stehen. Kriege waren in kürzerer Zeit geführt und gewonnen worden. Vielleicht hätte er es ausfallen lassen sollen, doch er musste immer wieder an die Art denken, wie seine sogenannten Großeltern ihn angesehen hatten. Als wäre er Abschaum. Dann hatten sie ihn, wenn auch nicht wortwörtlich, einen Bettler genannt. *Willst du Geld?* Er würde ihr Vorurteil nicht bestätigen, indem er die Rolle optisch ausfüllte.

Nachdem er sein Bett gemacht hatte, setzte Luke sich und zog sich an – langsam, weil seine Rippen ihm zusetzten. Er sah sein Bild im Spiegel an der Schranktür. Das Rugby-Shirt war eine gute Wahl. Zu Hause hätte er wohl keins getragen, doch er war stolz darauf, Ire zu sein. Halb Brite zu sein, war ein seltsames Gefühl.

Maggie hatte ihm vorhin eine Tasse Tee gebracht, doch er hatte so getan, als würde er schlafen, weil ihm nicht nach einer Unterhaltung gewesen war. Er mochte die Haushälterin. Annie hatte ihm von der freundlichen Frau erzählt, die wie eine Mutter zu ihr gewesen war. Maggie schien sich zu freuen, ihn zu sehen, und sie hatte gesagt, wie leid ihr das mit Annie tat.

Es klopfte laut an der Tür. Luke hielt den Atem an. Bitte, lass es nicht Jack sein. Es wäre besser für alle, wenn sie sich aus dem Weg gingen.

Es war Matt. »Hey, guten Morgen! Komm frühstücken. Wir zwei sind allein. Dad ist weg. Maggie hat für eine ganze Armee gekocht – Speck, Eier, das ganze Programm.«

Sein Bruder. Es war seltsam, ihn in Gedanken so zu nennen. Matt war ein Rätsel für ihn. Gestern Abend hatte er ihn verteidigt und war ihm sogar gefolgt, um sich für das Benehmen seiner Familie zu entschuldigen. Seine Freundlichkeit schien echt zu sein. Wie gern hätte Luke geglaubt, dass er einer von den Guten war, aber Matt war ein Stewart. Wenn es hart auf hart kam, würde er sicher zu ihnen halten. Besser, er vertraute niemandem, auch wenn Emer ihm geraten hatte, die Dinge zu nehmen, wie sie kamen, und die Welt nicht immer in Freunde und Feinde einzuteilen.

»Ich habe keinen großen Hunger, danke«, murmelte er.

Matt schnalzte mit der Zunge, schüttelte den Kopf und drohte mit dem Finger. »Luke, in diesem Haus gibt es nur zwei Regeln: Iss alles, was Maggie kocht. Und tu alles, was Maggie sagt.«

»Und wenn nicht?«

»Denk nicht mal dran, Bro«, lachte Matt. »Komm schon. Ich bin am Verhungern, auch wenn du es nicht bist.«

Lukes Laune hob sich ein wenig. Es tat gut, Bro – Bruder – genannt zu werden. Er ergriff seine Krücken und folgte Matt in die Küche.

Nach dem Frühstück schlug Matt vor, einen Rundgang durch das Erdgeschoss zu machen. Nach dem noblen Salon und Jacks holzvertäfeltem, nach Zigarrenrauch riechendem Arbeitszimmer stieß Matt mit den Worten »Das hier ist das Esszimmer« eine schwere Holztür auf. In diesem Haus schienen alle Türen zu knarren. Luke würde ihnen, bevor er ging, eine Dose Öl kaufen. Etwas, das sie an ihn erinnerte. Das Esszimmer mit Schränken voller Silber und Porzellan war sogar noch protziger als die anderen Räume. In der Mitte stand ein massives, glänzendes Tischmonster, fast so groß wie Lukes Schlafzimmer zu Hause. Sich das Salz zu reichen musste ewig dauern.

»Hier essen wir nur zu besonderen Gelegenheiten zu Abend«, erklärte ihm Matt. »Maggie will, dass es immer picobello ist. Ein Krümel auf dem Perserteppich, und du bist dran.«

Matt versuchte, ihm mit Scherzen die Befangenheit zu nehmen, doch es funktionierte nicht richtig. Allein hier in diesem Haus zu sein, kam ihm wie ein Verrat vor. Hatte Annie sich wohlgefühlt, als sie all diesen Luxus gegen Kampf und Entbehrung hatte eintauschen müssen? Als hätte sie einen Blick ins Paradies werfen dürfen, nur damit man ihr dann die Tür vor der Nase zugeschlug und sie in die Hölle verbannte.

»Großtante Rose«, sagte Matt und zeigte auf ein düsteres Ölgemälde einer unscheinbaren Frau in Tweedklamotten. »Sie hat Dad dieses Haus vermacht, aber es wird von ihm erwartet, dass er nach Edenbridge umzieht, wenn Gran und Granddad den Löffel abgeben.«

»Edenbridge?«

»Das Familienanwesen. Ein paar Meilen von hier. Eine Belohnung von Charles II. für ihre Treue zur Krone während des Bürgerkrieges.«

Das Familienanwesen? Die Krone? Was zur Hölle tat er hier in diesem piekfeinen Haus mit seinen Gemälden und silbernen Teekannen? Dies war nicht seine Welt, und er wollte nicht, dass sie es wurde.

»Alles in Ordnung?«

Luke hatte unbedacht geseufzt. Wenn er Matt nicht kränken wollte, ließ er sich seine Frustration besser nicht anmerken. »Ich bin nur ein bisschen müde.« Er ließ sich leicht auf den Krücken zusammensacken, um das Gesagte zu bekräftigen.

»Okay, dann gehen wir ins Wohnzimmer, da kannst du dich ein bisschen ausruhen.«

Das Wohnzimmer war eine weitere Offenbarung. Riesige cremefarbene Ledersofas und Armsessel und ein an die Wand montierter Fernseher mit dem größten Bildschirm, den Luke je gesehen hatte. Vor den Fenstern zur Terrasse stand ein Pool-Billardtisch. Joe und Liam würden vor Wut schäumen, wenn sie das sähen. Vielleicht schickte er ihnen ein Foto davon, irgendwann, wenn er weit weg war.

Matt ließ sich auf einem Sofa nieder und streckte die langen Beine auf dem niedrigen Tisch davor aus. Luke nahm den Sessel ihm gegenüber. So saßen sie einige Augenblicke schweigend da, während Luke seinen Bruder abschätzend musterte. Matt war ein junger Jack. Die gleiche Statur und Größe, hellbraunes Haar. Luke fragte sich, wie Matts Mutter gewesen war, Jacks erste Frau, die jung gestorben war. Ein Jammer. Wenn sie noch am Leben wäre, wären Annie die Stewarts erspart geblieben. Natürlich wäre er selbst dann auch nie geboren worden, aber das wäre möglicherweise auch besser für sie gewesen. Hatte er zu lange gestarrt? Matt sah aus, als wäre ihm unbehaglich. Er sollte wohl besser das Schweigen brechen. »Interessierst du dich für Fußball?«, war alles, was ihm einfiel.

»Klar!«, erwiderte Matt. »Ich bin United-Fan … Manchester United natürlich.«

»Es gibt nur ein United«, sagte Luke mit einem Grinsen und freute sich, dass er und sein Bruder etwas gemeinsam hatten.

»Nee, oder?« Matt klatschte mit den Händen auf seine Knie. »Du auch? Das finde ich richtig super. Wir haben eine Firmenloge im Old Trafford. Dad geht oft mit seinen Geschäftspartnern hin. Er sagt, da würden die allerbesten Geschäfte gemacht. Ich bin aber viel lieber auf der Tribüne. Ich sag dir was, ich nehme dich zu einem Spiel mit, bevor die Saison zu Ende ist.«

Luke hatte oft davon geträumt, wenn er selbst ein bisschen gegen den Ball getreten hatte. Er hatte gehofft, zu United fahren und sich ein Spiel ansehen zu können, sobald er und Annie sich in Wales eingelebt hatten. Und nun fiel es ihm einfach so in den Schoß. Die Verlockung war groß, doch Luke konnte es sich nicht leisten, an das ganze Heimat- und Familienzeug zu glauben. Um Matt – und sich selbst – keine Hoffnungen zu machen, wechselte er das Thema. »Was genau ist denn das für eine Firma?«

»Stewart Enterprises.« Matt schwang die Beine auf den Boden und durchwühlte einen Stapel Zeitschriften auf dem Tisch. Dann zog er eine hervor und warf sie Luke zu. Es war eine Hochglanzbroschüre, auf der ein hohes, modernes Gebäude mit vielen Fenstern zu sehen war, an dem in riesigen Silberbuchstaben über dem breiten Eingang »Stewart Enterprises« zu lesen war.

»Wir machen Immobilienentwicklung«, erklärte Matt. »Wohnungsbau, Gewerbeparks, Freizeitzentren. Wir mischen überall mit. Die Büros sind in Manchester.«

»Arbeitest du da?«, fragte Luke. Es fiel ihm schwer, sich Matt im Anzug hinter einem Schreibtisch vorzustellen.

»Gott, nein! So was interessiert mich nicht. Ich arbeite hier im Pub.«

»Was? Hinter der Bar?«

»Na ja, ich leite die Bar, deshalb darf ich die anderen herumkommandieren. Und Barkeeperinnen einstellen.« Matt zwinkerte. »Und bald wollen wir einen Nachtclub eröffnen.«

»Aber warum tust du das, wenn du doch bei deinem Dad ein leichtes Leben haben könntest.« Er brachte es nicht über sich, »unser« Dad zu sagen.

»Ha!«, sagte Matt, und lehnte sich im Sofa zurück, die Hände hinter dem Kopf verschränkt. »Dad würde mir das Leben nicht leicht machen, das kannst du mir glauben. Und, wie ich schon sagte, interessiert es mich nicht. Ich würde mich zu Tode langweilen.«

Dann gab es noch etwas, das sie gemeinsam hatten.

»Sobald ich mit der Schule fertig war«, fuhr Matt fort, »habe ich mir ein Jahr Auszeit genommen und bin gereist. Hongkong, Australien, Neuseeland, Fidschi. Ich habe in Hotels und Bars gearbeitet, und das hat mir echt Spaß gemacht. Als ich zurückkam, ging ich aufs College, habe einen Abschluss in Business Management und Marketing gemacht und dann angefangen, im *Foresters Arms* zu arbeiten, dem Pub und Hotel hier im Dorf.«

Wie einfach doch alles für die Reichen war. Mit zwanzig war Luke nun zum ersten Mal im Ausland, und Matt hatte bereits ganz am anderen Ende der Welt gelebt und gearbeitet. Es hieß, Geld wäre nicht wichtig, aber so etwas konnten sich nur die einfallen lassen, die Geld hatten.

»Was ist mit dir? Was hast du in Irland gemacht?«

In einem Wort: nichts. Es war ihm peinlich. »Komische Jobs, mal hier, mal da«, sagte er, ohne Matt anzusehen. »Nichts Besonderes.«

»Ich war völlig fertig, als ich das von Annie erfahren habe.«

Luke schlug die Augen nieder.

»Tut mir leid, Alter. Willst du lieber nicht über sie reden?«

Vielleicht wäre reden ja besser, als es weiter totzuschweigen.

»Nein, schon okay. Dann erinnerst du dich an sie?« Es war ein komischer Gedanke, dass sie Matts Mutter war, bevor sie seine wurde.

»Ein bisschen, ja. Nur vage, ich war ja erst vier, als sie ging. Aber ich weiß noch, wie sie mich in den Schlaf gesungen hat. Sie hatte eine tolle Stimme.«

»Ja, das hatte sie«, stimmte Luke ihm stolz zu.

»Luke, ist es wahr … dass Annie gesagt hat, Dad wollte euch beide nicht?«

Aha, da war es wieder. Der Unglaube, der Zweifel. »Ja, das ist wahr. Warum? Glaubst du mir nicht?«

»Ich wollte nur sichergehen, dass ich es richtig verstanden habe. Ich weiß nicht, was ich glauben soll, aber ich kenne Dad. Er kann hart sein, das stimmt, aber er ist nicht grausam. Und er hat keine Vorurteile. Sonst hätte er Annie wohl kaum geheiratet, oder?«

»Vielleicht kam er nur nicht damit klar, dass alle dagegen waren.« Es gelang ihm nicht, die Bitterkeit aus seiner Stimme zu verbannen.

»Als er aus Dublin anrief, stand er unter Schock. Ich glaub nicht, dass er das nur gespielt hat.«

Unter Schock? Wahrscheinlich hatte er nur Angst, dass die Wahrheit rauskam.

Entschieden sagte Luke: »Meine Mam hat mich nie angelogen.«

Matts Augen wurden schmal, doch Luke war entschlossen, keinen Rückzieher zu machen, auch wenn es bedeutete, dass ihre Beziehung beendet war, bevor sie richtig angefangen hatte.

»Luke«, sagte Matt, »egal was in der Vergangenheit geschehen ist, ich glaube, Annie hätte gewollt, dass wir uns kennenlernen, glaubst du nicht?«

Damit würde er sie doch sicher nicht verraten. Schließlich war nichts von all dem Matts Schuld. »Ich habe mir immer einen Bruder gewünscht«, sagte Luke. Das stimmte, doch als er es jetzt sagte, war er auf einmal verlegen und ein bisschen nervös. Noch immer hatte er Angst, Gefühle zu entwickeln, die leicht wieder zerstört werden konnten, falls – wenn – etwas schiefging.

»Die Stewart-Brüder«, verkündete Matt und stampfte mit dem Fuß auf. »Doppelter Ärger. Baronsmere, nehmt euch in Acht!«

Er selbst sah sich zwar lieber als Kiernan, nicht als Stewart, aber Matt wollte nur nett sein. Luke beschloss, mitzuspielen – fürs Erste zumindest.

Luke verließ das Wohnzimmer, weil er nicht ganz alleine dasitzen und grübeln wollte. Matt war ausgegangen, nachdem ein Freund angerufen hatte. Er hatte Luke angeboten mitzukommen, doch Luke hatte abgelehnt. Aber dass Matt wegging, war ihm auch nicht recht. Die Energie und der Enthusiasmus seines Bruders hatten ihm über einen schwierigen ersten Morgen hinweggeholfen, sodass er sich schon weniger wie ein Fremder oder ein Eindringling fühlte. Doch das hatte er Matt nicht gesagt. Er wollte ihm seine Pläne nicht verderben. Ein paar seiner Freunde hatten jüngere Brüder, die ziemliche Nervensägen waren. So wollte er nicht sein.

Mithilfe der Krücke drückte Luke die Küchentür auf und trat ein. Maggie schüttelte und rüttelte Töpfe auf dem Herd, neben dem ein Hund saß und den Kochprozess aufmerksam verfolgte.

»Hallo, Schatz.« Ein Lächeln erhellte Maggies Gesicht, als sie ihn sah. »Kann ich etwas für dich tun?«

»Ich habe mich gefragt, ob du vielleicht Hilfe brauchst?«

»Oh, das ist nett von dir. Hast du Lust, Kartoffeln zu schälen?«

Er lächelte. »Ich bin Ire, Maggie. Mit Kartoffeln kenne ich mich aus.«

Sobald Luke sich an dem riesigen geschrubbten Holztisch niedergelassen hatte, stellte Maggie eine Schale mit Kartoffeln vor ihn hin und reichte ihm den Schäler. Der Hund kam und schnüffelte an seinen Füßen. »Wie heißt er?«, fragte Luke.

»Ollie. Heute hat er offenbar einen guten Tag. Er hat leichte Arthritis, deshalb ist er manchmal ein wenig grantig gegenüber Menschen.«

»Was ist das für eine Rasse?«

»Ein Chesapeake Bay Retriever. Er war früher Jacks Vorstehhund.«

»Vorstehhund? Für die Jagd?« Luke Stimme klang missbilligend, obwohl er es nicht wollte. Typisch für die Stewarts, dass sie diesen gefühllosen Blutsport betrieben.

»Ja. Ein Jagdhund. Man sagt, er wäre einer der besten gewesen. Obwohl ich nie verstehen werde, warum erwachsene Männer das Bedürfnis verspüren, Gottes Geschöpfe vom Himmel zu schießen. Ich schiebe das auf zu viel rotes Fleisch. Das fördert Aggressionen.«

Luke grinste. »Könnte stimmen.«

Während sie weiter plauderten, bemerkte Luke, dass ein wenig von der Anspannung von ihm abfiel. Er fühlte sich wohl in dieser Küche, vermutlich weil es der am wenigsten formelle Ort im Haus war. Die drei großen Fenster ließen viel Licht herein, und die Kupfertöpfe, die von der Decke hingen, warfen einen goldenen Schimmer in den Raum. Ein Schaukelstuhl mit Patchworkkissen stand in der Ecke, und an der Wand hingen zahlreiche große gerahmte Fotos. Lukes Magen machte einen Satz, als sein Blick auf das Foto in der Mitte fiel. Annie. Mit Luftschlangen behängt, hielt sie sich an Jack Stewart fest. Der Anblick seiner Mutter brachte den Schmerz des Verlustes zurück. Er hörte auf zu schälen. »Wann wurde das aufgenommen?«, fragte er.

»Deinem Vater gefällt es nicht, dass es da hängt«, sagte Maggie, als sie zu ihm kam und sich neben ihn stellte. »Er will nicht daran erinnert werden. Er guckt nie in diese Richtung. Aber dies ist *meine* Küche, deshalb habe ich darauf bestanden. Das Bild wurde Silvester aufgenommen, auf Lord Leightons großer Party. Annie hat an diesem Abend wunderschön ausgesehen. Ein Topstylist aus Manchester hatte ihr das Haar gemacht. Jack hat ihn bezahlt, damit er zu uns nach Hause kam.« Maggie zeigte auf ein anderes Foto, dass Luke nicht bemerkt hatte. Jack, Maggie, Annie und ein kleiner Junge – offenbar Matt. »Und das da wurde in Spanien aufgenommen«, fuhr sie fort. »Wir waren alle zusammen dort.«

Spanien? Luke hatte nicht gewusst, dass seine Mutter jemals in Spanien gewesen war. Er fragte sich, was er sonst noch nicht wusste. Er betrachtete Jack und Annie, die glücklich zusammen aussahen. Doch wegen dieses Mannes hatte sie so gelitten, weshalb Luke die Vorstellung, es könnte ihm wirklich etwas an ihr gelegen haben, nicht zuließ. So war es einfacher.

»Warum ist sie gegangen, Luke?«, fragte Maggie und setzte sich neben ihn an den Tisch. »Hatte sie Ärger zu Hause in Irland? War es Heimweh?«

Jack hatte seine Spuren gut verwischt. Nicht einmal die, die zusammen mit ihm in einem Haus lebten, durchschauten seine Lügen. Irgendwann würde er sich Jack wegen des Briefes vorknöpfen, doch das musste warten, bis er sich besser fühlte, nicht nur körperlich, sondern auch emotional. Jack würde natürlich alles abstreiten, und Luke fühlte sich einem weiteren Streit nicht gewachsen, vor allem, weil er gerade einen sicheren Zufluchtsort brauchte.

Willst du Geld? Nicholas Worte geisterten noch in seinem Hinterkopf herum. Er konnte diese Beleidigung nicht einfach so hinnehmen. »Sie ging, weil man sie hier nicht haben wollte. Weil man ihr das Gefühl gab, sie würde nicht hierher gehören.«

»Hat sie dir das gesagt?« Maggie wirkte entsetzt. Es fiel ihm nicht leicht, ihre Illusionen zu zerstören. Einiges hatte Annie ihm über die Jahre erzählt, den Rest hatten Joe und Liam nur allzu gerne übernommen, Dinge, über die sie nicht reden konnte, weil sie zu schmerzlich waren.

»Ich *weiß* es. Und ich habe es gestern Abend selbst erlebt.« Die hässliche Szene im Salon hatte bestätigt, was seine Mutter ihm berichtet hatte.

»Ich weiß, dass Grace und Nicholas deine Mutter nie akzeptiert haben. Selbst schuld, würde ich sagen. Aber sie hatte Jack und Matt und mich. Wir haben sie geliebt. Ich hatte gehofft, das würde genügen.«

»Jack hat sie auch nicht haben wollen«, entgegnete Luke stur.

»Nein, das kann ich nicht glauben.« Ihr Gesicht zeigte eine Mischung aus Verwirrung und Schmerz, und Luke fühlte sich schuldig. Warum hatte er nicht einfach den Mund gehalten? »Annie und Jack waren glücklich. Glaub mir. Ich habe sie jeden Tag gesehen. Wenn man mit Menschen zusammenlebt, sie gut kennt, dann kann man ihre Stimmungen spüren, dann merkt man, wenn etwas nicht stimmt. Es gab nie Anzeichen von Problemen. Annie und Jack waren Seelenverwandte. Sie gehörten zusammen. Und sie wollten ein Kind – sie *beide* wollten *dich*.«

In ihrer Stimme lag so viel Traurigkeit, dass Luke nicht den Hauch eines Zweifels mehr daran hatte, dass Maggie seine Mutter geliebt hatte. Das war ein tröstliches Gefühl, trotzdem schüttelte er den Kopf. Die Menschen sahen, was sie sehen wollten. Sie suchten sich das Gute aus, um sich daran zu erinnern, und ignorierten das Schlechte, weil es einfacher war.

»Matt hatte eine Rolle im Theaterstück der Sonntagsschule, eine Woche nachdem Annie verschwunden war«, fuhr Maggie fort. »Er war so aufgeregt. Es waren nur ein paar Zeilen, aber Annie hatte sie immer wieder mit ihm geprobt. Sie hat sein Kostüm genäht und freute sich auf die Aufführung. Und über Ostern wollten sie nach Frankreich, zu Matts Großeltern, Carolines Mum und Dad. Annie hatte ihre Zukunft *hier* geplant. Es gab keine Anzeichen dafür, dass sie unglücklich war.«

Unwillig erinnerte Luke sich an die Verwirrung in Jacks Augen, als er ihm vorgeworfen hatte, er hätte Annie vertrieben. Vielleicht war der Mann damals so unsensibel gewesen wie heute. Sein Wohlstand und sein kostbarer Status hatten ihn für Annies Leid und die Beleidigungen seiner eigenen Eltern blind gemacht. Oder Jack war einfach nur ein sehr guter Schauspieler. Hatte er nicht auch vor der Garda den liebenden Vater gespielt? Doch selbst wenn an Maggies Version der Ereignisse etwas Wahres dran war, entschuldigte nichts, dass Jack Annie später, als sie ihn um Hilfe angefleht hatte, abgewiesen hatte. Dazu war kalte, erbarmungslose Berechnung nötig.

»Jack war nicht mal hier, als Annie verschwand«, sagte Maggie. »Er war geschäftlich in Brüssel. Es hatte also keinen Krach gegeben oder so. Das wüsste ich. Ich hätte es ihr angesehen.«

Das stimmte, Annie hatte sich nie verstellen können. Dazu war sie zu ehrlich. »Was hat sie an ihrem letzten Tag zu dir gesagt?«, fragte er. Vielleicht gab das einen Hinweis. Er musste Maggies Erinnerung nur ein wenig auf die Sprünge helfen.

»Ich war nicht hier.« Ihre Stimme war fast nur noch ein Flüstern. »Meine Schwester war krank. Samstags bin ich immer zu ihr gegangen, um sauber zu machen und zu kochen. Matt blieb dann bei einem Schulfreund.«

Also war Annie allein gewesen. Sie hätte also einen bösen Anruf von Jack erhalten können, und niemand hätte davon gewusst. »Hat sie eine Nachricht hinterlassen?«

»Nein, nichts«, sagte Maggie. »Als ich zurückkam, war sie fort, doch ich habe es erst am nächsten Tag bemerkt. Ich dachte, sie wäre früh zu Bett gegangen. Als ich begriff, dass sie verschwunden war, rief ich alle an, die mir einfielen. Jack nahm den nächsten Flug nach Hause. Er meldete es der Polizei, aber die konnte nicht viel tun. Sie hatte Geld von ihrem Konto abgehoben und ihre Sachen mitgenommen. Es gab keinen Grund anzunehmen, dass sie in Schwierigkeiten steckte.«

»Und er hat nie versucht, sie zu finden?«

»Sie haben einen Detektiv engagiert«, erzählte Maggie. »Ich kenne nicht alle Einzelheiten, aber nachdem der Mann Bericht erstattet hatte, veränderte sich Jack. Er wurde härter. Bitterer. Auf meine Frage sagte er nur, dass Annie nicht zurückkommen würde und er nicht darüber sprechen wollte. Jack war am Boden zerstört, Luke. Er hat nicht mehr gegessen, tagelang nicht gesprochen. Bis deine Großmutter eingriff und ihn dazu brachte zu akzeptieren, dass er verlassen worden war. Dass er einen Schlussstrich ziehen musste. Es war ein Fehler – das habe ich ihm auch gesagt –, doch er wollte nicht hören.«

Maggie schien den Tränen nahe. In der Vergangenheit zu wühlen brachte nichts Gutes. Sie musste im Hier und Jetzt leben. Warum es ihr verderben? Jack war der, den er treffen wollte – und Jacks Eltern. Er sollte die Unschuldigen in Frieden lassen. »Es tut mir leid, Maggie. Das ist alles längst vorbei. Es ist vielleicht besser, nach vorne zu blicken.« Er verteilte Ratschläge, die er selbst nicht befolgen wollte.

Sie bedachte ihn mit einem schwachen Lächeln. »Du hast recht. Das Wichtigste ist, dass du jetzt hier bist, bei uns. Wo du hingehörst.«

Sie lehnte sich herüber, um das Radio anzustellen. Luke war dankbar, als Musik und Geplauder den Raum erfüllten. Ihm war nicht mehr nach Reden.

Wie immer taten ihm die Beine weh, als Jack die Kuppe des Hartswood Hills erreichte, obwohl er ihn jetzt seit dreißig

Jahren an den Wochenenden erklomm. Trotzdem hielt es ihn fit. Außerdem war es eine Art aktive Meditation. Gewöhnlich musste er sich so konzentrieren, um nicht über einen Felsen zu stolpern und sich ein Bein zu brechen, dass seine Sorgen darüber in den Hintergrund traten.

Doch heute nicht. Wegen Luke. Der möglicherweise länger blieb als geplant, wenn Matt ihn nicht einfach so gehen ließ. Die Fronten waren bereits geklärt. Grace und Nicholas auf der einen Seite, Matt und Maggie auf der anderen. Genauso wie früher, als er versucht hatte, es jedem recht zu machen, indem er dafür sorgte, dass Annie und seine Eltern nicht viel Zeit miteinander verbringen mussten. Damals hatte er gedacht, es würde funktionieren. Er musste blind gewesen sein.

Er betrachtete die vor ihm liegende Aussicht, als wäre dort eine Antwort zu finden. Die Häuser und Cottages von Baronsmere drängten sich eng an den alten Weiher. Bäume verbargen sein Haus, doch er konnte das herrschaftliche Edenbridge ausmachen, ein wenig abseits auf den dazugehörigen Ländereien. Dort aufzuwachsen war deprimierend gewesen. Es erinnerte mehr an ein Mausoleum als an das Heim einer Familie. Annie hatte es dort ebenfalls nicht gefallen. In den zugigen Fluren hatte sie gefröstelt und auf der Sofakante im Salon gehockt wie ein Vogel, der gleich davonfliegen wollte.

Jack hatte sie bei ihrer zweiten Verabredung hier heraufgebracht und ihr die Geschichte der Gegend rund um den Hartswood Hill erzählt – wie Henry VIII. hier Rotwild gejagt hatte, damals, als der Hügel noch mit Bäumen bedeckt war. Er hatte ihr die Dörfer gezeigt, die sich um sie herum ausbreiteten wie die vier Punkte eines Kompasses: Baronsmere; Baronswood mit der St. John's Church, die für ihre Wandgemälde berühmt war; das mit Farmen und Schafen gesprenkelte Hadleigh; und Marsham, die frühere Fabrikstadt mit den baufälligen Häusern.

An diesem Tag hatte er Annie seine Welt gezeigt, den Ort, an dem er so tief verwurzelt war. Hier fand sich jede Form menschlichen Lebens: Bauernhöfe und Fabriken, Reich und Arm. Er konnte sich keinen besseren Ort vorstellen, um eine Familie zu gründen, und er hatte gehofft, sie würde sich in die Aussicht verlieben, in den Ort und in ihn.

Es begann leicht zu regnen, doch Jack blieb dort draußen im Freien stehen und spürte, wie die Tropfen über sein Gesicht rannen wie Tränen. Als Annie und er das letzte Mal hier oben auf dem Hügel gewesen waren, hatte es ebenfalls geregnet. An ihrem ersten Hochzeitstag. Sie hatten unter der verwitterten Eiche gewartet, bis der Schauer vorüber war, und Jack hatte JS&AS und darum ein Herz in die Rinde geritzt. Es war immer noch sichtbar. Als Jack nun sanft mit den Fingern darüber fuhr, dachte er daran, wie Annie ihn geküsst hatte, mit regennassen Lippen. Einen Monat später hatte sie ihn verlassen. Hatte er irgendeinen Hinweis übersehen? Hätte er es schon damals erkennen müssen?

Die Anfänge eines Märzwindes umflüsterten Jack wie Stimmen aus der Vergangenheit …

»Sarah hat mir gesagt, sie fährt auch nach Brüssel«, sagte Annie. Der Regen hatte aufgehört, und sie saßen auf einer Decke auf dem Hügel und sahen zu, wie die Wetterwolken weiter nach Westen rollten. »Das stimmt. Sarah hat große Pläne. Sie denkt daran, aus dem B&B ein Hotel zu machen. Sie arbeitet hart und macht jetzt guten Gewinn. Sie hat sich eine von diesen EU-Tourismus-Förderungen verdient.« Er hatte das Antragsformular für sie ausgefüllt, und nun bekamen sie die

Gelegenheit, ihr Projekt in Brüssel vorzustellen. Es tat gut, jemandem helfen zu können. Für ihn lag darin kein Profit, bloß die Befriedigung, dass eine Jugendfreundin Erfolg hatte.

»Ich könnte doch mitkommen«, schlug Annie vor. »Ich würde gern mal Brüssel sehen. Und ich könnte dir Gesellschaft leisten.«

Und eine Ablenkung sein. Wenn Annie in der Nähe war, konnte Jack sich nicht lange auf irgendetwas anderes konzentrieren. »Schatz, mir wäre es wirklich lieber, wenn du hier bei Matt bleiben würdest. Ich möchte nicht, dass keiner von uns bei ihm ist; außerdem würden wir uns sowieso kaum sehen.«

Annie zupfte an den Fransen der Decke. »Sarah sagt, abends gibt es Dinner und Tanz.«

Jack schnaubte. »Das ist ihre erste Reise nach Brüssel. Wenn sie ein heißes Nachtleben erwartet, wird sie ihr blaues Wunder erleben. Das ist kein Urlaub. EU-Meetings können ewig dauern.«

»Du hast Sarah viel geholfen.«

»Na ja, Martin ganz sicher nicht. Gott weiß, warum sie jemanden geheiratet hat, der so untüchtig ist, was Geschäfte angeht.«

»Vielleicht liebt sie ihn.«

Das war typisch Annie. Liebe war die Antwort auf alles. Manchmal wünschte er, er teilte ihren unkomplizierten Blick auf die Welt. »Sie hätte es besser treffen können. Das habe ich ihr auch gesagt.«

Annie schnalzte tadelnd mit der Zunge. »Das ist aber nicht nett.«

Jack küsste ihre Hand. »Wahrscheinlich nicht. Immerhin ist Martin besser als der Widerling, den meine Schwester geheiratet hat. Er verbringt nie Zeit mit ihr.«

»Wenigstens hat deine Schwester Gavin, auch wenn ich glaube, dass sie, seit er in der Schule ist, ein wenig einsam ist.«

»Da wir gerade von Kindern reden, Mrs Stewart; wir sollten bald daran denken, unsere eigenen zu machen. Lass uns nach Hause gehen und noch ein wenig üben.«

»Die Pflicht ruft«, sagte Annie und lachte. »Aber zuerst musst du mich fangen.«

Und sie war den Hügel hinuntergerannt, mit flinken sicheren Tritten, war dann auf halbem Wege stehen geblieben und hatte schelmisch zurückgerufen: »Beeil dich. Noch langsamer kann ich nicht rennen.«

War es das? War Annie böse gewesen, weil Jack sie nicht mit nach Brüssel genommen hatte? War sie eifersüchtig auf Sarah gewesen? Hatte sie womöglich geglaubt, er hätte eine Affäre? Doch als er gefahren war, hatte sie ganz normal gewirkt. Eines der vielen Dinge, die er an ihr liebte, war, dass sie nicht schmollte. Oder hatte sie nur so getan? Er holte sein Handy heraus und wählte Sarahs Nummer. Es konnte nicht schaden, sie zu fragen, ob sie sich an irgendetwas erinnerte. Nur um sicherzugehen. Er würde vorschlagen, dass sie sich in der Wohnung über dem Pub trafen statt bei ihr zu Hause. Wenn ihre Tochter dabei war, war sie vielleicht weniger mitteilsam.

Sarah Walker tupfte ein wenig Wundercreme auf die feinen Linien um ihre Augen. Dreihundert Pfund für ein winziges Döschen, doch es wirkte. Für eine Weile zumindest. Würdevoll zu altern war verdammt teuer. Und harte Arbeit. An manchen Tagen hätte Sarah ihrem Trainer am liebsten die Tür vor der Nase zugeschlagen und sich noch eine Stunde ins Bett gelegt. Es wäre so einfach, sich gehen zu lassen, doch sie war nun schon über vierzig und musste etwas tun. Der Fünfzigste näherte sich mit großen Schritten …

Sie warf einen Blick in den Kühlschrank: zwei Flaschen Chablis, ein bisschen Foie Gras, eine Dose Beluga Kaviar und in Honig eingelegte Pfirsiche. Alles, was Jack am liebsten mochte. Da sie es meist nach dem Sex aßen, hatten sie es PKN getauft: Postkoitale Nahrung. Das hatte sie die letzten beiden Monate stets im Kühlschrank vorrätig gehabt, nur für den Fall, dass sie wieder zusammenkamen, doch bisher hatte Jack jedem ihrer subtilen Versöhnungsversuche widerstanden.

Dabei hatte er aus einem äußerst nichtigen Grund mit ihr Schluss gemacht, fand Sarah. Er hatte sie gebeten, ihn zu einem Dinner des Personals einer seiner Wohltätigkeitsorganisationen zu begleiten, in der Erwartung, dass sie brav den endlosen Reden lauschen und Small Talk mit einigen der langweiligsten Menschen auf diesem Planeten machen würde. Diese Organisation erhielt jedes Jahr Tausende von Stewart Enterprises. Das sollte doch wohl reichen. Mussten sie auch noch fürstlich beköstigt werden? Als sie das gesagt hatte, war Jack ausgerastet und hatte sie verwöhnt und gedankenlos genannt. Ungerecht.

Er wusste gar nicht, welche Opfer sie für ihn gebracht hatte. Er wusste nicht, dass sie sich durch den langweiligen Immobilienteil der Zeitungen quälte, um sich mit ihm über seine Arbeit unterhalten zu können. Sie gab vor, sich für Rugby zu interessieren, hatte an zahllosen öden Jagdwochenenden teilgenommen und sogar so getan, als würde sie Jacks übellaunigen alten Hund Ollie mögen. Sie hatte die Wohnung über dem Pub – die in vielerlei Hinsicht luxuriöser war als das Cottage, in dem sie mit ihrer Tochter wohnte – zu einem sicheren Hafen für Jack gemacht, einen Ort, an den er kommen konnte, um sich zu entspannen, wo er sich um nichts kümmern musste und niemals über Dinge gesprochen wurde, über die er nicht sprechen wollte. Wie konnte er sie da gedankenlos nennen?

Vielleicht war es nur die männliche Midlife-Crisis. Er würde mit ein paar Häschen ausgehen, einen schnellen Wagen oder zwei kaufen und dann in Sarahs Netz aus Bequemlichkeit und Harmonie zurückkehren. Vielleicht würde er sogar wieder von Liebe reden, ein Wort, das im letzten Jahr aus seinem Vokabular verschwunden zu sein schien. Alles, was es brauchte, war Geduld. Und davon besaß sie reichlich. Und nun kam er her, wollte sich mit ihr treffen. Er war ziemlich freundlich am Telefon gewesen, hatte nach dem Nachtclub gefragt und nach Kate. Sarah würde nett und geistreich und aufmerksam sein und ihm zeigen, was ihm entging.

Sie goss gerade im Wohnzimmer Wein in zwei Gläser, als sie seinen Schlüssel im Schloss hörte. »Hier hinten, Jack!«, rief sie und lächelte, als er eintrat. Doch er lächelte nicht, und seinen grünen Augen fehlte das Funkeln. Sie streckte ihm ein Glas hin. »Willkommen zurück, Fremder. Matt sagte, du wärst auf Geschäftsreise gewesen. Wie war es?«

»Anstrengend.«

Seine Finger streifen ihre, als er den Wein entgegennahm, und sie spürte ein kurzes Aufwallen von Verlangen. Jack anscheinend nicht. Er ging mit dem Glas zum Sofa.

»Du solltest nicht so hart arbeiten, Jack«, schnurrte sie und setzte sich so nah wie möglich neben ihn. Sie konnte das Rasierwasser riechen, das sie für ihn gekauft hatte.

Er nahm einen großen Schluck Wein, bevor er sagte: »Nicht

wegen der Arbeit, Sarah. Deswegen bin ich ja hier. Ich muss mit dir reden …«

»Worum geht es? Du kannst mir alles sagen, das weißt du.« Die Sekunden schlichen dahin.

»Ich war in Irland. Wegen Annie …«, platzte Jack heraus.

»Annie? Deine Ex?« Seine Worte trafen Sarah, als hätte er ihr einen Schlag versetzt. »Dann hat sie dich kontaktiert, nach all den Jahren? Diese dreiste …«

»Nein, nein, so ist es nicht.« Jack stand auf und ging auf und ab. »Annie ist tot. Sie starb vor knapp einer Woche bei einem Autounfall. Die Polizei bat mich, sie zu identifizieren.«

»Oh …« Sarah spürte, wie Erleichterung sie durchströmte, dann Schuldbewusstsein. Was für ein Mensch freute sich über den Tod eines anderen? Doch nun war Jack endlich wieder frei zu heiraten. Er hätte problemlos eine Scheidung durchsetzen können, als Annie nach sieben Jahren nicht zurückgekommen war, doch er hatte sich stets geweigert und Sarah nie einen befriedigenden Grund dafür genannt.

»Ich habe sie mit zurückgebracht«, sagte Jack gerade. »Ich wusste nicht, was ich sonst tun sollte. Von ihren Verwandten war keiner da, der eine Beerdigung hätte organisieren können.« Er sah mitgenommen aus. Unwillkürlich verspürte Sarah einen Anflug von Eifersucht. Zwanzig Jahre verschwunden, jetzt tot, und Annie Kiernans Macht über ihn war immer noch ungebrochen.

»Die Trauerfeier wird in St. John's stattfinden. Nächsten Mittwoch. Ich habe mich gefragt … Würdest du am Gottesdienst teilnehmen? Ich weiß, das ist viel verlangt.«

»Selbstverständlich komme ich. Und ich könnte mich auch um das Catering kümmern, wenn du möchtest.«

Er nickte und lächelte dankbar.

Nun war nur noch eine Frage zu klären. »Also, dann wirst du dich nicht auf die Suche nach ihrer Familie machen?«

Jack schüttelte den Kopf, und Sarah wagte es, weiterzuatmen. »Ich bin immer noch ihr nächster Angehöriger, deswegen muss ich mich um die Beerdigung kümmern. Wenigstens kann ich ihr einen anständigen Abschied bereiten. Ihre Brüder könnten sich das vermutlich nicht leisten. Ich wünschte, Luke könnte es so sehen und ein bisschen nachsichtiger mit mir sein.«

»Luke?« Sarah wich auf dem Sofa zurück.

»Es hat sich herausgestellt, dass Annie einen Sohn hatte. Offenbar von mir. Einen zornigen jungen Mann – wütend auf mich, wütend auf die Welt. Zwanzig Jahre, und ich habe nie von Luke erfahren. Aber Matt weiß schon, wie er das findet. Endlich hat er den jüngeren Bruder, den er sich immer gewünscht hat.«

»Er ist hier? In Baronsmere?«

»Ich konnte ihn nicht einfach dort lassen.« Jack sah sie mit gerunzelter Stirn an. »Er war bei Annie in dem Wagen. Und wäre ebenfalls fast gestorben. Er braucht für eine Weile Betreuung.«

»Wissen es deine Eltern?«

»Oh ja.« Jack schnitt eine Grimasse. »Sie haben sich gestern kennengelernt. Es war ein Albtraum. Kein zivilisiertes Wort, weder von der einen noch von der anderen Seite.«

Sarah trank einen großen Schluck Wein. »Hat er dir gesagt, warum Annie gegangen ist?«

Jack sah Sarah an, doch er war mit den Gedanken woanders. Die Belastung der letzten Zeit war seinem Gesicht deutlich anzusehen. »Er behauptet, ich hätte Annie rausgeworfen.«

»Sie rausgeworfen …« Sarah brachte nur ein heiseres Flüstern zustande.

»Als wenn ich so etwas tun würde. Offenbar hat man ihm einen Haufen Lügen erzählt.«

»Offenbar …« Sie musste aufhören, alles nachzuplappern, was er sagte.

»Ich habe an die Wochen gedacht, bevor Annie verschwand. Hat sie je etwas gesagt, was darauf hingedeutet hätte, dass sie …«

»Dass sie was?« Sarah, die mit ihren Gedanken abgeschweift war, horchte auf.

»Na ja, dass sie eifersüchtig auf dich war. Glaubst du, unsere gemeinsame Reise nach Brüssel könnte sie auf falsche Gedanken gebracht haben? Es war ja rein geschäftlich. Aber ich frage mich …«

»Tu das nicht, Jack«, bat Sarah. »Das ist nicht fair dir selbst gegenüber. Du hast dich so bemüht, mit der Vergangenheit abzuschließen, dein Leben wieder in den Griff zu bekommen. Es tut mir leid, dass Annie tot ist, aber sie hat sich dafür entschieden, zu gehen und dich im Stich zu lassen. Warum sie gegangen ist, warum sie ihren Sohn angelogen hat, kann uns wohl nur noch ein Medium sagen. Lass es gut sein.« Und sie betete darum, dass er es tun würde.

»Das ist nicht einfach, solange Luke hier ist.« Er stellte sein Glas auf den Couchtisch. »Danke fürs Zuhören, Sarah. Ich gehe jetzt besser.«

Zu einem anderen Zeitpunkt hätte sie versucht, ihn zum Bleiben zu überreden, doch jetzt wollte sie allein sein. »Ruf mich an, um die Organisation der Trauerfeier zu besprechen, okay?«

Als die Wohnungstür sich hinter Jack schloss, rollte Sarah

sich auf dem Sofa zusammen, überwältigt von Erinnerungen. Und von Schuld. Immer wieder gingen ihr Jacks Worte durch den Kopf: *Ich habe nie von Luke erfahren.*

Nein, Jack hatte nicht von ihm gewusst. Aber sie.

8

Der Sonntagmorgen in Baronsmere war Jack ein stetes Ärgernis. Vor fünf Jahren hatte der neue Vikar den Gottesdienst von elf auf neun Uhr verlegt, und seitdem konnte wegen der verdammten Glocken niemand mehr ausschlafen. Letztes Jahr hatte Sarah endlich in Doppelverglasung für ihr Cottage investiert und dafür sogar die typischen Stabkreuzfenster geopfert. Die Rechnung hatte sie dem Vikar geschickt und Lärmbelästigung angeführt, doch er hatte sie mit einer Schachtel gelierter Früchte und einer Nachricht retourniert, in der stand, der Glockenklang würde ihr möglicherweise mehr gefallen, wenn sie den Gottesdienst besuchte.

Deshalb war Jack nun wie gewöhnlich um acht Uhr wach und entspannte sich im Wohnzimmer, wo er in Frieden die Zeitung lesen konnte. Matt würde sich nicht vor Mittag zeigen. Den konnte nur ein Erdbeben wecken. Luke war noch nicht erschienen. Gestern Abend hatte er auf seinem Zimmer zu Abend gegessen – weil er angeblich müde war. Wahrscheinlicher war, dass er sie mied, doch wenigstens blieb Jack so die angespannte Atmosphäre erspart.

Die Tür öffnete sich, und Maggie kam mit einer frischen Kanne Kaffee herein. »Die Sonne kommt raus«, sagte sie.

Wie machte sie das nur? Sechsundsechzig Jahre alt, und obwohl sie leichte Arthritis hatte, führte sie das Haus wie ein Uhrwerk und kommandierte obendrein alle herum.

»Maggie, kann ich Sie um einen Gefallen bitten?«

Sie war gerade dabei, die Kissen aufzuschütteln, und hielt nun inne, eine Hand in der Hüfte. »Worum geht's? Ich muss mich für die Kirche fertig machen.«

Jack räusperte sich. »Luke muss mit Vater Quinn wegen der Beerdigung reden, und vielleicht würde er auch gern die Messe besuchen. Könnten Sie ihn mitnehmen? Sie könnten auswärts zu Mittag essen. Ich bezahle.«

»Sie wollen, dass *ich* Luke begleite, um die Beerdigung seiner Mutter zu besprechen?«

»Sie sind katholisch und gehen heute Morgen in die Kirche. Ist es da nicht logisch, dass Luke mitkommt?«

»Meinen Sie nicht, dass der Junge seinen Vater dabeihaben will?« Es war keine Frage, sondern ein Vorwurf. Maggie hatte die Rolle von Lukes Beschützer angenommen, genau wie Matt.

»Sehen Sie mich nicht so an, Maggie. Ich weiß, es ist nicht ideal, aber ich muss mich mit ein paar Leuten treffen – Dave und Evie, Tony und Barbara –, um ihnen von Annie zu erzählen. Hoffentlich kommen sie zur Beerdigung. Danach muss ich nach Edenbridge, um die Familie milde zu stimmen. Um Lukes willen.« Viel Hoffnung hatte er nicht, aber er musste es wenigstens versuchen.

»Um Ihretwillen, meinen Sie!«

»Machen Sie es mir doch nicht noch schwerer. Ich kann doch nicht alles einfach auf sich beruhen lassen. Luke würde wahrscheinlich sowieso lieber mit Ihnen gehen. Wo ist er jetzt? Schläft er noch?«

»Soll *ich* nach ihm sehen? Nicht, dass er noch merkt, dass Sie sich für ihn interessieren!«

Jack knallte seine Tasse auf die Untertasse. »Manchmal gehen Sie wirklich zu weit, Maggie!«

Sie funkelten einander an.

»Dann sollten Sie mich wohl besser feuern. Ich sage offen meine Meinung, Jack. Das habe ich immer getan und werde es auch immer tun.«

Gott weiß, er war mehr als einmal versucht gewesen, sie zum Teufel zu jagen, doch sie wussten beide, dass er es niemals tun würde, dazu verband sie zu viel. Seit damals, als Maggie Carolines Kindermädchen gewesen war. Sie und Jacks Kindermädchen waren Freundinnen gewesen und hatten sich oft in Notzeiten ausgeholfen. Maggie war immer da gewesen, Jacks ganzes Leben lang, in guten Zeiten und in schlechten.

Schließlich brach Maggie das angespannte Schweigen. »*Ich* werde Luke nach Baronswood mitnehmen, aber *Sie* holen ihn zum Frühstück, bitte. Er muss mehr essen.«

»Danke, Maggie.« Er verließ den Raum, bevor sie ihre Meinung ändern konnte. Kaum war ein Streit vorüber, drohte bereits der nächste.

Er klopfte an Lukes Tür und hörte ein gedämpftes »Herein«. Luke lag ausgestreckt auf dem Bett, vollständig angezogen, und las ein Buch. »Du bist ja wach«, sagte Jack. »Warum bist du nicht zum Frühstück gekommen?«

Luke hielt den Blick auf sein Buch gerichtet. »Kein Hunger.«

»Nun, Maggie möchte, dass du etwas isst. Du musst zu Kräften kommen, ob du hungrig bist oder nicht.«

»Okay«, sagte Luke und las weiter.

Jack widerstand dem Drang, ihn wegen seiner Unhöflichkeit zu rügen. »Was liest du?«, fragte er.

»›Die Toten‹«, sagte Luke. Er drehte das Cover des Buches um. »Erzählungen von James Joyce. Hab ich im Bücherregal im Wohnzimmer gefunden.«

»Es gehörte deiner Mutter«, murmelte Jack. »Ich habe es ihr zu ihrem zwanzigsten Geburtstag geschenkt.«

Luke atmete tief ein und legte das Buch aufs Bett. Jack bedauerte, dass er so damit herausgeplatzt war, aber wenigstens hatte er nun Lukes Aufmerksamkeit. »Maggie nimmt dich mit zu Vater Quinn, dem Priester in Baronswood, um die Beerdigung zu besprechen.«

Luke runzelte die Stirn. »Maggie?«

»Ich muss gut Wetter bei der Familie machen.«

»Und das ist wichtiger …«

»Es ist wichtig, Luke, ja, im Interesse aller.« Schweigen aus Richtung des Bettes. »Wie dem auch sei, Maggie bringt dich hin. Matt schläft noch und wird wahrscheinlich nicht vor heute Nachmittag zum Vorschein kommen.«

»Dann hat also Maggie den Kürzeren gezogen?«

Jack seufzte. »So ist es nicht.«

»Ist ja auch egal.« Luke nahm das Buch wieder auf und begann durch die Seiten zu blättern.

»Wir sehen uns dann später.« Jack war fest entschlossen, zivilen Umgang miteinander zu wahren. »Aber vergiss nicht zu frühstücken.«

Er drehte sich um, um zu gehen, hielt dann aber inne, als Luke sagte: »Was ist mit der Trauerfeier? Meinst du, du schaffst es zu kommen?«

»Vater Quinn war sehr hilfsbereit«, sagte Maggie, als sie von der St. John's Kirche wegfuhren. »Jüngere Priester wie er haben manchmal nichts dagegen, ein wenig mit der katholischen Tradition zu brechen. Schön, dass nun alles so wird, wie du es haben möchtest, nicht wahr?«

»Ja«, bestätigte Luke. Er war überrascht gewesen, dass man

ihm moderne Musik erlaubt hatte und dass die Grabrede vor der Messe und nicht während der Bestattung gehalten wurde. Vielleicht war Vater Quinn ein kleiner Rebell. Oder er machte sich Sorgen, dass Luke zu lange auf seinen Krücken am Grab würde stehen müssen, zumal wenn es ein regnerischer Tag war. Wenigstens würde es keine vollständige Messe werden, sodass er nicht gezwungen war, die Kommunion zu empfangen. Er hatte nicht vor, die Beichte abzulegen. Gut möglich, dass er das nie wieder tat. Die Kirche war ihm jetzt kein Trost.

»Ich sag dir was, warum nehmen wir nicht die landschaftlich schöne Strecke zurück«, schlug Maggie vor. »Nutzen den Sonnenschein aus. Dann können wir irgendwo zum Mittagessen anhalten.«

»Okay.« Luke begriff, dass Maggie ihn abzulenken versuchte, und er wusste ihre Sorge zu schätzen. Er hatte sich geärgert, als Jack ihm mitgeteilt hatte, er würde nicht mitkommen. In der einen Minute behauptete er, er hätte Annie geliebt, in der nächsten hatte er keine Lust, bei der Planung ihrer Trauerfeier zu helfen. Wenigstens wurde Annie nicht auf dem Land der Stewarts begraben. Das hätte er nicht ertragen. Der Gedanke, seine Mutter zu beerdigen, versetzte ihm einen Stich ins Herz, der fast körperlich spürbar war. »Weißt du, Maggie, Mam war ihr ganzes Leben stränggläubig, aber es hat ihr überhaupt nichts gebracht.«

»Gute Menschen erhalten ihren Lohn im Himmel, Junge.«

»Dann wird sie es sich dort jetzt gut gehen lassen, aber das hätte sie schon verdient gehabt, als sie noch hier war.« Im nächsten Moment bereute er, so abweisend auf Maggies Versuche, ihn zu trösten, reagiert zu haben. Es war nicht ihre Schuld. »Es tut mir leid, es ist nur so, dass ich sie vermisse.«

Maggie drückte seine Hand. »Natürlich, mein Lieber, sie war deine Mam. Das Leben kann sehr grausam sein.«

»Ich muss immer daran denken, was gewesen wäre, wenn wir nicht in genau diesem Moment auf dieser Straße gewesen wären. Nur ein paar Minuten früher oder später, dann hätte alles anders sein können. Wenn nur …«

Er hielt inne. Wenn er nur nicht ausgerastet wäre, wenn er sich nur nicht am St. Patrick's Day Joes Wagen ausgeliehen hätte. Ihm wurde heiß und schwindelig, als die hässlichen Erinnerungen zurückkamen. Er streckte die Hand nach dem Armaturenbrett aus, um nicht nach vorne zu kippen. Das Atmen fiel ihm schwer.

Kühle Luft strömte in den Innenraum, als Maggie von der Straße abfuhr und die Fenster sich automatisch öffneten. »Nimm lange, tiefe Atemzüge, Luke«, befahl sie, und er sog die Luft stoßweise ein, bis er sich besser fühlte.

Eine Weile sagten sie nichts und starrten nur hinaus auf die grünen Felder und Bäume mit ihren sprießenden Blättern. In der Ferne schlängelte sich sanft ein Fluss. Die friedliche Szenerie beruhigte Luke. Sie erinnerte ihn an Irland. Plötzlich trat ein Reh zwischen den Bäumen hervor. Es warf einen kurzen Blick zum Wagen, dann stakste es vorsichtig über den Schotter, bevor es verschwand.

»Hast du das gesehen?«, sagte Maggie mit gedämpfter Stimme. »Er muss aus dem Tatton Deer Park gekommen sein.«

»Sie«, korrigierte Luke sie. »Das war eine Hirschkuh.« Maggie sah ihn erstaunt an. »Mit Tieren kenne ich mich aus, Maggie«, sagte er. »Probleme habe ich nur mit den Menschen.«

»Da wir gerade von Tieren reden, möchte ich dir ein Geheimnis verraten. Ich nenne deine Großmutter die Grinsekatze.«

Luke musste lachen. Es war eine Erleichterung, auch wenn seine Rippen dabei wehtaten. Und der Anblick der Hirschkuh war magisch gewesen. Ein Omen der Liebe, glaubten manche. Vielleicht hatte Annie sie geschickt.

Es waren schon reichlich Mittagsgäste im *Foresters Arms*, als Luke und Maggie dort eintrafen. Sie quetschten sich an einen Ecktisch, der gerade so viel Platz bot, dass Luke sein verletztes Bein ausstrecken konnte. Er bemerkte, dass die Leute ihm verstohlene Blicke zuwarfen. Vermutlich fragten sie sich, wer zur Hölle er war. Wenn sie es nicht schon längst wussten und bloß den Traveller angafften.

»Kümmere dich nicht um sie, Luke«, sagte Maggie. »Sie sind nur neugierig. Hier passiert nicht viel, deswegen ist alles Neue aufregend. Nächste Woche reden sie über jemand anderen.«

Hoffentlich. Er wollte nicht auffallen. Schnell rein, schnell raus, so wie sie es oft in Irland hatten machen müssen.

»Nett, dich hier zu sehen, Maggie.« Eine Kellnerin erschien an ihrem Tisch, und nun war Luke derjenige, der gaffte. Das Mädchen hatte hellbraunes Haar mit blonden Strähnchen, große grüne Augen und ein freundliches Lächeln.

»Hallo, Kate«, sagte Maggie. »Wir würden gerne eine Kleinigkeit zu Mittag essen. Das ist Luke – Matts Bruder.«

Die grünen Augen richteten sich auf ihn. »Hallo, Luke. Matt hat mir alles von dir erzählt. Er hat sofort angerufen, als er es erfahren hat. Er freut sich so. Wie schön, dich kennenzulernen. Ich bin Kate, Kate Walker.«

Sie streckte ihm die Hand hin. Sie war kühl und trocken. Seine nicht. »Ganz meinerseits.«

»Kates Mum, Sarah, ist die Besitzerin«, sagte Maggie. »Das ist sie, dort hinter der Bar.«

Sarah war blond. Gefärbt, so wie es aussah. Nicht so dezent wie bei Kate. Auch ihre Kleidung war nicht dezent. Sie sah aus, als wollte sie zu einer Filmpremiere gehen. Und sie musste einen ganzen Make-up-Laden leer gekauft haben. Von ihrer Haut war kein Stückchen mehr zu sehen. Sie hatte zu denen gehört, die ihn angeglotzt hatten, als er hereingekommen war – ziemlich finster sogar. Wusste sie, wer er war? Wollte sie keinen Traveller in ihrem Pub?

»Ich fürchte, die Auswahl ist nicht sehr groß«, sagte Kate. »Der Koch ist heute krank, deswegen gibt es nur *Fish and Chips* und Spaghetti Bolognese.«

Luke und Maggie entschieden sich für *Fish and Chips*, nachdem ihnen Schokoladenkäsekuchen zum Nachtisch versprochen worden war.

»Setz dich doch zu uns, wenn du eine Minute Zeit hast«, schlug Maggie vor. »Du kannst Luke alles Wichtige über Baronsmere erzählen.«

»Mache ich.«

Kate bedachte Luke mit einem flüchtigen, wunderschönen Lächeln, bevor sie wegging. Von hinten sah sie genauso gut aus wie von vorne. »Sie scheint nett zu sein«, sagte Luke. Wenn das mal keine Untertreibung war.

»Ja, das ist sie. Sie arbeitet nur manchmal hier.«

Dann war heute definitiv sein Glückstag.

»Sie studiert«, fuhr Maggie fort. »Journalismus.«

Nicht seine Liga. Ihr standen alle Türen offen. Im Gegensatz zu ihm. Herrgott, er musste aufhören, sich selbst zu bemitleiden.

»Sarah war die Freundin deines Dads«, erklärte Maggie

ihm. »Sie haben sich vor einigen Monaten getrennt. Nicht zum ersten Mal allerdings. Es kann gut sein, dass sie bald wieder zusammen sind.«

Dann konnte das der Grund sein, warum sie ihn so böse angeguckt hatte – Jack hatte sie sitzen lassen, und für die anderen Familienmitglieder hieß es nun mitgefangen, mitgehangen.

»Tach, Maggie.«

Einer der Gäste kam an ihren Tisch, vermutlich um zu tratschen und zu glotzen. Maggie zuliebe setzte Luke ein Lächeln auf.

Jack saß dem finster dreinblickenden Sir Hugh Vernon gegenüber, der als Anhänger der Sache der Royalisten im *Battle of Rowton Moor* gehängt worden war, die Stewarts jedoch weiterhin mit seinem deprimierenden Porträt heimsuchte. Der Sonntagslunch in Edenbridge war stets eine steife, förmliche Angelegenheit. Ausnahmslose jede Woche wurden das Sèvres-Porzellan, die Sheffield-Platten und die teure, von belgischen Nonnen bestickte Damast-Tischwäsche hervorgeholt. Nur für den schönen Schein. War es da ein Wunder, dass er die Einfachheit seines eigenen schlichten Holzküchentisches vorzog?

»Wo ist denn Matt heute, Jack?«, fragte Nicholas, während er ein Stück Lachs von der Platte, die der Butler ihm darreichte, auswählte. »Wir sehen ihn nicht mehr so häufig wie früher.«

»Er hat viel zu tun.«

»Ha! Pints zapfen? Sehr anspruchsvoll.« Gavin, Jacks unausstehlicher Neffe, hielt nie mit seiner Meinung hinterm Berg, ob man sie hören wollte oder nicht. Er war der Hauptgrund, warum Matt bei so vielen sonntäglichen Treffen fehlte, denn er hatte Angst, er könnte die Beherrschung verlieren und ein Familienerbstück auf Gavins Dickschädel zerschlagen.

»Er überwacht die Planung des neuen Nachtclubs«, sagte Jack mit zusammengebissenen Zähnen.

»Ich wüsste wirklich nicht, wozu wir einen Nachtclub brauchen«, sagte Grace mit gerunzelter Stirn. »Laute Musik und Alkoholausschank bis spät in die Nacht und dröhnende Autos zu jeder Tages- und Nachtzeit. Das passt so gar nicht nach Baronsmere. Ich muss schon sagen, Sarah überrascht mich.«

»Ein neuer Nachtclub?«, sagte Richard Morland, der das Esszimmer betrat. Jack fragte sich, wo sein Schwager so lange gesteckt hatte. Es sah ihm gar nicht ähnlich, zu diesem Sonntagslunch zu spät zu kommen, zumal er auf dem Grundstück wohnte, im Ostflügel von Edenbridge, zusammen mit Claire und Gavin. Richard ließ sich keine Gelegenheit entgehen, sich bei seinen Schwiegereltern einzuschmeicheln. Nun entschuldigte sich der widerwärtige Kriecher unterwürfig bei Grace. Jack hätte ihm schon vor Jahren, als er anfing, um Claire herumzuschnüffeln, Beine machen sollen. Für sie gab es weder eine Entschuldigung noch einen Kuss, bemerkte Jack. Sie hätte genauso gut unsichtbar sein können.

»Obwohl es gesellschaftlich wirklich ein Albtraum ist«, sagte Richard, während er sich setzte und seine Serviette entfaltete, »ist es wirtschaftlich gesehen durchaus vernünftig. Mittlerweile gibt es viele junge Leute in Baronsmere und den umliegenden Dörfern. Ein Nachtclub wird *die* Attraktion sein.«

Richard wiederholte bloß, was er Sarah hatte sagen hören. Der Trottel hatte null Intuition in geschäftlichen Dingen und absolut keine Moral. Das hätte Jack auch gern laut gesagt, doch er wollte Claire nicht aufregen, indem er einen Streit vom Zaun brach. Das war Richard nicht wert.

»Wie geht es Luke, Jack?«, fragte Claire mit einer Stimme, die kaum mehr als ein Flüstern war, und großen, unruhigen Augen.

»Danke, Henderson«, sagte Grace zu dem Butler, bevor Jack antworten konnte. »Wir kommen nun allein zurecht.«

Jack wusste, was das zu bedeuten hatte, und es gefiel ihm ganz und gar nicht. »Was ist los, Mutter? Möchtest du nicht, dass die Bediensteten hören, was du zu sagen hast?«, fragte er, als die Tür sich schloss.

»Bedienstete tratschen, Jack, wie du sehr wohl weißt.« Dies war offensichtlich auf Maggie gemünzt, von der Grace glaubte, dass sie ihr Wissen über die Familie Stewart mit ihrer gleichermaßen neugierigen Schwester teilte.

»Es werden ohnehin alle sehr bald von Luke erfahren«, sagte Jack und legte sein Besteck ab. Ihm war der Appetit vergangen. »Annies Trauerfeier findet am Mittwoch im St. John's statt. Ich habe heute Morgen mit Dave und Evie gesprochen – sie kommen. Und Tony sagte, er und Barbara würden ebenfalls teilnehmen.« Schweigen. Auf einmal schienen sich alle sehr für ihr Essen zu interessieren. »Also, wer wird sonst noch die Familie repräsentieren?«, fragte er. »Außer mir selbst und Matt.«

Jack sah, wie seine Mutter Nicholas einen warnenden Blick zuwarf. Er wandte sich an seinen Vater. »Dad?«

Nicholas nippte an seinem Wein und stellte dann behutsam das Glas ab. »Unter den Umständen halte ich es nicht für angemessen, dass wir daran teilnehmen.«

Da war es. *Angemessen*. Das Wort, das Jack in seinem Leben viel zu oft gehört hatte. Ein Wort, das der Maßstab für jede Handlung sein sollte, jedes Gefühl, Trauer anscheinend eingeschlossen. »Ich hatte gehofft, ihr hättet es euch noch mal überlegt«, sagte er. »Und wenn auch nur, um den Schein zu wahren. Die Familie Stewart in der Trauer vereint …« In seiner Stimme lag mehr als nur ein Hauch Sarkasmus.

»Nachdem Annie dich vor so vielen Jahren sitzen lassen hat?«

Jack runzelte die Stirn. »Ich war es, den sie sitzen lassen hat. Wenn ich das hintanstellen kann, warum du dann nicht auch?«

»Ich komme zur Trauerfeier.«

Jack zeigte seine Dankbarkeit über Claires Angebot mit einem Lächeln. Es musste ihr schwergefallen sein, denn sie hasste Konflikte.

»Na bitte. Claire eilt zur Rettung.« Richard grinste süffisant. »Sie wird Rotz und Wasser heulen, da bin ich mir sicher.«

»Ich habe Annie wirklich gern gehabt!« Claires Stimme war so laut, dass alle sich umdrehten, um sie anzusehen. Sie errötete, blickte aber ihren Ehemann herausfordernd an. Jack hätte sie am liebsten umarmt.

»Ich gehe auch«, sagte Gavin. »Um mir meinen Zigeuner-Cousin anzusehen.«

Wie gerne hätte Jack Gavin die selbstzufriedene Visage poliert, aber er musste einen anderen Weg finden, um die Teilnahme seines Neffen zu verhindern. Um Matts und um Lukes willen. Matt besaß nicht immer die Selbstbeherrschung seines Vaters, zudem glaubte er, Luke beschützen zu müssen. Eine gemeine Bemerkung von Gavin, und es konnte Ärger geben. »Ich denke, es ist besser, wenn nur Leute dabei sind, die Annie auch gekannt haben.« Jack griff auf die einzige vernünftige Erklärung zurück, die ihm einfiel.

»Erst willst du, dass möglichst viele kommen, dann wieder nicht«, sagte Richard. »Entscheide dich mal. Erscheint denn niemand von ihrer eigenen Familie? Oder dürfen wir uns auf einen Zustrom von Wohnwagen gefasst machen?«

»Bietest du anschließend etwas zu essen an, Jack? Bei dir zu Hause?«, unterbrach Claire den überraschten und verärgerten Richard. Claire war stets auf Jacks Seite, traute sich aber gewöhnlich in Richards Gegenwart nicht, ihre Meinung auszusprechen. Heute jedoch hatte sie sich als wahre Verbündete erwiesen.

»Sarah übernimmt das Catering«, antwortete er. »Nachmittagstee bei mir zu Hause.«

»Apropos Catering«, sagte Claire. »Ihr glaubt nicht, was neulich im konservativen Frauenverband als Nachspeise zum Lunch serviert wurde. Pfirsiche aus der Dose mit künstlicher Schlagsahne. Ich habe es schlicht nicht runterbekommen. Sie müssen dort wirklich etwas wegen des Kochs unternehmen …«

Und schon war die höfliche Konversation gerettet, alle *unangemessenen* Themen wurden unter den Teppich gekehrt und Annie und Luke als unwichtig abgetan. Jack blickte Grace an, die über Dinge plauderte, die keinerlei Bedeutung hatten, und konnte keine Mutter in ihr erkennen, nur einen unerträglichen Snob. Nun war er froh, dass seine Eltern nicht zur Beerdigung kamen.

Die Mittagessenszeit war vorüber, und der Pub begann sich zu leeren. Maggie unterhielt sich mit jemand anderem, und Kate hatte sich Luke gegenüber niedergelassen. Dass der Käsekuchen gut war, hatte er ihr bereits gesagt. Nun suchte er fieberhaft nach einem weiteren Gesprächsthema.

»Du bist also Ire«, sagte Kate. »Ich war dort auf ein paar Reitturnieren.«

»Magst du Pferde?« Luke griff nach dem Strohhalm, froh über ein gemeinsames Interesse. »Ich auch.«

»Ich liebe sie. Uns gehören die Ställe im Ort. Willst du sie dir irgendwann mal ansehen?«

»Klar.« Herrje, das klang wenig begeistert. »Gerne«, ergänzte er schnell. »Es ist nur … ich kann im Moment nur an die Beerdigung denken.«

Kate fasste über den Tisch, um Lukes Hand zu berühren. Beinahe wäre er zusammengezuckt. »Natürlich. Tut mir leid. Das war gedankenlos von mir. Es ist am Mittwoch, nicht?«

»Woher weißt du das?«

»Meine Mum macht das Catering. Sie hat mich gebeten, ihr zu helfen.«

Luke hoffte, dass Jack und Sarah sich im Guten getrennt hatten. Er hatte einmal einen Film gesehen, in dem eine Frau der Familie ihres Exfreundes Rindfleisch serviert hatte, dessen Mindesthaltbarkeitsdatum längst abgelaufen war.

Sie lächelten einander an, doch der Moment währte nicht lang. Eine Menschengruppe kam durch die Pubtür und geradewegs zu ihrem Tisch gepoltert. Ein rothaariges Mädchen mit einem tief ausgeschnittenen Top und grell pinkfarbenem Lippenstift nahm den Stuhl neben Luke ein. Kate stellte ihn als Matts Bruder vor. Die Rothaarige musterte ihn. »Sind die Wimpern echt?«, fragte sie gedehnt. »Ich bin Abbie.«

»Ich habe ihn zuerst gesehen«, hörte Luke Kate flüstern und wurde rot.

»Willkommen, Matts kleiner Bruder!«, dröhnte plötzlich

eine männliche Stimme über Lukes Kopf. Ihr Besitzer war groß und dünn, mit dunklem Haar, das ihm über ein Auge fiel. Er trug ein T-Shirt, auf dem stand: *»Gutes Aussehen ist ein Fluch«*. »Willkommen in Baronsmere, Englands langweiligstem Kaff, ein Rattenloch, in dem es von vollgefressenen Tories wimmelt, die sich alle als Erste an der Wand wiederfinden werden, wenn erst die Revolution kommt.«

Luke war nach diesem Ausbruch, begleitet von dramatischen Armgesten, zu verblüfft, um etwas zu erwidern. Der Sprecher wurde zur Seite gedrängt.

»So spricht der ehrenwerte Timothy Leighton, der vergisst, dass er ebenfalls an dieser Wand stehen wird, wenn die Revolution kommt. Allister – Al. Abbies Zwilling. Nett, dich kennenzulernen, Luke.«

»Danke«, sagte Luke und wünschte, er hätte Originelleres zu sagen, doch Al und Tim waren schon zum Snooker-Tisch weitergezogen.

Als Abbie zur Bar ging, um Chips zu holen, kam Maggie herüber. »Können wir gehen, Luke?«, fragte sie. Er nickte und verspürte Enttäuschung. Er wäre gern länger geblieben.

»Ich sehe dich dann am Mittwoch, Luke«, sagte Kate, die ihm auf die Krücken half. »Und wenn du Lust hast, zeige ich dir die Ställe.«

Er lächelte sie an. Endlich ein Licht an einem sehr düsteren Horizont.

»Drück dir die Augen wieder in den Kopf, mein Schatz. Das sieht nicht sehr attraktiv aus.«

Sarah kam zu Kate an den Tisch am Fenster. Ihre Tochter hatte sich sehr angeregt mit Luke Kiernan unterhalten. Nun blickte sie ihm nach, als er das *Foresters* verließ, und der Ausdruck in ihren Augen gefiel Sarah gar nicht. Welche Pläne Kate auch immer in diese Richtung hegen mochte, sie mussten im Keim erstickt werden.

»Ich weiß nicht, was du meinst, Mum«, erwiderte Kate mit einem verträumten Lächeln, das Sarahs Verdacht bestätigte. Ihre Ängste.

»Sieht aus, als hätte deine Freundin dieselbe Idee.« Sarah deutete mit einem Nicken auf Abbie, die auf einem Queue lehnte und ebenfalls durch das Pubfenster beobachtete, wie Maggie Luke in den Wagen half. Ideal wäre auch das nicht, aber besser Abbie als Kate. Abbies Familie besaß den größten Hof in der Gegend. Wohlhabend, aber ohne Klasse. Abbies Vater trank lieber im *The Fox and Feathers*, was Sarah nur recht war.

Doch noch besser wäre es, wenn Luke Kiernan komplett von der Bildfläche verschwände. Aus Cheshire, aus England. Aus Sarahs Kopf.

Lukes Anblick hatte ihr einen ziemlichen Schrecken versetzt. Er hatte sie daran erinnert, wie es damals gewesen war, als ein naives, einfaches Traveller-Mädchen ihr das Gefühl gegeben hatte, unbedeutend zu sein. Und Jack den Kopf verdreht hatte, gerade als Sarah beschlossen hatte, dass er *der Richtige* war. Und nun kam Annies Sohn, der in Irland als Traveller aufgewachsen war statt als Jacks Erbe – obwohl sich das möglicherweise änderte, sollte er wirklich länger bleiben. Gott bewahre! Einer wie er gehörte nicht nach Baronsmere – und ganz sicher nicht zu Kate, der eine rosige Zukunft bevorstand. Uniabschluss, Karriere, irgendwann eine gute Heirat. Nicht ein Leben im Wohnwagen, immer unterwegs, jedes Jahr ein neues Kind, bis sie vorzeitig gealtert war. Sarah erschauerte. Nein, es würde keine *»Big Fat Gypsy Wedding«*

für ihre Tochter geben. Nicht, wenn sie ein Wörtchen mitzureden hatte.

»Hörst du mir zu, Mum? Ich sagte, ich habe Abbie schon gewarnt, sie soll die Finger von ihm lassen.« Kate machte ein schelmisches Gesicht. »Komm schon, guck nicht so finster. Ich kenne Luke doch erst seit einer Stunde oder so. Aber ich glaube, ich gehe zu der Trauerfeier am Mittwoch.«

»Sei nicht albern, Kate. Ich brauche dich bei den Stewarts, damit du die Essenslieferungen überwachst, um aufzupassen, dass alles da ist und richtig aufgebaut wird. Warum um Himmels willen solltest du zu einer Trauerfeier gehen wollen? Die sind nicht wirklich amüsant, weißt du.«

Kate machte große Augen. »Ach nein? Und ich hatte gedacht, ich könnte mir dort einen schönen Tag machen. Jedenfalls brauchst du meine Hilfe nicht beim Buffet. Du hast sehr verlässliches Personal, dem du vertrauen kannst. Matt sagte, dass wahrscheinlich nicht viele Leute zur Trauerfeier kommen. Sehr wenige Verwandte und Freunde. Ich finde das traurig, du nicht? Und für Matt wird es auch schwer werden – sie war immerhin seine Stiefmutter.«

»Ah, dann gehst du also Matt zuliebe dorthin.«

»Was sind denn das für Verhörmethoden?«, sagte Kate. »Okay, ich gehe auch wegen Luke dorthin. Es wird schrecklich für ihn sein, wenn er sieht, dass es so wenig Anteilnahme für jemanden gibt, den er geliebt hat.«

»Wie du selbst sagtest, kennst du ihn erst seit einer Stunde.«

Kate stieß einen ungeduldigen Seufzer aus. »Er ist Matts Bruder, und Matt ist mein Freund. Wenn es darauf ankommt … Warum gehst *du* hin? Um Jack beizustehen, obwohl ihr euch getrennt habt?«

»Jack hat mich zur Trauerfeier eingeladen. Er möchte mich dort haben. Und ich kannte Annie.«

»Also, was ist schon dabei?«, fragte Kate. »Du, Jack, Matt – ihr werdet alle da sein. Ist es so seltsam, dass ich hingehen will? Egal, ich habe mich entschieden.« Damit stand sie auf, trank ihr Glas in einem Zug aus und ging zu Abbie und den Jungs an den Snooker-Tisch.

Sarahs Gedanken rasten. Wie könnte sie je Luke Kiernan in ihrem Heim willkommen heißen? Sie hatte seine Mutter nicht ausstehen können und Annies Versuche, sich mit ihr anzufreunden, stets abgewiesen, weil sie nicht bei Nicholas und Grace in Ungnade fallen wollte. Natürlich auf subtile Art, damit Annie Jack nichts sagen konnte, was nicht ihrer Einbildung entsprungen zu sein schien. Schließlich war es ja nicht so, als hätten sie und Annie irgendetwas gemein. Außer Jack …

Luke Kiernan musste weg. Falsche Klasse, falsche Nationalität, falsche Religion.

Und es gab noch einen Grund, von dem nur Sarah wusste …

Jack warf einen Blick auf seine Armbanduhr. Fast vier. Zeit, nach Hause zu gehen. Er hatte eine friedliche Stunde Zeitung lesend bei einem Pint verbracht, in einem unscheinbaren Pub in Chester, wo niemand ihn kannte. Anonymität konnte ein Segen sein. Leute, die über ländliche Idyllen ins Schwärmen gerieten, hatten ja keine Ahnung, wie es war, wenn man unter ständiger Beobachtung stand. Und so war es eben, wenn man in einem Dorf lebte. Bald würde ganz Baronsmere sich das Maul über Luke zerreißen und Jack bei jeder Gelegenheit mit Fragen löchern. Vielleicht konnte er einfach so tun, als wäre er krank, und sich ins Bett flüchten. Ein verlockender Gedanke.

Auf dem Heimweg überlegte Jack, wann er Annie tatsächlich das letzte Mal gesehen, mit ihr gesprochen hatte. Verschwunden war sie im Februar, zwei Tage, bevor er aus Brüssel zurückerwartet wurde. Am Abend vor seiner Abreise war sie zu müde gewesen, um mit ihm zu schlafen. Er hatte gescherzt, er dürfe sie wohl nicht so oft allein lassen, sonst verlöre sie noch das Interesse an ihm. Hatte sie das als Kritik aufgefasst? Oder, schlimmer noch, hatte sie nicht mit ihm schlafen wollen, weil sie den anderen Mann schon kannte? Diese Gedanken hatten ihn noch Jahre nach ihrem Verschwinden gequält, und er wollte nicht, dass es jetzt wieder anfing. Jack bog mit dem Wagen in die lange Auffahrt zu seinem Haus ein. Nur achtundvierzig Stunden waren vergangen, und er hatte mit seinen Eltern gestritten, und Matt war böse auf ihn, weil er Luke nicht mit Freuden in die Familie aufnahm. Je früher der Junge wieder ging, desto besser. Jack wollte sein altes Leben zurück …

Plötzlich erschien eine Gestalt in der Krümmung der Auffahrt. Jack trat auf die Bremse und hupte, dann sprang er aus dem Wagen. Luke stand erschrocken da, auf seinen Krücken schwankend, und Ollie war bei ihm. Ollie, der jedem Fremden misstraute! Jack konnte es nicht fassen. Der Hund bellte wütend, offenbar durch das Kreischen der Bremsen in Aufregung versetzt. Als er Jack erkannte, beruhigte er sich und trottete mit wedelndem Schwanz auf ihn zu. »Mein Gott, was machst du da!«, schrie Jack Luke an. »Ich hätte dich fast überfahren!«

»Wonach sieht es denn aus?«, schnauzte Luke zurück. »Ich gehe spazieren. Tut mir leid, wenn ich zu schnell um die Ecke gekommen bin.«

Jack hatte überreagiert, doch sein Herz hämmerte immer noch verschreckt. Ein Schreck, der sich in Wut Bahn brach. »Ich hätte dich hier nicht erwartet, vor allem mit meinem unangeleinten Hund.«

»Das ist keine Entschuldigung dafür, dass du wie ein Idiot fährst«, antwortete Luke. »Und ich kann ja wohl kaum eine Leine halten, oder? Ich dachte, in der Auffahrt wäre es sicher.«

»Was tust du überhaupt mit ihm? Er hat seine Launen, bei Fremden schnappt er schnell zu.« Sie blickten beide hinunter auf den zwischen ihnen hockenden Ollie, der schläfrig in eine Hecke glotzte. Jack kam sich ziemlich dumm vor.

»Ich schätze, er dachte, ich gehöre zur Familie. Sein Fehler.« Luke drehte sich abrupt um und humpelte wieder die Auffahrt hinauf. Ungläubig sah Jack, wie Ollie ihm folgte. Er stieg wieder in den Wagen, war kurz vor ihnen am Haus und ließ die Eingangstür hinter sich offen.

»Maggie!« Jack blieb mit verschränkten Armen im Flur stehen. Sie tauchte aus der Küche auf und trocknete sich die Hände ab, als Luke und Ollie hereinkamen.

»Hallo, Schatz.« Sie lächelte Luke an. »Möchtest du ein bisschen Tee und ein Stück von meinem Walnusskuchen?«

Unglaublich. Es war, als würde Jack gar nicht existieren. »Maggie, ich muss schon sagen, Sie überraschen mich.«

Maggie half Luke aus der Jacke. »Und warum das? Was soll ich getan haben?«

»Weil Sie Luke ganz allein herumwandern lassen. Er wurde gerade erst aus dem Krankenhaus entlassen. Er sollte sich noch schonen.«

»Ich habe ein verletztes Knie und Rippenschmerzen. Ich hänge nicht an der Herz-Lungen-Maschine«, brummte Luke.

»Er brauchte frische Luft«, sagte Maggie. »Wenn Sie früher hier gewesen wären, hätten Sie ihn begleiten können.«

»Ich hatte einiges zu regeln«, sagte Jack, jetzt mit erhobener Stimme. Maggie schnalzte mit der Zunge, als er sich ungeduldig an ihr vorbeidrängte und zu seinem Arbeitszimmer strebte.

»Nun, unser Nachmittag war sehr schön«, sagte sie. »Nur weil *Sie* einen schlechten Tag hatten, müssen Sie es nicht an mir auslassen – oder an Luke.«

Jack blieb stehen. Maggie hatte recht. Was er tat, war völlig irrational. Er wandte sich um und ging zu ihr, um sich mit einem Kuss auf die Wange zu entschuldigen, doch Luke trat zwischen sie, mit entschlossenem Kinn, den Kopf herausfordernd erhoben. »Was zum …?«, begann Jack.

Maggie berührte Lukes Arm. »Danke, Luke, aber es ist in Ordnung, wirklich.«

Jack sah Luke böse an, als der Groschen fiel. »Hast du ernsthaft geglaubt, ich würde Maggie schlagen? Um Himmels willen, das ist vielleicht so, wo *du* herkommst, aber jetzt bist du in der Zivilisation!«

Ohne etwas zu sagen, humpelte Luke auf den Krücken in sein Zimmer.

»Gut gemacht, Jack. Gut gemacht«, sagte Maggie.

Jack hob frustriert die Hände. »Welche Reaktion erwarten Sie von mir? Nach dem, was mir gerade vorgeworfen wurde?«

»Oh, wachen Sie auf!« Maggie senkte die Stimme. »Er hat Ihnen gar nichts vorgeworfen – er hat ganz instinktiv gehandelt. Sagt Ihnen das denn gar nichts?«

»Ich weiß, dass er Gewalt erlebt hat, aber …«

»Aber was? Verstehen Sie denn nicht? Er dachte, Sie wollten mich schlagen. Männer, die Frauen schlagen, das ist etwas, womit er rechnet. Verstehen Sie, worauf ich hinauswill?«

Plötzlich begriff er. Und es war entsetzlich. Hatte Luke gesehen, wie Annie so etwas passiert war? Aber es war ihre Wahl gewesen, ihn zu verlassen. Letztendlich war sie selbst verantwortlich für ihr Schicksal. Und das ihres Sohnes. Es war nicht Jacks Fehler.

Doch warum war dann er derjenige, der sich schuldig fühlte?

9

Luke stand am Fenster seines Schlafzimmers und starrte hinaus auf den Leichenwagen. Der Sarg war mit Blumengebinden und Kränzen bedeckt. Alles nur Show. Die Stewarts hatten Annie nie zu würdigen gewusst, weder im Leben noch im Tod. Es kam ihm immer noch nicht richtig vor, dass sie hier bestattet wurde, in der Welt der *Stewarts*. Er holte tief Luft. Es tat weh. Der Schmerz in seinen Rippen wurde durch das, was sich wie ein Stahlband um seine Brust anfühlte, noch verschlimmert. Angst? Oder war das gemeint, wenn man sagte, man hatte Herzschmerz?

Endlich war er gekommen, der Tag, den er gefürchtet hatte. Mit seiner Mutter beerdigte er auch einen Teil von sich selbst. Er war die ganze Nacht aufgeblieben, um Totenwache zu halten – indem er ihrer gedachte und wünschte, er könnte bei sich zu Hause aufwachen, in seinem eigenen Bett, und sie würde ihn zum Frühstück rufen. Wenn er die Augen schloss und inständig genug betete, würden die letzten beiden Wochen vielleicht nur der schlimmste aller Albträume gewesen sein. Vielleicht lag er immer noch bewusstlos in der Notaufnahme in Limerick, nachdem man ihn zusammengeschlagen hatte, und die verhängnisvolle Reise nach Dublin hatte nur in seinem Kopf stattgefunden.

Als er in den Spiegel am Schrank blickte, blickte ein Fremder zurück. Ein Fremder in einem schwarzen Anzug von Next, wohin Matt und seine Tante Claire ihn am Montag geschleppt hatten. Er hatte viermal so viel gekostet wie sein schwarzer Anzug zu Hause. Es tat weh, dass seine Mum ihn nie darin sehen würde. Sie hatte sich immer so gefreut, wenn er sich zu besonderen Gelegenheiten schick gemacht hatte.

Es klopfte an der Tür, und Matt trat ein. Er trug ebenfalls einen dunklen Anzug und wirkte angespannt. Er hatte sich beim Rasieren geschnitten. Manchmal vergaß Luke, dass Annie auch Matts Mutter gewesen war. Die Einzige, die er je gekannt hatte.

»Bereit?«

Nein, bereit würde er hierzu wohl niemals sein, doch ihm blieb keine andere Wahl.

Auf der Fahrt nach Baronswood hielt Luke den Blick fest auf das Heck des Leichenwagens gerichtet, der langsam voranfuhr. Über dem Sarg lag die irische Trikolore, die er in einem Sportladen in einer kleinen Seitenstraße in Manchester gekauft hatte. Seine Mutter wurde in fremdem Boden bestattet, doch das gab ihr ein bisschen Identität.

Jack saß vorne im Wagen, Matt neben Luke. Aber es war, als wäre er allein. Er fühlte sich allein. Er wünschte, die Fahrt würde ewig dauern, sodass er nicht mit ansehen musste, wie Annie in die Erde hinabgelassen wurde, doch der Wagen erreichte die Kirche viel zu schnell.

Vater Quinn stand im Eingang, die Hände vor dem Bauch verschränkt. Maggie war auch schon dort und hielt ihren Hut gegen die Windstöße fest. Matt half Luke heraus, bevor er zum Heck des Leichenwagens ging, um dort seinen Platz als einer der Sargträger einzunehmen. Jack gehörte auch dazu, zusammen mit seinem Freund Dave und dem Typ, für den Annie gearbeitet hatte. Luke war zutiefst unglücklich, dass er diese Aufgabe nicht mit ihnen zusammen übernehmen konnte. Da er nicht sehen wollte, wie der Sarg ausgeladen oder die Flagge vor dem Eintritt in die Kirche entfernt wurde, wandte er sich ab und machte sich auf den Weg zum Kircheneingang. Eine einzelne Glocke läutete. Der einsame Laut vertiefte sein Elend.

»Gott gebe dir Kraft, Luke«, hörte er Vater Quinn sagen, doch er war zu benommen, um zu antworten. Mit Maggie an seiner Seite betrat er die Kirche, in der es nach Weihrauch und Sandelholz roch und die Orgel eine langsame, dramatische Melodie spielte. Aus Gewohnheit blieb er am Weihwasserbecken stehen und bekreuzigte sich. Zu einem Kniefall war er nicht imstande, doch wen kümmerte das? Sicher nicht die Statue der Jungfrau Maria mit dem traurigen Gesicht, die die Hände ausstreckte, als wolle sie seinen Schmerz lindern. Sie wusste alles über Trauer und Verlust. Wie hatte sie es durchgestanden?

Der Weg den Mittelgang hinauf schien endlos. Es war als würde die Christusfigur am Kreuz hinter dem Altar kein Stück näher rücken. Die Entscheidung, nicht hinter dem Sarg zu gehen, war richtig gewesen. Mit diesen Krücken wäre er bloß eine bemitleidenswerte Erinnerung an den Unfall gewesen. Heute war es seine Mutter, die Mitgefühl verdiente, nicht er.

Endlich waren er und Maggie vorne angekommen. Sie half ihm, sich hinzusetzen, legte seine Krücken in der Nähe ab, und glitt dann in die Bank hinter ihm. »Ich bin gleich hier«, flüsterte sie und legte eine Hand auf seine Schulter. Sie weinte jetzt schon, und er wünschte, auch ihm würden die Tränen kommen, denn die in seinem Inneren eingemauerte Trauer verlangte nach Befreiung.

Er drehte sich um, um Maggie zu danken, und bemerkte

traurig die kleine Zahl der Trauergäste. Eigentlich hätte die Kirche für einen so besonderen Menschen überquellen müssen. Das Bedürfnis, auf die Welt einzuprügeln, ließ ihn die Fäuste ballen, bis er die Frau ein paar Reihen weiter hinten sah, auf der anderen Seite des Ganges, elegant gekleidet, in einem schwarzen Kostüm und einem grauen Schal, das rote Haar offen um die Schultern. Auf einmal fühlte er sich nicht mehr ganz so einsam.

Emers Schuhe waren zu eng. Sie hatte sie in der Mittagspause gekauft, das erste schwarze Paar, das sie finden konnte, ohne sich noch lange mit der Anprobe aufzuhalten. Nun zahlte sie den Preis, doch eine Kirche war nicht der passende Ort, sich ihrer zu entledigen.

Luke, der sie gerade entdeckt hatte, lächelte ehrlich erfreut. Er hatte sie Sonntagabend angerufen, um sie um Rat bezüglich der Trauerede zu fragen und sie zu bitten, zur Beisetzung zu kommen. Da er sich an einem solchen Tag nicht einsam fühlen sollte, hatte sie sich um eine Vertretung bemüht, einen Flug gebucht, und nun war sie hier. Jack hatte sie eingeladen, mit ihnen gemeinsam von zu Hause aus zur Kirche zu fahren, doch dazu war ihr Flieger zu spät gelandet.

Es war die richtige Entscheidung gewesen zu kommen. Luke, der mit gesenktem Kopf in der ersten Reihe saß, brauchte alle Hilfe, die er kriegen konnte. Emer fühlte mit ihm. Die Frau, die der Mittelpunkt seiner Welt gewesen war, war nicht mehr, und er stand nun vor der Aufgabe, sich ein neues Leben aufzubauen – eine beängstigende Aussicht.

Emer hatte mit Michael das Gleiche durchgemacht. Trauer, Verwirrung, Verzweiflung und Zukunftsangst waren auch jetzt noch mehr als nur eine Erinnerung. Sie wünschte, sie könnte Luke das ersparen, aber der Tod gehörte zum Leben. Das war eine der härtesten Lektionen, die es zu lernen galt. Wenigstens konnte sie heute für ihn da sein, ihn unterstützen, ihm eine Freundin sein und ihm zuhören, wenn er reden wollte.

Der Organist hörte auf zu spielen, und ein Mann ging zum Mikrofon an der Seite des Altars. In den hinteren Bereich der Kirche kam Bewegung, und als Emer sich umblickte, sah sie, dass der Priester sich bereit machte, dem Leichenzug voranzugehen. Luke erhob sich, indem er sich an der Lehne der Bank abstützte, die Augen fest auf den Sarg gerichtet. Er sah entschlossen und würdevoll aus, den Kopf hoch erhoben, doch er war blass und hatte dunkle Ringe unter den Augen. Er wirkte schmaler, als sie ihn in Erinnerung hatte, aber der Anzug stand ihm gut. Annie wäre sicher stolz auf ihn gewesen.

»You Raise me Up«, im tiefen Bariton eines männlichen Solisten, erfüllte auf einmal die Kirche, und als der Sänger mit der ersten Strophe geendet hatte, sah Emer zu, wie Annies Sarg zu den Tönen eines Dudelsacks den Gang hinuntergetragen wurde. Die tief bewegenden Klänge, so unverkennbar irisch, ließen sie an die sanften Hügel ihres Heimatlandes denken und an eine junge Frau mit einem dunkelhaarigen, blauäugigen kleinen Jungen, die allen Widrigkeiten trotzte. Emer war froh, dass die Musik Lukes Welt in diese kleine englische Kirche brachte.

Als sich der Sarg näherte, schlug sie das Kreuzzeichen und sah, dass Jack unter den Trägern war. Er starrte mit angestrengtem Gesicht geradeaus. Der junge Mann, der die Last auf der anderen Seite teilte, konnte nur sein Sohn Matt sein. Dieselbe Gesichtsform, die gleichen Augen. Er wirkte, als wäre er den Tränen nahe, und Emer rief sich in Erinnerung, dass er im zarten Alter von vier Jahren zwei Mütter verloren hatte.

Als die Dudelsacktöne zu einem Crescendo anschwollen, nahmen der Solist und der Chor den zu Herzen gehenden Gesang der modernen Hymne wieder auf. Obwohl sie Annie nicht gekannt hatte, fehlte sie Emer auf einmal, und sie spürte Lukes Schmerz. Mittlerweile war er nicht nur ein Patient für sie und Jack nicht nur ein Angehöriger. Je mehr Zeit sie mit ihnen verbrachte, desto schwerer würde es werden, sich wieder zurückzuziehen. Und die Wahrheit war, dass sie das gar nicht wollte.

Der Sarg wurde vor dem Altar abgesetzt, die Gestecke aus wunderschönen weißen Lilien und gelben Rosen in der Nähe abgelegt. Die Musik hörte auf, Jack und Matt gingen in die vorderste Reihe zu Luke, und der Priester verspritzte Weihwasser, während er feierlich intonierte: »Die Gnade unseres Herrn Jesus Christus und die Liebe Gottes und die Gemeinschaft des Heiligen Geistes sei mit euch allen.«

Da so wenige Trauernde gekommen waren, war Emer erleichtert, dass es einen Chor gab. Nach dessen wunderbarer Interpretation des »Ave Maria« sprach der Priester das Gebet. Schnell wurde klar, dass der Großteil der Trauergemeinde nicht katholisch war, denn die Erwiderungen kamen trotz des verteilten Blattes mit dem Ablauf des Gottesdienstes nur zaghaft und leise.

Jacks Kiefer war angespannt, sein Blick fest auf den Sarg gerichtet. Vermutlich fühlte er eine verwirrende Mischung aus Liebe und Wut. Luke saß starr in der Bank, wohl auf ein Zeichen des Priesters wartend, das dann, als die Predigt vorbei war, auch kam, in Gestalt eines Nickens und eines beruhigenden Lächelns.

Emer ballte die Hände, so fest, dass sich ihre Nägel in die Handflächen bohrten, als Luke auf seinen Krücken zum Rednerpult schwankte, in den Händen ein Blatt Papier, das er vor sich ablegte. Er holte tief Luft und hob den Kopf. Stolz. Sie konnte seine Gefühle lesen, so deutlich, als wären sie vor ihr niedergeschrieben – Liebe, Zorn, Trotz und Entschlossenheit. Jede Emotion, die nötig war, um diese Zerreißprobe zu überstehen. Sie war froh, dass sie für diesen bemerkenswerten jungen Mann da sein konnte, der sich über seine Trauer erhob, um seiner Mutter Tribut zu zollen. Tränen brannten in ihren Augen. Sie selbst war damals nicht in der Lage gewesen, eine Grabrede für Michael zu halten, und nun stand dort Luke, jünger und ungebildeter, und doch ungleich mutiger vor all diesen Fremden.

»Ich konnte lesen, bevor ich fünf war«, begann Luke mit leiser, leicht bebender Stimme. »Meine Mutter brachte es mir bei, weil sie wollte, dass ich ihre Liebe zu Büchern teilte. Und weil ich mit Bildung bessere Zukunftsaussichten hätte. Meine Mam war Realistin, und sie wusste, dass es für Traveller nicht immer einfach ist, in die Schule zu gehen.«

Emer spornte ihn im Stillen an, weiterzureden, und tatsächlich schien sein Selbstvertrauen zu wachsen, denn seine Stimme wurde fester, als er fortfuhr. »Sie besaß nicht viel. Bücher von Flohmärkten, Secondhand-Klamotten und ein altes Radio, das ich in einem Container gefunden hatte. An dem Radio war nichts kaputt. Dinge kommen, Dinge gehen – so ist das bei manchen Leuten. Aber meine Mam war reich in anderer Hinsicht, da, wo es von Bedeutung war. Die Menschen liebten sie, weil sie mitfühlend war.

Sie half allen. Teilte alles, was sie hatte, auch wenn es nicht viel war. Sie ermunterte die Traveller-Kinder zu lernen, so viel sie konnten. Sie kümmerte sich um meinen Grand-da, wenn er krank war. Sie blieb die ganze Nacht wach, legte kühle Tücher auf seinen Kopf oder las ihm vor, trotzdem fand sie die Zeit, alle Jobs anzunehmen, die sie kriegen konnte, um uns zu ernähren. Sie putzte in Büros, verteilte Flyer, pflückte Obst. Die Gesellschaft gibt Travellern nicht viele Möglichkeiten, doch sie beschwerte sich nie, machte einfach das Beste daraus. Wenn sie niedergedrückt war, sang sie. Sie sang so gern.

Sie wollte immer, dass ich ein schönes Leben hatte, doch in ihren Augen war das nichts, was man mit Geld kaufen konnte. Wenn ich mich selbst bemitleidete, weil ich keine Playstation oder anständige Fußballschuhe hatte, sagte sie mir, wir wären reich im Vergleich zu denen, die nichts hatten und Hunger litten. Sie sagte, vielen Menschen würde es besser gehen als uns, aber noch mehr Menschen schlechter.«

An dieser Stelle drehte Luke sich leicht, um Jack anzusehen. »Sie hatte kein privilegiertes Leben, doch sie hatte mehr Prinzipien als die meisten. Es war nicht einfach für uns, doch *sie* gab mir das Gefühl, geliebt und gewollt zu sein – das ist das Wichtigste für ein Kind.«

Lukes Blick blieb weiter auf seinen Vater gerichtet, und Jack war die Betonung auf dem Wort *sie* sicher nicht entgangen; es schien als Beleidigung gemeint gewesen zu sein.

»Wenn jemand reich ist, heißt das nicht, dass er ehrlich ist, und jemand, der arm ist, muss nicht unehrlich sein«, fuhr Luke fort, bevor er erneut innehielt und sich zu Annies Sarg umwandte. »Wenn das Leben schwierig wurde, gab sie mir Kraft. Ich hoffe, dass ich dasselbe für sie getan habe. Ich schäme mich nicht für das, was ich bin, weil der feinste Mensch, den ich vielleicht je kennen werde, ein Traveller war. Man sagt, niemand ist perfekt, aber meine Mam war nahe daran, und jeder hätte stolz sein müssen, sie zu kennen.«

Er faltete das Blatt Papier und steckte es in die Tasche, um dann langsam vom Rednerpult wegzutreten und zu seinem Platz zurückzukehren. Als der Gottesdienst vorbei war, ging er zum Sarg. Als er die Hand darauflegte, um seiner Mutter ein letztes Mal so nahe wie möglich zu sein, hörte Emer ihn sagen: »Mach's gut, Mam. Ich liebe dich.« Dann nahmen die Sargträger ihre Plätze ein, um Annie Kiernan zu ihrer letzten Ruhestätte zu tragen.

Emers Sicht verschwamm, ihre Kehle zog sich schmerzhaft zusammen. Sie wollte nicht weinen. Luke war es gelungen, ein lebendiges Bild einer Frau zu zeichnen, die stets hatte kämpfen müssen, aber nie aufgegeben hatte, weder sich selbst, noch ihren Sohn, und es war offensichtlich, wie sehr er sie geliebt hatte. Emer war sich nicht sicher, ob ihre Tränen Annie oder Luke galten oder einfach diesem traurigen Ereignis. Doch sie wusste, dass Luke diese Beerdigung so gestaltet hatte, dass sie denen, die daran teilnahmen, so viel Gefühl wie möglich abrang. Das hatte er am Sonntag zugegeben, als er bitter gesagt hatte: »Sie werden sich an den Tod meiner Mutter erinnern, auch wenn sie nichts mehr von ihrem Leben wissen.«

Mit niedergeschlagenen Augen folgte Luke dem Sarg aus der Kirche. Er weinte nicht, doch er fühlte sicher mehr, als er zeigte. Emer war beeindruckt, wie dieser junge Mann seine Mutter mit würdevoller, ungeschulter Eloquenz Ehre erwiesen hatte. Wenn das Jacks Herz nicht erreichte, dann würde es durch nichts und niemanden geschehen.

Kate versuchte das Zähneklappern zu unterdrücken, als sie am Grab stand. Der eiskalte Wind war schneidend. Vater Quinn war schon zehn Minuten zugange, und es war kein Ende abzusehen. Dann und wann hob er die Stimme, um gegen die lärmenden Krähen anzukommen. Jedes Mal, wenn Kate dachte, er käme zum Schluss, holte der Priester Luft und machte unermüdlich weiter. Wie viele Heilige konnte man denn noch aufzählen?

Kate lenkte sich ab, indem sie heimlich die Trauergäste musterte. Es waren nicht viele für ein ganzes Frauenleben. Sie fragte sich, wer die hübsche Rothaarige war, die da allein stand, ein wenig abseits, als würde sie sich nicht dazugehörig fühlen. Vielleicht war sie eine von den gewohnheitsmäßigen Beerdigungsbesuchern, von denen Kate gelesen hatte.

Matts Pateneltern, Dave und Evie Mitchell, waren gekommen. Dave war Polizist in Baronsmere; als Teenager war Kate mehr als einmal väterlich von ihm verwarnt worden, wenn sie mal wieder etwas angestellt hatte, wie bei dem Vorfall mit dem Wodka ... Die Freuden eines Lebens in einer kleinen, ländlichen Gemeinde. Selbst die Polizisten waren deine Freunde. Wäre Luke auch so ein Rabauke geworden, wenn er hier aufgewachsen wäre? Wäre er fast wie ein Bruder für sie gewesen, so wie Matt? Oder wäre es eine Jugendliebe geworden? Ja, sie war definitiv interessiert an ihm, und ihre Absichten waren keineswegs schwesterlich.

Tony und Barbara Hayes waren ebenfalls hier. Vor der Heirat mit Jack hatte Annie in ihrem Pub, dem *Fox and Feathers*, gearbeitet, den Sarah abschätzig das »Proll-Lokal« nannte. Tony sah todtraurig aus. Genauso wie Claire, Jacks Schwester. Sie war nicht in Begleitung. Sonst war niemand von den Stewarts erschienen. Claires Mann, Richard, hatte sie nur abgesetzt und war schnell wieder verschwunden. Ein Ekelpaket. Claire dagegen war entzückend. Kate konnte nur annehmen, dass Richard sich nach der Heirat grundlegend geändert hatte. Nach allem, was man so hörte, war er ein mieser Ehemann. Matt hatte ihr erzählt, er und Luke hätten sich am Montag mit Claire getroffen, und die beiden hätten sich auf Anhieb verstanden. Wenn Richard dabei gewesen wäre, wäre es wohl nicht so gut gelaufen.

Kate wandte sich nach links und warf einen Blick zu Jack. Er zeigte keinerlei Gefühlsregung. In der Kirche hatte er starr nach vorne zum Altar gesehen. Vielleicht fühlte er wirklich nichts. Er war seit über zwanzig Jahren nicht mehr mit Annie zusammen. Maggie dagegen schluchzte schon seit Beginn des Gottesdienstes. Laut Matt hatte sie Annie wie eine Tochter geliebt. Auch Matt hatte geweint. So wie damals, als sie gegangen war. Doch als Jack jedes Mal, wenn ihr Name fiel, wütend wurde, hatte er aufgehört, von ihr zu sprechen, blieb allein mit seiner Trauer und vermisste ihre Gutenachtgeschichten und ihre Umarmungen.

Genau wie Jack hatte auch Luke während des Trauergottesdienstes nicht geweint. Komisch, die beiden Menschen, die Annie am nächsten gestanden hatten, hatten keine Träne vergossen. Als sie Matt gesagt hatte, sie würde zur Beerdigung kommen, hatte er ihr lachend vorgeworfen, sie täte es nur, weil sie auf Luke stand, doch sie wollte ihm wirklich eine Stütze sein. Als Fremder in diesem Dorf war er sicher völlig überfordert. Um ihre Mutter musste Kate sich keine Gedanken machen, so viel war sicher. Sarah war zäh und brauchte keine Schulter, an der sie sich ausweinen konnte. Sie hatte den Kopf gesenkt, doch nicht in Trauer, sondern um verstohlen ein kostbares Armband zu betrachten, dass ihr einer ihrer männlichen Freunde geschenkt hatte. Rotgold und Mondstein, hatte sie gesagt. Die ganze Woche schon hatte sie das Handgelenk hin- und hergedreht, um es im Licht glänzen zu sehen.

Endlich hörte Kate die Worte »Asche zu Asche, Staub zu Staub«, die den Schluss signalisierten. Der Priester spritzte Weihwasser über den Sarg, dann kniete Jack sich hin, nahm ein wenig Erde auf und warf sie ins Grab hinein. Matt tat dasselbe, wobei er murmelte: »Ruhe in Frieden, Annie.«

Kate beobachtete, wie Matt erneut Erde nahm und sie unauffällig Luke in die Hand drückte, der zunächst keine Reaktion zeigte. Er schien wie benommen, was nicht überraschend war.

»Mach's gut, Mam«, flüsterte er schließlich und ließ die Erde langsam auf die Trikolore fallen, die jetzt wieder auf dem Sarg lag und deren grüne, weiße und orangefarbene Streifen mit Matsch und Erdreich befleckt waren. Kate kamen die Tränen. Am liebsten hätte sie Lukes Hand genommen, ihn umarmt und ihm gesagt, dass alles gut werden würde. Doch das stimmte nicht. Für lange Zeit nicht.

Und das war's. Vater Quinn klappte seine Bibel zu, und die Menschentraube löste sich auf. Die Beerdigung war vorüber.

»Lass uns gehen«, drängte Matt Luke, der sich nicht gerührt hatte. Dann brach er zusammen und sackte gegen Matt, der ihn gerade noch auffangen konnte, bevor er auf dem Boden auftraf.

»Dad!« Matt klang panisch.

Jack war schnell an seiner Seite und stützte Luke, der kaum bei Bewusstsein schien. »Okay, okay … ich habe ihn«, sagte er.

»Mum?« Sarah war eine geprüfte Ersthelferin, doch Kate bemerkte, dass sie ihre Hilfe nicht anbot.

»Sie kommen schon klar«, sagte Sarah, aber ihre Stimme war kalt. »Wir müssen uns ja nicht alle um ihn kümmern.«

Maggie eilte herbei. »Das hatte ich befürchtet«, sagte sie. »Er hat seit Tagen fast nichts gegessen.«

Lukes Augenlider flatterten, und mit gemeinsamen Kräften hoben Jack und Matt ihn wieder zurück auf seine Krücken. Matt zog seinen Flachmann hervor und zwang Luke, einen Schluck Brandy zu nehmen. Er würgte, bekam aber wenigstens wieder ein bisschen Farbe und nickte schwach, als Jack ihn fragte, ob er es bis zum Wagen schaffte.

Langsam setzen sie sich in Richtung Friedhofstor in Bewegung. Als sie an der fremden Rothaarigen vorbeikamen, musterte diese Luke mit Sorge. »Geht es?«, fragte die Frau, während sie vortrat und ihn am Arm fasste. Er lächelte, offenbar erfreut, sie zu sehen. Sie sah nett aus. Kate war dankbar, dass Luke ein ihm vertrautes Gesicht sah.

»Sieht aus, als würdest du doch nicht gebraucht«, kommentierte Sarah und hakte sich bei Kate unter.

Gott, ihre Mutter konnte manchmal wirklich eine Hexe sein.

Jack stand in der Tür und sah sich suchend im Salon um, doch er konnte Emer nirgends entdecken. Seitdem sie von der Kirche zurück waren, hatte er noch keine Gelegenheit gehabt, mit ihr zu sprechen.

»Sie ist im Esszimmer«, sagte Matt, der ihm ein Glas Wein reichte.

»Danke.« Jack nahm einen Schluck. Ein angenehmer Chablis mit mineralischer Note. Sarahs Auswahl war immer gelungen. »Entschuldigung, wer ist im Esszimmer?«

»Die Rothaarige. Wer ist sie?«

Jack versuchte beiläufig zu klingen. »Emer Sullivan. Lukes Trauertherapeutin.« Er spürte den fragenden Blick, starrte aber geradeaus auf das Porträt von Großonkel George in seiner Regimentsuniform.

»Dann hat sie aber einen weiten Weg auf sich genommen, nicht wahr?«

Eine unschuldige Bemerkung? Vermutlich nicht. Matt las in ihm wie in einem Buch.

»Traurige Sache das, Jack, traurige Sache«, meinte Tony Hayes, der zu ihnen an die Tür trat. »Ich kann's gar nicht fassen, dass dieses liebe Mädchen nicht mehr ist.« Jack murmelte etwas Unverbindliches und nahm einen großen Schluck Wein. »Wo ist denn Eure Ladyschaft?«

Musste Tony unbedingt so laut sprechen? Und die Aufmerksamkeit aller darauf lenken, dass seine Eltern die Trauerfeier boykottiert hatten? »Sie fühlt sich nicht wohl, Tony«, sagte Jack mit zusammengebissenen Zähnen. Für seine Eltern lügen zu müssen war ein Albtraum.

»Bahn frei, Bahn frei.«

Sie traten zur Seite, als Kate mit Luke im Schlepptau in den Salon kam. Er sah immer noch blass aus. Nach dem Vorfall am Grab hatte Jack den Hausarzt der Familie gerufen.

»Hey, Bro, komm mal her, ich will dir Tony vorstellen«, sagte Matt.

Jack entschuldigte sich und ging in den Flur. Wo war denn nur Emer?

»Jack …«

Sarah zog ihn in die Nische neben der Standuhr. »Wie geht es dir? Das muss traumatisch gewesen sein. Ich kann mir denken, dass …«

Sie stand sehr nah bei ihm. Zu nah für zwei Menschen, die

keine Beziehung mehr hatten. Hoffentlich schlug sie jetzt nicht vor, dass sie es noch mal versuchten. »Ich muss zu den Gästen«, sagte er und wollte sich gerade an ihr vorbeidrücken, als zwei Dinge auf einmal passierten: Richard trat durch die Haustür, und Emer kam aus dem Esszimmer.

»Sieh an, sieh an.« Süffisant grinsend beäugte Richard Jack und Sarah. »Die beiden Turteltauben. In diesem Haus gibt es sechs Schlafzimmer … habt ihr keines davon gefunden?« Er erblickte Emer und lächelte. »Hallo. Ich glaube, wir sind uns noch nicht vorgestellt worden. Ich bin Richard. Sollen wir durchgehen? Hier draußen ist es ein bisschen voll.«

Emer warf Jack rasch einen Blick zu, bevor sie von Richard in den Salon geschoben wurde.

»Wer ist das denn?«, fragte Sarah.

»Emer«, sagte Jack. »Sie war Lukes Therapeutin nach dem Unfall.«

»Übertreibt sie es nicht ein bisschen mit der Arbeitsmoral?«

»Ich glaube, es ist ihr ein persönliches Anliegen. Sie hat Luke ins Herz geschlossen – und er sie.«

»Dem Ausdruck auf ihrem Gesicht eben nach zu urteilen, glaube ich, dass sie nicht nur Luke ins Herz geschlossen hat.« Sarahs Stimme klang scharf. Sie drängte sich an ihm vorbei und strebte zum Esszimmer.

Auf einmal war ihm alles zu viel. Er brauchte Abstand, musste die Erinnerungen verbannen, die ihn zu verschlingen drohten. Wenn er das zuließ, würde er wieder genau dort enden, wo er zwanzig Jahre zuvor gewesen war. Haltlos, hilflos. Überwältigt von Trauer, Schock, Bitterkeit. Er ging in sein Arbeitszimmer und schloss die Tür. Doch das war die falsche Entscheidung. Als er allein war, kamen die Erinnerungen mit

Macht zurück. An Annie und seine Liebe zu ihr. An ihre zu ihm. Es war schon schlimm gewesen, als sie ihn das erste Mal verließ, doch jetzt war es zehnmal schlimmer. Wenigstens hatte er damals nicht gewusst, dass sie ein Kind hatte, das sie mit Lügen fütterte. Einen Sohn, den sie ihm vorenthalten hatte. Einen Sohn, der nun krank und verlassen dort draußen war.

Jack nahm sich vor, sich mehr um Luke zu bemühen. Er war nicht so hart, dass er kein Mitgefühl spürte, doch er hatte lange Zeit gebraucht, um über Annie hinwegzukommen. Er war sich nicht einmal sicher, ob er schon darüber hinweg war. Nun ihren Sohn bei sich aufzunehmen riss die alten Wunden, die ihn fast umgebracht hatten, vielleicht wieder auf. Aber würde er es nicht bereuen, wenn er es nicht wenigstens versuchte? Als er das Arbeitszimmer verließ, wusste Jack, was er zu tun hatte, aber nicht, ob er es auch konnte.

Emer und Richard standen am Esszimmerfenster hinter dem Sofa, auf dem Tony neben Luke saß. »Deine Mutter war eine der besten Barfrauen, die ich je hatte«, hörte Jack Tony sagen. »Wenn du also einen Job suchst, sag Bescheid.«

Guter Gott, Matt *und* Luke hinter einer Bar. Nun, er war immer für Arbeiterinteressen eingetreten – niemand konnte sagen, Jack Stewart wäre ein Snob.

»Da bist du ja«, sagte Richard, falsche Jovialität verströmend, als Jack ein Glas Wein von einem Tablett nahm, das eine Kellnerin vorbeitrug. »Eine gelungene Feier, ich muss schon sagen.«

Jack hätte ihn am liebsten erwürgt. Wenn man Mangel an Sensibilität in Flaschen hätte abfüllen können, wäre der Mann gewiss der Hauptlieferant. »Um Himmels willen, Richard, zeig ein bisschen Respekt, das hier ist keine verdammte Party.«

»Ich war ein bisschen beunruhigt, als ich Claire bei der Kirche abgesetzt habe«, fuhr Richard fort. »Ich dachte schon, ich wäre beim Begräbnis irgendeines Unabhängigkeitskämpfers gelandet, als ich die Flagge auf dem Sarg sah. Fehlten nur noch die Gewehrssalven.«

Aus den Augenwinkeln sah Jack, wie Luke sich vorsichtig vom Sofa hochstemmte und in ihre Richtung kam, auf dem Gesicht ein bekannter, besorgniserregender Ausdruck. »Ich bin Luke«, sagte er zu Richard. »Kann ich Ihnen etwas zu trinken anbieten?«

»Das ist sehr …«, begann Richard, kam aber nicht weiter. Trotz der ihn behindernden Krücken schaffte es Luke, sich Jacks Weinglas zu schnappen und den Inhalt in Richards Gesicht zu schleudern. Obwohl ihm das Gleiche im Krankenhaus widerfahren war, verspürte Jack keinerlei Mitleid mit seinem Schwager. Luke war bereits auf dem Weg aus dem Zimmer und ließ einen glucksenden Tony auf dem Sofa zurück. Die anderen Gäste versuchten sich das Lachen zu verkneifen. Richard war nie sehr beliebt gewesen.

»Kleiner Dreckslümmel!«, schimpfte er, während Claire ihm das Gesicht mit Servietten abtupfte. »Der verdient eine ordentliche Tracht Prügel.«

»Lass uns nach Hause gehen«, sagte Claire. Richard folgte ihr aus dem Zimmer, die anderen Gäste aus dem Weg stoßend, und einige Momente später hörte Jack die Haustür hinter ihnen zufallen. Er drehte sich um, um mit Emer zu reden, doch sie war verschwunden. Na toll. Die Familienfehde der Stewarts hatte sie wahrscheinlich verschreckt.

»Wie die Mutter, so der Sohn«, hörte er Tony sagen.

»Wie bitte?«

»Seine Mutter hat dasselbe getan.«

»Was, Richard einen Drink ins Gesicht geschüttet?« Davon hörte Jack zum ersten Mal.

»Aye«, bestätigte Toni mit einem zufriedenen Lächeln. »Sie hatte noch nicht lange für mich gearbeitet. Richard, der ein paar zu viel intus hatte, bedrängte Annie, was sie zuerst mit einem Lachen abtat, bis er sie begrapschte – da bekam er einen ganzen Pint ab. Er kam sehr oft. Er stand auf sie, das war nicht zu übersehen.«

»Das hat sie mir nie erzählt.« Und Richard war damals schon mit Claire verheiratet gewesen. Konnte der Mistkerl immer noch tiefer sinken?

»Nein«, antwortete Tony, »das glaube ich dir gern. So ein Mädchen war sie nicht – keine Unruhestifterin. Sieht aus, als hätte sie ihn ganz gut hinbekommen, was?«

Jack nickte halbherzig. Er nahm es Luke nicht übel, dass er den Wein verschüttet hatte – er hätte es gern selbst getan und das Glas gleich hintergeworfen. Das wollte er Luke auch sagen, damit sie gemeinsam darüber lachen konnten, so wie die meisten Väter und Söhne.

Vater und Sohn. So sah Jack Luke nicht sehr oft. Es war einfacher, es nicht zu tun. Doch jetzt ging er ihm besser nach, Frieden schließen. Das war es, was er sich vorhin vorgenommen hatte, aber seine Füße wollten sich nicht rühren. Genau wie bei der Beerdigung, als er den Arm um Luke hätte legen sollen. Er hatte es tun wollen, doch er brachte es einfach nicht über sich. Annies Sohn im Arm zu halten, der ihr so ähnlich sah, wäre wie Folter für ihn. Mit den widerstreitenden Gefühlen, die so etwas in ihm auslösen würden, konnte er sich gerade nicht auseinandersetzen; denn dann musste er sich fragen, ob Luke sein Sohn war oder ob er das Resultat von Annies Verrat an sich drückte.

Also blieb er stehen und tat so, als würde er Tony zuhören, obwohl er der Unterhaltung längst nicht mehr folgte. Denn Jack war zu beschäftigt damit, sich selbst zu hassen.

10

Als Emer in den Garten trat, um Luke zu suchen, hielt sie einen Moment inne, um die Szenerie zu betrachten. Riesige Eichen und Buchen, ein Sommerhaus, scheinbar endlose Rasenflächen und ein See. Schön, weitläufig und abgeschieden. Jack Stewart war ein glücklicher Mann.

Luke saß in einem verschnörkelten gusseisernen Stuhl mit dem Gesicht zum See. Der Hund zu seinen Füßen wedelte mit dem Schwanz, als sie sich näherte. »Hallo«, sagte Emer zu Luke, der ihr ein mattes Lächeln schenkte und mit müdem Blick vor sich hinstarrte. Er sah nicht gut aus. Sie setzte sich, und der Hund stupste ihre Hand mit der Schnauze an. »Wer ist das denn?«

»Matts Hund. Honey. Sie ist sehr freundlich.«

»Anders als der Mann da drinnen, was?«

»Warum habe ich das getan?« Luke schüttelte den Kopf. »Warum denke ich nie nach? Ich bin so ein Idiot.«

»Ich würde sagen, er ist der Idiot«, versicherte Emer ihm. Richard war ihr gleich unsympathisch gewesen. Schon nach wenigen Minuten hatte er sie über seinen hohen Posten bei Stewart Enterprises informiert und dass er eines Tages einen großen Teil des Familienvermögens erben würde. Im Geiste hatte sie ihn schnell unter T wie Trottel abgelegt.

»Ich weiß nicht mal, wer der Kerl ist.«

»Da kann ich Ihnen behilflich sein. Er ist mit Jacks Schwester verheiratet, womit er wohl Ihr Onkel ist.«

Luke stöhnte. »Toll! Noch ein Grund für Jack, mich fertigzumachen.«

»Kommen Sie beide immer noch nicht miteinander klar?«, fragte sie. Sie mochte Jack. Sie mochte Luke. Zwischen beiden zu vermitteln wäre heikel.

»Wir fetzen uns die ganze Zeit. Es war ein Fehler hierherzukommen. Das wird nie klappen. Jack will mich nicht, und seine Eltern sagen mir ins Gesicht, dass sie nicht glauben, dass ich überhaupt ein Stewart bin.«

Emer fragte sich, was das für Menschen waren, die so unfreundlich mit jemandem umgingen, der gerade einen Verlust erlitten hatte. »Das ist ihr Pech, Luke. Was ist denn mit Matt? Sie sagten am Telefon, dass es so aussieht, als wäre er froh, dass Sie hier sind.«

»Ja, aber er ist nicht sehr oft da. Er führt sein eigenes Leben.«

»Sie werden auch bald Ihr eigenes Leben leben, das weiß ich ganz sicher. Im Moment haben Sie noch zu viel Zeit zum grübeln. Sie müssen ausgehen. Andere Leute treffen.«

»Damit?« Luke zeigte auf seine Krücken.

»Ja, damit. Die Haushälterin macht den Eindruck, als würde sie alles für Sie tun. Vielleicht hat sie ein Auto. Und was ist mit dem hübschen Mädchen, mit dem Sie geredet haben?«

»Kate. Sie ist wirklich nett. Ihrer Mam gehören ein paar Ställe.«

Emer entging nicht, dass er leicht errötete. In Dublin hatte sie ihm prophezeit, dass die Mädchen ihm schon bald nachlaufen würden. »Ziehen Sie sich nicht zurück, Luke. Sie würden so viel verpassen.«

Er nickte, aber würde er ihren Rat auch annehmen? Schuldbewusstsein konnte eine große Rolle spielen, wenn jemand nach einem Trauerfall nicht in der Lage war, sein Leben weiterzuleben. Sie legte den Arm um ihn und drückte ihn. Der Körperkontakt schien ihm zu gefallen, denn er lehnte sich leicht gegen sie. »Vergisst man das irgendwann mal?«, fragte er. »Wenn man gesehen hat, wie jemand in die Erde runtergelassen wird?«

»Nein, aber irgendwann lernt man, damit zu leben.«

»Ich kann immer noch nicht glauben, dass sie nicht mehr da ist«, flüsterte er. »Jeden Morgen wache ich auf und denke, alles ist wie sonst. Und dann fällt es mir wieder ein.«

»Das ist normal«, erklärte sie ihm, und er nickte, als würde er es akzeptieren. Doch was dachte und fühlte er wirklich? Während der Beerdigung hatte er keine Träne vergossen. Weinte er, wenn er allein war, oder fürchtete er seine Trauer zu sehr, um sich gehen zu lassen? »Sie waren heute sehr beherrscht. Das war bestimmt nicht einfach.«

»Ich weiß, was Sie denken. Ich schäme mich nicht zu weinen. Ich weine nur einfach nicht.«

Das war besorgniserregend. Lag der Grund dafür in seiner Vergangenheit? Sie dachte wieder an die blauen Flecke. Stammten sie von einer Schlägerei – oder von etwas Schlimmerem? Sie hätte ihm gern geholfen, doch dazu war keine Zeit, und ihre Professionalität erlaubte es ihr nicht, nach verdrängten Gefühle zu suchen, wenn sie anschließend nicht da war, um die Folgen zu begleiten.

»Luke!«

Als Emer sich umwandte, sah sie, dass sich die Haushälterin ihnen näherte.

»Dr. Freeman ist da«, sagte Maggie. »Er möchte dich untersuchen.«

»Mir geht's gut. Ich brauche keinen Arzt.«

Luke war so dickköpfig. »Besser, man geht auf Nummer sicher«, sagte Emer und reichte ihm die Krücken. Er stemmte sich vom Stuhl hoch, und die drei gingen langsam auf das Haus zu.

»Vielleicht können wir morgen zusammen irgendwo hinfahren«, schlug Emer vor. »Ich muss nicht vor vier am Flughafen sein.«

»Das wäre schön«, erwiderte er. Dann blickte er mit seinem sanften Lächeln, das sie so liebenswert fand, hoch zum Himmel. »Hoffentlich ist das Wetter dann besser.«

»Also wirklich, Luke, wir sind doch Iren«, scherzte Emer. »Wenn wir geboren werden, drückt man uns als Erstes einen Schirm in die Hand. Jetzt gehen Sie, lassen Sie sich vom Arzt untersuchen, sonst überlege ich es mir noch anders.«

Sarah nahm noch einen Schluck Wein und hielt das kühle Glas an ihre Wange. Ihr war heiß, und sie fühlte sich ein wenig benommen. Dieser Tag war zu viel für sie gewesen. Luke ähnelte Annie so sehr – die gleichen Augen, die gleiche Gesichtsform. Es war, als wäre sie zurückgekommen, um sie zu quälen. Sarah hatte versucht, zu verdrängen, sich nur auf Jack zu konzentrieren, doch jetzt ging er ihr aus dem Weg. Jemand drehte den Türknauf des Esszimmers. Wenn es Tony Hayes war, würde sie unhöflich sein und gehen. Stupides Geplauder war das Letzte, was sie jetzt gebrauchen konnte.

Die Rothaarige kam herein. Die Therapeutin, die offenbar den ganzen Weg von Irland auf sich genommen hatte, nur für den kleinen Luke. Ja klar!

Jack Stewart war wahrscheinlich der beste Fang, der ihr in dem Kaff, aus dem sie kam, je über den Weg laufen würde.

»Hallo. Ich bin Emer Sullivan. Lukes Therapeutin.«

»Sarah Walker. Jacks Partnerin.« Von Zeit zu Zeit half er ihr mit den finanziellen Angelegenheiten des Pubs, also war es streng genommen keine Lüge. Blieb zu hoffen, dass diese Frau es so deuten würde, dass Sarah Jacks Freundin war.

Emer trat vor und schüttelte Sarahs Hand. Kleid und Jacke waren Stangenware, das stand fest. Doch es war Emers Haar, das die Aufmerksamkeit eines Mannes auf sich ziehen würde. Jack liebte Locken. Sarahs Haar war aalglatt.

»Ich möchte Maggie nur etwas zu essen holen«, sagte Emer und begann einen Teller zu füllen. »Sie hat noch gar nichts zu sich genommen. Macht sich zu viele Sorgen um Luke. Es war sehr schwer für ihn.«

»Und für Jack auch«, sagte Sarah, die Emers allzu große Vertrautheit mit Maggie, mit dem Haus, irritierend fand.

»Ja, aber ich denke, Jack kann für sich selbst sorgen, Sie nicht auch?«

Sarah runzelte die Stirn. Der kleine Emporkömmling musste wohl an seinen Platz verwiesen werden. »Kann er das? Er ist ein komplizierter Mann. Es gibt nicht viele, die ihn gut kennen. Das dauert Jahre. Er hat lange gebraucht, um über Annies Verlust hinwegzukommen, und ich glaube, ihr Tod trifft ihn mehr, als er sich anmerken lässt. Das rührt alles wieder auf.«

»Ja, das stimmt wohl.«

»Wenigstens ist er hier von Familie und Freunden umgeben«, fuhr Sarah fort. »Menschen, die ihm helfen können, damit fertigzuwerden. Im Moment braucht er Stabilität in seinem Leben.« So. Wenn die Frau nicht auf den Kopf gefallen war, würde sie das als Warnschuss verstehen.

»Ich bin mir sicher, Jack weiß ganz genau, was er braucht«, entgegnete Emer.

»Wollen wir es hoffen.« Sarah konnte Emers Gesichtsausdruck nicht deuten. Schwer zu sagen, ob ihre Warnung angekommen war.

»Nun, nett, Sie kennengelernt zu haben«, sagte Emer. »Ich bringe das zu Maggie.«

Auf einmal kam Sarah ein Gedanke. »Wenn Sie einen Platz zum Übernachten suchen, ich führe das hiesige Hotel.«

Emer lächelte. »Danke, aber ich schlafe hier. Jack hat mich vorhin eingeladen. Ich wollte eigentlich in Manchester übernachten, aber ich denke, Luke braucht jetzt Hilfe.«

In einem Pokerspiel wäre das die Trumpfkarte gewesen, die Sarah unmöglich überbieten konnte. Jack war heute äußerst verletzlich, aber Emer und ihre Locken wären da, um ihn zu trösten. Sie würde darauf wetten, dass beide Luke als Entschuldigung benutzen würden. All die Jahre war sie Jack treu ergeben gewesen, und nun, da er endlich von Annie Kiernan frei war, drohte sie ihn zu verlieren. Das war so unfair. Doch Emer wäre bald zurück in Irland. Aus den Augen und hoffentlich aus dem Sinn. Und wenn Jack eine Schulter brauchte, an der er sich ausweinen konnte, würde Sarah für ihn da sein.

Der Arzt war gerade gegangen, als es an der Tür klopfte. Luke betete, dass es nicht Jack war. Er wartete immer noch auf die Strafpredigt, weil er Richard übergossen hatte.

Es war Kate. »Alles in Ordnung?«, fragte sie.

Er richtete sich mühevoll auf und lehnte sich gegen die Kissen. »Alles prima, danke. Nur müde.«

»Was hat der Arzt gesagt?«

»Iss was, Junge. Ich hab schon mehr Fleisch am Bleistift eines Metzgers gesehen.« Luke tat sein Bestes, um Doktor

Freemans nüchternen Ton zu imitieren. »Ich dachte schon, es wäre Maggie, die sich verkleidet hat.«

Kate lachte, und Lukes anfängliche Schüchternheit schwand. Sie ging zu dem Sessel vor dem Fenster, in den sie sich schräg hineinsetzte und die Beine über eine Armlehne schwang. »Es ist schön, dich lächeln zu sehen. Das war ein schwerer Tag für dich. Ich kann mir nicht vorstellen, wie es wäre, meine Mum zu verlieren. Ich habe immer nur sie gehabt. So wie du eigentlich.«

»Was ist mit deinem Da passiert?«

»Er hat uns verlassen, nicht lange nach meiner Geburt.«

»Hast du ihn nie gesehen?«

»Nein, nie. Das letzte Mal, dass Mum von ihm gehört hat, war er in Amerika.«

Luke konnte nicht verstehen, wie ein Mann sein eigenes Kind im Stich lassen konnte. »Ist das schlimm für dich?«

»Mir macht es nicht wirklich was aus«, sagte Kate. »Ich glaube nicht, dass ich viel verpasst habe. Jack war toll. Als ich klein war, habe ich so getan, als wäre er mein Vater. Matt ist für mich wie ein Bruder. Wir sind zusammen in Urlaub gefahren und haben Ausflüge gemacht – ich und Mum, Jack und Matt.«

Während Luke also in Armut und Gewalt gelebt hatte, hatte Jack einen auf glückliche Familie mit dem Kind eines anderen Mannes gemacht. Kate redete immer noch, ohne zu merken, dass sie Luke mit ihren Worten wie mit einem Messer einen Stich versetzt hatte. Natürlich, sie nahm an, Annie wäre die Schuldige, dass sie Jack verlassen und ihm seinen Sohn vorenthalten hätte. Er könnte sie aufklären, doch was würde das bringen? Sie hatte schon ihren echten Vater verloren – wie könnte Luke ihr da auch noch den Ersatz nehmen?

Er hörte ihr zu. Sie erzählte von einem Artikel, den sie für die Studentenzeitung geschrieben hatte, redete über ihre Hoffnungen für die Zukunft, das Reitturnier am Maifeiertag, und wurde ruhiger. Als Maggie schließlich an die Tür klopfte, weil Sarah ein wenig zu viel getrunken hatte und Kate sie nach Hause fahren sollte, war er enttäuscht. Er wollte nicht, dass sie ging.

Kate kam zum Bett, nahm einen Stift aus ihrer Tasche und schrieb eine Nummer auf seine Hand. »Da, so verlierst du sie nicht. Aber notier sie dir, bevor du dich wäschst«, sagte sie. »Samstag sind wir in den Ställen, aber ruf mich an, wenn du irgendetwas brauchst. Na ja, ruf mich ruhig auch so an.« Sie beugte sich vor und küsste ihn auf die Wange. »Bye.«

»Bye«, gab er zurück, und sobald sie gegangen war, legte er die Hand an die Wange, dorthin, wo er immer noch ihre Lippen spürte.

Emer lag auf dem Bett in Jacks Gästezimmer. Es war still im Haus, seit die Trauergäste vor einer Stunde gegangen waren. Die Familie hatte nach dem Stress der Beerdigung Ruhe gebraucht, deshalb hatten sich alle auf ihre Zimmer zurückgezogen und Maggies Vorschlag zugestimmt, sich an den Resten im Kühlschrank zu bedienen, wenn sie hungrig wären. Jack hatte Emer um sieben auf einen Drink in den Salon eingeladen. So förmlich. Sie fragte sich, nicht zum ersten Mal, ob ein Kleinstadtmädchen wie sie in diese Welt passen könnte. Vielleicht hatte Annie sich dieselbe Frage gestellt …

Das Telefon klingelte. Auf dem Display erschien »Interner Anruf«. Sie nahm ab. »Hallo?«

»Emer.« Jacks Stimme. »Hättest du Lust, schick essen zu gehen?«

Sie sah in den Spiegel. Nicht der richtige Look, um »schick essen zu gehen«. »Aber ich brauche ein bisschen, um mich fertig zu machen.«

»Nein, komm so, wie du bist. Ich gebe dir zwei Minuten«, sagte Jack, bevor er auflegte.

Er wartete am Fuß der Treppe auf sie, ein Geschirrtuch über dem Arm. »Darf ich Sie an Ihren Tisch geleiten, Madam?«

Das »schicke« Essen war schon auf dem Küchentisch serviert – in Imbissschachteln. »Aufgewärmte Reste klangen nicht so appetitlich, deswegen habe ich etwas bestellt«, sagte Jack. »Ich habe mich daran erinnert, dass du und deine Schwester einmal im Monat chinesisch esst.«

»Danke. Das war sehr aufmerksam.« Es war rührend, wie bemüht er war, ihr zu gefallen.

Nachdem er das Essen verteilt hatte, sagte Emer: »Du siehst müde aus, Jack. Wie fühlst du dich?«

»Erschöpft«, gab er zu. »So viel über die Vergangenheit reden und nachdenken zu müssen war … schwierig.«

Emer erinnerte sich, dass sie voller Bewunderung zugesehen hatte, wie er sich nacheinander jedem einzelnen Trauergast gewidmet hatte. Sie hatte mitgehört, wie die Leute ihm von ihren Erinnerungen an Annie erzählten, und er hatte höflich zugehört. Nur sein leicht angespannter Kiefer verriet, welche Anstrengung es ihn kostete, seine Gefühle für sich zu behalten. »Ich glaube, du hast Annie heute mit Stolz erfüllt, Jack.«

»Ich bin so froh, dass du kommen konntest, Emer«, sagte er. »Es bedeutet mir viel – und Luke sicher auch. Wann musst du morgen wieder zurück?«

»Mein Flug geht um sechs.«

»Und wie sehen deine Pläne für den Tag aus?«

»Ich dachte, ich mache mit Luke einen Ausflug. Er wollte schon immer Old Trafford sehen.«

»Ich verstehe«, sagte Jack, offensichtlich enttäuscht. »Das klingt nach einer guten Idee. Ich werde ohnehin im Büro sein.«

Armer Jack. Er war vermutlich daran gewöhnt, stets das zu bekommen, was er wollte und wann er es wollte, und konnte daher nur schwer damit umgehen, wenn ihm jemand einen Strich durch die Rechnung machte.

»Ist das okay?« Jack zeigte auf die Imbissschachteln. »In Anbetracht der Tatsache, dass du mir das letzte Mal gesagt hast, in guter Gesellschaft schmeckt auch billiges Essen.«

Sie war geschmeichelt, dass er sich an ihre Worte erinnerte, und erfreut, dass er sich so weit entspannt hatte, dass er seinen Sinn für Humor wiederfand. »Es ist wunderbar«, gab sie zur Antwort. »Irgendwie wäre es mir nicht richtig vorgekommen, jetzt zum Essen auszugehen.« Sie biss von einer Frühlingsrolle ab. »Und das sind die besten, die ich je gegessen habe.«

»Ist dir auch warm genug?« Jack drehte das tragbare Heizgerät so, dass die warme Luft um Emers Füße wehte. Sie kuschelte sich tiefer in den Mantel, den Jack ihr geliehen hatte und der noch schwach nach seinem Rasierwasser roch. Sie waren allein auf der Terrasse, um einen Schlummertrunk zu sich zu nehmen. Es war ein netter Abend gewesen – in Anbetracht der Umstände –, doch sie wusste nicht, was sie von Sarah Walker halten sollte. Den Rest des Nachmittags war Emer bei Maggie in der Küche geblieben, weil sie Jacks »Partnerin« nicht noch einmal in die Arme laufen wollte.

»Ich wüsste gerne, was du jetzt denkst«, fragte Jack.

Er hatte gerade eine Zigarre beschnitten. Der schwere,

süßliche Geruch erinnerte sie an das Lieblingslaster ihres Großvaters. Jack hatte einen harten Tag gehabt. Vielleicht sollte sie nachsichtig mit ihm sein. Doch es war einfach zu deutlich, dass etwas Unausgesprochenes in der Luft hing. Schnell nahm sie einen Schluck Brandy. »Mir ist wieder eingefallen, was du in Dublin gesagt hast … über Sarah.«

»Ja?«

»Ich traf sie vorhin im Esszimmer. Sie stellte sich als deine Partnerin vor.«

»Was?« Jack klang verärgert. »Ich weiß nicht, was das soll. Wir haben uns vor zwei Monaten getrennt. Ehrlich, Emer, ich schwöre es.«

Er sagte die Wahrheit, das sah sie ihm an. Er war ehrlich. »Dann hat sie wohl ihre Meinung geändert«, sagte Emer. »Das war definitiv eine Warnung in meine Richtung.«

»Dann kommt sie zu spät. Ich will dich nicht verlieren.«

Als er ihr unverwandt in die Augen sah, spürte sie plötzlich eine starke Verbindung. Verlangen, Neugier, Aufregung, Hoffnung – all diese Gefühle, die eine neue Beziehung mit sich brachte. »Noch hast du mich nicht, Jack«, flüsterte sie.

»Ich kann es nicht erwarten«, sagte er. »Ich weiß, wir haben uns gerade erst getroffen, aber ich möchte dich besser kennenlernen. Und ich will, dass du *mich* besser kennenlernst. Du hast mich von meiner schlimmsten Seite gesehen. Ich möchte gerne, dass du die Gelegenheit bekommst, meine beste Seite zu erleben.« Er machte eine Pause. »Du bist wunderschön, Emer, aber das ist es nicht allein. Es fühlt sich einfach richtig an, wenn ich mit dir zusammen bin. Die Art, wie du die Dinge siehst, worüber du redest, das ist alles neu für mich. Es macht mir klar, was ich verpasst habe.«

Dies war ein Mann, der seine Gefühle am Tag der Beerdigung seiner Frau offenbarte. Der sich angesichts des Todes des Lebens vergewissern wollte. Sie musste vorsichtig sein. In einer solchen Sitution durfte man keinem Gefühl trauen.

»Was ist mit deinen Eltern?«

Er runzelte die Stirn. »Was ist mit ihnen?«

»Annie haben sie nicht gerade mit offenen Armen empfangen. Sie sind nicht zur Hochzeit, nicht mal zur Beerdigung gekommen. Vielleicht finden Sie, dass es ein Fehler ist, wenn du dich wieder auf eine Irin einlässt.«

»Ich glaube nicht, dass die Tatsache, dass Annie Irin war, das Problem gewesen ist, sondern dass sie eine Traveller war. Du wirst in ihren Augen sehr viel respektabler sein.« Jack machte eine wegwerfende Geste. »Wie dem auch sei, mir ist egal, was sie denken. Ich bin ein erwachsener Mann. Ich kann tun, was mir gefällt.«

Er klang nicht wie ein Erwachsener, eher wie ein aufmüpfiger Teenager. Aber wenn sie ihm das sagte, würde er wahrscheinlich in die Luft gehen. »Ich will nicht zwischen deine Familie und dich geraten, Jack. Meine Familie ist mir sehr wichtig. Ich könnte nicht ohne sie sein.«

Jack rutschte in seinem Sessel herum, rieb sich mit der Hand über den Nacken. Emer wartete in der Hoffnung, dass er über das, was sie gesagt hatte, sorgfältig nachdachte.

»Als ich noch jünger war, Emer«, sagte er, »haben mir meine Eltern stets vorgeschrieben, wie ich mich angemessen zu verhalten hatte, und zu tun, was sie für das Beste hielten. Sie hatten meine ganze Zukunft schon verplant, da war ich noch nicht mal von der Schule runter.«

Er zog an seiner Zigarre und sah dem Rauch nach, der in die Nachtluft aufstieg. »An der Uni habe ich dann rebelliert. Ich zog von zu Hause aus, in eine enge, kleine Wohnung in

Manchester, zusammen mit Freunden, die ich mir selbst ausgesucht hatte. Am Wochende bin ich mit dem Motorrad rumgefahren und habe Party gemacht. Bei allen möglichen Studentendemos war ich dabei und wurde bei einer sogar verhaftet. Als darüber in der Lokalzeitung von Baronsmere berichtet wurde, tauchte meine Mutter bei uns auf, um mir den Kopf zu waschen. Ich habe ihr die Tür vor der Nase zugeschlagen, und wir haben fast ein Jahr lang nicht mehr miteinander geredet.«

Es fiel ihr schwer, den konventionellen Jack mit dem jungen Rebell, den er beschrieb, in Einklang zu bringen. »Warum hat sich das geändert?«, fragte sie.

Jack blickte hinaus auf den See, als könne er dort die Vergangenheit sehen. »Im Sommer vor meinem Abschluss bekam ich ziemlich schlimmes Drüsenfieber. Ich kam zurück nach Edenbridge, auf das Familienanwesen, um mich zu erholen. Dort traf ich Caroline wieder, ein Mädchen, das ich seit meiner Kindheit kannte. Aber auf einmal war sie so erwachsen. Und so schön. Ich habe mich verliebt – schnell und heftig. Das erste Mal. Am Ende des Sommers habe ich ihr dort draußen am See einen Heiratsantrag gemacht. Bevor ich mich versah, waren wir verheiratet und bekamen ein Kind. Nach meinem Abschluss fing ich dann in unserem Familienunternehmen an. Ein Sommer, der mein Leben veränderte.«

»Bereust du es?«

Jack sah sie an. »Gott, nein! Ich habe Caro geliebt, und ich wollte sie glücklich machen. Aber Baronsmere hat mich damals erdrückt. Der Klatsch, der Snobismus, die Engstirnigkeit. Ich dachte darüber nach, mit der Familie nach London umzuziehen, aber Caro bat mich, es nicht zu tun. Und dann … starb sie an einem Asthmaanfall.«

»Das muss schrecklich für dich gewesen sein.« Jack hatte in seinem Leben zwei große Verluste erlitten: Caroline und Annie. Es war ein Wunder, dass der Mann überhaupt den Mut aufbrachte, noch einmal zu lieben. Er schwieg einen Moment, und sie konnte in seinen Augen den Schmerz sehen, den die Erinnerungen mit sich brachten. »Jack, du musst mir nicht von Annie erzählen, weißt du. Nicht heute.«

»Es ist in Ordnung«, sagte er. »Ich habe sowieso den ganzen Tag an sie gedacht.« Er nahm einen großen Schluck Brandy. »Wenn ich mit Annie zusammen war, fühlte ich mich genauso frei wie damals an der Uni. Sie war offen und ehrlich und scherte sich nicht um Konventionen. Sie holte mich zurück ins Leben. Weißt du, als wir zusammen waren, dachte ich erneut darüber nach, Baronsmere zu verlassen. Nach Süden zu gehen, ein eigenes Unternehmen aufzubauen. Ich habe mit Annie darüber gesprochen – sie fand die Idee gut. Mein Vater war dagegen. Natürlich …«

»Und dann ging Annie.«

»Und dann ging Annie.« Als er ihre Worte wiederholte, hörte sie den Unglauben darin. »Da verließ mich der Mut. Ich blieb, zog Matt groß und habe nie wieder aufgemuckt.«

Emer saß da und versuchte alles, was er ihr gesagt hatte, mit den Augen der Therapeutin zu sehen. Ein kleiner, nagender Zweifel blieb. »Jack, ich bin Irin, und ich komme nicht aus deiner Gesellschaftsschicht. Siehst du mich als deine letzte Chance, dich zu befreien? Als eine Möglichkeit, noch einmal aufzumucken?«

Jacks Gesicht wurde rot, seine Kiefermuskeln spannten sich an, seine Augen wurden schmal. »Denkst du *das* von mir, Emer? Dass ich ein berechnender, kaputter Mistkerl bin?«

»Jack!«

»Ein hoffnungsloser Fall, den jede Frau, die etwas auf sich hält, nicht mal mit der Kneifzange anfassen sollte …«

»Hör auf damit!«, unterbrach ihn Emer mit scharfer Stimme. »Das habe ich nie gesagt! Du überreagierst total. Du hast Probleme, na und? Wer hat die nicht? Wir sind alle nur Menschen.«

Jack sagte nichts, sondern starrte nur düster in seinen Brandy.

»Okay, dann analysieren wir jetzt mich. Gucken wir uns mal Emer Sullivan und ihre Probleme genau an.«

»Nein, tu das nicht«, protestierte Jack und blickte auf. »Ich bin nur müde und angetrunken. Dann fahre ich immer schnell aus der Haut.«

»Doch, ich bestehe darauf.« Emer beugte sich vor. »Du warst ehrlich zu mir und verdienst dasselbe. Also, alle gehen davon aus, dass Emer immer alles auf die Reihe bekommt. Muss sie ja, sie ist ja Therapeutin, oder nicht? Und in gewisser Weise stimmt das auch. Sie spielt keine Spielchen mit anderen, sie schießt aus der Hüfte, wenn es nötig ist, und sie ist eine loyale Freundin.«

»So weit, so gut«, kommentierte Jack.

»Aber es gibt Zeiten, da kennt Emer nicht alle Antworten. Und wenn sie einem Patienten nicht helfen kann, ist ihr professioneller Stolz verletzt, und sie fühlt sich miserabel deshalb. Denn ihr Job, musst du wissen, macht neunzig Prozent ihres Lebens aus, das heißt, wann immer etwas nicht gut läuft, hat sie nichts, auf das sie zurückgreifen könnte. Und das ist nicht gesund.« Sie stürzte den letzten Rest ihres Brandys hinunter. »Außerdem hat sie nach dem Scheitern einer fünfjährigen Beziehung Angst, dass sie nicht über die emotionale

Energie verfügt, die für eine neue nötig ist. Obwohl sie sich mehr nach Liebe sehnt als nach allem anderen.«

»Gott«, flüsterte Jack. »Es ist, als würde man in einen Spiegel sehen.«

In vielerlei Hinsicht war es wirklich so. Verlust, Trauer, Reue, Verdrängung – das alles hatten sie gemeinsam. Aber war das nicht ein Grund, *keine* Beziehung einzugehen? War es nicht besser, wenn die Partner unterschiedliche Schwächen hatten, um die des anderen zu kompensieren und zu einer ganzen, gesunden Einheit zu werden?

»Gibt's noch mehr?«, fragte Jack.

Emer biss sich auf die Lippe. Das Schwerste kam erst noch. »Emer kam nach Baronsmere, um Luke beizustehen, aber auch, weil sie sich zu Jack hingezogen fühlt. Und sie ist nervös deswegen, weil es möglicherweise ihre sichere kleine Welt auf den Kopf stellen könnte.« So. Jetzt war es raus. Ihr emotionales Gepäck lag auf dem Terrassentisch ausgebreitet. Nicht gerade romantisch, doch sie waren weiter gekommen als so manches Paar nach Jahren. Aber ob für Jack damit das Mysterium verloren war? Sie schob ihm ihr Glas zu. »Ich glaube, ich brauche noch einen Brandy.«

»Ich auch«, sagte er und griff nach der Flasche.

Als die Gläser aufgefüllt waren, prosteten sie sich schweigend zu und tranken gleichzeitig. Jack schüttelte den Kopf. Emer sah ihn fragend an. »Tut mir leid«, sagte er. »Ich komme einfach nicht über den besten Teil von dem, was du gesagt hast, hinweg.«

»Es gab einen besten Teil?«

»Ja. Der von Emer, die sich zu Jack hingezogen fühlt.«

Sie lächelte. »Auch wenn die Chancen vielleicht nicht so gut für uns stehen, ich würde es gerne versuchen. Mit uns.«

Es mochte riskant sein, doch sie wollte diese Beziehung erst aufgeben, wenn sie es wirklich musste.

»Was ist mit diesem Wochenende? Können wir uns treffen?«

Er wollte es versuchen. Es fiel ihr nicht leicht, ihn zu enttäuschen, aber ihr blieb keine andere Wahl. »Ich fürchte, dieses Wochenende ist voll mit Terminen. Und du hast einen neuen Sohn, um den du dich kümmern musst.«

Jack wandte den Kopf ab, doch sie sah, dass er bei Lukes Erwähnung eine Grimasse zog. Es schien, als hätte er gar nicht die Absicht, seinem Sohn näherzukommen. Vielleicht hatte sie genug Einfluss auf ihn, um das zu ändern.

»Samstag in zwei Wochen dann also?« Jack ließ nicht locker. »Dann ist mein Geburtstag. Ich gebe eine Party. Du könntest meine Begleitung sein. Trag dein Haar wieder hochgesteckt – das wird alle umhauen. Und du kannst meine schrecklichen Eltern kennenlernen, falls sie überhaupt erscheinen, nach allem, was passiert ist. Vielleicht haben sie mich mittlerweile enterbt. Aber wenn sie doch kommen, könntest du sie schnell therapieren.«

Emer lachte. »Was für ein Angebot!«

»Was denkst du, hast du Zeit? Sag ja. Gib mir etwas, auf das ich mich freuen kann.«

Jack konnte sehr überzeugend sein. »Ich komme.« Wo sollte sie auch sonst hin? In eine Single-Bar mit ihren verlorenen und einsamen Freundinnen? Dies war ein sehr viel besseres Angebot.

»Super!« Jacks Aufregung ließ ihn zehn Jahre jünger aussehen.

Der Regen hatte wieder eingesetzt, ein plötzlicher Windstoß benetzte sie mit feinen Tröpfchen. »Ich glaube, wir gehen besser rein«, sagte sie.

Sie standen auf, und als sie um den Tisch ging, zog er sie in seine Arme und küsste sie, bevor sie wusste, wie ihr geschah. Es fühlte sich an wie das Natürlichste der Welt. Als sie sich voneinander lösten, hielt Jack sie immer noch an sich gedrückt. »Ich nehme an, du … ziehst nicht eventuell einen Schlafzimmerwechsel in Betracht?«, flüsterte er.

Es kostete sie alle Kraft, ihn abzuweisen. »Es ist nicht der richtige Zeitpunkt. Wir müssen an Luke denken …«

»Na ja, es geht ihn nicht wirklich was an, oder?«

»Doch, Jack«, beharrte sie. »Luke ist mein Freund. Ich will nicht, dass er denkt, ich hätte die Beerdigung seiner Mutter dazu benutzt, um mich an dich ranzuschmeißen.«

Jack verdrehte die Augen. »Luke muss lernen, dass die Welt sich nicht um ihn dreht.«

Emer schüttelte den Kopf. »Nein, er muss lernen, dass sie es manchmal doch tut. Er hat gerade keinerlei Vertrauen in seine eigene Wichtigkeit.«

»Mit Matt hatte ich nie solche Schwierigkeiten.«

»Matt hat eine Sicherheit erlebt, die Luke nie gekannt hat. Sei nachsichtig mit ihm. Er hat heute seine Mutter begraben.«

»Und ich eine Ehefrau.«

»Wenn dies ein Wettbewerb wäre, wer am meisten trauert, würde Luke den mit links gewinnen! Er hat fast jeden Tag seines Lebens mit seiner Mutter verbracht. Du magst sie einmal geliebt haben – vielleicht tust du's noch –, aber für ihn ist es was ganz anderes.«

Ärger huschte über sein Gesicht, verwandelte sich aber schnell in ein schiefes Lächeln. »Du lässt mir nie etwas durchgehen, was?«

»Aber du weißt, dass es gut für dich ist.«

»Hm.« Er blickte auf sie hinunter, als wäre sie ein unartiges Kind.

Sie spielte mit. »Ich bin es wert – ehrlich.«

»Oh, das weiß ich«, antwortete er und küsste sie wieder.

Eine Windbö bespritzte sie mit Regen, doch in Jacks inniger Umarmung merkte Emer es nicht.

11

Der frühe Morgen war Emers liebste Tageszeit. Sie mochte die Stille und die Dämmerung. Zu Hause frühstückte sie mit Blick auf ihren kleinen Garten und genoss das Alleinsein, bevor die Stadt zum Leben erwachte. Diese gestohlenen ruhigen Momente halfen ihr, mit den rohen Emotionen ihrer Patienten fertigzuwerden.

Auch heute Morgen hielt Emer sich an ihre Routine, stand um sechs Uhr auf und duschte. Da alle anderen noch schliefen, steckte sie sich einen Apfel aus der Obstschale in der Küche in die Tasche und machte sich zu einem Ausflug durch das frühmorgendliche Baronsmere auf. Die gestrigen Wolken waren verflogen, und auch der tief liegende Nebel begann sich zu heben. Nach und nach enthüllte er das Dorf, das ihr behaglich und vertraut vorkam und sie an abgeschiedene Orte in den versteckten Winkeln Irlands erinnerte. Den Wagen stellte sie auf einem öffentlichen Parkplatz gegenüber des *Foresters Arms* ab und schlenderte langsam durch die Straßen. Die Cottages waren allesamt gut gepflegt: frischer Anstrich, geschmackvolle Vorhänge, Steingärten. Sie las die Schilder an den kleinen Läden, an denen sie vorbeikam: Wilson & Sons, Grocers & Provisioners; The Misses Ellsworth's Tea Shop, est. 1883; Buckley's Saddler's Shop, serving Baronsmere since 1786. Tradition bedeutete hier vermutlich alles, und Abstammung war äußerst wichtig. Richard hatte damit angegeben, dass die Familie seiner Schwiegermutter seit der normannischen Eroberung hier ansässig war. Kein Wunder, dass Jacks unkonventionelle Heirat mit einer Frau aus dem fahrenden Volk als ein Skandal betrachtet worden war.

Emer drehte sich um, als sie das Geräusch klappernder Hufe vernahm. Kate, Lukes neue Freundin, näherte sich auf einem lebhaft aussehenden Pferd. Barbour-Jacke, Helm, glänzende Reitstiefel – sie war offensichtlich keine Gelegenheitsreiterin. Emer hatte sie sofort gemocht, als sie auf der Beerdigung einige Worte mit ihr gewechselt hatte.

»Sie sind eine Frühaufsteherin.« Kate hielt neben ihr an.

»Sie auch.« Emer streckte die Hand aus, damit das Pferd ihren Duft aufnehmen konnte. »Er ist eine Schönheit. Wie heißt er?«

»Petruchio.«

Emer lächelte. »Wie in *Der Widerspenstigen Zähmung?*«

»Ich fand, es passte gut zu Kate.«

Emer streichelte den Hals des Pferdes. Es warf den Kopf, offensichtlich ungeduldig, weil er weiterwollte.

»Wie geht es Luke?«, fragte Kate.

»Ich habe ihn heute noch nicht gesehen, aber ich fahre mit ihm zum Stadion von Manchester United. Er ist ein großer Fan. Mein Flieger geht um sechs, Check-in ist um vier, deswegen wird Maggie Luke abholen und ihn zurückbringen.«

»Ich könnte ihn zurückbringen.« Kates Gesicht hellte sich auf. »Ich bin an der Uni in Manchester, also ganz in der Nähe. Meine letzte Vorlesung ist um drei zu Ende.«

Einer aufkeimenden Romanze wollte Emer keinesfalls im Wege stehen. »Okay – ich sage es Maggie.«

»Luke hat meine Handynummer, falls es ein Problem gibt.«

Also war alles geregelt, außer … Kate schien ein nettes Mädchen zu sein, doch sie war sicher erfahrener als Luke.

Am liebsten hätte Emer ihr gesagt, sie solle nett zu ihm sein, gut auf ihn aufpassen und ihn nicht verletzen, weil er schon so viel gelitten hatte – ein alberner Gedanke. Schließlich kannten sie sich erst kurz, und vielleicht würde sich gar nichts daraus entwickeln. Sie wusste, sie konnte Luke nicht von der Welt abschirmen, doch der Drang ihn zu beschützen war stark. Er brauchte eine Erfahrung, die sein Selbstwertgefühl so sehr stärkte, dass er mit zukünftigen Enttäuschungen fertig wurde. »Danke, dass Sie sich gestern Zeit für Luke genommen haben, das war nett von Ihnen, Kate«, sagte sie.

»Ich habe angeboten, ihm die Ställe zu zeigen.«

»Das würde ihm sicher gefallen. Einfach etwas Normales zu tun. Die letzten beiden Wochen haben ihn emotional sehr mitgenommen. Er braucht Zeit, um sich zu erholen. Ich glaube nicht, dass er noch mehr Drama verträgt.«

Kate nickte. »Keine Sorge. Das weiß ich. Ich passe auf ihn auf.«

Emer wollte sie nicht kränken, aber trotzdem sichergehen, dass ihre Botschaft angekommen war. »Es ist nur, na ja, Luke ist verletzlich und könnte in Freundlichkeit mehr hineininterpretieren, als sie eigentlich bedeutet, wenn Sie verstehen, was ich meine.«

»Klar«, sagte Kate, »aber ich mag Luke – sehr. Ich bin wirklich gern in seiner Gesellschaft und möchte ihn besser kennenlernen.«

»Ich denke, das beruht auf Gegenseitigkeit.«

Kate zeigte wieder ihr strahlendes Lächeln, obwohl sie Mühe hatte, Petruchio unter Kontrolle zu bringen, der den Rasen zerstampfte. »Ich glaube, ich mache besser, dass ich weiterkomme. Er spielt verrückt.«

»Genießen Sie Ihren Ausritt«, sagte Emer.

»Genießen Sie Ihren Tag, und kommen Sie gut nach Hause.«

Während das Pferd eifrig die Straße entlangstrebte, warf Kate noch einen Blick über die Schulter. »Hey, Emer«, rief sie. »Wissen Sie, warum ich Lukes Gesellschaft mag? Er ist *heiß!*«

Sie grinsten sich an, dann war Kate fort, als ihr Pferd in den Trab fiel und in eine Seitenstraße einbog. Wenigstens jagte Luke keinem Traum hinterher. Möglicherweise wurde nichts daraus, aber irgendwo muss er er ja anfangen.

Emer nahm den Apfel aus der Tasche und biss hinein. Er schmeckte angenehm süß. Sie wischte sich den Saft vom Kinn. Auf dem Weg zurück zu ihrem Auto schwenkte ein silberner BMW auf den Parkplatz beim *Foresters*. Zwei Beine schwangen zuerst heraus, an denen Killer-Stilettos prangten, dann tauchte, ebenso elegant, der Rest von Sarah auf. Emer war beeindruckt – sie selbst kraxelte leider ziemlich würdelos aus einem Fahrzeug, denn an der Schule, die sie besucht hatte, legte man auf so etwas nicht viel Wert. Sarah musste sie gesehen haben, grüßte sie aber nicht, sondern schob sich nur die Sonnenbrille auf den Kopf und knallte die Autotür zu, bevor sie mit schnellen Schritten im Hotel verschwand. In ihrem marineblauen Kostüm mit dem apricotfarbenen Schal um den Hals sah sie makellos aus. Auf einmal fühlte Emer sich mit ihrer einfachen schwarzen Jacke und dem angebissen Apfel in der Hand äußerst *underdressed*. Würde Jack sich immer noch für sie entscheiden, wenn er sie beide jetzt sehen könnte?

Es waren nicht viele Trauergäste bei Annies Beerdigung gewesen, aber die, die gekommen waren, hatten so viele Kränze und Blumen hinterlassen, dass sie stolz gewesen wäre. Luke beugte sich ungelenk vor, um einige der dazugehörigen Karten zu lesen.

Gott segne dich. Du bist zu früh von uns gegangen.
Tony und Barbara Hayes

Ich habe dich nie vergessen.
Und werde es auch niemals tun.
In Liebe, Maggie

Ruhe in Frieden, Annie.
Deine dich liebende Schwägerin Claire.

Natürlich kam der größte Kranz – weiße Lilien und Rosen – von Jack. Warum musste er so protzen? Wobei ein kleiner Kranz Luke genauso aufgestoßen wäre. Jack hatte *»Warum?«* auf die Karte geschrieben. Hielt er tatsächlich immer noch an der Lüge fest? Oder war es der Beweis, dass er Annie wirklich nicht vertrieben hatte? Luke war es leid, eine Erklärung zu suchen, doch ehe er die nicht hatte, würde er nicht wissen, was er glauben und wem er trauen konnte.

»Das würde ich auch gerne wissen, Mam«, flüsterte er. »Warum? Ich verstehe es nicht, aber ich weiß, was du auch getan hast, du dachtest, es wäre das Richtige. Ich vermisse dich. Das ist alles meine Schuld, und es tut mir so leid.«

Ein kleines, mit einem dunkelgrünen Band zusammengebundenes Sträußchen Kleeblätter zog seinen Blick an. Der Text lautete »*Ruhe in Frieden, Annie*. Emer Sullivan«, und es bedeutete Luke genauso viel wie jeder der anderen letzten Grüße. Indem sie ihn ermutigte, die Trauerrede zu halten und den ganzen Weg gekommen war, um ihm beizustehen, hatte Emer ihm mehr geholfen, als sie ahnte.

Sie wartete im Wagen. Ohne dass er es hatte sagen müssen, hatte sie gewusst, dass er ein wenig Zeit allein mit seiner

Mutter brauchte. Er hatte das Gefühl, noch länger bleiben zu müssen, doch Emer hatte einen besonderen Tag für ihn geplant. Er wollte nicht unhöflich sein und es verderben, aber wahrscheinlich würde er keine sehr angenehme Gesellschaft sein. Die schlaflosen Nächte machten sich bemerkbar. Plötzlich kam ihm ein Gedanke, wie er Annie noch Ehre erweisen konnte. Doch dazu brauchte er einen ruhigen Ort. Und er musste allein sein. Als er sich umwandte und zurück zu Emers Wagen ging, fühlte er sich ein bisschen mehr bereit für die kommenden Stunden.

Luke konnte sich nicht erinnern, wann er das letzte Mal einen so schönen Tag verlebt hatte. Der Ausflug zum Old Trafford, der Heimat seiner Manchester-United-Helden, hatte ihn seine Trauer für kurze Zeit vergessen lassen. Als ihn ein paar Kinder auf seinen Krücken begafften, weil sie ihn vielleicht für einen verletzten Spieler hielten, hatte er sich einen Moment lang erlaubt, seine Fantasie schweifen zu lassen.

Und als Emer ihm berichtete, dass Kate ihn nach Hause fahren würde, hatte Lukes Herz buchstäblich einen Satz gemacht. Das perfekte Ende für diesen perfekten Tag.

»Werde ich Sie wiedersehen, Emer?«, fragte er, als sie draußen vor dem Stadion wartete und er sich wieder ängstlich fühlte. Verloren.

»Haben wir nicht gerade einen tollen Tag zusammen verbracht? Der erste von vielen, hoffe ich«, sagte sie und umarmte ihn. Das munterte ihn auf. Es klang, als wäre ihr diese Freundschaft wichtig. Daran konnte er sich festhalten. Emer war ihm ans Herz gewachsen.

Jack stieß die Tür zur Richards Büro auf. Der Mistkerl von seinem Schwager trank Kaffee und las die Zeitung, als gäbe es nichts, worüber er sich Sorgen machen müsste.

»Jack! Es wäre nett, wenn du anklopfen …«

»Oh, aber ich habe keine Lust, nett zu sein, Richard. Was zum Teufel ist das?« Er knallte den Vertrag auf den Tisch, den er unter einem Stapel Papiere auf seinem Schreibtisch gefunden hatte.

Richard warf einen Blick auf das Dokument. »Das ist ein Vertrag mit Redgate. Sie werden für uns Wohneinheiten auf dem Ufergrundstück des Woodland-Projekts bauen. Die können wir für einen Spottpreis an die Stadttypen verkaufen, die den Gestank von Autoabgasen gegen den von Dünger eintauschen wollen. Der Profit wäre enorm sein und …«

»Auf einem Teil dieses Landes leben Menschen, Richard, wie du sehr wohl weißt. Familien mit geringem Einkommen, einige schon seit Generationen. Und du weißt auch, dass es mein Ziel war, ihre Häuser zu erhalten. Wir hätten gute Presse dafür bekommen. Jetzt werden uns die Medien als gierige Immobilienhaie darstellen, die eine alteingesessene Gemeinde aus Profitsucht zerstört … Richard, hörst du mir zu?« Der Volltrottel hatte gerade wieder einen Schluck Kaffee genommen und einen Blick in seine Zeitung geworfen.

»Jack«, seufzte Richard. »Ich habe nachgerechnet. Wohngebäude, insbesondere in dieser Lage am Fluss, bringen beträchtlichen Profit. Wie dem auch sei, glaubst du wirklich, dass Leute mit Geld zu diesen Asozialen ziehen wollen? Wach auf!« Er lachte, und Jack verspürte den Drang, seine Faust in sein arrogantes Gesicht zu dreschen.

»Woodlands Wert hängt davon ab, dass es gesocksfrei ist«,

fuhr Richard fort. »Wir sind ein Unternehmen, keine Wohltätigkeitsorganisation. Unser Ziel ist es, Profit zu machen.«

Daraufhin wischte Jack Richards Kaffeetasse vom Schreibtisch. Eine kindische Reaktion, aber das war's wert. Richard sprang auf, als der Kaffee über seinen Anzug und den Schreibtisch spritzte. »Halt mir keine Vorträge, du aufgeblasener Sesselpupser!«, fauchte Jack. »Mein Vater und ich haben dieses Unternehmen aufgebaut. Du bist einfach auf den Zug aufgesprungen. Diese ›Asozialen‹, wie du sie nennst, haben Rechte und können uns verklagen. Diese Art von Publicity können wir nicht gebrauchen.«

»Beruhige dich, Jack. Den jetzigen Hausbesitzern wurden Entschädigungen angeboten. Mehr Geld, als sie in ihrem ganzen Leben mit der Stütze zusammenschmarotzen könnten. Sie werden alle unterschreiben.«

Jack konnte nicht glauben, was er da hörte. *»Sie werden. Alle. Unterschreiben!«* Vielleicht musste man langsam reden, um zu Richard durchzudringen.

»Was ist dein Problem, Jack?«

Wo sollte er anfangen? Richard behandelte Claire, als wäre sie ein Niemand, er war gegen Jacks Protest letztes Jahr zum Planungsleiter ernannt worden, und sein Sohn Gavin war unausstehlich und dämlich. »Mein Problem ist, dass du anscheinend einen Vertrag mit Redgate abgeschlossen hast, obwohl du noch nicht das Einverständnis aller interessierten Parteien eingeholt hast – nur ein Vollidiot würde so etwas tun.«

Richard machte auf die Beleidigung hin dicht und streckte trotzig das Kinn vor. »Ein paar Unterschriften fehlen noch, ja, aber das ist kein Problem. Die Leute erkennen einen guten Deal, wenn sie ihn sehen.«

Jack spreizte die Hände auf dem Schreibtisch und lehnte

sich vor, um seinen Schwager anzustarren. »Ich hoffe, du hast recht, denn wenn irgendetwas schiefgehen sollte, bist du derjenige, der dafür seinen Kopf hinhält.«

»Nun, Sir Nicholas schien keine Bedenken zu haben«, sagte Richard. »Er hat, ohne zu zögern, seine Unterschrift daruntergesetzt. Ich habe versucht, dich zu erreichen, aber offenbar hattest du alle Hände voll mit dem Traveller-Jungen zu tun. Liegt sonst noch was an?«

»Ja, aber dann bräuchtest du eine Gehirntransplantation.«

Als Jack zur Tür ging, folgte ihm Richards Stimme. »Sag Rebecca, sie soll reinkommen und das hier aufwischen.«

Jack drehte sich halb im Türrahmen um. »Es wird nicht immer jemand da sein, der hinter dir aufräumt, Richard.«

Trotz seines Ärgers erlaubte Jack sich ein zufriedenes Lächeln, als er sah, wie Richard versuchte, etwas von den durchweichten Dokumenten zu retten. Sein Lächeln fiel in sich zusammen, als er an den Wasserbechervorfall in Dublin dachte. Hasste Luke ihn so sehr, wie Jack Richard hasste? Ein ernüchternder Gedanke.

»Das erinnert mich an zu Hause«, sagte Luke, als er und Kate durch die Landschaft von Cheshire fuhren. »Irgendwie ein komischer Gedanke, dass ich hier hätte aufwachsen können.«

»Vermisst du es? Unterwegs zu sein?«

»Irgendwie schon. Aber es gibt auch Dinge, die ich nicht vermisse.«

»Zum Beispiel?«

Luke zögerte. Einer praktisch Fremden von den Demütigungen seines Lebens zu erzählen war nicht einfach, vor allem, wenn es ein Mädchen war, das man mochte. Doch er war zur Ehrlichkeit erzogen worden. Annie hatte ihm stets eingeschärft, niemals zu lügen und niemals Angst vor der Wahrheit zu haben. »Manchmal ist man nicht willkommen, wenn man ein Traveller ist – in Pubs, Läden und so weiter«, erklärte Luke Kate. »Die Leute werfen Müll nach einem, wenn man am Straßenrand parkt. Man bekommt leicht Ärger mit der Garda, die immer meint, dass man gerade irgendwo was hat mitgehen lassen. Die Kommune drängelt, man soll weiterziehen. Die sesshaften Kinder in der Schule geben einem Schimpfnamen wie ›dreckiger Assi‹ …« Luke blickte auf seine Hände, die sich zu Fäusten geballt hatten. »Einmal haben ein paar Traveller-Frauen, darunter auch meine Mam, uns Kinder in ein Warenhaus in Kork mitnehmen wollen, weil wir den Weihnachtsmann sehen wollten. Die Wachleute haben uns weggeschickt. Sie wollten uns nicht in ihrem Laden haben, waren misstrauisch. Das Fest der Liebe, nur nicht für Traveller.«

»Schrecklich!«, rief Kate aus. »Wie können Menschen so etwas tun?«

»Weil alle denken, Traveller würden nur Probleme machen«, erklärte Luke ihr. »Natürlich gibt es welche, die diesen Ruf verdient haben, aber nicht viele. Es gibt gute und schlechte Traveller, genau wie überall sonst auch. Die Behörden wollen, dass wir nicht mehr so leben, wie wir immer gelebt haben, deswegen erschweren sie uns das Reisen. Sie stellen uns keine geeigneten Anlagen zur Verfügung, und irgendwann macht einen das mürbe. Also gibt man auf und nimmt einen Platz in einem Wohnprojekt an. Das haben wir gemacht, als mein Grand-da krank wurde, aber irgendwann wäre es sowieso so weit gewesen.«

»Gott, es tut mir so leid, Luke«, sagte Kate. »Ich hatte keine Ahnung. Das zerstört wohl alle meine dummen romantischen

Vorstellungen, was? Ich hatte mir Lagerfeuer vorgestellt und viel Gesang und hübsch angemalte Wohnwagen.«

Er lächelte. Sie dachte vermutlich an Roma, doch ihre Ehrlichkeit war trotzdem erfrischend. »Das gibt es auch alles, obwohl die heutigen Wohnwagen nicht hübsch sind, sondern ganz normale Wohnwagen. Ich habe dir das alles nicht erzählt, damit du Mitleid mit mir hast, Kate. Ich bin stolz auf das, was ich bin.«

»Trotzdem, ich bin froh, dass es leichter für dich ist«, sagte sie.

»Ist es das?« Luke dachte an seine Großeltern. »Irgendwie glaube ich, dass es überall dasselbe ist.«

»Nicht, wenn ich ein Wörtchen mitzureden habe«, sagte Kate. Ihr Ton sagte ihm, dass sie es ernst meinte, doch sie gehörte zu den Menschen, die seiner Mutter die kalte Schulter gezeigt hatten. Vielleicht würde Kate nicht stark genug sein, sich gegen ihre Missbilligung aufzulehnen.

»Ich mach mal Musik«, schlug sie vor und stellte den CD-Player an. »Die habe ich heute gekauft – extra für dich.« Die Melodie von »The Fields of Athenry« klang durch den Wagen. Luke war gerührt, dass Kate sich so viel Mühe gemacht hatte, damit er sich zu Hause fühlte. Er lehnte den Kopf zurück an den Sitz und schloss die Augen. Fast ohne sich dessen bewusst zu sein, begann er leise zu singen. Nach ein paar Takten brach er ab.

»Stimmt was nicht?«, fragte Kate.

»Meine Mutter wurde gestern beerdigt – und ich singe.«

»Luke, sei nicht so streng mit dir.« Sie drückte seine Hand.

»Das war eines von Mams Lieblingsliedern. Wahrscheinlich hätte sie nichts dagegen, dass ich es singe … oder ein bisschen Spaß habe.«

»Bestimmt nicht«, pflichtete Kate ihm bei. »Und ich glaube nicht, dass sie wollen würde, dass du dich schuldig fühlst, weil du einen schönen Tag verlebst.«

Luke lehnte den Kopf wieder an die Kopfstütze. »Mich stört nicht, dass ich glücklich bin. Nur dass sie mich nie sehen wird, wenn ich glücklich bin.«

Kate bremste hinter einem Traktor ab und sah ihn an. »Alles in Ordnung?«

Er nickte. Und eigentlich sollte es das auch sein. Er saß in einem Peugeot-Cabriolet und wurde von dem Mädchen seiner Träume durch eine schicke Gegend von Cheshire kutschiert. Er war so oft in seinem Leben behandelt worden, als wäre er unerwünscht, dass er sein Glück jetzt kaum fassen konnte.

»Du siehst echt blass aus«, sagte sie. »Gut, dass wir fast da sind.«

Luke fühlte sich in der Tat nicht besonders gut. Doch er hatte noch etwas Wichtiges zu erledigen. Später, wenn Matt bei der Arbeit und Jack auf irgendeinem Wohltätigkeitsdinner war. Blieb zu hoffen, dass sie sich an ihre Pläne hielten und die Luft rein war.

Luke stocherte in der Feuerstelle im Garten. Funken und Flammen stoben und brachten den scharfen Geruch von Kerosin mit sich, der ihm Tränen in die Augen trieb. Behindert durch seine Krücken hatte er eine halbe Stunde gebraucht, um alles zu arrangieren. Vielleicht hatte er es mit dem Benzin übertrieben. Wenn er den nahe gelegenen Schuppen abfackelte, käme das sicher nicht so gut an. Jack würde sicher denken, er hätte es absichtlich getan.

Jessie hatte Luke erzählt, dass sie dabei gewesen war, als

der Wagen ihrer toten Großmutter in Brand gesteckt worden war. Damit nichts sie mehr mit dieser Welt verband. Auf dieselbe Weise wollte er auch den Geist seiner Mutter befreien. Doch so ganz allein war es schwierig. Daheim in Irland hätten ihm andere Traveller helfen können.

Annies alter abgenutzter Koffer war so leicht, dass Luke ihn in die Feuerstelle hatte heben können, auch wenn er dabei das Gefühl gehabt hatte, seine Rippen würden erneut brechen. Aber immerhin war der Koffer jetzt zur Hälfte im Feuer. Er beugte sich über den Rand des Mäuerchens, das die Feuerstelle umgab, und streckte die Hand aus, um ihn weiter in die Flammen zu schieben …

»Meine Güte!« Matt erschien aus dem Nirgendwo und erschreckte ihn zu Tode. »Komm zurück, du Idiot, ich hole ihn!« Er begann, mit einer Gartenschaufel den Koffer aus den Flammen zu ziehen. Matt hatte nicht verstanden. Er dachte, der Koffer wäre aus Versehen hineingeraten. Er ruinierte alles.

»Lass das, Matt!«, schrie Luke und versuchte seinen Bruder wegzuziehen, doch Matt stieß ihn beiseite. Er fiel zu Boden und stieß einen Schmerzensschrei aus. Augenblicke später lag der brennende Koffer auf der Erde und Matt stampfte mit seinen schweren Stiefeln die Flammen aus. Luke sah zu und versuchte, wieder zu Atem zu kommen, während sein Bruder den Koffer umdrehte.

»Was zum …?« Matt hatte die Banknoten entdeckt, die im Futter steckten. Nun waren wohl Erklärungen fällig, doch zuerst musste Luke den Koffer zurück ins Feuer schaffen …

Verzweifelt trat Luke nach Matts Knöchel. Aus dem Gleichgewicht gebracht, fiel sein Bruder hin, war aber wieder auf den Beinen, bevor Luke an den Koffer herankam. Er gab auf und warf sich zurück auf den Boden. Die Schmerzen waren zu groß. Zumindest hatte er es probiert.

Mit vor Wutz blitzenden Augen baute Matt sich vor ihm auf. »Hast du das absichtlich gemacht? Mit Kerosin? Bist du bekloppt? Bei diesem Wind hättest du den Schuppen oder die Bäume in Brand setzen können – oder dich!«

»Ich wollte Mams Sachen verbrennen«, erklärte Luke. »Ein altes Traveller-Ritual.«

»Oh.« Matt sah überrascht aus. Und ein wenig schuldbewusst.

»Hilf mir auf, ja?«, bat Luke. »Meine Rippen tun höllisch weh.« Wenn er auf Matts Schuldbewusstsein setzte, konnte er ihn vielleicht vom Inhalt des Koffers ablenken.

Keine Chance. Sobald Matt Luke von der Feuerstelle weg geholfen und ihn an den nächsten Baum gesetzt hatte, ließ er sich in der Nähe nieder und fragte ihn nach dem Geld. Wem es gehörte. Woher Luke es hatte.

»Wir hatten ein paar Ersparnisse«, sagte Luke so beiläufig, wie er konnte.

»Verarsch mich nicht!«, fuhr Matt ihn an. »In der Kirche hast du noch gesagt, ihr hättet nie Geld gehabt, und jetzt willst du einen ganzen Koffer voll davon haben. Wie viel ist das überhaupt?«

»Ungefähr dreißigtausend Euro.« Die ihm und Annie nur Pech gebracht hatten. Er war froh gewesen, alles in Flammen aufgehen zu sehen.

»Scheiße! Was hast du getan – eine Bank ausgeraubt?«

»Nein, hab ich nicht! Warum denken alle, dass Traveller mit Geld es gestohlen haben müssen? Du bist genauso wie deine bescheuerten Großeltern. Ich gehe wieder rein …« Luke tastete nach seinen Krücken. Doch ohne Hilfe würde er es nicht schaffen, aufzustehen. Sich so hilflos zu fühlen war schrecklich.

»Hey, ich hab nur Spaß gemacht«, sagte Matt. »Herrgott! Bleib, wo du bist. Wenn du dir was tust, muss ich das Maggie erklären.«

Luke lehnte sich wieder gegen den Baumstamm. Er war am Ende seiner Kräfte. »Ich hoffe, sie kommt nicht raus und sieht uns hier. Nicht, bevor sie mir Abendessen gemacht hat.« Er lachte leise. »Sie ist wild entschlossen, mich aufzupäppeln.«

Matt grinste. »Im Haus hat sich nichts gerührt, als ich kam. Maggie habe ich nicht gesehen.«

»Du solltest doch bei der Arbeit sein, Matt.«

»Ich habe Sarah gesagt, dass ich mich nicht wohlfühle. Ich wollte sehen, wie es dir geht.«

Stimmte das? Matt war hier herausgekommen, um nach Luke zu suchen. Er schien sich wirklich Gedanken zu machen. Es wäre schön, jemanden zu haben, der auf ihn aufpasste. Doch sein Bruder war ein Außenstehender. Luke vertraute nicht einmal Leuten, die er seit Jahren kannte. Es war schwer, die Gewohnheiten eines ganzen Lebens zu ändern.

»Ich kann den Koffer wieder ins Feuer werfen, Luke, und dich eine Weile allein lassen, damit du beenden kannst, was du angefangen hast. Aber könnten wir das Geld nicht behalten? Ich kann es fürs Erste in den Safe in meinem Zimmer tun. Ich gebe dir die Kombination – du kannst es dir jederzeit nehmen. Aber wenn du es nicht willst, überleg doch mal, ob du es nicht besser einer Wohltätigkeitsorganisation spendest.«

Luke nickte. Matt würde ihn nicht zwingen, die Sache mit dem Geld zu erklären. Und er verstand, dass das Verbrennungsritual wichtig war. Das bedeutete ihm sehr viel.

Sein Bruder holte eine Mülltüte aus dem Schuppen und untersuchte den schwelenden Koffer mit Handschuhen. Nur wenige Banknoten waren vernichtet.

»Gut«, sagte Matt. »Ich nehme die Kohle mit nach drinnen. Du tust, was du tun musst. Ich bringe dir Kaffee. Es wird kalt hier draußen.«

Er hob den Koffer hoch und warf ihn zurück ins Feuer. Als er gerade gehen wollte, sagte Luke: »Matt, bleib bei mir. Sie war auch deine Mam.«

Matt nickte und machte ein erfreutes Gesicht. Sie könnten nebeneinanderstehen und Annie gedenken. Vielleicht hatte Luke wirklich einen Bruder gefunden.

Es wurde dunkel. Das Feuer hatte sich brüllend und rote Funken spuckend durch den billigen Koffer gefressen. Nun war es nur noch ein warmes Glühen, das Luke an Lagerfeuer und seine Zeit auf der Straße denken ließ.

Matt war gerade zurückgekehrt, nachdem er das Geld in seinen Safe gelegt hatte. Er hatte zwei Terrassenstühle mitgebracht und eine Thermoskanne mit Kaffee.

»Glaubst du, dass ihr Geist jetzt frei ist, Luke?«, fragte Matt. Während des Rituals hatte er ein paar freundliche Worte über Annie gesagt. Luke war ihm dankbar dafür gewesen.

»Ich hoffe es. Es sei denn, es war ein Fehler, das Geld zu behalten. Vielleicht macht sie sich immer noch Sorgen deswegen.«

»Habt ihr das Geld gefunden?«, fragte Matt. »Oder in der Lotterie gewonnen?«

Luke schwieg. Starrte in die Flammen. Anderen zu vertrauen kostete ihn große Überwindung.

Matt ergriff wieder das Wort. »Luke, ich habe mir immer

einen Bruder gewünscht, und nun habe ich ihn. Auch wenn du manchmal ein Ekel bist und gerade aussiehst wie ein Schornsteinfeger …«

Luke unterdrückte ein Prusten und zeigte Matt den Mittelfinger.

»… muss ich wissen, ob es dir gut geht. Deine Probleme sind auch meine Probleme. Ich kann ein Geheimnis für mich behalten, das verspreche ich, und ich helfe dir, so gut ich kann. Aber wenn du mir nicht sagst, woher dieses Geld stammt, werde ich auf Folter zurückgreifen müssen. Ich kann Dinge mit dieser Gartenschaufel anstellen, die dir die Tränen in die Augen treiben.«

Luke grinste und nippte an seinem Kaffee. Bisher war Matt ihm gegenüber mehr als anständig gewesen. Und es täte gut, über das Geld zu reden, die Last ein wenig von seinen Schultern zu nehmen. Er beschloss, das Risiko einzugehen.

»Zu Hause in Irland haben wir mit meinen Onkeln zusammen gewohnt, Joe und Liam. Mein Onkle Joe hatte das Geld. Es war in einer Reisetasche in einem Kleiderschrank, unter Handtüchern und so.«

»Er hat es versteckt? Warum?«

»Um es für sich zu behalten, nehme ich an.« Joes Gesicht blitzte vor Lukes geistigem Auge auf, und seine freie Hand ballte sich zur Faust. »Er ist ein Mistkerl. Hat sich schon immer nur für sich selbst interessiert. Mam hat er wie ein unbezahltes Dienstmächen behandelt, und ich war nur jemand, der lästige Kosten verursacht hat. Er und Liam hatten immer Arbeit, aber es schien nie genug für Mam und mich zu geben. Wir mussten immer sehen, wie wir über die Runden kamen, während sie irgendwo tranken. Sie kauften einen neuen Wohnwagen, so einen motorisierten, und ein Auto, aber

Mam musste in dem alten rumfahren, dessen Reparatur sie sich nicht leisten konnte. Das, in dem sie gestorben ist.«

Er dachte zurück an die regnerische Nacht und das laute Hupen des Lasters, aber glücklicherweise lenkte Matts nächste Frage ihn ab.

»Habt ihr sie je gefragt, woher sie all das Geld dafür hatten?«

»Einmal«, erwiderte Luke. »Nachdem Joe mir die Scheiße aus dem Leib geprügelt hatte, sagte er, Liam würde Bare-Knuckle-Kämpfe gewinnen, und wenn ich es noch einmal ansprechen würde, würde er mir den Kopf abreißen. Da ich noch ein bisschen länger leben wollte, hab ich nie wieder danach gefragt.«

»Scheiße!«

Matt klang wirklich geschockt. Wahrscheinlich hatte Jack nie Hand an ihn gelegt. Matt war immer gut behütet gewesen, beschützt. Gewalt war vermutlich etwas Trauriges, das nur anderen Menschen zustieß.

»Irgendwann waren Joe und Liam mit ihrem Wohnmobil weg. Sie kamen und gingen ständig, wegen der Arbeit – wir wussten nie, wann wir mit ihnen rechnen mussten. Als Mam ihre Handtasche verlor, brauchten wir Bargeld, deswegen suchte ich in Joes Zimmer. Ich dachte, ich würde vielleicht ein paar Euro finden. Als ich die Reisetasche öffnete … na ja, das war echt ein Schock. Ich zeigte es Mam, und sie bekam Angst. Sie dachte, man würde unsere Wohnung durchsuchen oder so. Ich überlegte, ob das nicht die Gelegenheit für uns wäre, endlich abzuhauen, und überredete Mam, nach Wales zu gehen, um dort neu anzufangen. Schon seit Ewigkeiten redeten wir darüber, konnten es uns aber nie leisten. Ich sagte ihr, wir sollten Joes Kohle dafür nehmen. Sie wollte nicht, aber ich sagte, ich würde nicht bleiben, um mich noch mal zusammenschlagen zu lassen. Dann würde ich es eben nehmen und allein gehen. Das hätte ich niemals getan, aber das wusste sie nicht, deswegen hat sie das Geld versteckt, indem sie es in das Futter des Koffers eingenäht hat. Wir haben unsere ganzen Sachen dagelassen, damit sie nicht sofort merkten, dass wir weg waren, wenn sie zurückkamen.«

Matt zog einen Flachmann aus seiner Jackentasche und trank daraus. Er bot ihn Luke an, der den Kopf schüttelte, obwohl er versucht war, das Angebot anzunehmen. Besser er fing erst gar nicht damit an, seine Probleme mit Alkohol lösen zu wollen. Matt seufzte. »Warum hast du das getan, Luke? Das Geld genommen? Wir reden ja hier nicht über Kleingeld. Deine Onkel werden das Geld zurückhaben wollen. Sie könnten zur Polizei gehen.«

Luke schüttelte den Kopf. »Traveller gehen nicht zur Polizei. Wir regeln unsere Angelegenheiten selbst. Das habe ich auf die harte Tour gelernt, vor langer Zeit.«

»Dann warten wir also darauf, dass Joe und Liam an unsere Tür klopfen, ist es das?« Matt klang verärgert.

»Sie werden nicht anklopfen. Hier werden sie nie nach mir suchen. Sie wissen, dass ich Jack hasse. Ich wurde dazu erzogen, ihn zu hassen.« Luke sagte die bitteren Worte mit mehr Überzeugung, als er fühlte.

Matt stand auf, um nach dem Feuer zu sehen. Es verlieh seinem Gesicht einen seltsamen orangefarbenen Schimmer. Er drehte sich um und starrte Luke mit besorgter Miene an. »Aber was, wenn das Geld *nicht* deinen Onkeln gehört?«

»Es gehört ihnen«, beharrte Luke. »Joe ist ein Schläger, aber er klaut nicht.« Daran glaubte er. Obwohl seinem Onkel schnell die Hand ausrutschte, hatte er nie erlebt, dass er sich unehrlich gezeigt hätte. Doch nun hatte Matt Zweifel in Luke geweckt. Hatte er ihn in Gefahr gebracht? »Weißt du, es war ein Fehler, hierherzukommen. Ich sollte einfach gehen. Es ist nicht fair, dich da mit hineinzuziehen.«

»Denk nicht mal dran, einfach abzuhauen«, sagte Matt warnend. »Wir sind eine Familie. Ich möchte dich nicht verlieren, Bro. Wir finden gemeinsam eine Lösung, und ich unterstütze dich, was auch immer passiert.«

»Danke.« Luke hoffte, dass Matt es auch wirklich so meinte. Er fühlte sich gerade so schwach, dass ein Verrat ihm den Rest geben würde. Auf einmal kam ihm ein Gedanke. »Matt, versprich mir, dass du Jack nichts davon sagst. Er kann mich so schon nicht leiden. Dann hätte ich bestimmt gar keine Chance mehr bei ihm.«

Matt zu bitten, Informationen vor Jack zurückzuhalten, war viel verlangt. Aber Luke war gerade das große Risiko eingegangen, seinem Bruder zu vertrauen, der für ihn immer noch eine unbekannte Größe war. Er fand, dass er ein Recht dazu hatte, eine Gegenleistung zu erwarten.

Matt nickte. »Das bleibt zwischen uns, ich verspreche es. Und jetzt lass uns reingehen. Du siehst nicht besonders gut aus.«

Matt half Luke vom Stuhl hoch und auf die Krücken, dann tätschelte er beruhigend seine Schulter. Luke dachte daran, wie sein Bruder ihn gestützt hatte, als er bei der Beerdigung zusammengebrochen war. Es hatte sich gut angefühlt. »Matt … danke für alles.«

Matt lächelte. »Kein Problem.«

Luke wünschte, es wäre wirklich keines. Doch er hatte Angst.

12

Kate klopfte an Lukes Schlafzimmertür und steckte den Kopf hinein, bevor er Zeit hatte zu antworten. Er sah erschrocken aus, war aber zum Glück angezogen. Sie würde ihre Begeisterung wohl zügeln müssen. Er saß aufrecht, ans Kopfteil gelehnt, das von mehreren Kissen gepolstert wurde, mit einem Buch im Schoß, und schenkte ihr ein breites Lächeln.

Ein bisschen blass war er zwar immer noch, sah aber sehr viel besser aus als letzte Woche auf der Fahrt von Manchester nach Hause. Danach hatte ihn eine Bronchitis niedergestreckt. Wahrscheinlich war das lange Herumstehen auf dem feuchten Friedhof bei der Beerdigung daran schuld, als seine Widerstandskraft ohnehin nicht besonders gut war.

»Fühlst du dich ein bisschen besser, Luke?«, fragte Kate und setzte sich neben ihn aufs Bett. Sie hätte ihn gern früher besucht, doch Maggie hatte es nicht erlaubt.

»Maggie kümmert sich um mich«, sagte er. »Ich würde es nicht wagen, nicht gesund zu werden, auch wenn sie mich mit Freundlichkeit und Hühnersuppe fast umgebracht hätte.«

Die Zuneigung in seiner Stimme sagte ihr, dass er die Haushälterin sehr lieb gewonnen hatte.

»Ich habe Schokolade für uns mitgebracht«, sagte Kate, die in ihrer Tasche kramte. »Und ein paar DVDs. Du darfst aussuchen, was wir uns angucken. Natürlich nur, wenn du willst.«

Sie sah ihn ängstlich an. War sie zu aufdringlich? Sie wollte ihm zeigen, wie viel ihr an ihm lag, ihn aber nicht verschrecken. Vielleicht waren Traveller-Männer ja altmodisch, wenn es um Frauen ging, und wollten lieber selbst die Initiative ergreifen.

»Klar«, sagte er. »Ich freue mich über Besuch.«

Er hatte wirklich ein umwerfendes Lächeln. Und ein so schönes Gesicht. »Du wärst ein tolles Modell«, entschlüpfte es ihr.

»Ja, der Laufsteg ist meine Welt.«

Kate lachte. Er wirkte amüsiert, aber nicht schockiert von ihrer Direktheit. »Ernsthaft, Luke … Ich habe früher gemalt, als Hobby. Seit ich an der Uni bin, habe ich es ein bisschen vernachlässigt, aber dich würde ich gerne malen.«

»Na ja, wenn ich mich nicht nackig ausziehen muss, denke ich drüber nach.«

Es lag ihr auf der Zunge zu sagen, dass sie ganz andere Aktivitäten im Sinn hätte, für die er seine Kleider ablegen müsste, doch sie schluckte es lieber hinunter. Gott, dieser Mann hatte eine Wirkung auf sie. Allein wenn sie, so wie jetzt, in seiner Nähe war, fühlte sie sich, als bestünde sie aus Wackelpudding. Kate war es gewöhnt, dass die Männer ihr nachliefen, und obwohl sie sicher war, dass Luke sie mochte, konnte es nicht schaden, ihn ein wenig zu ermuntern.

»Ich höre dich gerne reden«, sagte sie zu ihm. »Du hast so einen süßen Akzent.«

Er lächelte wieder. »Ich habe keinen Akzent. Sondern du.«

»Wahrscheinlich hast du recht«, lachte sie. »Jedenfalls … erzähl mir von dir, Luke. Wo siehst du dich in zehn Jahren?«

»Ich würde gern mit Tieren arbeiten«, sagte er. »Ich will etwas aus meinem Leben machen, für meine Mam, aber auch für mich. Dafür muss ich aber wieder zur Schule. Es ist manchmal ganz schön demütigend, wenn man sich für Jobs bewirbt, für die man geeignet ist, aber wenn man dann zugibt, dass man keinen Abschluss hat, wird man gleich aussortiert.«

Hatte sie etwas Falsches gesagt? »Ich hoffe, ich habe dich nicht gekränkt.«

»Nein, das könntest du gar nicht«, sagte er mit einem Lächeln.

Wenn Luke auf der *Titanic* gewesen wäre, hätte er den Eisberg zum Schmelzen bringen können, ganz zu schweigen von Kates Herz, das jetzt gerade einen kleinen Freudentanz vollführte.

»Warum gibst du dich überhaupt mit mir ab, Kate?«, fragte er plötzlich. »Versteh mich nicht falsch. Ich find's gut, dass du hier bist. Ich weiß nur nicht, warum.«

»Weil du das fragen musst«, erwiderte sie.

Als er ein verwirrtes Gesicht machte, erklärte sie: »Du bist besser als du denkst. So viele Typen, die ich kenne, sind total eingebildet, aber du bist … du bist, ehrlich gesagt, so toll und merkst es nicht mal. Außerdem sind die Gespräche mit dir interessant. Es ist schön mit dir.«

»Vielleicht liegt das an deiner Gesellschaft.«

Auf einen Impuls hin lehnte Kate sich vor und küsste ihn auf die Wange. Er dreht ihr das Gesicht zu, sodass seine Lippen über ihre streiften. Ein keuscher Kuss, der jedoch so viel mehr als das versprach.

Nachdem sie die DVD, die er ausgewählt hatte, eingelegt hatte, streckte sich Kate neben Luke auf dem großen Doppelbett aus. Während sie den Film anschauten, lachte sie, wenn er lachte, doch sie konnte sich nicht wirklich auf das konzentrieren, was auf dem Bildschirm geschah. Luke körperlich so nahe zu sein lenkte sie zu sehr ab, und sie verlor sich immer wieder in romantischen Fantasien.

»Kommst du mich wieder besuchen?«, fragte Luke später, als sie sich anschickte zu gehen.

»Oh ja«, sagte sie mit einem Lächeln, von dem sie hoffte, dass es Luke jeden Zweifel über ihre Gefühle nähme.

Luke hustete und schnappte nach Luft, weil die heftige Bewegung in seiner Brust schmerzte.

»Alles klar bei dir?«, fragte Matt.

»Besser als noch vor Kurzem, so viel steht fest«, versicherte Luke ihm. Matt fuhr ihn von Chester, wo er eine ziemlich schmerzhafte Physiotherapie über sich hatte ergehen lassen, nach Hause, doch die gute Nachricht war, dass er nun ohne Krücken laufen durfte, wenn er sich dazu in der Lage fühlte. »Ist echt super, mal rauszukommen.«

Eine Woche lang hatte Luke das Haus nicht verlassen dürfen. Doch so übel war das gar nicht gewesen. Für Kates Besuche hatte es sich fast gelohnt, krank zu sein. Sie hatten sich Filme angesehen, und es hatte ihm schon gereicht, dass sie da war, sie beobachten zu können, wenn sie den Blick auf den Fernsehschirm gerichtet hatte. Meine Güte, es hatte ihn schwer erwischt. Er konnte es immer noch nicht fassen, dass ein Mädchen wie Kate ihn attraktiv fand, aber so war es offenbar. Manchmal fragte er sich, ob sie einfach nur nett zu ihm war, weil er Matts Bruder war, doch dann dachte er daran, was sie zu Abbie gesagt hatte: *Ich hab ihn zuerst gesehen.* Und an den kurzen Kuss im Schlafzimmer. Was wohl Matt davon halten würde?

»Kate nimmt mich morgen mit in die Ställe ihrer Mam«, sagte Luke.

»Sie ist pferdeverrückt«, bemerkte Matt. »Aber für mich ist das nichts.«

»Hat sie eigentlich einen Freund?«, fragte Luke möglichst beiläufig. »Mädchen wie sie sind doch normalerweise nicht Single.«

»Na ja, an Angeboten mangelt es ihr nicht. Aber es gibt nichts Ernstes.«

»Nicht du?«

Matt prustete. »Herrgott, nein! Wir sind ja praktisch zusammen aufgewachsen. Das wäre ja wie Inzest.«

Luke musste sich vergewissern. »Was ist mit Tim oder Al?«

»Al hat eine Freundin an der Uni in Leeds. Und Tim, na ja, sagen wir, Tim wäre mehr an dir interessiert als an Kate.«

Luke schwieg. Diese Information musste er erst mal verdauen. Seines Wissens hatte er noch nie jemanden getroffen, der schwul war. Das war so was wie ein Tabu bei den Travellern. Zumindest bei denen, die er kannte. Seine Onkel hatten zu dem Thema immer nur dreckige und aggressive Bemerkungen gemacht, doch die waren jetzt weit weg und hatten Luke nicht vorzuschreiben, mit wem er Zeit verbrachte. Er war frei und konnte sein sein eigenes Leben leben. Tim hatte nett gewirkt, und er war Kates und Matts Freund. Das war alles, was zählte.

»Na, dann ran«, sagte Matt. »An *Katie*, meine ich.« Er zwinkerte.

»Matt, ich weiß nicht mal, ob sie interessiert an mir ist, also bitte verquatsch dich nicht.«

»Meine Lippen sind versiegelt«, versprach Matt. »Mädchen sind eine ernste Sache.«

So war es. Vor allem, wenn man noch nie eine richtige Freundin gehabt hatte. Das war unbekanntes Territorium für Luke. Da waren andere Traveller-Jungs längst weiter und super selbstbewusst, wenn es um Mädchen ging.

»Ich weiß ja nicht, wie es dir geht, Bro, aber mir täte jetzt ein Bier gut«, sagte Matt, als er vor einem blumengeschmückten Landpub am Stadtrand von Marsham hielt.

»Klingt gut«, stimmte Luke ihm zu, der das Gefühl von Freiheit, von Familie genoss. Er und sein Bruder, die etwas zusammen tranken. Und ein Morgen, auf das man sich freuen konnte.

Jack studierte nun schon seit zehn Minuten ein und dieselbe Seite einer Vermessungsurkunde. Es war Emers Schuld, dass er sich nicht konzentrieren konnte. Seit der Beerdigung hatten sie ausnahmslos jeden Morgen telefoniert, aber heute – Freitag – hatte sie nicht angerufen, und es war schon fast Mittag. Gerade hatte er es wieder erfolglos auf ihrem Handy probiert und eine weitere Nachricht hinterlassen. Hoffentlich wirkte er nicht wie ein Stalker. Obwohl er sie erst so kurz kannte, stellte er sich schon auf ihren Tagesrhythmus ein. Er dachte zurück an den Kuss kurz vor ihrer Abreise. Er schien ihm ein willkommenes Versprechen auf das gewesen zu sein, was die Zukunft bringen könnte. Jack hatte in seinem Leben zwei Frauen geliebt, und ihr Verlust hatte ihn so hart getroffen, dass er geglaubt hatte, er hätte keine Liebe mehr zu geben …

Sein Mobiltelefon klingelte. Eine unbekannte Festnetznummer, wahrscheinlich Emer, die aus dem Krankenhaus anrief. Er lächelte, als er die Annahmetaste drückte. »Das ging aber schnell.«

»Würd ich nicht sagen. Ist immerhin schon zwei Wochen her. Hier ist Doyle.«

Verdammt, es war der irische Privatdetektiv, nicht Emer. Gut, dass er nicht sofort geflirtet hatte. »Tut mir leid, ich hatte mit einem anderen Anruf gerechnet. Also, was ist mit den Kiernans? Haben Sie sie gefunden?«

»Nein. Sie sind schon seit fast einem Monat weg. Mit dem Wohnwagen. Es geht das Gerücht, sie würden irgendwo im Ausland auf dem Bau arbeiten, aber dafür habe ich keine Bestätigung gefunden. Aber ich bin auf etwas Seltsames gestoßen, als ich ihre Finanzen überprüft habe. Ihr Einkommen entspricht nicht ihren Ausgaben. Dieses Jahr hat Joe sich einen brandneuen Renault Espace gegönnt. Bar bezahlt. Letztes Jahr haben sie das Wohnmobil gekauft. Außerdem hat Bruder Liam eine Schwäche für Pferderennen – er ist beim hiesigen Buchmacher gut bekannt. Setzt immer mehrere Hunderter auf einmal, und wenn er verliert, scheint es ihm nicht besonders viel auszumachen. Und im Pub macht er auf dicke Hose und spendiert Lokalrunden.«

Das schien so gar nicht zu dem zu passen, was Luke über seine Kindheit in Armut erzählt hatte. Doch er hatte ehrlich geklungen – war er ein so guter Lügner?

»Als Pat Kiernan, der Vater, den Schlaganfall hatte, wurde ihnen ein Platz in einem Wohnprojekt angeboten«, fuhr Doyle fort. »Ein staatliches Förderprojekt, um die Traveller zu motivieren, das Leben auf der Straße aufzugeben.«

»Haben Sie das Haus gesehen?«

»Der typische Kaninchenstall. Nichts Besonderes. Durch die Fenster habe ich einen anscheinend neuen Fernseher gesehen, aber keine teuren Möbel. Einfach, aber einigermaßen sauber.«

»Aber wenn sie so mit Geld um sich werfen können, warum kaufen sie sich da nichts Anständiges?«

»Wer weiß?«, sagte Doyle. »Das ist ihnen vielleicht nicht so wichtig.«

»Wo kommt denn das Geld her? Haben sie mit Drogen zu tun?«

»Darauf deutet nichts hin. Und ich weiß, wo ich suchen muss. Was mich wundert, ist … Hat Ihre Frau Anni Bargeld mitgenommen, als sie England verließ?«

Bei der Erwähnung von Annies Namen zuckte Jack zusammen. Obwohl sie nun unter der Erde lag, hatte ihr Verrat immer noch die Macht, ihn zu verletzen. »Sie hat ungefähr fünftausend von ihrem Bankkonto abgehoben. Mehr nicht.«

»Ich kann weitersuchen«, erklärte Doyle, »aber mir scheint, die Brüder haben ihre Spuren ziemlich gut verwischt. Was ist mit dem Jungen, Luke, hat der Ihnen was gesagt, das uns weiterbringen könnte?«

»Nein.« Und Jack hatte nicht vor, ihn zu fragen. Mittlerweile redeten sie kaum noch miteinander, und Luke war sehr verschlossen, was sein Leben anging. »Das heißt, wenn sie im Ausland sind, wissen sie wahrscheinlich noch nichts von Annies Tod?«

»Wer weiß?«, erwiderte Doyle. »Die Zeitungen in Dublin haben über den Unfall berichtet, aber nur mit ein paar Zeilen. Kommt drauf an, ob sie hier mit jemandem Kontakt haben. Übrigens, wussten Sie, dass Luke mit dem Gesetz in Konflikt geraten ist?«

Das musste das sein, worauf der Garda im Krankenhaus angespielt hatte. Na toll. Wasser auf die Mühlen seiner Eltern. »Worum ging es da?«

»Körperverletzung. Hat einen Mann ins Gesicht geschlagen – so fest, dass es ihm die Brücke rausgehauen hat. Er hat behauptet, der Mann hätte Annie belästigt. Wichtiger Geschäftsmann aus Dublin – angeblich hatte Joe Kiernan ihm sexuelle Gefälligkeiten von Annie versprochen. Offensichtlich war sie nicht einverstanden damit. Luke hat Bewährung bekommen und musste Sozialstunden ableisten. Erstes und einziges Delikt.«

Es hätte schlimmer sein können. Gewalt war nie eine Lösung, aber das klang, als hätte Luke einen guten Grund gehabt. Jack hätte vermutlich dasselbe getan.

»Mit der Vorstrafe hat Luke es dann schwergehabt, einen Job zu finden«, redete Doyle weiter. »Er hat regelmäßig ehrenamtlich im Tierheim gearbeitet und auf einem Stellplatz der Traveller ausgeholfen, aber im Wesentlichen hat er von Arbeitslosengeld gelebt.«

Wenn Luke auf Sozialleistungen angewiesen war, hatten Joe und Liam ihren Reichtum vermutlich nicht geteilt. Dann könnte das, was Luke auf der Beerdigung gesagt hatte, doch wahr sein. »Und was ist mit Annie?«

»Über die letzten Jahre gibt es nicht viel zu berichten«, gab Doyle zu. »Ihre Traveller-Freunde waren nicht sehr auskunftsfreudig. Die meisten wussten gar nicht von dem Unfall und waren ziemlich geschockt. Sie waren der Ansicht, ich sollte die Toten ruhen lassen. Aber in Kerry hatte ich Glück. In dem Krankenhaus, in dem Luke geboren wurde, fand ich die Adresse, unter der er angemeldet gewesen war – die Sache mit der Vertraulichkeit ist schnell vergessen, wenn man den richtigen Anreiz bietet. Jedenfalls war es ein möbliertes Zimmer in einem Haus, das sie sich mit anderen alleinerziehenden Müttern geteilt hatte. Jetzt war niemand mehr da, der sie kannte, aber ich konnte eine Nachbarin auftreiben, die sich noch gut an sie erinnerte. Sie hat oft auf Luke aufgepasst, wenn Annie arbeitete – Büros putzen, bis sie krank wurde. Der Job und das Kind, das war zu viel für sie. Irgendwann landete sie dann mit Lungenentzündung im Krankenhaus. Luke wurde in Pflege gegeben …«

»In Pflege!«, echote Jack. Das war eine Überraschung. »Dann war Annie also damals allein auf sich gestellt?«

»Ich hatte den Eindruck, dass sie *immer* allein auf sich gestellt war«, sagte Doyle. »Wie dem auch sei, sie verlor ihren Job und wurde zwangsgeräumt, als sie ihre Miete nicht mehr bezahlen konnte. Ein paar Wochen lang kam sie bei der Nachbarin unter und versuchte Luke zurückzubekommen, aber da sie so gut wie obdachlos war, wollten die Behörden davon nichts wissen. Schließlich tat sie sich mit einer Traveller-Frau zusammen und begann wieder herumzuziehen. Das war immerhin eine Art Heim, und Luke durfte wieder zu ihr zurück. Sie blieb nicht-sesshaft, bis ihr Vater krank wurde und sie seine Pflege übernahm.«

Ich hatte den Eindruck, dass sie immer *auf sich allein gestellt war.* Jack wiederholte Doyles Worte in Gedanken. Etwas passte nicht zusammen. »Wann, sagten Sie, ist sie in dieses möblierte Zimmer gezogen?«, fragte er.

»Laut ihrer Freundin muss es im März vor Lukes Geburt gewesen sein«, sagte der Detektiv. »Sie erinnert sich daran, weil sie selbst im letzten Monat schwanger war. Annie hat für sie eingekauft und ihr mit ihren anderen Kindern geholfen.«

Jack dachte an den Bericht des letzten Privatdetektivs vor ungefähr zwanzig Jahren, in dem stand, dass Annie wieder zu den Travellern zurückgegangen war. Dass sie mit einem anderen Mann zusammen war. Jetzt sagte Doyle ihm, dass Annie im März, nur einen Monat, nachdem sie Baronsmere verlassen hatte, in einem möblierten Zimmer gewohnt hatte. Allein. Hatte der Detektiv etwas falsch verstanden? Vielleicht war der Mann nur ein Freund gewesen, kein Liebhaber. Oder vielleicht hatte Annie, so wie er damals vermutet hatte, schon in Baronsmere eine Affäre angefangen, und der andere Mann hatte sich bloß für sie interessiert, weil sie mit einem Millionär verheiratet war, und hatte ihr, nachdem sie sich in ihn verliebt und Jack verlassen hatte, den Laufpass gegeben.

Jack hatte gedacht, der Detektiv würde ihm Klarheit bringen, statt noch mehr Fragen aufzuwerfen. Doch wenigstens wusste Jack nun einiges mehr über Annie und Lukes Leben in Irland.

»Mr Stewart? Haben Sie sonst noch was für mich?«

Jack hielt mit den Spekulationen inne und richtete seine Aufmerksamkeit wieder auf das Gespräch. »Nein, im Moment nicht. Ich rufe Sie an, wenn ich Sie noch mal brauche. Danke, Doyle. Gute Arbeit.«

Jack setzte sich an seinen Schreibtisch und dachte über das eben Gehörte nach. Luke hatte behauptet, arm zu sein, aber es schien, als hätten seine Onkel reichlich Geld. Das ergab keinen Sinn, doch wenn er Luke danach fragte, würde er nur wieder Beschimpfungen ernten. Und war das überhaupt von Bedeutung? Annie war tot. Enthüllungen über die Vergangenheit halfen ihr auch nicht weiter. Oder ihm. Vielleicht sollte er einfach in die Zukunft schauen …

Wieder klingelte sein Telefon, aber glücklicherweise war es diesmal Emer. Sie sprachen über ganz gewöhnliche Dinge – einen Film, den sie beide gesehen hatten, das unerwartet sonnige Wetter, Emers an Masern erkrankten Neffen, Ollies schlimmer werdende Arthritis. Jeden Tag wussten sie ein bisschen mehr übereinander. Dünne Fäden der Verbindung zogen sie enger und enger aneinander und halfen Jack über seinen Frust hinweg, von ihr getrennt zu sein.

Kate hielt vor dem Spiegel zwei Pullover hoch. Der schwarze aus Chenille war schick, doch der blaue aus Lambswool passte gut zu ihrem hellen Haar. Welcher würde Luke gefallen? Wohl der blaue, vermutete sie. Entscheidung gefällt.

Sie steckte den Haarglätter ein und setzte sich vor den Frisiertisch, um Wimperntusche aufzutragen. Schade, dass sie nicht Lukes lächerlich lange Wimpern hatte. Sie faszinierten sie. *Er* faszinierte sie, mehr als jeder andere Mann, den sie kannte. Natürlich war er anders, ein Ire, und noch dazu mit einer so ganz anderen Herkunft als ihrer – was ihn interessant machte. Sie wusste nicht viel über Traveller, doch jeden Tag lernte sie ein bisschen dazu.

Luke sah nicht nur umwerfend aus, man konnte auch so gut mit ihm reden. Und, was noch wichtiger war, er behandelte sie mit Respekt, etwas, das Idioten wie Gavin Morland nie verstehen würden. Mit Gavin war sie ein einziges Mal ausgegangen – aus Mitleid, weil er gerade verlassen worden war –, und nun schien er zu glauben, er hätte irgendeinen Anspruch auf sie.

Kate war nicht blind. Es war offensichtlich, dass Luke sie mochte. Er wirkte so unschuldig, doch auch das machte seinen Charme aus. Kate war bereit, es langsam angehen zu lassen. Die besten Dinge im Leben waren es wert, dass man auf sie wartete.

»Also, was steht denn heute auf dem Plan?«, fragte Sarah, die plötzlich in der Tür erschienen war.

Kate trug weiter Wimperntusche auf, ohne ihre Mutter anzusehen. »Ich nehme Luke in die Stallungen mit – er liebt Pferde –, dann Mittagessen, und vielleicht eine Fahrt über die Dörfer. Er war die ganze Woche krank und braucht ein bisschen frische Luft.«

Sarah kam herein und setzte sich auf das Bett. »Frühstücken wir nicht zusammen? Das haben wir samstags doch immer gemacht.«

Kate konnte den Duft von frischem Kaffee riechen, der aus der Küche heraufzog. Verlockend. »Tut mir leid, Mum – ich hätte dich aufwecken sollen, als ich gefrühstückt habe. Aber jetzt bin ich spät dran.«

»Kate, ich bin nicht sicher, ob es eine gute Idee ist, wenn du dich mit Luke einlässt.«

»Mist!« Kate fluchte leise, als ihre Hand den heißen Haarglätter streifte. Aus Unaufmerksamkeit – daran war ihre Mutter schuld. »Wir gehen in die Ställe …« Sie saugte an ihrem Zeigefinger. »… und verkünden nicht unsere Verlobung.«

»Ich möchte nicht, dass du verletzt wirst«, sagte Sarah. »Matt macht sich Sorgen, dass Luke bald wieder ausziehen könnte. Er kommt nicht gut mit Jack klar.«

Luke könnte abreisen? Dann musste sie versuchen, ihn umzustimmen. »Mach dir nicht so viele Sorgen, Mum. Ich bin ein großes Mädchen, ich kann auf mich selbst aufpassen.«

Und das konnte sie wirklich. Anders als Luke war Kate nicht so unschuldig. Sie war schon immer bei den Jungs beliebt gewesen, aber die meisten ihrer bisherigen Freunde waren von der starken, stillen Sorte gewesen. Aus irgendeinem Grund zog sie Männer an, die sich berufen fühlten, sie zu beschützen. Allzu oft jedoch bedeutete stark und still auch Muskeln, aber kein Gehirn oder einfach schlicht langweilig.

Luke schien so ganz anders zu sein. Er war nicht viel größer als sie, aber trotzdem gut gebaut. Sie hatte immer über die kitschigen Liebesgeschichten gelacht, in denen das Herz der Frau einen Satz machte, wenn sie zum ersten Mal auf den Helden traf, doch ihr Herz war tatsächlich gehüpft, als sie Lukes schönes Gesicht gesehen hatte. Geschah ihr recht, weil sie in der Vergangenheit so zynisch gewesen war. Jetzt trafen sie ihre überschäumenden Gefühle völlig unvorbereitet. Obwohl es offensichtlich war, dass Sarah bereits so etwas vermutete, war Kate noch nicht bereit, ihre wahren Gefühle mit irgendjemand anderem als ihm zu teilen.

»Sei nur vorsichtig, Kate«, sagte ihre Mum. »Luke ist ein Traveller.«

Kate zog fester an ihrem Haar als beabsichtigt, worauf ihr die Tränen in die Augen traten. Sarah hatte sich nie in Kates Beziehungen eingemischt und ihren Rat nur erteilt, wenn sie darum gebeten worden war. Was um alles in der Welt war los mit ihr? Kate war verärgert. »Warum ist es von Bedeutung, dass Luke ein Traveller ist?«

Sarah schwieg einen Moment, dann sagte sie: »Er kommt nicht aus derselben Klasse wie wir. Ich will nicht, dass dein Ruf darunter leidet.«

Einen Moment lang war Kate zu schockiert, um zu antworten. »Warum sagst du so etwas, Mum? Ich hätte nie gedacht, dass du solche Vorurteile hast.«

Sarah schüttelte den Kopf. »Ich habe keine Vorurteile, Kate«, sagte sie. »Ich bin nur realistisch.« Sie stand auf und verließ ohne ein weiteres Wort das Zimmer. Kate musste gegen den Drang ankämpfen, der Tür hinter ihr einen Tritt zu versetzen. Offenbar würde eine wie auch immer geartete Beziehung zu Luke nicht den Segen ihrer Mutter bekommen.

Die Sonne war herausgekommen und verwandelte das Mattoliv der Landschaft in ein strahlendes Grün, doch die Luft war immer noch ein wenig frisch. Kate saß an einem Abhang, von dem aus man die Stallungen und die Koppeln überblickte. Neben ihr lag Luke rücklings auf einer Decke, die sie aus dem Auto mitgenommen hatte. Unter ihnen bewegten zwei Reiter ihre Pferde, auf der dritten Koppel hockte ein kleiner Junge unsicher auf dem Rücken eines Shetland-Ponys, das vom Stallburschen an der Longe im Kreis geführt wurde. Die Wälder, das offene Land, die Freiheit der Natur – wie könnte man sich nicht daran erfreuen? Unter der Woche musste Kate zur Universität in Manchester pendeln, doch dies hier war ihr Zufluchtsort am Wochenende. »Hast du »Der kleine Hobbit« gelesen, Luke?«

»Vor einer Ewigkeit«, erwiderte er. »Warum?«

»Als ich klein war, dachte ich, Baronsmere wäre im Auenland. Es war immer so friedlich und hübsch, seit Generationen praktisch unverändert.« Sie hielt inne. Luke starrte sie an. Wahrscheinlich dachte er, sie wäre verrückt geworden. »Was?«, fragte sie.

Luke lächelte. »Ich habe nur versucht, dich mir als kleines Mädchen vorzustellen.«

»Oh Gott, tu das nicht! Ich war spindeldürr und hatte eine Zahnspange und Zöpfchen.«

»Klingt, als hätten wir ein schönes Paar abgegeben. Ich war so mickerig, dass ich Gewichte in den Stiefeln brauchte, damit der Wind mich nicht wegwehte.« Als sie sich anlächelten, schauderte Kate leicht, aber nicht vor Kälte. Wann immer Luke sie mit festem Blick ansah, spürte sie eine Erregung, ein Gefühl tiefer Wonne. Sie stellte sich vor, wie seine wunderschönen blauen Augen sich anerkennend weiteten, wenn sie sich für ihn ausziehen würde.

»Du hast Glück, dass dir all das gehört – sogar ein eigenes Pferd«, sagte Luke. »Wie lange hast du ihn schon?«

»Jack hat ihn mir zu meinem fünfzehnten Geburtstag gekauft. Es war eine tolle Überraschung. Jack macht immer die besten …« Sie brach ab und biss sich auf die Lippe. Luke hatte noch nie ein Geburtstagsgeschenk von Jack bekommen. Schnell das Thema wechseln. Sie wollte ihn nicht traurig machen, vor allem nach dem, was ihre Mutter gesagt hatte. *Er bleibt vielleicht nicht lang*. Wenn Luke sie wirklich mochte, würde er doch nicht wieder gehen, oder? »Glaubst du, du bleibst in Baronsmere, Luke?«

»Warum fragst du?«

Nun sagte sie wohl am besten die Wahrheit. »Es ist nur … meine Mum meint, es läuft nicht so gut zwischen dir und Jack.«

»Ach ja, meint sie das?« Luke klang verärgert. Er setzte sich auf.

»Nicht, weil sie tratschen wollte, ehrlich nicht. Sie macht sich nur Sorgen, dass … dass ich verletzt werden könnte. Weil, na ja, ich dich mag.«

»Ehrlich?«

Sie blickte auf und war wieder gefangen von der Intensität seiner Augen. Da war etwas in seinem Ausdruck – Hoffnung, Sehnsucht, Furcht, Zweifel –, das ihr Herz berührte. »Das weißt du doch«, murmelte sie. »Ich will, dass du bleibst, Luke.«

»Kate«, sagte er, »ich weiß, dass Jack dir wichtig ist, deshalb tut es mir leid, wenn es dich beunruhigt, dass ich mich nicht mit ihm verstehe. Mir gefällt's auch nicht, dass ich immer so wütend bin. So will ich eigentlich gar nicht sein.«

Der Jack, den Kate kannte, war freundlich und großzügig, kein Mann, der seine Frau und sein Kind im Stich ließ. Aber wo immer die Wahrheit auch lag, Luke hatte man offensichtlich eine gänzlich andere Geschichte erzählt, deshalb konnte ihm Kate sein Verhalten nicht übel nehmen. Sie hatte nicht vor, Partei für Jack zu ergreifen. Luke unter die Nase zu reiben, was er verpasst hatte, wäre gewiss nicht hilfreich.

»Du hast gerade deine Mum verloren, Luke. Deine Gefühle sind sicher völlig durcheinander. Lass dir Zeit, geh eins nach dem anderen an.«

Luke streckte die Hand aus, strich ihr eine Haarsträhne aus dem Gesicht und berührte sanft ihre Wange. Sie lehnte sich zu ihm. Er war schüchtern, deshalb war es an ihr, die Initiative zu ergreifen, und sie würde sich diese Gelegenheit nicht entgehen lassen. Ihre Lippen streiften kurz die seinen, genug, um ihn wissen zu lassen, dass es das war, was sie wollte, und er reagierte. Ihr erster Kuss war zögerlich, erkundete unbekanntes Terrain, doch dann wurde er sicherer, leidenschaftlicher. Er fühlte sich richtig an. Nicht nur richtig – perfekt. Offenbar war Luke ein Naturtalent.

Ein paar Minuten später brach ein Klappern von der Koppel unter ihnen den Bann. Ein Pferd hatte seinen Sprung falsch eingeschätzt und die Stangen eingerissen. Als Kate sich wieder Luke zuwandte, war sein Gesicht gerötet und ihres auch, wie sie deutlich fühlte.

»Du bist das schönste Mädchen, das ich kenne, Kate Walker«, erklärte Luke. »Nicht einmal Niamh mit dem goldenen Haar könnte dir das Wasser reichen.«

»Niamh«, hauchte sie. »Wer ist das?«

»Eine Göttin aus der irischen Mythologie. Sie verliebt sich in Oisin, einen jungen Dichter und Helden, und sie nimmt ihn mit nach Tír na nÓg, das Land der ewigen Jugend.«

»Erzählst du mir die Geschichte?«, fragte Kate.

Er legte sich auf den Rücken und starrte hinauf in den Himmel. Sie ließ sich neben ihm nieder, verschränkte ihre Finger mit seinen und schmiegte den Kopf an seine Schulter, während sie seiner magischen Stimme lauschte, die ihr ein altes Märchen von Liebe aus seinem Heimatland erzählte. »Vor langer Zeit lebte in Irland ein Mann namens Oisin…«

In das *Foresters* schienen alle Altersklassen zum Essen zu kommen. Es war so ganz anders als die heruntergekommene Kneipe, in denen Lukes Onkel tranken. Kate bestellte beim Barmann zwei Orangensäfte, bevor sie Luke an einen Tisch in eine Nische führte. Sie winkte Al und Tim am Pool-Billardtisch. Mit von der kühlen Luft gerötetem Gesicht legte sie Luke die Hand an die Wange. »Es ist so kalt da draußen! Eher wie Winter, nicht wie Frühling. Ich glaube nicht, dass es die globale Erwärmung je bis nach Cheshire schafft.«

Ohne nachzudenken, ergriff Luke ihre Hand und rieb sie zwischen seinen, um sie aufzuwärmen. Jesses, was machte er denn da? Ein Kuss in den Stallungen war eine Sache, aber hier konnten sie alle sehen. Um seine Verlegenheit zu überspielen, nahm er Kates Hand und legte sie auf den Tisch, mit der Handfläche nach oben. »Soll ich Ihnen die Zukunft voraussagen, Miss?«, sagte er mit einem Lächeln.

Kate lachte, aber nicht unfreundlich. »Okay, aber nur wenn's was Gutes ist.«

Luke hatte oft Jessie dabei zugesehen, erinnerte sich aber nicht mehr an viel. Nicht, dass das wichtig gewesen wäre. Kates skeptisches Lächeln sagte ihm, dass sie es ohnehin nur für ein Spiel hielt. »Du hast ein langes Leben vor dir, Kate Walker, das steht schon mal fest«, sagte er mit übertriebenem Akzent. Sie kicherte. Er musste sich bemühen, das Zittern seiner Hände zu unterdrücken, als er zart die Linien in ihrer Handfläche nachzeichnete. »Hm, sieht aus, als würdest du wegziehen – vielleicht ins Ausland.«

»Oh, ja?« Kate zog eine Augenbraue hoch. »Hollywood ruft bestimmt!«

»Deine Herz- und deine Kopflinie verlaufen parallel«, fuhr Luke fort, »das bedeutet einen klaren Kopf und keine tragischen Liebesaffären.«

»Na, das klingt aber ein bisschen langweilig.« Kate machte einen Schmollmund. »Jede Frau sollte wenigstens eine leidenschaftliche Romanze haben.«

»Ich habe nicht gesagt, dass du keine Leidenschaft erleben wirst.« Luke konnte ihr nicht in die Augen sehen. Sanft streichelte er die Haut am Daumenansatz. Was tat er da bloß? Er flirtete mit einem wunderschönen Mädchen, als hätte er das schon Hunderte Male gemacht. Dieser Kuss bei den Ställen war sehr inspirierend gewesen. Kate schwieg. Plötzlich lag zwischen ihnen eine Spannung in der Luft, und der Lärm um sie herum wurde zum Hintergrundgeräusch.

Luke zwang sich, weiterzumachen, und drehte ihre Handfläche auf die Seite. »Du wirst ganz sicher heiraten und zwei Kinder haben – vielleicht drei. Töchter, so schön wie ihre Mutter.« Hatte er das gerade wirklich gesagt? Unfassbar. Er hielt den Atem an und starrte weiter auf ihre Handfläche.

»Das siehst du doch sicher nicht in den Linien«, flüsterte Kate.

»Nein«, gab Luke zu, »aber Schönheit wird immer vererbt.«

Er hielt inne und fragte sich, ob er zu weit gegangen war. Zum Glück lächelte sie und bog die Finger nach oben, um seine Hand zu berühren. Sie hatte das Kompliment verstanden und war nicht beleidigt. Ah, Kate Walker, dachte er, als ihm einige Zeilen von Yeats einfielen: *Hätt ich des Himmels bestickte Kleider, … ich legte sie zu deinen Füßen aus …*

»Sieh mal an, was haben wir denn da?« Eine laute Stimme unterbrach sie. Ein großer, dunkelhaariger Mann grinste auf Luke herab. Er kam ihm bekannt vor. Zwei weitere junge Männer drückten sich hinter dem Neuankömmling herum, der nun weitersprach. »Sammelst du noch immer Streuner auf, Katie? Das ist dann wohl der neuste hoffnungslose Fall? Warum hast du nur so ein weiches Herz.«

Katies Miene verhärtete sich. »Warum bist du nur so ein Arschloch? Verschwinde.«

Mit einem Blick zu Luke sagte der Fremde: »Aber gerne – wir sind sowieso wählerisch, was unsere Gesellschaft angeht.« Während er sich zum Gehen umdrehte, rief er seinen Freunden über die Schulter hinweg zu: »Passt auf eure Brieftaschen auf, Jungs.«

Die Bemerkung war offensichtlich auf Luke gemünzt, der sich unbehaglich fühlte.

»Hör gar nicht auf ihn.« Kates Hand berührte seine. »Man sagt doch: Seine Verwandten kann man sich nicht aussuchen.«

»Bist du mit ihm verwandt?«, fragte Luke.

»Nein, du«, erwiderte Kate. »Er ist dein Cousin – das ist Claires Sohn, Gavin.«

Sarah drückte die Türklingel. Sie musste dringend mit Jack sprechen. Der Anblick von Luke Kiernan, wie er Kate im *Foresters* betatschte, war mehr, als sie ertragen konnte. Die Schreckensbilder einer schwangeren Kate, die für den Rest ihres Lebens an diesen Traveller gebunden war, standen ihr deutlicher denn je vor Augen. Damals hatte sich Annie Jack geschnappt. Sarah würde verdammt sein, wenn sie zusah, wie sich die Geschichte wiederholte.

»Hallo, Sarah.« Maggie öffnete die Tür. Sie wirkte ein wenig überrascht. Sarah war seit der Trennung nicht mehr hier gewesen. Nun, abgesehen von der Beerdigung, aber das zählte nicht.

»Hallo, Maggie. Ist Jack da? Ich muss mit ihm reden.«

Sie wurde in den Salon geführt, dann machte Maggie sich auf die Suche nach Jack. Sarah schlenderte herum und betrachtete wie schon so oft die teuren Porzellanstücke, die französische Uhr und die Familienporträts. Sie liebte diesen Raum und stellte sich vor, wie hier früher elegante viktorianische Damen ihren Tee eingenommen hatten. Natürlich war Edenbridge der große Preis für jede Frau, die mit Jack verheiratet war. Er fühlte sich dort nicht besonders wohl, aber Sarah hatte stets davon geträumt, einmal dort zu leben. Sie mochte nicht den tadellosen Stammbaum einer Lady Grace Stewart vorweisen können, aber sie wusste, wie man sich in der Oberschicht zu benehmen hatte. Emer Sullivan hatte davon keinen blassen Schimmer.

»Sarah, warum bist du nicht im *Foresters*, an einem Samstagabend, wenn so viel los ist?«

Jack sah nicht gerade begeistert aus, als er ihr einen Gin Tonic anbot und einschenkte.

»Ich muss mit dir über Kate reden.« Sie nahm ihren Stammplatz auf dem Louis-Quinze-Sofa ein, verschränkte die Beine und zog den Rock ein kleines bisschen höher. Jack stand auf Beine. Es konnte nicht schaden, ihn daran zu erinnern, was er verpasste.

»Ihr ist doch nichts zugestoßen?«, fragte Jack, der vor dem Kamin stehen blieb. Befriedigt nahm sie die Sorge um ihre Tochter in seiner Stimme zur Kenntnis. Wenn sie ihn, was Luke anging, auf ihre Seite brachte, würde sich das drohende Problem mit Kate möglicherweise noch abwenden lassen.

»Sie ist gerade im *Foresters* – mit Luke. Als ich ging, hielt er ihre Hand. Und es schien ihr zu gefallen.«

Jack starrte sie an. Wahrscheinlich ging er, genau wie sie vorhin, im Kopf schon alle möglichen unerfreulichen Konsequenzen durch. »Kann es sein, dass es nur eine freundliche Geste war?«

»Nein, auf keinen Fall. Kate ist zur Beerdigung gegangen, um Luke zu unterstützen. Sie hat ihn heute Morgen zu den Stallungen mitgenommen. Gott weiß, was sie dort getrieben haben. Und jetzt sitzen sie ganz vertraut bei einem Drink zusammen. Du kennst Kate … wenn jemand nur ein bisschen anders ist, interessiert sie sich sofort für ihn.«

Jack setzte sich. Er sah besorgt aus, aber er sagte: »Kate ist erwachsen, Sarah. Ich will mich da nicht einmischen.«

»Ich will nicht, dass sie verletzt wird, Jack. Was, wenn Luke nicht bleibt? Einfach ohne ein Wort geht?« Sie zögerte, bevor sie hinzufügte: »So wie seine Mutter.«

In Jacks Miene flackerte Ärger auf – normalerweise war jede Anspielung auf Annie tabu. »Was soll ich deiner Meinung nach tun, Sarah?«

»Mit ihr reden. Diskret. Herausfinden, was vor sich geht. Sie respektiert dich, Jack. Sie wird auf dich hören. Aber sei vorsichtig, sie ist so eigensinnig in letzter Zeit. Wenn man ihr etwas verbietet, will sie es vielleicht umso mehr.«

Jack runzelte die Stirn. »Ich kann ihr nichts verbieten, aber ich werde sie warnen, sich nicht zu weit darauf einzulassen.«

Sarah seufzte erleichtert. »Danke.« Sie fragte sich, ob Jack sie wohl auffordern würde, heute Abend ein bisschen länger zu bleiben. Sie könnten zusammen zu Abend essen, ein bisschen fernsehen. Sich auf dem Sofa näher und näher kommen, bis …

»Ich muss dich etwas fragen«, sagte Jack, wobei er seinen Drink kreisen ließ.

Sarah konnte nicht anders – unwillkürlich stellte sie sich vor, wie er sie in die Arme nahm, ihr sagte, wie sehr er sie liebte, was für ein Dummkopf er gewesen war, dass er sie hatte gehen lassen. Sie würden hinauf ins Schlafzimmer gehen, und alles wäre wieder wie früher.

»Auf der Beerdigungsfeier hast du Emer gesagt, du wärst meine Partnerin.«

»Was?« Ihre Gedanken rasten zurück zu dem Aufeinandertreffen mit der Rothaarigen. Offenbar hatte sie Jack von ihrem Gespräch erzählt. Was für eine Hexe. Wie kam sie da wieder heraus? »Ich kann mich nicht daran erinnern, dass ich das gesagt habe. Ich hatte ein bisschen zu viel getrunken. Wahrscheinlich meinte ich, dass du mir von Zeit zu Zeit mit dem Geschäft aushilfst.«

Sie beobachtete sein Gesicht, um zu sehen, ob er ihr glaubte. Was für eine Demütigung, sich wegen dieses Emporkömmlings Ausreden einfallen lassen zu müssen.

Jack nickte. »Richtig. Es war ein harter Tag für uns alle. Danke noch mal, dass du da gewesen bist, und auch für das Catering.«

»Du weißt, dass ich alles für dich tun würde, Jack.« Ihre Worte waren voller Andeutung. Sie musste es einfach ein letztes Mal versuchen.

Er sah aus, als würde er sich unbehaglich fühlen, was nicht die gewünschte Wirkung war. »Sarah, ich habe Emer zu meiner Geburtstagsparty nächstes Wochenende eingeladen. Wenn sie kommt, werden wir dort als Paar erscheinen. Ich hoffe, das macht dir nichts aus.«

Entsetzliche Wut blendete Sarah einige Momente lang. Sie

wollte Jack ihr Glas ins Gesicht werfen und ihn verwundet und blutend zurücklassen. All die Jahre, die sie in ihre Beziehung investiert hatte, einfach weggewischt und vergessen, weil jemand Jüngeres ihn anlächelte. Es war zum Verzweifeln. Sie raffte die letzten Reste von Würde zusammen. »Du bist mir wichtig, Jack. Das kann ich nicht einfach so abstellen, aber ich werde deinem Glück nicht im Wege stehen. Du sollst nur wissen, dass ich immer für dich da sein werde, wenn du mich brauchst.«

Für diesen Auftritt, dafür, dass sie sich ihre Mordlust nicht anmerken ließ, hatte sie einen Oscar verdient. Die Tränen waren gefährlich nahe. Es war Zeit zu gehen.

Als sie sich erhob, kam Jack zu ihr und küsste sie auf die Wange. »Danke, Sarah. Wir bleiben immer Freunde, ja?«

Freundschaft. Der Trostpreis für die ältere Frau. Nicht gut genug. Sarah wäre nicht dort, wo sie heute war, wenn sie aufgegeben hätte, als es schwierig wurde. Sie und Jack hatten eine lange gemeinsame Geschichte. Am langen Ende musste das doch etwas zählen. Sie musste einfach nur abwarten, bis dieser irische Rotschopf einen Fehler beging.

»Rutsch rüber«, sagte Tim, als er und Al mit weiteren Drinks erschienen. Hier im *Foresters* zu sitzen und mit Kate und ihren Freunden zu reden, bescherte Luke ein warmes Gefühl von Zugehörigkeit, beruhigend nach dem Vorfall mit dem feindseligen Cousin. Vielleicht hatte Gavin davon gehört, dass Luke seinem Vater Bier ins Gesicht geschüttet hatte, und war deswegen – verständlicherweise – gegen ihn eingenommen. Hoffentlich würden sich ihre Wege nicht zu oft kreuzen.

»Lasst uns Pizza essen gehen«, schlug Kate vor. »Wartet hier, ich hole den Wagen und halte vorm Eingang.«

Nachdem sie gegangen war, näherte sich ein Mann dem Tisch, der Flyer verteilte.

»Was ist das?« Tim hörte auf, mit Bierdeckeln zu jonglieren.

»Eine Demonstration«, informierte der Mann ihn. »Die Leute in Woodlands sollen nicht aus ihren Häusern vertrieben werden, damit die Bauträger sich die Taschen vollmachen können.«

»Eine Demonstration!«, kreischte Tim und überflog den Flyer. »Polizisten mit Schlagstöcken, die uns zu Boden werfen! Revolution! Was für ein Spaß!«

»Nein, das ist nichts für uns, Tim«, sagte Al, der den Flyer ebenfalls las. »Stewart Enterprises haben mit dem Bauprojekt auf dem Woodlands-Gelände zu tun. Man scheißt nicht da, wo man isst.«

»Ja, besser nicht«, stimmte Tim zu, zerriss das Blatt und stopfte die Schnitzel in ein leeres Bierglas. Hastig steckte Luke einen der Flyer in die Hosentasche und nahm sich vor, mehr darüber herauszufinden. Er konnte es überhaupt nicht leiden, wenn Menschen herumgeschubst wurden.

13

Sonntagmorgen. Jack dröhnte der Kopf, und dieses Mal lag es nicht an den Kirchenglocken. Er hatte nicht gut geschlafen. Seit er die Nachricht über Annie bekommen hatte, waren Schlafstörungen der Normalfall geworden. Letzte Nacht hatte er von Emer geträumt: Er küsste sie gerade auf der Terrasse, als Luke erschien und sagte: »Der Sarg ist da.«

Es gab Zeiten, da fühlte Jack sich schuldig, weil er sich nicht intensiver um die Beziehung zu Luke bemühte, doch es fiel ihm schwer zu erkennen, wo er ansetzen sollte. Wahrscheinlich empfand Luke es genauso. Er ging Jack aus dem Weg, und wenn sie dann doch einmal zufällig aufeinandertrafen, bekam er kaum er ein Wort raus. Deshalb war es in mancherlei Hinsicht eine Erleichterung gewesen, als er eine Bronchitis bekam und fast die ganze letzte Woche in seinem Zimmer gelegen hatte. Zugegeben, er hatte nicht gut ausgesehen. Vielleicht hätte Jack einen Versuch starten sollen, als Luke ein bisschen weniger angriffslustig war. Doch das hatte er nicht. Er hatte kaum nach ihm gesehen, sich nicht mal persönlich nach seinem Befinden erkundigt, sondern sich damit begnügt, Maggie und Matt danach zu fragen.

Die Frage, ob Luke tatsächlich sein Sohn war, quälte Jack weiter. Die Vorstellung, Luke erst ins Herz zu schließen, um dann zu erfahren, dass er nicht von ihm war, war unerträglich für ihn. Wenn Luke das Ergebnis von Annies Untreue war, nun, Jack war nicht so heilig, dass er behaupten konnte, das würde nichts ändern. Er war böse auf Annie, eifersüchtig auf ihren Liebhaber, und er wusste, dass er Luke dafür bestrafte. Genau davor hatte Emer ihn gewarnt. Noch eine Sache, wegen der er sich schuldig fühlte, was seine Kopfschmerzen nicht gerade linderte.

Er machte sich Sorgen um Kate. Jack war wie ein Vater für Kate gewesen, und er wollte nicht, dass sie litt, falls Luke einfach das Weite suchte. Er musste mit ihr reden. Sich selbst ein Bild machen. Aber heute fühlte er sich dazu nicht in der Lage.

Den Spaziergang nach Hartswood Hill hatte er gestern ausfallen lassen müssen. Sein Vater überschüttete ihn in letzter Zeit mit Arbeit – zur Strafe, weil er es gewagt hatte, sich eine Woche lang nicht um die Geschäfte zu kümmern. Vielleicht würde er sich nach einem Gang durch die frische Luft besser fühlen. Besser gewappnet für den schwachen Trost des sonntäglichen Mittagessens in Edenbridge.

Als Jack wieder zu Hause eintraf, war er immer noch müde. Der Spaziergang und die frische Luft hatten ihm die Anspannung nicht genommen, die immer noch wie ein enges Band um seinen Schädel lag. Doch das war keine Überraschung. Der Kopfschmerz würde wohl kaum weggehen, solange der Grund dafür bestehen blieb. Als er in die Auffahrt einbog, versuchte er, ein wenig von seinem Frust abzureagieren, indem er das Gaspedal durchtrat und zum Haus hochraste, um über den Kies schlingernd zu einem plötzlichen Halt zu kommen. Er stieg aus dem Wagen und schlug die Tür zu.

»Mr Stewart …«

Als Jack sich umdrehte, sah er Rob, den Gärtner, auf sich zukommen. Kurz darauf waren seine Kopfschmerzen sehr viel schlimmer.

Matt und Luke saßen im Wohnzimmer über ein Schachbrett gebeugt. Plauderten wie beste Freunde. Der Kuckuck im Nest hatte Kate, Maggie und Matt nun endgültig auf seine Seite gebracht, während Jack an den Rand gedrängt wurde. Groll stieg in ihm auf.

Matt hob den Blick. »Hi, Dad. Ich bringe Luke das Schachspielen bei.«

Jack ignorierte ihn. »Ins Arbeitszimmer, Luke! Sofort!«, blaffte er.

»Was zur …?«, begann Matt, aber Jack fiel ihm ins Wort. »Bleib hier, Matt. Ich muss unter vier Augen mit Luke reden.«

Jack marschierte aus dem Wohnzimmer, stieß die Tür zu seinem Arbeitszimmer auf und setzte sich mit verschränkten Armen auf die Schreibtischkante.

Luke erschien mit finsterer Miene in der Tür. »Was ist los? Ist es über meinem Stand, Schach zu spielen?«

»Ich will wissen, was hier vor sich geht, verdammt.« Jack hielt die verkohlten Überreste von *Die Toten* in die Höhe.

»Ich habe Mams Sachen verbrannt«, sagte Luke widerspenstig. »Das ist eine Traveller-Tradition. Du sagtest doch, das Buch hätte ihr gehört.«

Annie hatte Jack tatsächlich einmal von diesem Ritual erzählt, doch so leicht würde er Luke nicht vom Haken lassen. »Ja, es war ihr Buch, aber du hättest mich vorher fragen können, statt einfach loszugehen und es zu zerstören. Das ist eine seltene illustrierte Ausgabe, mehrere hundert Pfund wert.«

Luke zuckte die Achseln, eine Angewohnheit, die Jack bis aufs Blut reizte. »Immer geht's nur ums Geld.«

»Es geht nicht immer ums Geld!«, fuhr Jack ihn an. »Aber du musst lernen, Achtung vor dem Eigentum anderer Menschen zu haben.«

»Was soll das heißen?«, rief Luke empört. »Ich habe es nicht aus Mangel an Achtung getan …«

»Nein«, stimmte Jack ihm zu. »Aus Boshaftigkeit. Um mir eins auszuwischen. Deine Mutter hat dieses Buch hiergelassen, deshalb war es ja wohl kaum für diesen offensichtlichen Versuch geeignet, mir deine Herkunft unter die Nase zu reibem.«

»Glaubst du das wirklich?«

»Warum nicht? Deine Mutter hatte mit dem Leben der Traveller abgeschlossen. Nach dem, was man hört, ist sie nur zurückgegangen, weil sie keine Wahl hatte. Glaubst du, sie hätte das gewollt?«

»Du weißt gar nichts!«, fauchte Luke. »Meine Mutter wollte ein besseres Leben, aber das bedeutet nicht, dass sie keinen Respekt für die Traveller-Kultur hatte … und es war *ihr* Buch.«

»Annie liebte Bücher. Ich glaube nicht, dass sie gewollt hätte, dass es zerstört wird. Aber wie dem auch sei, in Wahrheit geht es nicht um das Buch. Sondern um das hier.« Er hielt ein wirres Knäuel aus einer Kette und staubigen Edelsteinen in die Höhe, das der Gärtner heute Morgen gefunden hatte. »Wo hast du das her?«

Luke spannte die Kiefermuskeln an. Er sah wütend aus, aber nicht schuldbewusst. »Wo ich das herhabe? Was meinst du damit? Es war bei Mams Sachen.«

»Lüg mich nicht an, Luke. Deine Mutter hat die nicht mitgenommen.«

»Warum nennst du mich nicht gleich einen Dieb?«

»Pass auf, was du sagst«, warnte Jack.

»So wie du, als ich hier reingekommen bin«, hielt Luke ihm entgegen. »Herrgott, du bist so ein Heuchler.«

Jack richtete den Blick wieder auf die Halskette, entschlossen, die Wahrheit aus ihm herauszubekommen. »Ich frage dich noch einmal, Luke. Wo hast du das her?«

Luke sah aus, als müsste er gegen den Drang ankämpfen, Jack zu schlagen. »Du kannst fragen, so oft du willst. Aber du kriegst immer dieselbe Antwort. Wenn du mir nicht glaubst, ruf doch das Krankenhaus an. Die haben sie bestimmt gesehen, als sie in meinen Sachen herumgewühlt haben.«

»Ich denke, das hätten sie erwähnt, glaubst du nicht? Und dann wohl angeboten, sie in einen Safe zu schließen.«

»Vielleicht dachten sie nicht, dass sie was wert ist«, gab Luke zurück. »Ich glaube nicht, dass sie Experten sind.«

Auf einmal war Jack unsicher. Annie konnte diese Halskette unmöglich in ihrem Besitz gehabt haben, doch Luke wirkte ehrlich auf ihn, und im Krankenhaus war er sehr besorgt um seinen Koffer gewesen. »Aber sie hat sie zurückgelassen!«, sagte er und knallte die Halskette frustriert auf den Schreibtisch. »Ich habe sie ihr an unserem Hochzeitstag geschenkt und war am Boden zerstört, als sie sie daließ, weil ich ihr … weil ihr unsere Ehe offenbar so wenig bedeutete. Die Kette *kann* nicht in diesem Koffer gewesen sein.«

Lukes Stimme wurde laut vor Wut. »Dann bin ich also nicht nur ein Dieb, sondern auch noch ein Lügner!«

Ihre lauten Stimmen lockten sowohl Maggie als auch Matt ins Arbeitszimmer.

»Was geht denn hier ab?«, fragte Matt.

Jack hatte keinen Zweifel daran, dass Matt Partei für seinen Bruder ergreifen würde, egal um was es ging. Aber wie sicher war die Beweislage? Vielleicht war es falsch von Jack gewesen, Luke so aggressiv anzugehen. Damit hatte er nichts erreicht. »Ich bat Luke, mir etwas zu erklären, und er konnte es nicht – zumindest nicht zu meiner Zufriedenheit.« Er zeigte auf die Halskette. »Rob hat das hier gefunden. Anscheinend hat Luke versucht, Annies Sachen draußen in der Feuergrube zu verbrennen.«

»Stimmt das, Schatz?« Maggie sah besorgt aus. »Das klingt sehr gefährlich.«

»Das ist so Tradition bei den Travellern«, erklärte Matt. »Ich war dabei. Und habe aufgepasst, dass ihm nichts passiert.« Er wechselte einen Blick und ein kleines Lächeln mit Luke.

Dann hatte Matt es also gewusst. Wieder fühlte Jack sich wie ein Außenseiter. »Ich will wissen, wo er das herhat, denn Annie hat diese Kette nicht mitgenommen.«

»Bist du sicher?«, fragte Matt. »Erinnerst du dich wirklich daran, sie gesehen zu haben, nachdem sie weg war?«

»Ja.« Sie war in Annies Schmuckkästchen gewesen, mit all den anderen Stücken, die er ihr geschenkt hatte. Jack hatte sich betrunken, nachdem er diese offensichtliche Zurückweisung seiner Zuneigung für sie gesehen hatte.

»Annies Schmuck wurde zu einer Auktion geschickt«, sagte Maggie. »Das war die Idee Ihrer Mutter.«

Jack runzelte die Stirn. »Das weiß ich gar nicht mehr.«

»Was mich nicht überrascht. Sie waren fast immer sternhagelvoll.«

Jack funkelte Maggie wegen dieser Unverschämtheit böse an, doch sie hatte recht. Er war monatelang zu nichts mehr zu gebrauchen gewesen.

»Sie waren einverstanden. Sie wollten Annies Sachen aus dem Haus haben.«

Wenn er jetzt darüber nachdachte, konnte er sich vage daran erinnern, was bedeutete, dass Luke die Kette nicht gefunden haben konnte. Aber Jack wollte nicht herumrätseln müssen. Er wollte, dass Luke diese Kette irgendwo im Haus entdeckt und sie dann in dem Trauerritual verwendet hatte. So war es einfacher.

»Wie ist Mam dann da rangekommen?«, fragte Luke.

»Jemand könnte sie auf der Auktion gekauft und sie ihr geschickt haben«, schlug Maggie vor.

»Aber wer kann gewusst haben, wo sie war?«, fragte Matt und sprach damit die Frage aus, die auch Jack sich stellte.

»Ihre Mutter hat diesen Detektiv engagiert …« Maggies Stimme brach ab, doch sie sah Jack vielsagend an.

Er wusste, was sie damit andeuten wollte, aber ihre Theorie ergab keinen Sinn. Grace hätte Annie nie eine teure Halskette geschickt. Er dachte an Claire – sie hatte Annie nahegestanden, aber sie war auch Jack gegenüber loyal. Sie hätte nichts hinter seinem Rücken getan.

»Frag doch Gran«, sagte Matt. »Vielleicht weiß sie noch, wer die Kette auf der Auktion gekauft hat. Du gehst doch sowieso heute zum Mittagessen hin.«

Wie sollte er seine Mutter danach fragen, ohne dass es sich wie eine Beschuldigung anhörte? Wenn es um Annie ging, war sie sehr empfindlich. Matts Anwesenheit würde sie in gute Stimmung versetzen.

»Okay, ich frage sie. Kommst du zum Lunch mit, Matt?«

»Nee. Wenn Luke nicht eingeladen ist, gehe ich ganz sicher auch nicht. Und ich finde, du solltest dich bei Luke entschuldigen, weil du in einen Dieb genannt hast.«

»Ich habe ihn keineswegs einen Dieb genannt«, fuhr Jack auf, obwohl er sehr wohl wusste, dass er es indirekt getan hatte. »Dann hab wenigstens den Anstand und ruf deine Großmutter an, um dich zu entschuldigen. Du bist nun schon seit Wochen sonntags nicht mehr mit dabei gewesen. Das ist schlicht unhöflich.«

Jack wusste, dass es ungerecht war, Matt anzugreifen. Aber es ärgerte ihn, wie sich alle ganz automatisch auf Lukes Seite schlugen und Jack auf einmal wie der Schurke dastand. Matt musterte ihn finster, und Maggie trug ihre entrüstete Miene zur Schau. »Ich sollte mich wohl besser umziehen. So kann ich dort nicht erscheinen«, sagte er und drehte auf dem Absatz um.

»Wie wär's mal als menschliches Wesen«, hörte er Luke noch murmeln.

Das Esszimmer von Edenbridge war leer, abgesehen von einem Hausmädchen, das das Porzellangeschirr abräumte. Sie bedachte Jack mit einem mitleidigen Blick. »Ihre Ladyschaft ist im Morgenzimmer, Sir.«

Er hatte noch auf ein Pint Halt im *The Feathers* gemacht, um darüber nachzugrübeln, was heute Morgen geschehen war. Bevor er sich's versah, war eine Stunde herum und der Lunch in Edenbridge beendet. Sein Unterbewusstsein hatte es vermutlich absichtlich so arrangiert, weil er unsicher war, wie er so ein heikles Thema bei seiner Mutter ansprechen sollte. Irgendwann hatte er dann doch beschlossen, sie geradeheraus nach der Halskette zu fragen. Er wollte das Rätsel gelöst haben.

Er klopfte an der Tür zum Morgenzimmer und trat ein, als er das scharfe »Herein« seiner Mutter hörte.

Sie war über ihren Schreibtisch gebeugt und unterschrieb gerade, ohne aufzusehen, eine Karte. Dies war Grace' Domäne, wo sie ihre Führungsrolle in der Gesellschaft von Baronsmere koordinierte und konsolidierte. Hier schrieb sie ihre

Einladungen, plante ihre Dinnerpartys und telefonierte durch ihr Netzwerk von Busenfreundinnen. Es war ein wunderschöner Raum, mit sorgfältig ausgewählten Chintzstoffen und Porzellan, trotzdem hatte Jack sich hier nie wirklich wohlgefühlt. Einmal, als Junge, hatte er aus Versehen eine Dresdner Schäferinfigur umgestoßen und voller Entsetzen zugesehen, wie sie in Hunderte von winzigen Stücken zersprang, sodass sie nicht mehr zu reparieren gewesen war. Seine Mutter hatte ihn angeschrien und ihn tagelang mit Nichtachtung gestraft. Damals, als Kind, war es schlimm für ihn gewesen. Heute, als Erwachsener, wusste er, dass es keinen großen Unterschied gemacht hatte. Sie war nie eine warmherzige, liebevolle Mutter gewesen.

»Da bist du ja endlich. Ich fürchte, wir sind bereits mit dem Essen fertig. Ich bin viel zu beschäftigt, um mit den Mahlzeiten auf rücksichtslose Nachzügler zu warten. Bald ist das Maifest – ich muss noch die Sitzordnung absegnen, und die Festzelte sind nicht groß genug.«

Sie steckte die signierte Karte in einen Umschlag, den sie dann mit ihrer kleinen, säuberlichen Handschrift adressierte. Bisher hatte sie ihn nicht angesehen. Offensichtlich wartete sie auf eine Entschuldigung. Wenn er sich noch eine Gelegenheit zu einem Gespräch erhoffte, musste Jack ihr geben, wonach sie verlangte. »Es tut mir leid, dass ich das Mittagessen verpasst habe, Mutter.«

Grace steckte die Kappe auf den Füllfederhalter und seufzte tief, um sich schließlich doch zu ihm herumzudrehen. »Darf ich fragen, warum du nicht erschienen bist?«

Wo sollte er anfangen? Wahrscheinlich war es das Beste, gleich mit der Sprache rauszurücken. Er holte die Halskette aus seiner Jackentasche. »Es gibt da etwas, das ich nicht verstehe. Diese Kette habe ich Annie an unserem Hochzeitstag geschenkt. Erinnerst du dich? Ich habe sie bei Cartier gekauft.«

Ein Ausdruck von Widerwillen war bei Annies Erwähnung über Grace' Gesicht gehuscht. Sie musterte die Kette. »Ja, ich erinnere mich. Saphir und Diamanten, ein schönes Stück. Sehr extravagant von dir, habe ich damals gedacht. Was um alles in der Welt ist damit passiert?«

»Es wurde verbrannt, wie, spielt keine Rolle.« Jetzt von irgendwelchen Trauerritualen der Traveller anzufangen wäre unklug. »Komisch ist nur, dass Luke sie hatte.«

»Und?« Er spürte, wie Grace das Interesse verlor, was ihn ärgerte.

»Annie hat sie nicht mitgenommen. Also ist sie entweder zurückgekommen, um sie zu holen, was ich für unwahrscheinlich halte, oder …« Er machte eine Pause. »Oder jemand hat sie ihr geschickt.«

Aufmerksam suchte er auf dem Gesicht seiner Mutter nach Anzeichen von Schuldbewusstsein, fand aber keine.

»Warum sollte jemand so etwas tun?«, fragte sie.

»Das ist die Eine-Million-Dollar-Frage, nicht wahr?«

»Vielleicht hat sie darum gebeten«, schlug Grace vor. »Deine Angestellte könnte sie ihr geschickt haben. Gott weiß, dass die beiden ein Herz und eine Seele waren.«

An die versteckten Seitenhiebe gegen Annie hatte Jack sich über die Jahre gewöhnt, aber heute wollte er nichts davon hören. »Maggie hat mir ihr Wort gegeben, dass sie nichts darüber weiß.«

»Du bist zu vertrauensselig, Jack.«

Der Stachel saß, aber er entgegnete nichts darauf, sondern versuchte sich auf das eigentliche Thema zu konzentrieren.

»Anscheinend wurde Annies Schmuck versteigert. Deine Idee.«

»Und?«

»Erinnerst du dich, wer die Halskette gekauft hat?«

Grace verdrehte die Augen. »Das ist zwanzig Jahre her. Daran kann ich mich nicht erinnern. Ich glaub nicht mal, dass ich daran teilgenommen habe. Warum sollte ich auch?«

»Welches Auktionshaus war damit beauftragt?«

»Auch daran erinnere ich mich nicht mehr.«

Er steckte in einer Sackgasse. Der Verdacht war da, im Hinterkopf, dass seine Mutter Annie die Halskette hatte zukommen lassen, doch es war schwer zu glauben. Und sie hatte nicht mal gezuckt, als er auf die Auktion zu sprechen gekommen war. Aber es gab noch eine andere Möglichkeit …

»Der Marktwert dieser Kette hätte ein paar Jahre lang die Miete abgedeckt. Einer Mutter und ihrem Kind ein Dach über dem Kopf verschafft. Und dafür gesorgt, dass Annie nicht hierher zurückkam.«

Die Atmosphäre im Raum änderte sich merklich. Grace erhob sich. Ihr Ton war stählern. »Worauf willst du hinaus, Jack?«

Jack zögerte, aber er brauchte Antworten. »Glaubst du, Dad hat Annie die Halskette geschickt?«

Grace starrte ihn an. »Ganz sicher nicht! Er war froh, dass er sie los war.«

Jacks Magen revoltierte. »Ja, ich weiß. Und keiner von euch beiden wollte, dass sie zurückkehrte, nicht?«

Die Wangen seiner Mutter waren vor Ärger gerötet. »Ich weiß, warum du das tust! Weil dein Vater und ich nicht zu der Beerdigung gekommen sind. Und weil wir nicht gewillt waren, diesen Jungen freudig in unsere Arme zu schließen.

Nun, in welche Schwierigkeiten du dich auch gebracht hast, zieh mich da nicht mit hinein. Oder deinen Vater. Er wäre außer sich, wenn er wüsste, was du andeutest.«

»Wo ist er? Vielleicht sollte ich mit ihm reden.«

Grace schlug mit der Faust auf die Schreibtischplatte. »Hör auf damit, Jack! Hör auf!« Sie drohte ihm mit dem Finger. »Dieser Junge tut genau das, weswegen er hergekommen ist. Ärger machen. Ich verstehe nicht, wie du ihn unter deinem Dach dulden kannst …«

Jack konnte seinen Abscheu nicht länger verbergen. Jede weitere Diskussion war zwecklos. »Du musst mich nicht zur Tür bringen. Du musst dich um Festzelte kümmern. Was könnte wichtiger sein als das?«

Als er die Tür hinter sich schloss, rief seine Mutter ihn zurück. Grace wollte immer das letzte Wort haben, und dass er es ihr versagte, verschaffte ihm eine kleine Befriedigung. Aber was es mit der Halskette auf sich hatte, wusste er immer noch nicht.

Jack stand vor dem riesigen Fenster im Büro seines Vaters bei Stewart Enterprises. Die feuchten grauen Dächer von Manchester starrten zurück. Zwei Tassen Kaffee hatten ihn endlich aufgeweckt, doch Jack fühlte sich immer noch nicht so energiegeladen wie sonst zu Beginn eines neuen Geschäftstages. Dieses fürchterliche Wochenende hatte ihn ausgelaugt. Und deprimiert. Deshalb hätte er gut auf das Meeting an diesem Montagmorgen verzichten können, doch Nicholas hatte darauf bestanden, dass sie sich als Erstes auf den neuesten Stand brachten. »Den Bullen bei den Hörnern packen«, wie er sich ausdrückte.

»Guten Morgen. Tut mir leid, dass ich zu spät bin – ein

paar dringende Kundenanrufe.« Richard war dazugekommen. Der Mann ohne Eier. Der von Tuten und Blasen keine Ahnung hatte. Der keinen Fuß auf eine dreckige Baustelle setzte, wenn er es vermeiden konnte. Der von den Bauleitern *Thick Dick* – Dick mit der langen Leitung – genannt wurde. Jack hatte oft davon geträumt, ihn zu feuern, nachdem Nicholas ihm die Unternehmensleitung übertragen hatte, doch das würde er nie tun – wegen Claire. Er liebte seine Schwester mehr, als er Richard hasste.

Richard feixte Jack an und sagte: »Schade, dass du das Mittagessen gestern verpasst hast – es gab einen exzellenten Lachs.«

Schade vor allem, dass der Trottel nicht an einer Fischgräte erstickt war. Vermutlich hatte Richard während der gesamten Mahlzeit Grace' Ärger angestachelt. Eine Gelegenheit, sich auf Kosten anderer aufzuspielen, ließ er sich nie entgehen.

»Hatte deine Abwesenheit etwas mit dem Traveller-Jungen zu tun? Wir wissen alle, dass es im Moment nicht leicht für dich ist, Jack. Wenn du das Gefühl hast, es wird dir zu viel, kannst du gerne einen Teil der Aufgaben an mich abgeben.«

»Okay. Dann versuch mal, das hier zu regeln.« Jack gab ihm den Demonstrationsflyer. »Die wurden überall im Dorf verteilt.«

Richard überflog den Text. »Ach je.« Sein Ton drückte Desinteresse aus.

»Ist das alles, was du dazu zu sagen hast?«

Richard schnalzte mit der Zunge. »Na ja, die Grammatik ist fürchterlich.« Er blickte wieder auf den Flyer und las laut vor. »›Viele Menschen werden aus ihren Häusern *verjagd*.‹ Ich weiß nicht, was man den Kindern in der Schule heute noch beibringt.«

»Das ist hier kein bescheuerter Orthografietest, Richard! Das ist ernst!«

»Komm schon, Jack. Wer geht denn da schon hin? Irgendwelche marxistischen Faulpelze, die sich über den Kapitalismus beklagen? Viel Gerede, ein paar Plakate, und schon legt sich die Aufregung wieder. Das gab es doch schon früher.«

»Nicht bei uns, nein.« Nicholas legte einen Stapel Papiere beiseite, in denen er gelesen hatte, und runzelte die Stirn. »Das gefällt mir nicht. Ich dachte, du hättest gesagt, alle hätten unterzeichnet, Richard.«

»Fast alle. Im Prinzip haben sie alle den Ausgleichszahlungen zugestimmt.« Richard sah jetzt aus, als wäre ihm unbehaglich zumute.

»Offensichtlich nicht«, stellte Jack fest.

Richard wendete sich mit seinem Appell an Nicholas. »Hör zu, diese Stänkerer stellen uns vermutlich auf die Probe, um zu sehen, ob wir auf unsere großzügige Entschädigung noch was drauflegen. Wenn wir sie ignorieren, verlieren sie in einer Woche oder so das Interesse.«

Jack schüttelte den Kopf. »Ich glaube nicht, dass wir einfach nichts tun sollten.«

Nicholas nickte. »Ich auch nicht, Jack. Das ist zu riskant. Redgate wird nervös, wenn es zu viel negative Presse gibt, seitdem sie sich vor ein paar Jahren an dem Ferienhaus-Betrug die Finger verbrannt haben.« Als nämlich korrupte Bauträger mit fast einer Million Anzahlungen abtauchten und Redgate Construction mit halbfertigen Wohnungen dastand, ohne das Geld, das nötig war, um sie zu Ende zu bauen. Falls irgendetwas mit dem Woodlands-Deal schiefging, wäre man dort auf den Namen Stewart sehr schlecht zu sprechen.

»Ich will nicht, dass sie kalte Füße bekommen«, fuhr Nicholas fort. »Jemand sollte zu dieser Demonstration gehen. Wir müssen wissen, mit was – und mit wem – wir es zu tun haben.«

»Warum gehst *du* nicht, Richard?«, schlug Jack vor. »Es ist dein Projekt, wie du mir immer wieder ins Gedächtnis rufst.« Schweigen. »Oder hast du Angst vor ein paar marxistischen Faulpelzen?«

Richard funkelte ihn böse an. »Natürlich nicht. Ich finde nur nicht, dass es eine gute Idee ist. Die werden doch keinen Pieps mehr sagen, wenn sie mich da sehen …«

»Oder dich verjagen.« Das hätte Jack nur zu gern gesehen.

»Wir müssen jemanden schicken, den sie nicht kennen«, sagte Nicholas. »Jemand Junges – unbekannt und diskret. Wen schlägst du vor, Richard?«

»Äh …« Er zögerte, den Blick aus dem Fenster gerichtet, als würde er nach einer Inspiration suchen. Jack hätte fast laut aufgelacht. Richard kannte niemanden von den jungen Angestellten. Man musste schon zumindest im Vorstand sein, damit er das Wort an einen richtete. Jack dagegen war es ein Anliegen, sämtliche Mitarbeiter namentlich zu kennen. Er hatte die Personalabteilung gebeten, ihn über jeden neuen Angestellten zu informieren, damit er ihn persönlich im Unternehmen willkommen heißen konnte.

»Lynda Thomas«, schlug er vor, während Richard noch überlegte. »Assistentin in der Rechtsabteilung. Sie hat gute Arbeit am Sterne-Vertrag geleistet.«

»Ich weiß nicht, ob eine Frau das schafft …«, begann Richard, aber Nicholas schnitt seinen Widerspruch mit einem Wink ab.

»Das ist eine gute Idee. Eine Frau wirkt weniger bedrohlich. Sie ist nicht von hier, oder?«

»Nein«, sagte Jack. »Aus Chester.«

»Okay, Jack, brief du sie. Und informier die PR-Abteilung. Richard, fahr jetzt rüber nach Woodlands. Wenn du die ausstehenden Unterschriften bekommst, gibt es nichts mehr, gegen das irgendwer protestieren könnte.«

»Ich werde es versuchen«, sagte Richard mürrisch und ging.

Jack blieb, wo er war. Nicholas widmete sich wieder dem Stapel Papiere vor sich. Offensichtlich hatte Grace ihm nichts von der Halskette und Jacks Beschuldigungen gesagt, sonst wäre es jetzt schon zur Sprache gekommen.

»Gibt es noch etwas, Jack?«, fragte Nicholas, die Fingerspitzen aneinandergelegt. »Zeit ist Geld.«

»Behalte Richard bei diesem Redgate-Deal im Auge, Dad. Ich glaube, das wächst ihm über den Kopf. Meiner Meinung nach hätten wir die Finger von den Häusern am Ufer lassen sollen. Diese Gemeinschaft zu zerstören kommt mir nicht richtig vor.«

Nicholas zog eine Augenbraue hoch. »Wir sind Geschäftsleute, keine Wohltäter. Sieht dir gar nicht ähnlich, so puritanisch zu sein.«

»Ich versuche nur, unseren Ruf zu schützen.«

Nicholas lächelte. »Keine Sorge. Du weißt, es gibt nichts, das ich nicht tun würde, um den Familiennamen zu schützen.«

Diese Worte dröhnten ihm noch in den Ohren, als Jack das Büro verließ, und sie verfolgten ihn noch den ganzen Morgen. Er fragte sich, wie weit Nicholas gehen würde – und vielleicht schon gegangen war –, um den Namen Stewart zu schützen.

14

Luke stellte den Fernseher aus. Der Tag zog sich. Am liebsten hätte er sich auf dem Sofa ausgestreckt und geschlafen, aber in letzter Zeit hatte er Albträume von dem Unfall. Die Lichter des Lastwagens, der ausbrechende Wagen. Die Bilder kamen nach und nach zurück, so wie man es ihm vorausgesagt hatte. Deshalb versuchte er wach zu bleiben. So hatte er mehr Kontrolle über seine Gedanken.

Er zog die Halskette aus seiner Hosentasche und zählte die Steine zwischen seinen Fingern ab wie die Perlen eines Rosenkranzes. Jack hatte sie ihm wiedergegeben und behauptet, Grace wisse nichts darüber. Vielleicht hatte er sie nicht mal gefragt. Hauptsache, er machte es sich einfach. Gerechtigkeit für Annie zu bekommen würde schwer werden, aber irgendwie würde er die Wahrheit schon herausfinden.

Als sein Handy klingelte, fuhr er erschrocken zusammen. Er hatte noch nie ein eigenes Telefon besessen, bis Matt ihm gestern eines geschenkt hatte, so richtig als Geschenk verpackt. Dazu hatte er gesagt, er solle es immer bei sich tragen, für den Fall, dass seine Onkel auftauchten. Einen Moment lang hatte Luke erwartet, eine Pistole darin zu finden.

Auf dem Display erschien Kates Nummer. Er hatte sie gestern angerufen, doch sie war die Erste, die seine neue Nummer wählte. Das war schön. Er drückte die Annahmetaste. »Baronsmere Wahrsagerei. Was können wir Ihnen heute vorhersagen?« Ein kreischendes Lachen erklang am anderen

Ende der Leitung, und auf einmal schien der trostlose Tag erträglicher.

»Ich hätte gerne eine persönliche Sitzung«, sagte Kate. »Heute Abend. Sieben Uhr. Bei mir. Dinner. Können Sie mir sagen, ob ein bestimmter Ire mit sehr blauen Augen und den längsten Wimpern der Welt Zeit hat?«

Ein schönes Mädchen wollte den Abend mit ihm verbringen – er würde bestimmt gleich aufwachen. »Lassen Sie mich einen Blick in meinen Terminkalender werfen. Das würde bedeuten, dass ich Ollie enttäuschen muss – dann gibt's wohl später keinen aufregenden Spaziergang die Einfahrt runter. Trotzdem, für Sie, Kate, tun wir doch alles.«

»Super! Ich koche und spiele dir meine neue CD vor.«

»Ich hoffe, ich muss dazu nicht tanzen.«

»Nein, keine Sorge. Es sind Soul-Balladen.«

»Da bin ich aber erleichtert«, sagte Luke. »Riverdance ist nämlich nicht so mein Ding.«

Ihm kam ein Gedanke. »Was ist mit deiner Mam? Wird sie auch da sein?« Luke hatte Sarah auf der Beerdigung kennengelernt. Sie hatte sich nicht sehr freundlich gezeigt, und bei seinem Besuch im *Foresters* war ihr Blick regelrecht frostig gewesen.

»Nein«, erwiderte Kate. »Sie ist auf irgendeiner Party in Manchester. Und kommt erst nach Mitternacht zurück.«

»Ich frage mal, ob Maggie oder Matt mich fahren können. Du hast bestimmt alle Hände voll zu tun.«

»Hm. Das möchte ich hoffen. Dann bis später, Hübscher.«

Luke würde also mit Kate allein sein. Er wollte sie wieder küssen, das stand fest. Am Samstag hatten sie sehr viel geübt, deswegen war er, was das anging, recht zuversichtlich, aber vielleicht würde auch noch mehr passieren. Zwanzig Jahre, und er hatte noch nie eine richtige Freundin gehabt. Armselig. Er hatte schon Sex gehabt, aber noch nie mit einer Frau geschlafen. Er wollte, dass es etwas Besonderes war, kein hektisches Fummeln im Dunkeln, doch es fiel ihm schwer, zu vertrauen. Er und Kate hatten am Samstag ein wenig darüber gesprochen. Sie hatte ihm gesagt, dass sie Erfahrung hatte, und er hatte ihr erklärt, dass es bei ihm nicht so war. Sie schien das nicht schlimm zu finden, und ihm hatte es nichts ausgemacht, es ihr zu sagen. Aber er dachte nur höchst ungern an seine erste Erfahrung zurück. Eine kurze Beziehung mit einer Frau, die eigentlich unantastbar gewesen war. Wie so viele Dinge in seinem Leben hatte es mit Demütigung und Gewalt geendet. Seitdem hatte er keine Anstrengungen mehr unternommen.

Sinead. Er hatte sie nicht geliebt. Und sie hatte ihn nicht geliebt. Ihr gefiel die Idee, seine Erste zu sein. Er war siebzehn, sie war zwölf Jahre älter. Sie arbeitete in dem Tierheim, in dem Luke ehrenamtlich aushalf. Sie war sehr attraktiv und machte ihn ziemlich offensichtlich an. Er schämte sich zwar nicht, weil er mit siebzehn noch Jungfrau war, aber er war die blöden Kommentare leid, die Joe und Liam darüber machten. Sinead war keine Traveller-Frau, aber sie schien Luke zu mögen. Sie sagte ihm, sie wäre getrennt, aber eines Nachts kam ihr Mann nach Hause und hätte fast die Tür mit den Fäusten eingeschlagen. Joe hatte Luke deswegen zusammengeschissen. Er wäre eine Schande für die Familie. Dann hatte er ihn die Treppe hinaufgejagt, ihn zusammengeschlagen und getreten, bis er zu Boden ging. Seitdem hatte Luke Probleme mit dem Rücken. Sinead sah er nie wieder. Er hatte gehört, sie wäre mit ihrem Mann, der ihr offenbar verziehen hatte, nach Holland gegangen, wo er auf den Ölbohrinseln arbeitete. Annie hatte damals toll reagiert. Sie hatte Luke gesagt, sie würde ihn verstehen, und ihm geglaubt, dass er von dem Ehemann nichts gewusst hatte. Aber dass sie miterlebt hatte, als der Mann kam und ihn beschimpfte und beleidigte, war eine furchtbare Demütigung gewesen.

Danach hatte er aufgegeben. Es wurde erwartet, dass er jemanden aus der gleichen Kultur heiratete, und Traveller-Mädchen mussten erst geheiratet werden, bevor man mit ihnen schlief. Er hatte sich damit abgefunden, auf die Richtige zu warten. Aber nie hätte er gedacht, dass es eine Außenstehende sein würde. Ein Mädchen wie Kate würde zu Hause niemals akzeptiert werden, aber sie war einfach wunderbar. Nett und lieb. Er hätte es lieber gehabt, wenn sie noch keine Erfahrungen gehabt hätte, aber seine Gefühle konnte er nicht einfach abstellen. Und das wollte er auch nicht.

Er schloss die Augen, streckte sich auf dem Sofa aus und dachte an Kate. Als er eindöste, träumte er von Irland: Wie er mit Annie zu Musik aus dem Radio gesungen hatte, den Rhythmus mit einem Löffel auf dem Küchentisch trommelnd.

Er wachte mit einem Ruck auf, krank vor Enttäuschung, sich allein und hier in England wiederzufinden. Der Traum war so real gewesen. Für einen kurzen Moment hatte er seine Mutter wiedergehabt, aber dieses flüchtige Glück war den Verlust nicht wert, den er jetzt empfand. Er vergoss keine Tränen, aber innerlich weinte er.

Die Vorfreude auf den Abend mit Kate war verschwunden. Annie würde niemals dieses Glück mit ihm teilen können, diese erste Liebe. Falls er je heiratete, würde sie nie erleben, wie schön es war, Enkel zu haben. Und seine Kinder würden nie das Glück haben, sie kennenzulernen. Es war falsch, sich des Lebens zu freuen, wenn die Erde auf dem Grab seiner Mutter noch locker war. Vielleicht sollte er Kate anrufen und absagen. Einfach heute Abend in seinem Zimmer bleiben und um seine Mam trauern.

Das Knallen der sich öffnenden Haustür unterbrach seine Gedanken. Er hörte Matts vertrautes: »Schätzchen! Ich bin zu Hause!« Es folgte ein kurzer Wortwechsel mit Maggie, dann öffnete sich die Wohnzimmertür.

»Hi, Bro.« Matt wuschelte Luke durchs Haar, bevor er sich aufs Sofa warf. »Was geht?«

»Ach, ich häng hier nur so rum. Denke nach. Wie war die Arbeit?«

»Grausig. Ich bereite alles für die Renovierung des Nachtclubs vor. Gott, ich hasse Papierkram. Pints zapfen und mit den Kunden plaudern kann ich am besten.«

Es tat ihm gut, dass Matt hier war. In seiner Gesellschaft fühlte Luke sich weniger deprimiert. Unglücklicherweise schien sein Bruder ständig zu arbeiten, zu schlafen oder bis in die frühen Morgenstunden seinem Sozialleben zu frönen, was bedeutete, dass er sehr wenig Freizeit hatte. Zumindest nicht so viel, wie Luke es gern gehabt hätte. Er wollte sich nicht beklagen, aber manchmal war er doch einsam.

»Maggie will Fleischpastete zum Abendessen machen«, sagte Matt und klopfte sich auf den Bauch. »Deswegen kann ich mich so schlecht mit dem Konzept der Ehe anfreunden. Keine meiner Freundinnen konnte kochen wir unsere Maggie.«

Das Thema Abendessen erinnerte Luke an sein Dilemma. »Eigentlich bin ich heute mit Kate verabredet.«

Matt richtete sich auf, ganz Ohr. »Dann hast du sie also endlich auf ein Date eingeladen?«

»Nicht ganz. Sie hat vorhin angerufen. Sie will für mich kochen. Und dass ich mir ihre neue CD anhöre.«

Matt lachte. »Ja, klar. Toller Vorwand. Noch bevor der erste Song zu Ende ist, hat sie sich auf dich gestürzt.«

Lukes Fantasie spielte diesen Gedanken ein paar Momente lang durch, bevor ihn erneut Gewissensbisse überkamen. »Matt, ist es eigentlich okay, dass ich das tue … mich mit einem Mädchen verabrede, obwohl meine Mam … du weißt schon?«

Matts Lächeln erlosch. »Ich glaube, sie würde wollen, dass du Freunde findest, Luke. Das heißt ja nicht, dass du weniger trauerst.«

Luke nickte. Daran war etwas Wahres. Die vorwurfsvolle Stimme in seinem Kopf war Lukes eigene, nicht Annies. Er würde einen Schritt nach dem andern gehen, einen Tag nach dem andern leben. Wieder anfangen, normale Sachen zu tun.

Matt schnappte sich die Fernbedienung, stellte den Fernseher an und zappte durch die Kanäle. »Du brauchst Kondome. Ich gebe dir nachher ein paar aus meinem Vorrat. Aber lass das besser nicht Maggie sehen.«

»Was soll Maggie besser nicht sehen?«

Luke machte in seinem Sessel buchstäblich einen Satz, als die Haushälterin mit einem riesigen Schokoladenkuchen ins Zimmer trat. Er hoffte, dass Maggie nicht sah, wie er errötete. An Kondome hatte er überhaupt nicht gedacht.

»Das willst du nicht wissen, Maggie«, sagte Matt. »Schokokuchen. Lecker! Zwei Stücke für mich, bitte.«

»Die schmutzigen Stiefel runter vom Sofa, bitte, Matthew. Tun wir wenigstens so, als wären wir zivilisiert.«

»Ja, Ma'am!« Matt salutierte und gehorchte. »Luke ist übrigens zum Abendessen nicht da. Kate kocht für ihn.«

»Ich hoffe, du weißt, auf was du dich da einlässt, Luke.« Sie wechselte einen schnellen Blick mit Matt.

Von Maggie hätte Luke so etwas nicht erwartet. Seine Stimme war angespannt, als er sagte: »Gibt es ein Problem?«

Maggie schüttelte mit besorgter Miene den Kopf. »Na ja, ich weiß nicht – ich hoffe nicht –, aber diese junge Dame wurde ihr ganzes Leben von vorne bis hinten bedient. Ich weiß nicht, ob sie überhaupt weiß, wie man den Herd anstellt.«

Auf Maggies Gesicht breitete sich ein Lächeln aus, und Lukes Herzschlag wurde wieder normal. Sie zogen ihn nur auf. »Kann ich dann zwei Stücke Kuchen haben?«, sagte er mit einem Grinsen. »Nur zur Sicherheit.«

»Gute Idee«, sagte Matt. »Und mit ein bisschen Glück ist Kate so vernünftig und bestellt etwas.«

Luke spürte eine ihm fremde, warme Zufriedenheit. In diesem Moment hatte er das Gefühl, zu einer Familie zu gehören.

»Amüsier dich schön«, sagte Maggie, als sie vor Kates Haus hielt. Luke blieb sitzen und starrte blicklos auf die vor ihnen liegende Straße, bis sie fragte: »Stimmt was nicht, Schatz?«

»Maggie, wie macht man weiter? Wenn man jemanden verliert?«

Traurigkeit verdüsterte Maggies Gesicht. »Es wird besser mit der Zeit, mein Junge – der Schmerz.«

»Vorhin habe ich geträumt, dass Mam gar nicht tot ist. Als ich aufwachte, war es, als würde ich alles noch einmal erleben.«

»Das ist normal, Luke«, erklärte Maggie ihm, und ihre Worte trösteten ihn ein wenig. Zumindest war er nicht dabei durchzudrehen.

Maggie drückte seine Hand. »Ich bewahre dir ein bisschen Fleischpastete auf, nur für den Fall.« Dann fuhr sie davon und ließ ihn vor dem Cottage der Walkers zurück.

Wenn man es überhaupt ein Cottage nennen konnte. Er hatte sich etwas Kleines, Malerisches vorgestellt, mit einem Reetdach. Das Haus hier schien in alle Richtungen zu quellen. Was würde Kate wohl von seinem winzigen Zuhause in Ennis denken? Er umging die Pflanzenkübel vor dem Eingang und klingelte. Dann wartete er einen Moment und klingelte ein zweites Mal. Er konnte schlecht die ganze Nacht hier stehen und wie ein Vollidiot die Klingel drücken. Aber anrufen ging auch nicht, weil er sein Handy vergessen hatte. Er beschloss, es hintenrum zu versuchen, doch gerade als er um die Ecke bog, flog eine Pfanne aus der Tür und landete in einem der Blumenbeete. Die Pfanne stand in Flammen.

»Du kannst mich mal!«, hörte er Kate schreien.

Als Luke sich dem Fenster näherte, konnte er Kate drinnen sehen. Auf und ab springend versuchte sie mit einem Besenstil den Rauchalarm abzustellen. Kein Wunder, dass sie die Türklingel nicht gehört hatte. Im selben Moment, als er in die Küche trat, hörte der Alarm auf.

»Du kannst mich mal!«, wiederholte Kate, ließ den Besen fallen und wandte sich wieder dem Herd zu.

»Ich bin schon schlimmer beschimpft worden«, witzelte Luke, dem in der verrauchten Küche die Tränen in die Augen traten.

»Oh, Luke! Es ist alles misslungen!«

»Das sehe ich«, sagte er. Im Spülbecken neben ihm schwelte ein Küchenhandtuch. »Essen wir draußen?«

»Was?«

»Na ja, ist das der Hauptgang da im Garten?«

Kate brach in Gelächter aus. »Nein, das sind – waren – die Bratkartoffeln. Ich habe zu viel Öl verwendet und die doofen Dinger haben angefangen zu brennen, deswegen bin ich in Panik geraten. Zum Hauptgang gibt es Lamm – das müsste mittlerweile fertig sein.« Sie zog sich Topfhandschuhe an und hievte einen Braten aus dem Ofen. Der Gestank war fürchterlich. Das Stück Fleisch lag besiegt da. Maggie und Matt hatten gewusst, wovon sie sprachen.

»Das ist schon in Ordnung«, scherzte Luke. »Ich mag es gut durch.«

»Oh Gott!«, jammerte Kate und stupste das Fleisch mit einer Gabel an. »Ich habe die Temperatur hoch gedreht, damit es auch wirklich gar wird. Was für eine Katastrophe! Ich wollte es besonders gut machen, und jetzt ist alles für die Tonne. Und sieh mich an, ich bin bestimmt ein toller Anblick, und meine Klamotten riechen nach Rauch.«

Sie schien kurz davor, in Tränen auszubrechen. Luke dachte schnell nach. »Hast du Eier, Milch, Butter – und vielleicht ein bisschen Speck?«

Kate spähte in den Kühlschrank. »Ja, haben wir alles. Warum?«

»Und gibt es noch eine andere Pfanne? Ich mache uns ein Omelette, während du dich umziehst.«

Kate starrte ihn an. »Oh nein, das ist nicht fair. Ich habe *dich* zum Abendessen eingeladen. Hör zu, wir könnten etwas bestellen …«

»Ich schaffe das schon, Kate. Ich koche sogar gern. Hol mir einfach nur den Hocker dort drüben her. Mein Bein tut ein bisschen weh.«

Sie nahm die Zutaten aus dem Kühlschrank, und Luke richtete sich vor der Arbeitsplatte ein. »Jetzt geh. In zwanzig

Minuten ist es fertig.« Er schlug das erste Ei in die Schüssel.

»Viel Glück«, sagte Kate. Als sie ihn auf die Wange küsste, zitterte seine Hand. »Soll ich ein paar Pommes machen?«

Sie schob ein Blech mit gefrorenen Pommes in den Ofen. Luke nahm sich vor, noch mal nach der Temperatur zu sehen, sobald sie gegangen war. »Kate …«

Sie blieb in der Tür stehen. »Ja?«

Er betrachtete beifällig den sexy schwarzen Pullover, den sie trug, dessen weiter Ausschnitt so tief hinuntergezogen war, dass er ihre Schultern entblößte. »Das Oberteil steht dir toll. Musst du dich wirklich umziehen?«

»Ich habe noch so einen«, murmelte sie.

Die Omelettes waren fast gar. Und auch gar nicht mal übel geworden. Er hatte sie oft für seine Mutter gemacht, wenn sie aussah, als könnte sie eine Pause gebrauchen. Musik drang von oben herunter. Kate war noch nicht fertig, deswegen drehte er die Hitze unter der Pfanne herunter. Durch die offene Tür der Küche gegenüber sah Luke einen Tisch und Stühle. Da würden sie wohl essen. Er sah besser mal nach, ob noch etwas zu tun war. Es war ein schickes Esszimmer, so wie bei Jack zu Hause, aber nur halb so groß. Edle Porzellanteller, Kristallgläser und hohe Kerzen in silbernen Leuchtern, die darauf warteten, entzündet zu werden. Kate hatte sich viel Mühe gemacht.

Lächelnd drehte Luke sich um, um zu gehen, und fand sich Jack Stewart gegenüber. Oder, um genau zu sein, vielen Jack Stewarts. An einer ganzen Wand des Esszimmers der Walkers hingen unzählige gerahmte Familienfotos, und auf den meisten waren auch Jack und Matt zu sehen. Luke biss sich auf die Lippe. Er wusste, dass Kate für Matt fast wie eine Schwester war, aber zu sehen, wie Jack glückliche Familie spielte, traf ihn wie ein Schlag in den Magen.

»Luke?«, rief Kate aus der Küche. Wie betäubt antwortete er: »Hier drinnen«, unfähig, den Blick von Jacks Gesicht loszureißen. Er roch Kates Parfüm, als sie auf einmal neben ihm stand. Das Herz tat ihm weh. Sie war alles, was er wollte, aber was hatte er zu bieten?

»Luke.« Sie berührte seinen Arm. »Stimmt was nicht?«

»Ich. Ich stimme nicht.«

»Was meinst du?«

Er konnte nicht antworten. Sie stellte sich vor ihn, versperrte ihm den Blick auf die Fotos. Er sah in ihre wunderschönen grünen Augen.

»Ich weiß, was du denkst, Luke. Dass wir nichts miteinander anfangen sollten, weil ich Jack nahestehe und du nicht – zumindest noch nicht.« Sie packte ihn am Arm. »Wir denken unterschiedlich über Jack, das stimmt, aber wir wären blöd, wenn wir das zwischen uns kommen ließen.«

»Kate«, sagte er so eindringlich, als könne er sie allein durch Willenskraft dazu bringen, ihn zu verstehen. »Es wäre schön, wenn es so einfach wäre, aber es fällt mir schwer zu sehen, wie Jack so tut, als wäre er ein Familienmensch, während er sich um mich und meine Mam einen Scheiß gekümmert hat.«

Sie schwieg, und er wartete auf das Unausweichliche. Jetzt kam es – das Ende. Er hatte es vermasselt. Aber dann spürte er Kates Hand in seiner, ihre Handfläche, die weich und warm in seiner kalten lag. Endlich sagte sie: »Ich weiß nur, Luke Kiernan, dass ich mit dir zusammen sein will.« Sie lächelte. »Wer weiß, vielleicht lerne ich ja sogar, für dich zu kochen.«

»Nicht nötig.« Er streichelte ihre Hand mit den Fingerspitzen. »Ich mag dich genau so, wie du bist.«

»Richtige Antwort! Und jetzt raus hier, wir essen im Wohnzimmer. Wo ist das Omelette? Ich komme um vor Hunger.«

Sie gingen zur Tür, und Kate knipste das Licht aus. Luke atmete erleichtert auf, als die Fotos und die mächtigen Erinnerungen, die damit verbunden waren, in der Dunkelheit zurückblieben.

Sie hatten im Wohnzimmer gegessen, mit den Tabletts auf dem Schoß. Das Omelette war gut angekommen. Selbst die Pommes waren gelungen.

Kate brachte das Dessert. »Hier, bitte schön. Mit Schokolade überzogene Erdbeeren und Amaretto-Eis. Wenigstens damit konnte ich nichts falsch machen.«

Luke war immer noch hungrig und dankbar, dass es noch etwas zu essen gab. »Das ist genial«, erklärte er, nachdem er den Mandelgeschmack gekostet hatte.

»Hm-Hm«, war alles, was sie erwiderte, während sie sich ein wenig Schokolade von den Lippen leckte. Er hätte ihr gerne angeboten, weiterzumachen. Gott sei Dank konnte Kate nicht seine Gedanken lesen. Obwohl … bei ihrer Rückkehr ins Wohnzimmer hatte sie das Licht gedimmt. Vielleicht hieß das, dass auch sie mehr im Sinn hatte als nur das Essen.

»An was denkst du?«, fragte Kate und ließ den Löffel über ihrer Schale schweben.

Warum es ihr nicht sagen? Einfach ins kalte Wasser springen. »Ganz ehrlich? Ich dachte gerade, wie hinreißend du bist.« Jetzt, da die Worte raus waren, klangen sie lächerlich. Unehrlich. Sie würde entweder lachen oder das Thema wechseln. Und er musste lernen, seine Klappe zu halten. Er sah zu ihr auf, und ihre Blicke trafen sich. Luke schluckte. Der

Raum um ihn herum wich zurück, und die Musik wurde vom Hämmern seines Herzens übertönt, so laut, dass sie es hören musste.

Sie blickte ihn weiter an. Ein Lächeln umspielte ihre Lippen. Sie zeigte auf seine Schale. »Fertig?«

Stumm reichte er sie ihr, und sie stellte sie ab, um sich schnell wieder ihm zuzuwenden. Dann glitt sie über das Sofa und schmiegte sich eng an ihn. Sie war so hübsch, so zart. Mit ihr fühlte er sich wie ein Mann und Beschützer. Er küsste sie auf den Kopf. Kate änderte ihre Position leicht und blickte zu ihm hoch. Da verflogen alle Zweifel. Es war klar zu sehen, dass sie dort war, wo sie sein wollte. Sanft hob er ihr Kinn an und küsste sie. Seine Zunge fand ihre, und er schmeckte die Süße der Erdbeeren. Er schob die Finger unter ihr Haar, das sich wie Seide anfühlte und nach Sommerblumen roch. Kate war jetzt halb auf ihm, ihr Schenkel an seinem. Sie musste gemerkt haben, dass er bereit für mehr war. Sein Körper schien einen eigenen Instinkt zu besitzen. Hoffentlich würde es nicht zu früh mit ihm durchgehen. Er versuchte, nicht an sein eigenes Vergnügen zu denken und sich auf ihres zu konzentrieren. Als er seine freie Hand um Kates Schulter schob, glitt der Pullover tiefer und entblößte den Ansatz ihrer Brüste. Sie stöhnte leise und fuhr mit den Händen in sein Haar, um fest, aber sanft daran zu ziehen, während ihr Kuss intensiver wurde. Trotz seiner Anstrengungen geriet seine Selbstbeherrschung gefährlich ins Wanken.

Eine Hupe plärrte draußen auf der Straße, und Luke riss sich von Kate los. Irgendwo in der Nähe bellte ein Hund.

»Was ist los?«, murmelte Kate und versuchte ihn wieder an sich zu ziehen.

»Kommt deine Mutter nach Hause?« Was würde Sarah sagen, wenn sie ihn erwischte, wie er sich anschickte, mit ihrer Tochter zu schlafen. Die Mutter eines Traveller-Mädchens hätte ihn geohrfeigt, und der Vater hätte ihm den Schädel eingeschlagen. Und dann wären ihre Brüder mit Stöcken gekommen.

»Nein, das habe ich dir doch gesagt. Sie kommt erst spät zurück.« Er konnte die Ungeduld in ihrer Stimme hören.

Sie nahm seine Hand und legte sie auf ihre Brust. Luke küsste sie eine Weile weiter, aber es war nicht mehr wirklich schön. Die Stimmung war zerstört.

»Es tut mir leid, Kate.« Er strich ihr übers Haar. »Ich stelle mir immer vor, wie deine Mam uns überrascht.«

Kate seufzte und stand auf. Nachdem sie ihren Pullover gerichtet und sich das Haar glatt gestrichen hatte, setzte sie sich in den Armsessel. Ihre Wangen waren gerötet, ob vor Ärger oder Lust konnte er nicht sagen. Sie sah ihn an, als wartete sie darauf, dass er etwas sagte.

»Ich komme mir wie ein Vollidiot vor, Kate.« Er richtete sich langsam auf. »Du bist das Mädchen meiner Träume. Und ich will dich, so sehr. Es ist nur … bei den Travellern ist es nicht üblich, ein Mädchen im Haus ihrer Eltern zu küssen oder anzufassen. Das gibt richtig Ärger. Ich vermute, es steckt einfach in mir drin. Tut mir sehr leid.«

»Es gibt ja noch den Garten«, schlug Kate vor, und er war erleichtert, als er den belustigten Ausdruck in ihren Augen sah. »Liebe zwischen verbrannten Kartoffeln.«

»Kate, weißt du denn nicht, was kalte Luft mit einem Mann macht?«

Sie lachte, und es klang, als wäre alles wieder gut. Als sie ihn später nach Hause fuhr, fragte Kate, ob er vorhabe, zu Jacks Geburtstagsparty am nächsten Samstag zu kommen.

Jack hatte diese Party nicht mal erwähnt, wahrscheinlich, weil er Luke nicht dabeihaben wollte. Es war Matt, der ihm davon erzählt hatte. Er hatte gesagt, es würde bestimmt toll und dass er wollte, dass Luke auch kam. Einhundert Gäste, tonnenweise Essen und Getränke, ein DJ. Um einer Diskussion aus dem Weg zu gehen, hatte Luke nur geantwortet, er wäre vielleicht körperlich noch nicht fit genug dazu. Die Wahrheit war, dass es nicht seine Vorstellung von Spaß war, den Scheinheiligen von Baronsmere dabei zuzusehen, wie sie den Speichel eines Stewarts leckten. Und es gab noch einen Grund, den er Kate nun verriet. »Normalerweise gehen Traveller nach dem Tod eines Familienmitglieds ein Jahr lang nicht zu Partys oder Feiern.«

»Oh.«

Er hörte Enttäuschung in ihrer Stimme.

»Ich hatte gehofft, wir könnten zusammen hingehen«, sagte sie. »Aber ich verstehe gut, wenn du das nicht für angemessen hältst.«

»Aber nicht jeder hält diese Tradition ein«, erklärte er ihr. »Manche trinken oder tanzen nur nicht auf einer Party.«

»Das klingt wie ein guter Kompromiss. Und weißt du, auf der Party gibt es eine große Tombola, und der Erlös wird gespendet. Wir könnten Lose kaufen, eine gute Sache unterstützen.«

Kate bemühte sich sehr, ihn zu überzeugen. Es war schmeichelhaft, dass sie ihn wirklich dabeihaben wollte. Als sie ihn schließlich vor Jacks Haus absetzte, hatte er so gut wie zugesagt und versuchte die nagende Stimme seines Gewissens zu ignorieren, die ihm sagte, dass es nicht richtig war und nichts Gutes dabei herauskommen würde.

Es war ein hektischer Donnerstagmorgen im St. Aidan's Hospital gewesen. In der Pearse Street war ein Bus ins Schleudern geraten und die Notaufnahme hatte mit Schnitten und Schürfwunden bis hin zu ernsten Kopfverletzungen alle Hände voll zu tun. Der Busfahrer war tot – vermutlich ein Herzinfarkt, die wahrscheinliche Ursache des Unfalls –, und Emer hatte den ganzen Morgen damit verbracht, die Witwe zu trösten. Sie saß gerade in ihrem Büro über Papierkram, als das Telefon klingelte. Sie nahm ab und stellte den Lautsprecher an, um weiterschreiben zu können. »Emer Sullivan.«

»Emer, hier ist Mary vom Empfang. Hier ist ein Gentleman, der Auskunft über einen Patienten haben möchte. Als ich in die Akte sah, stand da, dass alle Nachfragen an Sie weitergeleitet werden sollen.«

»Wer ist der Patient?«

»Luke Kiernan. Er wurde vor drei Wochen entlassen.«

Emer hörte auf zu schreiben. »Und wer fragt nach ihm?«

»Ein Mr Joseph Kiernan – der Onkel des Patienten.«

»Ich komme gleich nach unten, Mary.« Jetzt war es also so weit. Emer hatte schon halb mit einem Besuch gerechnet. Von Jack wusste sie, dass Lukes Onkel im Ausland waren, dass sie aber, sobald sie von Annies Tod erführen, aller Wahrscheinlichkeit nach die Route, die ihre Schwester und ihr Neffe genommen hatten, zurückverfolgen würden.

Im Empfangsbereich entdeckte Emer Joe Kiernan, bevor er sie sah: Mitte bis Ende vierzig, schwarzes, leicht ergrautes Haar, korpulent, aber immer noch ziemlich attraktiv. Sein Anzug war gut geschnitten und aus hochwertigem Wollstoff, doch die blitzenden goldenen Ringe an seiner Hand auf dem Tresen verrieten, dass er erst kürzlich zu Geld gekommen war. »Mr Kiernan?«

Er wandte sich ihr mit einer schnellen Bewegung zu. Sie erschrak, als sie seine Augen sah – dieselbe Form wie Lukes, nur das Blau war heller. Die Ähnlichkeit war verstörend, doch jahrelange Übung half Emer, sich nichts anmerken zu lassen. Sie schüttelte seine Hand und stellte sich vor. »Ich bin Emer Sullivan, Krankenhaustherapeutin.«

Seine Augen huschten abschätzend über ihren Körper, dann erwiderte er ihr Lächeln. Mit einem leicht schiefen Grinsen, mit dem er wohl gewöhnlich Glück bei Frauen hatte.

»Wie kann ich Ihnen helfen?«

»Na ja, wie ich Mary hier schon erklärt habe, wurde meine Schwester Annie vor ein paar Wochen getötet. Autounfall. Ich hab's grad jetzt erst erfahren, weil ich im Ausland war. Ich bin Geschäftsmann, verstehen Sie, ich reise viel.«

»Sie war keine Patientin hier«, warf Mary ein, die auf ihre Computertastatur einhackte.

»Mein Beileid«, sagte Emer. Diese Worte brachte sie jeden Tag an, und manchmal klangen sie mechanischer, als ihr lieb war. Doch jetzt, nach Annies Beerdigung, meinte sie sie ehrlich.

»Danke.« Doch Joe zeigte nicht den Funken eines Gefühls. Andererseits waren manche Menschen sehr zurückhaltend mit ihren Emotionen, vor allem in der Öffentlichkeit. »Die Sache ist die, Emer, ihr Sohn Luke – mein Neffe – war bei ihr, als der Unfall geschah. Bei der Garda sagte man mir, er wäre in dieses Krankenhaus gebracht worden. Und jetzt weiß niemand, wo er ist. Ich muss ihn finden.«

»Lebt er bei Ihnen?« Emer wollte diesen Mann zum Reden bringen. Je mehr er sagte, desto besser konnte sie seine Motive und seine Aufrichtigkeit einschätzen.

Joe rieb sich den Nasenrücken. Um eine Lüge zu überspielen? Doch sein Blick blieb fest. »Ja, das tut er. Aber ich war weg, wie ich schon sagte, es war niemand zu Hause, verstehen Sie? Er wollte wahrscheinlich nicht allein sein.«

»Haben Sie Freunde oder andere Verwandte kontaktiert?«

»'türlich. Niemand hat ihn gesehen. Ich mache mir große Sorgen.«

»Nun, dann müssen Sie wohl über oder übel darauf warten, dass Luke sich bei Ihnen meldet.«

So einfach ließ er sich nicht abspeisen. »Hören Sie, Emer, könnten wir irgendwo unter vier Augen sprechen? Hier draußen geht's ja zu wie im Irrenhaus.«

»Raum zwei ist frei«, sagte Mary, immer noch tippend.

»Hier entlang, Mr Kiernan.«

Emer hielt Joe die Tür auf und trat dann hinter ihm ein, wobei sie darauf achtete, dass die Tür einen Spalt offen blieb. In dem Zimmer standen ein paar ramponierte Stühle und ein Beistelltisch. In einer Ecke lag Spielzeug, und jemand hatte versucht, den Raum mit einem Poster der Wicklow Mountains aufzuheitern. »Nehmen Sie Platz.« Sie stellte einen Stuhl seitlich zu ihm, sodass sie sein Gesicht sehen konnte. »Möchten Sie Tee oder Kaffee?«

»Nein, aber danke, meine Liebe.« Das schiefe Grinsen war zurück. »Hören Sie, Emer, ich möchte nicht die Garda mit hineinziehen müssen. Das würde Luke nur Angst machen, verstehen Sie. Er hatte schon mal ein bisschen Ärger mit ihnen.«

Das war Emer neu. Möglicherweise stimmte es aber auch nicht, und Joe wollte sie auf diese Weise nur dazu bringen, dass sie ihm weiterhalf. »Ich verstehe. Wirklich, das tue ich, aber das Krankenhaus gibt grundsätzlich keine Informationen über Patienten heraus.«

»Nicht mal an Verwandte?«

»Wenn der Patient über achtzehn ist, nein«, bestätigte Emer. »Ich bin sicher, Luke meldet sich bei Ihnen, wenn er dazu bereit ist. Er hat viel durchgemacht, mit dem Unfall und dem Tod seiner Mutter. Lassen Sie ihm nur etwas Zeit.«

Joe machte ein finsteres Gesicht und rieb sich die Stirn. »Das möchte ich nicht. Sehen Sie, Luke, na ja …« Er beugte sich in seinem Stuhl vor und senkte vertraulich die Stimme. »Sagen Sie es nicht weiter, aber Luke ist ein bisschen labil. War er immer schon. Nicht die hellste Birne im Leuchter, leider. Er braucht jemanden, der sich um ihn kümmert.«

»Wirklich? Er kam mir sehr ausgeglichen vor, als ich mit ihm sprach.« Zu spät bemerkte Emer, dass sie mehr Informationen preisgegeben hatte, als klug war. Jetzt stand die Tür für Joe weit offen, um weitere bohrende Fragen zu stellen. Was er auch tat.

»Dann haben Sie mit ihm geredet? Warum? Worüber? Kümmern Sie sich nicht um die Spinner und Bekloppten?«

Sein Ton hatte sich leicht verändert, und in seinen Augen lag Argwohn. Die charmante Fassade bröckelte.

»Ich bin Traumatherapeutin, keine Psychiaterin. Es ist mein Job, die Hinterbliebenen zu beraten.«

Joe kam zur Sache. »Wo wollte er hin?«

»Ich sagte Ihnen bereits, selbst wenn ich es wüsste, dürfte ich Ihnen diese Information nicht geben.«

»Hören Sie, wenn Sie wissen, wo er hin ist, sagen Sie es mir besser, denn wenn er jetzt irgendwo tot im Graben liegt, ist das Krankenhaus dafür verantwortlich.«

»Die Ärzte haben Lukes physische *und* mentale Verfassung untersucht und entschieden, dass er entlassen werden konnte. Es tut mir leid, ich kann Ihnen nicht sagen, was Sie hören wollen, aber dies ist kein Gefängnis – wir können die Patienten nicht hierbehalten, wenn sie gehen wollen.«

Joe schnaubte. »Hört sich für mich so an, als hätten sie den dreckigen Assi möglichst schnell wieder loswerden wollen.«

Der Vorwurf der Diskriminierung empörte Emer. »So war es nicht, das kann ich Ihnen versichern. In diesem Krankenhaus werden alle Patienten gleich behandelt.« Sie erhob sich. »Es tut mir leid, wir können Ihnen nicht helfen.«

Joe stand so abrupt auf, dass er seinen Stuhl umwarf. Sein massiger Körper war zwischen ihr und der Tür. Emer wurde äußerst unbehaglich zumute, und ihre Nackenhärchen sträubten sich warnend.

»Was denkt ihr Leute euch eigentlich?«, zischte er. »Da bekommt ihr ein bisschen Macht, und gleich glaubt ihr, ihr könnt uns andere schlecht behandeln. Ich könnte kotzen!«

»Diese Unterhaltung ist beendet. Bitte lassen Sie mich vorbei.«

Er blieb drohend vor ihr stehen, die Andeutung eines Lächelns auf den Lippen. Dieser Mann war ein Tyrann, jemand, der es genoss, Macht über andere auszuüben. Emer konnte die Gewalt in ihm spüren. Unwillkürlich ballten sich ihre Hände zu Fäusten. Kämpfen oder flüchten? Er hatte bei ihr eine Adrenalin-Reaktion bewirkt, und er wusste es. Gerade wollte sie sich an ihm vorbeidrängen – und wenn nötig um Hilfe rufen –, als er schnell zur Seite trat und sie mit einer spöttischen Geste einlud, vorbeizugehen. Als sie an der Tür war, feuerte er eine letzte Frage auf sie ab: »Wo ist die Leiche?«

»Die Leiche?«

»Die Leiche meiner Schwester. Wo wurde sie beerdigt?«

Die wunderschöne alte Kirche in Baronswood erschien vor

ihrem geistigen Auge, doch das würde sie diesem Mistkerl auf keinen Fall verraten. »Ich fürchte, das weiß ich nicht«, log sie.

»Na, wo werden denn die Scheißleichen nach einem Unfall hingebracht, Herrgottnochmal?«, fragte Joe, als wäre sie schwer von Begriff.

»Sie war schon am Unfallort tot und kam nicht ins Krankenhaus. Man hat sie sicher gleich in die Leichenhalle gebracht und dann an einen Verwandten freigegeben.«

»An Luke, meinen Sie?«

»Darüber weiß ich nichts«, sagte sie kalt.

»Sie wissen ziemlich wenig, was, Schätzchen?«, höhnte Joe. »Zumindest behaupten Sie das. Wenn man's genau nimmt, haben Sie mir überhaupt nicht geholfen.«

»Sie sollten jetzt gehen, Mr Kiernan.« Nun, mit der lärmenden Geschäftigkeit des Krankenhauses in Sicht- und Reichweite, fühlte sie sich sicherer.

Mit breiten Schritten ging er zur Tür und blieb kurz vor ihr stehen. »Seien Sie ein braves Mädchen und richten Sie Luke etwas von mir aus. Sagen Sie ihm, ich suche nach ihm und dass er nicht ewig vor mir davonlaufen kann.« Er beugte sich so nahe zu ihr, dass sie seinen Atem warm an ihrer Wange spürte. Seine Stimme war ein Flüstern, aber sie hörte seine Worte ganz deutlich. »Und wenn ich rauskriege, dass Sie mich angelogen haben, Emer, werde ich das nicht vergessen.«

Dann war er fort und schlängelte sich seelenruhig durch die Schwestern und Patienten, an dem Empfangsschalter vorbei und durch die Gleittüren am Eingang. Emer stieß langsam die Luft aus, doch ihre Erleichterung war nur von kurzer Dauer, denn dann fiel ihr wieder Luke ein. Sie hatte die Angst in seinen Augen gesehen, als er von seinen Onkeln sprach. Joe war fast zweimal so breit wie Luke. Er könnte derjenige gewesen sein, der Luke diese Prellungen zugefügt hatte. Und jetzt schien es, als wären seine Onkel entschlossen, ihn zu finden. Joe würde nicht dahinterkommen, dass Annie in England beerdigt worden war. Jack hatte ihr gesagt, dass er dem Beerdigungsinstitut diesbezüglich klare Anweisungen gegeben hatte. Aber was, wenn Joe Jack kontaktierte oder, schlimmer noch, in Baronsmere auftauchte?

Emer holte ihr Handy hervor und wählte mit zitternden Händen Jacks Nummer.

Jack ging in seinem Büro auf und ab, während er mit Doyle sprach. Er hatte den Detektiv sofort, nachdem er mit Emer gesprochen hatte, angerufen. Immerhin war es ihr Job, Leute einzuschätzen, und Joes Auftreten und seine Beweggründe hatten sie offenbar in Sorge versetzt. Das reichte Jack.

»Holen Sie Emer heute Abend vom Krankenhaus ab und bringen Sie sie nach Hause«, wies er Doyle an. »Ich möchte, dass die ganze Nacht jemand vor ihrer Wohnung bleibt. Außerdem soll sie am nächsten Morgen wieder zur Arbeit gebracht und zurück nach Hause begleitet werden, und dann am Samstagmorgen auch zum Flughafen. Behalten Sie Ihre Wohnung über das Wochenende im Auge. Können Sie das arrangieren?«

»Natürlich.« Doyles raue Stimme war beruhigend sachlich. »Falls Kiernan auftaucht, mache ich ihm Beine. Wenn ich Sie recht verstehe, wollen Sie sich deswegen nicht an die Polizei wenden?«

»Keine Polizei«, bestätigte Jack. »Obwohl Sie ihn gerne glauben machen können, dass *Sie* von der Polizei sind. Dann nimmt er vielleicht an, dass Emer Angst bekommen und ihn angezeigt hat.«

Jack war immer noch außer sich vor Wut bei der Vorstellung, dass Joe Kiernan Emer bedroht hatte. Wenn der Mann jetzt mit ihm im selben Zimmer gewesen wäre, hätte er ihm den Hals umgedreht.

»Was wollen Sie machen, wenn er in Baronsmere auftaucht?«, fragte Doyle.

Nur zu. Er würde dem Mann beide Beine brechen. »Das bezweifle ich. Er wird denken, dass Luke hierhin als Letztes flüchten würde. Aber lassen Sie Joe weiter beobachten, wenn er wieder in Ennis ist.«

»Wie lange? Observierung ist teuer.«

Was war Geld verglichen mit Emers Sicherheit? »Eine Woche. Danach werden sie hoffentlich aufgeben.«

»Wovor läuft er davon?«

»Wer?«

»Luke. Joe sagte, er könne nicht ewig davonlaufen. Was hat er getan?«

Auf einmal war Jack die Geheimnisse leid, in die Annie und Luke sich hüllten. »Ich habe keinen blassen Schimmer. Versuchen Sie, auch das herauszufinden.«

Es folgte eine lange Pause. »Es wäre einfacher, Luke zu fragen.«

»Nur wenn ich muss«, entschied Jack. »Er ist fürchterlich empfindlich und vertraut niemandem.«

Nachdem er aufgelegt hatte, setzte sich Jack wieder an seinen Schreibtisch. Die Wirkung des Adrenalinschubs ließ nach, und zurück blieb ein quälender Rest Sorge. Sollte er Luke erzählen, dass Joe auf der Suche nach ihm war? Vermutlich besser nicht. Er könnte die Flucht ergreifen. Zum ersten Mal spürte Jack einen Schimmer von ehrlichem Mitleid. Er war so schnell damit bei der Hand gewesen, sich um

Emers Sicherheit zu sorgen, aber was war mit Luke? Was hatte er in der Vergangenheit Schlimmes erlebt? War es ein Wunder, dass der Junge so schwierig war, wenn die Chancen von Anfang an gegen ihn standen?

Ein bisschen Nachsicht mit Luke, so wie Emer es immer von ihm forderte, würde Jack nicht umbringen. Er nahm sich vor, Luke zu seinem Geburtstag am Samstag einzuladen. Es wäre grausam und unsensibel, es nicht zu tun. Matt und Kate hätten ihn sowieso mitgenommen, aber vielleicht konnte eine persönliche Einladung von Jack für Tauwetter zwischen ihnen sorgen.

15

»Herzlichen Glückwunsch zum Geburtstag, Jack!«

Als Jack eintrat, brach der ganze Raum in Jubel und lautes Tröten aus, und Luftschlangen sausten aus Tischfeuerwerken. Dieses Jahr stieg die Party bei Tim zu Hause, dem würdevollen Leighton Hall. Der riesige Wintergarten, ganz in Blau und Silber dekoriert, sah aus wie ein gigantisches Raumschiff. Von der Decke hängende Glitzerkugeln warfen silbrige Lichtflecke über die Gäste, und Tabletts mit blauen Drinks wurden von Kellnern mit silbern angemalten Gesichtern gereicht, die etwas trugen, das aussah wie Aluminiumfolie. Tim wusste eben, wie man eine gute Show abzog.

Normalerweise sah Jack seinem Geburtstag mit Unbehagen entgegen. Wieder ein Jahr dem Grab näher, trotzdem sollte er essen, trinken und fröhlich sein. Heute Abend jedoch fühlte er sich, als könnte er es mit der ganzen Welt aufnehmen, und der Grund dafür war Emer an seinem Arm.

Er warf ihr einen Blick zu, und sie lächelte. Das eng anliegende grüne Kleid, das sie trug, schimmerte im Licht der Glitzerkugeln, und ihre Locken waren ein Kunstwerk. Er hatte ihr die Smaragdkette seiner Großmutter geliehen, ein Erbstück, das traditionsgemäß stets eine Generation übersprang. Eines Tages würde Jack sie Matts Erstgeborenem überreichen.

»Sieh mal, Jack!« Emer drehte ihn herum, und sie betrachteten ihr lang gezogenes Bild in einem Zerrspiegel vom Jahrmarkt. Der komische Anblick ließ Jack in Gelächter ausbrechen. Und während er lachte, spürte er, wie sich eine alte Last aus Kummer und Enttäuschung von seinen Schultern hob. Es war, als würde er die Welt mit neuen Augen sehen.

»Komm, lerne meine Freunde kennen, du wunderschöne Frau«, sagte er und drückte Emer wie den Schatz an sich, der sie war.

Kate saß eng an Luke geschmiegt auf einem futuristisch anmutenden silbernen, bauschigen Sofa. Die Party war in vollem Gange. Jack, der mit Emer in den Armen über die Tanzfläche schwebte, sah aus, als wäre er im siebten Himmel. Er wirkte verändert heute Abend – von innen her strahlend. So glücklich hatte sie ihn noch nie gesehen. Sie hatte angenommen, er wäre mit ihrer Mutter glücklich gewesen, aber dieses Leuchten kannte sie nicht an ihm. Im Stillen wünschte sie ihm alles Gute mit seiner neuen Liebe.

Kate hatte mit Tim und Matt getanzt, weil Luke nicht wollte, dass ihr etwas von dem Spaß entging. Doch seine Sorge, dass er sie einengte, war unnötig. Kate wollte mit niemandem lieber zusammen sein als mit ihm. Die Party um sie herum hätte sich einfach in Luft auflösen können, ihr wäre es egal gewesen. Sein Arm um ihre Schulter erinnerte sie an die Knutscherei neulich auf dem Sofa. Weiter war es nicht gegangen, aber es war trotzdem schön gewesen. Luke behauptete, unerfahren zu sein, aber er schien zu wissen, was er tat.

»Was denkst du gerade?«, fragte Luke. Sie hob den Kopf von seiner Schulter.

Sie rieb ihre Nase an seiner und flüsterte: »Dass ich gerne allein mit dir sein würde …«

Er zog sie enger an sich, und sie verschmolzen in einem

Kuss, sinnlicher als alles, was Kate bisher erlebt hatte, weil ihre Gefühle für diesen Mann stärker waren als alles, was sie bisher gekannt hatte.

Sarah saß allein an der Bar und nippte an einem Blue Martini. Von hier aus konnte sie gut verfolgen, wie Kate sich mit Luke zum Narren machte. Am liebsten hätte sie laut geschrien.

Richard schob sich auf einen Barhocker neben ihr und folgte ihrem Blick. »Ach ja, der Liebe junger Traum. Aber die Realität sieht anders aus. Ich bin überrascht, dass du es hast so weit kommen lassen, Sarah. Ich weiß, wir leben im einundzwanzigsten Jahrhundert, also …«

Sie blickte sich um, in der Hoffnung, dass niemand mitgehört hatte. Das Letzte, was sie jetzt brauchte, war, dass alles in der Öffentlichkeit breitgetreten wurde.

»Ich kümmere mich schon darum, Richard.« Sie wünschte, er würde verschwinden.

»Danach sieht es aber nicht aus.« Er deutete mit einem Nicken auf Luke und Kate, die sich immer noch eng umschlungen küssten.

»Ich habe schon mit Jack darüber gesprochen. Er findet auch, dass diese Beziehung keine gute Idee ist. Er sagte, er würde mit Kate reden.«

Richards Augen leuchteten auf. »Und wir wissen, wie nah sie ihm steht. Sonst müssten wir reinen Tisch machen.«

»Nicht, wenn ich nicht dazu gezwungen bin«, sagte Sarah. Das von ihr selbst gewobene Netz war so verworren, dass sie selbst am meisten Gefahr lief, sich darin zu verfangen und zu Schaden zu kommen. »Und bitte sag nichts, Richard. Wenn, dann bin ich es, die die Katze aus dem Sack lässt.«

»Nur warte nicht zu lang«, riet ihr Richard. »Das hat Grace

damals auch gemacht, und bevor sie sich's versah, stand eine Zigeunerin in ihrem Salon. Sie will den Traveller-Jungen loswerden. Und Nicholas auch. Sie haben mich gebeten, dafür zu sorgen. Niemand wird es dir vorwerfen, wenn du tust, was nötig ist, um deine Tochter zu schützen. Warum fährst du nicht schwerere Geschütze auf? Sag Kate, sie soll sich entscheiden: du oder Luke?«

»Aber dann wird sie mir die Schuld für die Trennung geben.« Und was, wenn sie sich für Luke entschied? Kate zu verlieren war undenkbar. Sarah war vielleicht nicht die beste aller Mütter gewesen, aber sie liebte ihre Tochter.

Richard senkte die Stimme. »Wir haben doch auch seine Mutter abgesägt, oder nicht? Und sie hatte einen Ehering und Jack um den kleinen Finger gewickelt. Da sollte dies doch ein Kinderspiel sein. Es ist besser, wenn er verschwindet, Sarah. Regel das. Wenn du meine Hilfe brauchst, lass es mich wissen.« Er stand auf und tätschelte ihr aufmunternd die Schulter. »Wie ich sehe, sind Grace und Nicholas eingetroffen … Ich muss ihnen Hallo sagen.«

Sarah beobachtete, wie Jacks Eltern den Wintergarten betraten und mit kaum verhohlener Missbilligung die Deko betrachteten. Von Rechts wegen hätten dies ihre Schwiegereltern sein sollen. Jetzt hatte die kleine Emer Sullivan die Ehre.

Sarah warf einen erneuten Blick auf Kate, die über etwas lachte, das Luke gesagt hatte. Sie stürzte ihren Martini hinunter und bestellte noch einen.

»Ich habe drei Kinne.« Emer kicherte über ihr Spiegelbild in einem der Kirmeszerrspiegel. »Vielleicht zeigt der, wie viele ich haben werde, wenn ich sechzig bin.«

»Und ich sehe aus wie Heinrich der Achte.« Jack betrachtete sich von der Seite. »Das machen also zu viel Portwein und Wildfleisch mit einem. Trotzdem …« Er zwinkerte Emer im Spiegel zu. »… sechs Frauen sind vielleicht gar nicht so schlecht.«

»Guten Abend, Jack.«

Eine Gestalt baute sich hinter ihnen auf. Die Verzerrung des Spiegels zeigte eine Frau mit hervorquellenden Augen und hohen Haaren wie die Perücken, die man früher am französischen Hof getragen hatte. Zum Glück konnte Emer ihr Kichern unterdrücken, denn als Nächstes hörte sie Jack sagen: »Hallo, Mutter.« Sie drehten sich gemeinsam um.

Grace nahm von Jack huldvoll ein Küsschen auf die Wange entgegen und fragte, ob ihm die Party gefiele, was Emer die Gelegenheit gab, sich seine Mutter genauer anzusehen. Ende sechzig, schlank, Wangenknochen, an denen man sich schneiden konnte, untadelig gekleidet, dezenter, aber offensichtlich teurer Schmuck. Sehr beherrscht, königlich.

»Mutter, das ist Emer Sullivan, mein Gast heute Abend. Emer, das ist meine Mutter, Lady Grace Stewart.«

Beinahe hätte Emer geknickst, sie konnte sich gerade noch rechtzeitig zurückhalten. Stattdessen streckte sie die Hand aus. »Schön, Sie kennenzulernen.«

»Ich bin entzückt, meine Liebe«, sagte Grace und erlaubte ihrer weiß behandschuhten Hand einen kurzen Kontakt. Die Smaragde um Emers Hals beäugte sie so begehrlich wie die Hexe Dorothys rote Schuhe.

»Emer ist Traumatherapeutin in einem Krankenhaus«, sagte Jack.

»Gute Güte, das klingt, als wäre es eine anspruchsvolle Arbeit. Woher, sagten Sie, kommen Sie?«

»Das habe ich nicht gesagt. Aus Irland.«

»Irland.« Aus Grace' Munde hörte es sich an wie das schwarze Loch von Kalkutta.

»Emer und ich haben uns in Dublin kennengelernt«, informierte Jack sie. »Sie war Lukes Therapeutin nach dem Unfall.«

»Ich verstehe.«

Lukes Erwähnung brachte die Unterhaltung mit einem Schlag zum Erliegen. Emer fragte sich, ob sie Grace und Jack unter vier Augen miteinander sprechen lassen sollte, aber vielleicht wäre das ein Verstoß gegen die Etikette. Sie wusste nicht mehr weiter.

Ein Kellner mit silbernem Gesicht und silberner Perücke blieb neben ihnen stehen und präsentierte ihnen ein Tablett mit Champagnerflöten. Grace nahm eine und sagte dann laut: »Es ist wirklich nett von Timothy, uns diesen wunderschönen Ort zur Verfügung zu stellen, aber er hat eine eigenartige Auffassung von Dekoration. Und ich muss sagen, es ist sehr enttäuschend, dass Lord und Lady Leighton nicht gekommen sind.«

»Sie haben, glaube ich, ihren Urlaub verlängert«, erklärte Jack. »Und Tim die Organisation anvertraut. Er ist in seinem Element. Und ich finde es sehr lustig.«

Grace' Augenbrauen schossen in die Höhe. »Ach, wirklich?«

In diesem Moment stieß jemand gegen Emer, und ihr Wein schwappte über die Vorderseite ihres Kleides. Ein dunkelroter Kreis breitete sich auf der grünen Seide aus.

»Gavin, du Idiot!«, blaffte Jack. »Warum guckst du nicht, wo du hinläufst?«

»Tut mir *schrecklich* leid.«

Gavin war ein groß gewachsener, gut aussehender junger

Mann mit dunklem Haar. Trotz seiner Entschuldigung hätte Emer schwören können, dass sie einen Hauch von Zufriedenheit über sein Werk heraushören konnte.

»Meine Liebe, das lässt sich doch sicher abwischen …«, murmelte Grace.

Wohl nicht. Nun würde sie den Rest des Abends mit einem hässlichen Fleck auf dem Kleid herumlaufen müssen. Emer hätte heulen können.

»Macht Platz für die Fashion-Polizei!« Ein großer dünner Mann, dem der Pony über ein Auge hing, gesellte sich zu ihrer Gruppe. Er trug einen Raumanzug, aber ohne den Helm. »Ich sehe, Gavin hat mal wieder einen Bock geschossen.«

»Das war nicht meine Schuld. Dieser blöde Roboter ist in mich hineingerannt«, erklärte Gavin und zeigte auf jemanden, der wie C-3PO aus »Star Wars« angezogen war. »Der Trottel denkt wohl, das hier wär eine Kostümparty.«

»Nein, nein, der ist einer von meinen Sci-Fi-Entertainern. Die werden später alle den *Time Warp* singen und tanzen.«

»Darauf freue ich mich schon, Tim«, sagte Jack mit einem Lächeln. »Du hast dich dieses Mal selbst übertroffen.«

Der junge Mann mit dem widerspenstigen Haar verbeugte sich. Das war dann wohl Timothy Leighton, der Gastgeber. Von Jack wusste Emer, dass er ein bisschen verrückt war, aber ein goldenes Herz hatte. Tim bot ihr den Arm. »Kommen Sie mit mir, schöne Frau. Wir plündern den Schrank meiner Mutter. Und brezeln Sie mit güldenem Tuch auf.«

Sein Lächeln war freundlich. »Danke«, sagte sie.

»Oder mit etwas aus Tims Schrank«, sagte Gavin, der daraufhin in hysterisches Gelächter über seinen eigenen »Witz« ausbrach, aber Tim grinste nur und sagte: »Das ist auch eine Möglichkeit.«

Als sie sich entfernten, hörte Emer Grace hinter ihr sagen: »Auf ein Wort, bitte, Jack …«

»Waren das die Smaragde deiner Großmutter?«, fragte Grace in frostigem Ton.

»Ja.« Sie gehörten Jack, und er konnte damit machen, was er wollte. »Und sie sind es immer noch.«

»Dann … ist es dir also ernst … mit dieser Frau?«

»Ihr Name ist Emer, Mutter. Und ja, es könnte ernst werden.«

Jack wartete, gespannt, was sie sagen würde. Sicher versuchte sie, ihn zu warnen. Nach seiner Trennung von Sarah hatte sie immer wieder beiläufig ein paar ungebundene Frauen erwähnt, die »gut passen würden«.

»Sie ist offensichtlich intelligent. Eine Karrierefrau.«

»Das ist sie«, sagte Jack stolz.

»Sie wird wohl kaum bereit sein, das alles aufzugeben.«

Wenn dies ein Schachspiel wäre, hätte Grace gerade mit ihrem Läufer angegriffen, aber er war sehr gut in der Lage, sich zu verteidigen. »Ich würde auch nicht wollen, dass sie es aufgibt. Sie liebt ihren Job. Und sie ist gut darin.«

»Hm.«

Jack konnte fast hören, wie das Gehirn seiner Mutter auf Hochtouren arbeitete, als es die verbliebenen Optionen durchging.

»Vernichten! Vernichten!« Eine Dalek-Figur kam herangesaust und zeigte mit ihrem Saugnapf auf Grace.

Sie wedelte sie ungeduldig weg. »Das ist zu viel! Deinem Vater und mir wurde eine gänzlich anderer Eindruck von dieser … Veranstaltung … vermittelt.«

Jack unterdrückte ein Grinsen. Seine Mutter fassungslos zu sehen, nahm ihr ein wenig von ihrer Macht.

Doch sie unternahm noch einen letzten Versuch. »Emer lebt in Irland, Jack. Die Iren lieben ihr Land sehr, und Baronsmere kommt ihr im Vergleich zu Dublin sicher sehr klein vor …«

Er war vorbereitet. Seine Königin schlug ihren Läufer. »Wer weiß, vielleicht ziehe ich ja auch nach Dublin. Entschuldige mich bitte … ich sehe gerade, dass Dave und Evie eingetroffen sind.«

Er ließ seine Mutter mit offenem Mund stehen, während der Dalek sie wie ein Hai umkreiste. Wenn sie Luke sah, wäre ihr Abend perfekt. Dieser Gedanke brachte Jack zum Lächeln.

Kate war zu Abbie gegangen, um sich mit ihr zu unterhalten, deshalb machte Luke sich auf zum Buffet, um ihr ein paar von den Lachsrollen zu holen, die sie so liebte. Nachdem er einen Teller vollgeladen hatte, betrachtete er staunend Jacks extravagante Geburtstagstorte – eine Miniaturausgabe seines Hauses und Gartens in Schokolade und gefärbter Glasur. Luke entdeckte sein Schlafzimmerfenster, und auch die Feuergrube und der See waren nicht vergessen worden. Das musste ein kleines Vermögen gekostet haben.

»Jack schneidet sie später an. Lass die Finger davon.«

Er fuhr herum und fand sich Nicholas gegenüber, der ihn finster musterte. Hatte er ernsthaft geglaubt, Luke würde sich selbst ein Stück davon abschneiden? Er blickte sich erst nach links, dann nach rechts um. »Tut mir leid, ich dachte, Sie würden mit einem der Kellner reden, nicht mit einem anderen Gast. Haben Sie Ihre Manieren zu Hause gelassen?«

Mit klopfendem Herzen wandte sich Luke vom Buffettisch ab. Das hatte gutgetan. Nichts, was seine Großeltern sagten oder taten, könnte ihn verletzen, weil er ohnehin nur das Schlimmste von ihnen annahm. Dass er immer noch in Baronsmere und heute Abend sogar hier war, musste Nicholas sauer aufstoßen. Und es war Jack, der ihn eingeladen hatte. Das war allerdings eine Überraschung gewesen. Vielleicht hatte er Druck von Matt bekommen, trotzdem schien er es irgendwie ehrlich zu meinen. Luke war versucht gewesen, Nein zu sagen, aber Kate hatte ihn überredet. Sie wollte ihn dabeihaben. Aber den Ausschlag hatte ihr Hinweis darauf gegeben, wie sehr sein Erscheinen Nicholas und Grace ärgern würde.

»Das hast du gut gemacht, Luke.« Es war Emer, die offensichtlich gerade Zeuge seines Zusammenstoßes mit Nicholas geworden war. Sie lächelte, sowohl zum Gruß als auch belustigt, und kam zu ihm herüber, um ihn zu umarmen. »Komm, setzen wir uns und reden ein bisschen.«

Sie fanden einen freien Tisch. Luke hatte auf eine Gelegenheit gehofft, unter vier Augen mit Emer zu sprechen. Sie war nach dem Mittagessen angekommen, und Jack hatte sie den ganzen Nachmittag in Beschlag genommen.

»Sie tragen ein anderes Kleid«, bemerkte er. Zu Beginn des Abends hatte sie die Nationalfarbe Irlands gehisst, ein wunderschönes Smaragdgrün, und nun trug sie ein atemberaubendes, mit silbernen Perlen besetztes Kleid. »Sie sehen toll aus.«

»Danke. Jemand namens Gavin hat Wein über mich geschüttet, deswegen hat Tim mir etwas aus dem Schrank seiner Mutter geliehen. Aus einem ihrer *zwölf* Schränke, sollte ich wohl eher sagen.«

Luke zog unwillkürlich ein finsteres Gesicht, als er den Namen seines Cousins hörte. »Gavin ist Richards Sohn. Anscheinend ist er genauso ein Blödmann wie sein Dad, aber Tim ist echt cool, oder?«

»Ja, sehr liebenswürdig«, stimmte sie ihm zu. »Also … ich habe dich vorhin mit Kate gesehen. Ihr hattet nur Augen füreinander. Erinnerst du dich, dass ich sagte, die Mädchen würden dich unwiderstehlich finden?«

Das Kompliment ließ Luke erröten. Es war schön, dass sich wenigstens ein Mensch für sie freute. »Aber ich glaube nicht, dass Kates Mum mit mir einverstanden ist. Sie guckt mich schon den ganzen Abend so böse an.«

Emer schnalzte mitfühlend mit der Zunge. »Ich weiß, wie du dich fühlst. Ich durfte eben mit Lady Grace Bekanntschaft machen, und sie konnte sich kaum überwinden, mit mir zu sprechen. Ich bin mir sicher, dass sie bei dem Gedanken, ich könnte etwas mit ihrem Sohn haben, hinter ihrer frostigen Fassade Herzrasen bekam.«

»Die Grinsekatze, so nennt Maggie sie«, sagte Luke, und sie lachten gemeinsam.

»Macht dir das etwas aus, Luke? Dass ich und Jack … zusammen sind?«

Sehr erfreut war er tatsächlich nicht gewesen, als Jack ihm erklärte, Emer würde sein Gast sein, aber es war selbstsüchtig – und kindisch –, sie exklusiv für sich beanspruchen zu wollen. Kate hatte ihm geholfen, das zu erkennen. Besser wäre es natürlich gewesen, wenn Emer sich jemand anderen als ausgerechnet Jack Stewart ausgesucht hätte, doch so wusste Luke zumindest, dass sie sich für ihn einsetzen würde, falls es nötig wäre. »Ich war überrascht«, gab er zu. »Aber dann fiel mir ein, dass ich Sie so öfter sehen werde, und das wäre toll. Vielleicht haben Sie ja einen guten Einfluss auf ihn. Haben *Sie* ihm gesagt, dass er mich einladen soll?«

»Nein, hab ich nicht.«

Sie würde ihn nicht anlügen, das wusste er. Vielleicht hatte Jack es nur getan, um ihn zu beeindrucken. Aber er schien, aus welchem Grund auch immer, Luke nun ein wenig wohlgesonnener zu sein. Dasselbe konnte Luke von sich nicht behaupten, denn immer noch stand dieser Brief zwischen ihnen, auch wenn die Leute hier Zweifel in ihm geweckt hatten. Es war alles zu verwirrend. Obwohl er ihn mit eigenen Augen gesehen hatte, war er inzwischen unsicher geworden. So sehr es ihn auch nach Antworten verlangte, er wollte es sich auf keinen Fall mit Matt oder Kate verscherzen. Nun hatte er schon zehn Jahre gewartet. Ein bisschen länger machte auch nichts mehr aus.

Sarah trank ihr Glas leer und suchte in der Menge nach Kate. Es wurde spät, und sie hatte mehr als genug von dieser Party. Sie wollte nur noch schlafen, vergessen. Sie beschloss, sich auf die Suche nach Kate zum machen, um sie zu überzeugen, mit nach Hause zu kommen. Weg von Luke.

Als sie Kate im Wintergarten nirgendwo entdecken konnte, schlenderte Sarah hinaus in den riesigen Flur von Leighton. Von hier aus gingen mehrere Zimmer ab, die sie eines nach dem andern absuchte. Kate und Luke fand sie schließlich im dritten Zimmer, ausgestreckt auf dem Sofa. Mund an Mund. Heftiger Zorn stieg in Sarah auf. Sie tastete nach dem Dimmer und drehte ihn ganz auf, sodass der Raum mit Licht geflutet wurde. »Das sieht aber kuschelig aus.«

Kate rappelte sich hastig auf. »Mum, könntest du uns bitte allein lassen?«

»Tut mir leid …«, murmelte Luke, der sich ungelenk aufzusetzen versuchte.

»Tu das nicht, Luke!« Kate klang ärgerlich. »Es gibt nichts, wofür du dich entschuldigen müsstest.«

»Ich habe dir gesagt, dass du dich nicht mit ihm einlassen sollst«, sagte Sarah.

Luke errötete und warf einen schnellen Blick zu Kate. Offensichtlich hatte sie ihm nichts davon erzählt. Er wurde im Dunkeln gelassen. Weil er ein Außenstehender war.

»Es ist immer die alte Geschichte, was?« Lukes Augen brannten lichterloh. »Ein Traveller, nein, das geht natürlich nicht ...«

»Nun, deine Mutter hatte es irgendwann kapiert ... und du solltest das Gleiche tun.«

»Mum!«, rief Kate. »Es ist schrecklich, so etwas zu sagen! Was ist denn nur los mit dir?«

Sarah funkelte Luke böse an. Sie musste dem ein Ende setzen. »Halt dich fern von meiner Tochter.«

»Wie kannst du es wagen, so mit Luke zu reden! Er ist mein Freund!« Kate schrie jetzt.

»Wirklich! *Freunde* betatschen sich wohl gewöhnlich nicht, oder?«

»Mum!«

»Kate!« Sarahs Stimme war hart. »Solange du unter meinem Dach lebst, wirst du ihn nicht wiedersehen. Ich verbiete es!«

Kate erwiderte den zornigen Blick ihrer Mutter. »Du hörst dich lächerlich an! Prüde. Aber das Problem ist schnell gelöst. Dann lebe ich eben *nicht mehr* unter deinem Dach.«

Damit hatte Sarah nicht gerechnet. Luke hatte den Sieg davongetragen. Zugutehalten musste sie ihm, dass er nicht glücklich darüber aussah. »Geh nicht mit ihm, Kate. Bitte. Du wirst nur verletzt werden.«

Ihr Appell traf auf taube Ohren. Sanft schob Kate Luke vor sich her aus dem Zimmer und schlug die Tür hinter sich zu. Das Gelächter und die Musik, die aus dem Wintergarten hereinwehten, schienen Sarah ob ihres Elends zu verspotten.

Kate trank den starken Kaffee, den Luke gemacht hatte, in der Hoffnung, er möge sie beleben. Die Szene mit ihrer Mutter hatte sie mitgenommen. Noch nie hatte sie sich so für Sarah geschämt.

»Es tut mir wirklich sehr leid, Kate.«

Luke saß ihr in Jacks Haus am Küchentisch gegenüber, das sorgenvolle Gesicht blass. Es war still. Alle anderen waren noch auf der Party. Sie hatte es nicht mehr bei den Leightons ausgehalten, aus Angst, dort noch einmal auf ihre Mutter zu treffen. »Mir auch«, sagte sie. »Das hättest du *niemals* miterleben dürfen. Ich glaube, sie war betrunken, aber das ist trotzdem keine Entschuldigung.«

»Du ziehst doch nicht wirklich von zu Hause aus, oder? Nicht wegen mir.«

»Ich gebe dich nicht auf, Luke. Für niemanden.« Sie streckte die Hand aus, und er verschränkte seine Finger mit ihren. »Bleibst du hier?«

»Nur für heute Nacht.« Er sah enttäuscht aus. »Wenn ich hier wohne, bekommt Jack Probleme. Ich ziehe zu Tim. Er ist mein Freund, er hilft mir bestimmt. Seine Eltern sind verreist, aber sie sind sehr nett. Sie haben sicher nichts dagegen. So können wir uns ungestört treffen.«

Und dann suchte sie sich vielleicht eine eigene Wohnung. Wurde unabhängig. Es war sowieso an der Zeit. »Hey, das ist gar nicht so übel«, sagte sie. »Bei Tim werde ich von morgens bis abends bekocht, und meine Wäsche wird gewaschen. Es gibt einen Pool und Tennisplätze und einen wunderschönen Garten. Eigentlich genau wie im Hotel. Ich werde ein richtiges Luxusleben führen.«

Luke zeigte den Hauch eines Lächelns, aber dann sagte er: »Brich nicht komplett den Kontakt zu deiner Mam ab, Kate. Sie ist dein Fleisch und Blut. Sie glaubt, sie würde dich beschützen, das ist alles. Aber sie irrt sich – ich würde dir nie wehtun. Das weißt du doch, oder?«

Lukes Großzügigkeit Sarah gegenüber, obwohl sie ihn eben noch so hässlich beschimpft hatte, war beschämend. Kate war zum Weinen zumute.

Das Taxi rumpelte die Auffahrt hinunter. Jack nahm Emer bei der Hand und führte sie die Treppe hinauf. Als sie auf den hohen Absätzen umknickte, beschloss er, sie hochzuheben und den Rest des Weges zu tragen. Er konnte es kaum erwarten. Auf diesen Moment hatte er den ganzen Abend gewartet.

Emer kicherte, den Kopf auf seine Schulter gelegt. Ihr Gesicht war leicht gerötet, aber Jack wusste, dass sie nicht betrunken war. Genauso wenig wie er. Er hatte sehr darauf geachtet, nicht zu viel Alkohol zu trinken, weil er wusste, dass er sich in den Hintern beißen würde, falls er die Tatsache, dass Emer über Nacht blieb, nicht würde nutzen können.

Er drückte die Türklinke seines Schlafzimmers und trug sie hinein, um sie dann vorsichtig auf den Boden hinunterzulassen. Er legte die Arme um ihre Taille. »Du bist das beste Geburtstagsgeschenk aller Zeiten, Emer«, sagte er und streichelte ihr Gesicht.

»Aber mit Thomas, der kleinen Lokomotive, kann ich doch wohl sicher nicht konkurrieren. Oder Action Man«, erwiderte sie, und nun war es an ihm zu lachen.

Der Mond war fast voll und ergoss seinen glitzernden Schein über das Bett, sodass sie kein Licht anknipsen mussten. Sie legten sich hin und zogen sich langsam gegenseitig aus. Er fand es wunderbar, wie das Mondlicht ihren Körper in einen silbrigen Schimmer tauchte. Ihre Küsse waren zärtlich, aber leidenschaftlich. Jacks Hände zeichneten die Linien und Wölbungen ihres Körpers nach. Er wollte jeden Zentimeter von ihr kennenlernen.

Auf diesen Augenblick hatten sie den ganzen Tag gewartet, während jeder Tanz, jedes gewechselte Wort sie einander näher brachte. Natürlich wollte Jack Sex. Welcher Mann wollte das nicht? Aber mehr noch wünschte er sich eine starke emotionale Verbindung mit dieser Frau, von der Art, wie er sie bisher erst einmal gekannt hatte. Caroline hatte er sehr geliebt, aber sie war eher eine Jugendromanze gewesen. Annie war die Liebe seines Lebens gewesen. Bis jetzt.

»Jack …«, murmelte Emer und holte ihn damit aus der Vergangenheit, um ihn in der Gegenwart zu verankern.

Er war schon seit einiger Zeit mehr als bereit, aber er überließ es ihr, das Tempo zu bestimmen. Bei seinen früheren Freundinnnen war er selbstsüchtig gewesen. Dieses Mal würde es anders werden. Das war das Wunderbare an Emer – um ihretwillen wollte er ein besserer Mensch sein.

Emer schlief noch, als Jack aus einem unruhigen Schlaf erwachte. Die letzte Nacht war wunderschön gewesen, und er hatte die ganze Zeit daran denken müssen. Selbst als er schließlich doch einschlummerte, waren die Gedanken an Emer und das gute Gefühl, das sie in ihm weckte – sich selbst und dem Leben gegenüber – immer da. Er war müde, fühlte sich aber zu allem bereit. Er stand leise auf, zog ein T-Shirt und eine Jogginghose an und ging nach unten, mit der Absicht, die Nachrichten zu sehen, die Morgenzeitung zu lesen und dann für alle Frühstück zu machen – auch für Maggie, falls sie rechtzeitig von ihrer Schwester zurückkam.

Nachdem er den Ton des Fernsehers leise gestellt hatte, ließ Jack sich im Armsessel im Wohnzimmer nieder und schlug die Sonntagszeitung auf. Als er aus den Augenwinkeln eine Bewegung bemerkte und die Zeitung senkte, sah er auf dem Sofa gegenüber unter einer Daunendecke einen Hügel. Die Decke bewegte sich, und Kate tauchte darunter hervor. Blinzelnd öffnete sie die Augen und verzog das Gesicht, als sie sich aufrichten wollte.

»Ich schulde dir ein paar Weinflaschen«, sagte sie. »Tut mir leid, ich hab wohl gestern ein bisschen zu viel getrunken.«

»Das sehe ich«, erwiderte Jack mit einem Lächeln.

Kat setzte sich auf und zog die Bettdecke um sich. »Ich erinnere mich nicht, schlafen gegangen zu sein. Luke muss mich zugedeckt haben.«

»Ein richtiger Gentleman«, bemerkte Jack. »Das ist *seine* – ich erkenne die Decke.«

»Oh nein!« Kate machte ein entsetztes Gesicht. »Er muss schrecklich gefroren haben.«

»Das bezweifle ich«, sagte Jack. »Das Haus ist gut geheizt. Kann ich dir etwas Heißes zu trinken bringen?«

Kate schüttelte den Kopf. »Nein danke. Ich fühle mich nicht allzu gut. Geschieht mir recht, wenn ich meinen Kummer ertränke.«

Jack dachte an Sarahs Sorge. Vielleicht war jetzt der richtige Moment, um herauszufinden, was genau zwischen seinem Vielleicht-Sohn und seiner Ersatztochter vor sich ging. Er hatte an allen Hochs und Tiefs, die Kate durchlebte, teilgehabt, und sein Bestes getan, um ihr den Vater zu ersetzen, der sie verlassen hatte, als sie erst ein paar Tage alt gewesen war. Seit einem Jahr jedoch verbrachten sie nur noch gelegentlich Zeit miteinander. Die Uni nahm Kate in Anspruch und weckte neue Interessen – ein Schritt weiter hin zur Unabhängigkeit. Sie brauchte ihn immer weniger.

»Also, wo liegt das Problem, Sommersprösschen?«, fragte er. Den Spitznamen hatte er ihr vor Jahren gegeben, als sie noch ein dürres kleines Kerlchen war, das auf seinen Schultern ritt. Normalerweise nannte sie ihn daraufhin »Chef«. Aber nicht heute.

»Ich bin zu Hause ausgezogen – oder zumindest werde ich das nachher tun. Mum sagte, solange ich unter ihrem Dach wohne, dürfte ich mich nicht mit Luke treffen. Ich habe geantwortet, dass ich dann nicht länger unter ihrem Dach bleibe.«

Ihre Miene war herausfordernd, aber Jack war das leichte Beben in ihrer Stimme nicht entgangen. Sarah hatte offenbar die Nerven verloren – sie hätte warten sollen, bis er versucht hatte, die Sache zu klären. So hatte sie es vermutlich nur noch schlimmer gemacht.

»Ich verstehe, dass du wütend bist, Kate, aber ich glaube, du solltest das noch mal überdenken.«

»Warum?«

Ihr finsterer Blick hätte ihm eine Warnung sein sollen, aber vielleicht war dies nicht der Moment für Vorsicht. Das Kind war bereits in den Brunnen gefallen. »Kate, du weißt, dass du mir sehr wichtig bist. Und weil das so ist, rate ich dir, dich nicht zu sehr an Luke zu binden.«

»Gott, du klingst genau wie Mum!«, rief Kate zornig. »Habt ihr beide euch abgesprochen? Was hat sie dir erzählt? Was hat sie gegen Luke? Was hast *du* gegen ihn? Du bist doch sein Vater!«

»Ich habe überhaupt nichts gegen ihn«, sagte Jack. »Aber ich will nicht, dass du verletzt wirst, falls er doch nicht bleibt. Wir wissen doch eigentlich gar nichts über ihn.«

»Er ist dein Sohn. Was musst du denn noch wissen?«

»Ich will nicht, dass du verletzt wirst.« Jack wiederholte sich. Ein sicheres Zeichen, dass er die Schlacht verlor. Er hätte die Finger davon lassen sollen. Er würde nur die falschen Sachen sagen – da konnte er, um es hinter sich zu bringen, gleich einen großen Schritt machen und ins Fettnäpfchen treten.

»Aber du hast keine Angst, dass ich Luke verletzen könnte?«

Jack schüttelte den Kopf. »Ich kenne dich, Kate. Luke kenne ich nicht.«

»Nein, nicht wahr. Tust du nicht.« Ihre Stimme troff vor Verachtung. Sie ergriff ihre Tasche. »Sag Luke, ich rufe ihn später an. Ich gehe zu Tim.« Sie stand auf und ließ die Daunendecke auf das Sofa fallen.

»Kate, bitte setz dich – lass uns reden.«

»Ich habe dir nichts zu sagen«, rief sie und stürmte aus dem Zimmer.

Als er die Haustür zufallen hörte, ließ sich Jack im Armsessel zurücksinken und dachte über das Desaster nach. Er hatte es falsch angepackt. Was hatte er sich überhaupt dabei gedacht? Die letzte Nacht mit Emer hatte etwas verändert – er war zufriedener mit der Welt und dem Leben im Allgemeinen. Er wollte Luke eine Chance geben, doch Sarahs Vorbehalte hatten sich so in seinem Kopf festgesetzt, dass er wie auf Autopilot gewesen war. Er blickte zu der zerknüllten Daunendecke auf dem Sofa. Luke hätte Kates Situation ausnutzen können, doch das hatte er offenbar nicht getan. Er hatte sich um sie gekümmert, es ihr gemütlich gemacht und war dann in sein eigenes Bett verschwunden – ohne seine Decke. Und er würde wissen wollen, warum Kate so früh gegangen war. Wie um alles in der Welt sollte er das wieder geradebiegen – mit Kate, mit Luke und mit Emer, wenn sie von diesem neusten Schlamassel erfuhr?

»Gefällt deinen Eltern die Kreuzfahrt?«, fragte Kate Tim beim Mittagessen, während er die Postkarte las, die gerade angekommen war.

»So sehr, dass sie danach noch eine durchs Mittelmeer machen«, antwortete er und reichte ihr die Karte. Sie konnte Lord Leightons Gekritzel kaum entziffern. Das Bild zeigte ein winziges Kreuzfahrtschiff, das durch eine tiefe Schlucht segelte. »Risøyrenna«, las sie laut. »Wo ist das?«

»Norwegen«, erklärte Tim. »Diese Fjorde sehen für mich alle gleich aus. Ich habe den Verdacht, dass der Kapitän das Schiff jede Nacht wendet und den gleichen Weg zurücksegelt.«

Kate lachte. Es war die richtige Entscheidung gewesen, hierherzukommen. In Krisenzeiten flüchteten sich Tims Freunde alle zu ihm, nicht zuletzt deswegen, weil er nie urteilte und keine Erklärungen verlangte.

»Und wie fühlst du dich jetzt, Süße?«, fragte Tim und spießte ein Schinkenröllchen auf.

»Immer noch ein bisschen wackelig«, gab Kate zu. »Aber dass ich hier wohnen kann, ist schon mal eine große Erleichterung. Danke, Tim.« Sarah hatte glücklicherweise geschlafen, als Kate zu Hause einen Koffer gepackt hatte.

»Ich quartiere dich im Blauen Zimmer mit dem riesigen Himmelbett ein. Das hat magische Kräfte«, erklärte Tim. »Die wirken immer. Obwohl es nicht ganz stimmt. Im Jahre 1788 schlief dort George III., und nicht lang danach verlor er den Verstand.«

»Ich weiß, wie er sich fühlte. Der Streit mit meiner Mum war so fürchterlich.« Kate seufzte und dachte an den Abend zuvor und die bösen Worte ihrer Mutter. Worte, die Luke schwer gekränkt hatten. »Warum ist Mum so gegen Luke eingenommen? Sie kennt ihn doch nicht mal.«

»Das hier ist Baronsmere, schon vergessen? Standesdünkel, wo man hinschaut. Wenn der Stammbaum nicht passt …«

»Ich hasse das«, sagte Kate, den Tränen nahe. »Und heute Morgen hat auch noch Jack so schlimme Dinge über Luke gesagt. Was soll ich nur tun?«

»Bring Luke her«, sagte Tim, während er die Überschriften in der Zeitung überflog. »Hier kannst du ihn die ganze Nacht ungestört vögeln.«

»Tim! Das meinte ich nicht! Hör auf, immer gleich so was Schmutziges zu denken. Ich meinte, was soll ich wegen Mum tun?«

»Bleib ein paar Tage hier. Gib ihr Zeit, über alles nachzudenken und dich zu vermissen. Dann ruf an und sondier die Lage. Ich wette, bis dahin hat sie ihre Meinung geändert.«

»Das glaube ich kaum«, murmelte Kate.

»Jetzt hör mal, Kate«, sagte Tim streng. »Als ich meinen Eltern, Lord und Lady Leighton, Vorzeigechristen und treue Anhänger der Konservativen, mitteilte, dass ich schwul bin, war der Schock für meine Mutter so groß, dass sie zwei Wochen lang das Bett nicht mehr verließ, und mein Vater redete zehn Monate nicht mehr mit mir. Ich hätte nie gedacht, dass sie sich noch mal einkriegen, doch so war es. Wenn meine Eltern schließlich doch zur Vernunft gekommen sind und mich akzeptiert haben, dann kannst du auch deine Mutter davon überzeugen, Luke zu akzeptieren. Gib ihr nur ein bisschen Zeit.«

»Timothy Leighton, seit wann bist du so weise?« Kate sah ihn voller Zuneigung an.

»Ich gucke oft Jeremy Kyle«, gab er zu.

Kate, die sich ein bisschen besser fühlte, lächelte und erhob sich, um zu gehen.

»Okay, dann bin ich mal weg. Luke und ich fahren nach Chester – um auf andere Gedanken zu kommen.« Dann drehte sie sich, einem Impuls folgend, noch einmal um und umarmte Tim. »Danke für alles. Ich hab dich lieb.«

Tims Stimme klang dumpf. »Ich dich auch, Kate, aber ich habe deine Brüste im Gesicht und das ist nicht angenehm.«

Kichernd ließ sie ihn los.

»Kate?« Sie war schon fast an der Tür, als er sie zurückrief.

»Ja, Tim?«

»Wenn du Luke doch nicht mehr haben willst … ich nehme ihn gern.«

»Träum weiter!«, rief sie im Davongehen. Jetzt, da sie wusste, dass sie nicht gezwungen sein würde, nachzugeben und nach Hause zurückzukehren, war ihr schon viel wohler. Und was noch besser war: Hier konnten sie und Luke ungestört sein. Vielleicht war das die Entschädigung für diesen ganzen Albtraum.

16

Luke zählte ungefähr vierzig Leute im Gemeindezentrum von Marsham. Nicht schlecht für fünf Uhr an einem Donnerstag.

»In der Lokalzeitung ist gerade ein großer Bericht über das Bauvorhaben in Woodlands erschienen«, erklärte Kate ihm. »Und darin kamen die Großunternehmen ziemlich schlecht weg. Offensichtlich hat das viele Leute aufgeschreckt.«

Es bedeutete Luke sehr viel, dass Kate ihn begleitete, dass sie nicht nur leere Versprechungen machte. Nachdem Sarah ausgeflippt war, hatte Luke befürchtet, Kate würde absagen, aber sie war gekommen, um ihn in seinem Protest gegen Stewart Enterprises zu unterstützen. Trotzdem, es gefiel ihm nicht, dass er zwischen einer Tochter und ihrer Mutter stand, und er rechnete jeden Tag damit, dass Sarah bei Jack anklopfte und ihn zusammenstauchte.

Ein junger Mann in ausgewaschenen Jeans und Jeansjacke erschien vorne und stellte sich als Duncan Gilroy vor. Bald lauschten alle seinem leidenschaftlichen Appell, gegen das Bauprojekt vorzugehen. Als Duncan Stewart Enterprises erwähnte, rutschte Luke in seinem Sitz tiefer. Er fühlte sich schuldig. Gewissermaßen aus Sippenhaft.

»Den Bewohnern der Uferhäuser wurde ein Kompensationspaket angeboten, das mindestens ein Zehntel des Profits ausmacht, den Stewart Enterprises letztendlich mit jeder Immobilie erzielen wird«, informierte Duncan sie. »Man hat den Anwohnern ein Vorkaufsrecht eingeräumt, aber die Realität sieht so aus, dass sie sich in den neuen Wohnanlagen nicht mal ein Einzimmerapartment werden leisten können. Die, die nicht umziehen wollen, werden sich auf einer chaotischen, lauten Baustelle wiederfinden. Aus den Gärten werden Garagen, und Parkplätze und Lärm und Luftverschmutzung werden dramatisch zunehmen. Die neuen Gebäude werden sehr viel höher als ihre Häuser sein und ihnen das Sonnenlicht und die Sicht nehmen.«

»Und schließlich«, sagte er, »ist geplant, neue Straßen zu bauen, um die Gebäude am Flussufer mit dem Rest des Woodlands-Gebietes zu verbinden. Dafür wird ein Großteil des Cullen Walds abgeholzt, was schon ironisch ist, wenn man den Namen der Anlage bedenkt. Diese Wälder stehen dort schon seit Hunderten von Jahren. Also«, endete er, während sein Blick über das Publikum schweifte, »haben Sie noch Fragen?«

Es gab viele Fragen. Luke erfuhr, dass dreiundzwanzig der dreißig Familien, die am Ufer wohnten, einen Vertrag unterschrieben hatten, und dass sie alle in einem Block wohnten, was bedeutete, dass Stewart Enterprises mit dem Bau beginnen konnte, selbst wenn die anderen Anwohner Protest einlegen sollten. Die Quoten für den sozialen Wohnungsbau waren für diese Gegend bereits erfüllt, deshalb hatte der Stadtrat keine Handhabe dagegen. Es sah nicht gut aus für die Gegner des Neubaugebietes.

Eine alte Frau stand unsicher auf. »Ich bin eine der Anwohnerinnen. Ich habe mein ganzes Leben am Ufer gewohnt. Ich habe erlebt, wie mein Bruder in den Krieg zog und nicht mehr zurückkam. Ich habe in meinem Heim zwei Kinder großgezogen und einen Ehemann begraben. Und jetzt wollen sie mich dort hinausdrängen.« Ihre Stimme bebte. »Nun, das lasse ich nicht mit mir machen. Es ist nicht richtig …« Als ihr die Tränen über die Wangen rannen, ging Duncan zu ihr und legte ihr tröstend die Hand auf die Schulter. Sie erinnerte Luke an Jessie.

»Danke dir, Rose«, sagte Duncan. »Für Menschen wie dich kämpfen wir.«

»Da ist ein Stewart«, sagte ein Mann in der Nähe der Tür. Luke erkannte ihn, er hatte die Flyer im Pub verteilt. Er zeigte mit dem Finger auf Luke, und ein paar Köpfe drehten sich. So viel zum Thema Anonymität. Peinlich.

»Das ist Jack Stewarts Sohn. Ich würde gerne wissen, was der kleine reiche Junge hier beim niederen Volk will.«

Wenn er sich nicht so unbehaglich gefühlt hätte, hätte Luke laut darüber gelacht, dass man ihn einen kleinen reichen Jungen nannte.

»Er spioniert wohl«, zischte jemand.

»Er unterstützt diesen Protest, du Idiot!«, fauchte Kate.

»Kann er dann nicht für sich selbst sprechen?«, kam es zur Antwort. »Oder haben die Stewarts auch dafür Angestellte?«

Luke richtete sich langsam auf. Die Zuhörer blickten ihn an, manche neugierig, manche argwöhnisch. Abgesehen von dem Summen und Klacken der Heizung war es still im Raum. Luke schluckte schwer. Bisher hatte er erst einmal vor Leuten geredet, aber das hier konnte nicht schlimmer sein als die Beerdigung seiner Mutter.

»Ich heiße Luke Kiernan«, sagte er. »Ich benutze den Namen Stewart nicht. Meine Eltern haben sich getrennt, bevor ich geboren wurde. Ich bin in Irland aufgewachsen – als Traveller. Traveller werden von den Behörden und der Polizei ständig herumgeschubst. Unsere Kultur ist von jeher bedroht, deswegen verstehe ich Leute, die an dem festhalten wollen, was sie haben. Und ich bin mit diesem Bauprojekt nicht einverstanden. Das ist reine Geldgier und einfach falsch. Ich will Ihnen helfen, dagegen zu kämpfen, wenn Sie mich lassen.«

»Was ist mit deinem Vater, Luke?«, fragte Duncan. »Bekommst du dadurch keine Probleme?«

»Ich bin erwachsen. Ich treffe meine eigenen Entscheidungen.«

»Woher wissen wir, dass du ihm nicht weitererzählst, was wir planen?«, fragte jemand.

»Dies ist eine öffentliche Versammlung«, antwortete Luke. »Wenn Jack einen Spion hätte schicken wollen, wäre es dumm, ausgerechnet mich zu schicken.«

Zustimmendes Nicken.

»Danke, Luke«, sagte Duncan. »Wir wollten dich nicht in Verlegenheit bringen, aber heute Abend schlagen die Gefühle hohe Wellen.«

»Kein Problem«, sagte Luke und setzte sich wieder. Kate ergriff seine Hand und drückte sie, so als wäre sie stolz auf ihn, aber sein Herz hämmerte, und er hoffte, man würde nun nicht weiter auf ihn achten. Was genau er tun konnte, um zu helfen, wusste er nicht, aber er würde keinen Rückzieher machen. Rose hatte den Ausschlag gegeben. Eine alte Frau, die von mächtigen Männern schikaniert wurde. Das war nicht recht. Er war sich sicher, dass Annie gewollt hätte, dass er half.

»Hat es dir nicht geschmeckt, Schatz?«

»Es schmeckt toll, Maggie. Ich habe nur keinen Hunger.«

Luke hatte sein Abendessen kaum angerührt. Jack hatte bemerkt, dass er nicht aß, aber nichts dazu gesagt, weil die

Tatsache, dass sie alle gemeinsam zu Abend aßen, eine Premiere war und er nicht derjenige sein wollte, der alles verdarb. Normalerweise aß Luke auf seinem Zimmer, aber gestern hatte Matt Jack gesagt, er wolle, dass sie mehr Zeit als Familie zusammen verbrachten.

»Gib her.« Matt schaufelte sich Lukes Reste auf den Teller. »Ich hatte nur Nüsse und Chips den ganzen Tag. Hab im Pub Inventur gemacht. Seit die Bauarbeiter da sind, will Sarah über jede Dose und jede Flasche Bescheid wissen, für den Fall, dass sie sich selbst bedienen.«

Sarah war kein Thema, wenn Luke anwesend war. Gewöhnlich trieb allein die Erwähnung ihres Namens ihn aus dem Zimmer. Und auch Jack war nicht scharf darauf, von ihr zu hören. »Also, Maggie, wie läuft es denn mit dem Backen für den Maitag?« Das war doch sicherlich ein unverfängliches Thema. »Ich habe heute in der Bank gehört, wie Lilian Hooper sich damit gebrüstet hat, alle wären von ihren Fruchtkeksen begeistert.«

»Das wäre dann mal ganz was Neues«, erklärte Maggie. »Letztes Jahr hat der Bürgermeister sich fast einen Zahn daran ausgebissen. Ich glaube, sie nimmt Steine statt der Früchte.«

»Was passiert denn am Maitag?«, fragte Luke.

»Ach, so dies und das«, antwortete Matt. »Trinken, essen, herumhuren. Eine Jungfrau opfern. Was man halt auf Dorffesten so macht.«

»Es gibt Wettbewerbe für das beste selbst angebaute Produkt«, ergänzte Maggie, »und Spiele für die Kinder. Reitveranstaltungen, Morris-Tanz, Ringen und Seilziehen. Und die Maikönigin wird gewählt.«

»Unsere Katie war Maikönigin, als sie süße sechzehn war«,

sagte Matt mit einem verstohlenen Blick zu Luke, der wie aufs Stichwort errötete.

Die Haustürklingel ertönte. »Ich gehe«, sagte Jack und verließ die Küche, um in den stets leicht kühlen Flur zu treten. Er betete, dass der Besuch nicht Sarah war. Seitdem Kate von zu Hause ausgezogen war, hatte sie ihn ein paarmal angerufen. Er hatte auf ihre tränenreiche Sorge im ihre Tochter mit dem Rat geantwortet, geduldig zu sein und sie nicht zu drängen.

Es war nicht Sarah. Es war Nicholas. Der sehr wütend aussah. Jack fragte sich, ob ein Deal geplatzt war. »Dad! Ich hatte dich nicht erwartet. Komm rein …«

Sein Vater hatte die Schwelle übertreten, bevor die Einladung ganz ausgesprochen war. »Wir haben ein Problem, Jack. Wegen Woodlands. Erinnerst du dich an diese Protestversammlung heute Abend?«

Jack hatte nicht mehr daran gedacht, weil er den ganzen Tag auf einer Baustelle verbracht hatte. »Ist Lynda wie verabredet zu der Versammlung gegangen?«

»Sie hat mir gerade Bericht erstattet. Und das war ausgesprochen erhellend. Wo ist dieser Kiernan-Junge?«

»Wie bitte?«

»Er hat uns einiges zu erklären.«

Jack sank der Mut. Er hatte keine Ahnung, wovon sein Vater sprach, aber alles, was ihn und Luke gemeinsam betraf, konnte nichts Gutes sein. Matts Stimme drang in den Flur, und mit ein paar langen Schritten war Nicholas in der Küche. Jack folgte.

»Sieh mal einer an«, sagte Nicholas und ließ den Blick durch den Raum schweifen. »Tut mir leid, dass ich dieses traute Familiendinner stören muss.«

»Vom Lammeintopf ist nichts mehr übrig«, murmelte Maggie, die dabei war, die Teller zu stapeln.

»Granddad, ist alles in Ordnung?«

»Nein, Matt, nichts ist in Ordnung.«

»Sollen wir das nicht besser im Arbeitszimmer besprechen?«, fragte Jack. Eigentlich hatte er damit gerechnet, dass Luke aufstand und ging, sobald sein Großvater erschien, aber heute Abend war ihm dieses Glück nicht hold.

»Das hier geht uns alle an«, erklärte Nicholas. »Weißt du eigentlich, was dieser Junge so treibt?« Er fuchtelte mit der Hand in Lukes Richtung. »Heute fand eine Protestversammlung in Marsham statt. Einberufen von Agitatoren, die planen, unser Bauprojekt in den Woodlands zu verhindern.«

Matt runzelte die Stirn. »Was hat das mit Luke zu tun?«

»Ich war dort«, sagte Luke ruhig.

Jack hätte am liebsten den Kopf in die Hände gelegt. Was immer als Nächstes passierte, war der Familienharmonie sicher nicht förderlich. »Du warst dort? Warum?«

»Um öffentlich seine Haltung dazu zu verkünden.« Nicholas las von einem Zettel ab, den er aus der Hosentasche gezogen hatte. »*Das ist reine Geldgier und einfach falsch. Ich will Ihnen helfen, dagegen zu kämpfen*. Ist das korrekt zitiert?«

Luke legte den Kopf schief, einen Finger am Kinn, eine offen spöttisch nachdenkliche Geste. »Hm, ja so ziemlich.«

Jack starrte Luke an. Der Junge hatte Mumm. Aber er war auch wahnsinnig. Niemand legte sich mit Nicholas Stewart an und kam damit durch. Das tat man einfach nicht.

»Dann hattest du also einen Spion dort«, fuhr Luke fort.

»Verdammt richtig!«, grollte Nicholas, der nun beinahe bebte, das Gesicht rot vor Ärger. »Und zum Glück, denn sonst wüssten wir nichts von deinem hinterhältigen Verrat!«

Im Spülbecken klirrte Besteck. Maggie hatte ihnen den Rücken zugedreht, aber ihre angespannten Schultern sprachen Bände.

»Granddad!«, rief Matt. »Das war eine öffentliche Versammlung, und dies ist ein freies Land.«

Doch Nicholas war in Fahrt. »Kate Walker hat er auch mitgenommen. Siehst du, wie es anfängt, Jack? Nicht lange, und dieser … dieser Dreck hier hat uns gegeneinander aufgehetzt. Wer ist als Nächster dran, frage ich mich – Matt?«

»Das schaffst du schon ohne Lukes Hilfe«, sagte Matt. »Mein Bruder ist kein Dreck.«

Nicholas schnaubte. »Dein Bruder? Das behauptet er.«

»Es reicht, Dad«, sagte Jack, der jedoch langsam die Ungeheuerlichkeit dessen, was Luke getan hatte, zu begreifen begann. »Kannst du nicht verstehen, wie das der Familie schaden kann? Du gehörst jetzt zu den Stewarts, Luke, ob es dir gefällt oder nicht. Wir müssen zusammenhalten.«

Luke warf ihm einen giftigen Blick zu. »Oh, wenn es so aussieht, als könnte ich euch schaden, dann bin ich plötzlich ein Stewart? Tja, vielleicht will ich nicht zu einer Familie gehören, denen die Menschen scheißegal sind.«

»Komm, Luke, das meinst du doch nicht wirklich …«, flehte Matt.

»Oh, ich bin mir sicher, dass er es genauso meint«, sagte Nicholas. »Heute hier, morgen da. Genau wie seine Mutter.«

Damit war er zu weit gegangen. Es war besser, wenn sein Vater jetzt ging. Sie konnten die Diskussion morgen im Büro fortsetzen.

»Also, was jetzt, *Sir* Nicholas.« Luke spuckte den Namen voller Verachtung aus. »Wollen Sie mich bestechen, so wie

Sie es mit ihr gemacht haben? Ich sag Ihnen gleich, ich bin genauso wenig käuflich wie sie.«

Im Zimmer herrschte eine schreckliche Stille, während alle zu begreifen versuchten, was sie gerade gehört hatten. Jack ergriff als Erster das Wort. »Was zur Hölle soll das heißen?«

Luke stieß einen Finger in Nicholas' Richtung. »Er hat meiner Mutter Geld angeboten, damit sie geht.«

»Dad?«, fragte Jack, auf der verzweifelten Suche nach einer Erklärung.

»Ich werde nicht hier stehen und mir haltlose Beschuldigungen anhören. Ich habe das gesagt, wozu ich hergekommen bin. Fünfzig Jahre habe ich gebraucht, um dieses Unternehmen zu dem zu machen, was es heute ist, und ich werde nicht tatenlos zusehen, wie irgendein dahergelaufenes Früchtchen das alles zunichtemacht.«

Bevor jemand etwas sagen konnte, drehte Nicholas sich um und verließ den Raum. Das Klacken seiner Schuhe klang aus dem Flur herein, dann knallte die Haustür, und er war fort. Alle schwiegen einen Moment. Maggie sah entsetzt aus. Matt erschüttert. Luke starrte mit undurchdringlicher Miene zur Tür.

»Luke, das ist eine sehr ernste Beschuldigung«, sagte Jack schließlich.

»Das ist keine Beschuldigung, es ist die Wahrheit. Er hat versucht, sie zu bezahlen, damit sie geht. Sie hat mir erzählt, dass man sie hier nie haben wollte. Ich habe den Scheck gesehen. Fünfzigtausend. Und falls ihr euch fragt: Ma hat ihn nie eingelöst. Das hätte sie nie getan.«

»Hat Annie dir das erzählt?«, fragte Jack. Wann zum Teufel war das passiert? War das womöglich der Grund, warum Annie gegangen war?

»Ich habe den Scheck gesehen. Ich hab ihn in einem von Mams Büchern gefunden. Sie sagte, sie wäre lieber verhungert, als ihn einzulösen. Aber sie wusste nicht, wie schwer es für sie werden würde – und als es so weit war, war es sowieso zu spät dafür.«

»Hast du ihn noch?«

»Was spielt das für eine Rolle, Jack? Willst du einen Beweis, dass deine Frau die Wahrheit gesagt hat? Oder ich? Schließlich lügen doch wohl eher die dreckigen Zigeuner als Sir Nicholas, was? Und du willst sicher auch leugnen, dass du Mam geschrieben hast, dass du sie nicht mehr zurückhaben wolltest – oder mich.«

»Das reicht, Luke!«, fuhr Jack ihn an. »Wie hätte ich deiner Mutter schreiben sollen, wenn ich nicht mal wusste, wo sie sich aufhielt? Wenn sie dir das erzählt hat, hat sie gelogen. Das ist hier kein Spiel, verstehst du? Oder doch? Hast du das vor? Uns alle gegeneinander auszuspielen, um dich zu rächen?« Das schien ihm sehr viel wahrscheinlicher als ein Versuch Nicholas', Annie zu bestechen. Sein Vater musste doch gewusst haben, dass sie damit zu Jack kommen würde. Hätte er tatsächlich einen Riesenstreit riskiert?

Luke fuhr mit den Fingern durchs Haar und machte ein böses Gesicht. »Warum sollte ich das tun? Ich weiß, dass du lügst. Ich kann es jetzt noch nicht beweisen – aber das werde ich noch.«

Das brachte Jack erst recht in Rage. »Ich sagte, es reicht! Ich will nichts mehr über Schecks oder Briefe hören. Und wenn du weiter hier wohnen willst, solltest du anfangen, diese Familie mit ein bisschen Respekt zu behandeln.«

»Dad!« Matt warf Jack einen warnenden Blick zu.

Luke hielt die Hand in die Höhe. »Nein, Matt, lass ihn

doch sagen, was er wirklich denkt. Besser als ein verlogener Heuchler zu sein wie der alte Nick.«

»Das hier ist mein Haus, und ich werde mir nicht länger anhören, wie meine Familie beleidigt wird!«

»Dreck. Dahergelaufenes Früchtchen«, sagte Luke. »Danke, dass du mir bewiesen hast, dass deine kostbare Familie mich nicht akzeptiert hat. Du wolltest mich ja von Anfang an nicht hierhaben. Ich bin dir nur peinlich.«

»Luke …« Matt stand auf und versuchte, seinem Bruder die Hand auf die Schulter zu legen, doch der schüttelte sie ab.

»Ich werde euch nicht länger belästigen«, sagte Luke. »Ich hätte überhaupt nicht herkommen dürfen. Mein Fehler.«

»Luke, bitte …« Maggie brach in Tränen aus, und Lukes Miene wurde ein wenig weicher.

»Maggie, es klappt nicht. Ich ziehe morgen früh aus.« Er wandte sich an Jack. »Und wenn du von mir nichts über den Scheck und den Brief hören willst, dann kannst du es auch einfach in der Zeitung lesen. Du wirst feststellen, dass man diesen Dreck nur schwer loswird.« Mit dieser Drohung verließ er den Raum. Maggie ließ sich auf einen Stuhl fallen. »Glaubst du, es ist wahr, Jack? Dass Nicholas versucht hat, Annie zu bestechen? Das könnte erklären …«

Jack schüttelte den Kopf, als wollte er seine Benommenheit abschütteln. »Keine Ahnung, was ihm seine Mutter in den Kopf gesetzt hat. Offensichtlich hat sie gelogen, als sie sagte, ich hätte ihr geschrieben … Wer sagt denn, dass sie ihn nicht auch in dieser Sache angelogen hat?«

»Aber er sagt, er hätte den Scheck gesehen«, wandte Matt ein. »Und dass du ihm nicht geglaubt hast, hat ihm den Rest gegeben.«

»Komm schon, Matt. Er kann doch nicht erwarten, dass er

so eine Bombe platzen lassen kann, ohne dass wir Beweise verlangen.«

»Es ist vielleicht unvernünftig, aber er wollte, dass du ihm einmal bedingungslose Unterstützung zeigst. Und wenn es stimmt, was er sagt, dann hat das schon die ganze Zeit in ihm gegärt und musste ja irgendwann mal explodieren. Wenn er damit an die Presse geht, werden die sich wie die Geier darauf stürzen.«

»Dann steht sein Wort gegen Nicholas'«, sagte Jack.

»Es sei denn, er hat den Scheck noch.«

Jack und Matt starrten sich an. Ein beunruhigender Gedanke.

Luke saß vor dem Fenster in seinem Zimmer, die gepackten Einkaufstüten zu seinen Füßen. Er hörte das Geschirr klappern, als Maggie das Frühstück zubereitete, dann sah er Jack zur Arbeit gehen. Irgendwann später machte Maggie sich auf zum Supermarkt. Matt schlief bestimmt noch. Eine gute Gelegenheit, dachte er, sich Tee zu holen und auf Kate zu warten. Falsch gedacht, Matt war in der Küche. Und es war zu spät, die Flucht zu ergreifen, denn er blickte sofort auf, als sich die Tür öffnete. »Hey, Bro. Tee oder Kaffee?«

»Tee … danke«, murmelte Luke.

Hoffentlich kam Kate bald. Das Letzte, was Luke jetzt gebrauchen konnte, war eine peinliche Unterhaltung mit Matt. Mit den Stewarts war er fertig.

»Wartest du auf den Bus oder was?«, fragte Matt und warf ihm einen schnellen Blick zu. »Setz dich.«

Luke blieb stehen. »Kate holt mich ab. Wir bleiben erst mal bei Tim.«

Matt drehte sich um. Seine Miene drückte Enttäuschung

aus. Luke fühlte einen Anflug von Traurigkeit. Seinen Bruder zurückzulassen fiel ihm schwer.

»Luke, ich weiß, dass sich Granddad gestern Abend danebenbenommen hat. Er muss immer das Gefühl haben, dass er alles unter Kontrolle hat …«

»Tja, mich kontrolliert er nicht.«

Matt nickte nachdenklich. »Warum bist du zu dieser Versammlung gegangen?«

Es klang mehr wie eine Frage, weniger wie eine Anschuldigung. Vielleicht konnte Luke Matt doch überzeugen. »Matt, die Leute werden aus ihren Häusern vertrieben, damit Stewart Enterprises mit hässlichen Hochhäusern Profit machen und dabei auch noch eine schöne Gegend verschandeln kann. Damit bin ich nicht einverstanden.«

»Das verstehe ich, wirklich, das tue ich, aber es gibt schon andere, die dagegen etwas unternehmen. Warum willst du da unbedingt mitmachen?«

»Warum sollte ich nicht?«

»Spiel nicht den Dummen, Luke, du weißt, warum. Sieh dir doch an, was jetzt schon los ist. Ein fetter Streit, und du ziehst aus.«

»Ich habe nicht mit dem Streit angefangen.«

»Na ja, irgendwie schon. Indem du zu der Versammlung gegangen bist.«

»Ich habe das Recht, zu tun, was ich will.«

»Wir drehen uns im Kreis …«

Sie wurden von einem Klicken unterbrochen. Gerettet von einem elektrischen Wasserkocher. Matt machte den Tee, dann setzte er sich an den Tisch und schob Luke eine Tasse zu. Luke blieb bei der Tür stehen. »Geh nicht, Luke«, sagte Matt beinahe flehend. »Ich weiß, es war nicht einfach, aber diese Dinge brauchen Zeit. Wir müssen uns alle erst aneinander gewöhnen. Und lernen, miteinander zu leben.«

Dies war der Moment für Ehrlichkeit. »Ich glaube nicht, dass ich lernen kann, mit Jack zu leben. Und ich glaube, ich will es auch nicht.«

»Könnest du es wenigstens noch ein paar Tage länger versuchen?«

Luke schnalzte frustriert mit der Zunge. »Ich bin es leid, es zu versuchen! Jedes Mal wirft man mir wieder was Neues vor. Ich habe eine Halskette gestohlen, ich bin nicht Jacks Sohn, ich hetze Leute gegen die Familie auf. Was geht es dich eigentlich an? Du hast doch zu tun und bist sowieso nicht oft hier. Ich hab die Schnauze voll. Tut mir leid, aber ich gehe.«

»Hast du das ernst gemeint, was du gestern gesagt hast?«, fragte Matt. »Dass du dich an die Presse wenden willst?«

»Wenn ich dazu getrieben werde, ja.«

»Ich denke nicht, dass das eine gute Idee ist …«

Luke fuhr auf. »Klar denkst du das nicht! Du willst, dass alle brav buckeln und tun, was man ihnen sagt.«

»Nein, Luke, das meinte ich nicht«, sagte Matt. »Wenn über dich in der Zeitung geschrieben wird, könnten deine Onkel dich finden.«

Angst umfasste Lukes Nacken wie eine kalte Hand. Joe. Den hatte er beinahe vergessen. Könnte er ihn wirklich hier aufstöbern? Auch wenn er nicht mehr bei Jack wohnte? Mutiger, als er sich tatsächlich fühlte, sagte er: »Das ist dann wohl ein Risiko, das ich eingehen muss.«

»Tja, dann werden wir das Risiko alle eingehen. Kate eingeschlossen. Denk dran, in dem Safe in meinem Zimmer liegen immer noch dreißigtausend Euro. Wenn deine Onkel danach suchen, könnte die Spur sie irgendwann bis zu uns führen.«

»Ich wollte das Geld loswerden, Matt. Du hast mich davon abgehalten! Bring es her, dann verbrenne ich es – Problem gelöst.«

Matt schüttelte den Kopf. »Das ist keine Lösung. Wir waren uns einig, dass es ein Beweis sein könnte. Du musst es behalten. Und deine Onkel würden es nicht wissen, wenn du es verbrannt hättest, oder? Sie würden trotzdem nach dir suchen. Ich habe kein Problem damit, dass es in dem Safe liegt – unser Haus ist sicher genug –, aber überleg es dir gut, ob du zur Presse gehst. Okay?«

Luke starrte seinen Bruder an. »Warum komme ich mir so vor, als hättest du mich in die Ecke gedrängt? Manipulieren können wohl alle Stewarts gut.«

»Wenn ja, dann hast du es geerbt!«, gab Matt wütend zurück. »Wie würdest du denn deine Drohung nennen?«

»Das ist keine Manipulation! Ich will für Gerechtigkeit sorgen – für mich und meine Mam!«

»Um jeden Preis?«

Matt kapierte es nicht. Wie auch? Er war ein Stewart, einer von ihnen. Luke war blöd gewesen zu glauben, dass sein älterer Bruder ihn beschützen und verteidigen würde. »Wir kommen nie auf einen Nenner. Es ist das Beste, wenn ich gehe.«

Matt sah enttäuscht aus. »Denk zumindest über das nach, was ich dir gesagt habe.«

Die Türklingel ertönte. Endlich. Luke wandte sich zum Gehen.

»Pass auf dich auf. Ruf mich an, wenn du mich brauchst. Jederzeit. Ich bin immer noch dein großer Bruder.«

»Bye, Matt«, murmelte Luke. »Danke für alles.« Er blickte nicht zurück. Konnte es nicht. Wie oft würde er noch jemanden verlieren, an dem ihm etwas lag?

»Jack hat mir nicht geglaubt.«

Kates Blick, der auf die Straße gerichtet war, flog zu Lukes aufgewühltem Gesicht. Sie waren zwei Waisen im Sturm. Beide mit ihren Eltern zerstritten. Alles schien bergab zu gehen. »Er wollte einen Beweis, obwohl ich ihm gesagt habe, dass ich den Scheck mit eigenen Augen gesehen habe.«

Lukes Stimme verriet Enttäuschung und Kränkung – kein Wunder. Kate war schockiert, als sie hörte, was Nicholas gesagt hatte, aber noch mehr darüber, dass Jack sich nicht vor seinen Sohn gestellt hatte. »Warum hat deine Mutter den überhaupt behalten?«

»Als Beweis, dass er es getan hat. Dass sie nicht auf das Geld aus war. Dass man sie nicht kaufen konnte.«

»Ich nehme an, du hast ihn nicht bei dir«, sagte Kate, »sonst hättest du ihn Jack ja gestern Abend gezeigt.«

»Selbst wenn ich ihn mitgenommen hätte, hätte ich ihn Jack nicht sehen lassen. Mein Wort sollte reichen.«

In einer perfekten Welt sollte es das. Aber dies war das wahre Leben. In dem Menschen einander mit grausamen Worten angriffen.

»Alles in Ordnung, Kate?« Lukes Stimme war jetzt sanfter.

»Mir geht's gut«, log sie und drückte seine Hand. »Hoffen wir, dass sich das alles schnell wieder beruhigt.«

»Aber du solltest erst gar nicht in dieser Situation sein. Dass du dich wegen mir mit deiner Mam verkrachst – jemand, den du kaum kennst.«

Sie streckte die Hand aus und strich ihm über die Wange. »Ich kenne dich. Und wir sind jetzt ein Paar.«

Er hielt ihre Hand fest und gab ihr einen Kuss darauf. »Ein tolles Paar. Beide ziehen wir im Streit von zu Hause aus.«

Als sie am *Foresters Arms* vorbeifuhren, vermied Kate es

hinzusehen, dennoch kamen ihr die Tränen, und sie war erleichtert, als sie in Leighton Hall ankamen. Sie ließ das Autofenster hinunter und zielte mit der Fernbedienung auf die geschlossenen Eisentore, die sich knarrend öffneten.

Als sie vor dem besäulten Eingang parkte, sprang Tim schon die Treppe hinunter, gefolgt von Edward, dem Butler der Leightons. Tim gab Kate eine knochige Umarmung und Luke einen aufmunternden Klaps auf den Rücken.

»Lasst eure Sachen im Wagen«, wies er sie an. »Teddy bringt sie rein. Das ist ein ganz schöner Aufstieg.« Er zeigte auf die lange Treppe, die hoch zur Haustür führte. »Du musst es ja nicht übertreiben, Luke, deshalb habe ich euch beide in das Gästehaus am Hintereingang einquartiert. Dahin ziehen wir heute Nachmittag um. Keine Treppen, und ihr habt eure Ruhe.« Kate spürte, wie sie rot wurde, als er ihr zuzwinkerte.

»Teddy!«, rief Tim dem Butler zu, der die Taschen aus dem Kofferraum lud. »Haben wir noch die antike Sänfte? Darin könnten wir den jungen Luke doch herumtragen.«

Edwards Gesicht blieb undurchdringlich. »Ich fürchte nicht, Sir. Die Sänfte hat Ihren Versuch vor drei Jahren, sie als Schlitten auf dem Hartswood Hill zu benutzen, nicht überlebt.«

Kate prustete los, als sie sich das lustige Bild ausmalte.

»Oh«, sagte Tim. Als sie die Treppe hinaufgingen, flüsterte er: »Das ist das Problem mit Bediensteten. Sie sehen alles und merken es sich. Ma hat solche Angst, dass Ted ein Buch über uns schreiben könnte, dass sie ihm jedes Jahr eine fette Gehaltserhöhung gibt. Mittlerweile müsste er mehr als ein durchschnittlicher Vorstandsvorsitzender verdienen.«

»Wahrscheinlich bezahlt sie ihn, damit er über dich den Mund hält, Tim«, sagte Kate. »Ich glaube nicht, dass deine Eltern je etwas Skandalöses getan haben.«

»Na ja, da gab es den einen schockierenden Vorfall kurz nach ihrer Heirat …«, begann Tim. Als sie schließlich in die Eingangshalle traten, sah Kate mit Erleichterung, dass Luke lachte. Tims herzlicher Empfang hatte den Schmerz über die Zurückweisung wettgemacht – fürs Erste zumindest.

»Danke, Maggie. Ich bin um sieben Uhr rum zu Hause.«

Bevor sie auflegte, machte Maggie noch eine bissige Bemerkung darüber, dass Jack froh sein konnte, dass er ein Zuhause hatte, anders als andere Leute – was unmissverständlich auf Luke gemünzt war. Sie klang beleidigt, als sie ihn anrief, um ihn darüber zu informieren, dass Luke und Kate bei Tim wohnen würden. Dieser ominöse Scheck, von dem Luke gesprochen hatte, gab Jack Rätsel auf. Möglich, dass er die Wahrheit sagte, denn Grace und Nicholas hatten Annie nie akzeptiert. Trotzdem schien es weit hergeholt. Es war einfach nicht der Stil seines Vaters. Und falls es diesen Scheck wirklich gab, warum hatte Annie nie etwas gesagt? Oder war das alles in der Zeit passiert, als er in Brüssel gewesen war?

Lukes Wutausbruch hatte viele Fragen aufgeworfen, aber der Junge war unzuverlässig. Hitzköpfig und in Trauer. Der Geschäftsmann in Jack konnte nicht zulassen, dass er mit wilden Anschuldigungen um sich warf, vor allem wenn sie Nicholas galten. Nun war es sicher am besten, wenn sie alle erst einmal tief durchatmeten und sich beruhigten. Wahrscheinlich tat Luke eine Auszeit von Jack ganz gut.

Und Jacks eigene Auszeit begann in – er warf einen Blick auf seine Armbanduhr – ungefähr zwölf Stunden. Ein Wochenende mit Emer in Irland wäre eine willkommene Ruhepause in dieser nicht enden wollenden Familienschlacht.

17

»Mist!«, murmelte Kate. Es war wohl nicht die beste Idee gewesen, das Auto abzuschließen und gleichzeitig den Stapel frisch gedruckter Flyer festhalten zu wollen, von denen nun einige zu ihren Füßen verteilt lagen. Wenigstens regnete es nicht.

»Kann ich helfen?«

Als Kate umblickte, sah sie Matt, der sich neben ihr bückte. »Wo kommst du denn so plötzlich her?«

»Aus dem Pub«, erwiderte Matt. »Ich habe dich durchs Fenster gesehen. Ich habe Tony gefragt, ob wir dort nächste Woche das Karaoke veranstalten können. Und ich habe mir gerade ein Sandwich bestellt. Der Lärm im *Foresters* schlägt mir auf den Kopf.«

»Ich wollte Tony gerade die Flyer hier über die nächste Protestversammlung geben«, erklärte Kate. »Er ist auf unserer Seite. Anders als Mum. Wie dem auch sei … ich habe heute Nachmittag nichts vor. Wollen wir zusammen zu Mittag essen?«

»Cool«, sagte Matt und hielt ihr die Tür auf. »Es gibt bestimmt einiges zu bereden.«

»Ich wäre froh, wenn ihr euch wieder vertragt, du und deine Mum.« Matt spießte eine Pommes von Kates Teller auf. »Sie ist zurzeit unerträglich. Hat an allem was rumzumäkeln. Ich bin überrascht, dass die Handwerker noch nicht hingeschmissen haben.«

»Was schlägst du denn vor, Matt? Das geht erst, wenn sie ihre Einstellung ändert. Sie hat was dagegen, dass ich mit Luke zusammen bin, und ich finde es furchtbar – und beschämend –, dass sie solche Vorurteile hat.«

Matt nickte. »Ich kann dir leider nicht widersprechen. Und um ehrlich zu sein, Kate, das war der Grund, warum ich jetzt anders denke. Luke ist mein Bruder. Ich weiß nicht, wie ich für jemanden arbeiten soll, der sich so offen gegen ihn stellt. Ich überlege ernsthaft, ob ich mir nicht was anderes suchen soll. Du weißt, wie sehr ich mir immer gewünscht habe, irgendwann meinen eigenen Laden aufzumachen, vielleicht in Manchester.« Er zwinkerte ihr zu. »In einer schicken Gegend, wo die Mädels sich überschlagen, um den Besitzer abzuschleppen. Und dann könnte ich Luke einen Job anbieten – vielleicht könnten wir sogar Partner werden.«

»Ich weiß nicht, ob Luke so eine Arbeit wollen würde«, sagte Kate. »Er arbeitet lieber im Freien – oder mit Tieren. Er bereut es, die Schule nicht beendet zu haben.«

»Das könnte er doch nachholen. Ich will nur mehr Zeit mit ihm verbringen – ein richtiger großer Bruder sein. Ich hätte mehr für ihn tun sollen, mich auf ihn einstellen sollen und nicht erwarten dürfen, dass es umgekehrt läuft. Ich will, dass er merkt, dass die Stewarts nicht so schlimm sind, wie er denkt.«

Kate nahm einen Löffel und rührte in den kleinen Körnchen in der Zuckerschale, etwas, das sie schon als kleines Mädchen getan hatte, vor allem, wenn sie gestresst war. »Es tut mir leid, Matt, ich weiß, sie sind deine Großeltern, aber Nicholas und Grace sind ganz genauso schlimm, wie er denkt. Und was deinen Dad angeht, habe ich meine Zweifel.«

»Hallo, ihr zwei. Kann ich euch mit einem Apple Crumble

locken?« Barbara Hayes war in den Fünfzigern, sah aber jünger aus. Kate mochte Barbara. Mit ihrem Sohn Kevin war sie in der Grundschule befreundet gewesen, und manchmal hatten sie sich hier alle nach der Schule auf Kuchen und Limonade getroffen. Barbara war Vollzeitmutter gewesen und hatte Tony im Pub geholfen, aber sie war immer für ihre drei Kinder da gewesen. Nicht, dass Sarah eine schlechte Mutter gewesen wäre, aber sie war immer sehr beschäftigt gewesen, sei es mit ihrer Arbeit oder ihrem Liebesleben. Kate war daran gewöhnt gewesen, zu Jack in die »Ferien« geschickt zu werden, wo Maggie auf sie aufgepasst hatte. Mehr als einmal hatte Kate mitgehört, wie man sich zuflüsterte, ihr weiches Herz und ihre fürsorgliche Art hätte sie von Maggie, nicht von Sarah.

»Apple Crumble klingt gut, Barb«, sagte Kate. »Solange er mit deiner wunderbaren selbst gemachten Vanillesoße serviert wird – die, für die du Mum nicht das Rezept geben willst.«

Barbara tippte sich an den Nasenflügel. »Keine zehn Pferde, Kate …«

»Barb«, sagte Matt. »Hast du mal 'ne Minute?«

Nachdem sie Tony die zwei Dessertbestellungen zugerufen hatte, ließ Barb sich neben Kate nieder. »Es tut gut, mal einen Moment die Füße zu entlasten. Ihr hättet Luke mitbringen sollen. Ich hätte ihn gern mal wiedergesehen. Bei der Beerdigung hatte ich keine Gelegenheit, mich mal richtig mit ihm zu unterhalten. Wie geht es ihm?«

Matt seufzte. »Behalt es für dich, aber Luke ist ausgezogen.«

»Aha.« Sie nickte, nicht sehr überrascht. »Ist das das Werk deiner Großeltern?«

Kate warf Matt einen schiefen Blick zu. Das kam der Wahrheit zu nahe – hatte da schon jemand getratscht?

»Warum sagst du das?«, fragte Matt.

Barbara nahm einen Bierdeckel in die Hand und begann damit leicht auf den Tisch zu klopfen. »Weil sie seiner Mutter das Leben zur Hölle gemacht haben. Deine Großeltern fanden, dass Annie nicht der richtigen Klasse angehörte, und haben es sie nie vergessen lassen.«

»Wie das? Was willst du damit sagen?«

Auch Kate wollte die Antwort auf diese Frage hören, hoffte aber, dass Matt nicht bereuen würde, sie gestellt zu haben.

»Vielleicht ist es nicht gut, die Vergangenheit aufzuwühlen, Matt«, sagte Barbara. »Das ist alles lange her. Es steht mir nicht zu, dir davon zu erzählen.«

»Annie war meine Stiefmutter ... eine ziemlich gute, soweit ich mich erinnere. Sie verließ uns, als ich vier war. Für für mich war es, als wäre sie gestorben. Niemand hat danach je wieder über sie geredet – ich meine, *wirklich* geredet. Jetzt ist Luke da, und ich habe Angst, dass das Gleiche wieder passiert. Ich will ihn nicht auch noch verlieren.«

Kate kämpfte gegen den Kloß in ihrem Hals. Matt lag wirklich etwas an Luke, das wusste sie nun. Sie nahm seine Hand und drückte sie sanft.

»Bitte, sag es mir, Barb, was haben meine Großeltern getan?«

Kate schwante, dass sie gleich Dinge hörte, die ihr nicht gefallen würden. Dinge, von denen sogar Luke nichts wissen mochte. Als würde sie hinter seinem Rücken in seiner Vergangenheit herumschnüffeln – kein schönes Gefühl. Wie würde sie sich fühlen, wenn jemand das mit ihr tat?

Kate und Matt hörten schweigend zu, als Barbara ihnen berichtete, wie Grace und Nicholas sich geweigert hatten, zu Jack und Annies Hochzeit zu kommen, und auch andere zur

Absage überredet hatten. Wie Grace mit der langen Tradition des Familienessens am Sonntagmittag gebrochen hatte, wie sie sich geweigert hatte, Matt zu Hause zu besuchen, und darauf bestanden hatte, dass Jack – und nur Jack allein – ihn einmal die Woche zur ihr nach Edenbridge brachte. Sie erfuhren, wie Jack Annie einmal zu Grace' Geburtstagsfeier mitnahm. Annie hatte ein Geschenk für ihre Schwiegermutter mitgebracht, als Zeichen der Versöhnung, doch es wurde später ungeöffnet in einer Mülltonne gefunden, so sichtbar, dass es für ihre Augen bestimmt gewesen sein musste. Dann erinnerte sich Barbara, wie Annie mit Maggie zu seiner Kindergartenaufführung gegangen war, weil Jack auf Geschäftsreise war, und man ihnen einen Platz weit weg von Grace und Nicholas zugewiesen hatte, die in der ersten Reihe saßen.

»Wenn es nur Grace allein gewesen wäre, wäre es, glaube ich, nicht so schlimm gewesen«, sagte Barabara nachdenklich. »Aber es nahmen sich viele ein Beispiel an ihr. Annie wurde auf der Straße ignoriert, manche wechselten sogar die Straßenseite. Das, was sie für den Maitag gebacken hatte, wurde zur Seite gestellt und lautstark der Unsauberkeit bezichtigt. Was sie auch tat, diese hochnäsigen Zicken zeigten ihr die kalte Schulter. Und als Annie Vorlesestunden für Kinder aus Familien mit geringem Einkommen organisieren wollte, nutzte Grace ihren Einfluss bei der Stadtverwaltung, um das Vorhaben zu boykottieren, indem sie behauptete, Annie hätte nicht die nötige Qualifikation. Manchmal frage ich mich, ob es nicht das war, was das Fass zum Überlaufen brachte. Sie sagte mir, sie wolle Grace deswegen zur Rede stellen. Ich weiß nicht, ob sie es getan hat, aber kurz danach war sie verschwunden.«

Matt sah erschüttert aus. »Warum hat mein Vater nichts dagegen unternommen?«, wollte er wissen.

Barbara zuckte die Achseln. »Das meiste hat Annie Jack gar nicht erzählt. Sie hoffte, dass sie irgendwann doch akzeptiert würde. Annie liebte Jack – und dich – sehr. Und er liebte sie. Er war vernarrt in sie. Ich glaube, wenn er gewusst hätte, was alles vor sich ging, hätte er euch beide fortgebracht. Er hätte Himmel und Hölle in Bewegung gesetzt, um sie glücklich zu machen. Und das wusste sie. Aus diesem Grund hat sie mir das Versprechen abgenommen, es Jack nicht zu sagen – sie wollte nicht, dass Jack sich mit seiner Familie zerstritt.«

»Die Familie ist für Traveller sehr wichtig«, murmelte Kate. »Das hat mir Luke gesagt.«

»Alles in Ordnung, Matt?« Barbara berührte ihn am Arm. »Tut mir leid, aber du wolltest es wissen.«

»Ja, wollte ich«, beruhigte er sie. »Und danke, dass du es mir gesagt hast.«

»Versprecht mir eines, ihr beiden«, sagte Barbara, als sie aufstand, um zu gehen. »Kümmert euch um Luke. Ich will nicht, dass Annies Sohn den gleichen Albtraum durchleben muss wie sie.«

»Das werden wir.« Kate empfand um Lukes willen Wut und Mitleid für Annie Kiernan. Der Gedanke, wie diese junge Frau von Menschen, die Kate schon ihr ganzes Leben lang kannte, Menschen, die sie zu kennen geglaubt hatte, behandelt worden war, verursachte ihr Übelkeit. Als Tony erschien und die Apple Crumbles vor sie abstellte, schob Kate ihren weg. Ihr war der Appetit vergangen.

»Du hast recht, Kate. Die Stewarts sind wirklich so schlimm wie Luke denkt«, meinte Matt, der einen halbherzigen Bissen von seinem Dessert nahm. »Meine Großeltern waren schon immer Snobs, aber ich dachte, im Grunde ihres Herzens wären es anständige Menschen. Wie falsch ich doch lag.«

»Und nicht nur das, Matt«, sagte Kate, die wieder in der Zuckerschale herumstocherte, »wir wissen immer noch nicht, warum Annie Luke gegen Jack aufgehetzt hat. War sie böse auf ihn, weil er nicht mehr getan hat? Was ist passiert, dass sie ohne ein Wort verschwand und nie wieder zurückkam?«

Jack schloss die Haustür hinter sich, erleichtert, dass es endlich Freitagabend und die Arbeitswoche vorbei war. Das Wochenende rief. Es war Maggies freier Abend, aber irgendetwas würde schon im Kühlschrank sein, das er aufwärmen konnte. Dazu ein kaltes Bier und was immer gerade im Fernsehen lief, mehr wollte er gar nicht.

Jack hängte seinen Mantel auf und begrüßte die Hunde. Auf dem Weg in die Küche hörte er aus dem Wohnzimmer Musik . Freitagabend war Matt gewöhnlich im *Foresters*, aber das war ja wegen der Arbeiten an dem Nachtclub geschlossen.

Er ging weiter, um Hallo zu sagen. Matt lümmelte auf dem Sofa, trank Bier und guckte irgendeine Castingshow im Fernsehen. Er stellte die Lautstärke leiser.

»Was für ein Tag.« Jack ließ sich in einen Armsessel fallen und lockerte seine Krawatte. »In einen Raum eingesperrt mit lauter Finanzleuten. Wie war deiner?«

»In einer Bar eingesperrt mit lauter lärmenden Handwerkern, aber ich habe im *The Feathers* zu Mittag gegessen, mit Kate.«

Eine scheinbar harmlose Bemerkung, aber Matt sah aus, als hätte er etwas anderes im Sinn. Seit Lukes Ankunft schienen normale Unterhaltungen ohne Hintergedanken Vergangenheit zu sein. »Wie geht's Tony? Bist du auch mal zu Wort gekommen?«

»Ich hab nicht viel von ihm gesehen. Wir haben uns lange mit Barbara unterhalten.«

Jack war müde, doch vermutlich war jetzt Interesse angezeigt. Für die Gerüchte, die gerade im *The Feathers* kursierten. »Was hatte Barbara denn zu erzählen?«

»Wir haben von früher geredet.«

»Von früher?«

»Als Annie noch hier war.«

Jetzt hatte Matt Jacks volle Aufmerksamkeit. »Ich wünschte, das hättest du nicht getan.«

»Warum?« Matts Ton war scharf. »Sie war eine Zeit lang meine Mutter – warum sollte ich da nicht mehr von ihr wissen? Du redest doch nicht über sie. Das wolltest du nie. Als sie damals ging, dachte ich, es wäre meine Schuld. Maggie war diejenige, die mir das ausgeredet hat.«

Ja, so war es gewesen, wusste Jack. Aber er hatte die Vergangenheit hinter sich lassen wollen, denn nur so hatte er überleben können. Das erklärte er Matt nun und fügte hinzu: »Wenn du etwas wissen willst, frag mich. Es ist am besten, wenn es in der Familie bleibt. Niemand kann dir etwas über Annie sagen, das du nicht auch von mir erfahren könntest.«

»Da bin ich mir nicht so sicher.«

»Was meinst du damit?« Jetzt war es an Jack, einen scharfen Ton anzuschlagen. »Was genau hat Barbara gesagt?«

»Sie hat mir erzählt, wie Gran und Granddad sie behandelt haben.«

Jack schüttelte den Kopf. »Gott, das sind doch alte Geschichten! Jeder weiß, dass sie Mühe hatten, Annie zu akzeptieren. Aber das ist aus und vorbei und lässt sich nicht mehr ändern. Welchen Sinn hat es, das alles noch einmal aufzurühren?«

»Weil das Gleiche jetzt mit Luke passiert, du siehst es nur nicht. Du *willst* es nicht sehen.«

»Matt, ich kann deine Großeltern nicht zwingen, Luke zu akzeptieren. Wir können nur dafür sorgen, dass er möglichst wenig mit ihnen zu tun hat.«

»Okay, aber hast du Luke angerufen oder ihn besucht?«

»Natürlich nicht. Ich habe den ganzen Tag gearbeitet.«

»Na gut, warum fährst du ihn dann jetzt nicht besuchen?«

»Nein. Ich bin hundemüde, Matt. Können wir bitte morgen darüber reden?«

»Dad, Luke muss *jetzt* wissen, dass du für ihn da bist.« Matt klang ungeduldig. »Ich komme mit dir.«

Jack seufzte. »Matt, Luke will mich nicht sehen. Er mag mich nicht, hasst mich sogar – und ich habe nichts getan, womit ich das verdiene.«

»Nein?«, sagte Matt angriffslustig. »Und als du nichts gesagt hast, als er Abschaum genannt wurde? Und dann die Unverschämtheit hattest, ihm vorzuwerfen, er würde unsere Familie beleidigen?«

Matt hatte recht. War es zu spät, um noch etwas wiedergutzumachen? »Ich werde Luke nicht besuchen, damit er mich als Prügelknaben benutzen kann.«

»Dad, er ist dein Sohn.«

»Möglicherweise …«, sagte Jack leise, fast zu sich selbst, aber Matt hatte ihn gehört.

»Was hast du gesagt?«

»Ich sagte, er ist möglicherweise mein Sohn. Mit Gewissheit weiß ich es nicht.«

»Ich fasse es nicht!«

»Oh, komm schon, Matt. Sei nicht naiv. Du weißt, dass das eine Möglichkeit ist. Manches kann man nicht einfach blind glauben.« Das hatte Jack bisher getan. Den Vaterschaftstest hatte er nicht angesprochen, weil Luke trauerte und in schlechter körperlicher Verfassung war – und weil Jack selbst Angst davor hatte, die Wahrheit zu erfahren.

»Du willst gar nicht, dass Luke dein Sohn ist, oder? Du hoffst tatsächlich, dass es nicht so ist. Ich glaube, du bist froh, dass er ausgezogen ist!«

Matts Vorwürfe kamen der Wahrheit gefährlich nahe. Mit diesem Dilemma hatte Jack immer wieder zu kämpfen, seitdem er von Luke erfahren hatte. Falls der DNA-Test bestätigte, dass er Jacks Sohn war, konnte man womöglich darauf aufbauen. Doch wenn bei dem Test herauskam, dass Jack nicht der Vater war, würde er mit dem unwiderlegbaren Beweis leben müssen, dass Annie ihn betrogen hatte. Aber vielleicht war es besser, als weiter mit der Unsicherheit zu leben.

»Ich werde Luke bitten, einen DNA-Test zu machen«, kündigte Jack an.

Matts Miene verriet Entsetzen, Unglauben. »Luke hat sein Zuhause verlassen, er ist traurig, er ist wütend, er trauert immer noch um seine Mutter – und du willst ihn treten, während er am Boden ist.«

»Ich muss die Wahrheit wissen, Matt. Ich muss wissen, ob Annie mich verlassen hat, weil sie eine Affäre hatte. Es frisst mich innerlich auf.« Es fiel Jack schwer, die Gefühle, die er unter Verschluss hielt, seitdem diese verdammte Misere angefangen hatte, auszusprechen, aber es war an der Zeit, dass sie alle der Realität ins Auge blickten. Es war gut möglich, dass Luke kein Stewart war.

»Dann machst du also einen DNA-Test, damit du dich besser fühlst. Selbst wenn du es dir damit mit Luke verdirbst.«

Matts Stimme triefte vor Verachtung, und beinahe hätte Jack die Nerven verloren. Beinahe. »Luke ist bereits ausgezogen. Er redet nicht mit mir. Jetzt macht er auch noch bei diesem Protest gegen Stewart Enterprises mit. Kann es denn noch schlimmer werden?«

»Und wenn sich herausstellt, dass er nicht dein Sohn ist, was dann?« Matt ließ Jack nicht aus den Augen.

»Er ist immer noch Annies Sohn. Ich werde dafür sorgen, dass es ihm gut geht.«

»Ja klar.« Matt stand vom Sofa auf und schlug die Wohnzimmertür hinter sich zu. Jetzt schmollte er, weil Jack seinen Herzenswunsch infrage stellte – einen Bruder zu haben. Ein Bedürfnis, das Matt Luke blindlings als sein eigen Fleisch und Blut hatte akzeptieren lassen. Und nun stand Jack als der Böse da, weil er nicht die beste Schauspielleistung seit Oliviers »Hamlet« hinlegen konnte und Luke mit offenen Armen aufnahm. Einen DNA-Test zu verlangen war ein Risiko. Wenn er der Einzige war, der bereit war, sich der Wahrheit zu stellen, wäre Jack vielleicht bald ein sehr einsamer Mann. Er beschloss, die Entscheidung auf Montag zu vertagen. Das Wochenende mit Emer würde ihn sicher zur Ruhe kommen lassen und ihm helfen, klarer zu sehen.

Kate trat aus dem Badezimmer, in Pyjamashorts, die ihre schlanken Beine betonten, und einem Top, das nur wenig der Fantasie überließ. Dies war der Moment, von dem sie geträumt hatte, seitdem sie Luke kannte. Aus dem Begehren, als sie ihn das erste Mal gesehen hatte, war Liebe geworden, und sie war sich sicher, dass er ebenso empfand. Und jetzt waren sie allein, ohne Eltern, die versuchten, sich zwischen sie zu drängen.

»Ich habe etwas für dich«, sagte sie. Luke, der im Bett lag, musterte sie mit offensichtlicher Anerkennung.

»Das sehe ich«, erwiderte er.

Sie kicherte und warf einen Schlüssel nach ihm.

»Was ist das?«

»Der Schlüssel zu Betsys Herz«, scherzte sie. »Betsy ist Tims altes Auto – ein hübscher kleiner Corsa. Er sagte, du kannst ihn nehmen, wann immer du willst.«

»Im Ernst?«

»Absolut. Und fang ja nicht wieder mit Wohltätigkeit und so an. Tim will, dass du dich ein bisschen unabhängiger fühlst.«

»Muss ich ihn jetzt anrufen, um mich zu bedanken?«

Kate glitt zwischen die Laken und nahm den Schlüssel, um ihn auf den Nachttisch zu legen. »Nein, musst du nicht.«

Einen Moment lang sahen sie sich nur an. »Hallo, Hübscher«, flüsterte sie, legte ihm die Hand an die Wange und beugte sich vor, um ihn zu küssen. Seine Reaktion war sanft und zärtlich und immer leidenschaftlicher. Seinen Hals und seine Kehle küssend, drückte Kate ihn zurück in die Kissen. Lukes Atem ging schneller. Ihre Hand blieb auf einer kreisförmigen Narbe auf seiner Schulter liegen. »Armes Baby«, wisperte sie. »Wie ist das passiert?«

Vorsichtig zog Luke ihre Hände von seinem Körper und flüsterte: »Lass uns heute Abend nur kuscheln, okay?«

Einen Moment lang glaubte sie, er würde Spaß machen, sich zieren, aber als sie die Unsicherheit in Lukes Augen sah, wusste sie, dass etwas nicht stimmte. Die Stimmung war abrupt umgeschlagen, aus dem Spielerischen war eine nervöse

Spannung geworden. Alles war gut gewesen, bis sie die Narbe berührt hatte.

»In Ordnung.« Kate schmiegt sich in seine Armbeuge. Sein Herz hämmerte. Etwas hatte ihn aufgewühlt. Die Narbe sah aus wie eine Verbrennung, aber er wollte offenbar nicht darüber reden. Er hatte so viel durchgemacht. Sie musste sich in Geduld üben, ihn nicht bedrängen. Das würde sie doch hinkriegen, oder nicht?

Sie legte mit einer liebevollen, schützenden Geste die Hand auf seine Brust. Um ihn zu beruhigen. »Ich liebe dich, Luke«, sagte sie leise. Seine Augen waren geschlossen.

Luke lag im Bett und betete um Schlaf, der nicht kam. Er wollte sich nicht zu viel bewegen, aus Angst, Kate aufzuwecken. Was da eben geschehen war, war ihm unendlich peinlich. Kate schien es nichts auszumachen, aber was, wenn es wieder passierte? Mit ihr zu schlafen hieß, sich auf Gefühle einzulassen, die ihm so gut wie neu waren. Als da wären fürs Erste Vertrauen und Selbstvertrauen. Er konnte nicht einfach damit aufhören, sie zu lieben, aber das hieß nicht, dass er auch danach handeln musste. Er musste sich nicht für neue Verletzungen und Verluste öffnen. Das wäre auch ihr gegenüber nicht fair. Sie verdiente jemanden, der ihr das Leben bieten konnte, an das sie gewöhnt war. Nicht die Art Leben, wie er es gelebt hatte. Er hätte am liebsten geweint …

Luke starrte den Fußball auf dem Tisch an und versuchte so zu klingen, als würde er sich freuen, als er seiner Mutter dankte.

»Wenn du weiter trainierst«, sagte Annie, »wirst du eines Tages reich und berühmt sein.«

Sie versuchte ihn aufzumuntern, weil sie nicht das Geld

hatte, um ihm das zu kaufen, was er sich am meisten wünschte. Eigentlich hatte er gewusst, dass er die PlayStation nicht bekommen würde, aber er hatte trotzdem darauf gehofft, vor allem, nachdem Danny McDonagh eine bekommen hatte. Und er war erst acht, nicht zehn wie Luke. Die hatte seine Eltern nicht mal Geld gekostet, weil Danny sagte, sie hätten sie gefunden, nachdem sie von einem Laster gefallen war oder so. Wie kam es, dass Lukes Familie nie so viel Glück hatte, und zu was war ein Fußball überhaupt gut? Den verlor man doch nur, oder er wurde geklaut oder zerstochen. Plötzlich war er es leid, immer bescheiden zu sein, immer verzichten zu müssen, und er konnte die Tränen nicht zurückhalten.

»Luke!« Dann tat seine Mutter das Schlimmste und umarmte ihn fest, während sie die Tränen mit dem Daumen wegwischte.

Das Knallen einer Hand auf der Tischplatte ließ Luke zusammenfahren. »Herrgottnochmal, sorg dafür, dass das Kind die Klappe hält! Scheiße, wie soll ich mich da konzentrieren?« Joe fühlte gerade den Wettzettel für die Pferderennen aus. Nichts war wichtiger als das. Nicht mal Lukes Geburtstag.

»Hör auf damit, Joe«, sagte Annie. »Du machst ihm Angst.«

»Das ist ja auch meine Absicht, du blöde Kuh.« Joe schlug Luke mit der flachen Hand fest gegen den Hinterkopf. Das machte es nur noch schlimmer. Luke fing nur noch lauter an zu heulen und konnte lange nicht aufhören.

Plötzlich ohrfeigte Joe Annie so fest, dass sich sein Handabdruck rot auf ihrer Wange abzeichnete. Er sah Luke böse an. »Halt's Maul, Gör. Denn wenn nicht, passiert dir das Gleiche.«

Luke wollte mit dem Weinen aufhören, konnte es aber nicht einfach so abstellen. Entsetzt sah er zu, wie Joe Annie noch einmal schlug, und dieses Mal brachte er sie aus dem Gleichgewicht, sodass sie zu Boden fiel. Luke warf sich auf Joe und boxte seinen Onkel in den Bauch. »Ich hasse dich, du hässlicher Blödmann!«

Joe drückte Luke mit einer Hand an seiner Kehle gegen die Wand. »Zum letzten Mal, hör auf zu heulen. Ich warne dich … halt die Klappe, bevor ich dich dazu zwinge!«

Luke bekam keine Luft mehr, und seine Brust tat weh. Er sah Lichtfunken. Der Raum schwebte davon.

»Lass ihn los!«, schrie Annie, worauf Joe Luke auf den Boden stieß. Es dauerte mehrere Tage, bis die blauen Flecken an seinem Hals verschwanden, aber die Erinnerung blieb für immer. Danach waren Tränen tabu.

Endlich schlief Luke ein, aber aus den Erinnerungen wurden Albträume. Er rannte vor Joe davon, aber wohin er sich auch wendete, sein Onkel war schon dort. Schlug ihn. Mit der flachen Hand. Mit der Faust. Er trat um sich, versuchte, sich zu befreien …

»Luke! Wach auf!«

Er öffnete die Augen. Wo war er? Als er hochfuhr, spürte er einen scharfen Schmerz, der von seinen Rippen ausging, die immer noch empfindlich waren. Er zuckte vor der Hand auf seinem Arm zurück, weil er dachte, es wäre Joe. Dann ging das Licht an, und er sah, dass es Kate war, die ihn besorgt ansah.

Sie streichelte sanft seinen Arm. »Alles ist gut, du hattest einen Albtraum. Du bist in Sicherheit.«

Er verdiente ihre Sorge nicht. Nicht, nachdem er sie so zurückgewiesen hatte. »Es tut mir leid … was passiert ist, Kate. Und ich will es dir erklären.«

Kate schüttelte den Kopf. »Das musst du nicht.«

»Doch«, beharrte Luke. »Du musst verstehen, wie ich gelebt habe. Ich und Mam.«

»Wurdest … wurdest du die ganze Zeit misshandelt?«, fragte Kate, als er ihr von den dunklen Momenten in seinem Leben, die er vergessen wollte, erzählt hatte. Erlebnisse, über die er nie hatte reden wollen. Aber vielleicht musste er das. Vielleicht würde er sich dann freier fühlen. »Haben *sie* dir diese Narbe zugefügt?«

Lukes Hand flog dorthin. »Liam war sauer wegen irgendetwas, was ich gesagt hatte, deshalb hat er seine Zigarette auf mir ausgedrückt. Daraus wurde dann der beste Tag meines Lebens.«

»Was?«, fragte Kate. »Wieso?«

»Joe hat ihn fertiggemacht deswegen. Er hat mir die Tränen abgewischt, ein kaltes Tuch auf die Verbrennung gelegt und mir fünf Euro gegeben, zum Ausgeben, wenn Mam mich das nächste Mal mit zum Einkaufen nehmen würde. Dann ist er mit mir Eis essen gefahren. Ich wollte ihm eines mit meinem Geld kaufen … ich dachte, ich wäre jetzt reich … aber er sagte, ich sollte es behalten.

Ich habe ihn geliebt, verstehst du, und ich wollte, dass er mich liebt. Ich schätze, ich brauchte eine Vaterfigur. An dem Abend bin ich glücklich eingeschlafen, und am Morgen konnte ich es kaum erwarten, ihn zu sehen. Ich rannte zu ihm – und bekam eine Ohrfeige, weil er gerade Radio hörte. So war es immer. Ich wusste nie, wie er gerade gelaunt war. Mir wäre es lieber gewesen, er hätte mich jeden Tag geohrfeigt, statt mir falsche Hoffnungen zu machen.«

»Das war einfach grausam«, stimmte Kate ihm zu. Sie schien den Tränen nahe.

Luke zog sie in seine Arme und gab ihr einen Kuss aufs

Haar. »Ich hatte schon so was wie eine Beziehung zu meinen Onkeln, aber die meiste Zeit ärgerten sie sich über mich. Und über meine Mutter.«

»Aber warum?«

»Vor allem, weil sie jemanden geheiratet hat, der nicht aus unserer Kultur kam. Aber sie haben sie nie gut behandelt. Meine Großmutter starb bei ihrer Geburt, und Joe hat ihr die Schuld daran gegeben. Dann bekam sie mich, noch ein Maul, das gestopft werden musste, der Sohn eines Engländers, der kein Traveller war, nicht mal katholisch. Joe ist einfach voller Hass. Seine Frau hat ihn vor Jahren verlassen. Zusammen mit Roisin, ihrem kleinen Mädchen. Seitdem hat er sie nicht mehr gesehen. Und Liam – er stand sich gut mit Mam, bis er sich auf einer Baustelle eine Kopfverletzung zuzog. Danach kamen seine Stimmungsschwankungen, und das machte uns das Leben noch schwerer. Und abgesehen von allem anderen war ich nicht so, wie ein guter Traveller-Junge ihrer Meinung nach sein sollte. Sie wollten, dass ich Bare-Knuckle boxe, so wie sie. Aber ich bin nicht gerade wie ein Boxer gebaut! Und selbst wenn, hätte ich keine Lust dazu.«

»Warum hat deine Mum dich nicht weggebracht?«, fragte Kate.

»Einmal hat sie versucht, sich allein durchzuschlagen, aber das endete damit, dass ich in eine Pflegefamilie kam. Vielleicht hätte sie mich dort lassen sollen. Sie hätte sich ein Leben aufbauen können, und ich hätte eine andere Kindheit gehabt. Einen Schulabschluss.«

»Ohne deine Mutter?«

»Damals hätte ich auf keinen Fall ohne sie sein wollen. Aber vielleicht wären wir dann ja besser dran gewesen. Sie hat das getan, was sie für das Beste hielt, aber das Leben hat es nicht gut mit ihr gemeint. Sie wollte meinen Grand-da nicht allein lassen. Er war ein guter Mensch, aber er ist nie über den Tod meiner Großmutter hinweggekommen. Er war jahrelang krank. Hatte zwei Schlaganfälle. Manchmal wollte ich sogar, dass er sterben würde, damit wir wegkönnten. Ist das nicht schlimm? Als er schließlich tot war, glaubten wir nicht mehr, dass wir es konnten. Wir schoben es immer wieder hinaus, bis meine Onkel mich einmal ganz schlimm zusammenschlugen. Da habe ich Mam überzeugen können, dass es höchste Zeit war.«

»Endlich«, murmelte Kate.

»Denk nicht schlecht von ihr, Kate. Du weißt nicht, wie es ist, kein Geld zu haben. Sie hat ihr Bestes getan. Ich weiß nicht, ob ich je über ihren Tod hinwegkomme. Weil ich dafür verantwortlich war. Mam hat mir immer gesagt, ich sollte ruhig bleiben, sonst würde alles nur noch schlimmer für uns. Ich hätte wissen sollen, dass es dumm ist, sich zu wehren, aber ich musste ja den Helden spielen. Ich habe mir immer Vorwürfe gemacht, weil ich sie nicht richtig beschützt habe, aber als ich es dann tat, brachte mir das üble Prügel ein. Ohne mich wären wir nie auf dieser Straße auf der Flucht gewesen. Das ist meine Schuld, und daran ändert sich auch nichts. Es tut mir leid, Kate. Wegen gestern Abend, und dass ich dich mit all dem belaste.«

Von dem Geld hatte er ihr nichts gesagt. Er dachte an Matts Warnung, dass er sie alle in diese schlimme Sache hineingezogen hatte. Je weniger Kate wusste, desto sicherer war sie, darauf hoffte er jedenfalls.

»Das muss dir nicht leidtun. Wir sind ein Paar. Im Guten wie im Schlechten. Vielleicht hilft es dir, wenn du darüber sprichst. Ich werde immer für dich da sein.«

»Ist das ein Antrag?«

»Wenn du willst«, sagte sie lachend. »Weil du mich nämlich nicht mehr loswirst … du bist mein Seelenverwandter.«

Er küsste sie auf den Kopf und schlang die Arme um sie. »Kate Kiernan, das klingt schön irisch. Sobald ich einen richtigen Job habe, mache ich eine ehrbare Frau aus dir. Ich liebe dich, Kate, und ich will dich nicht enttäuschen.«

»Ich liebe dich auch«, flüsterte sie. »Und du könntest mich niemals enttäuschen.«

Ihre Worte waren wie eine Art Wunderdroge. Er wusste nicht, womit er das verdient hatte, aber auf einmal meinte das Leben es gut mit ihm. Vielleicht hatte er einen Schutzengel. Half seine Mutter ihm endlich so, wie sie es vorher nie gekonnt hatte? Er und Kate gehörten jetzt zusammen, und er wusste so sicher, wie die Sonne im Westen unterging, dass er ihr seine Träume, seine Gefühle, ja sein Leben anvertrauen konnte. Und als wollte sie ihnen ihren Segen erteilen, tauchte die Morgensonne ihre Körper in Gold, als sie langsam und zärtlich miteinander schliefen.

18

In der Grafschaft Wicklow wimmelte es von Pferden, die friedlich auf den saftigen grünen Weiden grasten oder über die vielen Nebenstraßen ausgeritten wurden. Jetzt gerade versperrte ihnen ein Pferdeanhänger, der gemächlich vor ihnen über die Straße rumpelte, den Weg, aber die Verzögerung machte Jack nichts aus. Das langsame Tempo des irischen Lebens war so entspannend. Eine blasse Sonne wärmte die Landschaft, und das Autoradio spielte Folk-Musik.

»Reitest du, Jack?«, fragte Emer.

»Nicht besonders gern, aber mein Vater bestand darauf, dass ich es lerne. Er ist Jagdmeister in Baronsmere.«

»Klingt wichtig.«

»Das ist es auch. Und er hofft, dass ich das Amt übernehme, wenn er sich zurückzieht.«

»Du scheinst nicht besonders glücklich darüber zu sein.«

Jack seufzte. »Ich bin der einzige Sohn – es wird von mir erwartet.«

»Dann setz dich durch«, schlug Emer vor. »Was kann denn Schlimmes passieren?«

Sie hatte ja keine Vorstellung. Wann immer er aus der Reihe tanzte, wurde er mit schneidenden Bemerkungen vonseiten seiner Mutter und beleidigtem Schweigen seitens seines Vaters gestraft. »Ich arbeite mit meinem Vater zusammen, Emer. Spannungen in unserem Privatleben können immer Auswirkungen darauf haben, und das ist schlecht fürs Geschäft.«

Wie lahm sich das anhörte. Emer hielt ihn sicher für schwach. Vielleicht war er es auch. Heute war er früher als nötig von zu Hause aufgebrochen, um nicht auf Matt zu treffen, und während des Mittagessens hatte er Emer gegenüber angedeutet, dass er eine Auszeit vom Thema Luke brauchte, in der Hoffnung, er würde ihr so nicht beichten müssen, dass der Junge ausgezogen war. War das Schwäche – oder einfach nur der Wunsch, das Wochenende zu genießen? »Sag mir doch noch mal«, fragte er, »wer wird morgen getauft?«

»Gabriel. Der Erstgeborene meines Cousins Cal. Cal ist Direktionsassistent in dem Hotel, in dem wir wohnen, deshalb ist das Zimmer bestimmt besonders schön.«

»Und der Ort heißt Glenfiddich?«, scherzte er.

Emer lachte. »Das hättest du wohl gern! Wir übernachten in Glen*dalough*. Das ›Tal der zwei Seen‹ bedeutet. Ein richtig alter Ort. Er stammt aus dem sechsten Jahrhundert.«

Das klang nicht nach viel Spaß. Ruinen waren nicht Jacks Ding. Trotzdem, er war mit Emer zusammen, und das war alles, was zählte.

Ein plötzlicher Schauer war abgeklungen, als Jack einen ersten Blick auf Glendalough erhaschte. Während sie abwärts in das bewaldete Tal fuhren, glitzerte das Wasser auf den Blättern im wiederkehrenden Sonnenschein. Die Szene verschlug Jack den Atem. Ein alter Rundturm in der Mitte des Dorfes reckte sich in das Bild von Seen und Bergen in der Ferne. Die saftige grüne Landschaft war mit Häusern und Kirchen und Ruinen gesprenkelt. »Es ist, als hätte man Brigadoon gefunden«, staunte Jack.

»Ich weiß«, bestätigte Emer. »Es ist ein wunderbarer Ort. Die Leute kommen von überall her, um ihn zu besichtigen.«

Die Straße machte eine scharfe Linkskurve, dann fuhren sie auf den Hof eines großen, eleganten georgianischen Landhauses.

»Willkommen im Fintan House Hotel«, sagte Emer. »Gefällt es dir?«

Eigentlich konnte Jack sich für Herrenhäuser nur wenig begeistern. Sie erinnerten ihn zu sehr an Edenbridge. Doch Emer war ganz offensichtlich entzückt. Um ihr nicht den Tag zu verderben, sagte er: »Es ist wunderschön.«

Einen Moment später kam ein grau melierter Portier in dunkelroter Uniform, um ihr Gepäck auszuladen. Jack konnte es nicht erwarten, mit Emer allein zu sein. Dass sie von nur einem Zimmer gesprochen hatte, war Musik in seinen Ohren gewesen. Obwohl sie bereits nach seiner Geburtstagsparty eine gemeinsame Nacht verbracht hatten, wollte er nichts für selbstverständlich halten und zog es vor, ihr die Initiative zu überlassen – nun durfte er wohl davon ausgehen, dass er sie nicht enttäuscht hatte.

Ihr Lachen, ihre Stimme, ihr subtiler Duft hatten ihn während der Fahrt hierher immer mehr in ihren Bann gezogen, und nun wollte er nichts mehr, als sie in seinen Armen zu halten und wieder mit ihr zu schlafen.

»Wir könnten auf der Terrasse zu Abend essen«, sagte Emer, als sie eincheckten. »Es ist zwar kühl, aber es gibt draußen Heizstrahler, und der Blick auf den See ist es allemal wert.«

»Heute Morgen haben wir frische Austern reinbekommen«, merkte der Rezeptionist mit einem wissenden Lächeln an. Hoffentlich würde die Nacht dieses wissende Lächeln beim Auschecken morgen früh rechtfertigen – wenn Jack und Emer auch offiziell ein Paar sein würden.

Das Zimmer war fantastisch, insbesondere das riesige Himmelbett mit den schweren Jacquardvorhängen. Jacks Fantasie spulte augenblicklich zu den vielen Möglichkeiten vor, die ein solches Bett bot. Während Emer unter der Dusche war, stand Jack vor dem Panoramafenster und genoss die Aussicht. Der Hotelgarten erstreckte sich in sanftem Schwung bis zum See hinunter. Eine leichte Brise kräuselte das golden getupfte Wasser, und ein Boot steuerte auf den Hafen am anderen Ufer zu. Als er das Fenster öffnete, wehte der süße Duft der Lilien herein. Baronsmere war malerisch, aber das hier war wie im Märchen.

Als sich die Badezimmertür öffnete, drehte er sich um. Emer erschien, an der das Handtuch, in das sie sich gewickelt hatte, aussah, als wäre es von Versace. In diesem Moment klang klassische Musik von der Terrasse herauf. Jack zog Emer sanft an sich, legte eine Hand an ihre Taille und ergriff mit der anderen ihre Hand. Emers freie Hand wanderte zu seiner Schulter, und dann glitten sie in einem langsamen, sinnlichen Walzer durch den Raum.

Als Emer ihm lächelnd in die Augen sah, konnte Jack nicht widerstehen und küsste ihren weichen, willigen Mund. Ihre Zungen schlangen sich umeinander, und sie streichelte seinen Nacken.

»Wir könnten das Dinner ausfallen lassen«, sagte Jack. »Ich brauche keine Austern.«

Er tanzte sie im Walzerschritt zum Bett und legte sie sanft darauf nieder. Ihre rotbraunen Locken breiten sich in einem herrlichen Fächer auf den Kissen aus, und das Handtuch war mit einem leichten Zupfen gelöst. Emer legte die Hände an sein Gesicht und zog ihn sachte zu sich. »Wir rufen später den Zimmerservice«, hauchte sie, und Jack vergaß alles andere bis auf diese Frau und diesen Moment.

Jack gab sich alle Mühe, vom Bett aufzustehen. Emer schlummerte friedlich in seinen Armen. Noch benommen vom Schlaf hatten sie vor Kurzem erneut miteinander geschlafen. Jack wünschte, er könnte die Zeit anhalten und seine Rückkehr nach Baronsmere und alle Probleme, die dort auf ihn warteten, aufschieben. Ein unmöglicher Wunsch, aber wenigstens konnte er diesen Tag in vollen Zügen genießen und dafür sorgen, dass Emer es auch tat. Wenn dieses Wochenende vorüber war, wollte er, dass sie ihn als unterhaltsam, liebevoll, romantisch und einfühlsam in Erinnerung behielt. Und beschloss, dass sie ihn dauerhaft in ihrem Leben brauchte.

Zärtlich küsste er sie wach und strich ihr die Locken aus der Stirn. »Zeit, aufzustehen«, sagte er, während er herumrollte und aus dem Bett stieg.

Verwirrt sah sie auf die Uhr. »Was? Es ist doch noch früh. Komm zurück ins Bett.«

»Ich habe eine Überraschung für dich geplant«, sagte er mit einem Lächeln.

»Was für eine Überraschung?«

»Das sage ich dir nicht. Aber zieh dich warm an.«

Das schwache Leuchten des Himmels kündigte die nahende Morgenröte an. Emer hörte Wasser rauschen, dessen geisterhaftes Schimmern sie von einem Kliff nicht weit entfernt fließen sah. Dies war Jacks Überraschung. Ein Frühstück zu zweit beim Powerscourt Wasserfall. Ein teures Frühstück, denn dieser Bereich wurde eigentlich erst um zehn für Publikum geöffnet. Das alles hatte er ohne ihr Wissen arrangiert – nur für sie und ohne Mühen und Kosten zu scheuen. Sie hielt den Gedanken fest wie etwas Kostbares, während sie zusah, wie er die Tasche öffnete, die der Hotelrezeptionist ihm mitgegeben hatte.

Darin waren Sandwiches mit geräuchertem Lachs, einige gekochte Eier, Plunderteilchen und zwei leuchtend rote Äpfel. Und als Höhepunkt eine Thermoskanne mit heißem Kaffee. Jack ließ sich neben Emer nieder und legte eine Decke um ihrer beider Schultern. Dann warteten sie.

Als die ersten Sonnenstrahlen die Stelle trafen, an der sie saßen, ergriff Emer Jacks Hand, und sie betrachteten gemeinsam das täglich neue Wunder der Natur. Keiner sagte etwas, keiner verspürte das Bedürfnis dazu. Sie würde sich ewig hieran erinnern.

»Danke«, murmelte sie, als die Sonne sich schließlich vom Horizont gelöst hatte.

Er küsste ihre Hand. »Mit Vergnügen, Emer. Du hast mich sehr glücklich gemacht, weißt du. Der gestrige Tag war wunderbar – alles daran.«

»Ja, stimmt«, bestätigte sie und schmiegte sich eng an ihn.

Er küsste sie sanft auf die Schläfe, und sie hörte ihn flüstern: »Ich brauche dich, Emer. Ich will, dass du auf immer an meiner Seite bist.«

Emers Puls raste. Sie war dabei, sich ernsthaft in diesen Mann zu verlieben, doch die Angst blieb. War ihr Herz bereit für noch eine große Liebe? Michael zu verlieren war niederschmetternd gewesen, und Colms Betrug tat immer noch weh. Sie machte kein Versprechen, das sie nicht halten konnte, aber eine Antwort musste sie Jack geben. »Meine Großmutter hat immer gesagt: *Was dir bestimmt ist, wird dich auch finden*. Wenn wir zusammengehören, Jack, dann wird es auch so sein.«

Er nahm ihre Hand und presste sie an seinen Mund. So

blieben sie an diesem magischen Ort, eingehüllt von der Musik des Wasserfalls und den sanften Strahlen der Sonne.

»Gehört das alles dir?« Jack starrte an der eleganten Fassade des viergeschossigen Gebäudes aus der edwardianischen Epoche in der Dubliner Vorstadt empor, in der Emer lebte.

»Gott, nein! Nur die Wohnung im Erdgeschoss. Mehr brauche ich nicht.«

Jack folgte ihr die Stufen hinauf und in einen geräumigen Flur. Die Spätnachmittagssonne, die durch das Buntglas über der Tür schien, warf Quadrate aus farbigem Licht auf das Parkett. Eine Vase Lilien auf einem kleinen Tisch erfüllte den Eingangsbereich mit ihrem schweren Duft.

Emer schloss die Tür zur Rechten auf. »Du musst die Unordnung entschuldigen«, bat sie, während sie ihn ins Wohnzimmer führte. »Normalerweise versuche ich am Wochenende etwas aufzuräumen. Setz dich, dann mache ich uns Tee.«

Sie ging in die Küche und überließ es Jack, sich in dem weitläufigen Zimmer umzusehen. Sofort wurde sein Blick von zwei großen Bildern an den buttergelben Wänden angezogen: ein wildes Seestück und das ungewöhnliche Gemälde eines lächelnden jungen Mannes mit weit ausgebreiteten Armen, als wolle er die ganze Welt an sich ziehen. In dem Bücherregal neben dem Fenster stand eine Mischung aus Psychologie-Fachbüchern, Klassikern und Unterhaltungsromanen. Obenauf standen dicht an dicht gerahmte Fotos von sommersprossigen, rothaarigen Kindern: Emers Nichten, Neffen, Patenkinder, von denen er einige vorhin bei der Taufe kennengelernt hatte. Emers Verwandte waren ihm sympathisch gewesen. Ohne zu zögern, hatten sie Emer und Jack als Paar akzeptiert und ihn herzlich aufgenommen.

Jack ließ sich auf einem bequemen blauen Sofa nieder und schaute durch die hohen Fenster auf die sich zusammenballenden Wolken. Er ließ seine Gedanken treiben, während er dem Klappern von Geschirr in der Küche und Stimmen, gefolgt von Piepen, lauschte – Emer hörte ihren Anrufbeantworter ab. Plötzlich überkam ihn Müdigkeit. Das frühe Aufstehen rächte sich. Er döste ein.

Erschrocken fuhr er auf, zuerst orientierungslos, ausgestreckt auf einem Sofa, noch bekleidet. Das weiche Licht einer Tischlampe hielt die Dämmerung zurück. Als er sich aufsetzte, entdeckte er Emer, die in einem Armsessel saß und ihn beobachtete.

Er lächelte, doch sie sagte nichts. Sie machte ein ernstes Gesicht.

»Tut mir leid, dass ich eingeschlafen bin … Ich wollte nicht unhöflich sein …«

»Auf meinem Anrufbeantworter war eine Nachricht von Matt. Du hast Maggie meine Telefonnummern dagelassen, für den Notfall. Dein Handy ist wohl schon die ganze Zeit aus.«

»Matt? Was hat er gesagt?«

»Ich habe ihn zurückgerufen, um zu hören, ob es was Dringendes gibt. Er bat mich, dir zu sagen, dass er ausgezogen ist. Er wohnt fürs Erste in Tonys Pub.«

»Was?« Jacks Gedanken rasten. Er war ein Idiot. Weil er sich in aller Herrgottsfrühe aus dem Haus geschlichen hatte, um Matt nach ihrem Streit aus dem Weg zu gehen. Das hatte er nun davon.

»Warum hast du mir nicht erzählt, dass Luke ebenfalls ausgezogen ist? Matt sagte, er wäre gegangen, weil du es nicht besonders eilig hattest, ihn zu überzeugen, dass er zurückkommt.« Emers Stimme war kühl, ihre Miene missbilligend.

»Moment mal!« Dies war eine himmelschreiende Ungerechtigkeit. Ihm wurde etwas vorgeworfen, das er nicht getan hatte. »Das stimmt nicht. Ich wollte ja mit Luke sprechen.«

»Wann?«

»Morgen. Ich dachte, ich gebe ihm erst ein bisschen Zeit, um sich zu beruhigen.«

»Du verstehst aber, wie das aussieht, Jack. Du kommst her, um das Wochenende mit mir zu verbringen, während deine Söhne eine Krise durchleben. Und du schaltest dein Handy aus, damit niemand dich erreichen kann.«

Jack stand auf und ging vor den Fenstern auf und ab. »Eine Krise, die Luke verursacht hat. Er unterstützt einen Protest gegen Stewart Enterprises. Mein Vater war außer sich. In seinen Augen ist es ein Verrat. Er denkt, Luke wolle sich damit rächen.«

»Und du glaubst das ebenfalls?«

»Ich weiß es nicht. Vielleicht. Mein Vater glaubt es.«

»Lassen wir deinen Vater mal außen vor. Was glaubst du? Steh für dich selbst ein, Jack. Wenigstens hat Luke den Mut, zu seinen Überzeugungen zu stehen.«

»Dann ergreifst du also seine Partei?«

Emer warf frustriert die Hände in die Luft. »Deine *Eltern* sind diejenigen, die wollen, dass du Partei ergreifst, und das ist nicht gut. Kannst du das nicht verstehen?«

»Ich verstehe nur, dass du mir die Schuld gibst, und das ist nicht fair.«

»Weißt du, was mich an der ganzen Sache echt stört, Jack? Dass du mir kein Wort gesagt hast.«

»Aber warum sollte ich unser Wochenende verderben? Was wäre dadurch erreicht gewesen? Wie dem auch sei, ich wollte …«

»… es mir sagen?«, beendete Emer seinen Satz. »So wie du

mit Luke sprechen wolltest? Alles muss nach deinem Terminkalender passieren.« Sie schüttelte den Kopf, und ihm sank der Mut. »Ich dachte, wir wären uns dieses Wochenende nahegekommen – und jetzt erfahre ich, dass du mir etwas verheimlichst. So sollte eine Beziehung nicht sein.«

»Es tut mir leid …«

»Mir auch.«

Ihre Worte klangen so endgültig, dass Jack erschrak.

»Emer, ich verstehe, was du sagen willst, wirklich, das tue ich. Und ich weiß auch, warum du böse bist. Aber im Moment hältst nur du – allein der Gedanke an dich – mich aufrecht. Bitte … bitte … lass mich nicht allein. Nicht jetzt.«

Emers Miene wurde weicher, aber ihr Blick war mitleidig, nicht liebevoll. »Jack, du musst dein Leben ordnen. Und du musst dir überlegen, welche Art von Beziehung du willst. Ich will einen Partner, der offen zu mir ist, der mich über nichts im Dunkeln lässt. Im Moment kann ich dir nicht vertrauen, und das ist keine Basis.«

Jack war nicht wütend. Nur traurig. Er hatte etwas Gutes in Händen gehabt, und er hatte es vermasselt. Erst hatte er Matt verloren, und nun auch noch Emer. Die Beziehung zu Luke war nie so gewesen, dass er ihn hätte verlieren können.

»Möchtest du, dass ich gehe? Ich könnte versuchen, einen Flug zu bekommen …«

»Natürlich nicht. Du kannst auf dem Sofa schlafen. Ich bestelle uns etwas zu essen …«

»Ich habe keinen Hunger«, sagte Jack.

»Ich auch nicht«, sagte Emer traurig.

Sie sahen einander an wie Überlebende auf verschiedenen Rettungsbooten, die langsam und unaufhaltsam voneinander wegtrieben.

Jacks Wagen bewegte sich im Schritttempo durch den morgendlichen Verkehr in Manchester. Weil sein Flug von Dublin Verspätung gehabt hatte, kam er nicht pünktlich zur Arbeit. Doch seine Gedanken kreisten um Emer. Eben noch waren sie sich so nahegekommen, und nun trennten sie Welten … Wie war das möglich?

Als er um die Ecke fuhr, entdeckte Jack eine große Menschenmenge mit Schildern, auf denen stand »Finger weg von Woodlands« und »Stewart Enterprises – Immobilienhaie« und »Wir lassen uns nicht vertreiben« auf dem Bürgersteig vor dem Gebäude der Stewart Enterprises. Mist! Das war allein Richards Schuld.

Während er langsam weiterrollte, erblickte Jack Luke. Und auch Kate war dort. Sein Vater hatte recht gehabt. Luke trieb es auf die Spitze. Mit quietschenden Reifen raste er am Wachhäuschen vorbei, parkte den Wagen auf dem für ihn reservierten Platz – oder besser gesagt: Er verließ ihn fluchtartig –, marschierte zum Aufzug, hämmerte drinnen zornig auf den Knopf ein und fuhr vor Wut schäumend hoch in die Chefetage. Ihm schwante Böses. Nicholas würde toben, und man würde Jack für alles verantwortlich machen.

»Besser spät als nie«, blaffte Nicholas, als Jack in das Büro seines Vaters gestürmt kam.

»Ich nehme an, du bist da draußen auch Spießruten gelaufen, wie wir alle.« Richard schnalzte in gespieltem Mitgefühl mit der Zunge.

Jack ignorierte ihn und wandte sich an seinen Vater. »Also, was tun wir dagegen?«

Richard meldete sich erneut zu Wort. »Sag du es uns, Jack, immerhin scheint dein Sohn einer der Anführer zu sein.«

»Richard, ich darf dich daran erinnern, dass das Woodlands Projekt *deine* Idee war. Du hast es gegen meinen Rat vorangetrieben …«

Jetzt schnitt Nicholas Jack das Wort ab. »Und ich habe die Sache abgesegnet. Zu dieser Entscheidung stehe ich. Uns gegenseitig zu bezichtigen ist nicht die Lösung. Ich esse heute mit Lou Jacobson von Redgate zu Mittag … Richard, du redest besser mit Keith Torr von der Bauleitung und beruhigst ihn. Wahrscheinlich springt er schon im Dreieck, weil er eine Verzögerung fürchtet. Gib die Pressemitteilung raus, sobald sie fertig ist. Die Abteilungsleiter senden die Botschaft aus, dass alles seinen gewohnten Gang geht, und wenn irgendjemand sich auch nur in der Nähe der Presse blicken lässt, wird er auf der Stelle gefeuert.«

Nicholas Stewart während einer Krise war ein beeindruckender Anblick. Besonnen und auf das Wesentliche konzentriert. Nerven aus Stahl. Jack fühlte sich wie ein Fußsoldat im Schatten eines Vier-Sterne-Generals.

»Und ich will regelmäßige Updates von unseren Juristen und der PR«, ordnete Nicholas an. »Also, worauf wartest du, Mann? Hopphopp.«

Es schien, als könnte Richard sich gerade noch zurückhalten, zu salutieren. Mit grimmiger Miene schob er sich an Jack vorbei. Als sie allein waren, sagte Jack zu seinem Vater: »Du scheinst alles unter Kontrolle zu haben. Was soll ich tun?«

»Rede mit diesem Jungen, Herrgottnochmal!«, bellte Nicholas, der abrupt aus seinem Sessel aufsprang und Jack wütend anfunkelte. »Der macht, was er will – läuft völlig aus dem Ruder. Wenn die Presse spitzkriegt, dass einer von uns sich gegen uns wendet …«

»Einer von uns?«, fragte Jack. »Seit wann das denn?«

»So werden die Medien es sehen, Jack. Tu was!«

»Er ist erwachsen. Und dies ist ein freies Land. Was genau schlägst du vor?«

Nicholas lehnte sich vor, die Hände flach auf der glatten Holzoberfläche des Tisches. »Wie du es machst, ist mir egal. Regel das einfach. Schließ ihn weg, wenn du musst!«

»Das wird ein wenig schwierig sein, weil er nicht mehr länger bei mir wohnt. Dank deines Auftritts am Donnerstag.«

»Ich habe nur gesagt, was gesagt werden musste, Jack. Dafür werde ich mich nicht entschuldigen.«

Seine Arroganz ärgerte Jack. Nicholas werde derjenige, der das Ganze erst losgetreten hatte. »Zu deiner Information, Matt ist ebenfalls ausgezogen.« Der Schock in Nicholas' Gesicht verschaffte ihm einige Befriedigung. »Er wohnt jetzt im *Fox and Feathers*. Er ist sauer über die Art, wie Luke behandelt wird.«

»Ich verstehe gar nichts mehr.« Nicholas warf frustriert die Hände in die Luft. »Auf einmal herrscht hier überall Chaos. Du hättest diesen Jungen niemals herbringen dürfen. Der hat nur Ärger gemacht. Hast du mit Matt geredet?«

»Ich hatte noch nicht die Gelegenheit. Ich war dieses Wochenende weg.« Jack verspürte einen Anflug von Schuldgefühl. Ja, es stimmte, er hätte zu Hause bleiben und die Wogen glätten müssen. »Er braucht nur ein bisschen Abstand. Der kriegt sich schon wieder ein.«

»Nimm das nicht auf die leichte Schulter. In Zeiten wie diesen müssen wir als Familie zusammenhalten.«

»Halt du mir keine Predigt über Familienzusammenhalt.« Jacks Ton war warnend. »Du bewegst dich auf dünnem Eis. Die Sache mit Matt regele ich auf meine Art.«

»Und Luke?«

»Wir haben unsere Bauerlaubnis. Von den Anwohnern in Woodlands haben genug unterzeichnet. Die Arbeiten beginnen in zwei Wochen. Was kann Luke schon tun?«

Während er sprach, fiel Jack die Drohung ein, der Presse zu sagen, dass Nicholas Stewart versuchte hatte, Annie zu bestechen. Gerade wollte er auf den Scheck zu sprechen kommen, als Nicholas sagte: »Warum packst du nicht den Stier bei den Hörnern? Sag ihm, dass du nichts mehr mit ihm zu tun haben willst. Dass du ihn aus der Stadt jagst, wenn er nicht sofort mit dem Unsinn aufhört. Stell dich deiner Verantwortung, Jack.«

Jack starrte seinen Vater an, diesen stämmigen, aggressiven Bär von einem Mann, der sein ganzes Leben bestimmt hatte, und verspürte auf einmal eine intensive Abneigung. Emer hatte ihm gesagt, er solle für sich selbst einstehen. Vielleicht sollte er das wirklich tun. »Luke zum Märtyrer zu machen ist das Schlimmste, das wir tun könnten. Du denkst nicht klar, das sieht dir gar nicht ähnlich.«

Nicholas wirkte irritiert. »Sieh einfach zu, dass du ihn loswirst.«

»Ich habe das Gefühl, als würde ich dich gar nicht mehr kennen, Dad. Vielleicht habe ich das nie.«

Nicholas schüttelte den Kopf und fuhr sich mit der Hand über das Gesicht. »Du willst nur nicht hören, was ich sage, oder zugeben, dass du einen Fehler gemacht hast.«

»Du solltest dich lieber um deinen eigenen Fehler kümmern, Dad. Einen Fehler namens Richard. Wenn du die Zügel nicht anziehst, fährt er uns alle gegen die Wand. Ich habe dich gewarnt.«

Jack wandte sich ab. Das war etwas, das man nicht mit Nicholas machen sollte. So wie man auch niemandem aus der königlichen Familie den Rücken zudrehte. Ein kleiner

Protest, aber dennoch ein Protest. Als Jack das Büro verließ, herrschte hinter ihm Totenstille.

Als sich Jack seinem Haus näherte, sah er einen schwarzen Range Rover vor der Einfahrt, gegen den lässig zwei Männer lehnten. Als er Jacks Wagen entdeckte, begann einer der Männer Fotos zu schießen. Der andere versuchte ihn zum Anhalten zu bewegen, doch Jack ging in die Kurve und raste zum Haus hinauf, wo er die Tür so heftig aufstieß, dass sie gegen die Wand knallte.

»Wer ist da?«, schrie Maggie und erschien mit drohend erhobenem Besen in der Küchentür. Als sie Jack erblickte, senkte sie ihn wieder. »Ich dachte, Sie wären vielleicht einer von diesen Reportern.«

»Ja, die habe ich am Tor gesehen«, sagte Jack, während er sich seines Mantels entledigte. »Was hatten Sie denn vor, Maggie? Wollten Sie die Reporter abbürsten?«

Maggie zeigte nicht mal den Anflug eines Lächelns.

»Und es wird noch schlimmer kommen«, erklärte ihr Jack. »Dank Luke …«

»Ja, geben Sie nur Luke die Schuld«, brummte sie.

Im Flur stand ein großer Koffer. Louis Vuitton, noch im einwandfreien Zustand, obwohl Jack ihn Maggie schon vor mehr als fünf Jahren geschenkt hatte.

»Verreisen Sie, Maggie?«, fragte Jack.

»Möglicherweise«, sagte sie ausweichend.

»Ist alles in Ordnung?«

Sie schüttelte den Kopf. »Natürlich ist *nicht* alles in Ordnung. Ihre beiden Söhne sind ausgezogen, und wer weiß, ob sie je zurückkommen. Das haben Sie fein hingekriegt.«

»*Ich?* Ich habe alles versucht, und es war nicht einfach,

das kann ich Ihnen sagen. Ein bisschen Unterstützung wäre nett … und müssten Sie Ihren Urlaub nicht eigentlich bei mir beantragen?« Er wollte ihr nur eins auswischen. Sie hatten nie eine typische Arbeitgeber-Arbeitnehmer-Beziehung gehabt.

Maggie presste die Lippen aufeinander, was nie ein gutes Zeichen war. »Ich muss mich fertig machen – Maisie erwartet mich. Im Kühlschrank und in der Gefriertruhe ist reichlich zu essen, und wie eine Waschmaschine bedient wird, wissen Sie, glaube ich.«

»Maggie, es tut mir leid«, sagte Jack, der sich nicht im Streit trennen wollte.

»Bei *mir* müssen Sie sich nicht entschuldigen.«

Sie verschwand in die Küche und ließ ihn allein im Flur zurück. Nun hatte er sich tatsächlich mit allen überworfen, die ihm am Herzen lagen.

Die schwache spätnachmittägliche Sonne kam heraus, als Kate sich dem Pub *The Fox and Feathers* näherte. Vielleicht ein gutes Omen für ihre Mission.

Solange sie zurückdenken konnte, war Matt ihr bester Freund gewesen, aber zum ersten Mal in ihrem Leben war Kate, bei der Aussicht, ihn zu treffen, mulmig zumute. Sie liebte ihn wie einen Bruder, aber wenn sie sich für eine Seite entscheiden müsste, wäre es Lukes. Es war schrecklich, dass so viel Zwietracht zwischen Menschen herrschte, die eigentlich zusammenhalten und sich nicht bekämpfen sollten. Matt hatte sich so gefreut, als er erfuhr, dass er einen Bruder hatte, und Lukes Miene, wann immer Matts Name fiel, ließ keinen Zweifel daran, dass er sich nur zu gern wieder versöhnen würde.

Doch er war stur und sein Glaube an sich selbst so schwach,

dass Matt den ersten Schritt machen musste. Kate spürte, dass Luke es für eine Schwäche hielt, Unsicherheit zu zeigen. Wenn sie bloß Matt dazu überreden konnte, dann würde Luke glauben, es wäre die Idee seines Bruders gewesen. Matt war bestimmt bereit mitzuspielen, zumal er mehr Verständnis hätte zeigen, Luke mehr hätte unterstützen müssen. Das hatte er selbst gesagt, bei ihrem Mittagessen letzten Freitag im Pub. Sie holte noch einmal entschlossen Luft, dann klopfte sie an die Tür der kleinen Wohnung, die Matt von Tony Hayes mietete.

»Kate!« Sofort zog Matt sie in eine ungestüme Umarmung.

»Du siehst müde aus«, sagte Kate, küsste ihn auf die Wange und folgte ihm in die Wohnung.

»Schlecht geschlafen«, erklärte Matt. »Mir geht zu viel im Kopf rum.«

Kate hielt eine Schachtel in die Höhe. »Ich habe deine Lieblingsmarmeladendonuts mitgebracht. Aus der Bäckerei – nicht den Mist aus dem Supermarkt. Ich hoffe, das verdirbt dir nicht den Appetit fürs Abendessen.«

»Für Donuts habe ich immer Platz.«

Fünf Minuten später saßen sie gemeinsam am Küchentisch und aßen die zuckrigen Leckereien. Abgesehen von Matts sorgenvollem Gesicht, war es fast wie in alten Zeiten. »Was ist das nur für eine beschissene Situation«, sagte er. »Ich und Luke, ich und Dad, Dad und Luke, du und deine Mum … mein kleiner Bruder hat uns alle ganz schön aufgemischt.«

Sofort verspürte Kate den Drang, ihn zu verteidigen. »Luke ist nicht allein die Ursache.«

»Na ja, genau genommen hat Luke das schon alles verursacht. Aber es ist nicht seine Schuld, wenn das irgendeinen Sinn ergibt. Übrigens, deine Mum hat einen Anfall gekriegt, als sie dich bei der Demo in den Nachrichten gesehen hat. Sie bat mich, zu versuchen, dich nach Hause zu holen, aber ich habe keinerlei Absicht, das zu tun. Ich laufe nicht so gern mit dem Kopf gegen die Wand.«

Sarah waren alle Mittel recht, um an Kate heranzukommen. Auch Abbie hatte sie schon gesimst. Eigentlich war es weniger ärgerlich als traurig.

»Was Stewart Entrerprises tut, ist falsch, Matt. Sie ruinieren das Land, zwingen Menschen, ihr Zuhause aufzugeben. Im Leben darf es nicht immer nur um Profit und Macht gehen. Deswegen mache ich bei diesem Protest mit.«

»Aber warum muss Luke da mitmachen, Kate? Er ist neu hier. Warum kann er sich nicht einfach erst mal hier einleben und die Leute kennenlernen, vor allem seine Familie, bevor er es sich mit allen verscherzt … Du denkst doch nicht, dass er mit der Absicht hierherkam, die Stewarts fertigzumachen, weil sie seine Mutter schlecht behandelt haben, oder?«

Das brachte Kate einen Moment ins Grübeln. Es wäre naiv, die Idee einfach so abzutun, aber sie glaubte nicht, dass Luke so ein boshafter Mensch war. »Nein, Matt, das denke ich nicht. Er kann nicht mitansehen, wenn Menschen schikaniert werden. Denn genau das ist ihm, weil er ein Traveller ist, hier auch passiert.«

Matt nickte mit ernstem Gesicht. »Ich weiß, er hat mir ein bisschen darüber erzählt. Wenn ich je seine Onkel kennenlernen sollte …«

Also hatte Luke ihm noch vor ihr sein Herz ausgeschüttet, was bewies, dass er seinem Bruder vertraute. Das war doch etwas, worauf sie aufbauen konnte. »Würdest ihn morgen mal besuchen und mit ihm reden? Ihn wissen lassen, dass du für ihn da bist?«

Matt nickte. »Ich bin froh, dass er dich hat, Kate. Ich will nicht, dass er das Gefühl hat, er stünde allein da.«

Das war beruhigend. Andere, insbesondere ihre Mutter und Jack, machten sich Sorgen, dass er ihr wehtun könnte, aber Matt dachte als Erstes an Luke.

»Du hast Marmelade am Kinn«, sagte Matt. Er leckte sich Zucker von den Lippen und kämpfte dann selbst mit der entfleuchenden Marmelade.

Kate fluchte leise. »Nicht nur am Kinn. Guck! Überall auf meinem Top und der Jeans. Was für eine Verschwendung.«

Sie zuckte zusammen, als es an der Tür klopfte. »Wer ist das?«

Matt spähte durch die Vorhänge auf den Parkplatz. »Das ist das Auto meines Großvaters!«, rief er.

»Ich will ihm nicht begegnen«, sagte Kate. »Sonst sage ich noch etwas, das *er* später bereuen wird. Ich gehe ins Bad und putze mir das Zeug von den Klamotten. Ich sehe aus wie ein Wes-Craven-Opfer.«

Durch die dünnen Wände des Badezimmers hörte Kate Nicholas sagen: »Ich dachte schon, du wärst nicht da.« Die Arroganz des Mannes ärgerte sie. Er war daran gewöhnt, dass man ihn nicht warten ließ. Sie bearbeitete die Marmelade auf ihren Kleidern energischer und stellte sich dabei vor, sie würde Nicholas in das arrogante Gesicht schlagen. Sie hatte ihn nie besonders gemocht, doch jetzt hasste sie ihn, für die Art, wie er Luke behandelte.

»Was willst du, Granddad?«, fragte Matt.

»Brauchen wir einen Grund, um miteinander zu reden, Matt? Immerhin sind wir eine Familie.«

Matt schnaubte. »Ich würde sagen, die Zeiten sind vorbei,

dass ich brav jeden Sonntag bei euch zum Mittagessen erschienen bin.« Kate hätte ihn am liebsten dafür geküsst.

»Warum?«

»Warum! Das fragst du noch, nach deinem Auftritt neulich Abend? Ich bin zu Hause ausgezogen, Dad steckt bei irgendeiner Tussi in Irland den Kopf in den Sand, und Luke wird behandelt wie der letzte *Dreck!*« Das letzte Wort spie er ihm entgegen, doch Nicholas behielt die Ruhe.

»Jack braucht eine Auszeit«, sagte er. »Die letzten Wochen waren eine große Belastung für ihn. Aber reden wir über dich, Matt. Ich spüre, dass du ruhelos bist. Was kaum eine Überraschung ist, da du deine Talente nicht wirklich …«

»Ich komme nicht zu Stewart Enterprises, also fang gar nicht erst damit an«, unterbrach ihn Matt.

»Das hatte ich auch nicht vor. Ich weiß, dass du nicht ins Geschäft einsteigen willst. Ich habe einen anderen Vorschlag, über den ich dich nachzudenken bitte. Ich hatte gerade eine Unterhaltung mit Dylan Weston. Er überlegt, das *The Swan* drüben in Hadleigh zu verkaufen. Wie du weißt, ist seine Frau eine leidenschaftliche Londonerin, deshalb denken sie darüber nach, dorthin zurückzugehen.«

Das waren große Neuigkeiten. *The Swan* war ein beliebter Pub. Sarahs nächster Konkurrent. Mit ein Grund für ihre Entscheidung für einen Nachtclub war der Versuch, ein paar von Dylans Stammgästen rüberzulocken.

»Mein Vorschlag lautet folgendermaßen, Matt: Ich kaufe *The Swan* für dich. Es liefe auf deinen Namen, du wärst der alleinige Eigentümer. Ich unterstütze dich im ersten Jahr, bis du anfängst, Profit zu machen. Ich wollte es sowieso kaufen, falls es also nichts für dich sein sollte, bleibt es trotzdem in der Familie. Vielleicht hat Gavin …«

Es war Matts Traum, einen eigenen Pub zu haben, und es gab in der Gegend nur sehr wenige, die so gut waren wie *The Swan*. Wenn Gavin vor ihm dieses lang ersehnte Ziel erreichte, wäre das ein harter Schlag für ihn.

»Ich bin zu jung, zu unerfahren«, sagte er.

»Ich kenne jemanden in der Lizenzvergabe«, sagte Nicholas. »Der schuldet mir einen Gefallen. Es gäbe nur eine Bedingung. Ich bitte dich nur darum, nichts zu tun, was den Namen Stewart in den Schmutz zieht. Du musst gute Kontakte knüpfen, nicht nur geschäftlich, sondern auch gesellschaftlich.«

Das ließ bei Kate die Alarmglocken schrillen. Sie konnte sich schon vorstellen, worauf Nicholas hinauswollte.

»Das Leben kann hart sein«, fuhr Nicholas fort. »Manchmal müssen wir schwierige Entscheidungen fällen. Wir müssen uns danach richten, was das Beste für uns ist. Für unsere Zukunft. Dies könnte deine Chance sein, Matt. Die Gelegenheit, allen zu zeigen, wozu du imstande bist. Auch wenn es ungerecht scheint: Traveller sind nicht erwünscht. Wenn du mit einem in Verbindung gebracht wirst, werden dir Leute die kalte Schulter zeigen, die dir ansonsten die Leiter hinaufhelfen könnten. Wenn du dich clever anstellst, könntest du einen der erfolgreichsten Pubs des Landes haben.«

Kate war empört. Sie konnte sich gerade noch zurückhalten, hinauszustürmen und Nicholas eine saftige Ohrfeige zu verpassen. Falls Matt noch hatte überzeugt werden müssen, hier war der Beweis, wie schlecht seine Großeltern von Luke dachten.

»Nur damit ich das richtig verstehe, Granddad. Du hilfst mir meinem eigenen Geschäft, wenn ich den Kontakt zu Luke abbreche?«

Nicholas nickte. »Kannst du es mir übel nehmen, nachdem, was sich heute abgespielt hat? Der Junge ist wie ein Virus. Er infiziert jeden, der ihm zu nahe kommt. Warum sonst wären Kate Walker und Timothy Leighton unter den Demonstranten gewesen – ausgerechnet der. Wirf eine Chance wie diese nicht für einen Fremden weg, der möglicherweise nicht mal dein Bruder ist. Nimm dir Zeit, darüber nachzudenken.«

Kate wartete darauf, dass Matt seinem Großvater sagte, er könne sich sein Angebot sonstwohin schieben, aber er erwiderte: »Ich lasse es mir durch den Kopf gehen, Granddad. Und ich gebe dir morgen meine Antwort.«

Sobald Kate Nicholas gehen hörte, stellte sie Matt zur Rede. »Das soll wohl ein Witz sein! Bitte sag mir, dass du dieses widerliche Angebot nicht ernsthaft in Betracht ziehst.«

»Hey, hey hey!«, sagte Matt. »Nun mal langsam. Ich habe gesagt, ich würde darüber nachdenken. Das kann ja nicht schaden.«

Kate war den Tränen nahe. Das war doch nicht Matt. Nicht ihr geliebter Matt, ihr großer Bruder, ihr bester Freund solange sie denken konnte. »Es kann nicht schaden? Wenn du das annimmst, streichst du Luke aus deinem Leben.« Kate konnte sich nicht erinnern, schon einmal so wütend gewesen zu sein. »Was wird er wohl sagen, wenn er hört, dass du ihn für einen Pub verkauft hast?«

»Es wäre ja nicht für immer … nur bis ich mir einen Namen gemacht habe. Dann kann ich auch Luke helfen – ihm einen Job anbieten. Vielleicht könnten wir Partner werden. Wenn ich das *The Swan* ein bisschen auf Vordermann bringe, bekomme ich vielleicht gute Rezensionen in Magazinen und Reiseführern … wenn der Erfolg kommt, können mir Granddads Bedingungen egal sein. Ich tue das nicht nur für mich, sondern auch für Luke …«

Kate zog ihre Jacke an und ergriff ihre Tasche. »Red dir das ruhig weiter ein, Matt.« An der Tür hielt sie inne und ging zurück zum Küchentisch, um die restlichen Donuts mitzunehmen. Sollte Matt sich doch seine eigenen kaufen. »Das war unser letztes gemeinsames Abendessen.«

19

Zunächst schenkten Tim und Luke dem Mann, der in der Ecke saß, wenig Beachtung, während sie in dem Café in der Nähe von Stewart Enterprises auf ihren Kaffee warteten. Er trug eine Sonnenbrille und eine Baseballkappe und schien sich hinter seiner Zeitung zu verstecken. Doch als er das Blatt senkte, erkannte Luke mit einigem Erschrecken, dass es Matt war. Und er winkte Luke zu seinem Tisch herüber.

»Ich nehme das mit nach draußen«, sagte Tim, reichte Luke einen Styroporbecher und stellte den Rest auf ein Tablett. »Nimm dir alle Zeit, die du brauchst.« Luke, der ihm nachblickte, empfand eine plötzliche Zuneigung für seinen neuen Freund, der stets so tat, als wäre er die schlimmste Klatschtante der Welt, obwohl er der Inbegriff von Takt und Diskretion war.

»Alles klar, Bro?«, fragte Matt, als Luke zu seinem Tisch kam und sich setzte.

Luke nickte. »Und bei dir?«

»Jetzt ja«, sagte Matt. »Ich musste mir über ein paar Dinge klar werden. Du weißt ja, wie das ist, manchmal verschwindet alles irgendwie im Nebel, doch auf einmal hebt er sich.«

Luke war sich nicht sicher, ob er wusste, wie das war, aber murmelte trotzdem etwas Zustimmendes. »Und was machst du hier, Matt?«

»Ich muss mit Granddad reden. Er hat mir ein Angebot gemacht, und ich wäre dumm, es abzulehnen.«

»Der Pub in Hadleigh.« Luke wusste alles über das Angebot. Die wütende Kate hatte ihm davon berichtet, als sie gestern nach Hause gekommen war. Es waren eine Rücken-, eine Fußmassage und ein ganzer Becher Eiscreme nötig gewesen, um sie zu beruhigen.

»Ich habe ihm für heute meine Antwort versprochen. Hat Kate dir von den Bedingungen erzählt?«

Luke nickte. »Ja. Und dass du darüber nachdenkst.«

Kate war sehr überrascht gewesen, als Luke ihr gesagt hatte, er könne Matt verstehen. Ein Jahr lang keinen Kontakt zu haben wäre nicht so schlimm, wenn am Ende so was wie Sicherheit für Matt und Luke dabei heraussprang. Luke selbst stellte sich einen Karriereschritt zwar anders vor, aber offenbar hatte Matt gute Absichten. »Du wärst verrückt, es abzulehnen«, sagte er.

Matt riss erstaunt die Augen auf, dann streckte er die Hand aus und zupfte an Lukes Kampagnen-T-Shirt. »Hast du noch eines davon?«

»Warum?«

»Weil ich verrückt bin … und dumm. Ich will bei euch mitmachen. Ich will Granddad sagen, was er mit seinem Angebot machen kann, und wenn ich das tue, will ich so eines anhaben.«

Matt umarmte ihn. Es war das beste Gefühl der Welt. Alles war wieder gut zwischen ihnen. Bald würden Jack und Nicholas erfahren, dass das stolze Schiff der Stewarts gerade ein Riesenleck bekommen hatte.

Jack knallte den Hörer auf. Konnte es noch schlimmer kommen? Gerade hatten Canalside Leisures, nervös geworden durch die schlechte Presse, die die Demonstrationen verursachten, die Abschlussverhandlungen vorläufig ausgesetzt. Eine Jahr hatte Jack gebraucht, um diesen Deal zustande zu bringen. Alles umsonst.

Die Tür öffnete sich, und Richard platzte herein. Der Mann, der an diesem ganzen Albtraum schuld war. Der letzte Mensch, den Jack jetzt sehen wollte. Er klappte seinen Laptop auf und blaffte: »Ich habe zu tun, Richard. Mach einen Termin.«

Doch Richard marschierte an seinen Schreibtisch und legte sein Handy vor Jack hin. »Dieses Foto solltest du dir besser mal ansehen.«

Jack nahm das Handy und das, was Richard offensichtlich in beste Laune versetzte: Matt in einem Kampagnen-T-Shirt, der ein Protestschild trug, neben ihm Luke. Obwohl Jack nicht hätte überrascht sein dürfen, hatte er mit einem Mal das schmerzliche Gefühl, verraten worden zu sein. Er gab ihm das Telefon zurück.

»Sir Nicholas weiß es«, sagte Richard grinsend. »Offenbar hat Matt ihm vorhin einen Besuch abgestattet. Vielleicht solltest du eine Weile in Deckung gehen.«

»Sich in dunkle Ecken zu verkriechen ist vielleicht dein Stil, Richard, nicht meiner.«

Nicholas war mitten in einem Telefongespräch. Sehr verärgert sah er eigentlich nicht aus, aber andererseits war er ein Meister des Pokerface.

Jack trat vors Fenster und warf einen Blick hinaus. Vielleicht sollte er dort rausgehen und Matt zur Rede stellen? Doch das wäre ein gefundenes Fressen für die Medien. Es wäre besser, er riefe ihn an, wenn er zu Hause sein würde.

Nicholas beendete sein Gespräch. »Nimm Platz, Jack. Ich

habe gerade von Canalside Leisures gehört. Ich werde heute Nachmittag mal rüberfahren.«

Jack setzte sich. Er war verwirrt. Wenn Nicholas wusste, dass Matt sich den Demonstranten angeschlossen hatte, warum sprach er es nicht zuerst an?

»Dad, was Matt angeht …«

Zu Jacks Erstaunen zuckte Nicholas die Achseln. »Ich bin natürlich enttäuscht. Aber ich habe es kommen sehen. Und getan, was ich konnte. Mal gewinnt man, mal verliert man.«

»Getan, was du konntest. Was meinst du damit?«

Nicholas las die Nachrichten auf seinem Handy, während er sprach. »Ich habe angeboten, das *The Swan* für Matt zu kaufen, wenn er sich von Luke fernhält.«

Jack schoss von seinem Stuhl hoch, als hätte er sich daran verbrannt. »Du hast *was* getan?!«

Nicholas musterte ihn missbilligend. »Das, was du längst hättest tun sollen, Jack. Ich habe versucht, das Problem mit Luke zu regeln, bevor es aus dem Ruder läuft.«

Jack bebte innerlich vor Wut. »Wie kannst du es wagen, Dad! Ich habe dir gesagt, du sollst dich da nicht einmischen. Dass ich mich um Matt kümmere.«

»Dann bin ich eben ein bisschen vorgeprescht, ja und?«

»Er denkt jetzt wahrscheinlich, ich hätte dich angestiftet. Du hast alles nur noch schlimmer gemacht.«

Nicholas erhob sich mit ärgerlicher Miene. »Wie kann es denn noch schlimmer werden? Du hast doch den Mist gebaut, als du dieses Wohnwagen-Gesocks mitgebracht hast. Kate Walker und Tim Leighton hat er schon auf seiner Seite. Jetzt verlieren wir Matt.«

»Matt verlieren wir dank deiner Einmischung. Er dachte wahrscheinlich, er würde manipuliert – was ja auch stimmt.«

»Nun, jemand musste etwas unternehmen. Du warst ja völlig nutzlos. Wo ist der Sohn, den ich großgezogen habe? So rückgratlos kenne ich dich gar nicht …«

Bevor er wusste, was er tat, hatte Jack mit der Faust ausgeholt, bereit, seinen Vater ins Gesicht zu schlagen. Er war ganz nahe dran und schockiert darüber, wie sehr er es wollte. Er musste seine ganze Willenskraft aufbieten, um die Faust zu senken. Was geschah mit ihm? Jetzt drehte er offenbar durch.

Nicholas schüttelte den Kopf. »Wir beide lieben diese Firma, Jack«, seufzte er. »Deswegen reagieren wir so, so emotional, wenn jemand ihr schaden will. Diesen Kampfgeist solltest du besser zu ihrem Schutz einsetzen, nicht für das Gegenteil.«

War das widerstrebende Bewunderung in den Augen seines Vaters? Gott, wie krank war das denn? »Dad, ich gehe nach Hause …«

»Vielleicht ist es das Beste. Nimm dir Zeit, um wieder runterzukommen.«

»Nein, ich nehme mir Urlaub. Ein paar Wochen …«

»Wir stecken mitten in einer Krise!«

»Ich weiß. Ich … ich kann mich damit jetzt nicht befassen. Tut mir leid.«

»Jack!«

Er drehte sich um und ging. Marschierte geradewegs aus dem Gebäude, zu seinem Wagen und fuhr, als er die Demonstranten hinter sich gelassen hatte, schnell nach Hause. Nach einer halben Flasche Whiskey war er endlich in der Lage, sich auf dem Sofa im Wohnzimmer ins Vergessen treiben zu lassen.

Jack träumte von Irland. Er war am Powerscourt Wasserfall und suchte nach Emer. Sie hatte etwas über Nacktbaden gesagt und war dann verschwunden. Auf einmal war Sarah da, die ihm erklärte, Emer hätte ihn zum Narren halten. »Verschwinde!«, befahl er ihr.

»Wie bitte?«

Das war die Stimme seiner Mutter. Was in Gottes Namen hatte sie dort zu suchen? Jack erwachte mit einem Ruck. Er lag auf dem Wohnzimmersofa, und Grace blickte mit missbilligender Miene auf ihn herunter. Stöhnend setzte er sich auf. Sein Kopf pochte. Die fast leere Flasche auf dem Couchtisch war der Schuldige. Natürlich hatte Grace sie gesehen.

»Jetzt verstehe ich, warum du gestern nicht ans Telefon gegangen bist, als ich angerufen habe.«

Gestern? Er musste durchgeschlafen haben. Er blickte auf seine Armbanduhr. Gerade zehn Uhr. Er rieb sich den schmerzenden Nacken und seufzte. »Guten Morgen, Mutter.«

»Ist es ein guter Morgen?«, gab sie zurück. »Verzeih mir, wenn ich das nicht so sehe, weil ich kaum mehr wage, mich in Baronsmere zu zeigen.«

Der wahre Grund für ihren Besuch. Nicht die ehrliche Sorge um ihn, nur darum, was die anderen über die Stewarts denken könnten. »Entschuldige bitte, wenn ich dein gesellschaftliches Leben ruiniert habe, Mutter«, sagte er gedehnt.

»Du ruinierst nicht nur mein Leben, du scheinst es darauf anzulegen, deins gleich mit zu zerstören.«

»Na, so schlimm ist es wohl noch nicht.«

Sie warf einen vielsagenden Blick auf die Whiskeyflasche. »Wirklich?«

Jack fühlte sich ertappt und gereizt. »Ich muss mich frisch machen. Wie wäre es mit einem Kaffee? Maggie ist nicht da, würdest es dir also etwas ausmachen, einen aufzusetzen?«

Während Grace in die Küche ging, trottete Jack nach oben und ins Badezimmer. Nach einer Dusche und einer Rasur fühlte er sich wacher, doch seine Laune besserte sich nur geringfügig. Das konnte nur der Abgang seiner Mutter bewirken. Er schluckte zwei Schmerztabletten und betete, dass sie schnell wirkten.

Als er die Küche betrat, schob Grace ihm einen Becher mit Instantkaffee über den Tisch. Wahrscheinlich wusste sie gar nicht, wie man eine Kaffeemaschine bediente. »Danke«, sagte er und nahm dankbar einen großen Schluck. Es folgte ein unbehagliches Schweigen, das nur vom Klackern der Fliederzweige unterbrochen wurde, wenn der Wind sie gegen das Fenster schlug, und von Honey, die unruhig durch die Küche tappte.

»Dieser Hund bekommt nicht genug Bewegung«, erklärte Grace. »Sie wird zu fett.«

Jack seufzte über diese unerwünschte Einmischung. »Der geht's prima.«

Grace beobachtete ihn mit Argusaugen. Vermutlich wartete sie auf eine Entschuldigung. Besser, er brachte es hinter sich. »Ich nehme an, Dad hat dir erzählt, dass ich ihn beinahe geschlagen hätte. Es tut mir leid. Ich habe die Beherrschung verloren. Deswegen bin ich nach Hause gefahren. Ich brauche eine Pause.«

»Dein Vater macht sich große Sorgen. Er wollte dich heute Morgen besuchen, aber …«

»… er hat ein Unternehmen zu führen, Profit zu machen, Menschen zu unterdrücken.«

»Jack! Es sieht dir gar nicht ähnlich, so zynisch zu sein. Dank dieses Unternehmens können wir alle gut und komfortabel leben. Und du weißt, dass es deinem Vater alles bedeutet.«

»Aber *mir* bedeutet es nicht mehr alles«, sagte Jack und meinte es ernst.

»Vielleicht brauchst du nur Urlaub …«, schlug Grace vor.

»Ich glaube, um daran etwas zu ändern, braucht es mehr als zwei Wochen Barbados.«

»Rede mit Matt. Er liebt dich. Ihr findet schon eine Lösung.«

»Matt ist wütend, nicht nur auf mich, sondern auch auf dich und Dad. Wegen der Art, wie ihr Luke behandelt habt. Und Annie.«

Der Schreck war Grace anzusehen. »Was hast du zu ihm gesagt?«

»Nichts. Er hat es von jemand anderem gehört.«

»Dorfklatsch«, sagte Grace wegwerfend. »Matt sollte wissen, dass er darauf nichts geben kann.«

»Ich glaube nicht, dass es alles nur Klatsch war. Annie wurde das Gefühl gegeben, dass sie niemals hierher passen würde. Und du warst eine von denen, die ihr dieses Gefühl gegeben haben.«

»Ich habe mich bemüht, Jack, Gott ist mein Zeuge, ich habe mich wirklich bemüht, aber wir hatten nichts gemeinsam.«

Jack schüttelte den Kopf. »Du hast dich nicht bemüht. Das habe ich mit eigenen Augen gesehen, wollte aber keinen Ärger machen, indem ich es zur Sprache bringe. Und das werde ich mir nie vergeben. Und du hättest einfühlsamer sein sollen. Weniger snobistisch.«

Grace erhob sich. »Ich werde nicht hier sitzen und mich beleidigen …«

Jack schnitt ihr das Wort ab. »Nein, das kannst du sicher auch woanders haben. Ich beginne zu verstehen, wie die Menschen in diesem Dorf über uns denken.«

»Ich schreibe deine Unhöflichkeit dem Alkohol zu, Jack. Und ich hoffe, dass du wieder zur Vernunft kommst, wenn du ausgenüchtert bist …«

Mit böse auf dem Holzboden klappernden Absätzen marschierte Grace davon. Jack blieb am Tisch sitzen.

»Das ist schon passiert, Mutter«, rief er ihr nach. »Du findest allein raus.«

Als die Tür zuschlug, jaulte Honey auf und versteckte sich hinter Jacks Stuhl. Er tätschelte ihren Kopf und fragte sich, wie lange es wohl dauern würde, bis er sie auch noch gegen sich aufgebracht hatte. Als er den Kaffeebecher nahm, zitterte seine Hand.

Freitagmorgen, und wieder frühstückte Jack allein. Es war, als würde das Haus um ihn herum widerhallen. Normalerweise dröhnte irgendwo im Hintergrund Matts Musik, und Maggie wanderte putzend und scheltend durch die Räume. Jetzt war da nichts. Sie waren fort und hatten ihr Leben und ihr Lachen mitgenommen. Er vermisste sie. Aber er kam klar. Arrangierte sich. Dafür war er schließlich bekannt.

Was Luke anging, na ja, vielleicht war er sein Sohn, vielleicht auch nicht. Seitdem er aus Irland zurück war, hatte es keine Gelegenheit gegeben, das Thema DNA-Test anzuschneiden. Nicht, wenn er eine möglicherweise noch schlimmere Szene als die nach Nicholas' Besuch vermeiden wollte. Das war es schlicht nicht wert. Vielleicht schlug Luke es ja selbst einmal vor. Bis dahin schien es ihm einfach nicht mehr wichtig zu sein. Er war zu müde, um sich darüber Gedanken zu machen.

Jack hatte das Haus seit drei Tagen nicht mehr verlassen. Es bestand keine Notwendigkeit dazu. Kühlschrank und Gefriertruhe waren wie für eine wochenlange Belagerung gefüllt. Er hatte Emer alles erzählt, als sie ihn auf seine E-Mail hin angerufen hatte. Sie fand es gut, dass er sich eine Auszeit von der Arbeit nahm, riet ihm aber, nicht zu viel allein zu bleiben. Es lag ihm auf der Zunge, sie zu bitten – nein, sie anzuflehen –, zum Maifest herzukommen. Er würde hinmüssen, um seinen Wohltätigkeitsverpflichtungen nachzukommen, aber er fürchtete die verstohlenen Blicke und das Geflüster. Bestimmt brodelte die Gerüchteküche. Dem wollte er Emer nicht aussetzen. Also hatte er ihr gesagt, er würde sich Urlaub nehmen und sich bei seiner Rückkehr bei ihr melden.

Und genau das hatte er vor, wenn der erste Mai vorbei war. Er würde mit einem Mietwagen nach Frankreich runterfahren – nach Antibes, um Carolines Eltern, den Ingrams, einen Besuch abzustatten. Anschließend ginge es weiter nach Italien, dann Inselhüpfen in Griechenland, dann mit dem Boot rüber in die Türkei und am Bosporus Kaffee schlürfen. Er würde so weit reisen, wie er wollte, wie es nötig war, um die schmerzlichen Erinnerungen verblassen zu lassen. Er lockerte die Bande, ging auf Abstand, zog sich zurück. Manche würde sagen, er lief weg. Vielleicht tat er das ja auch, aber er musste raus aus Baronsmere, weg von allen anderen – vor allem von Luke. Die Zeit war reif für eine Veränderung. Er würde das alles wie die chinesischen Philosophen sehen – nicht als Krise, sondern als Chance. Vielleicht kam er auch gar nicht nach Baronsmere zurück.

Als Luke mit Kate im *The Fox and Feathers* ankam, war der Pub schon pickepackevoll.

Abbie winkte ihnen aus der hinteren Ecke zu. »Was geht?«, fragte sie, als Kate und Luke bei ihr waren. »Wo seid ihr gewesen? Wir sind schon seit Ewigkeiten hier, um diese Plätze zu bekommen. Das Karaoke fängt gleich an.«

»Okay«, sagte Matt, der auf der kleinen Bühne des Pubs am Mikro stand. »Die Glücklichen, die Hörgeräte haben, drehen sie jetzt besser runter. Hier sind Al und Tim, und unsere aufrichtige Entschuldigung an die Proclaimers.«

Als Al und Tim sich zum Publikum umdrehten, lachten alle über ihre Brillen mit den dicken Gestellen. Mit falschem schottischem Akzent begannen sie »I'm Gonna Be« zu singen. Luke kannte den Song, sonst hätte er kein Wort verstanden.

»Ich würde fünfhundert Meilen laufen, um dieses fürchterliche Gejaule nicht mehr hören zu müssen«, sagte Abbie und nahm einen Schluck aus ihrem Pint-Glas.

Lachend ergriff Kate Lukes Hand. Er lächelte sie an. Auf einmal fühlte sich alles so richtig an. Dies war der Pub, in dem seine Mutter gearbeitet hatte. Ein tröstlicher Gedanke.

Abbie glotzte. »Dann habt ihr es jetzt also getan.«

»Was getan?«, fragte Kate.

»Euch zusammen in der Öffentlichkeit gezeigt. Jetzt wissen alle, dass ihr ein Paar seid.«

»Das war die Absicht«, sagte Kate und küsste Luke mitten auf den Mund.

»Oh, sucht euch ein Zimmer!«, rief Abbie. »Gavin sieht aus, als würde ihm gleich eine Ader platzen.«

Luke folgte Abbies Blick und sah seinen Cousin an der Bar sitzen, der mit finsterer Miene zu ihnen herübersah. »Für den werde ich wohl immer der Zigeuner bleiben«, sagte er.

»Nein, er ist wegen Kate sauer«, erklärte ihm Abbie. »Sie war mal seine Freundin – zumindest ein Date lang.«

»Echt?«

Kate seufzte. »Leider ja, letztes Jahr. Ich war jung und sehr dumm. Aber Gavin hat nur über Geld und Autos geredet … und über sich selbst. Unerträglich.« Sie berührte Luke am Arm. »Es hatte nichts zu bedeuten. Glaub mir.«

Er glaubte ihr, fragte sich aber unwillkürlich, ob sie mit Gavin geschlafen hatte. Blöde männliche Eifersucht. Der Schwachkopf starrte sie immer noch an. Luke konnte nicht widerstehen. Er lächelte und zwinkerte ihm zu. Vorbei die Zeit, als man ihm das Gefühl gab, minderwertig zu sein.

Die Brillen immer noch auf den Nasen, zwängten Al und Tim sich in die Lücke, die Abbie hinterlassen hatte, als sie zur Bühne gerannt war.

»Luke, Alter!«, kreischte Tim. »Den Song haben wir für dich gesungen.«

»Luke ist Ire, nicht Schotte, du betrunkene Dumpfbacke!«, sagte Al.

»Na ja, das sind doch alles Kelten, oder?«, sagte Tim stur. »Ups, Zeit für die Ohrenstöpsel.« Er zeigte zur Bühne, wo Abbie »I will survive« sang.

»Wir aber nicht«, schrie ihr Bruder und hämmerte auf den Tisch ein. »Ich brauche Bier, sofort! Dieser Sänger hat Durst!«

»Ich hole uns eine Runde«, bot Kate an. Als sie an der Bar ankam, sah Luke, wie Gavin von seinem Hocker rutschte und den Arm um sie legte. Kate schüttelte ihn sofort ab, aber der aufgeblasene Volltrottel grinste nur und flüsterte ihr etwas ins Ohr, bevor er zur Bühne ging. Luke war sich vage bewusst, dass Abbie an den Tisch zurückkehrte und verkündete: »Ich weiß nicht, warum ich mir das jede Woche antue.«

»Warum du *uns* das antust, meinst du wohl«, sagte Al.

Abbie bedachte ihn mit einem übertriebenen Lächeln und streckte ihm die Zunge raus.

Einen Moment später nahm Gavin das Mikro und begann »Never Gonna Give You Up« zu singen.

»Oh Gott«, stöhnte Abbie und tat, als müsse sie sich übergeben. »Und heute Abend, Matthew, werde ich … mich zum kompletten Vollidioten machen.«

Es war offensichtlich, dass der Song an Kate gerichtet war. Der Blödmann sah zu ihr herüber, während er sang.

»Alkohol!«, rief Al und schnappte sich eine Flasche vom Tablett, als Kate an den Tisch zurückkehrte. »Gott sei Dank! Ich brauche etwas, um meine Sinne zu betäuben, wenn der auf Sendung ist.«

Als Gavin fertig war, gab es gedämpften Applaus, vor allem von seinen Freunden und einigen jungen Mädchen, die wohl heute Ausgang hatten. Er verbeugte sich. »Danke an meine Fans. Die Karaoke-Nacht ist für uns alle jede Woche eine Gelegenheit, zusammenzukommen und um hier wirklich Spaß zu haben. Aber wenn man dazugehören will, muss man auch singen.« Gavin wandte sich an Luke. »Wenn er wiederkommen will, schuldet er uns einen Song. Ladies und Gentlemen, ich präsentiere ihnen Luke Kiernan … oder Stewart … oder wie er heißt.«

Es folgte Stille, und Luke spürte, wie alle ihn ansahen und darauf warteten, wie er reagieren würde.

»Halt die Klappe!«, zischte Matt. »Niemand *muss* singen.«

Doch Luke stand auf und bahnte sich einen Weg zur Bühne. Er würde es ihnen zeigen.

Gavin reichte ihm das Mikro. »Wie wäre es mit ›Gypsies, Tramps and Thieves‹?«, fragte er. Seine Freunde lachten und schlugen auf den Tisch ein.

Luke ignorierte sie. Er hatte den Song, den er gesucht hatte, gefunden und lächelte Kate beruhigend zu. Er wusste, dass er eine schöne Stimme hatte. Das lag in der Familie. Gavin hatte keine Ahnung, dass Luke schon vor Publikum gesungen hatte. Und gerne. In Bars oder abends, wenn die Traveller für ihre eigene Unterhaltung sorgten. Er versuchte sich dorthin zurückzuversetzen, zu seiner Mutter und ihren Freunden.

»Na los, Junge!«, schrie Tony. »Deine Mutter hat genau dort gestanden und für uns gesungen, und sie war verdammt gut, das sag ich dir.«

Luke konzentrierte sich auf Kate. Gavin hatte absichtlich ein Liebeslied für sie ausgesucht. Dieses Spiel konnten zwei spielen. Das Geplauder erstarb, und das Lächeln verschwand aus Gavins Gesicht, als Luke das Lieblingslied seiner Mutter anstimmte: »You Light Up My Life«. Er löste den Blick nicht von Kate, und das nicht nur wegen Gavin – der Text traf seine Gefühle so gut, dass er sich in ihm verlor. Er wollte, dass Kate, dass alle erfuhren, was er fühlte.

Als er endete, war es zunächst ganz still, dann brach Applaus los. Matt grinste, und Tim und Al grölten und hämmerten auf den Tisch ein. Kate kam auf die Bühne und warf die Arme um ihn. »Das war wunderschön!«

»Bleib hier«, sagte Luke. »Das hier ist ebenfalls für dich.« Schnell zeigte er Matt, welchen Song er wollte, und stimmte dann »Uptown Girl« an. Al und Tim sprangen auf und fielen ein, während Kate, die Rolle perfekt spielend, über die Bühne stolzierte. Luke hatte erreicht, was er wollte. Sollten ihn die Leute doch wegen seiner Herkunft schief ansehen. Dieser Song zeigte ihnen, dass es ihm egal war. Er schämte sich nicht für das, was er war, und jeder, der damit ein Problem hatte, konnte ihn mal …

Die Musik endete zu noch mehr Applaus. Tim und Al verbeugten sich wieder und wieder, wobei sie mit falscher Bescheidenheit sagten: »Das war doch nichts – wirklich.«

Zurück am Tisch sagte Tim: »Sollen wir zehn Prozent sagen?«

»Was?«, fragte Luke verwirrt.

»Halt dich an mich, Junge, ich mache dich zu einem Star. Oder … ich habe eine tolle Idee! Wir gründen unsere eigene Band! Du kannst der Sänger sein – du siehst ja sowieso aus, als würdest du zu einer Boyband gehören. Ich kann Gitarre spielen und Matt auch. Al kann Schlagzeug lernen. Wir werden eine Coverband! Wir nennen uns *Vestlife* und machen gleichzeitig Werbung für meine T-Shirts. Was sagst du?«

»Ich denke drüber nach.« Luke lachte so heftig, dass ihm die Rippen wehtaten, aber der Schmerz war es wert. In diesem Moment fühlte er sich, als würde er dazugehören.

»Dein Plan ist nach hinten losgegangen«, rief Al Gavin, der zur Tür strebte, herausfordernd zu. »Luke war eindeutig besser als du.«

Gavin zuckte die Achseln. »Für Laien reichts.«

»Das schließt dich dann wohl ein«, sagte Abbie.

»Halt die Klappe, Schlampe.«

Bevor er nachdenken konnte, ergriff Luke ein Pint Bier und schleuderte die Reste auf seinen Cousin. Gavin sah erschrocken aus, packte dann aber Lukes T-Shirt und riss ihn auf die Füße. Herrgott, tat das in den Rippen weh! Für eine Sekunde sah er sich in Ennis Joe gegenüber und verpasste Gavin einen Kopfstoß. Der fiel rückwärts. Blut strömte aus seiner Nase.

Matt war nur Sekunden später bei ihnen. Dass Gavin Schmerzen hatte, schien ihm egal zu sein, denn er riss ihn hoch und stieß ihn in die Arme seiner sich nähernden Freunde. »Bringt ihn hier raus! Sofort!«

Gavin funkelte Luke böse an, das Gesicht blutverschmiert. »Das wirst du bereuen«, zischte er. »Ich mache dich fertig.«

»Verpiss dich, Gavin!«, sagte Matt.

»Du hast mir gar nichts zu befehlen!« Gavin wischte sich die Nase mit einer Handvoll Papierservietten ab, die er sich von einem Tisch neben ihm geschnappt hatte. »Das ist nicht dein Pub.«

»Nein, aber meiner, und ich will, dass du gehst«, sagte Tony Hayes. »Du hast Hausverbot.«

»Aber der Dreckskerl hat Gavin geschlagen!«, sagte einer von Gavins Kumpeln.

»Er hat um eine Schlägerei gebettelt, und die hat er bekommen«, sagte Matt. »Und jetzt verzieht euch!«

Gavin spuckte mit einem wütenden Blick auf Matt und Luke auf den Boden. »Gehen wir, bevor diese Clowns hier mich zum Kotzen bringen.«

Als sie weg waren, sank Luke auf seinen Stuhl zurück. Ihm war übel.

»Alles in Ordnung, Bro?«, fragte Matt und setzte sich auf den Platz ihm gegenüber. »Was ist passiert? Erst Richard, jetzt Gavin. Das wird ja zur Gewohnheit. Aber es sind gute Opfer.«

»Luke hat mich verteidigt!«, sagte Abbie. »Gavin, das Arschloch, hat mich beleidigt!«

»Luke, du bist ein echter edler Ritter«, murmelte Al, der beeindruckt aussah.

Luke war kein Held. Er hasste, was er gerade getan hatte: sich auf eine Schlägerei einzulassen. Warum hatte er sich von Gavin provozieren lassen?

»Gavin hat ihn festgehalten«, sagte Kate. »Wenn er nicht zugeschlagen hätte, wäre es andersherum gewesen.«

Kate irrte sich. Wenn er nicht das Bier über Gavin geschüttet hätte, wäre wahrscheinlich gar nichts passiert. Er hatte sich von seiner Wut hinreißen lassen, und nicht, weil Gavin Abbie beleidigt hatte, sondern wegen seines Flirts mit Kate.

Die anderen lächelten. Doch der Abend hatte ein schlimmes Ende genommen, und das war Lukes Schuld. Er wandte sich an Kate. »Können wir gehen?«

Auf dem Weg nach draußen klopften ihm zahlreiche Hände auf die Schulter. Die Leute sagten »Gut gemacht« und »Guter Junge«. Noch nie hatte er sich so sehr wie ein Betrüger gefühlt.

»Luke …«, rief Matt aus der Tür, als sie gerade ins Freie getreten waren. »Der erste Song. ›You Light Up My Life‹ …«

»Mams Lieblingslied«, antwortete Luke. »Obwohl es sie immer zum Weinen brachte.«

»Ich hab mich nur gefragt …«, sagte Matt. »Das letzte Mal, als das jemand gesungen hat, ist Dad aufgestanden und gegangen. Danach war er tagelang schlecht drauf.«

Wofür war das der Beweis? Dass Jack Annie geliebt oder sie gehasst hatte? Luke war zu aufgewühlt, um das zu ergründen. Während er Kate zum Wagen folgte, dachte er an das, was Gavin gesagt hatte. *Ich mache dich fertig*. Er musste auf der Hut sein.

20

Zehn Uhr morgens auf dem Dorfanger. Die Maifestivitäten konnten jeden Augenblick beginnen. Luke stand mit Tim vor einer improvisierten Bühne, als die Blaskapelle von Baronsmere zu spielen anfing.

»Das hört sich an wie ›Thriller‹«, sagte Luke. »Passt das denn zum Maitag?«

»Absolut.« Tim trank in kräftigen Zügen Wodka aus einer Limonadenflasche. »Hier wimmelt es doch nur so von lebenden Toten. Die alle hohe Gewaltbereitschaft zeigen.«

»Ich wette, die ist die Schlimmste«, witzelte Luke, als eine Oma mit blau getönten Haaren an ihnen vorbeiwackelte.

»Sadie Nelson«, stellte Tim fest. »Auf jeden Fall. Letztes Jahr wurden ihre Dahlien nicht bedacht, da hat sie dem Richter eins mit der Handtasche übergezogen. Ich glaube, dieses Jahr ist sie gesperrt.«

Luke grinste. Er nahm Tim nicht immer ernst, aber sein Unterhaltungswert war unbezahlbar. Das Maifest versprach lustig zu werden. Clowns, Jongleure und Karussells, wie auf den großen Pferdemärkten. Tony Hayes winkte Luke zu und befestigte ein Schild mit der Aufschrift »Madame Zelda: Wahrsagerin«.

»Madame Zelda ist in Wahrheit Babs Hayes«, erklärte Tim Luke. »Ausstaffiert mit einem Schal um den Kopf und großen Kreolen. Letztes Jahr hat sie mir gesagt, eine launische Frau würde in mein Leben treten.«

»Und?«

»Na ja, ich hatte gehofft, es würde Lady Gaga sein. Dass sie meine neue beste Freundin wird oder so. Aber daraus wurde nichts. Aber Ma hat sich letztes Jahr Suki, den Pekinesen, angeschafft. Und die ist eine echte Zicke mit ziemlich großem Ego. Die Hündin, nicht meine Ma. Vielleicht hat es also doch gestimmt.«

Nach einem Trommelwirbel wurden die Leute von der Bühne aus gebeten, ihre Plätze einzunehmen.

»Showtime!«, rief Tim, als die Angesprochenen über die Seitenaufgänge die Bühne erklommen. »Das ist das Organisationskomitee. Meine Eltern wollten mich auch dort oben haben, um sie in ihrer Abwesenheit zu repräsentieren. Ich habe ihnen gesagt, lieber würde ich den Kopf in kochendes Frittierfett stecken.«

Luke verzog das Gesicht, als er Grace Stewart in der Mitte der ersten Reihe entdeckte, mit einem Hut, so groß, dass er einen eigenen Platz verdient hätte. Und dort lächelte auch der alte Nick auf das gemeine Volk herab. Der herablassende Schwachkopf.

Noch ein Trommelwirbel, und ein kleiner, gedrungener Mann mit deutlich sichtbarem Haarteil trat vors Mikrophon. Tim reiche Luke die Flasche. »Willst du was?«

Luke schüttelte den Kopf.

»Du bereust es vielleicht«, warnte Tim. »Die Reden sind dafür bekannt, dass sie selbst geistig Gesunde in brabbelnde Wracks verwandeln.«

Das Haarteil begann zu sprechen. »Ich heiße Sie alle herzlich willkommen zu unserem Maifest in Baronsmere. Eine Tradition, die wir nun seit hundert Jahren das Glück haben, auf diesem grünen Rasen – einem wunderschönen Eckchen

Englands – abzuhalten. Die Zeiten mögen sich ändern, aber das Maifest in Baronsmere ist zeitlos. Eine Gelegenheit für unsere Gemeinde, zusammenzukommen und die Werte, die uns am meisten am Herzen liegen, zu feiern: Mitgefühl, Anstand und guten Sportsgeist.«

»Wer ist das?«, fragte Luke.

»Unser Bürgermeister«, erwiderte Tim. »Horace Henderson. Auch ›hungriger Horace‹ genannt. Kleiner Mann, großer Ehrgeiz. Napoleon-Komplex.«

»Dieser Tag wäre nicht möglich gewesen ohne die großzügigen Spenden von …« Horace begann mehr Namen aufzuzählen, als im Telefonbuch zu finden waren. Luke warf Tim einen Seitenblick zu. Der Wodka tat seine Wirkung. Während der Rede döste Tim immer wieder weg und schreckte auf, sobald geklatscht wurde.

Zehn Minuten später pikste Luke Tim in die Rippen. »Er kommt jetzt zum Ende.«

Tim sah auf seine Armbanduhr. »Gott ist gnädig. Horace' Reden können ›Krieg und Frieden‹ Konkurrenz machen.«

Der Bürgermeister entschuldigte sich dafür, dass seine Frau nicht anwesend war, sie sei indisponiert. Tim stupste Luke an. »Er meint, sie macht einen Entzug in einer Schweizer Klinik.«

»In ihrer Abwesenheit«, dröhnte Horace, »hat Lady Grace Stewart sich freundlicherweise bereit erklärt, die Rolle der Sprecherin des Organisationskomitees zu übernehmen.«

»Oh-ho!« Tim richtete sich auf. »Da muss die alte Grace aber schnell interveniert haben. Der Rangordnung nach wäre nämlich Lady Middleton an der Reihe gewesen. Und Lady M ist auch ganz rot im Gesicht – die ist bestimmt auf hundertachtzig.«

»Tja, die Stewarts wissen eben, wie man Leute abzockt«, kommentierte Luke bitter, als Grace vor das Mikro trat.

»Oh-ho!«, rief Tim wieder aus. »Vielleicht hat sie ja wirklich den Bürgermeister abgezockt!«

Als Grace das Wort ergriff, verspürte Luke das Bedürfnis zu gehen. »Ich kann mir das nicht anhören, Tim. Ich gehe mal eine Runde.«

Auch Tim stand auf. »Kein Problem. Ich komme mit. Wir plündern die Kuchenstände und lassen uns dann volllaufen.«

Das Springreiten war vorbei. Kate lächelte für die Kameras und schob vorsichtig Petruchios Kopf herum, damit die blaue Schleife zu sehen war. Zweiter Platz. Das letzte Hindernis gerissen. Letztes Jahr wäre sie noch untröstlich gewesen. Dieses Jahr machte es ihr nichts aus, dass sie nicht gewonnen hatte. Sie dachte nur an Luke, der am Gatter stand und wie verrückt klatschte.

»Ihr wart toll, ihr beide«, sagte er zu ihr, als er sie fest in seine Arme zog. Sie legte ihm die Hände um den Hals und genoss den langen, süßen Kuss.

»Ich bringe Petruchio zurück in den Stall«, sagte Kate, »dann ziehe ich mich um. Ich will nicht den ganzen Tag in Reithosen rumlaufen.«

Luke nickte. »Ich warte bei der großen Eiche, in ungefähr einer Stunde.«

In diesem Augenblick erschien Gavin mit finsterem Gesicht, das noch die Spuren von Lukes Kopfstoß am Abend zuvor aufwies. Wenn er versuchen sollte, ihnen diesen Tag zu verderben, bekam er es mit ihr zu tun.

»Stück Scheiße«, rief er, Luke direkt ansehend. Dann fügte

er hinzu: »Auf dem Boden meine ich. Pass auf, wo du hintrittst.«

»Irgendetwas stinkt hier, das steht fest«, fauchte Kate und drängte sich an Gavin vorbei, in der Hoffnung, dass Petruchio ihm einen schmerzhaften Tritt mit den Hinterhufen verpasste.

Sie spürte, wie sich Lukes Arm um ihre Taille schob. »Ignorier ihn einfach. Wir lassen uns nicht von ihm den Tag verderben.«

»Du hast recht«, stimmte Kate ihm zu und gab ihm einen Abschiedskuss. Sie vermisste ihn schon, als sie sich daranmachte, Petruchio in den Wagenanhänger zu verfrachten. Sie war gerade fertig, als sie hinter sich ein vertrautes Parfum roch.

»Hallo, Kate.«

Sie drehte sich zu ihrer wie immer todschick in rote Seide gekleideten Mutter um. Doch ihre Augen waren traurig. Kate kämpfte gegen den plötzlichen Anflug von Schuldbewusstsein an. »Hi, Mum.«

Sarah lächelte. »Glückwunsch zur Schleife.«

»Danke.«

Das Schweigen schwoll an und füllte den Raum zwischen ihnen. Einst hatten sie alles geteilt, jetzt hatten sie schon mit einem höflichen Wortwechsel Mühe. »Tja, ich bringe Petruchio besser zurück zum Stall …«

»Komm nach Hause, Kate, bitte!« Sarah klang verzweifelt. »Das ist doch Wahnsinn. Wir dürfen nicht zulassen, dass etwas zwischen uns tritt.«

»Ich *will* auch nicht, dass irgendetwas zwischen uns tritt, Mum, aber du musst Luke akzeptieren.«

Sarah schüttelte den Kopf. »Ich kann nicht. Verlang das nicht von mir. Das ist unmöglich. Er ist nicht gut für dich …«

Jetzt schüttelte Kate den Kopf. »Du erwartest, dass ich tue, was du willst, aber du hast mir nicht einen guten Grund genannt. Warum bist du so gegen Luke? Er ist ein *guter* Mensch. Gib ihm eine Chance!« Sie wünschte sich so sehr, ihre Mutter würde verstehen.

»Kate, er passt hier nicht rein. Und das wird er nie. Sie werden ihn nicht akzeptieren. Du bist selbstsüchtig, wenn du ihn ermutigst zu bleiben ...«

Kate wich zurück. Sie wollte nichts mehr hören. Sarah wollte nach ihr greifen, doch Kate entzog sich ihr und rannte zur Tür des Wagens. Das Letzte, was sie sah, als sie davonfuhr, war ihre Mutter, die mit gesenktem Kopf und bebenden Schultern dastand. Kate konnte sich nicht erinnern, wann sie Sarah das letzte Mal weinen gesehen hatte.

Luke kletterte den Abhang zur großen Eiche hoch, Baronsmeres ältestem Baum. Kate war noch nicht da, und gleich würde die große Show beginnen. Er wählte ihre Nummer, bekam aber nur die Mailbox. Hoffentlich war sie schon auf dem Rückweg. Er lehnte sich gegen den Baum und blickte hinunter auf das noble VIP-Zelt. Dort waren nur Snobs zugelassen. Kein Champagner für das gemeine Volk. Aber nun würde ihre perfekte kleine Welt gestört werden, dank Duncan Gilroy – und Tim, der die Kosten dieses Teils des Protestes übernommen hatte. Er war ein bisschen der heimliche Rebell.

Luke sah auf seine Armbanduhr. Drei Uhr. Ganz pünktlich hörte er ein dumpfes Röhren in der Ferne. Es wurde lauter. Er richtete sich auf und spürte die Woge kalter Luft, als ein Helikopter über ihn hinwegflog und über dem Dorfanger kreiste. Kreischen war zu hören, als Pappbecher und

Einweggeschirr im Aufwind wirbelten und die Zelte gefährlich flatterten. Flugblätter regneten auf die Wiese herunter. Luke hob eines auf und las den leidenschaftlichen Appell an die Menschen, gegen die Bauvorhaben in Woodlands aufzustehen und für die betroffenen Anwohner und ihre Rechte zu kämpfen.

Als Luke über die Wiese blickte, sah er die hohen Tiere aus ihrem Zelt kommen, um nachzusehen, was da vor sich ging. Unter ihnen auch Grace, die fuchsteufelswild aussah. Sie musste ihren dämlichen Hut auf dem Kopf festhalten, damit er nicht vom Wind des kreisenden Helikopters weggeweht wurde. Luke fing ihren Blick auf und konnte nicht widerstehen, ihr zuzulächeln und kurz zu winken. Fest entschlossen, das Blickduell zu gewinnen, verspürte er große Befriedigung, als sie sich abwandte.

»Kiernans: eins; Stewarts: null«, murmelte er und drehte sich dann um, als er hinter sich Schritte auf den verstreuten Flugblättern knistern hörte. Doch zu seiner Überraschung war es nicht Kate, sondern Gavin. Luke ballte die Fäuste, als er daran dachte, was sein Cousin ihm gestern Abend an den Kopf geworfen hatte.

»Wartest du auf Kate?«, fragte Gavin. »Wahrscheinlich schiebt sie irgendwo eine schnelle Nummer. Sie ist ein Flittchen. Aber ein hochklassiges.«

Luke war fest entschlossen, sich nicht provozieren zu lassen. Dieses Mal verlor er nicht die Beherrschung. Doch Gavin schien auf Ärger aus zu sein. »Keine Ahnung, woher du die Nerven nimmst. Für normale Menschen wäre das nichts, was deine Leute so treiben. Aber wahrscheinlich kommt man so einfacher an ein Date.«

»Soll heißen?«, fragte Luke.

Gavin lächelte. »In der zivilisierten Welt vögeln wir nicht mit unseren Schwestern.«

Der Schock verschlug Luke die Sprache. Er spielte die Worte im Geiste noch einmal ab.

»Hast du mich gehört?«, fragte Gavin. »Jack ist Kates *Vater*.«

Luke brachte keinen Ton heraus. Seine Knie wurden weich.

»Aber vielleicht ist das auch gar nicht schlimm. Ich habe gehört, dass deine Mutter ganz schön herumgekommen ist, deswegen ist es gut möglich, dass du gar kein Stewart bist … Gott sei Dank.«

Gavin zwinkerte ihm zu und schlenderte pfeifend davon. Luke war schwindelig, er sank zu Boden. Dort blieb er sitzen, wie im Schock, gegen die große Eiche gelehnt, während die Protestflugblätter um ihn herumflatterten.

Sarah wollte allein sein. Ein Paar, das sich zu ihr hatte setzen wollen, hatte sie rüde angefahren. In diesem Fall war geteiltes Leid nicht halbes Leid. Daran konnte auch der Alkohol nichts ändern. Ihr Glas Wein war unberührt. Sie hatte versucht, in einer Flasche zu verschwinden, als Jack mit ihr Schluss gemacht hatte, doch es hatte nichts geholfen. Nur das Unausweichliche aufgeschoben. Baronsmere war klein, und sie konnte Jack nicht ewig aus dem Weg gehen. Jetzt gerade versuchte sie sich zu desensibilisieren, indem sie ihn beobachtete – aus diskreter Entfernung, damit sie nicht aussah wie eine traurige Stalkerin. Er wartete in der Schlange am Hotdog-Stand. Versuchte sich wie ein Durchschnittsbürger zu geben.

»Sarah …«

Gott, warum konnten die Leute sie nicht in Frieden lassen!

Sie blickte auf, um den Störenfried anzufahren. Es war Luke. Totenbleich hielt er sich am Tisch fest, als müsste er sich abstützen. Kate war nirgends zu sehen. Gott, hatte es etwa einen Unfall gegeben?

»Ist das wahr?« Lukes Stimme war kaum ein Flüstern.

»Was?«, fragte sie. In seinen Augen lag eine Verzweiflung, die ihr Angst machte.

»Ist Kate Jacks Tochter? Das hat Gavin mir gerade gesagt. Stimmt das?«

Wut auf Richard überkam Sarah, weil er sein Wort gebrochen und es Gavin erzählt hatte, aber dann begriff sie, dass dies Teil seines Planes sein konnte, um Luke loszuwerden. Auch sie wollte, dass Luke verschwand. Dies war eine gottgegebene Gelegenheit.

»Luke, es tut mir leid …« Sie sah den Funken Hoffnung in seinen Augen aufflammen und dann erlöschen. Die Schuld war erdrückend. Sie würde auf ewig mit ihr leben müssen. »Kate weiß es nicht«, fuhr sie fort. »Ich will es nicht. Ich … ich weiß nicht, wie Gavin es herausgefunden hat.«

»Um Gottes willen, Sarah! Warum haben Sie es nicht *mir* gesagt, bevor …«

»Ich habe versucht, Kate zu warnen«, protestierte Sarah, »aber sie dachte, ich hätte bloß Vorurteile. Das stimmt nicht, glaub mir. Ich habe nichts gegen dich, Luke, aber ich konnte Kate nicht die Wahrheit sagen. Oder Jack. Ich wollte nicht, dass er nur aus Pflichtgefühl bei mir blieb. Wenn du Kate liebst, dann sagst du es ihr auch nicht, Luke. Bitte.« Ein gemeiner Schachzug, der aber sicherstellen mochte, dass er den Mund hielt.

Seine Schultern hingen durch, sein Kopf war gesenkt. Es war offensichtlich, wie viel ihm an Kate lag, und Sarah spürte einen Kloß im Hals. Luke trauerte immer noch um seine Mutter, und jetzt das. Einen Moment lang geriet sie ins Wanken. Aber es war zu spät.

Luke hob den Blick, und jetzt lag Bitterkeit in seinen Augen. »Kate ist zwei Monate älter als ich. Sie haben Jack gevögelt, als er mit meiner Mam zusammen war. Ist das der Grund, warum sie gegangen ist?«

»Ich … ich weiß es nicht, Luke. Ich weiß nicht, warum Annie gegangen ist.«

Sie sah schnell zum Hotdog-Stand. Jack war immer noch dort. Luke folgte ihrem Blick und verließ dann abrupt den Tisch, um die Wiese zu überqueren. Voller Scham sah Sarah zu, wie Lukes Faust auf das Kinn seines Vaters traf. Jack taumelte rückwärts, wurde aber von zwei Umstehenden aufgefangen. Luke schrie etwas, drehte ich auf dem Absatz um und marschierte davon, mit halb wütender, halb unglücklicher Miene. Sarah war voller Selbsthass. »Oh Gott«, dachte sie, als ihr die Ungeheuerlichkeit dessen, was sie getan hatte, bewusst wurde. »Miststück«, beschimpfte sie sich selbst.

Er benötigte seine ganze Willenskraft, um sich auf das Fahren zu konzentrieren. Am Leben zu bleiben stand zwar nicht ganz oben auf Lukes Prioritätenliste, aber er wollte niemanden umbringen. Oder Tims Wagen zu Schrott fahren. Die Geschwindigkeitsbegrenzung hatte er bestimmt schon beim Verlassen des Dorfangers überschritten, nachdem er Jack geschlagen hatte. Nicht, dass er Angst davor hatte, wegen Körperverletzung verhaftet zu werden. Er hatte nur schnell weggewollt, um Abstand zwischen sich und die Stewarts zu bringen.

Es passte alles zusammen. Sarah war reumütig gewesen,

hatte schuldbewusst gewirkt. Das war sicher nicht gespielt, denn sie war beinahe nett zu ihm gewesen. Vielleicht hätten ihn Kates helles Haar und grüne Augen darauf bringen sollen. Jack hatte den Schlag verdient, der Dreckskerl, auch wenn Luke damit alle Brücken zu Matt abgebrochen hatte. Das tat ihm wirklich leid.

Glücklicherweise hatte Luke immer noch den Schlüssel zu Jacks Haus. Da er damit rechnen musste, dass jeden Moment jemand auftauchte, beeilte er sich, als er die dreißigtausend Euro aus dem Safe holte und sie in einer von Matts Sporttaschen verstaute. Die Hunde bellten. Wie gerne wäre er hingegangen und hätte sie ein letztes Mal gestreichelt, aber das konnte er nicht riskieren.

Zwanzig Minuten später war er zurück bei den Leightons und stopfte seine wenigen Habseligkeiten in die Sporttasche. Er versuchte, nicht zum ungemachten Bett zu sehen, nicht an Kate und an das zu denken, was er nicht haben konnte. Er hinterließ keine Nachricht. Er würde ihr eine Abschieds-SMS schreiben, sobald er weit genug weg war. Einfach so, ohne ein Wort aus ihrem Leben zu verschwinden, das konnte er nicht. Auch Tim würde er schreiben, um ihm zu sagen, wo er den Wagen abgestellt hatte. Er hielt einen Moment inne und blickte sich traurig um, bevor er schließlich die Tür zu seinem kurzen Aufenthalt in Baronsmere und seinem noch kürzeren Leben mit Kate zuschlug.

Und was jetzt? Seine langfristige Zukunft bedeutete ihm nicht viel. Er war sich nicht mal sicher, ob er eine hatte. Er überlegte, was er Gutes mit dem Geld tun konnte, und plötzlich fiel ihm Jessie ein. Darüber nachzudenken half ihm, fokussiert zu bleiben und sein Ziel heil zu erreichen.

Er hielt den Wagen an und starrte geradeaus. Er war müde

und hatte schreckliches Heimweh. Er konnte – wollte – nicht länger weglaufen. Das Schild vor ihm war seltsam tröstlich. *»Willkommen in Holyhead Hafen«.*

Matt betrat das Erste-Hilfe-Zelt mit ängstlicher Miene. Maggie hatte darauf bestanden, ihn über die Lautsprecher auszurufen, und Jack stand zu sehr unter Schock, um zu protestieren.

»Mein Gott, Dad! Was ist das denn passiert?«

»Ich wurde attackiert«, murmelte Jack, der zusammengesunken auf einem Stuhl saß, einen Eisbeutel ans Kinn gepresst.

»Von wem?«, wollte Matt wissen.

»Luke.«

»Wie bitte?«

Jack war nicht in der Stimmung, ins Detail zu gehen. Das Sprechen tat ihm weh. »Luke hat mich geschlagen – ohne jeden Grund«, brachte er heraus.

»Eigentlich war es wegen Annie«, meldete sich Maggie zu Wort. »Es heißt, er hätte gesagt: ›Das ist für meine Mam‹.«

Jack warf ihr einen finsteren Blick zu. Sie zuckte die Achseln. »Ich sag ja nur, dass das der Grund war.«

Matt sah verwirrt aus. Und ungläubig. So wie die Beziehung zwischen ihnen stand, hätte er Luke wohl am liebsten für die Heiligsprechung vorgeschlagen. »Aber warum jetzt?«, fragte er. »Luke ist doch schon länger hier, und du hast ihm zuvor reichlich Anlass gegeben, dir eine reinzuhauen …«

»Oh, *vielen* Dank!«, fauchte Jack. »*Ich* bin hier der Geschädigte, Matt. Buchstäblich.«

»Unsinn. Das war nur ein Klaps.« Maggie zog Jacks Hand

mit dem Eisbeutel vom Kinn weg und begutachtete den Schaden. »Man sieht ja kaum was. Am meisten wurde Ihr Stolz verletzt. Dieser Junge wiegt doch so gut wie nichts. Er hat Sie nur überrascht.«

»Die Sanitäterin sagt, ich könne von Glück sagen, dass ich keinen Zahn verloren habe«, erklärte Jack, doch niemand zeigte Interesse.

»Matt, such Luke«, sagte Maggie. »Sieh nach, wie es ihm geht … irgendetwas muss passiert sein, das ihn so in Rage versetzt hat. Etwas, das mit seiner Mutter zu tun hat. Der Junge trauert noch, das wisst ihr doch …«

Jack hoffte, dass Maggie nur übervorsichtig war. Luke war empfindlich und aufbrausend, aber er würde doch nichts Dummes tun.

Matt zückte sein Mobiltelefon. »Ich rufe Kate an. Sie ist die Erste, an die Luke sich wenden würde.«

Fünf Stunden später gab es immer noch keine Spur von Luke, und Kate war außer sich vor Sorge. Zunächst waren alle davon überzeugt gewesen, dass er sich bei ihr melden würde, aber bisher kein Wort, keine Nachricht. Inzwischen war sie so oft durch Baronsmere gekurvt, dass ihr schwindelig wurde. Luke schien wie vom Erdboden verschluckt. Jetzt wurde es dunkel und kalt, und sie hoffte, dass er Unterschlupf gefunden hatte, wo auch immer.

Auf dem Parkplatz des Dorfangers traf Kate sich wie verabredet mit Tim, Matt und Al. Am Nachthimmel strahlte das Feuerwerk, das große Finale am Maitag, und ihre besorgten Gesichter schimmerten in einem geisterhaften Grün. Keiner von ihnen hatte Luke gefunden.

»Dad fährt in Hadleigh und Marsham herum, nur für den

Fall«, berichtete Matt den anderen. »Er meinte, er wäre fit genug dafür.«

Viel Hoffnung hatten sie nicht – Luke kannte keines dieser Dörfer –, aber Kate wusste Jacks Bemühungen zu schätzen.

»Sollen wir hierbleiben und die Menschenmenge absuchen, wenn sie sich nach dem Feuerwerk zerstreut?«, schlug Tim vor.

Kate antwortete mit einem halbherzigen Nicken. Luke war so aufgebracht gewesen, dass er seinen Vater geschlagen hatte. Es war wohl kaum wahrscheinlich, dass er sich das Feuerwerk angesehen hatte.

»Willst du nach Hause, Kate?«, fragte Matt. »Du siehst fertig aus. Vielleicht kehrt Luke ja dorthin zurück, wenn er sich abgeregt hat.«

Kate schüttelte den Kopf. »Ich muss etwas tun, Matt. Sehen wir uns noch ein letztes Mal um und entscheiden dann, was wir als Nächstes tun.«

Im trüben Abendlicht sah der Dorfanger fremd aus. Schnell sahen sie in den Festzelten nach, in denen die Freiwilligen Stühle stapelten und Kartons packten. Tony Hayes winkte sie zu sich. »Zu Essen gibt's leider nichts mehr. Wie geht's Jack? Der wird wohl morgen einen schönen blauen Fleck haben.«

Matt seufzte. »Das ist die kleinste unserer Sorgen, Tony. Wir können Luke nicht finden.«

»Tut mir leid, das zu hören. Ich schätze, der lässt sich erst mal eine Weile nicht blicken.« Tony sah ehrlich besorgt aus. »Habt ihr Sarah gefragt, was ihn so aufgeregt hat?«

»Meine Mum?«, fragte Kate erstaunt.

»Babs sagte, sie hätte Luke mit Sarah reden sehen; ein paar

Minuten, bevor er zu Jack marschiert ist und ihm eine gezimmert hat.«

Hatte ihre Mutter Luke dazu provoziert? Zumindest war es ein neuer Hinweis, dem man nachgehen konnte, doch die Antwort war möglicherweise der letzte Nagel zum Sarg für Sarahs und Kates Beziehung.

Kate eilte durch alle Zimmer, doch das Cottage war leer.

»Ich mache uns Kaffee«, sagte Matt. »Dann überlegen wir, was wir tun.«

Kate versuchte es auf dem Handy ihrer Mutter, aber das war immer noch ausgeschaltet. Seit ihrem Auszug hatte Sarah ihr jeden Tag Nachrichten hinterlassen und SMS geschickt, von denen sie keine einzige beantwortet hatte. Vielleicht hätte Kate besser daran getan, sich zurückzumelden. Die Tränen ihrer Mutter heute schienen echt gewesen zu sein. Kates Unversöhnlichkei hatte Sarah dazu getrieben, etwas zu Luke zu sagen, das ihn so aufgewühlt hatte – etwas über Jack. *Das sieht meiner Mum ähnlich.*

Während sie Kaffee tranken, versuchte Kate das Puzzle zusammenzusetzen.

»Ich habe das Gefühl, wir übersehen etwas«, sagte sie. »Schauen wir uns mal die Fakten an. Luke redet mit meiner Mum, dann geht er schnurstracks zu Jack, haut ihm eine rein und sagt, es wäre für Annie.«

»Ja und?« Matt, der offensichtlich Mühe hatte, wach zu bleiben, rieb sich die Augen.

Auch Kate war erschöpft, doch der Gedanke, dass Luke irgendwo allein da draußen war, hielt sie wach.

»Meine Mum muss ihm erzählt haben, dass Jack Annie auf irgendeine Art verletzt hat.«

»Dad hätte Annie nie verletzt. Er hat sie geliebt.«

Auch wenn Kate es nicht wahrhaben wollte, ihre Mutter hätte alles gesagt, um Luke das Leben schwer zu machen. Matt sagte, Jack hätte Annie geliebt, und alles, was sie von anderen hörte – Maggie, Barbara –, schien das zu bestätigen. Aber hieß das auch, dass Jack unschuldig war?

»Der Aktenschrank meiner Mum«, sagte sie nachdenklich.

»Was?«

»Der Aktenschrank im Arbeitszimmer. Er ist immer abgeschlossen.«

»Ich verstehe nicht …«

»Ich auch nicht, Matt! Ich greife nach Strohhalmen, aber falls Mum etwas über Jack gewusst hat, oder über Annie oder was auch immer, dann gibt es da vielleicht … nur vielleicht … eine Spur.« Sie stellte den Kaffee ab und stand auf. »Und wenn nichts dabei rauskommt, schlagen wir so wenigstens ein bisschen Zeit tot.«

Zehn Minuten später hatte Kate immer noch nicht die Schlüssel zum Aktenschrank gefunden. Das konnte nur eines bedeuten …

»Matt, kannst du das Ding aufbrechen? Mum muss den Schlüssel bei sich haben.«

Er machte ein entsetztes Gesicht. »Kate, das kann ich nicht machen …«

»Bitte! Ich übernehme die Verantwortung. Je mehr ich darüber nachdenke, desto überzeugter bin ich, dass sie etwas verheimlicht, Matt. Als ich das letzte Mal hierherkam, hat sie den Aktenschrank ganz schnell zugeschlagen. Und total schuldbewusst ausgesehen. Damals habe ich mir nichts dabei gedacht, aber ich habe es mir nicht nur eingebildet, das weiß ich genau.«

»Wieso glaubst du, dass ich ihn aufbekomme?«, fragte Matt.

»Du schaffst alles.« Sie schenkte ihm ihr schönstes Lächeln.

Er seufzte. »Und so beginnt mein Leben als Krimineller. Wo ist der Werkzeugkasten?«

Kates Blick verschwamm. Sie war den Inhalt der beiden obersten Schubladen durchgegangen und hatte nur Geschäftliches gefunden: Rechnungen, Kontoauszüge, Versicherungsunterlagen.

»Ich fühle mich sehr unwohl dabei, Kate«, rief Matt aus dem Wohnzimmer, von wo aus er die Einfahrt im Auge behielt, falls Sarah zurückkam. Dann würde Kate einfach sagen, sie hätten einen Einbrecher gehört. Ob Sarah ihr glaubte oder nicht, war Kate inzwischen schnurzegal.

»Ich bin bei der letzten Schublade«, rief sie zurück.

Die unterste Schublade sah vielversprechend aus. Briefe von Kates Großmutter in Spanien, ein paar Urlaubsschnappschüsse, Beurteilungen von Kates Lehrern – die hätte sie sich gerne näher angesehen, aber dazu war jetzt keine Zeit. Ganz hinten aus der Schublade zog sie einen Ordner mit der Aufschrift »Jacksohn« auf dem Umschlag. Der Begriff sagte ihr nichts. Sie öffnete ihn und etwas flatterte zu Boden. Das Foto eines kleinen Jungen. Als sie es aufnahm, schien Kates Herz – und die Zeit – auszusetzen. Sie hielt das Foto in der Hand und starrte es ungläubig an, bis plötzlich Matt da war. Hatte sie etwas gerufen? Sie wusste es nicht. Alles, was sie wusste, war, dass ihre Welt gerade zusammengebrochen war. Der Ordner lag dort, wo sie ihn fallen gelassen hatte. Jacksohn. Jack – Sohn.

Es war früher Sonntagmorgen und die Fähre gerammelt voll mit Feiertagsurlaubern. Da kein Platz mehr zu finden gewesen war, saß Luke auf dem Boden, angelehnt an die Wand des Gangs zwischen einem der Aufenthaltsräume und der Cafeteria. Er klaubte ein Magazin vom Boden auf und legte es auf seine Knie, konnte sich aber nicht aufs Lesen konzentrieren. Was für ein Riesenmist. Den Wagen hatte er in Holyhead stehen lassen müssen, weil die Fähre ausgebucht war und es nur noch Karten für Fußpassagiere gab. Und für die Fähren am nächsten Tag auch. Vielleicht wäre es besser gewesen zu fliegen, aber am Flughafen waren die Sicherheitsmaßnahmen bestimmt strenger, und er würde nur ungern erklären müssen, warum er dreißigtausend Euro in bar mit sich trug. Ganz zu schweigen von einer wertvollen Halskette.

Er dachte an Kate und an ihre Liebe. So kurz und doch so stark. Er wollte nicht vergessen, aber die Erinnerung tat zu weh: an ihr Lächeln, die liebevolle Art, wie sie ihn betrachtete, wenn er morgens aufwachte, ihre Angewohnheit, ihm sanft das Haar aus dem Gesicht zu streichen. Er holte sein Handy heraus und stellte es an. Gott, so viele SMS. Von Kate, von Matt, von Tim. Keine von Jack, natürlich nicht. Warum traf ihn das? Seine Finger schwebten über Kates Nummer. Es war so verlockend, aber was sollte er ihr sagen? »Hallo Kate, tut mir leid, dass ich abgehauen bin, aber ich habe gerade herausgefunden, dass du meine Schwester bist.«

Wenn er daran dachte, wie sie miteinander geschlafen hatten, wurde ihm übel. Das wollte er ihr ersparen. Er stellte das Telefon wieder aus, zog die Knie an die Brust und legte den Kopf auf die verschränkten Arme wie auf ein Kissen. Er fühlte sich elend. Feuchtigkeit sickerte in seinen Ärmel, und instinktiv fuhr seine Hand an sein Gesicht, um die Tränen wegzuwischen. Endlich, nach zehn Jahren, weinte er.

Es war fast neun, und die dämlichen Kirchenglocken läuteten, als Sarah nach Hause kam. Erwartete der Vikar tatsächlich, dass die Leute kamen, nachdem sie sich den ganzen gestrigen Tag vollgefressen und gezecht hatten? Die meisten würden sich genauso fühlen wie sie – hundsmiserabel. Alles, was sie wollte, war eine Dusche und Schlaf.

Sie hatte die Nacht mit Justin Somerville verbracht, einem Unternehmer aus der Gegend. Er hatte sich auf der Festwiese an sie herangemacht, bevor sie ganz in ihrer Weinflasche hatte verschwinden können. Er hatte gesagt, er wäre ihr weißer Ritter und dass sie am Maitag nicht allein sein dürfe. Im Alkoholrausch war es so einfach gewesen, ihm die Führung zu überlassen, aber dann, bei ihm zu Hause, konnte sie die Gedanken an das, was sie zu Luke gesagt hatte, nicht ausblenden, was dann doch auf die romantische Stimmung gedrückt hatte.

Sie dachte an gestern Abend. Nun würde Luke doch sicher gehen müssen? Aber was war mit Kate? Würde sie über Luke hinwegkommen, oder hatte Sarah das Leben ihrer Tochter ruiniert? Den Tränen nahe bettete sie die Stirn auf das Steuer. Aber weinen würde auch nicht helfen. Sie sollte an das Positive denken. Kate mochte es ihr jetzt noch nicht danken, aber auf lange Sicht war es das Beste, wenn Luke aus ihrem Leben verschwand. Sarah stieg aus dem Auto. Erst mal ein schönes heißes Bad und dann ins Bett.

Als sie in die Küche kam, wäre sie vor Schreck fast in Ohnmacht gefallen, als sie Matt in voller Lebensgröße am Tisch sitzen sah. Er war unrasiert und sah erschöpft aus. Sarahs Magen machte beim Anblick seiner ernsten Miene einen Satz. Lieber Gott, mach, dass Kate nichts zugestoßen ist. Sie sank auf den Stuhl ihm gegenüber. »Stimmt was nicht, Matt?«

Er sah sie an, als wäre sie gerade unter einem Stein hervorgekrochen. »Was du gestern zu Luke gesagt hast, stimmt nicht.«

Also hatte Luke geredet. Die Katze war aus dem Sack. Wie kam sie da wieder heraus?

»Gestern? Habe ich mit Luke gesprochen? Ich kann mich nicht erinnern. Ich hatte ziemlich viel getrunken …«

»Erzähl mir nicht, dass du dich nicht mehr erinnerst.« Matts Stimme war kalt, hart. »Du hast dich mit Luke unterhalten, kurz bevor er Dad geschlagen hat. Warum hast du das getan, Sarah?«

Ihr Herz hämmerte. Am frühen Morgen so drangsaliert zu werden war das Letzte, was sie brauchte. »Es war nicht meine Schuld. Gavin war derjenige, der Luke gesagt hat, dass Kate Jacks Tochter ist.«

Das Entsetzen in Matts Gesicht sagte ihr, dass sie einen Fehler gemacht hatte. »Du wusstest es nicht, oder? Du hast mich ausgetrickst, du Mistkerl. Raus hier.« Und den Job im *Foresters* konnte er auch vergessen. Sie war fertig mit den Stewarts.

Doch Matt ging nicht. »Luke ist fort«, sagte er leise.

»Tja, das tut mir kein bisschen leid. Er hat hier nicht hingepasst. Und er hat nicht zu Kate gepasst.« Er würde sie für ein Biest halten, aber das war ihr egal. Sie hatte nur ihre Tochter beschützt.

»Kate ist auch weg«, sagte Matt.

»Was?« Sarah drehte sich der Magen um.

»Weg«, wiederholte Matt. »Wenn ich sie wäre, würde ich dich nie wieder sehen oder mit dir reden wollen. Du hast ihr Leben zerstört. Sie sagte, sie könnte nicht ohne Luke leben.«

Sarah fühlte ihre Sinne schwinden. »Matt, was redest du da? Kate würde nichts Dummes tun – das würde sie nicht!«

»Wer weiß, was in ihr vorging? Sie liebt Luke. Er ist fort. Sie ist bestimmt gerade völlig fertig.«

Sarah geriet in Panik. Ihr kleines Mädchen war weg. »Hol sie zurück, Matt, hol sie zurück!«, hörte sie sich selbst sagen. »Es ist nicht wahr. Jack ist nicht ihr Vater … aber ich habe Luke gesagt, dass er es ist. Ich wollte nicht, dass sie zusammen sind. Es tut mir so leid.«

»Und was ist *damit?* Tut dir das auch leid?« Matt fasste in seine Jacke und zog ein Foto hervor, das er ihr über den Tisch hinweg zuschob. Oh mein Gott, nein …

»Woher … woher hast du das?«, fragte sie.

»Was viel interessanter ist: Woher hast du es?«, fragte Matt. Die Art, wie er sie ansah, war mehr, als sie ertragen konnte. Als wäre sie Abschaum. Und vielleicht war sie das auch.

»Das ist Luke, nicht wahr?«

Sarah blickte auf das Foto vor ihr und dem Jungen mit den üppigen dunklen Locken und den riesigen, traurigen Augen, der dem Mann, zu dem er geworden war, so verblüffend ähnlich sah. Sarah öffnete den Mund, um zu lügen, aber Matt griff erneut in seine Tasche und legte ein Blatt Papier auf den Tisch.

»Und das«, sagte er. »Ein Brief, den Annie geschickt hat, vor zehn Jahren, in dem sie Claire anfleht, sich für sie einzusetzen und Dad um Hilfe zu bitten. Doch er hat ihn nie zu Gesicht bekommen, und ich nehme mal an, Claire auch nicht. Woher hast du den, Sarah?«

»Hat Kate ihn gesehen?«, flüsterte sie.

»Warum, glaubst du, ist sie gegangen?«

»Oh, Gott!«

»Sag es mir, verdammt! Wie bist du da drangekommen?«

Sarah zitterte vor Aufregung. So lange schon bewahrte sie dieses Geheimnis, dass es ihr schwerfiel, es preiszugeben.

»Natürlich könnte ich damit zur Polizei gehen«, sagte Matt. »Damit die sich darum kümmert. Vielleicht können sie dir nichts nachweisen, aber wenn alles vorbei ist, kriegst du hier kein Bein mehr auf die Erde. Sag mir die Wahrheit, und es bleibt in der Familie, ich verspreche es.«

Das war wahrscheinlich der beste Deal, den Sarah je bekommen würde. Jack hatte sie schon verloren, was er dachte, war nicht mehr wichtig. Aber wenn Kate erfuhr, dass sie reinen Tisch gemacht hatte, sprach es vielleicht zu ihren Gunsten. »Könnte ich einen Kaffee haben? Dann erzähle ich dir, was passiert ist.«

»Annie hat diesen Brief an Claire geschickt«, sagte Sarah und nahm einen Schluck Kaffee. »Aber Richard … hat ihn abgefangen.«

»Warum?«

»Er sagte, er müsse verhindern, dass sie zurückkommt. Deine Großeltern würden es nicht wollen. Jack hatte es so schlimm getroffen, als sie ging …«

»Erspare mir die altruistischen Motive«, sagte Matt spöttisch. »Das kaufe ich dir nicht ab. Annie schrieb Jack von Luke und wollte, dass er sich um ihren gemeinsamen Sohn kümmert. Und das hätte er auch getan, wenn er den Brief bekommen hätte.«

Sarah nickte. »Ich weiß. Richard sagte mir, er würde nach Irland reisen und Annie sagen, Jack wäre jetzt in einer Beziehung mit mir. Und dass er Luke nicht zu sich nehmen wollte.«

»Warum hat er dich da mit hineingezogen?«

Sarah sah aus dem Fenster, um Matts kritischem Blick zu

entgehen. Diese Erinnerungen an längst Vergangenes wieder zu wecken war schmerzlich. »Vor zwanzig Jahren sind Richard und ich uns nähergekommen …«

»Hast du ihn gevögelt?«, fragte Matt, und der Abscheu in seiner Miene war nicht zu übersehen.

Das grobe Wort schockierte sie so, dass sie nickte. »Kaum hatte es begonnen, war es schon wieder vorbei. Aber als der Brief kam, hat Richard ihn mir gezeigt … Er wollte, das ich ihm Annies Halskette gebe.«

»Die mit den Saphiren und den Diamanten?«, fragte Matt.

»Woher weißt du das?«

»Die hat Luke immer noch. Dad konnte sich nicht erklären, wie Annie drangekommen ist. Hast du sie ihm geklaut?«

»Nein!« Aber Richard und sie hatten es hingenommen, also hatte Matt recht. Sie machte sich etwas vor, wenn sie es leugnete. »Jack gab sie deiner Großmutter für eine Auktion. Richard hat die Kette ›gerettet‹, bevor sie die einzelnen Stücke durchgesehen hatte. Er wusste, dass sie mir immer gefallen hatte. Das sind Ceylon-Saphire, weißt du. Beste Qualität.« Richard hatte gewollt, dass sie sie trug, wenn sie mit ihm im Bett war. Wahrscheinlich war es erregend für ihn, daran zu denken, wie er sowohl Jack als auch Grace ausgetrickst hatte. »Er wollte Annie die Kette geben und sagen, dass Jack sie ihr schickte, damit sie sie verkaufen oder damit tun konnte, was sie wollte. Um ihr zu verstehen zu geben, dass Jack einen Schlussstrich unter ihre Ehe gezogen hatte und sein Leben weiterlebte.«

»Hat Richard das alles ganz allein geplant?«

»Na ja …«

Eine halbe Stunde später hatte sie Matt alles gebeichtet. »Weiß Richard, warum Annie gegangen ist?«, fragte er.

»Mir hat er gesagt, er weiß es nicht. Bitte, hilfst du mir jetzt, Kate zu suchen, Matt? Wo kann sie denn hingegangen sein?«

»Kate geht es gut. Sie ist bei Tim.«

Sarah wurde schwach vor Erleichterung, dann überkam sie Wut. »Du hast mich angelogen!«

»Das fühlt sich nicht schön an, was? Vielleicht hättest du daran denken sollen, bevor du das vor Dad verheimlicht hast – bevor du Claire betrogen hast. Wie konntest du ihr das antun?«

Was verstand Matt, der sich kaum je zweimal mit demselben Mädchen traf, denn schon von unerwiderter Liebe? »Ich weiß, dass es das nicht besser macht, aber sie sollte es nie erfahren. Sie hatte mehrere Fehlgeburten. Ich dachte, Richard würde sich bei mir Trost holen. Ich war schwach und verletzlich – und einsam. Die Ehe auf dem Papier mit Martin hatte nur ein paar Monate gehalten.«

Matt sah aus, als würde ihm übel. Sie fragte sich, ob sie je wieder den lächelnden, scherzenden Matt zu Gesicht bekommen würde, den sie so gut kannte. »Was wirst du nun tun?«, fragte sie ihn.

»Luke Gerechtigkeit verschaffen. Und Annie. Ich denke, das haben sie verdient, findest du nicht?«

Sie nickte und schloss die Augen. Die Stewarts waren ihr nicht mehr wichtig. Jetzt zählte nur noch Kate.

»Sarah … Sarah?« Matt klang aufgeregt. »Was du über Martin gesagt hast … Wer ist wirklich Kates Vater?«

Oh Gott. Nicht auch das noch. »Martin ist ihr Vater«, sagte sie. Aber es war zu spät. Sie hatte bereits zugegeben, dass sie nie als Mann und Frau zusammengelebt hatten.

»Es ist Richard, richtig?«

»Matt, bitte, sag es keinem, verrate es nicht. Um Kates willen. Ich will nicht, dass sie erfährt, wer ihr Vater ist, niemals. Sie würde mich hassen. Richard weiß nicht mal, dass sie von ihm ist. Er hat mich einmal danach gefragt, aber ich geriet in Panik und sagte ihm, ich hätte eine kurze Affäre mit Jack gehabt und dass Kate seine Tochter wäre. Richard hat es mir abgenommen.

Er wusste, dass ich schon immer auf deinen Vater stand. Wahrscheinlich hat er es seinem vertrottelten Sohn erzählt, gestern oder noch früher. Die beiden haben sich bestimmt kaputtgelacht.«

»Deswegen wolltest du nicht, dass Kate und Luke zusammen sind! Wenn du nicht versucht hättest, sie auseinanderzubringen, dann wäre Richard daraufgekommen, dass nicht Jack der Vater ist – sondern er.«

Sarah nickte. »Er hatte mich gebeten, diesen Brief und das Foto zu verbrennen. Jetzt verstehe ich natürlich, dass ich das auch hätte tun sollen, aber ich habe sie als Versicherung behalten, falls Richard es je herausfinden und versuchen sollte, ein Teil ihres Lebens zu sein.«

»Du hast Kate mit Gavin ausgehen lassen!«

»Sie hatte ein Date mit ihm … Ich war damals auf Reisen und wusste nichts davon. Gott sei Dank war es vorbei, bevor es begann. Matt, du wirst es doch niemandem sagen?«

»Mein Dad hat das Recht, es zu erfahren«, sagte Matt, »und wenn wir es für uns behalten, dann nur, um die Menschen zu schützen, die wir lieben.«

Er verließ die Küche ohne ein weiteres Wort.

Jack war bei seiner dritten Tasse Kaffee, als Matt eintraf. Es war nun eine Woche her, dass sein Sohn zu Hause ausgezogen war, und Honey stürzte sich wie eine Wilde auf ihn. »Gibt's was Neues?«, fragte Jack.

»Viel. Aber keine Spur von Luke.« Matt setzte sich und goss sich Kaffee ein. Er sah mitgenommen aus. Schlimmer als Jack, dessen Kinn blau angelaufen war und immer noch höllisch wehtat. »Aber ich weiß jetzt, warum er dich geschlagen hat.«

»Geistige Verwirrung?«, schlug Jack vor.

»Sarah hat ihm erzählt, du wärst Kates Vater.«

»Was? Herrgott! Matt, ich schwöre dir …«

»Entspann dich, Dad. Ich weiß, dass es nicht stimmt. Das hat Sarah nur gesagt, um Luke und Kate auseinanderzubringen. Aber Luke weiß das nicht. Ich habe ihm gesimst und versucht ihn anzurufen, aber sein Handy ist aus. Wir fahren heute wieder los, um nach ihm zu suchen, aber da ist noch was …«

Matt holte ein Foto aus der Jackentasche und schob es über den Tisch.

Jack starrte es an. »Das ist Luke.«

Matt nickte.

»Gott, er ähnelt Annie so sehr. Woher hast du das?«

»Sarah hatte es – seit zehn Jahren.«

Jack runzelte die Stirn. »Ich verstehe nicht.«

»Dieses Foto wurde an Claire geschickt, zusammen mit einem Brief. Den sie nie erhalten hat. Richard fand ihn, öffnete ihn und hat ihn ihr vorenthalten.« Er reichte Jack ein vergilbtes Stück Papier. »Jetzt halt dich fest, Dad.«

Jack erkannte Annies kleine, säuberliche Handschrift sofort. Mit einem wachsenden Gefühl von Schmerz und Wut las er das, was seine Frau geschrieben hatte.

Liebe Claire,

du bist sicher überrascht, nach all der Zeit von mir zu hören, und ich weiß, dass mein Weggang ein Schock für dich gewesen sein muss. Es tut mir leid, dass ich mich nicht von dir verabschiedet habe. Ich hatte keine andere Wahl, auch wenn es mir das Herz gebrochen hat, vor allem Matt zu verlassen.

Ich schreibe dir nun, weil ich verzweifelt bin und nicht weiß, was ich sonst tun soll. Als ich Jack verließ, wusste ich nicht, dass ich schwanger bin. Mein Sohn Luke ist jetzt zehn. Ich lege ein Foto von ihm bei. Er ist ein guter Junge, sehr intelligent, und er liebt Fußball.

Wir schlagen uns mehr schlecht als recht durch. Ich habe versucht, uns beiden ein Heim zu schaffen, aber ohne Ausbildung ist es schwierig, Arbeit zu finden, vor allem wenn man ein Traveller ist. Ich will nicht zu sehr ins Detail gehen, aber ich hoffe, du glaubst mir einfach, wenn ich sage, dass ich um Lukes Sicherheit fürchte.

Deswegen glaube ich, dass er bei seinem Vater leben sollte, auch wenn es mir das Herz bricht. Ich weiß, es ist ein Schock für dich und für Jack sicher auch. Ich hätte ihm schon früher von Luke erzählen sollen, aber ich hatte Angst, er könnte ihn mir wegnehmen. Ein Gericht würde vermutlich finden, dass Jack ihm ein besseres Leben bieten kann. Jetzt weiß ich, dass er bei Jack sicherer ist als bei mir. Ich bin mir sicher, dass Matt und Luke sich gut verstehen werden. Matt hat immer gesagt, dass er sich einen Bruder wünscht.

Bitte, Claire, redest du mit Jack? Versuch ihn zu überzeugen. Ich habe Angst, dass er mich dafür hasst, dass ich einfach so verschwunden bin, und mir nicht zuhört.

Ich habe eine Freundin, Jessie, die auf einem Stellplatz für

Traveller lebt, an diese Adresse, die oben auf dem Brief steht, kannst du mir zurückschreiben. Ich hoffe, dass das bald ist, und dass du mir antwortest, dass Jack Luke bei sich aufnehmen wird. Bitte, vertrau mir, Claire, es ist dringend. Ich setze jetzt alle meine Hoffnungen in dich.

Deine dich liebende Freundin
Annie

»Oh mein Gott«, stöhnte Jack, als er den Brief zu Ende gelesen hatte. »Sie wollte, dass ich Luke nehme. Und ich wusste es nicht.«

»Es tut mir so leid, Dad.«

Als Matt begann, Jack zu berichten, was Sarah ihm erzählt hatte, war es mehr als Wut, was Jack in diesem Moment empfand. Hätte er Richard jetzt in die Finger bekommen können, hätte Jack womöglich ein Verbrechen begangen. Doch unter der Wut war auch ein Gefühl von Verlust, von Trauer. Von Unglauben und noch größerer Verwirrung. Dieser Brief warf mehr Fragen auf, als er beantwortete.

»Richard hatte Vorkehrungen für Annie getroffen – eine monatliche Zahlung«, fuhr Matt fort. »Genug, damit sie irgendwo in Irland etwas Anständiges mieten und für Luke sorgen konnte. Laut Richard hat sie sich damit zufriedengegeben, weil sie nicht nach Baronsmere zurückkommen wollte – sie brauchte bloß Geld. Ich glaube, er hat gelogen, und ich bezweifle, dass sie etwas von dem Geld gesehen hat. Luke hat mir erzählt, dass Joe und Liam immer flüssig waren, aber nie etwas abgegeben haben. Da liegt es nahe, woher sie die Kohle hatten.«

Jack erhob sich und begann in der Küche auf und ab zu gehen. »Annie muss wirklich verzweifelt gewesen sein, wenn sie bereit war, Luke herzugeben. Aber wo hat Richard das Geld hergenommen? Ich kann nicht glauben, dass er es aus eigener Tasche bezahlt hat. Wenn er Firmengelder hinterzogen hat, habe ich ihn an …«

Matt schüttelte den Kopf. »Er hat nichts Illegales getan. Richard war nur die Marionette.«

»Und wer zog die Fäden?« Doch er kannte die Antwort auf seine Frage bereits.

»Gran. Richard hat ihr von dem Brief berichtet. Sie wollte sich nicht die Finger schmutzig machen und sagte ihm, er solle die Sache so regeln, wie er es für richtighielt. Solange Annie nicht zurück nach Baronsmere kam.«

Jack setzte sich wieder. Ihm war speiübel.

»Dad, sie muss Annie wirklich gehasst haben, wenn sie sich so viel Mühe gemacht hat.«

»Grace Stewart ist ein oberflächlicher Snob, sie würde jeden opfern, um ihren Ruf zu wahren. Annie war zehnmal so viel wert wie sie.«

Matts Handy klingelte. »Tim«, formte er mit den Lippen und übermittelte das Gespräch dann in Bruchstücken. »Luke hat Kate gerade eine SMS geschickt. Er sagt: ›Tut mir leid‹ … Tim hat er auch gesimst … Scheiße! Scheiße! Tim, ich bin bei meinem Vater zu Hause. Du und Kate, ihr müsst sofort herkommen!«

Er stellte das Handy aus und rannte aus der Küche. Jack rief ihn, während Matt die Treppe hinauftrampelte. Als er nicht antwortete, folgte Jack ihm in sein Schlafzimmer, wo Matt vor dem offenen Safe stand.

»Was ist los, Matt? Was ist passiert?«

»Dad, wir müssen zu Luke. Ich weiß, wo er ist. Luke hat

Tim gesimst, dass er Betsy – das ist Tims Auto – in Holyhead abgestellt hat.«

»Das klingt, als wäre er nach Hause gefahren. Wo ist das Problem?«

Matt umklammerte die Tischkante. »Dad, dein Sohn ist allein, deprimiert, und zwei Psychopathen sind auf der Suche nach ihm, weil er ihnen dreißigtausend Euro gestohlen hat.«

Wie viel konnte Jack noch ertragen? Sie saßen wieder am Küchentisch, zusammen mit Tim und Kate, und Matt erzählte ihnen von Lukes gebunkertem Geld. Das erklärte immerhin, warum er so empfindlich wegen des Koffers gewesen war.

»Hat er denn vor, das Geld seinen Onkeln zurückzugeben?«, fragte Tim, der gerade Toast futterte. Er war der Einzige von ihnen, der noch Appetit hatte.

»Oh Gott, er muss sich von denen fernhalten!«, rief Kate ängstlich. Es war das erste Mal seit einer Ewigkeit, dass sie sich zur Wort meldete. Sie hatte zutiefst erschüttert ausgesehen, als Matt ihr von Sarahs Lügen berichtet hatte. »Lukes Onkel haben ihn fast umgebracht«, schluchzte Kate. »Deswegen waren er und Annie auf der Flucht.«

»Was?« Jack fühlte sich einer Panik nahe. Alle seine so bequemen Vorurteile über Luke – und Annie – gerieten eines nach dem anderen ins Wanken. Zwar hatte er Joe und Liam im Verdacht gehabt, sich aber nie die Mühe gemacht, dem nachzugehen. Fakten führten nur allzu schnell zu Taten. Aber es war kaum überraschend, dass alle anderen so viel mehr wussten als er. Jack war der Letzte, dem Luke sich anvertraut hätte.

»Sie … sie haben ihn so schlimm verprügelt, dass er im Krankenhaus gelandet ist«, brachte Kate unter Tränen heraus.

»Dann hat Emer also richtig gelegen«, murmelte Jack.

»Sie haben Luke *jahrelang* misshandelt, Jack.« Kates Miene war halb Flehen, ihr zu glauben, halb Anklage wegen seiner Unterlassungssünden. Er lauschte mit wachsendem Unwohlsein, wie sie die Vielzahl der Misshandlungen aufzählte, von denen Luke ihr berichtet hatte. Obwohl er die Augen geschlossen hatte, sah er die Bilder abscheulicher Brutalität vor sich, die Kate heraufbeschwor. Und dies waren die Männer, zu denen Luke nun möglicherweise zurückging? Hatte Jack ihn so schlecht behandelt, dass er lieber nach Ennis zurückkehrte? Wünschte er sich so verzweifelt eine Familie – oder hegte er einen Todeswunsch?

»Was tun wir denn jetzt?«, fragte Matt.

Jack öffnete die Augen. Alle sahen ihn an. Warteten. Mit einem Schlag ballten sich all seine Zweifel, seine Unentschlossenheit zu Härte, wie eine Faust. »Wir fahren nach Irland. Holen ihn nach Hause.«

Matt nickte. Als Jack die Zustimmung in seinen Augen sah, fühlte er sich so gut wie seit Wochen nicht mehr.

»Tim, versuch mal, ob du Matt und mich noch heute Nachmittag auf einen Flug nach Irland buchen kannst …«

»Ich komme auch mit!«, verlangte Kate.

Sie würde sie möglicherweise aufhalten, zu emotional sein, aber sie war vielleicht die Einzige, der Luke vertraute. Auf Kate würde er hören. »Okay, macht euch bereit. Ich bin in einer Stunde zurück. Ich glaube, meine Mutter schuldet mir ein paar Antworten.«

»Ich komme mit dir«, sagte Matt. »Keine Widerrede, Dad. Luke ist mein Bruder. Sie sind meine Großeltern. Hier geht es um die Familie, ich habe ein Recht darauf, zu erfahren, was hier los ist.«

Wenn Matt dabei war, war möglicherweise kein Wort aus Grace herauszubekommen. Oder nur Lügen. Doch das Risiko musste er eingehen. Für einen Streit war jetzt keine Zeit.

Als er vom Tisch aufstand, kam Kate zu ihm und umarmte ihn. »Danke, Jack«, flüsterte sie. »Weil dir Luke etwas bedeutet …«

Ihre Worte rührten etwas in seinem Herzen an, etwas, von dem er nicht gewusst hatte, dass es existierte. Falls Luke sein Sohn war – und danach sah es jetzt aus –, war ihm alles verwehrt worden, worauf er ein Anrecht gehabt hätte. Nicht nur materiell, sondern auch Liebe und Sicherheit, eine echte Chance im Leben. Es war erschütternd, wie übel dem Jungen mitgespielt worden war. War es da ein Wunder, dass er so verbittert war? Es war nicht so, als wäre Jack mit einem Schlag von reiner Liebe für seinen möglichen Sohn erfüllt worden. Doch endlich konnte er Mitgefühl und Verständnis empfinden. Und Schuld.

21

Auf der Fahrt nach Edenbridge konnte Jack seine Wut kaum zügeln. Die Puzzleteile passten zusammen und ergaben ein hässliches Bild. Schockierend. Die Menschen, die ihm am nächsten standen, hatten sich gegen ihn verschworen und den Verlauf seines Lebens manipuliert. Nach dem heutigen Tag würden ihn keine zehn Pferde mehr nach Edenbridge bekommen. Als er den ersten Fuß in die kühle Halle mit den erdrückenden Porträts setzte, stellten sich ihm die Nackenhaare auf.

»Wir behalten unsere Mäntel an, Henderson«, sagte er dem Butler. »Wir bleiben nicht.«

»Sir Nicholas ist heute nicht zu Hause, aber Ihre Ladyschaft ist im Morgenzimmer, Sir. Soll ich Sie ankündigen …?«

»Überraschen wir sie doch, was? Richard ist doch hier, oder? Sagen Sie ihm, er soll dazukommen.«

Jack und Matt stiegen die prächtige Treppe mit ihrem perfekt polierten dunklen Holzgeländer hinauf. Als Kind war Jack gerne daran hinuntergerutscht, bis er eines Tages von seinem Vater dabei ertappt und bestraft worden war. Ganz oben, vor der Kurve, hing ein riesiges Familienporträt privilegierter viktorianischer Vorfahren beim Tee in den Gärten des Anwesens. Einmal hatte er mit einem Stift einen Zahn des jüngsten Jungen geschwärzt, was erst nach Monaten entdeckt worden war, und die Freude über diesen kleinen Akt der Rebellion war die Dresche, die er bekam, wert gewesen. Wie er dieses Museum eines Hauses hasste, in dem alle seine natürlichen kindlichen Bedürfnisse unterdrückt worden waren. Seine Kindheit war nicht mit dem Albtraum zu vergleichen, den Luke ertragen musste, aber er war dankbar, dass sein Sohn die Liebe einer Mutter erfahren hatte. Anders als Jack.

Ohne anzuklopfen betrat er den Morgenraum, wo ihn das übliche Bild erwartete: Landadelsfrau geschäftig am Schreibtisch, umgeben vom beruhigenden Duft der Treibhausrosen, in dem sicheren Wissen, dass ihr Wort Gesetz war für alle, die das Glück hatten, in ihrem Heim zu weilen.

»Guten Morgen, Mutter.«

Grace blickte erschrocken auf. Doch kurz darauf knipste sie schon ein Lächeln an. »Jack! Ich habe dich nicht erwartet. Dein Vater spielt Golf, und Claire schaut Gavin beim Rugby zu … aber zum Mittagessen sind sie zurück. Bleibst du auch? Es wäre so schön, die Familie beisammenzuhaben.«

»Ich denke nicht«, sagte Matt.

»Matt, mein Schatz!« Grace stand auf und ging zu Matt, um ihn auf die Wange zu küssen, aber er wich zurück. Sie runzelte die Stirn. »Stimmt was nicht?«

»Du bist es, mit der was nicht stimmt, Gran.«

Graze starrte ihn verblüfft an. »Verzeihung?«

»Ja, du solltest um Verzeihung bitten«, sagte Jack. Wenn die Lage nicht so ernst gewesen wäre, hätte er es genossen, sie so fassungslos zu sehen.

Matt trat vor. »Es ist zwecklos, Gran. Wir wissen, dass du die Kiernan-Brüder bezahlt hast, damit sie Annie und Luke von hier fernhalten. Sarah hat mir alles erzählt.«

Grace packte die Armlehne des Stuhls und ließ sich langsam auf den Sitz nieder. Es sah aus, als würde ihre Abwehr bröckeln, doch sie fasste sich wieder. Grace Stewart war eine

Kämpferin. »Ich habe keine blasse Ahnung, wovon ihr redet!«, protestierte sie. »Sarah ist offensichtlich verwirrt!«

Matt schüttelte den Kopf. »Ich denke nicht. Die Beweise sind ziemlich überzeugend.«

Er zog das Bild des jungen Luke heraus und warf es vor Grace, die auf ihrem Stuhl zurückzuckte, als wäre sie geschlagen worden. Doch dann wurde ihr Mund zu einem herausfordernden schmalen Strich, und sie sagte nichts mehr.

Jack seufzte. »Tja, ich habe Henderson gebeten, Richard zu holen. Vielleicht zeigt er sich gesprächiger. Besonders gerne möchte ich von seiner Affäre mit Sarah vor zwanzig Jahren hören.«

»Was!«

»Ach, das wusstest du nicht? Das ist dir wohl entgangen, was? Du lässt nach, Mutter. Ausgespielt von einer verwirrten Frau.«

»Ich denke, ihr solltet gehen«, bemerkte Grace kalt.

Jack setzte sich auf das Sofa beim Fenster. »Nicht, ehe wir ein paar Antworten bekommen haben.«

»Dies ist *mein* Haus, hier sage ich, was geschieht.«

»Und Luke ist mein Sohn!«, fuhr Jack sie an, nun immer mehr überzeugt, dass es tatsächlich so war. »Der mir zwanzig Jahre lang vorenthalten wurde. Also, lass mal Details hören.«

In diesem Augenblick öffnete sich die Tür und Richard kam herein. »Details worüber?« Er musterte Jack mit der üblichen Geringschätzung. »Grace, ist alles in Ordnung?«

»Nein, Richard«, sagte sie. »Nichts ist in Ordnung. Jack wirft mit wilden Beschuldigungen um sich.«

Jack hatte Jahre darauf gewartet, endlich etwas Konkretes gegen seinen Schwager in der Hand zu haben. Das zumindest versprach befriedigend zu werden. »Also, Richard, es geht um Folgendes: Vor zehn Jahren hast du einen Brief gefunden …«

»Gestohlen«, unterbrach ihn Matt.

»Vor zehn Jahren hast du einen Brief *gestohlen*, den Annie an Claire geschrieben hatte«, fuhr Jack fort.

Richard warf Grace einen Blick zu, bevor er mit flacher Stimme sagte: »Ich weiß nicht, wovon du redest.«

»Genau das Gleiche hat Mutter auch gesagt. Ich könnte mir denken, dass ihr beiden euch abgestimmt habt.«

»Vorsichtig, Jack«, sagte Richard warnend. »Es gibt Gesetze gegen Verleumdung …«

»Und gegen Diebstahl gibt's auch Gesetze«, gab Jack zurück. »Nicht nur eines Briefes, der nicht an dich adressiert war, sondern auch von Annies Halskette, die du Sarah gegeben hast. Also solltest besser du vorsichtig sein, Richard.«

»Was willst du, Jack?«, fragte Grace.

»Ein Geständnis. Das habe ich verdient, findest du nicht? Und Luke auch.«

»Dieser kleine Scheißer hat gar nichts verdient!«, rief Richard wütend.

Matt stürzte vorwärts, packte Richard an den Aufschlägen seines Jacketts und stieß ihn auf den nächsten Stuhl. »Luke ist mein Bruder und zehnmal mehr wert als du.«

»Sag mir alles, Mutter.«

»Grace, du musst gar nichts sagen!«, warf Richard ein. »Lass mich Nicholas anrufen …«

»Ja, tu das«, konterte Jack. »Und ich rufe Claire an. Es wird mir schwerfallen, ihr von dir und Sarah zu erzählen, aber es ist an der Zeit, dass sie es erfährt.«

Grace funkelte Richard böse an, dessen erschrockene und

betretene Miene Jack sagte, dass er in der Klemme saß und vermutlich keinen weiteren Ärger machen würde.

»Niemand ruft Nicholas an«, entschied Grace. »Er hatte damit nichts zu tun.«

Ein schwacher Trost, denn laut Luke hatte Nicholas versucht, Annie zu bestechen, damit sie verschwand. Trotzdem hatte Jack nun die Lücke in der Abwehr seiner Mutter gefunden. Sie wollte, dass die Sache stillschweigend geregelt wurde, bevor Nicholas nach Hause kam.

»Also, Mutter … Richard zeigte dir Annies Brief. Was dann?«

Als Grace antwortete, hielt sie die Augen gesenkt. Als gäbe sie sich geschlagen. »Richard flog nach Irland, aber Annie traf er nicht. Er hatte nur mit ihren Brüdern zu tun. Sie sagten, so würde das bei den Travellern gemacht. Die Männer kümmern sich um die Finanzen. Sie sagten, Annie würde sich mit dem Geld ein kleines Haus kaufen. Sie wollte nicht hierher zurückkommen, und für das Kind war es offensichtlich besser, wenn es bei der Mutter blieb.«

Jack spürte Übelkeit in sich aufsteigen. Grace war so kalt und unbeteiligt, sie sprach von Luke wie von einem Gegenstand, im besten Fall einem Tier. Er wandte sich an Richard. »Als du Annie ihre Halskette schicktest, wusstest du, dass sie es als Zeichen verstehen würde, dass es wirklich aus war zwischen uns. Warum bist du dann überhaupt nach Irland gereist?«

Richard zuckte die Achseln. »Joe Kiernan kontaktierte mich. Er sagte, es wäre nicht genug. Dass sie regelmäßige Zahlungen wollten. Unterhalt.«

»Das Geld reichte, um ihnen ein angenehmes Leben zu gewährleisten, bis der Junge einundzwanzig wurde«, ergänzte

Grace, als hätte sie Annie einen Gefallen getan. Offenbar war ihr gar nicht bewusst, dass sie ihrem eigenen Enkel die Sohnesrechte verwehrt hatte. Und Jack die Vaterrechte.

»Und was dann, Gran?«, wollte Matt wissen. »Dann hast du deine Hände in Unschuld gewaschen? Luke und Annie haben nie einen Penny von dem Geld gesehen. Die Brüder haben alles für sich behalten.«

Grace schnalzte mit der Zunge und warf die Hände in die Luft. »Was sollte ich tun, Matt? Die Quittungen prüfen? Die Sozialarbeiterin spielen? Ich habe mein Bestes getan, damit für sie gesorgt war.«

»Das ist nicht gut genug, Gran!«, sagte Matt hart. »Die ganze Sache stinkt!«

Grace hatte Matt stets vergöttert, deshalb musste sie dieser Vorwurf besonders schmerzen. Sie erhob sich und ging zum Fenster. »Es tut mir leid, dass du das so siehst, Matt. Wenn du einmal selbst Kinder hast, wirst du vielleicht verstehen, wie stark der Drang ist, sie zu schützen.«

»Zu schützen!«, brach es aus Jack heraus, der vom Sofa hochschoss und mit schnellen Schritten bei seiner Mutter war. »Du hast mich nicht beschützt! Du hast mein Leben ruiniert. Und Annies. Du hast nur dich und deine kostbare gesellschaftliche Stellung geschützt. Und was ist mit dem Schutz, den ich *meinem* Kind schuldig bin? Vor zwei brutalen Schlägern, die sein Leben zur Hölle gemacht haben. Deinem Enkel, Mutter!«

Grace rührte sich nicht und sagte kein Wort. Jack verspürte das überwältigende Bedürfnis, sie herumzureißen und zu schütteln. Sie hatte ihr Geständnis abgelegt und offensichtlich geplant, in der Hoffnung, dass sich alles in Wohlgefallen auflöste, eiskalt zu leugnen. Jack wandte sich voller Abscheu ab. »Okay«, sagte er. »Aber das erklärt alles nicht, warum Annie verschwunden ist. Sie war nicht immer ein Opfer. Sie hatte Temperament und wusste sich durchzusetzen.«

»Wer weiß?«, fragte Richard ruhig. »Vielleicht dachte sie, zwischen dir und Sarah würde was laufen in Brüssel. Das dachten zumindest alle anderen.«

Konnte das wahr sein? Noch während er darüber nachdachte, tat Jack die Idee wieder ab. Diese Geschichte hätte Annie erst geglaubt, wenn sie aus Jacks Munde gekommen wäre.

»Ich habe nie …«, begann er, dann sah er, dass Matt ängstlich den Kopf schüttelte, und brach ab. Sie waren übereingekommen, Richard nicht darüber aufzuklären, dass er Kates Vater war. Das konnte nichts Gutes bringen – sie hasste den Mann. Ganz zu schweigen davon, wie sehr es Claire verletzen würde. Wenn Grace nur ein bisschen Grips hatte, konnte sie sich zusammenreimen, wer Kates wahrer Vater war. Doch in dem Fall würde Jack ihr verbieten, es Kate zu verraten. Denn sonst würde er nie wieder ein Wort mit ihr sprechen.

»In dem Brief von Annie ging es nicht ums Geld«, sagte Jack schnell, um abzulenken. »Sie wollte, dass ich Luke zu mir nehme, weil ihre Brüder ihn misshandelten.«

»In dem Brief stand nichts von Misshandlungen.« Grace' Stimme war kalt und beherrscht.

»Sie hatte Angst um Lukes Sicherheit. Was dachtest du denn, was das heißt? Dass sie in der Nähe einer befahrenen Straße wohnten?« Wie konnte er seiner Mutter nur begreiflich machen, dass sie gefühllos gehandelt hatte. Fahrlässig.

»Ich dachte, das wäre ein Trick, um dich zurückzubekommen.«

»Herrgott!« Grace hatte Annie an ihren eigenen manipulativen Maßstäben gemessen. »Wenn ich könnte, würde ich euch beide hinter Gitter bringen. War es das alles wert?«

Grace wich seinem Blick aus, ging stattdessen zum Kamin und kehrte ihm wieder den Rücken zu, als sie die Deko zurechtrückte. »Damals dachte ich, das wäre es«, sagte sie. »Ich wollte Annie nicht wieder hierhaben, das gebe ich zu. Ich wollte von Anfang an nicht, dass du sie heiratest. Als ich hörte, dass sie einen Sohn hat, wusste ich, dass du zu schwach sein würdest, um ihr zu widerstehen, und sie beide wieder herholen würdest. Dann würde ich mir wieder all die spitzen Bemerkungen über meine Zigeunerschwiegertochter anhören müssen. Der Name meiner Familie ist in diesem Teil des Landes seit fast tausend Jahren geachtet, und ich wollte nicht, dass er dadurch beschmutzt wird. Mein Ruf ist mir wichtig, und dafür werde ich mich nicht entschuldigen.«

Das war es also. Snobismus war an diesem ganzen Drama schuld, Grace' unermüdliches Streben an die Spitze der Gesellschaft. »Du bist eine Schande für all deine adeligen Vorfahren«, erklärte Jack. »Und dein Zigeunerenkel hat mehr Anstand in seinem kleinen Finger als du in deinem ganzen Leib. Du bist nicht meine Mutter.«

Grace wirbelte herum. »Nun, dann hoffe ich sehr, dass er nun glücklich ist. Endlich hat er seine Rache!«

»Glücklich!«, rief Matt. »Wie kann er *glücklich* sein? Seine Mutter ist mit vierzig gestorben, wäre aber vermutlich noch am Leben, wenn du nicht wärst. Und ich bin entsetzt, dass dir das völlig egal ist. Dich ärgert nur, dass du erwischt wurdest.«

Endlich zeigte Grace eine Regung, ein wenig Traurigkeit und Bedauern über Matts zornigen Ton. »Ich habe versucht, diese Familie zu schützen, Matt. Deine Zukunft zu schützen. Stewart Enterprises wird einmal an Jack gehen und dann an dich.«

»Das ist mir scheißegal!«, sagte Matt, und Grace zuckte zusammen. »Gib doch Gavin die Firma. Er ist jetzt dein einziger Enkel. Mein Bruder ist mir wichtiger als dein Geld. Komm, Dad, verschwenden wir keine Minute mehr an die beiden.«

»Du weißt nicht, ob er dein Bruder ist«, sagte Grace. »Nur weil *er* das sagt.«

»Ich sage das«, fuhr Jack sie an. »Weil es nie einen anderen Mann gegeben hat, nicht wahr? Und du hast nie einen Detektiv angeheuert. Das hast du dir alles nur ausgedacht.«

Einige verräterische Sekunden lang herrschte Stille, bis Grace reagierte. »Unsinn! Jetzt machst du dich lächerlich.«

»Netter Versuch, Mutter«, sagte Jack. »Aber dein Blick sagt alles.«

Er und Matt gingen zur Tür, dann drehte Jack sich noch einmal um. »Eins noch, haben die Kiernan-Brüder sich bei euch gemeldet, seitdem Luke hier ist?«

Richard stand auf und zuckte mit den Schultern. »Warum sollten sie? Deine Ex ist tot. Sie erwarten wohl kaum, dass die Zahlungen weitergehen, selbst wenn der Junge noch nicht einundzwanzig ist.«

»Luke ist zurück nach Irland«, sagte Jack. »Wenn ihm irgendetwas zustößt, mache ich euch beide dafür verantwortlich. Genauso wie ich euch für seine Mutter verantwortlich mache.«

Richard grinste. »So viel unangebrachtes Gefühl für diese Schlampe von deiner Frau …«

Das war zu viel. Jack hieb mit der Faust in Richards selbstgefällige Visage und beobachtete zufrieden, wie sein Schwager zurücktaumelte und Blut aus seiner Nase spritzte. Als er auf einen Tisch knallte, ging eine von Grace' Lieblings-Lalique-Schalen zu Bruch.

»Das ist für meine Frau und meinen Sohn – und für meine Schwester«, knurrte Jack. »Fang schon mal an, deine Zukunft woanders zu planen, Richard. Ich will nicht, dass Claire länger verseucht wird.«

Jack verließ das Morgenzimmer und ging so schnell die Treppe hinunter, dass Matt nicht mit ihm mitkam. Sein Atem ging erst wieder normal, als der Wagen einige Distanz zwischen ihn und den Lug und Trug von Edenbridge gebracht hatte.

Die ersten Wegweiser nach Ennis entdeckte Jack nicht lange, nachdem sie den Flughafen von Galway in ihrem Mietwagen verlassen hatten. Die Reise nach Irland hatte fast neun Stunden gedauert. Aufgrund des langen Wochenendes waren alle Flüge ausgebucht gewesen, deswegen hatten sie die Fähre nehmen müssen. Als einfache Fußpassagiere, denn dank der Feiertage hatte es keinen Platz mehr für ihr Auto gegeben. Es war der denkbar schlechteste Zeitpunkt für Lukes Flucht.

Sobald die Fähre Dublin erreicht hatte, nahmen sie ein Taxi zum Flughafen, wo Emer sie für die nächste Etappe ihrer Reise in Empfang nahm, ein Überlandflug nach Galway. Außerdem hatte sie die Hotelzimmer gebucht und den Wagen gemietet, den sie nun durch Ennis' enge Straßen fuhr. Das war eine Frau, die man in einer Krise an seiner Seite wissen wollte. Die Frau, die Jack an seiner Seite wollte, Punkt. Obwohl sie in letzter Zeit Probleme gehabt hatten, hatte sie sofort ihre Hilfe angeboten, als er sie anrief, um ihr von der neusten Entwicklung zu berichten. Natürlich weil sie sich um Luke sorgte, aber das war Jack egal. Ihm reichte es, sie in seiner Nähe zu haben, auch wenn es nur vorübergehend war.

Jack blickte aus dem Autofenster. Annie hatte viele Jahre in dieser Stadt verbracht, und nun würde er auf ihren Spuren wandeln. War dies das letzte Kapitel ihrer traurigen Geschichte? Doyle hatte vorgeschlagen, dass sie als Erstes mit Annies Freundin sprachen – Jessie Reilly. Der Detektiv hatte Jack alle Infos und ihre Adresse gesimst. Sie war die Frau, mit der Annie sich einen Wohnwagen geteilt hatte, als sie mit dem zweijährigen Luke wieder umherzuziehen begonnen hatte. Die Frau könnte ihnen möglicherweise Hinweise geben, wo Luke zu finden war. Oder vielleicht wohnte er sogar bei ihr. An die Kiernan-Brüder wollte Jack sich auf keinen Fall wenden. Er wusste, er würde sich nicht beherrschen können, und hatte keine Lust, in einer Polizeizelle zu landen.

Sie warteten gerade an einer roten Ampel, als Emer das Wort ergriff. »Ich weiß, es wird dir nicht gefallen, Jack, aber ich halte es für keine gute Idee, wenn du mit zu Jessie gehst … Nein, lass mich ausreden. Möglicherweise hat man ihr die gleichen Dinge über dich erzählt wie Luke. Traveller sind leidenschaftlich loyal gegenüber ihren Freunden. Wenn Jessie dich sieht, macht sie vielleicht nur dicht …«

Oder sie schmiss ihn hochkant raus. Was Emer sagte, klang vernünftig, aber Jack wollte unbedingt mit der Frau reden, die Annie über so lange Zeit in den letzten zwanzig Jahren nahegestanden hatte. Sie hatte möglicherweise viele seiner Fragen beantworten.

»Emer hat recht, Jack«, sagte Kate vom Rücksitz. »Telefonier du doch morgen früh mit Matt die Hotels ab, ob Luke irgendwo abgestiegen ist. Das Geld dazu hat er ja. Ich begleite Emer. Jessie öffnet sich vielleicht eher, wenn sie hört, dass ich Lukes Freundin bin.«

Jack gefiel es nicht, so ausgebootet zu werden, aber Kates

Gefühle für Luke waren so positiv, dass man sie ihr sicher sofort ansah. Sie hatte vielleicht mehr Glück, Jessie dazu zu bringen, ihnen zu helfen.

Er warf einen Blick zurück zu Kate. Matt schnarchte leise an ihrer Schulter. »Okay, Detektiv Sommersprösschen.«

Sie lächelte, aber ihr Gesicht war blass und angespannt. Vermutlich hatte sie genau wie er in der letzten Nacht wenig Schlaf bekommen.

Am nächsten Morgen machte Kate sich mit Emer auf den Weg zum Stellplatz der Traveller, wo sie mit Jessie ein Treffen arrangiert hatten, der Einzigen, von der Luke annehmen konnte, dass sie ihm wohlgesonnen war.

»Wir halten hier«, sagte Emer, als sie einen Parkplatz vor einem mit Brettern zugenagelten Laden entdeckte.

»Warum hier?«, fragte Kate. »Wir müssen noch eine Straße weiter, und es regnet.«

»Besser, wir bleiben diskret«, erklärte Emer ihr. »Traveller sind eine eng verbundene Gemeinschaft. Wir wollen ja nicht gleich auffallen. Einmal bin ich im Kostüm auf einem Traveller-Platz erschienen, um Fragen nach der Familie eines Patienten zu stellen. Und traf auf eine Mauer des Schweigens. Jemand, der irgendwie offiziell aussieht, wird oft mit neugierigen Behörden assoziiert.«

Sie stiegen aus und teilten sich auf dem kurzen Weg einen Schirm. Hoffentlich war Jessie bereit, mit ihnen zu reden. Bestimmt, wenn sie hörte, dass Kate Lukes Freundin war. Sie musste die Traveller-Frau dazu bringen, ihr zu vertrauen. Sie war die einzige Spur, die sie bei ihrer Suche nach Luke hatten. Ihr Mund wurde trocken, ihre Hände waren feucht. Kate versuchte ihre Angst, ihre Verzweiflung zu unterdrücken.

Sie rief sich ein Bild von Luke vor Augen und beschwor ihn, nichts Dummes zu tun, bis sie ihn gefunden hatte.

Der Stellplatz bestand aus Reihen von Buchten, von denen jede auf drei Seiten von niedrigen Mauern umgeben war. Jessies Wohnwagen war weiß mit einer orangefarbenen Leiste und stand auf Blöcken aufgebockt. Davor stand eine Gartenbank mit Blumenkübeln drum herum.

»Konnte die Stadt Jessie denn kein Haus zur Verfügung stellen?«, fragte Emer John, den Verwalter des Stellplatzes.

»Wollte sie nicht«, erwiderte er. »Die war fast ihr ganzes Leben unterwegs. Traveller durch und durch. Sie meinte, sie würde sich in einem Haus nicht wohlfühlen.«

Er klopfte an die Tür und trat ins Blickfeld des Fensters. Eine Gardine zuckte, und ein kleines, faltiges Gesicht erschien. John nickte ihm zu. Einige Augenblicke später wurde die Wohnwagentür aufgedrückt.

»Dann geh ich mal zurück ins Büro«, sagte John zu ihnen. »Ich hoffe, Sie finden Luke. Und dann sagen Sie ihm, ich habe nach ihm gefragt. Er war oft hier und hat ausgeholfen, wo er konnte. Nichts war ihm zu lästig, vor allem, wenn es für die Älteren war. Er ist ein guter Junge.«

Kate spürte einen Anflug von Stolz – und Liebe. Zu hören, wie jemand aus seinem anderen Leben bestätigte, dass er ein besonderer Mensch war, war ihr wichtig. Ihre Mutter und sogar Abbie hatten angedeutet, Luke hätte nur den Reiz des Neuen und ein hübsches Gesicht, und dass die romantische Vorstellung von Travellern ein wenig Aufregung in Kates behütetes, privilegiertes Leben brächte. Vielleicht stimmte das, aber Kate hatte Luke auch deswegen ausgewählt, weil er ein anständiger und ehrenhafter Mann war.

»Komm, Kate«, murmelte Emer und legte ihr beruhigend die Hand auf den Arm.

In Jessies Wohnwagen war es beengt, und es roch stark nach Lavendel. Die alte Frau saß auf einem Klappbett und streichelte eine Katze mit glitzernden Augen. Sie zeigte auf eine Polsterbank, und Kate und Emer ließen sich darauf nieder, nachdem sie sich vorgestellt hatten.

»Tee kann ich nich anbieten«, sagte Jessie mit vom Alter brüchiger Stimme. »Kein Strom. Also, Sie kommen weg'n Luke.«

Emer nickte. »Das ist richtig. Wir haben ihn seit Samstag nicht mehr gesehen. Und da dachten wir, er wäre vielleicht zurück nach Ennis gefahren. Zu Ihnen.«

Jessie schüttelte den Kopf. »Schön wär's. Mein Heim ist seins … er weiß das. Ich habe für ihn gebetet, seitdem ich von dem Unfall gehört habe.« Sie starrte in eine Ecke, in der eine kleine Grotte mit Porzellanheiligen aufgebaut war. »John sagt, Sie kommen aus Dublin. Von dem Krankenhaus, in dem Luke war.«

»Ich war dort Lukes Therapeutin«, bestätigte Emer. »Ich habe ziemlich viel Zeit mit ihm verbracht.«

»War er bei Ihnen? Nachdem er aus dem Krankenhaus raus war?«

»Nein. Luke war in England, bei seinem Vater.«

»Seinem Vater!«

Jessies Miene war so wütend, dass Kate sich fragte, ob Emer Jack überhaupt hätte erwähnen dürfen. Vielleicht wäre es besser gewesen, erst die Umstände zu erklären und wie manipulativ Jacks Familie gewesen war.

»Vieles von dem, was vor all den Jahren geschehen ist, ist jetzt erst ans Licht gekommen«, sagte Emer. »Jack wusste nichts von Luke. Er hatte keine Ahnung, warum Annie ihn verlassen hat oder dass sie ihn um Hilfe gebeten hat.«

»Und was ist mit dem Brief?« Jessie wackelte mit dem Finger in Emers Richtung.

»Jack hat diesen Brief nie erhalten«, erklärte Emer ihr, doch das schien Jessie noch mehr in Wut zu versetzen.

»Ich will diese Lügen nich' hör'n«, sagte sie mit erregter Stimme. »Er hat den Brief gekriegt – weil er ihr nämlich zurückgeschrieb'n hat und ihr gesagt hat, dass er sie nich will und auch den Jungen nich. Dass ihre Ehe ein Fehler war, dass er es sich nich leisten kann, dass man ihn mit einer Zigeunerin sieht. Er hat ihr eine schicke Halskette geschickt und ihr gesagt, sie soll sie zu Geld machen. Als wenn man sie kaufen könnte. Und das weiß ich alles, weil das Päckchen nämlich bei mir abgegeben wurde.«

Kate blickte zu Emer, die unsicher schien, wie sie auf diese für sie neue Information reagieren sollte. Sie biss sich auf die Lippe. Luke hatte ihr von dem Brief erzählt, und Jack auch, der ihm nicht geglaubt hatte. Aber offensichtlich gab es einen Brief. Hatte Jack die ganze Zeit gelogen? Sie fragte sich, ob sie Emer jetzt darauf hinweisen oder damit warten sollte, bis sie wieder zurück im Hotel waren.

»Dieser Brief hat Annie gebrochen«, fuhr Jessie fort, und Kate konnte das Schimmern von Tränen auf ihren Wangen sehen. »Sie hat sich gefühlt, als wär sie nichts wert. Wie kann man so grausam sein? Ich hoffe, Luke hat die Gelegenheit gehabt, Jack Stewart zu sagen, was er von ihm hält. Wie sie jahrelang wegen ihm gelitten haben.«

Die Katze sprang aus Jessies Armen und versteckte sich unter dem Bett. Die alte Frau atmete jetzt schwer. Gott helfe ihnen, wenn ihr Herz jetzt aufgab. Kate stand auf, kniete sich vor Jessie hin und blickte in Augen, die so alt wie die Welt waren. »Jessie, ich bin Kate. Lukes Freundin.« Sie zog ihr Handy hervor und zeigte Jessie zum Beweis ein Foto von ihr und Luke, Arm in Arm. »Ich mache mir große Sorgen um ihn. Wir alle tun das. Bitte, helfen Sie uns, ihn zu finden, wenn Sie es können.«

Ihre Augen füllten sich mit Tränen, doch sie hielt den Blickkontakt mit der alten Frau, die plötzlich Kates Hand ergriff, sie herumdrehte und die Linien mit ihren knotigen Fingern nachfuhr.

»Sind Sie eine Traveller, Mädchen?«, fragte Jessie, ohne den Blick von der Hand zu lösen, die sie hielt.

»Nein, bin ich nicht«, gab Kate zu. »Aber das ändert nichts an meinen Gefühlen für Luke. Wir lieben einander.«

»Das kann ich sehen«, murmelte die alte Frau. »Und es ist leicht, ihn zu lieben, meinen Luke. Aber der Weg ist steinig, den Traveller und die Leute vom Land zusammen gehen müssen. Annie hat das erfahren. Und wissen Sie, ein Traveller braucht Respekt mehr als alles andere. Können Sie Luke so respektieren, wie er ist, ohne ihn ändern zu wollen?«

»Das kann ich.« Kate hatte wegen Luke bereits den Kontakt zu ihrer Mutter abgebrochen. Wenn das nicht ein Beweis für ihre Liebe war, was dann? »Ich würde nie wollen, dass er sich ändert.«

»Sie sagen, er wäre verschwunden. Ist das wegen diesem Stewart?«

»Es gab ein Missverständnis«, erklärte Emer ihr. »Jack ist hier bei uns. Er ist nach Irland gekommen, um Luke zu finden. Um alles zu klären. Ich weiß nichts von dem Brief, den er angeblich geschrieben haben soll, und ich werde ihn danach fragen. Aber wichtig ist jetzt, dass wir Luke finden.«

»Luke war nich hier«, sagte Jessie. »Aber seine Onkel sind gekommen und haben mich gefragt, ob ich von ihm gehört hab. Aber sie haben nix aus mir rausgekriegt.«

»Oh Gott!« Kate bekam es mit der Angst zu tun. »Sie dürfen ihn nicht finden. Er hat mir erzählt, was sie mit ihm gemacht haben. Wenn sie ihn in die Finger kriegen, tun sie ihm vielleicht wieder etwas an.«

Jessie nickte, zog einen Rosenkranz aus der Tasche und begann, die Perlen eine nach der anderen durch die Finger gleiten zu lassen. »Er muss Ihnen vertrauen, wenn er Ihnen das erzählt hat. Komm, setzen Sie sich hier neben mich, Mädchen.«

Kate folgte der Aufforderung. Offenbar hatte Jessie ein wenig Zutrauen zu ihr gefasst. »Ja, er hat mir vertraut. Er hat mir auch von Ihnen erzählt – dass Sie wie eine Großmutter für ihn waren, und eine Mutter für Annie. Er liebt sie sehr.«

»Und sie waren meine Familie«, flüsterte Jessie. »Sie haben mir was gegeben, für das es sich zu leben lohnt, nachdem ich meinen Mann und meine beiden Babys verlor'n hatte.«

Luke hatte Kate von der Tragödie erzählt. Dass ein kaputter Gaskanister in Jessies Wohnwagen explodiert war, während Jessie auf demselben Stellplatz bei einer Freundin Tee trank. Die anderen hatten Jessie zurückhalten müssen, während ihr Wohnwagen niederbrannte.

»Es tut mir so leid«, flüsterte Kate.

Die alte Frau schien es nicht zu hören. Ihr Blick war in die Ferne gerichtet, als würde sie etwas in ihrer Erinnerung vor sich sehen. »Und jetzt liegt meine Annie kalt in der Erde. Ich hab ihr gesagt, sie soll nich nachts über Land fahren. Ich wollte, dass sie bei mir bleibt und erst morgens losfährt. Aber sie hatte solche Angst. Sie haben ihr das Leben zur Hölle gemacht. Haben sie wie eine Sklavin behandelt. Und das arme

Kind tyrannisiert. Manchmal, wenn wir unterwegs waren, hab ich gehört, wie Luke im Wagen seines Großvaters geweint hat. Ich hab Annie vorgeschlagen, dass ich ihn zu mir nehme. Um ihn von Joe wegzuholen. Aber Luke wollte bei seiner Mammy bleiben.« Jessie seufzte. »Ich frage mich, ob Joe Kiernan nachts noch schlafen kann, nach allem, was er seinem eig'nen Volk angetan hat.«

»Annie schrieb an Claire, Jacks Schwester. Ist das richtig?«, fragte Emer.

»Das war meine Idee«, bejahte Jessie. »Sie hatten sich damals in England angefreundet. Eine Frau kann mit ihrer Art so manches leichter machen, nich wahr? Annie war so verzweifelt, die arme Kleine.«

Kate wusste, dass Jessie es gut gemeint hatte, aber wäre dieser Brief an Jack und nicht an Claire adressiert gewesen, wäre Annies und Lukes Leben sehr viel anders verlaufen. Doch das jetzt zu sagen, würde die alte Frau nur quälen.

»In Wahrheit hat Jack diesen Brief nie erhalten«, sagte Emer. »Und seine Schwester auch nicht.«

Jessie starrte Emer an. Der Schock stand ihr ins Gesicht geschrieben, als sie hörte, was Grace und Richard alles heimlich unternommen hatten, um Annie von Jack fernzuhalten. Schließlich brachte sie krächzend eine Frage heraus: »Weiß Luke das?«

»Nein, er weiß es nicht. Wir haben es erst herausgefunden, als er schon weg war. Jacks Mutter hat gestanden. Aber dass es einen gefälschten Antwortbrief gab, haben wir erst von Ihnen erfahren. Ich nehme an, das waren sie auch. Ich weiß, es ist lange her, aber wissen Sie, was mit diesem Brief passiert ist? Hat Annie ihn behalten?«

»Ich weiß es nich«, sagte Jessie. »Ich hab nie gelernt zu

lesen, deshalb hat sie mir gesagt, was drinstand. Nämlich, dass er ihren Luke nicht wollte. Sie hat sich aufgeregt. Ging einfach weg und hat ihn auf meinem Tisch liegen lassen. Eigentlich wollte ich ihn verbrennen – und Jack Stewarts Seele gleich mit –, aber ich hab ihn ihr zurückgegeben, später, als sie sich beruhigt hatte. Hab ihr gesagt, dass sie ihn vielleicht irgendwann mal gebrauchen kann … wenn sie es allein geschafft hat und diesen Stewarts diesen Brief unter die Nase halten kann. Aber das ist dann natürlich nich passiert …« Jessies Stimme brach traurig ab.

»Warum war Annie nicht längst von Joe und Liam weggezogen?«, fragte Emer.

»Das ist für euch Leute vom Land leicht. Für einen Traveller ist das sehr viel schwerer. Außerdem … Annie wurde nich lang, nachdem sie den Brief bekommen hatte, krank. Sie hatte eine Art Zusammenbruch, so nennt man das wohl. Die Nerven und so. Um den Jungen hat sie sich immer gut gekümmert, aber sie aß nich genug und ließ sich gehen. Sagte immer wieder, sie wäre müde und wollte nur noch schlafen und erst wieder aufwachen, wenn die Erinnerungen weg sind. Sie hat auch viel geweint.«

»Hat sie Hilfe bekommen?«, fragte Emer.

Jessie nickte. »Einer von den Traveller-Aktivisten hat ihr irgendwo ein Bett besorgt. Luke war solange bei mir. Nach ungefähr vier Wochen kam Annie wieder nach Hause. Danach hat sie ganz schön lange Tabletten genommen. Und dann hatte ihr Daddy ja diese Schlaganfälle, und sie musste sich um ihn gekümmern.«

Kate seufzte. »Das ist so traurig …«

»Wie kommen Sie darauf, dass Luke hierher zurückkommt?«, fragte Jessie.

»Er hat seinen Wagen in Holyhead abgestellt«, gab Emer zurück. »Also muss er nach Irland übergesetzt sein. Hier kennt er sich aus, und möglicherweise will er wissen, was wirklich vor all diesen Jahren passiert ist.«

»Wenn er vorhat, mit Joe und Liam zu reden, riskiert er nich, zu ihnen nach Hause zu gehen, das glaub ich nich. Abends trinken sie immer im *The Green Man*. Da wird er mit ihnen reden.«

»Genau wie Jack weiß auch er immer noch nicht, warum Annie England verlassen hat«, sagte Emer. »Wissen Sie es? Hat Sie ihnen das je gesagt?«

Kate hielt den Atem an, in der Hoffnung, dass nun endlich auch das letzte Geheimnis gelüftet würde.

Ärgerlicherweise klopfte gerade in diesem Moment John an die Tür und kam in den Wohnwagen. »Ich wollte dir nur sagen, dass es wieder Strom gibt, Jessie«, sagte er. »Falls du deinen Besuchern Tee machen willst.«

»Nein, sie wollen gehen«, antwortet Jessie.

Kate fragte sich, ob dieser Sinneswandel mit Emers letzter Frage zu tun hatte. Vielleicht war sie nur misstrauisch, aber Kate war sich sicher, einen wissenden Ausdruck auf Jessies Gesicht gesehen zu haben. Doch im Moment war dies eine Sackgasse. Sie stand auf. »Danke für Ihre Hilfe, Jessie. Falls Luke sich an Sie wendet, könnten Sie ihn dann bitten, einen von uns anzurufen? Sagen Sie ihm … sagen Sie ihm, die Information, die er am Maitag erhalten hat, stimmt nicht. Es ist wirklich wichtig, dass er das weiß. Wir haben versucht, ihn anzurufen, aber er hat sein Handy ausgeschaltet.«

»Kann ja sein, dass er nich mit Ihnen reden will.«

»Das würde er, wenn er seine Nachrichten abgehört hätte«, sagte Kate. »Das versichere ich Ihnen.«

Jessie nickte. »Und wenn Sie ihn zuerst finden, sagen Sie ihm, er soll sich von Joe und Liam fernhalten.«

Kate betete, dass Luke zuerst Jessie einen Besuch abstattete. Von seinen Onkeln würde er wohl kaum einen herzlichen Empfang erwarten können. Das wusste er doch sicher? Vielleicht lag ihm nichts mehr an sich oder seiner Sicherheit. Oder er wollte einfach eine Familie, egal wie sie aussah.

Nachdem sie den ganzen Morgen auf der Suche nach Luke erfolglos die Hotels und Gästehäuser abgeklappert hatten, kamen Jack und Matt in dem kleinen Seitenstraßen-Pub in Ennis an. Kate und Emer waren bereits da und erzählten ihnen von ihrem Treffen mit Jessie. Die größte Enthüllung war der Antwortbrief, den Annie erhalten hatte, angeblich von Jack.

So viele Dinge ergaben nun einen Sinn. »Kein Wunder, dass Luke mich so hasst«, sagte Jack.

»Aber warum sollte Richard eine Antwort von dir fälschen?«, fragte Matt. »Grace hatte doch schon eingewilligt, dass Geld zu schicken.«

Emer seufzte. »Annie musste es von Jack hören. Sonst hätte sie es möglicherweise wieder versucht.«

Jessie hatte gesagt, Annie wäre am Boden zerstört gewesen, nachdem sie den Brief erhalten hatte. Kein Wunder. Sie musste das Schlimmste von Jack gedacht haben. Dass er durch und durch ein Heuchler war, genau wie seine Mutter. »Ich wünschte, ich hätte diesen Brief. Es ist ein Beweisstück. Dann würde ich dafür sorgen, dass Richard dafür bezahlt, was er getan hat.«

»Luke hat ihn noch«, sagte Kate, und alle sahen sie überrascht an. »Sein Onkel hat ihn ihm gezeigt, und als Annie ihn in den Müll warf, hat Luke ihn ohne ihr Wissen wieder herausgeholt. Er sagte, er hatte vor, eines Tages Jack damit zur Rede zu stellen, aber er und Annie hatten es so eilig, aus Ennis herauszukommen, dass er nicht daran gedacht hatte, ihn mitzunehmen.«

»Schade …«, sagte Matt.

Als der Barmann das Essen brachte, machte sich Jack nur halbherzig über die Lammkeule her, die er sonst gierig verschlungen hätte. Schweigen legte sich über ihren Tisch. Selbst zu Small Talk hatte niemand Lust, abgesehen von einem geflüsterten »Kannst du mir bitte das Salz reichen?« von Kate. Irgendwann fasste Jack einen Entschluss. »Ich will diesen Brief. Ich will den Beweis für Richards Taten. Dann werde ich ihn vor Luke zu einem Geständnis zwingen, bevor ich ihm sage, er soll sich aus meinem und aus Claires Leben verpissen.«

»Hübsche Idee, Dad«, sagte Matt. »Aber was schlägst du vor? Dass wir höflich an die Tür klopfen und die Gebrüder Grimm danach fragen? Wahrscheinlich bekommen wie erst mal eine Faust ins Gesicht.«

»Wir warten, bis sie das Haus verlassen«, sagte Jack.

Matts schockiertes Gesicht, als er jetzt »Wie bitte?« keuchte, hätte Jack unter anderen Umständen zum Lächeln gebracht.

»Wenn das, was Jessie euch gesagt hat, stimmt, werden sie heute Abend in diesem Pub sein«, fuhr Jack fort.

»Weißt du«, sagte Emer, »für einen kurzen Moment dachte ich, du hättest vor, ins Haus der Kiernans einzubrechen.« Jack antwortete nicht. »Mein Gott, du hast es tatsächlich vor! Jack, das kann nicht dein Ernst sein!«

Jack redete weiter, als hätte sie gar nichts gesagt. »Zunächst müssen wir uns das Haus ansehen. Vielleicht kann ich von hinten rein …«

»Und wenn es eine Alarmanlage gibt – oder einen Hund?«, unterbrach ihn Emer.

»Dann werde ich die Idee wahrscheinlich nochmal überdenken«, räumte Jack ein, doch er würde in das Haus der Kiernans kommen, was auch immer passierte.

»Aber es ist eine blöde Idee!«, protestierte Emer. »Herrgott, jemand könnte dich sehen, hören, die Polizei rufen!«

»Vielleicht«, sagte Jack. »Aber vielleicht sind die Kiernan-Brüder so unbeliebt, dass es den Nachbarn scheißegal ist.«

»Ich komme mit«, sagte Matt. »Du brauchst Unterstützung.«

»Matt!«

»Emer, wir sind schon so weit gekommen. Die Chance, zu erfahren, warum Annie uns verlassen hat, dürfen wir uns nicht entgehen lassen.«

»Ihr seid verrückt, ihr beide!«, rief Emer aus. »Wir sind wegen Luke hergekommen. Wie wollen wir ihm helfen, wenn ihr beide in einer Polizeizelle landet?«

»Wir sind vorsichtig«, versprach Matt.

Jack war immer noch mit der Planung beschäftigt. »Ich werde einen Schraubenzieher brauchen«, sagte er.

»Und vor allem müssen wir erst mal warten, bis es dunkel ist«, sagte Emer.

»Wir?«, fragte Jack.

»Wenn das eure Entscheidung ist, komme ich mit euch«, erklärte sie.

»Auf keinen Fall!«

»Ich habe eine Idee«, fuhr Emer fort. »Ich bezweifle, dass *The Green Man* ein Laden ist, den zwei Frauen zusammen besuchen würden, aber Matt und Kate könnten als Paar hingehen und dich anrufen, wenn die Brüder aufbrechen. Und ich kann vom Wagen aus Wache halten.«

»Gute Idee«, sagte Kate, die zum ersten Mal, seit sie den Pub betreten hatte, lächelte. »Ich bin beeindruckt, Emer. Hast du so was schon mal gemacht?«

»Ich habe früher Nancy Drew gelesen«, lachte Emer. »Aber ich hätte nie gedacht, dass ich sie mal in echt sein darf.«

»Mit den Stewarts wird das Leben nie langweilig«, sagte Matt, und alle brachten ein nervöses Lächeln zustande.

Der Lärm einer Sirene weckte Luke. Mit trüben Augen sah er nach der Uhrzeit. Halb vier. Montagnachmittag. Er hatte den ganzen Tag verschlafen. Zeit, dass er sich aus dem Bett schleppte. Die Dusche belebte ihn ein wenig und weckte seinen Appetit. Seit dem Cheeseburger auf dem feucht-fröhlichen Maifest und ein paar Chips auf der Fähre hatte er nichts mehr gegessen.

Er nahm ein wenig Geld aus dem Safe. Nicht zu viel. Um nicht in Versuchung zu geraten. Aber genug, um sich bei Penney's einen Kapuzenpullover, eine Strickmütze und eine Sonnenbrille zu kaufen. Er wollte nicht erkannt werden, wenn er nach Ennis fuhr. Morgen würde er in einer privaten Klinik anrufen und dafür sorgen, dass Jessie eine künstliche Hüfte bekam. Danach hatte er vor, noch eine Weile hier in Limerick zu bleiben. Um zu entspannen und über alles nachzudenken. Damit abzuschließen, bevor er neue Wege einschlug. Das Geld gab ihm eine Freiheit, die er bisher nicht gekannt hatte. Er konnte in einem anständigen Hotel wohnen, sich alles kaufen, worauf er Lust hatte. Da war schnell vergessen, dass er es beinahe verbrannt hätte, weil er glaubte, es brächte ihm Pech. Tja, mehr Pech konnte er ohnehin nicht mehr haben, dann konnte er es auch genauso gut für etwas Sinnvolles verwenden. Vielleicht einen Wohnwagen kaufen oder noch besser, ein Wohnmobil. Sich einen Hund holen, der ihm Gesellschaft leistete, und dann wieder herumfahren.

Luke saß allein in einem Pub und beobachtete die heiteren Abendgäste. Familien. Freunde. Allein bei diesen Worten spürte er einen Kloß im Hals. Gerade hatte er eine Zigarette geraucht, was er das letzte Mal mit sechzehn getan hatte, und einen riesigen Teller mit Würsten und Colcannon verputzt. Jetzt hatte er einen Wodka-Cola vor sich stehen. Wenn ihm jemand einen Joint angeboten hätte, hätte er den wohl auch noch geraucht. Alles war ihm recht, wenn es ihn nur das klaffende Loch vergessen ließ, wo einst sein Herz gewesen war.

Eine Band sang »The Rocky Road to Dublin«, und alle um ihn herum sprachen mit irischem Akzent. Er war Ire. Er spülte das Britische weg. Hier war seine Heimat. Eine Frau am anderen Ende des Pubs lächelte ihm zu. Hätte sie ihn auch angelächelt, wenn sie gewusst hätte, dass er ein Traveller war? Aber niemand hier wusste, wer er war, und trotz allem tat es gut, sich akzeptiert zu fühlen.

Er hatte tagsüber so lange geschlafen, dass er Angst hatte, die ganze Nacht wach zu bleiben. Das wollte er nicht. Er wollte nicht im Dunkeln liegen und an Kate denken. Sich wünschen, sie wäre da. Er ging zurück an die Bar und bestellte noch einen Wodka-Cola. Als er an seinen Tisch zurückkam, wartete dort die lächelnde Frau.

»Hi«, sagte sie und bedachte ihn mit einem mehr als freundlichen Blick. »Du wohnst im selben Hotel wie ich. Ich habe dich vorhin gesehen. Ich bin Fionnula.«

Eine halbe Stunde später fand sich Luke in ihrem Zimmer wieder. Er blieb nervös an der Tür stehen, weil ihm schon jetzt Zweifel kamen. Sie war ins Badezimmer verschwunden, wahrscheinlich um in etwas Bequemeres zu schlüpfen. Sie war älter als er, mindesten fünfundzwanzig. Nicht unattraktiv, aber ziemlich offensiv. Als sie vorgeschlagen hatte, auf ihr Zimmer zu gehen, hatte er gedacht, warum nicht, und seinen Drink gekippt, um sich Mut zu machen. Jetzt fragte er sich, was zum Teufel er hier tat. Er war von einer Frau angemacht worden, die offensichtlich ganz schön herumkam …

Ganz schön herumgekommen. Die Erinnerung an Gavins Worte traf ihn wie ein Schlag. Mein Gott. Wann würde er es endlich lernen? Wie immer hatte er sich von seinem Temperament hinreißen lassen, der rote Nebel hatte ihm alle Vernunft und Logik genommen. Was, wenn es stimmte, dass seine Mam eine Affäre gehabt hatte? Wenn er nur ein bisschen Grips im Kopf hätte, hätte er Jack keine verpasst – sondern einen DNA-Test verlangt. Wenn er nicht Jacks Sohn war, war er auch nicht mit Kate verwandt. Und sie könnten zusammen sein.

Sich an die Hoffnung klammernd, seine Mutter hätte Jack verlassen, weil sie schwanger von jemand anderem war, verließ Luke Fionnulas Zimmer und ging in sein eigenes, aber dort fand er keinen Frieden. So schön die Vorstellung war, er wäre nicht Jacks Sohn, auch war, er konnte nicht glauben, dass Annie fremdgegangen war. So eine Frau war sie nicht gewesen, darauf würde er sein Leben verwetten. Und warum hätte sie ihm vorlügen sollen, dass Jack sein Vater war, bei allem, was das bedeutete – die Kränkung der Ablehnung?

Luke holte Wein aus dem Kühlschrank, legte sich in Kleidern aufs Bett und zog die Decke über sich. Von der Sehnsucht nach Kate überwältigt schlang er den Arm um das Kopfkissen, drückte es an sich und stellte sich vor, sie wäre es. Als es ihm nach dem Tod seiner Mutter so schlecht ging, war immerhin Jack da gewesen, der ja auch irgendwie ein Elternteil war, und dann Matt und Maggie und Kate. Hin und wieder hatte er sich trotzdem einsam gefühlt, doch niemals so wie jetzt. Es war, als wäre er wieder fünf Jahre alt. Er wünschte sich, seine Mam würde alles gutmachen, aber sie war tot, und jetzt hatte er niemanden mehr, an den er sich wenden konnte. Kate, seine Seelenverwandte, hatte er verloren. Und seinen Bruder. Würde er jeden verlieren, an dem ihm etwas lag? Der Gedanke, dass er jetzt wahrhaft allein war, machte ihm Angst. Erneut den Tränen nahe rollte er sich zusammen. Jahrelang hatte er keine vergossen, und jetzt hatte er so nah am Wasser gebaut.

Emer fuhr erschrocken zusammen, als plötzlich eine rote Katze über die Motorhaube stolzierte, als wolle sie sie daran erinnern, dass dies ihr Revier war. Glücklicherweise war die Katze das einzige Lebenszeichen, während sie nicht weit entfernt vom Haus der Kiernans saß und auf Jack wartete.

Es war nach acht und mittlerweile dunkel. Sie hatten eine Stunde warten müssen, bis die Brüder das Haus verließen. Joe und Liam waren zu Fuß die Straße hinuntergegangen, glücklicherweise weg von Jack und Emer in ihrem Auto, zum *The Green Man*, der sich nur drei Straßen weiter befand. Matt und Kate hatten sie per Telefon informiert, als sie eingetroffen waren. Sie wollten wieder anrufen, sobald Joe und Liam aufbrachen, damit Jack genug Zeit blieb, wieder zu verschwinden.

Emer seufzte erleichtert, als Jack auftauchte, von einem

Ende der Straße zum anderen blickend. Er wirkte verdächtig, aber vielleicht nur, weil sie seine Absichten kannte.

Er stieg neben sie in den Wagen. »Kein Einbruchalarm und kein Hund. Die Hintertür sieht ziemlich einfach aus. Die müsste ich mit dem Schraubenzieher aufbekommen. Ich will das Risiko nicht eingehen, ein Fenster einzuschlagen.«

»Es ist nicht zu spät, sich noch anders zu entscheiden, Jack«, sagte Emer, und hoffte inständig, er würde es tun, aber er sah fest entschlossen aus.

Als hätte er sie gar nicht gehört, sagte er: »Von der Rückseite hatte man Zugang zum Haus, aber da kommt man nur über einen von zwei Wegen hin. Hier ist ein guter Beobachtungsposten, du hast beide Richtungen im Blick und siehst sofort, falls jemand hinters Haus geht.«

Er öffnete das Handschuhfach und nahm eine Taschenlampe und einen Schraubenzieher aus einem kleinen Werkzeugkasten, den sie vorhin gekauft hatten. »Ich sehe erst im oberen Stock nach. Hoffentlich dauert es nicht lang.«

»Jesus, Maria und Joseph!«, rief Emer aus. »Ich hätte nie gedacht, dass diese Reise mit einer Verhaftung enden könnte.«

»Das Risiko bin ich bereit einzugehen«, sagte Jack. »Du kannst immer noch aussteigen.«

»So schnell wirst du mich nicht los, Jack.«

Einzubrechen war einfacher, als Jack gedacht hatte. Kein Wunder, dass die Menschen kriminell wurden. Der Mangel an ernst zu nehmenden Sicherheitsvorkehrungen war entweder der Tatsache geschuldet, dass allgemein bekannt war, dass hier nichts zu holen war, oder – was wahrscheinlicher war – niemand wollte sich wissentlich mit den Kiernan-Brüdern anlegen. Glücklicherweise hatten die Fenster Vorhänge.

Jack schloss sie und knipste die Taschenlampe an, den Strahl nach unten gerichtet, in der Hoffnung, dass ihn von draußen niemand sah.

Oben angekommen, begann er die Türen zu öffnen. Die erste führte in ein Badezimmer, das aussah, als wäre es seit Wochen nicht mehr geputzt worden. Hinter der nächsten Tür war ein ordentlich aufgeräumter, femininer Raum. Annies Zimmer. Ein Bild der Jungfrau Maria an den kargen weißen Wänden. Ein kleiner tragbarer Fernseher auf der Frisierkommode, zusammen mit verschiedenen Töpfchen mit Hautpflegeprodukten. Sein Magen drehte sich um, als er das Einzelbett mit der hübschen fliederfarbenen Steppdecke erblickte. Hier hatte Annie gelegen, das lange Haar über dem Kissen ausgebreitet …

Doch daran wollte er auf keinen Fall denken. An Annies geschmeidigen, sinnlichen Körper und ihre leidenschaftliche Freude am Sex. In der Hochzeitsnacht noch Jungfrau, so wie es ihre katholische Erziehung verlangte, war sie, sobald sie verheiratet waren, eine natürliche und aufregende Liebhaberin gewesen. Einmal, als er ihr das sagte, erwiderte sie schlicht: »Das ist, weil ich dich so sehr liebe.«

Fast wie in Trance sank Jack auf das Bett und streichelte sanft über das Kissen, bevor er es in die Arme nahm und an seine Brust drückte. Luke musste einfach sein Sohn sein, entstanden aus der Leidenschaft zwischen ihm und Annie. Dieser ganze Unsinn, den seine Eltern faselten, darüber, dass sie eine Affäre gehabt hatte, das war einfach … Unsinn. Annie war eine gläubige Katholikin gewesen und hätte niemals gegen ihr Ehegelübde verstoßen. Seine Brust fühlte sich eng an, er schloss die Augen und wünschte sich inständig, sie wäre da, wenn er sie wieder öffnete.

Endlich jedoch schüttelte Jack die deprimierende Nostalgie ab und ging zurück in den Flur. In einem der beiden verbleibenden Räume hingen einige Autoposter – hier wohnte wohl Joe. Als ältester Bruder hatte er sicher sein eigenes Zimmer. Bei den Travellern war es verpönt, wenn eine Frau ein Zimmer mit einem erwachsenen Mann teilte, mit dem sie nicht verheiratet war, was die beiden Einzelbetten im letzten Zimmer erklärte, das Jack betrat, und das Luke sich wohl mit Liam geteilt hatte.

Auf den ersten Blick war zu erkennen, dass der Raum aus zwei Hälften bestand: In der einen lagen nur ein paar hingeworfene Klamotten herum, in der anderen sah er zahlreiche persönliche Gegenstände, wie ein Radio-CD-Player, eine Handvoll CDs und ein paar eselsohrige Taschenbücher auf dem Boden. Luke hatte es zu Hause sofort zum Bücherregal gezogen – anscheinend hatte er die Liebe zu Büchern von seiner Mutter geerbt. Als Emer ihm sagte, Luke wäre redegewandt und intelligent, hatte er das buchstäblich mit einem Lachen abgetan. Offenbar hatte er genauso große Vorurteile wie alle anderen auch.

Auf dem Bett in Lukes Hälfte des Zimmers lag ein abgetragener blauer Frotteemorgenmantel, den man hier sicher gut gebrauchen konnte. Es war kalt im Haus. Kaum auszudenken, wie es erst im Winter sein mochte. Jack schob die Tür des eingebauten Kleiderschrankes auf. Darin war nicht viel – nur Jeans, T-Shirts, ein Wollpullover und ein Anzug. Er dachte an die neuen Sachen, die er Luke gekauft hatte, der sie ganz offensichtlich gebraucht und sich trotzdem gegen die Almosen gewehrt hatte. War es ihm zu verdenken? Designer-Klamotten, gekauft von einem Vater, der ihn nicht wirklich wollte. Jack spürte einen Anflug von Scham.

Fünf Minuten später fand Jack, was er suchte, ganz hinten in einer Schublade. Mit zitternden Händen ließ er sich auf Lukes Bett nieder. Emer wäre mittlerweile bestimmt verrückt vor Sorge, aber er wollte hiermit allein sein.

Emer trommelte unruhig und voller Angst mit den Fingern aufs Steuer. Jack war nun schon mindestens zwanzig Minuten weg, und während jeder einzelnen hatte sie damit gerechnet, Joe und Liam Kiernan auftauchen zu sehn. Was, wenn Matt und Kate es aus irgendeinem Grund nicht schafften, sie zu warnen?

Immer wenn jemand vorbeiging, tat sie so, als würde sie die Karte studieren, und war dabei überzeugt, dass sie genauso schuldig aussah, wie sie sich fühlte. Sie fuhr zusammen, als eine Taschenlampe durchs Fenster leuchtete, kurz darauf hätte sie beinahe einen Herzinfarkt erlitten, als sie einen Garda erblickte. Heftig schluckend ließ sie das Fenster herunter. »Guten Abend, Officer.«

»Darf ich fragen, was Sie hier machen?«, sagte der Polizist.

»Ich warte auf … auf meinen Freund. Er hat bei einem der Anwohner hier geschäftlich was zu erledigen. Er müsste bald zurück sein.«

»Was macht er denn so geschäftlich, Ihr Freund?«

»Er ist Inkassobeauftragter«, erwiderte Emer blitzschnell und fragte sich, seit wann sie eine so gute Lügnerin war.

»Dann wird er hier in der Gegend Erfolg haben«, sagte der Garda und tippte sich an die Kappe. »Schönen Abend noch. Ich bin noch ein Weilchen in der Nähe, falls Sie mich brauchen. Sie sollten besser nicht so ganz allein hier sein.«

»Ja«, lächelte Emer und versuchte ruhiger auszusehen, als sie sich fühlte. »Es wird ziemlich dunkel.«

»Ob bei Dunkelheit oder im hellen Tageslicht, das macht in dieser Nachbarschaft keinen Unterschied«, erwiderte er.

Hoffentlich war ihr die Erleichterung über den Aufbruch des Polizisten nicht allzu deutlich anzusehen. Als Jack zehn Minuten später erschien, ließ Emer ihm kaum die Zeit, die Tür zu schließen, bevor sie den Motor startete und die Carnlough Street so schnell, wie es die Geschwindigkeitsbegrenzung erlaubte, hinter sich ließ.

Jack saß schweigend neben ihr im Auto. Emer spürte die Anspannung in seinem Körper. Doch sie drängte ihn nicht, zu reden, und als sie Kate und Matt abholten, bedeutete sie ihnen mit einem Kopfschütteln, keine Fragen zu stellen.

Zurück in Jacks Hotelzimmer verschwand er sofort im Bad. Kurz darauf hörte Emer die Dusche rauschen. Sie war sich nicht sicher, aber sie nahm an, dass er weinte. Trotz ihrer Erschöpfung brachte sie es nicht über sich, in ihr Zimmer zu gehen, bevor sie sich davon überzeugt hatte, dass es ihm gut ging. Endlich hörte die Dusche auf zu laufen, und wenige Augenblicke später trat Jack, sich die Haare trocken rubbelnd, aus dem Badezimmer. Er schenkte ihr ein müdes Lächeln und ging zur Minibar, aus der er zwei Fläschchen Brandy nahm, deren Inhalt er mit großer Konzentration und Sorgfalt eingoss. Er reichte ihr ein Glas und stürzte seines mit einem Zug herunter. Sie sah zu, wie er in der Tasche seiner Jacke auf dem Stuhl kramte. Er holte ein Blatt Papier heraus und hielt es ihr hin. Seine Hand zitterte leicht.

Emer stellte ihr Glas ab, nahm das Blatt behutsam entgegen und entfaltete es. In den Knicken war es etwas dünn geworden, doch die Wörter waren gut zu lesen. Sie blickte zu Jack hoch. »Es ist mit der Maschine geschrieben.«

Er nickte. »Richard musste nur meine Unterschrift fälschen, und das war einfach.« Er setzte sich schwer auf einen Stuhl. »Lies es, Emer.«

Also tat sie es.

Annie,

vor Jahren hast du Baronsmere ohne Vorwarnung oder Grund verlassen. Matt weinte monatelang, und ich musste mein Leben Stück für Stück neu zusammensetzen und einen Weg finden, weiterzumachen. Nun teilst du mir mit, dass ich einen Sohn habe – dass wir einen Sohn haben. Du erwartest, dass ich die Verantwortung übernehme und euch beide wieder aufnehme. Nun, es tut mir leid, aber das ist unmöglich. Denn es ist wohl nur verständlich, dass ich meine Zweifel habe, wenn man die Art und Weise deines Verschwindens bedenkt.

Als wir heirateten habe ich die Warnungen ignoriert, deine Herkunft würde irgendwann zwischen uns kommen. Ich hätte auf diesen Rat hören sollen, doch damals, nehme ich an, trauerte ich noch zu sehr um Caroline und konnte nicht klar denken.

Als du uns verließest, hielten mich viele für einen Dummkopf, weil ich dich geheiratet hatte, und es hat mich Jahre gekostet, dieses Vertrauen und den verlorenen Respekt zurückzugewinnen. Es würde meine Position, sowohl im Unternehmen als auch innerhalb des Dorfes, gefährden, wenn man in mir den »Mann mit dem Zigeunerkind« sähe. Leider gibt es immer noch Vorurteile. Außerdem lebe ich in einer Beziehung – einer glücklichen –, und ich wüsste nicht, warum ich die aufs Spiel setzen sollte. Habe ich wegen dir nicht schon genug gelitten?

Es tut mir leid, wenn du Probleme hast, aber dieses Risiko bist du eingegangen, als du dich gegen mich und lebenslange Sicherheit entschieden hast. Es wäre möglicherweise besser gewesen, die entsprechenden Maßnahmen zu ergreifen, um jetzt nicht als alleinstehende Mutter dastehen zu müssen. Wenn du es weggemacht hättest, wärst du diese Last los. Wärst du mich los.

Verfahre mit meinem Hochzeitsgeschenk, wie es dir beliebt. Das Symbol für den Beginn unserer Ehe symbolisiert nun ihr Ende. Bitte nimm zur Kenntnis, dass ich nach diesem Brief keinen weiteren Kontakt mit dir wünsche.

Jack

Trotz der Wärme im Hotelzimmer ergriff Emer Kälte. Schnell nahm sie einen Schluck Brandy. Der Brief war böse, gemein, dazu bestimmt zu kränken, zu verletzen. Er sollte sicherstellen, dass Annie nie wieder nach Baronsmere zurückkehrte. »Das ist abscheulich«, sagte sie. »Die Person, die das geschrieben hat, ist krank, pervers …«

Jack nickte. Die Wut und der Schmerz in seinen Augen waren nicht zu übersehen. Er ging wieder zu seiner Jacke. »Das habe ich auch noch gefunden.«

Emer ergriff das, was er ihr reichte, und öffnete es. Es war ein Scheck über fünfzigtausend Pfund, zahlbar an Annie Stewart, unterschrieben von Nicholas Stewart.

Jack nahm ihr Brief und Scheck wieder ab und steckte sie in seine Brieftasche. »Das sage ich dir, sie werden sich wünschen, mich nie gekannt zu haben«, versprach er in düsterem, drohendem Ton. »Kein Wunder, dass Luke mich hasst. Er denkt, ich wollte, dass sie ihn *abtreibt*. Dass ich seiner Mutter gesagt habe, sie hätte es wegmachen sollen – *es!*«

»Doch der Brief erklärt nicht, warum Annie Baronsmere verlassen hat«, sagte Emer.

»Ich weiß. Sieht aus, als müsste ich mich doch mal mit Joe und Liam unterhalten. Es aus ihnen herausprügeln, wenn es nötig ist.«

Seine Wut war so verständlich wie beunruhigend. Emer sah ihm an, dass er überreizt war, zu allem fähig. »Vielleicht werden wir den Grund nie erfahren«, warnte sie. »Vielleicht hat sie es nie jemandem gesagt.«

Jack schlug verärgert auf den Tisch. »Ich muss es wissen! Es frisst mich innerlich auf!«

»Das verstehe ich, Jack, aber im Augenblick hat Luke doch sicher Vorrang. Die Beziehung zu deinem und Annies Sohn neu aufzubauen.«

Jack seufzte. »Ich weiß nicht, was das Beste ist. Ich weiß gar nichts mehr. Ich bin hundemüde. Emer, könntest du mich heute Abend einfach nur in den Arm nehmen? Nichts weiter, nur das, ich verspreche es. Bitte.«

Emer hatte bereits beschlossen, dass sie und Jack kein Paar im eigentlichen Sinne sein konnten, bis er sich über seine Gefühle im Klaren war. Heute Nacht würden sie sich nicht lieben, nicht mal zum Trost. Alles hatte sich geändert, weil Jack nun ein trauernder Ehemann war. Die Frau, die er geliebt hatte, war tot, und zu wissen, dass sie ihn nicht einfach verlassen hatte, bedeutete, dass er nun richtig trauern konnte. Der Mann steckte in einer tiefen Krise. Sie schmiegte sich an ihn, die Hand auf seiner Brust. Er starrte hinauf zur Decke, den Tränen nahe, und fragte sich, was der morgige Tage bringen würde.

22

So weit, so gut. Fast halb elf Uhr morgens, aber kaum jemand unterwegs. Nicht mal John, der über einen eingebauten Radar für Besucher oder Eindringlinge zu verfügen schien. Luke klopfte an die Tür von Jessies Wohnwagen. Er sah, wie sie durch das Fenster spähte, aber kein Zeichen des Erkennens gab. Die dunkle Brille, der Kapuzenpullover und die Mütze waren offenbar eine gute Verkleidung. Aber er wirkte sicher ein wenig verdächtig. Er zog die Sonnenbrille ab und auf ihrem Gesicht erschien ein Lächeln. Kurz darauf drückte sie die Wohnwagentür auf.

»Hallo, Jessie.«

»Luke! Mein lieber Junge.« Sie trat zur Seite, um ihn hereinzulassen. Sobald er drinnen war, umarmte er sie ganz fest. Diese Frau war wie eine Großmutter für ihn. So wie eine Großmutter sein sollte, völlig anders als Grace. Mit Tränen in den Augen strich sie ihm über die Wange. »Ich hab gehört, was passiert ist. Deine arme Mammy, Gott hab sie selig. Geht's dir gut, mein Junge?«

»Jetzt ja, aber es hat ein paar Wochen gedauert«, sagte Luke. Eigentlich glaubte er nicht daran, dass es ihm jemals wieder richtig gut gehen würde, aber das wollte er Jessie nicht sagen.

»Du siehst müde aus«, sagte sie. »Ich mache uns Tee.«

Luke setzte sich auf die Polsterbank. »Mam ist in England begraben, Jessie. Mein Da ist auf einmal im Krankenhaus aufgetaucht und hat mich mit zu sich nach Hause genommen. Er hat die Beerdigung geregelt.«

Jessie setzte sich neben ihn. »Ich weiß. Eine junge Frau namens Emer war gestern hier. Sie hat es mir erzählt.«

»Was!«

»Sie hat nach dir gesucht. Macht sich Sorgen.«

Luke war gerührt, dass Emer so viel an ihm lag, dass sie sich auf die Suche nach ihm machte.

»Macht sie sich Sorgen? Oder war sie sauer?«, fragte Luke. »Ich habe Jack geschlagen, bevor ich abgehauen bin, Jessie.«

Jessie runzelte die Stirn. »Tja, vielleicht hat er's verdient. Aber sie wirkten nich sauer. Sie wollten dich nur unbedingt finden.«

»Sie?«

»Da war noch'n Mädel bei ihr. Kate. Sagte, sie wäre deine Freundin. Glaubst du, es ist klug, dass du dich mit einer Sesshaften einlässt, nach dem, was deine Mammy erleben musste?«

Kate! Das war nicht gut. Sie sollte ihn vergessen, nicht ihm folgen. Er wollte ihr nicht beibringen müssen, dass sie Bruder und Schwester waren, aber er würde ihr niemals in die Augen sehen können und sagen, sie würde ihm nichts bedeuten.

»Sie haben mir eine Nachricht für dich aufgetragen«, sagte Jessie. »Weil sie sich gedacht haben, dass du mich besuchen kommen würdest. Mal sehen, ob ich mich richtig erinnere. Sie sagten, es wäre wichtig – dass du es wissen wollen würdest. Lass mich mal nachdenken, während ich den Tee mache.«

»Haben Sie gesagt, warum sie hier sind, Jessie?« Hoffentlich war nichts Schlimmes passiert, vielleicht Matt oder Maggie.

»Das irische Mädel hat mir gesagt, sie hätten Angst, dass Joe und Liam dich in die Finger bekommen. Nach dem, was sie früher mit dir gemacht haben.«

Matt würde sich denken können, dass er das Geld genommen hatte. Vielleicht dachte er, Luke wolle es Joe und Liam zurückgeben. Als ob.

»Warst du denn nicht glücklich in England, Schatz? Obwohl du ein Mädchen hattest?«

»Schon«, antwortete Luke. Er wollte nicht darüber sprechen, nicht mal mit Jessie. »Es war nicht alles schlecht. Aber es war nicht mein Zuhause. Ich habe da nicht reingepasst.«

»Dann sind es Dummköpfe«, sagte Jessie mit Nachdruck. »Ihr Pech. Jeder könnte stolz sein, dich in seiner Familie zu haben.«

»Wir sind nicht miteinander ausgekommen, Jack und ich«, erklärte Luke.

»Tja, die Mädels sagten, er wäre mit ihnen hier in Ennis. Er und dein Bruder.«

Herrgott! Sollte er sich jetzt darüber freuen? Das hing davon ab, aus welchen Gründen Jack hergekommen war, aber wenn Emer, Kate und Matt ihn begleiteten, schien es, als wolle er tatsächlich helfen.

Jessie reichte ihm einen Becher Tee und setzte sich aufs Bett. »Luke, die Mädels haben mir etwas erzählt, das du wissen solltest. Es geht um den Brief, den deine Mammy der Schwester von diesem Stewart geschickt hat.«

Es dauerte einige Sekunden, bevor Luke die volle Bedeutung dessen, was Jessie gerade gesagt hatte, erfasste. »Was? Mam hat *Claire* geschrieben? Nein, das kann nicht stimmen. Die Antwort kam von Jack.«

Jessie erklärte, dass sie Annie geraten hatte, an Claire zu schreiben, in der Hoffnung, sie könne Jack überreden, Luke von Joe und Liam wegzuholen.

Lukes Gedanken wirbelten wild durcheinander. »Jessie, Claire hat nichts von mir gewusst, da bin ich mir sicher. Sie hat Mam wirklich gemocht, und sie war sehr nett zu mir, als ich in England war.«

»Es scheint, als hätte einer von diesen Stewarts aus dem großen Haus den Brief an sich genommen, bevor Claire in gesehen hat.« Jessies Stimme bebte vor Erregung. »Und der hat ihr einen gefälschten Brief zurückgeschickt, zusammen mit der Halskette.«

Luke war verwirrt. Er dachte an den Moment zurück, als Joe ihm den Brief mit Gewalt vorgehalten hatte, wie er ihn gezwungen hatte, die grausamen Worte zu lesen. »Der Brief war nicht handgeschrieben, er war ausgedruckt. Den hätte jeder schicken können. Mein Gott! Vielleicht hat Jack ja die Wahrheit gesagt.« Nun glaubte er zu verstehen. »Jack, Maggie, Claire – sie alle sagten, dass Jack nichts von mir wusste. Dass er und Mam eine gute Ehe geführt haben und ein Kind wollten. Ich muss diesen Brief holen. Ich hätte ihn mitgenommen, wenn wir nicht so schnell abgehauen wären. Ich muss ihn Jack zeigen, damit er herausfinden kann, wer ihn geschrieben hat. Nur so gibt es Gerechtigkeit für Mam.«

»Nein, Luke«, sagte Jessie und wackelte warnend mit dem Finger. »Diese beiden dürfen nich erfahren, dass du hier bist. Du gehst nich zurück zu diesem Haus.«

»Natürlich nicht, wenn sie da sind«, beruhigte Luke sie. »Keine Sorge, Jessie. Ich bin vorsichtig. Aber hör mir jetzt bitte zu … Es gibt einen Grund, warum ich zurück nach Irland gekommen bin. Heute Morgen habe ich mit einem Arzt in Limerick telefoniert. Du bekommst die künstliche Hüfte, die du brauchst …«

Erst als Luke schon gegangen war, fiel ihm auf, dass Jessie vergessen hatte, ihm Emers und Kates Nachricht zu übermitteln. Aber es konnte kaum wichtiger sein als die Neuigkeiten über den Brief. Er würde Emer morgen anrufen, wenn er seinen Plan in die Tat umgesetzt hatte.

Luke war, als würde ihm das Herz aus der Brust springen, als er Joe und Liam entdeckte. Er saß auf einer Bank an einer Bushaltestelle zwischen seinem alten Haus und dem Stammpub seiner Onkel. Wie nicht anders zu erwarten, machten sie sich auf der üblichen Route zu ihrem abendlichen Besäufnis auf.

Luke hielt den Kopf gesenkt, tat, als würde er in einer Zeitung lesen, und kam sich sehr verdächtig vor. Wahrscheinlich sah er auch so aus. Wie viele Leute saßen schon einfach so herum und lasen im Licht der Dämmerung Zeitung? Blieb nur zu hoffen, dass Joe und Liam ihm keine Beachtung schenkten. Er betete darum, dass sie nicht mit einer lebenslangen Gewohnheit brechen und die Straße überqueren würden.

Sobald sie um die Ecke und außer Sicht waren, rannte Luke in der Hoffnung, dass der Schlüssel immer noch passte, zu seinem einstigen Zuhause. Zehn Minuten, mehr brauchte er nicht. Zumindest dachte er das, bis er bemerkte, dass jemand in seinem Zimmer gewesen war. Er wusste genau, wo er nach dem Brief und dem Scheck hätte schauen müssen, und beides war jetzt fort. Hatte Annie sie weggenommen? Er schloss die Schubladen und Schränke und rannte in ihr Zimmer, wo ihn der Schmerz des Verlustes mit voller Wucht traf, als all die vertrauten Gegenstände ihn an sie erinnerten. »Tut mir leid, Mam«, sagte er laut. Es kam ihm falsch vor, ihre persönlichen Sachen zu durchsuchen.

Trotz des Lichtes der Straßenlaterne, das durch das Fenster fiel, konnte er kaum etwas sehen. Luke durchwühlte die Schubladen der Frisierkommode, tastete nach Papier, aber da war nichts. Joe und Liam mussten den Brief an sich genommen haben, aus welchem Grund auch immer. Er würde sich in ihren Zimmern danach umsehen müssen. Doch bevor er dazu kam, machte das Geräusch eines Schlüssels in der Haustür diese Idee zunichte. Luke hatte das Gefühl, als müsste er sich übergeben. Sie waren zurück.

Als er Schritte auf der Treppe hörte, war Luke sicher, dass sein Herz ihn verraten würde. Er lag an die Seite von Annies Bett gepresst, die Beine leicht angewinkelt, damit sie nicht hinausragten.

»Alles in Ordnung?«, hörte er Joe rufen, und vom Flur fiel Licht herein, als Liam die Schlafzimmertür aufdrückte. Der Schrank befand sich gleich hinter Luke, und einen Moment lang war er überzeugt, dass Liam ins Zimmer kommen und hineinsehen würde. Was zur Hölle ging hier vor? Es war fast, als würden Joe und Liam mit Eindringlingen rechnen.

»Sieht so aus«, war Liams Antwort, aber er kam nicht ganz rein. Luke hörte, wie er weiter in den Flur hineinging, vermutlich um einen Blick in ihr gemeinsames Zimmer zu werfen.

Luke schloss die Augen und seufzte erleichtert, als Liam die Treppe wieder hinunterging. Die unmittelbare Gefahr war vorüber, doch er musste immer noch irgendwie hier rauskommen. Und er hatte den Brief nicht gefunden. Er konnte den Fernseher im Wohnzimmer hören und wog seine Chancen ab, die Treppe hinunter und durch die Haustür zu gelangen, ohne gesehen zu werden. Möglich wäre es natürlich, aber die Stufen drohten zu knarren, und die Tür zum Wohnzimmer würde mit an Sicherheit grenzender Wahrscheinlich offen stehen. Konnte er es riskieren? Während er so dalag, schweiften seine Gedanken ab …

Annie sah zum zehnten Mal in ebenso vielen Minuten auf ihre Armbanduhr.

»Mam, hör auf damit. So kommen wir auch nicht schneller vorwärts.«

»Luke, sie werden so wütend werden, wenn sie nach Hause kommen. Wir hätten den alten Wagen nehmen sollen.«

Luke zuckte die Achseln. »Die sind doch immer wegen irgendwas wütend. Sie werden schon drüber wegkommen.«

In Wahrheit war Luke nicht so zuversichtlich, doch das brauchte seine Mutter nicht zu wissen. Es war ohnehin schon schwierig genug gewesen, sie davon zu überzeugen, mitzukommen. Aber er hatte heute seinen Führerscheintest bestanden und wollte sie in Joes Espace an den Shannon fahren, um zu feiern. Eine Stunde, hin und zurück, hatte er Annie gesagt. Joe und Liam waren an diesem Tag früh zu einem Bare-Knuckle-Wettbewerb gegangen, in einem Mini-Bus, der für die gedacht war, die planten, sich nach dem Kampf volllaufen zu lassen. Der Espace hatte einfach so vor dem Haus gestanden und Luke fast angebettelt, eine Spritztour mit ihm zu machen. Unglücklicherweise war ein Brauerei-Lastwagen auf der Hauptstraße zwischen Limerick und Ennis umgekippt und hatte auf dem Weg nach Hause für einen mordsmäßigen Stau gesorgt.

Annie blickte wieder auf die Uhr. »Ich hätte mich nie von dir breitschlagen lassen sollen.«

»Mam, komm schon, verdirb mir nicht den Tag! Wir können es jetzt auch nicht mehr ändern … und du hattest doch Spaß, oder nicht?« Seine Mutter antwortete lediglich mit einem schwachen Lächeln und sah dabei so besorgt aus, dass Luke den Arm austreckte und sie drückte. »Na, dann meckern sie halt ein bisschen, das ist doch nichts Neues. Ich verspreche, dass ich auch schön die Klappe halten werde, um es nicht noch schlimmer zu machen, okay?«

Als Luke und Annie endlich zu Hause eintrafen, warteten die Brüder vor dem Haus und tranken Dosenbier. Joe kam zur Fahrerseite und riss die Tür auf. »Wo wart ihr mit meinem Wagen, verdammte Scheiße?«, knurrte er und zerrte Luke an den Haaren heraus. Luke versuchte sich mit den Armen zu schützen, als er zu Boden geworfen wurde und ein schwerer Stiefel seine Rippen traf. Benommen hörte er Annie flehen: »Lass ihn in Ruhe, Joe. Er hat es doch nicht böse gemeint … er hat heute seinen Führerschein gemacht.«

»Ach ja, hat er das? Und das gibt ihm das Recht, einfach so meinen Scheißwagen zu nehmen, oder was?«

»Fass sie nicht an, du brutaler Mistkerl!« Luke hatte es geschafft, aufzustehen, und sah, wie Joe Annie gegen den Holzgartenzaun drückte. Er ergriff ein Stück Holz und schlug nach Joe, wobei sich ein hervorstehender Nagel in die Stirn seines Onkels bohrte. Es begann sofort zu bluten.

Heftig atmend hielt Luke das Holzstück abwehrend vor sich und wartete auf Joes Reaktion. Als ein paar Gärten weiter ein Hund zu bellen anfing, warf Joe einen Blick die Straße hinunter. Er wischte das blutige Rinnsal mit dem Ärmel weg und hob in einer versöhnlichen Geste die Hände. »Okay, gehen wir nach drinnen und beruhigen wir uns alle ein bisschen. Wir trinken einen, und du kannst uns von deinem Test erzählen.«

Luke fragte sich, warum Joe nachgegeben hatte, und hätte die Holzlatte wohl mit ins Haus genommen, doch Annie signalisierte ihm, sie lieber fallen zu lassen. Er wollte ihr gerade in die Küche folgen, als Liam ihn ins Wohnzimmer zog und die Tür zutrat. Dann warf er Luke zu Boden. Luke versuchte sich zu einem Ball zusammenzurollen, aber beide Brüder traten immer wieder auf ihn ein, in die Brust, in die Seite, bevor Joe ihn auf die Füße zerrte und ihm die Faust in die Wange rammte. Luke fiel zurück in Liams Arme, der ihn festhielt, während Joe ihm zwei harte Schläge in den Magen versetzte. Als Liam ihn losließ, sank Luke, nach Luft schnappend, zu Boden, aber Joe war noch nicht fertig.

Die Prügel waren fürchterlich. Schlimmer als alles zuvor. Luke wurde mit jedem Hieb benommener, verzweifelter. Er glaubte, er müsse sterben. Irgendwo in der Ferne schrie Annie und hämmerte gegen die Tür. Warum kam sie nicht herein? Endlich wurde Luke nach einem weiteren Tritt vom Boden hochgezogen und sein Haarschopf wurde grob von einer Hand zurückgerissen, während eine andere ihn fest an der Kehle packte. Durch den Nebel des Schmerzes und der Panik fühlte Luke heißen Atem in seinem Gesicht, als Joe sagte: »Reiz mich nich noch mal, nie wieder, du dreckiger kleiner Mischling.«

Luke verlor das Bewusstsein. Konnte nicht atmen. Das Letzte, was er mitbekam, war das Gefühl, als etwas erneut auf seine Brust und seine Seite traf, und dann trieb er weg von dem Schmerz und wusste nichts mehr.

Stunden später wachte er im Krankenhaus wieder auf. Annie saß mit blassem Gesicht neben ihm. Sie sagte immer wieder, wie leid es ihr tat, dass sie sich schuldig fühlte, weil sie sie nicht hatte aufhalten können, aber Liam hatte die Tür mit einem Sessel verbarrikadiert. Luke blieb gerade lange genug, um sich davon zu überzeugen, dass Sterben eher möglich als wahrscheinlich war, und entließ sich dann selbst. Er brauchte eine halbe Stunde, um das Krankenhaus zu Fuß zu verlassen. Der Arzt hatte ihn gefragt, was passiert war, aber Luke – und Annie – waren nicht so dumm, es ihm zu sagen. Es hätte alles nur noch schlimmer gemacht …

Die Erinnerung löste ein trockenes Würgen aus. Die Todesangst, die Luke in den letzten Wochen unter Kontrolle gehabt hatte, überkam ihn erneut mit voller Kraft. Er musste hier raus. Dieses Mal würden sie ihn womöglich umbringen. Er nahm sein Handy heraus. Er könnte die Garda rufen, aber wie lange würde es dauern, bis sie hier auftauchten? Joe könnte ihnen sagen, sie sollten mit einem Durchsuchungsbefehl wiederkommen, und dann würde er Luke finden. Und dafür sorgen, dass seine Leiche niemals entdeckt wurde …

Ruf an, wenn du mich brauchst – jederzeit. Plötzlich fielen Luke Matts Worte ein. Großer Bruder an kleinen Bruder. Er hielt das Handy unter die Steppdecke, um die Geräusche zu dämpfen, und schrieb Matt eine SMS, wo er gerade war, zusammen mit einer Warnung, nicht zurückzurufen oder zu schreiben. Er konnte keinen klaren Gedanken fassen, wusste nicht mal mehr, wie man das Telefon auf stumm stellte. Wenn er jetzt damit herumspielte, könnte er aus Versehen einen Alarm oder so was auslösen.

Er bekam einen Krampf und geriet in Panik. Was, wenn die SMS nicht angekommen war? Er musste den Versuch wagen, hier rauszukommen. Was hatte er schon zu verlieren? Vielleicht würden sie ihm ja gar nichts tun. Nicht viel zumindest, weil sie ja ihr Geld zurückhaben wollten. Das wäre ein gutes Verhandlungsmittel. Vorsichtig drückte er sich hoch und glitt in den Flur. Die Tür zu Joes Zimmer stand offen, und einen kurzen Moment war er versucht, weiter nach dem Brief zu suchen, aber das wäre zu riskant. Das Herz schlug ihm bis zum Hals, während er nach unten schlich.

Luke öffnete langsam die Haustür. Fast geschafft. Dann gellte Joes Stimme. »Hab dich!«, und sein Onkel griff nach ihm. Luke wurde wieder nach drinnen gerissen, aber Joe sah schockiert aus, als er ihn sah, und für den Bruchteil einer Sekunde lockerte sich sein Griff. Das reichte, damit Luke sich losreißen und nach draußen rennen konnte. Er musste nur bis ans Ende der Straße kommen, dahin, wo es belebter war, aber er hatte die Rechnung ohne sein verletztes, noch schwaches Knie gemacht, das gerade in diesem Moment nachgab. Der plötzliche Schmerz ließ ihn kurz innehalten. Sofort war Joe bei ihm. Sie kämpften, Luke mobilisierte Kräfte, von denen er gar nicht wusste, dass er sie besaß, und wehrte sich erfolgreich gegen die Versuche seines Onkels, ihn wieder ins Haus zu ziehen. Doch dann wurde er grob herumgerissen, und eine Faust traf auf sein Gesicht. Das Letzte, was er hörte, als er zurückkippte und sich den Kopf am Bordstein schlug, war die Stimme seines Onkels Liam. »Spüre die Macht, Luke.«

Als Luke wieder zu sich kam, lag er lang ausgestreckt auf dem Wohnzimmerboden. Seine Wange und sein Kiefer taten höllisch weh.

»Er ist wach«, rief Liam. Joe kam ins Zimmer geschlendert und nahm einen Schluck aus einer Dose. Lukes Herz hämmerte wie wild, als er an das letzte Mal dachte, dass er ihn gesehen hatte. Aber dieses Mal hatte er etwas, das sie wollten. Vorsichtig setzte er sich auf, halb darauf gefasst, wieder zu Boden gestoßen zu werden. Liam ging auf ihn zu, aber Joe hielt seinen Bruder mit einer erhobenen Hand auf.

»Na los, schlagt mich doch noch mal«, sagte Luke und versuchte, mutiger zu klingen, als er sich fühlte. »Das bringt euch gar nichts. Nicht, wenn ihr euer Geld wollt.«

»Könnte sich lohnen«, sagte Joe. »Meinst du, wir vergessen einfach, was du getan hast?«

Trotz seiner Angst brachte Luke ein Lachen zustande. »Ich soll vergessen, was *ihr* getan habt?«

»Dann hast du gestern Abend also nicht gefunden, was du gesucht hast?«

»Ich war gestern Abend nicht hier.«

»Aber jemand war hier«, entgegnete Joe. »Hat die Hintertür aufgebrochen und die Vorhänge geschlossen. Offenbar wollte er was Bestimmtes, denn es fehlt sonst nix. Schon komisch. Und heute Abend sitzt da jemand an der Bushaltestelle, obwohl's schon fast dunkel ist. Tja, das war verdächtig.«

Also hatten sie ihn doch gesehen. Luke ärgerte sich über sich selbst, zuckte aber mit den Achseln, als wäre es ihm egal. »Du bist gar nicht so dumm, wie du aussiehst. Jedenfalls war ich das gestern Abend nicht.«

»Ich will die dreißig Riesen.«

»Geht nicht.« Luke hob bedauernd die Schultern. »Die sind weg. Ich hab das Geld nach Mams Beerdigung verbrannt.«

Mein Gott, warum hatte er das gesagt? Wenn sie glaubten, das Geld wäre weg, warfen sie ihn womöglich einfach in den Shannon. Aber es tat gut, Joes Erschütterung zu sehen. Sein Onkel kannte die alte Traveller-Tradition, die Habseligkeiten eines Verstorbenen zu verbrennen. Luke hatte erlebt, wie es war, wenn man sich nicht fragen musste, wie man für das alles bezahlen sollte, und es gefiel ihm. Er hatte nicht die Absicht, das Geld zurückzugeben.

»Ich hoffe für dich, dass du lügst«, sagte Joe.

»Ich lüge nicht«, gab Luke zurück, was er ja genau genommen auch nicht tat.

»Tja, in dem Fall solltest du es besser woanders herbekommen«, sagte Joe. »Denn wenn nicht …«

»Tust du was?«, fragte Luke spöttisch, entschlossen, seine Angst nicht zu zeigen, obwohl er innerlich zitterte. »Wenn mir irgendetwas zustößt, wird man sofort wissen, dass ihr es wart.«

Er tastete in seiner Hosentasche nach dem Handy. Vielleicht schaffte er es irgendwie, jemanden anzurufen. Doch es war fort, und dann sah er, dass Joe das Telefon in der Hand hielt. Er musste es ihm abgenommen haben, nachdem Liam ihn bewusstlos geschlagen hatte. Joe setzte sich und schob das Handy auf. »Bist du aber gefragt. Guck dir die vielen SMS an.« Er las laut vor.

»Komm zurück, Bro. Wir finden eine Lösung.«

»Luke, bitte ruf mich an. Emer.«

Luke seufzte. »Ja und?«

»Die gefällt mir am besten«, sagte Joe grinsend. *»Jack ist nicht mein Vater. Ich liebe dich.* Von Kate. Uh-hu, heiß. Dann hat der kleine Lukey also eine Freundin.«

Luke hörte ihn kaum. Kate war nicht seine Schwester! Das musste die Nachricht sein, die sie Jessie für ihn aufgetragen hatten. Er wusste nicht, ob er lachen oder weinen sollte.

»Ich schätze mal, du willst nich, dass ihr was passiert.«

Bei Joes Worten setzte sein Herz aus. Sicher bluffte er nur? Obwohl er gern und oft zulangte, war er noch nie wirklich mit dem Gesetz in Konflikt geraten. Aber durfte Luke Kates Sicherheit aufs Spiel setzen? Er beschloss, einen Versuchsballon zu starten. »Okay, ich habe das Geld nicht verbrannt – obwohl ich es fast getan hätte –, aber ihr müsst mir ein bisschen Zeit lassen. Ich habe nicht alles.«

»Warum nicht?«, fragte Joe ruhig. »Hast du es verprasst?«

»Ich habe Jessie eine Hüftprothese bezahlt.« Noch nicht. Aber er würde sein Versprechen auf jeden Fall einlösen.

Beinahe hätte Joe seine Dose fallen gelassen. »Du hast was? Was bist du nur für ein Vollidiot! Die kann sich doch kaum noch auf den Beinen halten ...«

Luke war in Kampfstimmung. »Deshalb kann sie sie ja gut gebrauchen.«

Zu seiner Überraschung begann Joe zu lachen. »Ich habe dich vermisst, Luke. Du gehörst hierher, das weißt du, oder? Nicht zu den Stewarts. Wir sind deine Familie.«

»Also echt«, rief Luke aus. »Ich glaube, ich hör nicht richtig. Ihr habt mich nie so behandelt, als wäre ich einer von euch.«

»Nein«, gab Joe zu. »Nicht oft. Aber es gab auch gute Zeiten, oder nicht? Du weißt doch, dass ich mich nach einem Glas oder zwei nich immer im Griff hab.«

»Als du mich fast umgebracht hast, warst du nicht betrunken«, warf ihm Luke vor. Er war nicht blöd. Joe versuchte ihn wieder zu manipulieren, zu verunsichern, indem er die Familienkarte ausspielte. Joes Stimmungswechsel hatten Luke von jeher genauso verletzt wie alles Körperliche, und Joe wusste das. Luke hatte den Fehler begangen, es ihm zu sagen, weil er geglaubt hatte, er könne so das Herz seines Onkels erreichen. Damals, als er noch dachte, Joe hätte ein Herz.

»Wir können noch mal neu anfangen«, schlug Joe vor. »Du bist ein Traveller, Luke. Du wirst immer ein Traveller sein.«

»Richtig«, fauchte Luke, »aber du kannst mich mal. Das

sagst du doch nur, weil du glaubst, dass ich es hören will. Aber du bist ein Dreckskerl. Kein Wunder, dass du Roisin nicht mehr sehen darfst.«

Aus Angst, zu weit gegangen zu sein, wich Luke instinktiv zurück, aber der Schlag, mit dem er gerechnet hatte, kam nicht.

»Warum, glaubst du, hat deine Mam dich wegen Jack Stewart angelogen?«

Also hatte Mam wirklich gelogen. Luke schluckte nervös. Als er seinen Onkel provoziert hatte, ihn zu schlagen, hatte er weniger Angst gehabt als jetzt auf einmal.

»Warum hat sie Jack nie gesagt, dass sie schwanger war?«, fragte Joe. »Soll ich dir sagen, warum, hm? Weil sie nicht wollte, dass er die Wahrheit erfuhr.«

Luke gab ein höhnisches Lachen von sich. »Du würdest die Wahrheit doch nicht sehen, wenn sie direkt vor deiner Nase wäre.«

»Sie wurde vergewaltigt.«

Nichts, was sein Onkel je getan hatte, kam dem Schmerz gleich, den Luke jetzt fühlte. »Das ist eine Lüge.« Seine Stimme war kaum mehr als ein Flüstern. Aber aus irgendeinem Grund wusste er, dass es das nicht war.

»Du bist der Sohn eines Vergewaltigers, Lukey-Boy«, sagte Joe.

Lautes Hämmern an der Haustür unterbrach Lukes Gedanken. Blitzartig hatte Liam ihn im Würgegriff, eine Hand fest auf seinen Mund gedrückt. Joe ging in den Flur und rief: »Wer ist da?«, und Lukes Herz machte einen Satz, als er die Antwort hörte.

»Jack Stewart.«

»Schleich dich«, war Joes Erwiderung.

»Ich gehe nicht weg«, schrie Jack.

»Wie du willst«, gab Joe zurück. »Ich habe den ganzen Tag gearbeitet und gehe jetzt ins Bett. Nacht, Jack.«

Damit löschte er das Licht und kehrte ins Wohnzimmer zurück, wo er vorsichtig um den Vorhang spähte.

Luke versuchte sich zu befreien, aber Liam war stark, und wenn er sich zu heftig wehrte, würde er ihn womöglich noch erwürgen. Bitte, Gott, lass Jack nicht einfach weggehen.

»Sollen wir die Tür eintreten?«, fragte Matt.

Jack schüttelte den Kopf. »Nur als letztes Mittel. Falls Luke nicht da ist, wäre das ein Grund, uns verhaften zu lassen.« Er glaubte zwar nicht wirklich, dass es dazu kam, weil die Wahrscheinlichkeit, dass die Kiernans die Polizei riefen, sehr gering war, aber er wollte nichts riskieren, das sie bei ihrer Suche aufhalten würde. Er fragte sich, ob die Brüder die Hintertür repariert hatten, nachdem er gestern eingebrochen war.

»Dad, leg mal das Ohr hierhin.« Matt zeigte erst auf den Briefkasten, denn er aufhielt, dann auf sein Handy.

Jack verstand sofort. Aus der SMS war zu schließen gewesen, dass Luke nicht reden konnte. Möglicherweise hatte er das Telefon auf stumm gestellt, doch das Risiko, ihn anzurufen, war trotzdem zu groß gewesen. Das galt jetzt nicht mehr. Sekunden später hörte er drinnen Lukes Handy klingeln. Er stand auf. »*Jetzt* treten wir die Tür ein!«

Gemeinsam warfen Matt und Jack sich gegen die Haustür, bis sie aus dem Schloss sprang, und sahen sich Joe Kiernan gegenüber, dessen Gesicht vor Wut verzerrt war.

»Verpisst euch aus meinem Haus!«, knurrte er, aber Jack wich dem ersten Faustschwung aus und stieß ihn zur Seite, um dann mit Matt zusammen weiter ins Wohnzimmer vorzudringen und das Licht anzuknipsen. Liam hielt Luke immer noch fest im Griff. »Ich breche ihm den Hals«, drohte er.

Jack nahm auf dem Sofa Platz. »Nein, wirst du nicht. So doof bist selbst du nicht. Und jetzt lass ihn los. Wir setzen uns alle hin und plaudern nett miteinander.«

Jack schäumte innerlich vor Wut. Ein Blick auf Lukes blasses, geschundenes Gesicht sagte ihm alles über die Art von Brutalität, die er sein halbes Leben lang hatte erleiden müssen. Am liebsten hätte Jack Liam ins Gesicht geboxt und dann dasselbe mit Joe getan. Um beide für das bezahlen zu lassen, was sie seiner Frau und seinem Sohn angetan hatten.

»Ich will Antworten«, sagte Jack. »Und seid dankbar, dass ich euch nicht auseinandernehme.«

Joe lachte. »Kannst es ja mal versuchen. Also, dann mal los, stell deine Fragen, Jack.«

»Ich weiß alles über euren miesen Deal mit meiner Mutter«, sagte Jack. »Ich weiß, dass sie euch Geld gezahlt hat, das für Annie und Luke bestimmt war.«

»Dann ist es überhaupt nicht euer Geld!«, rief Luke aus, frei von Liams Umklammerung. »Es gehörte von Anfang an mir und Mam.«

»Tja«, sagte Joe, »irgendeine Tarngeschichte brauchte man ja. Aber dieses Geld wurde an mich und Liam ausgezahlt, ganz rechtmäßig, und es hat nicht annähernd die Mühe wettgemacht, die wir mit diesem Balg und seiner verrückten Mutter hatten.«

Jack zwang sich zur Ruhe. »Warum hat Annie mich verlassen?«

Joe drohte ihm mit dem Finger. »*Du* bist hier gestern Abend eingebrochen. Echt armselig! Zwanzig Jahre ist das jetzt her, und du hast immer noch keinen blassen Schimmer. Vielleicht solltest du froh darüber sein. Manches weiß man besser erst gar nicht.«

»Du hast mein Zeug durchwühlt?« Luke starrte Jack entsetzt an. Sein Sohn hatte sich immer sehr zugeknöpft gegeben, wenn die Sprache auf sein Leben zu Hause gekommen war. Wahrscheinlich fand er, dass Jack wieder einmal seine Nase in Dinge gesteckt hatte, die ihn nichts angingen.

»Tut mir leid«, sagte Jack. Es klang wenig überzeugend, deshalb wartete er auf die übliche Schimpfkanonade.

Doch Luke zeigte nur ein schwaches Lächeln. »Wenn ich das gewusst hätte, hätte ich dich gebeten, ein paar von meinen Sachen einzupacken.«

Jack gab das Lächeln zurück. Ein Hindernis war schon mal genommen. Aber Lukes Gesichtsausdruck änderte sich. Er starrte Jack geradewegs an. »Ich weiß, warum Mam gegangen ist.«

Jacks Magen machte einen Satz. Dies war das erste Mal, dass sie einander wirklich in die Augen sahen, seitdem Jack zu der Überzeugung gekommen war, dass Luke tatsächlich sein Sohn war. Er sah anders aus, vielleicht weil Jack ihn nun mit anderen Augen sah. Sein Gesicht, das dem seiner Mutter so ähnlich war, wirkte offen und ehrlich, freundlich und sanft – wie sie gewesen war.

»Sie … sie wurde vergewaltigt«, flüsterte Luke, und Jack war, als wäre er innerlich gestorben.

»Na ja, das hat sie zumindest gesagt«, warf Joe ein. »Aber wer weiß? Vielleicht konnte sie nur nicht mit der Schuld leben, dass sie dir Hörner aufgesetzt hat, Jack. Die Schlampe.«

Jack war es nur mit großer Mühe gelungen, Ruhe zu bewahren, seitdem er sich mit Gewalt Zugang zum Haus verschafft hatte, doch das war zu viel. Er warf sich auf Joe, der gegen den Fernseher prallte und damit zu Boden ging.

Joes Sturz ausnutzend, riss Jack ihn wieder hoch und schlug ihm die Faust ins Gesicht. Zufrieden sah er zu, wie Joe erneut zurückfiel und Blut aus seiner Nase spritzte. Da der Mann benommen wirkte, sah Jack sich schnell im Zimmer um.

Liam rang mit Matt und Luke, aber Matt bekam einen Hieb in den Magen ab und fiel, nach Luft schnappend, aufs Sofa. Jack blieb keine Zeit, zu helfen, denn Joe stand bereits wieder auf. »Jack!«, schrie Luke. Als er sich umdrehte, sah er, wie Liam mit einem Klappmesser in der Hand auf ihn zukam, aber Luke sprang zwischen sie. Bevor Jack reagieren konnte, packte Joe ihn von hinten an den Schultern und riss ihn zurück. Als er gegen die Ecke eines Tisches stieß, hörte er Joe rufen: »Liam, du beschissener Idiot!«, dann rannten beide aus dem Haus.

Mit vor Schmerz zusammengebissenen Zähnen sah Jack Luke wie unter Schock einfach dastehen. »Danke«, sagte Jack und stand lächelnd auf. Luke antwortete nicht. Jack ging zu ihm, um ihn zu umarmen, zum Dank für das, was er getan hatte, dann aber sah er den roten Fleck, der sich auf Lukes Bauch ausbreitete. »Mein Gott, Luke!«

Lukes Gesicht war aschfarben und voller Angst, als er zu Boden sank. Alles war fürchterlich schiefgelaufen. Jack war außer sich vor Schuldgefühlen.

»Matt, hol irgendwoher ein paar Handtücher«, befahl er. Er musste versuchen, die Blutung einzudämmen. Kurz darauf erschien Matt mit zwei Gästehandtüchern. »Ich hab den Wäscheschrank gefunden. Das heißt, zumindest sind sie sauber.« Jack faltete eines der Handtücher zu mehreren Lagen und drückte es fest auf die Wunde.

»Muss man hier 999 wählen?«, fragte Matt, das Handy in der Hand.

»Keine Ahnung«, antwortete Jack. »Aber wir fahren ihn. Ich glaube nicht, dass wir warten können.«

Jack und Matt nahmen Luke in die Mitte und hievten ihn auf den Rücksitz des Mietwagens.

»Ich brauche was, um ihn warm zu halten«, sagte Jack. Matt rannte zurück ins Haus und kam gleich darauf mit einer Steppdecke wieder. Während Matt fuhr, hielt Jack den in die Decke gewickelten Luke fest, wobei er immer noch so viel Druck wie möglich auf die Quelle der Blutung ausübte.

»'tschuldigung«, hörte er eine Stimme flüstern. Zumindest war Luke noch bei Bewusstsein.

»Weswegen?«, fragte Jack, den Tränen nahe. Er musste sich anstrengen, um die schwache Antwort zu verstehen.

»Weil ich dir nur Ärger mache.«

Instinktiv schlossen sich Jacks Arme enger um den blutenden Körper seines Sohnes, und er fühlte Scham und Trauer zugleich, als Luke hervorpresste: »Ich will einen DNA …«

»Du *bist* mein Sohn«, sagte Jack heftig. »Bild dir ja nichts ein.« Er kniff die Augen zusammen, weil ihm die Tränen kamen. Als er sie wieder öffnete, sah er den schwachen Hauch eines Lächelns auf Lukes Gesicht, aber er schien kurz davor, das Bewusstsein zu verlieren.

»Luke – bleib bei mir«, flehte Jack. »Red weiter … über Kate, über Manchester United … irgendwas.«

»Kalt …«, flüsterte Luke. Er zitterte.

Blut sickerte durch die Steppdecke. Jack drückte Luke an sich, um ihn zu wärmen. Und nun, als er Lukes dunklen Schopf küsste, ließ er den Tränen ihren Lauf. Alle elterlichen Gefühle, die er seit Wochen unterdrückt hatte, überwältigten ihn mit einem Mal. Dies war sein Sohn. Sein und Annies ersehntes Kind. Er kannte ihn zwei Monate, und von Lukes Zusammenbruch beim Begräbnis abgesehen, war dies das erste Mal, dass er ihn in den Armen hielt. Er dachte an die Zeit im Dubliner Krankenhaus, als Luke sich von seinen schweren Verletzungen erholt hatte, trauernd und unter Schock. In Momenten wie diesen hätte jedes menschliche Wesen den Trost einer Umarmung verdient, doch Jack hatte eine solche Geste nicht gemacht. Selbst wenn Luke sich gewehrt hätte angesichts seiner damaligen Gemütsverfassung, was sehr gut möglich gewesen wäre, hätte Jack es versuchen müssen. Und nun würde er vielleicht nie die Chance dazu bekommen, weil Luke sich in ein Messer geworfen hatte, das für Jack bestimmt gewesen war. Er hatte seinen Sohn schlimm im Stich gelassen. Und seine Frau. »Vergib mir, Annie, vergib mir«, flüsterte er.

23

»Er kommt durch, Dad. Er ist zäher, als er aussieht.«

Jack nickte. Matt wollte ihn aufmuntern, aber Wunschdenken brachte Luke nicht durch die Not-OP, die er in diesem Moment durchlebte. Ein *bisschen* Blut zu verlieren war nicht schlimm, aber Luke hatte *sehr viel* Blut verloren. Die Lache auf dem Boden des Wagens und Jacks durchtränkte Kleider waren der Beweis.

»Es war meine Schuld«, sagte er. Matt und er warteten im Angehörigenraum. »Ich habe die Beherrschung verloren. Ich habe ihn im Stich gelassen – und Annie auch. Ich hätte auf ihn aufpassen müssen.«

Jack hatte in seinem Leben schon einige Tiefpunkte erlebt, aber nichts, was mit dem vergleichbar war, das er jetzt durchmachte. Das Gefühl der Schuld, das ihn überkam, wenn er an Luke dachte, war überwältigend. Körperlich und emotional misshandelt hatte er zusehen müssen, wie das Gleiche seiner Mutter passierte. In dem Glauben, sein Vater hätte ihn abtreiben lassen wollen, um dann unter traumatisierenden Umständen die einzige Konstante in seinem Leben zu verlieren.

Kein Wunder, dass er so feindselig und rachedurstig gewesen war. Jack hatte ihm weder Verständnis noch Mitgefühl gezeigt, keine Liebe oder Hilfsbereitschaft, stattdessen hatte er mit Ungeduld, Ärger und Wut reagiert. Müde rieb er sich die Stirn. »Das werde ich nie vergessen, Matt. Wie ich ihn auf dem Weg hierher gehalten habe. Wie ich mich gefragt habe, wie viel Blut man verlieren und trotzdem überleben kann. Wie ich mir gewünscht habe, ich hätte ihn so behandelt, wie es ein Vater tun sollte. Herrgott, Matt, er hat gerade seine Mutter verloren, und ich habe ihm *nichts* gegeben.«

Er drehte sich in nervöser Erwartung um, als die Tür aufging, und rechnete damit, einen Arzt zu sehen, stattdessen kamen Kate und Emer herein.

»Wir haben ein Taxi genommen, als du angerufen hast«, sagte Emer.

Kate war kalkweiß. Sie schien den Tränen nahe. »Es heißt, er wäre immer noch im OP. Es ist wirklich ernst, oder?«

»Er ist in guten Händen, Kate«, erklärte ihr Jack. Es klang wenig überzeugend, dazu war er viel zu besorgt. Kate wandte sich ihm zu, als wolle sie ihn umarmen, griff dann aber mit entsetztem Gesicht nach seinem blutbefleckten Hemd.

»Oh mein Gott, Jack! Ist das …« Sie schwankte. Emer legte schnell den Arm um sie und führte sie zu einem Stuhl. Kate setzte sich und legte den Kopf in die Hände. Nach einer Weile holte sie ihr Mobiltelefon aus der Handtasche und blickte unter Tränen darauf. »Das habe ich vor ein paar Tagen aufgenommen.«

Jack streckte die Hand aus. »Darf ich?«

Es war ein Foto von Luke, der glücklich und entspannt in die Kamera lächelte. Luke, wie Jack ihn nie kennengelernt hatte. Obwohl er die Gesichtszüge seiner Mutter hatte, war er eine eigenständige Person. Warum hatte Jack nicht hinter die Ähnlichkeit mit Annie blicken können? Warum hatte er ihren Sohn für Sünden bestraft, von denen er geglaubt hatte, sie hätte sie begangen? Er gab das Foto Kate zurück, als ein

Mitarbeiter des Krankenhauses hereinkam und sie darüber informierte, dass Lukes Zustand kritisch sei und die folgenden vierundzwanzig Stunden entscheidend wären.

Irgendwann schlief Kate an Matts Schulter ein, erschöpft vom Weinen und der Sorge. Auch Emer sah müde aus, aber Jack musste mit ihr reden, und bedeutete ihr, ihm nach draußen auf den Flur zu folgen, wo er ihr von Lukes Enthüllung berichtete.

»Vergewaltigt?« Emer sah erschüttert aus.

Als er es ausgesprochen hatte, kam ihm der Sinn seiner Worte erst richtig zu Bewusstsein. Jack hatte das Gefühl, sich übergeben zu müssen. »Tut mir leid, ich muss einen Moment allein sein«, sagte er, indem er sich abwandte und ging.

Die Krankenhauskapelle war leer. Jack setzte sich vor den kleinen Altar, den Kopf in den Händen. Die Sorge um Luke hatte alle anderen Gefühle unterdrückt, aber hier, allein mit seinen Gedanken, konnte er sich auf das konzentrieren, was er gerade erfahren hatte.

Annie war vergewaltigt worden. Das Entsetzliche dieser Tatsache traf ihn mit nahezu körperlicher Gewalt; er musste gegen Wellen von Übelkeit ankämpfen. Sein Verstand brachte ihn immer an denselben Punkt – Annie in Not, wie sie sich gegen einen Angreifer wehrte –, doch dann setzte er komplett aus. Jack ertrug es nicht, sie sich vorzustellen, wie sie Schmerzen litt, vielleicht um ihr Leben kämpfte.

Warum hatte sie sich ihm nicht anvertraut? Die Frage quälte ihn. War die Schande für eine gläubige Katholikin zu groß? Oder hatte Annie nicht gewusst, wer der Vater des Kindes war. Der Vergewaltiger oder Jack? Sie war gegen Abtreibung gewesen, diese Möglichkeit wäre also nie für sie infrage gekommen, aber der Gedanke, das Kind eines Vergewaltigers auszutragen, musste traumatisch gewesen sein.

Wieder stand die Möglichkeit im Raum, dass Luke nicht sein Sohn war. Trotz ihres schwierigen Verhältnisses verspürte Jack keinerlei Erleichterung. Seitdem er von Luke wusste, hatte er noch nicht so für ihn empfunden wie jetzt. Was geschehen war, war weder Lukes noch Annies Schuld. Sie alle, Jack eingeschlossen, waren die Opfer eines Verbrechens. Eines der schlimmsten Verbrechen überhaupt.

Während er die Reihe flackernder Kerzen vor der Marienstatue anstarrte, gingen ihm zahlreiche Gedanken und Möglichkeiten durch den Kopf. Annies Gesicht erschien vor seinem geistigen Auge – das wunderschöne Mädchen von damals, nicht die geschundene Gestalt in der Leichenhalle des Krankenhauses.

»Es tut mir leid, Annie«, flüsterte er. »Es tut mir alles so leid.«

Ein plötzliches Gefühl der Liebe für sie überkam ihn, einer Liebe, von der er angenommen hatte, sie wäre für immer tot, die aber wieder zum Leben erwacht war, als er auf ihrem Bett gesessen hatte. Er hoffte, dass sie, wo immer sie nun war, Frieden gefunden hatte. Seine Qualen dauerten an, aber womöglich hatte er das verdient, weil er an ihr gezweifelt hatte. Er war schwach gewesen, als er dem Bericht des nicht existierenden Detektivs geglaubt hatte. Er hätte seiner Mutter nicht vertrauen dürfen. Hätte Manns genug sein müssen, seine eigenen Entscheidungen zu treffen. Und er hätte seinen Stolz herunterschlucken und sich selbst auf die Suche nach ihr machen müssen.

Als er die Kapelle verließ, wartete Emer draußen auf ihn und nahm seine Hand. Er spürte die Spannung in seinem Gesicht, die die getrockneten Tränen hinterlassen hatten. Emers Miene war freundlich und mitfühlend. Sie verstand. Dafür liebte er sie. Er drückte ihre Hand. »Als Ollie noch ein Welpe war, wurde seine Mutter von einem Auto angefahren. Sie starb am Straßenrand. Ollie blieb einfach neben ihr sitzen, winselnd. Verloren. Ich nahm ihn hoch und hielt in fast den ganzen Tag an mich gedrückt – um für ihn da zu sein. Ich konnte seinen Schmerz spüren. Seine Verwirrung. Ich habe ihm Liebe und Sicherheit gegeben.«

Er musste Emer die Analogie nicht erklären. Sie musste nicht wiederholen, dass er Luke im Stich gelassen hatte. Dass er ihm nie das gleiche Mitgefühl hatte zuteilwerden lassen, das er seinem Hund erwiesen hatte.

»Ich brauche frische Luft«, sagte er. Zusammen gingen sie zum Hauptausgang. Draußen fiel dichter Regen, deswegen blieben sie davor stehen.

»Annie liebte den Regen«, sagte er. »Sie ist oft zum See gerannt, um zuzusehen, wie die Tropfen ins Wasser fielen.«

»Sie war ein guter Mensch, Jack«, sagte Emer. »Und sie hat dich geliebt. Ich bezweifle, dass sie je damit aufgehört hat. Selbst nach …«

Selbst nach dem Brief. Jack legte den Arm um ihre Schultern und zog sie näher an sich.

»Wie stehst du nun zu Luke?«, fragte sie.

»Was meinst du?«

»Na ja, wie du weißt, besteht die Möglichkeit … dass er nicht dein Sohn ist. Viele Männer könnten …«

»Ich bin *immer* davon ausgegangen, dass diese Möglichkeit besteht. Der Unterschied ist jetzt, dass es nicht Annies Schuld wäre. Auf der einen Seite ist es einfacher, weil ich nun weiß, warum sie gegangen ist, auf der anderen wäre es mir lieber, ich wüsste es nicht. Wie kann ich nach Baronsmere zurückkehren und so tun, als wäre nichts geschehen? Ich werde doch in jedem einen Verdächtigen sehen.«

»Ich nehme an, du hast keine Ahnung, wer es gewesen sein könnte?«

»Klar habe ich über andere Männer nachgedacht, aber das war vor über zwanzig Jahren. Es ist schwer für mich, objektiv zu sein. Ich habe mein ganzes Leben mit diesen Menschen verbracht. Es könnte natürlich auch irgendein Fremder auf der Durchreise gewesen sein …«

»Ich glaube nicht, dass Annies Vergewaltiger ein Fremder war.«

»Warum nicht?« Jacks Ton war schärfer, als es seine Absicht gewesen war.

»Dann hätte es keinen Grund gegeben, warum sie es dir nicht hätte sagen sollen – und die meisten Vergewaltigungsopfer kennen die Täter. Das könnte die Sache für sie noch schwieriger gemacht haben.«

Jack schwieg. Sein Verstand arbeitete fieberhaft.

»Jack, alles in Ordnung?«, fragte Emer und legte ihm sanft die Hand auf die Schulter.

»Ich kann das nicht«, sagte er. »Ich kann nicht alle durchgehen, die ich kenne, und mich fragen, ob einer davon meine Frau vergewaltigt hat.«

»Dann lass uns aufhören, darüber zu reden.«

»Ich kann nicht!«, rief Jack aus. »Jetzt hast du es mir in den Kopf gesetzt, und es geht nicht wieder weg!«

»Es tut mir leid …«

»Dafür ist es verdammt noch mal zu spät!« Er trat hinaus in den Regen und stand einen Augenblick reglos. Die Frische und die Reinheit der kühlen Tropfen taten gut. Ein Teil von ihm wollte einfach weitergehen, alles, alle hinter sich lassen. Doch endlich wandte er sich tropfend und unglücklich wieder zur Tür um. Er ergriff Emers Hand und flüsterte: »Ich habe das Gefühl, ich werde verrückt. Ich weiß nicht, was ich tun soll.«

»Holen wir uns einen Kaffee und wärmen uns ein bisschen auf«, schlug sie vor. »Hier durchnässt zu stehen und zu frieren hilft dir nicht weiter.«

Sie waren dankbar, in der nahe gelegenen, fast leeren Cafeteria einen Kaffeeautomaten zu finden. Ausnahmsweise schmeckte der Kaffee wie Nektar.

»Luke will einen DNA-Test«, sagte Jack. »Selbst halb ohnmächtig war es das Erste, woran er dachte.«

»Das überrascht mich nicht.«

»Ich muss immer wieder an den Moment denken, als ich begriff, dass er eine Stichwunde hat, wie ein verfluchtes Albtraumvideo in Endlosschleife.« Jack fühlte sich so erschöpft wie nie zuvor in seinem Leben, trotzdem kam ihm noch ein anderer Gedanke. »Als Matt und ich in Edenbridge waren, nannte Richard Annie eine Schlampe. Warum sollte er das tun? Als meine Mutter ihm ihren typischen Blick zuwarf, hat er nicht weitergeredet. Ich habe immer geglaubt, Richard würde Annie hassen, aber Tony Hayes erzählte mir, dass er sich mal an sie rangemacht hat. Und Richard war es, der Annies Brief an sich genommen hat. Angeblich, weil er nicht wollte, dass sie nach Baronsmere zurückkam, aber vielleicht steckt da noch mehr dahinter.«

»Glaubst du, *Richard* hat Annie vergewaltigt?«

»Es würde passen«, meinte Jack, zunehmend überzeugt, dass er recht hatte. »Und wenn meine Mutter es wusste, würde sie nicht wollen, dass es herauskommt, weil sie Claire beschützen will … Herrgott!«

»Was ist, Jack?«

»Das Geld, das meine Mutter gezahlt hat, angeblich für Annie. Joe sagte, es hätte irgendeine Tarngeschichte gebraucht …«

»Und?«

»Was, wenn es Schweigegeld war? Weil meine Eltern wussten, was Richard getan hatte, und die Kiernans sie erpressten.«

»Aber Luke und Annie wussten nichts von dem Geld«, rief ihm Emer in Erinnerung.

»Falls Annie das von der Vergewaltigung ihren Brüdern erzählt hat, hätten Joe und Liam die Gelegenheit, Profit daraus zu schlagen, bestimmt erkannt…«

»Oder sie wollten Rache für das, was ihrer Schwester zugestoßen war.«

Jack schüttelte den Kopf. »Wenn sie Gerechtigkeit für Annie gewollt hätten, hätten sie das Geld mit ihr und Luke geteilt.«

Emer biss sich auf den Daumennagel. »Tja, das ist eine Theorie. Aber du verstehst, was das bedeutet, oder? Wenn Richard Lukes Vater ist …«

Als der Groschen endlich fiel, erschrak er. Es nahm kein Ende. Wenn Richard Annie vergewaltigt hatte und Luke das Resultat war, war Kate seine Halbschwester. Jack seufzte. »Was für eine verfahrene Situation. Sarah will nicht, dass Kate erfährt, dass Richard ihr Vater ist, aber was tun wir, wenn sich herausstellt, dass er auch Lukes Vater ist?«

»Ich weiß es nicht. Warten wir es einfach ab. Sobald Luke wieder bei Bewusstsein ist, können wir den DNA-Test in Angriff nehmen.«

Jack hatte den Test von Anfang an gewollt. Schließlich hatte Luke selbst darum gebeten. »Das Krankenhaus kann sich nicht nur auf dein Wort verlassen«, hatte ihm Emer darauf erklärt, und er hatte ihr widerstrebend zustimmen müssen.

»Sollen wir zurückgehen?«, schlug Emer vor. »Kate und Matt fragen sich bestimmt, wo wir sind. Und es dauert vielleicht noch ein Weilchen, bis Luke wieder ansprechbar ist, aber er könnte bald aufwachen.«

»Die erste Hürde«, sagte Jack. »Ich weiß, dass er noch nicht über den Berg ist.«

Bei ihrer Rückkehr auf die Intensivstation rief die Stationsschwester ihn. »Mr Stewart, würden Sie bitte mit in mein Büro kommen?« Ihre Miene war ernst.

Fünf Minuten später stand Jack erneut vor dem Krankenhauseingang und ließ den Regen auf sein Gesicht prasseln. Obwohl ihm das Atmen schwerfiel, sog er genug Luft in die Lunge, um seinen Schmerz und seine Qual hinauszubrüllen. Seine Verzweiflung war vollkommen.

Als Jack am folgenden Morgen in das Gebäude von Stewart Enterprises marschierte, war er getrieben von Liebe, Wut und Hass. Zunächst ging er zu Richards Büro, fand ihn dort aber nicht. Als auch sein Vater nicht an seinem Schreibtisch war, schnappte sich Jack Nicholas' Terminkalender und überflog die Einträge für den heutigen Tag. Dann eilte er hinaus und den Flur hinunter, um ohne anzuklopfen in den Konferenzraum des Vorstandes zu stürmen.

Nicholas saß am Kopfende des Tisches, umgegeben von der Abordnung von Redgate. Er ließ sich die Überraschung über Jacks Auftritt nur kurz anmerken, dann übernahm wieder seine kühle Selbstbeherrschung. »Jack, wir sind hier gerade auf einem guten Weg. Können wir uns zum Lunch treffen?«

»Nein«, sagte Jack. »Ich muss jetzt mit dir sprechen. Ich würde vorschlagen, Sie machen alle mal eine Kaffeepause.«

Sein Vater funkelte ihn böse an, gab dann aber nach. »Ich muss unsere Freunde von Redgate um Nachsicht bitten. Fünfzehn Minuten Pause. Bitte bedienen Sie sich an den Erfrischungen.« Mit steifen Schritten verließ er den Konferenzraum. Jack folgte ihm auf dem Fuße.

»Keine Anrufe!«, schnauzte Nicholas seine Sekretärin an. In seinem geschlossenen Büro ließ er sich an seinem Schreibtisch nieder, während Jack ruhelos auf und ab ging. »Was sollte das, Jack? Der Woodlands-Deal steht wegen der vielen negativen Presse kurz vor dem Scheitern. Was konnte denn nicht bis später warten?«

»Wo ist Richard?«, fragte Jack. »Der Mann, der mir absichtlich Lukes Existenz verschwiegen hat. Der regelmäßig deine Tochter beleidigt und erniedrigt, sowohl durch die Art, wie er sie behandelt, als auch durch die Tatsache, dass er sie betrügt. Ich habe ihn bei der Vorstandssitzung nicht gesehen.«

»Ich habe Maßnahmen getroffen«, erwiderte Nicholas. »Mir ist klar geworden, dass er unmöglich hier bei Claire bleiben kann. Ich schicke ihn nach Hong Kong.«

»Du belohnst ihn auch noch …«

»Er ist immer noch mein Schwiegersohn. Der Vater meines Enkels. Und wir wollen keine schlechte Publicity.«

»Gott behüte!«, rief Jack aus. »Was kümmern uns Untaten, solange wir sie alle unter den Perserteppich kehren können, was? Tja, Dad, so hältst du es vielleicht … ich nicht. Seit Lukes Ankunft habe ich angefangen, Dinge zu hinterfragen, die ich schon vor langer Zeit hätte hinterfragen sollen – vor zwanzig Jahren zum Beispiel. Warum hat meine Frau mich ohne ein Wort verlassen? Das ergab keinen Sinn, deshalb habe ich begonnen, die Beweisschnipsel zusammenzusetzen. Ich habe das mit dem gefälschten Brief herausgefunden, den Richard Annie geschickt hat. Dann erfuhr ich den Grund, warum Annie damals Hals über Kopf verschwunden ist, und es war nicht wegen irgendetwas, was ich getan hatte … meine Frau wurde vergewaltigt.«

»Jack, ich glaube wirklich nicht …«, begann Nicholas.

»Halt den Mund!«, fuhr Jack ihn an. »Du redest erst, wenn ich fertig bin, sonst weiß ich nicht, was ich tue. Also, ich finde heraus, dass meine Frau vergewaltigt wurde, und natürlich lautet meine nächste Frage: Von wem? In den letzten Stunden musste ich die bittere Pille schlucken, dass es wahrscheinlich kein Fremder war, sondern jemand aus meinem Umfeld.

Ich erinnerte mich daran, was Tony Hayes auf der Beerdigung gesagt hatte. Dass Richard auf Annie stand. Und es war Richard, der hinter dem gefälschten Brief und den Zahlungen an die Kiernans steckte. Zahlungen, die laut Mutter angeblich für Annie und Luke gedacht waren. Ich habe Richard zwar nie gemocht, trotzdem war ich über meinen Verdacht entsetzt. Aber was mich noch mehr entsetzte, war die Erkenntnis, dass, falls ich richtiglag, meine Eltern – oder zumindest meine Mutter – gewusst haben müssen, was er getan hatte, und ihm geholfen haben, es zu vertuschen. Dass sie mich, statt Richard zu belasten, lieber in seliger Unwissenheit ließen, ja mir sogar verschwiegen, dass ich einen Sohn habe. Meine guten, aufrechten Eltern haben einen Vergewaltiger in ihrem Heim geduldet. Nicht nur einen Vergewaltiger, sondern einen Mann, der ihre Tochter mit mindestens einer Affäre, wenn nicht zwei Affären betrügt.«

»Wir wussten nichts von Sarah«, protestierte Nicholas.

»Ob ihr es wusstet oder nicht, tut nichts zur Sache«, fuhr

Jack fort. »Aber ich habe gedacht, im Zweifel für den Angeklagten. Ich dachte, vielleicht wolltet ihr Claire beschützen, so verquer das auch gewesen wäre, und dann habe ich mir eingeredet, dass ich nichts weiter als Indizien hatte – dass ich nichts mit Gewissheit wusste.«

»Und jetzt?«

»Und jetzt weiß ich es mit Gewissheit. Ich weiß alles. Gestern wurden die Kiernans verhaftet, nachdem sie Luke niedergestochen hatten. Das Messer war für mich bestimmt gewesen, aber dieser *Dreck*, wie du ihn genannt hast, hat sich vor mich gestellt.«

»Du warst in Irland?«

»Hast du gehört, was ich gesagt habe, Dad? Luke wurde niedergestochen. Hast du denn keinen Funken Gefühl im Leib? Nein, antworte lieber nicht darauf. Jedenfalls, als die Kiernans vernommen wurden, kam es alles heraus.«

Nicholas schnaubte. »Diese beiden sind Schläger und Lügner, das hast du selbst gesagt.«

Jack nickte. »Das sind sie, aber nicht besonders schlaue Schläger und Lügner, und Liam Kiernan hätte nie im Laufe einer Vernehmung bei derselben Geschichte wie sein Bruder bleiben können, wenn es nicht die Wahrheit wäre. Und jetzt … *jetzt* ergibt alles einen Sinn. Was hast du noch mal über einen DNA-Test gesagt, Dad? Dass du den Skandal vermeiden wolltest? Ich dachte, du wolltest nicht, dass es einen Beweis gibt, dass Luke von mir ist. Weil du in diesem Fall entweder ihn akzeptieren müsstest oder schlechte Publicity bekommen würdest, wenn du es nicht tust. Aber ich war auf dem Holzweg, nicht wahr? Deine Angst war nicht, ein DNA-Test könne beweisen, dass ich Lukes Vater bin. Sondern das genaue Gegenteil – dass er beweist, dass ich es nicht bin.«

Nicholas sah seinen Sohn unverwandt an, sagte aber nichts.

»Du hast Luke nicht gehasst, weil er Annies Sohn ist, nicht wahr?«, fuhr Jack fort. »Du hast ihn gehasst, weil du dachtest, er könnte das Resultat einer Vergewaltigung sein.«

»Jack, was redest du da! Das sind doch alles nur wilde Spekulationen«, protestierte Nicholas.

»Gib's auf, Dad! Ich habe dir doch gesagt, die Kiernans haben ausgepackt. Ich weiß, warum du und Mutter Lukes Anblick nicht ertragen konntet, warum ihr ihn mit solcher Verachtung behandelt habt. Er war eine unangenehme Erinnerung, nicht wahr? Dieser ganze Mist, den du verzapft hast, von wegen, er wäre nicht mein Sohn … das hast du *wirklich* geglaubt, oder?«

Innerlich vor Wut kochend, trat Jack auf seinen Vater zu. »Du Dreckskerl! Du heuchlerischer Dreckskerl! Du hast nicht gedacht, Luke wäre mein Sohn. Du dachtest, er wäre mein *Bruder*.«

Der Ausdruck in Nicholas' Augen war Jack Bestätigung genug. Es fühlte sich an wie der Tod. Vielleicht schlimmer noch als der Tod.

»Was war es, Dad? War sie das einfache Traveller-Mädchen, so wie früher die Dienstmädchen, die vom Hausherrn genommen werden konnten, wann immer ihm danach war? Hatte sie keinen Respekt oder Höflichkeit verdient – oder schlicht Anstand?«

Nicholas saß wie angewurzelt auf seinem Platz, als wüsste er nicht, wie er reagieren sollte. Schließlich verlor Jack die Beherrschung und riss seinen Vater an den Jackenaufschlägen aus dem Stuhl. »Warum? Sie war meine *Frau!* Was bist du für ein Mann? Sag es mir, Dad, oder ich schwöre, ich prügle es aus dir heraus!«

»Ich dachte, sie wollte es«, sagte Nicholas endlich, mit leiser, unsicherer Stimme, so ganz anders als der Vater, den Jack als Kind gefürchtet hatte. »Ich dachte, sie wäre nur wegen des Geldes mit dir zusammen. Ich dachte …«

Als Nicholas zögerte, packte Jack ihn fester und schüttelte ihn. »Red weiter, ich will *alles* wissen. Das schuldest du mir.«

»Sie kam nach Edenbridge. Damals, als du in Brüssel warst. Annie hatte einen Brief von der Stadt erhalten, die Ablehnung ihres Antrags auf Leseunterricht in der Bibliothek, und offensichtlich glaubte sie, wir steckten dahinter.«

»Warum wohl?« Jack ließ seinen Vater los. Er widerstand dem Drang, ihn zu Brei zu prügeln.

»Sie kam hereingestürmt, wedelte mit dem Brief und schrie etwas von Missbrauch«, redete Nicholas weiter. »Deine Mutter war nicht zu Hause. Sie und Claire waren ein paar Tage weggefahren, in die Lakes, wenn ich mich recht erinnere. Claire erholte sich gerade von einer Fehlgeburt. Annie tobte und beschimpfte mich und … ich dachte, wie schön sie ist … wie leidenschaftlich. Es war lange her, dass ich eine solche Leidenschaft erlebt hatte. Sie stand direkt vor mir, und bevor ich wusste, was ich tat, küsste ich sie. Danach gab es kein Zurück mehr. Ich weiß nicht mal, ob sie sich gewehrt hat oder nicht – ich konnte nur daran denken, wie sehr ich sie wollte. Es war so lange her …

Als sie anschließend weinte, wusste ich, dass ich einen Fehler begangen hatte. Das soll keine Entschuldigung sein, Jack, aber ich war wirklich davon überzeugt, dass uns in diesem Moment beide die Lust überwältigt hatte. Ich dachte, sie hätte es genauso gewollt wie ich. Dass gerade das es aufregend für sie gemacht hatte – ein Stewart war so gut wie der andere.

Ich habe ihr gesagt, es wäre das Beste, wenn sie verschwände – und dass du schon lange begriffen hättest, dass diese Ehe ein Fehler war. Ich glaube, Richard hat ihr später erzählt, dass du in Sarah verliebt wärst und ihr gemeinsam in Brüssel wärt. Keine Ahnung, ob Annie es geglaubt hat. Jedenfalls habe ich ihr an Ort und Stelle einen Scheck ausgestellt und ihr gesagt, sie solle sich woanders ein neues Leben aufbauen – vielleicht Lehrerin werden, damit sie Gutes für ihre Leute tun könne.

Sie nahm den Scheck, aber ohne ein Wort zu mir zu sagen, da wusste ich, dass sie unter Schock stand. Sie wollte gerade gehen, als Richard eintraf, und er brauchte nicht lange, um sich zusammenzureimen, was geschehen war. Sie weinte immer noch, und ihre Kleider waren zerrissen. Ich sagte Richard, sie hätte mich verführt und es danach bereut. Das hat er auch nie in Zweifel gezogen. Ich bat ihn, sie nach Hause zu bringen, weil sie nicht in der Verfassung war zu fahren.«

»Wie aufmerksam von dir«, sagte Jack. Ihm war schlecht.

»Ich nehme an, sie hat sich niemandem anvertraut, weil sie dachte, man würde ihr nicht glauben. Ich habe sie nie wiedergesehen, und erst als Luke hier war, fiel mir auf, dass sie den Scheck nie eingelöst hatte. Ich war davon ausgegangen, dass sie es tun würde.«

»Wie kommen dann die Kiernan-Brüder ins Spiel?«, fragte Jack.

»Du weißt von Annies Brief. Richard versuchte, das selbst zu regeln und schickte ihr einen Antwortbrief, zusammen mit ihrer Halskette, aber ein paar Monate später kontaktierten die Kiernans deine Mutter. Annie hatte ihnen erzählt, was … was passiert war. Vielleicht dachten sie, sie könnten sich mit Grace leichter einigen als mit mir. Es muss ein großer Schock für sie gewesen sein, aber sie hat es nie erwähnt. Ich wusste nichts davon, bis zu dem Tag, als wir dich besuchten, nachdem du Luke mitgebracht hattest. Als wir an diesem Abend nach Hause kamen, hat sie mir alles gesagt, und dass sie wusste … was ich getan hatte. Die Kiernans hatten ihr erzählt, dass Richard mir mit Annie geholfen hatte, deshalb hat sie sich seiner als Mittelsmann bedient, als sie Schweigegeld forderten.«

»Kein Wunder, dass du mich von einem Vaterschaftstest abhalten wolltest«, sagte Jack.

Nicholas musterte ihn mit ruhigem Blick, als wolle er noch immer ein gewisses Maß an Autorität wahren, den Anschein von Rechtschaffenheit. »Ich hatte vor, dafür zu sorgen, dass der Junge weg ist, bevor du das arrangieren konntest. Wenn ein DNA-Test gezeigt hätte, dass du nicht der Vater bist, wären immer noch Stewart-Gene nachgewiesen worden, und dann hättest du deine Schlüsse gezogen. Richard versicherte mir, er würde einen Weg finden, um Luke loszuwerden. Ich wünschte nur, er hätte nicht Gavin dazu gebracht, die Sache mit diesem Unsinn über Kates Vater anzustoßen.«

»Du überrascht mich, Dad. Ich hätte nicht gedacht, dass du es so bereitwillig zugibst.«

»Ich bin es leid, Jack. Ich weiß, dass du mir nicht glaubst, aber es belastet mein Gewissen.«

»Ich glaube dir«, sagte Jack. »Aber wir sind fertig miteinander. Es ist vorbei.« Er nahm einen Umschlag aus seiner Tasche und überreichte ihn Nicholas. »Das ist meine Kündigung. Mit sofortiger Wirkung. Und wenn das überhaupt möglich ist, bist du noch tiefer in meiner Achtung gesunken, als du nicht mal nach Luke gefragt hast, der dein Sohn sein könnte!«

Er drehte sich auf dem Absatz um und verließ Stewart Enterprises für immer.

Am Spätnachmittag war Jack zurück in Irland. Weniger als vierundzwanzig Stunden, nachdem Luke ins Krankenhaus eingeliefert worden war. Eigentlich hätte er zu Tode erschöpft sein müssen, doch Adrenalin und Wut waren starke Stimulanzien.

»Wie geht es ihm?«, fragte er Matt, der aufsprang, sobald Jack den Angehörigenraum betrat.

»Er hält durch«, erwiderte Matt. »Vor ein paar Stunden ist er kurz zu sich gekommen, dann aber fast sofort wieder eingeschlafen. Zusätzlich zur Narkose ist er mit Schmerzmitteln vollgepumpt. Wenn alles gut läuft, wird er morgen in die Intensiv-Überwachung verlegt.«

»Emer und Kate?«

»Sind einen Kaffee trinken gegangen. Dad, Emer hat es mir erzählt … das von Granddad. Sie sagte, nachdem du gestern in der Kapelle warst, ist die Polizei gekommen und hat gesagt, sie hätten Joe und Liam gefasst und dass Liam alles gestanden hat. Ich wünschte, du wärst nicht allein hingefahren.« Matt holte bebend Luft. »Ich hätte nie gedacht …«

Jacks Stimme war ernst. »Das hätte wohl niemand. Wir reden später darüber, Matt. Nicht jetzt, wenn du nichts dagegen hast. Ich möchte mich gerne zu Luke setzen. Um da zu sein, wenn er aufwacht. Damit das der Beginn ist. Ich kann es nicht erklären –«

»Das musst du nicht, Dad. Ich gehe und hole die Mädels.«

Luke schlug die Augen auf und versuchte zu erkennen, was da vor ihm schwebte. Ein Tiger und ein blauer Esel. Es dauerte eine Weile, bis er begriff, dass er sich in einem Krankenhaus befand und er Ballons mit Tigger und I-Ah am Fußende seines Bettes sah.

Er schluckte. Seine Hals tat weh. Kurz über seiner Taille spürte einen seltsamen Schmerz. Auszuhalten, aber nicht normal. Er versuchte sich zu bewegen und sog scharf die Luft ein, als der Schmerz sofort sehr viel heftiger wurde. Als er den Kopf drehte, entdeckte er den schlafenden Jack, der neben seinem Bett saß, sein Kopf war nach vorne gesunken, was nicht sehr bequem aussah.

Es war alles ein bisschen verschwommen. Jack hatte mit Joe gekämpft … Und dann? Das war's. Liam hatte Jack mit einem Messer angegriffen, und er war dazwischen gegangen. Er konnte sich nicht erinnern, ob es wehgetan hatte oder nicht. Wahrscheinlich schon. Das alles hier erinnerte ihn ein bisschen zu sehr an Dublin. Er hatte genug Zeit in Krankenhäusern verbracht, so viel stand fest.

Auf dem Nachttisch stand eine Kanne Wasser. Er versuchte, dranzukommen, aber die Schmerzen waren jetzt zu heftig, und er wurde von Schläuchen behindert. Leise stöhnend wartete er, bis er wieder zu Atem gekommen war.

Jack wachte mit einem Ruck auf. Sorge zeigte sich auf seinem Gesicht. »Luke!«

»Ich wollte nach der Kanne greifen …« Das Sprechen bereitete ihm Schmerzen.

»Muss ich jetzt Angst haben?« Jack lächelte, während er das sagte, und auch Luke brachte ein schwaches Lächeln zustande, als er an die Szene vor einigen Wochen im St. Aidan's dachte.

Jack goss Wasser ein und hielt es Luke an den Mund, um ihm beim Trinken zu helfen. Das Schlucken tat weh. Er verzog das Gesicht. »Warum tut mein Hals weh?«

»Du wurdest operiert«, erklärte Jack. »Und musstest intubiert werden.«

Luke hörte schweigend zu, als Jack ihm die Ereignisse vor dem Kampf in Erinnerung rief und ihm berichtete, was geschehen war, nachdem Luke das Bewusstsein verloren hatte.

»Glaubst du, ich bin halb Katze?«, fragte Luke. »Ich scheine sieben Leben zu haben.«

»Gott sei Dank«, sagte Jack. »Ich hätte … ich hätte es nicht ertragen, wenn ich dich verloren hätte.«

Luke spürte eine plötzliche Freude in sich aufsteigen, dann runzelte er die Stirn. »Ich will immer noch den DNA-Test machen.«

»Wenn du dir sicher bist. So weit es mich betrifft, ist das nicht nötig, aber es ist deine Entscheidung.« Jack legte ihm sanft die Hand auf den Kopf. »Ob du nun biologisch mein Sohn bist oder nicht, du bist Annies Sohn, und das machte dich zu *meinem* Sohn, Luke, dem Sohn, den deine Mutter und ich uns wünschten, und ich danke Gott, dass ein Teil von ihr noch hier ist.«

Luke war gerührt, doch die Jahre der Enttäuschung verschwanden nicht einfach so. »Ich kann nicht versprechen, dass es einfach wird«, sagte er mit heiserer Stimme. »Ich weiß nicht, ob ich mich irgendwo niederlassen und nach den Vorstellungen der Stewarts leben kann.«

Jack lächelte. »Ich weiß, dass du das nicht kannst, und ich garantiere dir, dass wir, du und ich, noch oft aneinandergeraten werden. So wie Väter und Söhne das eben tun. Luke, es tut mir leid. Alles. Es ist keine Entschuldigung, aber wenn ich dich ansah, sah ich deine Mutter. Das war zu viel für mich. Du hast alles wieder aufgerührt. All das, was ich zu vergessen versucht habe. Jetzt, da wir die Wahrheit kennen, können wir hoffentlich einen Neuanfang machen.«

Tränen brannten in Lukes Augen, als er an all das dachte,

was ihm und Annie verwehrt geblieben war. Sie war gestorben, ohne zu wissen, dass Jack sie nicht abgewiesen hatte. Wie sollte er je über diese Tragödie hinwegkommen? In diesem Moment war ihm alles zu viel.

»Ich gehe und sage den anderen, dass es dir gut geht.« Jack stand auf. »Kate wartet schon sehr ungeduldig.«

Kate! Auf einmal schien ihm alles wieder rosiger. Und als Jack ihn anlächelte, mit dem Lächeln eines Vaters, wusste er, dass es auch so war.

Luke war fast die ganze Nacht wach gewesen und hatte während des Tages nur ein kurzes Nickerchen machen können. Seine Gedanken ließen ihm keine Ruhe. Die Schlaftabletten hatte er, auch wenn sie bisher hilfreich gewesen waren, abgelehnt. Er musste sich daran gewöhnen, ohne auszukommen. Schließlich konnte er nicht den Rest seines Lebens von Drogen abhängig sein, um nicht an die Tatsache denken zu müssen, dass seine Mutter von seinem Großvater vergewaltigt worden war.

Als Jack ihm vor einigen Tagen die Neuigkeit beigebracht hatte, war Luke froh gewesen, an ein Krankenhausbett gefesselt gewesen zu sein. Am liebsten wäre er sofort nach Baronsmere gefahren und hätte Nicholas zur Rede gestellt, um sich anzuhören, was er zu sagen hatte, und ihn dann nach Strich und Faden zu verprügeln. Aber Gewalt war nie die Antwort, und am Ende würde er selbst den Preis dafür bezahlen. Besser, er überließ es der Justiz, damit die Rache auch legal war. Zu Lukes Überraschung hatte Jack ihm versprochen, dass weder Nicholas noch Richard davonkommen würden. Gegen Nicholas und Richard würde Anzeige erstattet werden, selbst wenn es bedeutete, den Ruf der Stewarts zu zerstören. Jack war in Ordnung. Einer von den Guten. Ein Opfer, wie Luke. Und Annie.

Aber sie hatten es mit Nicholas Stewart zu tun, der reich und wichtig genug war, um sich und seinen Schwiegersohn aus allem Ärger herauszukaufen. Es würde nicht einfach sein zu hören, wie Annies Name in den Schmutz gezogen wurde. Denn das würde Nicholas tun, das war so sicher wie das Amen in der Kirche. Er würde sagen, sie hätte ihn verführt. Hoffentlich musste Grace aussagen. Gott, ein Blick auf ihr frostiges Gesicht allein würde jede Jury überzeugen, dass Nicholas nach Sex ausgehungert gewesen war. Und falls er doch davonkam, nun, dann würde Luke sich etwas anderes einfallen lassen müssen. Der alte Nick würde die Erfahrung machen, dass Traveller die Ihren immer verteidigten. Immerhin war der Woodlands-Deal geplatzt. Das wusste er von Matt. Wenigstens eine gute Nachricht. Zumindest ein Sieg für die kleinen Leute – und ein Denkzettel für Sir Nicholas.

Der Gedanke, er könne Nicholas Sohn sein, verursachte Luke Übelkeit. Er hatte als Kind viel verpasst – einen Da zu haben, zu dem er aufblicken konnte, einen Da, der ihn mit in den Park nahm und mit ihm Fußball spielte und alles andere, was es bedeutete, zwei Elternteile zu haben, doch das musste er jetzt hinter sich lassen. Alles Grübeln änderte nichts, allein die Zukunft zählte, die guten Zeiten, die vor ihm lagen. Es war Annie, die es am härtesten getroffen hatte – ohne die Liebe ihres Lebens leben zu müssen, in dem Glauben, dass er sie nicht mehr wollte, und dann zu sterben, ohne je die Wahrheit zu erfahren. Lukes Glaube war schwer erschüttert, doch falls es ein Leben nach dem Tod gab, dann war Annie jetzt vielleicht glücklich. Mit diesem Gedanken döste er ein.

Ein sanfter Kuss auf die Wange weckte ihn. Er lächelte Kate schläfrig an, während er in ihre wunderhübschen grünen Augen schaute. »Schlafmütze«, flüsterte sie. »Du hast Besuch.«

Ungläubig starrte Luke Jessie an, die neben seinem Bett in einem Rollstuhl saß. Sie trug das, was sie immer ihre »Kirchenklamotten« nannte. Eine Fahrt in die Stadt war für Jessie ein großes Ereignis.

»John hat mich gebracht«, sagte sie, als hätte sie Lukes Gedanken gelesen. Vielleicht hatte sie wirklich hellseherische Fähigkeiten. »Ich wollte dich noch mal sehen, bevor du zurück nach England gehst. Mit deinem Da.«

»Er ist ein guter Mann, Jessie«, erklärte ihr Luke. »Mam und ich … uns wurden so viele Lügen erzählt. Und ihm auch.«

»Die anderen kommen auch jeden Moment«, sagte Kate. »Sie haben noch fertig zu Mittag gegessen. Ich bin gerade gekommen und habe Jessie hier vorgefunden.«

»Sie ist ein gutes Mädchen«, sagte Jessie. »Ich habe mir ihre Hand angesehen. Und ich kenn mich mit Menschen aus. Ich sehe, wie sie sind. Du findest niemanden, der dich mehr liebt.«

Luke lächelte. »Das weiß ich, Jessie.«

Jessie sah traurig aus. »Aber dann bist du kein Traveller mehr.«

»Ich werde immer ich sein, Jessie. Ich ändere mich nicht. Ein Teil von mir wird immer ein Traveller sein.«

»Es ist, wie ich es Ihnen versprochen habe, Jessie«, sagte Kate. »Für mich wird er sich nie ändern müssen.«

Jessie nahm ihre Hand und drückte sie. »Solange du ihn glücklich machst, ist alles andere egal.«

»Jessie!« Emer machte ein überraschtes Gesicht, als sie, gefolgt von Jack und Matt, hereinkam. »Jack, Matt, das ist Jessie Reilly, Annies Freundin.«

Jack konnte sich sicher denken, welche Meinung Jessie von ihm hatte, trotzdem hielt er ihr unerschrocken die Hand hin. »Mrs Reilly«, sagte er, »ich möchte Ihnen für alles danken, was Sie für meine Frau und meinen Sohn getan haben. Ohne Sie wäre ihr Leben … noch schlimmer gewesen, als es ohnehin schon war.«

Jessie sagte nichts, sondern sah Jack nur unverwandt an. Sie machte sich ein Bild. Luke kannte das schon von ihr. Es war, als würde sie in jemandes Seele hineinsehen. Irgendwann nahm sie seine immer noch ausgestreckte Hand und sagte: »Sie hat Sie geliebt. Sie waren der einzige Mann für sie. Der erste und der einzige Mann.«

»Und ich habe sie geliebt.« Jacks Stimme brach. »Ich habe sie so sehr geliebt. Wenn sie sich doch nur hätte überwinden können, es mir zu erzählen. Wenn sie doch nur zurückgekommen wäre, lange bevor sie diesen Brief hat schreiben müssen.«

Jessie hielt Jacks Hand fest. Anscheinend hatte er den Test bestanden.

»Es hielt sie zu viel zurück. Die Familie ist wichtig für uns Traveller. Sie wollte Ihre nich zerstören und Ihnen das Leid ersparen, zu wissen, was Ihr eigener Vater getan hatte. Dafür hat sie Sie zu sehr geliebt. Und sie wollte dem Mann, der ihr das angetan hatte, nich noch mal gegenübertreten müssen. Sie hatte Angst, Sie würden ihr die Schuld geben – manche Männer tun das. Sie wusste nich, ob das Kind von ihm war und ob er ihr den Jungen vielleicht wegnehmen würde. Sie dachte, dass Sie wahrscheinlich sein Da sind, aber sie war sich nich wirklich sicher. Es war nich ihre Schuld. Sie war so erschrocken und verwirrt. Und sie schämte sich.«

»Ich hätte hinter ihr gestanden«, sagte Jack. »Ich hätte genau das getan, was ich jetzt tue. Mein Vater hat ein Verbrechen verübt und sollte dieselbe Strafe wie alle anderen auch erhalten.«

»Und sie wusste, dass das passieren könnte«, sagte Jessie. »Und das wollte sie auch nich – mit anderen Leuten darüber reden, vor Gericht erzählen müssen, was passiert ist. Ein Traveller-Mädchen, das es mit einem so reichen und mächtigen Mann wie ihm aufnimmt? Es war schon schwer genug für sie, sich mir anzuvertrauen, ganz zu schweigen davon, das alles durchzumachen.«

»Aber sie hat es ihren Brüdern erzählt«, sagte Jack mit hängendem Kopf.

»Ja, Liam. Sie standen sich nahe, bevor er den Unfall hatte. Dieser Brief, na ja, er hat sie furchtbar getroffen. Er hat sie weinen sehen und dann alles aus ihr herausbekommen.«

Dann ließ Jessie Jacks Hand los, aber nicht ohne sie noch einmal getätschelt zu haben. Im Zimmer war es eine Weile still, alle hingen ihren Gedanken nach. Als Jack schließlich den Kopf hob, war sein Gesicht tränennass. »Endlich«, sagte er. »Endlich wissen wir jetzt alles.«

Epilog

Es war Anfang Juli, und der Sommer war in Baronsmere eingekehrt. Die Felder mit reifender Gerste schimmerten silbrig im Sonnenlicht, und die Gärten waren eine einzige Farbenpracht. Emer fuhr langsam die kleinen Landstraßen entlang und genoss die Ruhe und Stille. Erinnerungen an ihre Kindheit im ländlichen Mayo kamen zurück. Was hatte sie seitdem alles erlebt. So viel Leidenschaft, so viel Trauer, so viel *Leben*.

Nun war sie hier, in diesem kleinen englischen Dorf, um zwei Männer wiederzutreffen, die sie erst seit nicht mal drei Monaten kannte und die dennoch heute untrennbar mit ihrem Leben verbunden waren. Sie hatte ihre Traumata mit ihnen durchlitten, den Schmerz und die Enttäuschung über ihr Zerwürfnis geteilt. Dieser Besuch geschah in besseren Zeiten.

Nachdem Luke aus dem Krankenhaus entlassen worden war, hatte Jack seine Söhne nach Antibes mitgenommen. Die Ingrams, Carolines Eltern, hatten sie eingeladen, weil sie ihren neuen Enkel kennenlernen wollten. Es war schön zu hören, wie sie Luke in ihrem Leben willkommen geheißen hatten. Maggie hatte Emer erklärt, sie wären Annie dankbar gewesen, weil sie Matt Liebe gegeben hatte, und dass sie Luke ohne Frage wie ihren Enkel behandelt hätten, wäre Annie in Baronsmere geblieben.

Als Emer um eine Kurve fuhr, erhaschte sie durch die Bäume einen Blick auf das vertraute Haus. Ob sie wirklich mit Jack Stewart zusammenkam, stand in den Sternen, aber sie beide hatten genug Kummer erlebt. Vielleicht hatten sie diese letzte Chance auf Liebe verdient.

»Noch mal vier Hotdogs, bitte«, bat Tim und hielt seinen Teller hin. Er hatte Ketchup auf dem T-Shirt mit der Aufschrift »Drama-King«.

»Also echt jetzt, Leighton!«, rief Jack aus, während er der Aufforderung nachkam und seinen Teller füllte. »Wo tust du das alles hin? Du bist doch dünn wie eine Bohnenstange.«

»Das geht direkt ins Gehirn«, antwortete Tim. »Ein Genie zu sein ist harte Arbeit.«

»Wem sagst du das«, bekräftigte Al und trat neben Tim. »Noch zwei Veggie-Burger, bitte, Jack.«

»Seit wann isst du diesen Mist?«, fragte Tim. »Ein Mann braucht echtes Fleisch.«

»Die sind für Abbie«, erklärte Al. »Die neue Liebe ihres Lebens isst kein Fleisch. Komisch eigentlich, für den Sohn eines Bauern.«

Sie blickte hinüber zu der Bank am See, wo Abbie den Kopf auf die Schulter eines stämmigen Mannes gelegt hatte, dessen muskulöse Arme zahlreiche Tattoos schmückten.

»Wo hat sie *den* denn aufgetrieben?«, fragte Tim.

»Hadleigh Fayre. Er hat einen Preis gewonnen.«

»Wofür? Im Baumstamm-Werfen?«

»Größte Steckrübe, glaube ich.«

»Könnte hinkommen.«

Sie schlenderten davon, um Jack die Gelegenheit zu geben, den Grill neu zu befüllen. Die Hähnchenkeulen wurden knapp.

»Ich übernehme mal ein Weilchen, wenn du willst, Jack«, bot Barbara Hayes an.

»Danke, Barb«, sagte er. »Ich hole Nachschub.«

»Ein schönes Barbecue«, sagte sie, während sie den Platz am Grill einnahm. »Es ist so schön, alle vereint zu sehen. Danke, dass du uns eingeladen hast.«

»Das war allein Maggies und Claires Werk«, erwiderte er. »Wir wussten nichts davon, bis es an der Tür klingelte.«

»Er sieht gut aus.«

Jack folgte Barbaras Blick. Luke saß auf dem Rasen, Ollie lag lang ausgestreckt zu seinen Füßen. Er lachte mit Kate, ihr Glück war ihnen deutlich anzusehen. Er erholte sich gut, körperlich und mental, von dem Schock über das, was Nicholas getan hatte. Doch obwohl er selbst litt, verstand Luke, dass Jack seine Eltern verloren hatte, vielleicht unter noch schlimmeren Umständen als er Annie. Zumindest blieben Luke seine Erinnerungen. So war es an Matt gewesen, ihn wieder aufzurichten, obwohl auch er immer noch unter Schock stand.

Trotzdem machten die gemächliche Sommersonne und die Freundlichkeit der Ingrams alles ein wenig erträglicher. Luke hatte viele Stunden am Telefon mit Kate verbracht, die bei seiner Genesung von unschätzbarer Hilfe gewesen war, aber er war immer noch äußerst verletzlich, und Jack überkam immer wieder der Drang, ihn zu beschützen. So hätte er auch empfunden, wenn der DNA-Test nicht bestätigt hätte, dass Luke tatsächlich sein Sohn war. Doch es schien, als wäre das Schlimmste für sie alle vorüber.

In diesem Moment blickte Kate auf und lächelte Jack an. Auch sie hatte viel durchgemacht. Sie wohnte immer noch bei Tim, weil sie ihrer Mutter an vielem, was geschehen war, sowohl jetzt als auch in der Vergangenheit die Schuld gab. Lord und Lady Leighton, die von ihrer Kreuzfahrt zurück waren und vielleicht auch noch zum Barbecue kommen würden, hatten ihr gesagt, sie solle sich wie zu Hause fühlen, solange es nötig war. Luke hatte sie gebeten, mit ihm zusammenzuziehen, aber Kate nahm sich ein Beispiel an Emer und ließ den Stewart-Männern ein wenig Zeit unter sich.

Auf dem Weg zur Küche blieb Jack wie angewurzelt stehen. Emer kam ihm entgegen, einen Teller mit Huhn in den Händen, ein Lächeln erhellte ihr Gesicht. Nun war der Nachmittag wirklich vollkommen.

»Ich bringe Gaben«, sagte sie. »Noch Hähnchenschlegel, Küchenchef?«

»Also«, sagte Jack, als sie vor ihm stehen blieb. »Das hast du ja schön geheim gehalten.«

»Ich wollte die Überraschung nicht verderben. Maggie hat mich vor ein paar Tagen angerufen, aber ich wusste nicht, ob ich es schaffe.«

»Ich bin froh, dass es geklappt hat.« Jack zog sie an sich. Ohne den Kuss zu unterbrechen, nahm er ihr den Teller aus den Händen und hielt ihn so, dass ihre Körper sich berühren konnten. Jemand nahm ihm den Teller ab, und Jack hörte Matt murmeln: »Sucht euch ein Zimmer, ihr beiden.«

Irgendwann mussten Jack und Emer Luft holen, blieben aber noch weiter dort stehen und sahen einander in die Augen. Die Geräusche der Grillparty schienen in weite Ferne gerückt. Wenn es nach Jack gegangen wäre, hätten sie auch auf dem Mond sein können,.

»Wie war der Urlaub?«, fragte Emer.

»Schön. Heilsam.« Er streichelte ihre Wange. »Ich habe dich vermisst. Dieses Verbot, das du aufgestellt hast … dass wir uns nicht sehen …«

»… war wichtig. Du musstest ganz für Luke da sein.«

»Ich weiß«, sagte er. »Und du hattest recht. Wie immer. Auch was Luke angeht. Er ist ein toller Junge.«

Sie lächelte, und sie wollten sich gerade wieder küssen, als sie das Klirren von Besteck gegen ein Glas vernahmen. Jack blickte sich um, als Matt rief: »Darf ich um euer aller Aufmerksamkeit bitten? Wir haben etwas zu verkünden. Dad?«

Vor circa einer Stunde waren Jack und seine Jungs übereingekommen, die Gelegenheit zu nutzen und heute Nachmittag ihre Pläne bekannt zu machen. Alle, die ihnen etwas bedeuteten, waren anwesend, und anschließend würde Tony Hayes dafür sorgen, dass sich die Neuigkeit in null Komma nichts in Baronsmere und den benachbarten Dörfern verbreitete.

Jack ging zu Matt und winkte Luke heran. Es fühlte sich gut an, dort mit seinen Söhnen an seiner Seite zu stehen, Emer ganz in der Nähe, während die Sonne auf ihr Fest herunterschien.

»Danke, dass ihr alle gekommen seid«, begann er. »Und danke an Maggie und Claire, dass sie alles organisiert haben.«

»Hört, hört!«, schrie Tim. Er legte den Arm um Maggie und gab ihr einen Kuss auf die Wange.

»Die Jungs und ich haben euch etwas mitzuteilen«, fuhr Jack fort, »das möglicherweise ein kleiner Schock für euch sein wird.« Er zögerte. »Wir werden Baronsmere verlassen. England, um genau zu sein.«

»Wann?«

»Warum?«

»Wo geht ihr hin?«

»Für immer?«

»Was ist mit dem Haus?«

Die letzte Frage kam von Barbara, und Jack beschloss, sie als Erstes zu beantworten. »Das wird in guten Händen sein –

Claire übernimmt es. Sie hat den wunderbaren Plan, daraus ein Kurzzeitwohnheim für Kinder zu machen, und Maggie wird bleiben und ihr helfen. Doch unser Angebot steht, dass sie mit uns kommen können, wann immer sie wollen.«

»Was für eine tolle Idee!«, sagte Barbara und umarmte Claire. Die plötzliche Aufmerksamkeit ließ Claire erröten. Jack beobachtete sie besorgt. Eigentlich hatte er damit gerechnet, dass sie nun, ohne Richard, aufblühen würde, aber die Nachricht, dass Gavin seinem Vater nach Hongkong folgte, hatte sie hart getroffen. Er hoffte, dass das neue Projekt sie ablenkte, bis sie emotional wieder stabiler war.

»Wo geht ihr hin, Jack?«, fragte Dave, der mehr als nur ein bisschen traurig aussah. Sie waren seit ihrer Kindheit Freunde. Jack würde ihn vermissen.

»Ich habe ein kleines Hotel in Irland gekauft – ungefähr zehn Meilen von Glendalough in Wicklow entfernt«, antwortete Jack. »Wir haben es uns vor unsere Abreise nach Frankreich angesehen. Matt wird mir helfen, es zu führen, und Luke …« Er legte seinem Jüngsten den Arm um die Schultern. »… tja, Luke wird wieder zur Schule gehen, mit dem Ziel, irgendwann seinen Abschluss als Tierarzt zu machen. Also, so sehen unsere Pläne aus. Und wir hoffen, dass ihr uns alle besucht – mit Sonderkonditionen selbstverständlich.«

»Ich zuerst!«, rief Tim. »Ihr braucht Hilfe mit der Einrichtung.«

»Auf keinen Fall!«, erwiderte Matt. »Ich glaube nicht, dass man dort schon für Goldlamé-Polster und Stroboskoplicht bereit ist.«

»Was ist mit dir, Kate?«, fragte Barbara. »Gehst du auch mit?«

Kate nickte und lächelte dann Luke an. »Ja, natürlich. Aber

nicht sofort. Ich studiere erst zu Ende, und bis dahin teilen Abbie und ich uns eine Wohnung in Manchester. Ich werde ihn vermissen, aber Luke soll Zeit mit Jack und Matt allein haben, und ich will ihn nicht vom Lernen ablenken.«

»Also«, sagte Jack, »das wäre es, abgesehen davon, dass wir euch allen von Herzen für eure Unterstützung in den letzten Monaten danken wollen. Ohne euch hätten wir es nicht überstanden. Und jetzt, bitte, esst, trinkt und seid fröhlich!«

Luke zog sich unauffällig aus dem Kreis der Menschen zurück, die Jack umstanden und lautstark mehr über das Hotel zu wissen verlangten. Das Reden überließ er lieber seinem Vater. Er selbst war immer noch dabei, die ungeheuren Änderungen zu begreifen, die sein Leben erfahren hatte. Als Jack vorschlug, nach Irland umzuziehen, war er fassungslos gewesen. Es schien zu schön, um wahr zu sein. Natürlich bestand die Möglichkeit, dass es nicht klappte, aber er war fest entschlossen, es nach besten Kräften zu versuchen. Vor ihm öffnete sich eine Zukunft, und das war ein gutes Gefühl.

»Hallo, du.«

Emer hielt einen Teller in der Hand, auf dem sich drei Hotdogs stapelten. »Bitte sag mir, dass die nicht für mich sind«, sagte er mit einem Grinsen.

»Oh doch, sind sie. Die musst du alle aufessen – auf Anweisung von Maggie.«

Luke mimte ein übertriebenes Stöhnen. »Sie versucht ständig, mich zu mästen. Matt sagt, ich soll drei T-Shirts übereinander tragen, damit sie denkt, ich hätte zugenommen.«

»Du siehst gut aus«, stellte Emer fest.

»Ich fühle mich auch gut, Emer. Die Auszeit hat gutgetan.« Der Urlaub hatte ihm die dringend benötigte Zeit gegeben, sich über seine Gefühle für Jack klar zu werden und den Albtraum zu verarbeiten, der das Leben seiner Mutter gewesen war. Dabei war er dem Abgrund der Verzweiflung stets gefährlich nah gewesen, doch irgendwann hatte er begriffen, dass ihm nichts anderes übrig blieb, als weiterzuleben und etwas aus sich zu machen – um ihretwillen. Diese Entscheidung, so hart erkämpft sie war, hatte es ihm endlich erlaubt, abzuschließen.

»Also, wie fühlt es sich an, nach Hause zurückzukehren, dieses Mal mit deiner Familie?«

»Super«, sagte er mit einem Blick zu seinem Vater und Matt, die gemeinsam für ein Foto posierten. »Das wird sicher gut. Du kommst uns doch bald besuchen, oder?«

Luke war von ihrer so selbstlosen Geste, wie sie sich in den letzten Wochen von Jack distanziert hatte, gerührt gewesen. Er wünschte sich nichts mehr, als dass sie und Jack für immer ein Paar wurden.

»Natürlich komme ich zu Besuch«, sagte Emer. »Sobald ihr euch eingerichtet habt.«

Auf einmal überkam Luke Unsicherheit. »Wir tun doch das Richtige, Emer? Ich fühle mich schlecht, weil wir in Irland sein werden und Mam hier … aber Maggie und Claire haben versprochen, nach ihr zu sehen, na ja, du weißt schon, nach dem Grab.«

Emers Miene wurde weich, und er spürte die tiefe Zuneigung, die sie für ihn empfand. »Luke, deine Mutter würde wollen, dass du tust, was dich glücklich macht«, sagte sie. »Sie wird sowieso immer bei dir sein, es spielt gar keine Rolle, wo du hingehst.«

Ihre Worte richteten ihn auf. Luke umarmte sie. »Danke Emer … für alles.«

Sie war für ihn da gewesen, damals im Krankenhaus, als er Bestätigung gebraucht hatte. Und sie hatte Jack geholfen, die Wahrheit über die Vergangenheit herauszufinden. Sie hatte ihr Bestes getan, damit sie beide wieder zu sich selbst fanden. Dass Vater und Sohn sich nun verstanden, war zu großen Teilen ihr Verdienst. Sie war wundervoll, und Luke liebte sie.

Emer hielt ihn, mit Tränen in den Augen, sanft an den Schultern. »Das meiste hast du ganz allein geschafft, Luke. Und es brauchte großen Mut. Ich bin so stolz auf dich. Du hast es weit gebracht.«

Luke lächelte und warf einen Blick hinüber zu Kate, die Tonys Hayes kleine Enkeltochter auf ihrem Schoß hüpfen ließ. »Und das Beste kommt erst noch.«

Er wünschte, er könnte diesen Moment in einer Flasche abfüllen und für immer lebendig erhalten. Die Wärme der Nachmittagssonne, das Geplauder der Freunde und Familie, die freundlich lockende Zukunft. Still sog er alles in sich auf und schickte es dann in Liebe und Dankbarkeit Annie Kiernan.

Bei Jacks Haus am See ging der Nachmittag langsam in den Abend über. Emer betrachtete den Mann, den sie liebte, wie er plauderte und lachte. Er schien in seinem Element, endlich befreit von der schweren Last der Verpflichtungen der Familie Stewart. Später trafen sie sich an dem Tisch mit den Drinks auf der Terrasse, und Jack goss ihnen beiden Wein ein.

»Was für ein schöner Tag!« Seine Begeisterung ließ ihn rührend jungenhaft wirken.

»Das stimmt«, sagte Emer. »Und man wird dich sehr vermissen, wenn du weg bist.«

»Ich werde auch alle vermissen. Aber ich freue mich auf Irland. Vor allem, da du und ich endlich im selben Land leben.«

Seine Worte zupften an den Saiten ihrer Leidenschaft, doch sie versuchte, ruhig zu bleiben. »Richtig, aber – versteh mich nicht falsch, Jack – wir müssen warten. Es liegt immer noch auf Eis. Vorerst.«

»Eis hat die Angewohnheit zu schmelzen«, sagte Jack und trat so nahe an sie heran, dass sie die Wärme seines Körpers spüren konnte.

»Hab einfach Geduld.« Ihr Rat galt genauso ihr selbst wie Jack. »Du musst so viel nachholen mit Luke. Und du trauerst noch um Annie.«

Er seufzte. »Ich habe sie geliebt, Emer, aber sie ist tot, und die Trauerarbeit habe ich größtenteils schon vor zwanzig Jahren geleistet. Ich weiß, was du sagen willst, aber ich werde nie ganz über die Umstände ihres Verschwindens hinwegkommen, und wenn wir noch weitere zwanzig Jahre warten.«

»Es dauert nicht mehr lang, ich verspreche es. Und es geht mir mehr um Luke als um Annie. Ich will einfach, dass du durch nichts abgelenkt wirst. Lass ihn sehen, dass er Vorrang hat. Lern ihn richtig kennen. Jack, wie geht es jetzt mit deinem Vater weiter?«

»Ich hole juristischen Rat ein. Wenn es nach mir ginge, würde er wie jeder andere Vergewaltiger auch behandelt, aber es ist mehr als zwanzig Jahre her, und die Hauptzeugin ist tot. Ich weiß nicht, was kommt, aber es könnte schmutzig werden, wenn die Kiernans vor Gericht gehen. Es ist fast sicher, dass sie reden werden. Ich will versuchen, auch Richard zu belangen – wegen Diebstahl und Fälschung. Claire möchte, dass ich das tue.« Jack seufzte. »Ich nehme einfach jeden Tag, wie er kommt.«

Emer nickte. »Mehr kannst du nicht tun, nehme ich an.«

»Um ehrlich zu sein, will ich gar nicht drüber nachdenken. Es ist schlimm genug, dass wir beim Prozess der Kiernans aussagen müssen. Vor allem für Luke wird es hart werden. Ihm graut es schon davor.«

»Traveller sind gewöhnlich sehr loyal«, sagte Emer. »Schade, dass seine Onkel da keine typischen Exemplare sind.«

»Vielleicht werden andere Traveller deswegen verstehen, warum er gegen sie aussagt«, mutmaßte Jack.

Emer nickte zustimmend. »Wie geht es Matt?«

»Er ist ein guter Junge«, antwortete Jack. »Er ist in den letzten beiden Monaten sehr viel erwachsener geworden.«

Emer blickte zum See, wo die jungen Leute sangen. Luke und Kate hielten sich an den Händen, während sie auf Matts und Tims Schultern ritten. Sie schmetterten alle gemeinsam den Refrain von »Hi Ho Silver Lining« und boxten dazu in die Luft. Dann beobachtete sie, wie Luke eine beeindruckende Performance als Luftgitarrenvirtuose hinlegte. Die ganze Szene sprach von Freundschaft, Glück und Liebe, und es war eine Freude, es mitzuerleben. Der Gedanke, dass sie Luke beinahe verloren hätten, war ernüchternd.

»Es war sehr schwer für Matt, als er erfuhr, was mein Vater getan hat«, fuhr Jack fort, »aber er weiß, dass Luke mehr gelitten hat, und deswegen bleibt er stark. Früher hätte er nur an sich selbst gedacht, aber jetzt bedenkt er genauso, dass es auch für mich schwer war. Ich habe das Gefühl, dass wir wieder ein Team sind, und das ist toll.«

Er wandte sich zu ihr um. »Aber zurück zu uns, Emer … zwischen uns ist doch alles in Ordnung, oder?«

Die Unsicherheit in seiner Stimme war beinahe mehr, als Emer ertragen konnte. Es drängte sie, ihn zu beruhigen. »Ich liebe dich, Jack Stewart. Und wenn du mich in ein paar Monaten immer noch willst, komme ich zu euch.«

»Oh, ich glaube nicht, dass es irgendeinen Zweifel daran geben kann, dass ich dich dann noch will«, murmelte Jack, beugte sich vor und küsste sie zärtlich auf den Mund. Eine Moment lang war ihr, als würde sich alles um sie herum drehen. Dieser Mann war jetzt ein Teil von ihr, und sie konnte – und wollte – ihm nicht widerstehen.

»Es war wirklich eine Achterbahnfahrt, nicht wahr?«, stellte Jack fest. »Aber es kam auch Gutes dabei heraus. Ich habe vielleicht meine Eltern verloren, aber einen zweiten Sohn gewonnen, Matt hat einen Bruder, und ich habe dich und die Chance auf eine echte geeinte Familie.«

Emer hob ihr Glas. »Auf die Zukunft.«

»Auf die Zukunft«, echote Jack, und ihre Gläser klangen zusammen wie ein glückliches Omen.

Als Jack und Luke an diesem Abend auf dem Friedhof von Baronswood eintrafen, schien noch die Sonne, und die Eiben warfen Schattenflecken auf das Gras und die Gräber.

Trotz seiner Jacke fröstelte Jack. Er dachte zurück an den Tag, als sie Annies Sarg in die kalte dunkle Erde hinabgelassen hatten. Er hatte seine Gefühle fest im Griff gehabt, trotzdem hatte die Trauer über Annies Tod und die verlorenen Jahre ihn immer wieder zu überwältigen gedroht. Nun besuchte er sie erneut, und die Traurigkeit war noch da, aber die Umstände waren vollkommen anders.

»Guck mal, Jack«, sagte Luke. »Der Grabstein steht jetzt.« Er lief schnell zu Annies Grab. Jack folgte ihm. Luke kniete sich hin und las laut die Inschrift in dem schwarzen Marmor vor.

Im Gedenken an
ANNIE KIERNAN STEWART
geliebte Frau und Mutter,
die uns zu früh genommen wurde.
Wir werden sie sehr vermissen.
Und niemals vergessen.

Jack, Luke und Matthew

Jack hatte erwartet, dass Luke gegen den Namen Stewart protestierte, doch er hatte gesagt, das wäre für ihn in Ordnung und dass Annie schließlich bis zum Ende Jacks Frau gewesen war.

»Sieht gut aus«, sagte Luke und stand auf.

»Ja, stimmt«, bestätigte Jack. Vielleicht würde eines Tages, wenn der Name Stewart nicht mal mehr eine ferne Erinnerung war, jemand diese Worte auf dem Grabstein lesen und sich fragen, wer diese Frau war, die so geliebt worden war.

Jack trat an die Grabseite, ging in die Knie und legte behutsam einen Strauß Lilien darauf. Das waren Annies Lieblingsblumen gewesen, und Jack hatte die Mischung aus weiß, pfirsichfarben, pink und gelb sorgfältig zusammengestellt. Er fuhr mit den Fingern über den kühlen Marmor, und plötzlich war seine Kehle so zugeschnürt, dass er es nicht wagte, etwas zu sagen. Er wandte sich seinem Sohn zu. Die Ähnlichkeit mit Annie war so frappierend, dass sein Herz einen Schlag aussetzte. Tränen traten in seine Augen. »Ich weiß nicht, wie … was ich …«, murmelte er.

»Es ist in Ordnung, Jack«, sagte Luke. »Du musst nichts sagen. Mam weiß es.«

Jack hoffte, das stimmte. Dass Annie irgendwo, über das

Grab hinaus, die ganze traurige Geschichte endlich verstand und ihren Frieden hatte. Immer noch ein wenig erschüttert stand er langsam auf.

»Kann ich ein paar Minuten allein mit ihr haben?«, bat Luke. »Um Auf Wiedersehen zu sagen.«

Tatsächlich hielt Luke sich besser als Jack. Er wirkte ruhig, irgendwie ausgeglichen, als hätte er die Dinge so akzeptiert, wie sie waren. Dass man mit traurigen Trennungen und Abschieden leben musste. Jack entfernte sich von dem Grab und spazierte ein wenig auf dem Friedhof herum, damit sein Sohn ungestört sein konnte.

Luke kniete vor dem Grab nieder und nahm ein wenig Erde auf. Es war kein irischer Boden, doch er stammte von einem Ort, an dem seine Mutter einmal gewesen war. Er blickte sich um, zu der jahrhundertealten Kirche, den starken, festen Bäumen, der schützenden Mauer. Hier würde sie gut ruhen. Eine Amsel zwitscherte, als wolle sie Luke daran erinnern, dass er noch etwas zu sagen hatte.

»Ich weiß jetzt alles, Mam«, begann Luke. »Warum du gegangen bist. Wovor du mich bewahren wolltest.«

Die lila Blütenblätter schimmerten, als eine sanfte Brise an ihnen zupfte.

»Alles läuft gut jetzt, Mam. Da ist Jack – und Matt und Kate und Emer. Sie werden mir helfen. Sie werden sich um mich kümmern, damit du dir keine Sorgen machen musst.«

Vor seinem geistigen Auge sah er deutlich Annies Gesicht. Sie lächelte.

»Ich kehre bald nach Hause zurück. Nach Irland. Aber ich komme dich besuchen. Und du wirst stolz auf mich sein, das verspreche ich dir.«

Behutsam legte er die Erde zurück. »Ich werde dich immer vermissen, Mam. Ich würde sofort alles eintauschen, wenn ich dich dafür zurückhaben könnte.« In seinen Augen standen Tränen. Doch er würde über seine Trauer hinwegkommen. Das war alles, was er jetzt noch für seine Mutter tun konnte: glücklich sein, andere glücklich machen, ein reiches und erfülltes Leben leben.

Luke verweilte noch ein wenig in den länger werdenden Schatten. Doch als er Jacks Schritte auf dem Kies hörte, stand er auf. Kurz darauf spürte er die Hand seines Vaters auf der Schulter. Sie sagten nichts. Es waren keine Worte nötig. Vater und Sohn kehrten nach Hause zurück, vereint in der Liebe, die sie beide für Annie Stewart empfanden.

Als sie gingen, legte sich wieder Stille über den Friedhof von Baronswood, nur unterbrochen vom schmetternden Gesang einer einzelnen Amsel.

Danksagung

Gemeinsam danken wir …

Di Baker für ihren nie endenden, überbordenden Enthusiasmus, und weil sie uns mit Katie Fforde bekannt machte; Katie Fforde, weil sie uns mit der RNA bekannt machte; Richie Butler – Traveller; Joseph Cahill – Pavee Point Information Service; Claudia, weil sie eine geduldige und tüchtige Testleserin war, und für ihren wertvollen Rat vom ersten Tag an; Sarah Holland und Sarah Lindsay – weil sie uns die richtige Richtung gewiesen haben; Brigid Killen, weil sie ihr Wissen über Cheshire mit uns geteilt hat; Sue O'Reilly, weil sie ihr Wissen über Irland mit uns geteilt hat; den Lesern des RNA-Programms für Nachwuchsautoren für ihre konstruktive Kritik; dem Choc Lit Tasting Panel, das dies alles erst möglich gemacht hat; unseren Autorenkollegen bei Choc Lit und allen anderen bei Choc Lit; den Schriftstellerinnen Christina Courtenay, Linn Halton und Lesley Pearse für ihre Hilfe und Unterstützung, und zu guter Letzt, aber nicht weniger herzlich, der wunderbaren, erstaunlich unerschrockenen Jen Fishler.

Valerie Olteanu dankt …

Gary McKeone, Jane O'Rourke und Carol Topalian – für die Unterstützung und ihre Freundschaft; allen im Highgate Starbucks in Burnaby, die mir eine zweite Heimat zum Schreiben gegeben haben; Liv, die den Sprung ins Ungewisse gewagt und mich als ihre Schreibpartnerin auswählte; meiner Mutter, die mich die Bedeutung bedingungsloser Liebe lehrte und den Glauben an mich selbst; meinen Mitverschwörern Codin, Rafael und Darius – weil sie das beste Supportnetzwerk sind, das ein Autor sich nur wünschen kann.

Liv Thomas dankt …

Pat Starkey, weil er stets an mich geglaubt hat; meiner Familie, weil sie mich erträgt (die meiste Zeit), ganz besonders Mum; Betty, von der ich meine Leseleidenschaft geerbt habe. Und danke an Val, weil sie genau dieselben Gefühle wie ich für diesen Roman und seine Figuren hegt – meine Seelenverwandte. Und zu guter Letzt den Mädels von Cutting Edge, ohne die ich mich nicht aus dem Haus wagen würde!

Leseprobe

MAISEY YATES
Glück zum Frühstück

Wer auch immer einmal gesagt hat, man könne nie nach Hause zurückkehren, war noch nie in Copper Ridge. Das Städtchen hatte sich nicht verändert. Weder in den zehn Jahren, bevor Sadie Miller die Stadt verlassen hatte, noch in den zehn Jahren seither. Wahrscheinlich hätte es sich auch in den nächsten zehn Jahren nicht viel verändert.

Doch jetzt würde es sich ein wenig verändern. Die Einwohnerzahl auf dem Ortsschild würde sich um eine Person erhöhen. Man musste die Einwohnerin wieder hinzuaddieren, die subtrahiert worden war, als sie mit achtzehn weggegangen war. Und in der Stadt würde es mindestens ein *Bed & Breakfast* mehr geben.

Damit hatte Sadie Miller in sehr kurzer Zeit gleich zwei Veränderungen in einer unwandelbaren Landschaft zu verantworten.

Dafür verdiente sie einen Orden. Auch wenn sie bezweifelte, dass man ihr in dieser Stadt je einen Orden verleihen würde. Sie war nur die Göre aus dem Armeleuteviertel. Nicht viele Menschen würden sie mit offenen Armen empfangen.

Aber das war okay für sie. Wegen der Leute war sie nicht wieder hier. Sondern um ihrer selbst willen.

Sie hob den Blick von der Straße und schaute zum Meer, das durch die Bäume zu ihrer Linken kaum zu sehen war. Sie erinnerte sich noch gut, wie sie als Kind dorthin gelaufen war. Ein langer Marsch durch den Sand, durch Ginster und andere Stachelpflanzen, um den See herum und über die Straße.

Ein Marsch, den sie und ihre Freunde stets ohne ihre Eltern unternommen hatten. Denn das Beste daran, sich für einen Nachmittag zu verdrücken, war es gewesen, von den Eltern fortzukommen. Jedenfalls für Sadie.

Es war seltsam, etwas Vertrautes vor sich zu sehen. Sie war so viele Jahre lang immer zum nächsten Ort weitergezogen und nie irgendwohin zurückgekehrt. Niemals. Sie brach immer zu neuen Ufern auf.

Dies war das erste Mal überhaupt, dass sie an einen bekannten Ort zurückkehrte. Und sie wusste nicht so recht, wie sie das finden sollte.

Seufzend sah sie auf die Tankanzeige. Das kleine gelbe Licht erinnerte sie daran, dass sie keinen Boxenstopp mehr gemacht hatte, seit sie vor fast fünfhundert Kilometern durch Medford gefahren war. Sie würde irgendwo in der Stadt anhalten müssen, bevor sie zur Ranch hinausfuhr. Wo sich die Garrett-Ranch genau befand, wusste sie nicht, nur, dass sie am Stadtrand von Copper Ridge lag.

Sie war noch nie zuvor auf das Anwesen eingeladen worden.

Dass sie nun einen Betrieb auf dem Gelände gepachtet hatte,

wäre ihr vielleicht sogar amüsant erschienen, wenn sie sich nicht so grässlich gefühlt und vor lauter Nervosität Bauchschmerzen gehabt hätte.

Aber sich den Dämonen der Vergangenheit zu stellen war vermutlich immer beängstigend. Ganz genau wusste sie das nicht, da sie ihren eigenen Dämonen jahrelang aus dem Weg gegangen war. Das hatte sich erst vor sechs Monaten geändert.

Wenn man mit Menschen arbeitete, die mit Schmerz und Verlust fertig werden mussten, hatte das immer Auswirkungen auf einen selbst – daran führte kein Weg vorbei. Doch erst eine sehr verbitterte ältere Frau hatte Sadie dazu gezwungen, über einige Dinge nachzudenken, die sie stets gemieden hatte. Die Frau hatte das Haus verloren, das sie seit den 1940er-Jahren bewohnt hatte.

»Zu Hause ist da, wo man lebt«, hatte Sadie zu ihr gesagt.

Maryann, der man aufgrund des schneeweißen Haars und der tiefen Falten in ihrem Gesicht deutlich jedes Jahrzehnt ansah, das sie auf Erden verbracht hatte, hatte sie böse angeschaut. »Zu Hause ist da, wo ich meine Kinder großgezogen habe. Wo mein Mann seinen letzten Atemzug getan hat. Außerhalb dieser Wände weiß ich nicht, wer ich bin.«

»Sie sind immer noch Sie selbst. Ich bin im Leben schon oft von einem Ort zum anderen gezogen. Meinen Kern, meine Seele, wenn Sie so wollen, nehme ich überallhin mit.«

Die Frau hatte nur abgewinkt. »Dann können Sie das gar nicht nachvollziehen. Sie sind eine Vagabundin in Ihrem eigenen Leben. Wenn Ihnen nichts und niemand wichtig ist, wie können Sie sich dann hier hinsetzen und mir weismachen wollen, die Dinge, auf die ich die letzten sechzig Jahre meines Lebens verwendet habe, wären bedeutungslos?«

Als Krisenberaterin hatte Sadie schon vielen Menschen bei

der Bewältigung von Verlusten geholfen. Dem Verlust eines geliebten Menschen, einer Ehe oder oft auch eines Zuhauses. In diesem Moment war ihr jedoch klar geworden, dass all ihre Ratschläge fadenscheinig gewesen waren. Ohne Bodenhaftung. Weil sie selbst keine besaß.

Weil in ihrem Leben nichts von Dauer war. Weil für sie nichts diesen langen Nachhall und diese tiefe Bedeutung hatte wie Maryanns Zuhause für sie.

Noch nie zuvor war sie sich der Oberflächlichkeit ihres Lebens derart bewusst geworden. Nach diesem einen unverblümten Satz ihrer Patientin hatte sie ihr Leben während der vergangenen zehn Jahre plötzlich als einen dieser rollenden Büsche vor sich gesehen, die der Wind über die Steppe trieb. Während Maryanns Vergangenheit majestätisch in den Himmel ragte wie ein Mammutbaum. Gewaltig, bedeutsam. Tief verwurzelt.

Danach war sie sich auch ihrer Einsamkeit sehr bewusst geworden. Jede Freundschaft, die sie hinter sich zurückgelassen hatte, war allmählich in Vergessenheit geraten und abgestorben. Seit ihrem Umzug nach San Diego hatte sie keine neuen Freundschaften geschlossen. Und ihren letzten festen Freund Marcus hatte sie keine Sekunde vermisst, seit sie ihn aus ihrem Bett und ihrer Wohnung geworfen hatte.

Diese Erkenntnisse hatten intensive Internetrecherchen über Copper Ridge ausgelöst. Das wiederum hatte zu einer Annonce geführt, die ihr nicht mehr aus dem Kopf gegangen war.

Langfristig zu verpachten. Als Wohnsitz oder als Bed & Breakfast geeignet.

Daraufhin hatte sie ihre Ersparnisse einer Prüfung unterzogen, anhand ausführlicher Recherchen bei ähnlichen Unternehmen eine Gewinn- und Verlustschätzung durchgeführt, und bevor ihr ganz klar gewesen war, worauf sie sich einließ, hatte sie …

sich festgelegt. Darauf, einen Beruf aufzugeben, für den sie länger ausgebildet worden war, als sie ihn bisher praktiziert hatte.

Zum ersten Mal seit zehn Jahren hatte sie sich darauf eingelassen, für längere Zeit an einem Ort zu bleiben. Und zum ersten Mal seit zehn Jahren kehrte sie an den einzigen Ort zurück, den sie je als Zuhause bezeichnet hatte.

Natürlich übermannte sie jetzt das Gefühl, geradewegs in ihr Verderben zu laufen. Was sie überhaupt nicht dramatisch fand. Schon weil sie nie ein Drama veranstaltete.

Außer wenn sie gerade ein Drama veranstaltete.

Auf dem Rücksitz machte sich Tobias, besser bekannt als Toby, mit einem wehleidigen Miauen bemerkbar. Ihr Kater hatte die gesamte Autofahrt mit wachsender Entrüstung über sich ergehen lassen. Aber wer bezahlte, der bestimmte.

»Sorry, Kumpel«, sagte sie. »Ich bin nun mal die mit den Daumen. Ich bediene den Dosenöffner. Also musst du dich an mich halten. Und wenn das heißt, dass wir die ganze Küste entlangfahren, dann fahren wir eben die ganze Küste entlang. Wenigstens habe ich nicht den Flieger genommen und dich in den Frachtraum gesteckt.« Was bei ihren vielen gemeinsamen Umzügen ab und zu unumgänglich gewesen war. Toby flog gar nicht gern.

Der Kater reagierte nicht auf ihre Beschwichtigungsversuche. Was sie im Grunde nicht überraschte. In vielerlei Hinsicht war sie viel abhängiger von ihm als er von ihr.

Sadie ließ den Blick über die immergrünen Bäume schweifen, die die Straße säumten. Es war ein sattes, samtiges Grün, das sie außerhalb von Oregon noch nirgends gesehen hatte. Kalifornien hatte Sonne und Palmen, tiefblaues Meer und Hitze zu bieten. Was auch schön war, aber auf andere Art.

In Copper Ridge gab es majestätische Berge, viele unterschiedliche Grüntöne und ein stahlgraues Meer. Dort fläzte man sich nicht im Bikini am Strand, außer man stammte von hier. Der Wind war kalt und blies einem den Sand ins Gesicht, dass man die Körner wie kleine Nadelstiche spürte.

Der Ort besaß eine ganz eigene Schönheit, so viel stand fest. Sadie hatte schon die gesamten Vereinigten Staaten bereist, vom tiefen Süden bis zur Ostküste und wieder zurück nach Westen, doch nirgends war es so gewesen wie hier. Sie hätte nie gedacht, dass sie je hierher zurückkehren würde.

Aber nun war sie hier. Und allmählich breitete sich immer mehr Furcht in ihr aus.

Als der Motor böse zu knurren begann, trat sie das Gaspedal durch, doch ihre Hoffnung, dass er wieder auf Touren kam, wurde enttäuscht.

»Scheibenkleister«, murmelte sie, während sie rechts ranfuhr. Der Motor verstummte ganz.

Das Benzin war offenbar knapper gewesen als gedacht.

Sie beugte sich vor und legte die Stirn ans Lenkrad. »Ich wusste doch, dass es schiefgeht. Diese Fahrt bringt Unglück!« Sie richtete sich wieder auf und drehte sich zu Toby um. »Sag jetzt nichts! Mach mir nicht auch noch Vorwürfe.«

Toby tat gar nichts, sondern fixierte sie nur mit seinen grünen Augen, doch sein Blick war trotz ihrer Bitte extrem anklagend. »Du bist echt mies, Kater«, maulte sie, griff nach ihrer Handtasche und tastete darin nach dem Handy.

Sie zog es heraus. Es zeigte nur einen Balken Empfang. Ja klar. Das hatte man davon, wenn man der Zivilisation Ade sagte und sich am Arsch der Welt niederließ.

Sie klopfte mit den Fingernägeln gegen die Kante des Handys und überlegte, wen sie anrufen sollte. In der Stadt kannte sie niemanden mehr. Ihre Eltern waren schon vor Ewigkeiten weggezogen, aber die hätte sie auch sonst nicht angerufen.

Zum Glück deckte ihre Versicherung auch Pannenhilfe ab, aber wie nervig!

Sie rief den Browser auf und tippte »Abschleppwagen« in die Suchmaschine ein. Dann zog sie eine Grimasse. Der kleine Kringel links oben auf dem Display drehte und drehte und drehte sich, während das Handy versuchte, lange genug ein Funksignal einzufangen, um ein paar Treffer zu melden.

»Ach, Copper Ridge, du hast mich schon einmal bezwungen. Aber diesmal nicht.« Sie ließ das Display nicht aus den Augen. Nach einer Weile knurrte sie das Handy unwirsch an, legte es auf den Beifahrersitz, beugte sich hinüber und nahm einen Stapel Papiere aus dem Handschuhfach. Immerhin hatte sie die Nummer ihrer Versicherung parat.

Irgendwo. Irgendwo hier musste die Nummer sein.

Hinter ihr klopfte jemand laut ans Fenster. Sie erschrak so, dass sie herumfuhr und die Papiere losließ, worauf sie prompt durchs Auto segelten und sich über Vorder- und Rücksitze verteilten.

Sadie betrachtete erst das Chaos und dann den Klopfer. Jenseits der Scheibe stand ein Mann in hellbrauner Uniform, mit einem Goldstern auf der Brust und einer Sonnenbrille auf der Nase. Was sie von ihm sah, war … nun ja, heiß. Was das Letzte war, womit sie gerechnet hatte. Schließlich hatte sie jahrelang in San Diego gelebt, dem Land der Schönen, und selbst dort war sie höchst selten so von einem Männergesicht überwältigt gewesen, dass ihr nur noch »heiß« einfiel. Aber vielleicht lag das an dem Schreck, den sie gerade bekommen hatte. Sie war leicht verstört, weiter nichts.

Der Mann deutete nach unten, eine befehlende Geste, deren Bedeutung sie nicht gleich verstand, zumal sie im Hinterkopf mit etwas anderem beschäftigt war. Eine Erinnerung wollte sich nach vorn drängen.

Sadie blinzelte und versuchte, sich zusammenzureißen und in die Gegenwart zurückzukehren. Sie drückte auf den Knopf an der Tür, und die Fensterscheibe glitt nach unten und beseitigte die Barriere zwischen ihr und dem heißen Officer.

»Hallo«, sagte sie. »Mir ist der Sprit ausgegangen. Aber meine Versicherung deckt den Pannenservice ab, deshalb … Ich meine, es ist alles in Ordnung. Außer dass der Handyempfang nicht besonders ist. Deshalb war ich auf der Suche nach … Na ja, haben Sie aus einem besonderen Grund angehalten?«

»Um nach Ihnen zu sehen.« Sein Gesichtsausdruck war seltsam. Er sah aus, als würde sich auch in seinem Kopf eine Erinnerung melden, woraufhin sich ihre Erinnerung noch deutlicher bemerkbar machte.

»Ja … natürlich … Autofahrer in Not.« Sie blickte auf die verstreuten Papiere. »Klar. Aber eigentlich bin ich nicht in Not. Alles okay.«

Wow, aber er war echt heiß! Markanter Kiefer, kurze dunkle Haare. Er rief tief in ihr eine Reaktion hervor, die ihr auf höchst beunruhigende Weise vertraut vorkam.

Er beugte sich zum Fenster herab, und sie sah, was auf seinem Namensschild stand.

E. Garrett.

Oh nein! Nein, nein, nein, nein! Die englische Sprache verfügte nicht über genügend Flüche, um alles auszudrücken, was an dieser Situation schlecht war.

Sie hatte eine Panne und war gerade einem der Hauptdämonen aus ihrer Vergangenheit begegnet. In Uniform. Ein Begrüßungskomitee direkt aus der Hölle. Nicht, dass sie sich eingebildet hätte, ihm für immer und ewig aus dem Weg gehen zu können, schließlich lag ihr B&B auf der Ranch seiner Familie. Aber sie hatte doch geglaubt, ihn wenigstens die ersten zehn Minuten nach Erreichen der Stadtgrenze meiden zu können.

Sie war jetzt nicht in der Stimmung, sich mit ihm zu befassen. Seinen Spitznamen hatte sie schon geändert. Nicht »der heiße Officer«. Sondern »der oberstrenge Officer«. Genau das war er.

Und nicht nur das, er erinnerte sie auch an viele Dinge, die sie lieber einfach vergessen hätte.

Dann veränderte sich seine Miene, und sie wusste, dass auch bei ihm der Groschen gefallen war.

»Sadie Miller«, sagte er.

»Tja.« Sie lächelte ihn an, so gut es ging, doch ihre Handflächen begannen zu schwitzen. Autoritätspersonen hatten immer diese Wirkung auf sie, und bei Autoritätspersonen, die ihr schon einmal die Fingerabdrücke abgenommen hatten, war das Problem noch größer. »Du hast wirklich ein gutes Gedächtnis.«

»Die erste Frau, der man Handschellen anlegt, vergisst man nie«, sagte er mit tiefer und fester Stimme, und obwohl nichts daran zweideutig klang, kam es bei ihr so an.

Und zwar in Bereichen ihres Körpers, die sie seit langer Zeit ignorierte.

Sie räusperte sich, drückte die Schultern durch und versuchte, ernst und seriös zu wirken und das zu verkörpern, was sie in den letzten zehn Jahren aus sich gemacht hatte.

Eli Garrett durfte ihr nicht das Gefühl vermitteln, ein gammeliger Teenie zu sein, weil sie kein gammeliger Teenie mehr war. Und genauso wenig durfte er in ihr das Gefühl wecken, total scharf zu sein, so wie damals, weil … nun, weil sie nicht mehr derselbe Mensch war.

»Ah ja«, sagte sie.

»Was führt dich hierher zurück?«

Er wusste es nicht? Sie sah ihn an, betrachtete ihn genau. Er wusste es nicht. Na, super. Connor Garrett hatte es versäumt, seinem Bruder mitzuteilen, dass er das Haus an sie verpachtet hatte. Sadie hatte das Gefühl, dass Eli das so gut schmecken würde wie eine lebende Laus im Frühstücksmüsli.

»Bin ich, äh, bin ich verhaftet?«, fragte sie und rutschte unbehaglich auf ihrem Sitz herum.

»Nein«, antwortete er.

»Dann steht es mir frei weiterzufahren?«

»Wie denn? Dir ist der Sprit ausgegangen.«

Der Punkt ging an Officer Garrett. »Ja. Stimmt. Vielleicht … vielleicht könntest du mir aushelfen?«

Kein Lächeln umspielte seine Lippen – die Sadie viel interessanter fand, als angebracht war –, und auch der angespannte Zug verlor sich nicht. Der Mund blieb eine gerade Linie. Unnachgiebig. Unfreundlich. Wie der ganze Mann.

»Eine Sekunde.« Er wandte sich ab und kehrte zu seinem Streifenwagen zurück. Sadie fing an, die Papiere aufzulesen, die sie überall im Wagen verstreut hatte.

Ihr Herz hämmerte so, dass sie fürchtete, zum medizinischen Notfall zu werden. Wie wahrscheinlich war es, dass sie rein zufällig ausgerechnet ihm als Erstes begegnete, wenn sie nach Copper Ridge zurückkehrte? Es war ein böses Omen. Ein ganz böses Omen.

Und natürlich war ihr erster Gedanke immer noch gewesen, dass er ein heißer Typ war. Das hatte sie schon mit siebzehn gefunden. Ein Mann, der zum *Sheriff's Department* gehörte, übte auf eine rebellische und oft betrunkene Jugendliche nun einmal große Faszination aus. Der Inbegriff des Verbotenen. Deshalb hatte es ihr immer einen kleinen Kick gegeben, ihn abzuchecken, auch wenn sie ihn nicht gern in ihrer Nähe hatte.

Sie atmete seufzend aus. Sie hatte gehofft, er wäre zur Polizei einer anderen Stadt gewechselt. Oder hätte die Uniform ganz an den Nagel gehängt und seine Leidenschaft fürs Töpfern entdeckt … in Südfrankreich.

Aber nein. Eli Garrett hatte getan, was offenbar die meisten Menschen aus Copper Ridge taten. Er hatte sich einen Platz in der kleinen Gemeinde gesucht und war in dieser Nische geblieben.

Du musst gerade lästern. Du bist ja auch wieder hier.

Ja, sie war wieder hier.

Bisher hatte sie in Copper Ridge einen Ort gesehen, in dem sie ihren Dämonen besonders gut den Stinkefinger zeigen konnte.

Und hey, einem davon war sie nun früher als erwartet begegnet. Allerdings trug er eine Waffe um die schlanken Hüften geschnallt, daher war das mit dem Stinkefinger wohl keine besonders gute Idee.

»Ich habe für dich angerufen«, ertönte seine Stimme hinter ihr.

»Gott!« Sie fuhr zusammen. »Würdest du dich bitte nicht so anschleichen?«

»Mache ich dich nervös?«

»Nein. Warum solltest du mich nervös machen?«

»Kriminelle werden beim Anblick einer Dienstmarke oft nervös.«

Sie runzelte die Stirn. »Ich bin keine Kriminelle. Ich bin Therapeutin. Amtlich zugelassen in acht … nein, in *neun* Staaten.«

»Und vorbestraft.«

»Als Minderjährige.«

»Seitdem keine Festnahmen mehr?«, fragte er.

»Ich frage dich noch einmal: Bin ich verhaftet?«

»Nein.«

»Dann … steht es mir frei weiterzufahren.«

»Außer dass dir der Sprit ausgegangen ist«, betonte er. Schon wieder.

»Nun, dann steht es *dir* frei weiterzufahren.«

Er hob eine Schulter. »Ja, das könnte ich. Aber ich fühle mich dafür zuständig, dass du nicht in Schwierigkeiten gerätst. Oder irgendetwas in Brand setzt.«

»Okay, hör zu, ich habe damals nichts mit Absicht in Brand gesetzt. Ich habe nur eine Laterne umgestoßen.«

»Weshalb Brandstiftung auch nicht auf der Liste der Vergehen stand, für die du festgenommen wurdest.«

»Vergisst du nie irgendetwas?«, fragte sie.

»Trunkenheit in der Öffentlichkeit. Ruhestörung, Widerstand gegen Vollstreckungsbeamte. Aber keine Brandstiftung. Und kein Wort über die vielen Gelegenheiten, bei denen wir dich und deine Freunde auffordern mussten, ein Geschäft zu verlassen, oder euch sonst irgendwo verscheucht haben, wo ihr unerwünscht herumgelungert habt.«

»Du meine Güte, was für ein trauriges kleines Leben du führen musst, wenn du dich noch so genau an mein Vorstrafenregister erinnerst. Selbst *ich* erinnere mich kaum noch daran.«

»Wie ich schon sagte, die Erste vergisst man nicht.«

Sie zog eine Grimasse. »Das klingt jetzt aber sehr nach sexueller Anspielung, auch wenn das wahrscheinlich nicht deine Absicht war.«

»Inwiefern klingt das nach sexueller Anspielung?«

Sie kniff die Augen zusammen. »Fragst du das im Ernst?«

Sie wartete volle vier Sekunden, bis der Groschen bei ihm fiel. Wann es so weit war, erkannte sie deutlich, denn ganz kurz bewegte sich etwas in seiner humorlosen, unbewegten Miene, bevor sie wieder zu Granit wurde. Da er eine Sonnenbrille trug, konnte sie seine Augen nicht erkennen, sondern nur ihr eigenes Spiegelbild sehen. Das wirkte erhitzt und nervös. Und ganz bestimmt nicht, weil es zu warm war.

»Was willst du hier?«, fragte er.

»Hab ich nicht gesagt«, antwortete sie.

»Ich weiß. Normalerweise erinnere ich mich an Gespräche, die weniger als fünf Minuten her sind.«

»Ja, weißt du, ich sehe nicht ein, was dich das angeht, wenn du mich nicht zur Vernehmung festnehmen willst.«

»Für jemanden, der nur das eine Mal festgenommen wurde, beherrschst du den Jargon aber perfekt.«

»Ich bin Therapeutin. Ich arbeite mit Menschen in Schwierigkeiten. Da habe ich schon mehr als eine Verhaftung erlebt.«

»Hm.« Der Laut lag auf halbem Weg zwischen einem Wort und einem Grunzen.

»Was?«

»Ich bin nur überrascht, dass du Therapeutin geworden bist.«

»Warum?«

»Darum.«

Sie wusste, was dieses »Darum« bedeutete. »Weil du so verkorkst bist.« Das bedeutete es. Aber sie war nicht verkorkst. Sie war zwar nicht perfekt, aber auch keine Katastrophe. Außerdem musste man zum Glück nicht unbedingt den Mist im eigenen Leben bereinigt haben, um anderen dabei zu helfen, mit *ihrem* Mist fertig zu werden. Also bitte. Den letzten Teil ihrer Gedanken behielt sie allerdings lieber für sich. Wegen … nun ja. Der Waffe. Der Handschellen.

»Ich bringe gern Dinge in Ordnung«, erklärte sie. Was stimmte. »Das Leben anderer Menschen zum Beispiel. Ich loche sie nicht nur ein und werfe den Schlüssel weg. Ich versuche, etwas in ihrem Leben zu bewirken.«

»Vermutlich braucht es beides«, sagte er.

»Sicher. Jedenfalls, hast du nicht irgendeinen jugendlichen Missetäter, den du schikanieren kannst? Ich meine mich zu erinnern, dass das deine bevorzugte Vorgehensweise ist.«

Kaum hatte sie es gesagt, hielt ein alter roter Pick-up vor ihr, und ein alter Mann stieg aus, in der Hand einen Benzinkanister von derselben Farbe wie der Truck. Der Mann kam ihr bekannt vor.

»Tja«, sagte er lächelnd, »wenn das nicht Ms Sadie Miller ist.«

Offenbar stimmte es nicht, dass niemand in der Stadt sie mehr kannte. Anscheinend hatten diese Leute nichts Besseres zu tun, als sich an jeden einzelnen Menschen zu erinnern, der in dieser Stadt geboren war. Bis in alle Ewigkeit.

Fairerweise musste sie jedoch zugeben, dass sie sich ebenfalls an Bud erinnerte. Sie hatte keine Ahnung, wie sein richtiger Name lautete. Ob er überhaupt einen hatte. Verdammt, das war durchaus nicht sicher. Es gab auch mehr als einen Bubba in der Stadt, die alle völlig ohne Spott so genannt wurden. Man konnte also nie wissen.

»Ja«, bestätigte sie. »Ja, ich bin's.«

»Was führt dich denn zu uns zurück?«, fragte er. »Wohnen deine Eltern wieder hier?«

»Nein. Die sind noch unten in Coos Bay.« Wobei Sadie nicht mit ihnen sprach. Also konnten sie inzwischen auch ganz woanders wohnen, aber das kümmerte sie nicht. Nicht mehr.

Sie wollte nicht mehr mit ansehen, wie die beiden miteinander umgingen. Und jetzt musste sie es auch nicht mehr. Sie hatte die Wutausbrüche ihres Vaters hinter sich gelassen und würde sich ihnen nie wieder aussetzen.

Ihre Mutter dagegen wollte nicht weggehen. Egal wie oft Sadie sie angefleht hatte, ihre Mutter ging nicht weg.

»Verstehe. Na, es ist nett, dass du wieder da bist.« Er fasste an den Schirm seiner Baseballmütze und zog sie sich mit einem Ruck tiefer in die Stirn, dann ging er zum Heck ihres Wagens und öffnete den Tankverschluss.

Einfach so. Als wäre sie wichtig. Und nicht irgendeine Halbstarke, die versehentlich eine Scheune in Brand gesteckt hatte und festgenommen worden war. Das Kind eines notorischen Ruhestörers, der seine Frau schlug.

Als würde er sich freuen, dass sie wieder hier war.

Verdammt! Jetzt war sie wirklich ein bisschen gerührt.

Sie schnallte sich los, stieg aus, stellte sich neben den Wagen und sah zu, wie Bud weit vorgebeugt Benzin in ihren Tank füllte. »Hey, ich komme später bei der Tankstelle vorbei und bezahle. Im Moment habe ich kein Bargeld, aber …«

Bud richtete sich auf. »Keine Sorge«, sagte er. »Betrachte es als Willkommensgeschenk.«

Sie begriff beim besten Willen nicht, warum er so nett zu ihr war. Eigentlich hatte sie kaum etwas mit ihm zu tun gehabt. Sicher, als Kind war sie nach dem Schwimmen im Fluss oft mit ihren Freunden in dem Laden gewesen, der zu der Tankstelle gehörte, und hatte für fünfzig Cent Schokoriegel gekauft. Und dabei im nassen Badeanzug in dem klimatisierten Gebäude vor Kälte gezittert.

Aber sie hätte nie gedacht, dass er sie wiedererkennen würde. Oder gar … sie mögen. »Das ist wirklich nett.« Aber sie würde trotzdem so bald wie möglich bei der Tankstelle vorbeifahren und ihm das Geld geben.

Vielleicht sogar noch, bevor sie zur Garrett-Ranch fuhr.

»Danke. Euch beiden.« Sie würde sich von Eli Garrett nicht verunsichern lassen. Sie würde diesen Zwischenfall nicht als ein Vorzeichen dafür betrachten, wie es ihr mit ihrem Vorhaben ergehen würde.

Nee. Nur weil das Ganze mit einer Autopanne und Eli Garrett begonnen hatte, musste es nicht ähnlich schlecht weitergehen.

Sie fing Elis Blick auf und sah zu Boden, bevor ihr klar wurde, wie verlegen das wirken musste. Sie hätte ihn anschauen müssen wie einen ganz normalen Menschen. Und nicht wie einen sehr attraktiven Mann, der ihr einst Handschellen angelegt hatte.

Obwohl er genau das war.

Sie räusperte sich. »Ich fahre jetzt weiter. Ich … werde erwartet.« Früher oder später würde Eli natürlich herausfinden, wo sie erwartet wurde. Das hieß aber hoffentlich nicht, dass sie einander oft begegnen würden.

Sie stieg in den Wagen und schloss die Tür. Im Rückspiegel sah sie, dass Eli dasselbe getan hatte. Gut.

Sie atmete tief durch und ließ den Motor an. Dann legte sie den Gang ein. Sie würde zu neuen Ufern aufbrechen, sich ihre Vergangenheit zurückerobern und sie damit ihrer Macht berauben.

Der kleine Zusammenstoß mit Eli Garrett würde daran nichts ändern.